U0506421

恩古吉·瓦·提安哥
文集

乌鸦魔法师

·上·

[肯尼亚]恩古吉·瓦·提安哥 著
洪萃晖 徐海幈 译

人民文学出版社

图书在版编目（CIP）数据

乌鸦魔法师：上下/（肯尼亚）恩古吉·瓦·提安哥著；洪萃晖，徐海幈译．—北京：人民文学出版社，2021
（恩古吉·瓦·提安哥文集）
ISBN 978-7-02-012185-4

Ⅰ.①乌… Ⅱ.①恩… ②洪…③徐…Ⅲ.①长篇小说—肯尼亚—现代 Ⅳ.①I424.45

中国版本图书馆 CIP 数据核字(2016)第 278204 号

责任编辑　张海香　冯　娅
装帧设计　李思安
责任印制　任　祎

出版发行　人民文学出版社
社　　址　北京市朝内大街 166 号
邮政编码　100705

印　　刷　三河市宏盛印务有限公司
经　　销　全国新华书店等

字　　数　634 千字
开　　本　880 毫米×1230 毫米　1/32
印　　张　27.75　插页 6
印　　数　1—6000
版　　次　2021 年 5 月北京第 1 版
印　　次　2021 年 5 月第 1 次印刷

书　　号　978-7-02-012185-4
定　　价　98.00 元(上下册)

如有印装质量问题，请与本社图书销售中心调换。电话：010-65233595

目　次

此书献给我已故的父母

万吉库·瓦·提安哥

提安哥·瓦·恩杜库

以及

我的妻子

恩吉莉·瓦·恩古吉

谢谢你的爱、勇气、力量与支持

第一部

权力魔鬼

1

在阿布瑞里亚自由共和国，说到第二任统治者的怪病，人们有很多种说法，但最为津津乐道的还是以下五个。

第一个是说，他的怪病是因为他体内的愤怒。而且，他太清楚这种愤怒对自己的身体有多么危险了，故而想方设法摆脱它，例如，每顿饭后打嗝，有时候从一数到十，有时候大声诵念 ka ke ki ko ku。为什么念的是这些音节，没有人知道。不过，他们还是觉得他这么念肯定是有原因的。就像便秘的人需要排出臭屁，才能减轻肠胃的负担，一个人体内的愤怒也需要有路径排出，才能减轻心灵的负担。然而，这位统治者的愤怒，却挥之不去，它继续在他体内蛰伏发酵，直到慢慢吞噬他的心灵。据说，阿布瑞里亚俗语“愤怒比火焰更猛烈，因为它曾经侵蚀过一位统治者的心”，就是这么来的。

可是，这愤怒是什么时候生根发芽的？是在那些塑料蛇第一次登上这个国家的舞台的时候？在地底的水变得苦涩的时候？还是在他出访美国，却没能在全球网络新闻有名的《会面世界巨头》节目上露面的时候？据说，在听到不允许他上节目，一分钟都不行的时候，他简直不能相信自己的耳朵，更不能理解人家在说什么，要知道，在他的国家，他可是时时刻刻出现在电视上的啊；他的一举一动——吃饭、拉屎、打喷嚏或是擤鼻子——都会被镜头拍下来。就连他的哈欠都是新闻，因为，不管是无聊、疲劳、饥饿还是干渴引发的哈欠，后面通常都会跟着某些国家大事：他的政敌们在广场上被粗皮鞭抽打；整片村庄被炸成碎片；或者是人们被弓箭射死，暴尸荒野，沦为土狗和秃鹫的食物。

据说，他尤其善于挑起和处理阿布瑞里亚各大家族之间的事端，因为悲惨的场面才能安抚他，让他酣然入睡。然而，似乎没有什么东西，可以平息他的愤怒。

可是，就算是很深的愤怒，真的可以引发这种连逻辑和医学知识都无法解释的神秘疾病吗？

2

第二种说法是，这种病是一个诅咒，是一只被虐待的公羊嚎叫着种下的诅咒。据说，有几个长者，因为不忍看到血流成河，决定用早年间对付威胁到部族生存的疫病的方法，来对付魔鬼：以前，他们把苍蝇（象征着疫病），从野兽的肛门塞进去，埋进肚子里；现在，他们要把统治者的头发（象征着魔鬼），从公羊的嘴里塞进肚子里。这只携带着魔鬼的公羊，代表着统治者，将会变成这片土地上的幽灵，走到哪里都会被驱逐。

在一个巫师的带领下，他们把统治者的头发（从统治者的理发师那里偷拿的）和青草、盐巴还有神秘药水混在一起，让公羊吞下去。巫医手里拿着针线，从肛门开始，准备缝住公羊的七窍。挣扎不已的公羊发出一声令人毛骨悚然的嚎叫，巫医还没来得及缝住它的嘴，它就逃走了。据说，它悲惨地嚎叫，四处游走，直到统治者听到它的声音，得知了这个诅咒——他把这个诅咒当作政变的信号，派士兵抓捕公羊和相关人等。有传言说，为了让诅咒的事情永远销声匿迹，公羊、理发师、巫医、长者，甚至是相关的士兵，都被丢进红河里喂鳄鱼。为了纪念这一天,统治者将红河的图片加在了布里纸币上,这可是除了他自己的照片之外唯一可以用来纪念阿布瑞里亚货币的照片了。

尽管如此,他还是因为公羊有胡子而忧虑不已。他还秘密请教过邻国的一位祭司。祭司安慰他说,只有长胡子的幽灵才能真正威胁到他的统治。虽然他将祭司的话解读为,没有人可以推翻他,因为幽灵没有肉身,永远长不了胡子,但是他还是变得对胡子非常敏感,继而颁布了一条法令,规定所有的羊和人都必须剃掉胡须,也就是《胡子法》。

有些人则怀疑整个长胡子山羊的故事,甚至争辩《胡子法》只适用于士兵、警察、公务员和政客,认为牧民是出于自己的意愿才给山羊们刮胡子,给山羊刮胡子成了阿布瑞里亚牧民的时髦之举。

这些怀疑者们觉得很纳闷:肛门、耳朵和鼻子被缝住的公羊的嚎叫声,跟统治者身上的怪病,到底有什么关系呢?

3

其他人则提出了第三种说法:没有什么是永恒的,他的怪病肯定跟他统治的时间有关——他已经在宝座上坐了太长时间,都忘了自己的统治是从什么时候开始的。他的统治没有开头,也没有结尾;从某些事实来看,人们很容易相信这种说法。子子孙孙世代繁衍,而他的统治却贯穿了所有。所以每当有些人听说,在他之前,还有一位从阿拉伯人、土耳其人、意大利人到英国人时代的官员和苏丹继任而来的统治者,他们就会摇着头,不相信地说,不,不,那只是痴人说梦:阿布瑞里亚从来没有过也不会再有另一个统治者,因为,难道现在这个人的统治不是在创世之前就开始,只有在世界毁灭之后才会结束吗？尽管如此，这个推测依旧疑点重重，毕竟，这个世界要怎么才会走到尽头呢？

4

第四种说法断言，他的怪病完全是因为拉结那些没有落下的眼泪。拉结是他的合法妻子，失宠后就被囚禁起来。

统治者和妻子闹翻，是因为那天拉结问了几个关于女学生的问题。有传言说，女学生们经常被邀请到总统府给他铺床。在那里，他像俗语里上了年纪的白种男人一样，享用少女。当然，统治者才不会承认自己衰老，但他不介意跟“白种男人”比较，所以他把俗语改成，白种男人享用少女重获青春。想象一下，当拉结试图否定他的青春之源时他是什么感受吧！她是多么轻率多么无礼才来问这种不该问的问题啊！从什么时候开始，一个男人，更别提是一位统治者了，能被剥夺在女人的大腿中间享乐的权利啊？管她是别人的老婆还是女学生呢！就算他重新宣布自己的权利，像古代欧洲贵族凭着初夜权夺走准新娘们的初夜那样，睡遍这个国家所有女人，又有什么大不了的呢？

拉结觉得自己说得合情合理。我知道你很看重“国民之父”这个称呼，她对他说，你知道我从来没有抱怨过那些给你铺床的女人，不管你跟她们生下多少孩子，可你为什么要去动那些女学生呢？她们不是跟你的孩子们一样年少吗？她们就真的不是我们的孩子吗？今天你是她们的“父亲”，明天你就把她们变成自己的“妻子”？你就不会为我们的将来流下忧虑的泪水吗？

当时，他们正在总统府用餐。对于拉结来说，那个晚上非常特别，因为那是很长一段时间内他们第一次单独相处：由于政事繁忙,他们几乎没有时间一起吃饭,夫妻之间也没有机会说说私房话。拉结相信人靠衣装,尤其是女人,所以那天晚上,她特意仔细打扮了自己:她穿着一条V领白色棉裙,短袖的袖口有好看的花边,一条项链凸显了她细长的脖子,手指上的戒指,还有她优雅的耳朵上摇晃的耳环,钻石的光芒让她整个人都亮了起来。

我们可以很好地想象这个画面。统治者熟练地用叉子叉起一块鸡肉,正要放进嘴里,突然,他听到了拉结的话,叉子停在了半空中;他慢慢地把叉子放到盘子里,鸡肉还在叉子上叉着呢,拿起餐巾,仔细地擦拭嘴唇。在把餐巾放回桌上之前,他转向他的妻子,问道:"拉结,我刚才是真的听见你说我强奸了那些女学生吗?还说我不会为了我们的将来哭泣?你听说过会哭的统治者吗,除了那什么,好吧,别说统治者了,就算是一个普通的男人,整天哭哭啼啼的会变成什么样子?他会失去他的宝座。你想让我落得他那样的下场吗?

很多时候,我们脑子里想的,跟说出来的,是很不一样的:统治者在放下叉子,用餐巾的一角擦嘴的时候,想的可不是哭哭啼啼的统治者的命运和失去的宝座,而是他应该做些什么,才能让拉结明白,他,统治者,拥有权力,真正的权力,可以战胜一切,是的,包括时间的权力。想到这里,他颤抖了一下。可是这个冷战还没打完,他就已经下定了决心。

他脸上泛起模糊的笑容,用刻意冷静的语气告诉拉结,这顿没有吃完的晚饭将是他们一起吃的最后一顿晚餐,他会离开,给她时间思考她这些指控的言外之意,并且,既然她需要空间思考,他将让《圣经》中的"在我父的家中,有许多住处",变成现实。即便是为了罪人。

他在七英亩土地上给她建了一座房子,四周是石墙和电围栏。

当你看着这些不可触碰的围墙时,你想到的是……这个我们以后再说,因为这个主意是他最忠诚最宠爱的一个大臣提出来的。不过,拉结住所的结构,从设计到实现,可都是他的创意。

在拉结住的房子里,所有的时钟都停顿在她提出关于女学生的问题的那个时间,几点几分几秒;所有的日历都停在那一年的那一天。时钟依旧嘀嗒嘀嗒,可是指针却纹丝不动。机械日历,翻来翻去还是停在同一天。端上来的食物跟那天的晚餐一模一样,她穿的衣服也跟那天晚上一样。床品和窗帘跟她以前住处的完全相同。电视机和收音机里重复播放的是最后的晚餐时播放的节目。新住处的一切都复制当时那个场景。

唱片机被设置成只播放一首赞歌:

我们的主总有一天会回来
他会把我们带到天堂他的家
那时我就能知道他有多爱我
不管他什么时候回来

等他回来的时候
邪恶的你将被抛下
为你的罪行悲吟
不管我们的主什么时候回来

不停地、重复地播放这首赞歌,这个主意简直让他龙颜大悦,他甚至在这个七亩庄园的四个角上装了扩音器,路过的人甚至是不相干的人都能享受这首曲子和歌词。

这样,拉结就会一直等待他的再次到来。她不是指控他虐待了那些孩子吗,等到她为她们的明天流干了泪水,他就会把她带回去，重新开始生活，就从她人生停顿的地方开始，或者更准确地说，拉结会恢复生活，恢复她那标上了时间、就像按了暂停键的电影一样的生活。我才是你的开始和结束。

在我娶你之前，你是什么东西呢？他自问自答，一个小学老师而已。我是你的过去和现在，我更是你的将来，你要么接受，要么离开。跟她翻脸时，他用英语说了这一句。

七亩监牢只有一个入口。一个全副武装的守卫驻扎在石门口，确保她不会逃走，不让她接待工作人员（发放生活补给，连同暗中监视她）以外的人，还有她的孩子们。

她的孩子们？除了跟铺床的女人们生下的无数孩子，统治者跟拉结生了四个儿子。他们不是班上最聪明的学生。高中还没毕业，统治者就让他们离开了学校。他把他们送到部队——在工作中学习——他们很快就升任到最高级别。在母亲刚被软禁的时候，老大路易本·库萨拉是陆军的三星将军；老二萨姆维尔·莫亚是空军的两星将军；老三狄更斯·索伊，是海军的一星将军；老四理查德·鲁耶耶是陆军的上尉。但是，除了军队的职务，他们都还是一些半国营企业的董事会成员，这些企业跟一些外国公司关系密切，尤其是石油和稀有金属开采方面的。他们还是一些执照注册机构的董事。他们的主要任务就是揪出海陆空部队里的反政府分子，再就是收受贿赂。唯一麻烦的就是，他们四个太过于沉迷酒精和毒品，要盯住部队里或其他任职机构里的异动，其实非常困难。统治者很失望，因为他曾经希望在他跟拉结生的四个儿子里面，至少有一个可以继承他的宝座，建立一个家族王朝，所以他经常责骂他们缺乏对权力的野心和欲望。不过，每当他们给他送来各自的收藏品的时候，家里也会有其乐融融的家庭气氛。

他们并不认为母亲在七亩监牢里生活算是多么危险的囚禁。

没有喝得太醉的时候，他们会给她打电话——拉结可以接电话但不能打出去——问问她，你还好吗。听到她说她还好，他们就认为她真的还好，然后迅速地回到他们最擅长的东西身边：酒精、毒品和贿赂。

虽然只是时不时地电话问候，儿子们对她还是比他们的父亲有人情味儿的多——他从来没有到这个笼子里来探望过她，没有只言片语，不管是好的，还是坏的。尽管如此，统治者还是没有忘记她，每天都会有人将她的情绪和一举一动汇报给他：她今天都干了些什么，她怎么睡的觉，她自言自语说了些什么，所有的一切。

他渴望听到的是她流泪的消息。它是一个信号，说明她真的崩溃了，并且有了赎罪的愿望。但他没有听到。那些持有第四种说法的人们说，拉结了解他这种贪得无厌想要落井下石的心思，发誓永远不会让他看到她的泪水，也不会让他从她的孩子们或者那些数不清的眼线那里听到她流泪的消息。她越是抵抗，他就越需要看到她自我放弃。她的泪水，成了他们意志较量的战场。

第四种说法的提出者说，就是因为他太过执迷于她的泪水，他才会得那个怪病。

这种说法的问题在于，这一切要么基于传言，要么就是从统治者的孩子们那里推断出来的。

在五种说法里面，知道第四种的人最少，基本只是在互相信任的人之间口口相传：谁会蠢到公开去谈论这些呢？除非他活得不耐烦了。

5

到目前为止，还有些人坚持认为统治者的怪病跟燃烧的愤怒、被虐待的公羊的惨叫声、衰老隐退或是拉结的泪水毫不相关，他们提出了第五种说法：统治者在总统府里面建了一个特别的密室，他在那里供奉的神灵现在抛弃了他，不再庇护他，他的怪病就是他们的杰作。

据说，密室的墙壁和屋顶都是用他在全国各地杀害的学生、老师、工人和农民的骸骨做成的，因为众所周知，他是挥舞着利剑登上宝座的，受害者的尸体就像香蕉树一样在他的身边倒下。墙上他最憎恨的敌人们的颅骨，屋顶的骸骨，还有骷髅雕像，都是胜败留下来的白色记忆。

这个密室其实是博物馆和庙堂之间的过道。每天早晨，统治者用储存下来的敌人的血沐浴后，就会带着一根权杖，还有一个拂尘，轻轻地走进密室。他会一个一个地查看各种各样的"展品"，然后准备离开。他会突然停在门边，带着得意扬扬的轻蔑，用充满嘲弄的姿势，再一次凝视这间密室，凝视那些颅骨上黑洞洞的眼眶和白森森的牙齿。

你们在追什么？他会问这些颅骨，就好像它们能听到他说话一样。是跟着这个拂尘，这根权杖，还是这顶皇冠？他会停下来，仿佛在等待答案，等到颅骨们没有反应的时候，他就会狂笑起来，就好像它们竟敢反对他接下来要说的话一样：我拔掉你们的舌头，撕烂你们的嘴，就是为了让你们知道，没有嘴的政客根本就不是政客。可是有时候，这些颅骨看上去似乎在咧着嘴笑，带着同样的讥讽。他的笑声会戛然而止。你这该死的混蛋，是你自己的贪婪和没完没了的野心害你到了这里。你真的以为有机会扳倒我吗？让我来告诉你吧。敢这么干的人还没生出来呢。就算他已经出世了，也得先把自己变成幽灵，再长个胡子和腿毛。这一点你不知道吧，你知道吗？他还会一边用权杖指着它们，一边加上这一句话。

他的表情险恶,嘴角因为狂怒而泛起白沫。

作为一个叙述者,其实我并不能确定这间密室是否存在;它可能会变成一个单纯的传言,或者是阿斯卡里·阿里盖盖·盖瑟利口中的一个故事;但如果它真的存在,就能很轻易地证明,在很早以前,在统治者对美国进行重要访问以及人们开始谈论他的疾病之前,正是他每天在这间满是骷髅的密室里的“仪式”才让这个传言迅速传遍了全国。只要人们三三两两地聚在一起,第一个谈论的就是这个传言:你能相信吗?你知道统治者是魔鬼的信徒吗,你知道他是以蛇的名义侍奉他的神和主人撒旦的吗?

随着这个国家有史以来最富雄心的项目之一——为统治者庆生——的进行,关于魔鬼和蛇的传言开始在阿布瑞里亚人民心里生根发芽。

6

现在,全国上下或多或少都知道一点关于统治者生日的事情,因为,在它被正式列入国家日程表之前,国会曾经就他的出生日期和庆生方式展开了热烈的讨论。这场讨论持续了七个月零七天七个小时七分钟,即便如此,那些尊贵的国会议员们也没有达成一致,主要是因为,没有人知道统治者出生的确切日期。他们没法打破这个僵局,于是给权力宝座上的那个男人发了一封正式的委托信,寻求他智慧的指导。之后,他们还专门给他提交了动议,感谢他给国会找到了解决问题的方法,要知道这个难题可是彻底打败了他们所有人的知识和经验啊。生日庆典将在每年的第七个月的第七天的第七个小时举行。7 对统治者来说是个神圣的数字,而且正是因为在阿布瑞里亚,统治者掌控着每个月份的顺序——例如他可以将一月与七月调换顺序——所以，他有权利宣布任何一个月份为一年中的第七个月，任何一天为第七个月里的第七天，任何一天为他的生日。时间也一样，几点都有可能是第七个小时，这完全取决于统治者的意愿。

每年来参观生日庆典的人通常不一样，但是在那一年的庆典上，运动场上几乎挤满了人，因为市民们的好奇心已经被一则特殊通告挑了起来。它在媒体上播了一遍又一遍，说庆典上会有一个特别的生日蛋糕，是全国人民为统治者专门制作的，并且他会做增持仪式，给大家分吃，就好像耶稣曾经将五块饼和两条鱼分给五千人吃一样。对蛋糕的渴望，或许可以解释为什么这一年的庆典上会出现比往年更多的营养不良患者。

庆典是从中午开始的，一直到傍晚还如火如荼地进行着。太阳烤得人们干渴难当。统治者、内阁大臣们，还有统治者的党派领导人们都坐在阴凉处，喝冰水解暑。没有阴凉也没有水的市民，只能靠观看和谈论台上发生的一切来分散自己的注意力：高官们穿的衣服、走路的姿势，甚至是根据权势大小谁该坐在哪儿。

很快，人们就发现了，统治者的身后有一个男人，右手拿着跟水管一样粗的钢笔，左手拿着一本硕大的皮革包边儿笔记本。他一直写个不停，所以人们猜他是个媒体人，虽然有些人还纳闷他为什么不坐在媒体席上。在他旁边坐着的是统治者的四个儿子——库萨拉、莫亚、索伊和鲁耶耶——他们很做作地用贴着“食疗”的瓶子喝东西。

在他们旁边坐着的是统治者的御用医生威尔弗莱德·卡波卡博士，再过来是台上唯一一个女人，因为默不作声，也很引人注意。有人猜她是统治者的某个女儿，可是又有人问，那为什么她不跟她的兄弟们说话？有人猜她是卡波卡博士的妻子，可他俩为什么也不说话？

统治者的右边坐着的是外交部长，他穿一身条纹西装，系着一条红色领带，领带上还有统治者的头像。这种领带是统治者党派的象征。

说到外交部长马库斯，他原先是个名不见经传的国会议员。有一天，他突然逃到了英国，在众目睽睽之下走进了伦敦一家大医院。他没有生病，只是想把眼睛变大，变得吓人的敏锐，或者就像他用斯瓦希里语①说的，厉害、毒辣的眼光②，这样它们就能认出哪些人是统治者的敌人，不管他们藏得多深。他的双眼被弄成像电灯泡一样大，变成他脸上最突出的特征，衬得鼻子、脸颊和脑门都特别小。对于他的奉献和公开效忠，统治者表示非常感动。他还没从英国回来的时候，统治者就已经给了他外交部长这个重要的内阁职位。他代表着统治者的眼睛，注视着地球上每一个有统治者利益存在的角落。从那以后，他就变成了马乔卡利，渐渐地他连自己的本名都不记得了。

统治者的左边坐着另外一位内阁大臣，统治者办公厅的国务部长。他穿着一身白色丝绸西装，胸前的口袋里放着一条红色手帕，当然，他也系着党派领带。同样，发达之前，他也是一个不怎么显眼的国会议员，而且有可能一直这样寂寂无名。但是当他听到好运就那样降临在马乔卡利身上时，他决定效仿他。他没那么多钱，于是偷偷卖掉父亲的墓地，又借了一部分钱，给自己买了到法国的机票，住进了巴黎的一家医院。他把自己的耳朵变大，这样他

---

① 斯瓦希里语（Kiswahili），是坦桑尼亚的唯一官方语言，肯尼亚和刚果民主共和国的国家语言之一，是赞比亚、马拉维、布隆迪、卢旺达、乌干达、莫桑比克等国家的重要交际语。

② 原文为斯瓦希里语。

也可以发表一个公开声明,说自己的听力变得更好,甚至可以听到夫妻之间、父母和子女之间、学生和老师之间、神父和信徒之间、心理医生和病人之间最私密的谈话——一切为统治者服务。他的耳朵比兔子的还大,经常支棱着,随时准备发觉任何时间任何方向袭来的危险。他的付出也没有白费,他被任命为国务部长,负责监视百姓。秘密警察机构 M5 现在也在他的领导之下。他抛弃了以前的名字,现在叫西尔弗·西吉奥库。

讽刺的是,这两位前国会议员成功上位后,却开始争上了:一个自诩为统治者的眼睛,一个自诩为统治者的耳朵。运动场里的人们不停地比较他俩的不同表情,尤其是他们眼睛和耳朵的动作,因为一直以来,人们都知道这两位经常斗得死去活来,就为了证明哪个器官更有本事:统治者的眼睛还是统治者的耳朵。马乔卡利经常用眼睛发誓:要是我没说实话,就让这双眼睛背叛我。西吉奥库则用自己的耳朵:让这对耳朵见证我现在说的都是真的——他会一边说,一边使劲拽自己的耳垂。这个动作,他不停地演练、改进,让他得以在他们的竞争中占据些许优势,因为马乔卡利永远都没办法拽自己的眼皮——他只能退而求其次,简化成指着自己眼睛来表示强调。

原本其他的国会议员也打算有样学样,根据想要为统治者提供的服务而改变自己的身体,直到他们看到发生在本杰明·曼波身上的一切。年轻的时候,因为个子太小,曼波没能参军入伍,可是他对军旅生活的渴望却像火焰一样没有熄灭;现在,有了马乔卡利和西吉奥库开辟的新道路,他觉得这是他实现梦想的最佳机会,他想完美地改变自己的身体,然后得到国防部长的职务。他选择拉长自己的舌头,这样在重复统治者的指令时,他的每一个字都可以传到全国的每一个士兵耳中,他的威吓,在敌人还没到达阿布瑞里亚边境线时就能听到。他最先效仿西吉奥库去了巴黎,但是医院没搞清楚他想要的尺寸,所以他的舌头变得像狗一样,长长地垂在嘴唇之外,弄得他没法说话。马乔卡利向他伸出了援手,安排他去了柏林一家诊所。他的双唇被拉起、加长,意在包住舌头。可是就算这样也没有完全包住,舌头还是突出来一点点。然而统治者误解了他的本意,任命他为情报部长。这也不赖。为了纪念自己升迁到内阁,曼波改掉了自己的名字。他自称大本,灵感来自于英国总统府前的大本钟。现在,他的全名是大本·曼波。他没有忘记马乔卡利对他的帮助,在马库斯和西尔弗的政治斗争中,他经常站在马乔卡利这边。

给统治者献上一份特别的国礼,这个主意是马乔卡利提出来的——当然他肯定是从高层接收到了强烈的暗示——带着原创者的骄傲,他示意军队、警察和监狱军乐队准备好奏响生日歌。这个重要的时刻终于到了。

在生日庆典委员会成员和一些警官的协助下,马乔卡利像演戏一样展开并高举一块巨大的布,人们的好奇心也被彻底地勾了起来。人们互相推搡,想要找个好位置看清楚。当看到那块布上画的貌似是一栋高楼时,他们都蒙了。白布上画一幅画,这就是给统治者准备的生日礼物?

充分燃起人们的好奇心和期望之后,马乔卡利先是呼吁大家安静下来,因为接下来他要详细地讲述那块布上的一切,还要确保把一份英语里叫做“艺术家灵感”的东西发放到全国上下。他还会借此机会感谢自愿制作这个东西的老师,但很遗憾他不能透露这位老师的姓名,因为这位艺术家不允许他这么做。教育是高尚的职业,它的从业者是谦逊的,并不是为了自我的荣耀,而是无私的奉献,他应该是所有国民的典范。

在庆典的另一头，一个男人疯狂地挥舞着胳膊，大声喊着相反的话，*没关系，你可以说出我的名字！*即使身边的人让他闭嘴，他还是继续喊道，*我在这里——你可以说出我的身份*。他离得太远，台上根本听不到他在说什么。但他身边站了些警察，其中一个问他："你叫什么名字？""卡纽鲁，约翰·卡纽鲁。"那个人说，"我就是台上说到的那个老师。"警官命令他："把你所有的口袋都翻出来。"确认了他没有携带武器之后，警官指着自己的枪问道："你看见这个了吗？如果你继续捣乱，就像我叫阿斯卡里·阿里盖盖·盖瑟利、我的上司叫万得弗·邓波局长一样千真万确，我会用这玩意儿彻底解决你。"这个叫卡纽鲁的男人坐了回去。没有几个人注意到这场小骚动，因为人们的眼睛和耳朵全都集中在站台上的大戏码上面了。

"举国上下，"外交部长正说着，"阿布瑞里亚所有国民，一致决定建造一栋大楼，这是史上前所未有的，除了以色列人曾经想要建造却以失败告终的巴别塔①。现在阿布瑞里亚要去做以色列人没做成的事情：建造一栋通往天堂大门的大楼，这样我们的统治者每天都可以跟上帝说早上好或晚上好或简单地问，上帝，你今天过得怎么样？统治者每天都能聆听上帝的教诲，带领阿布瑞里亚高速发展，到达人类梦想中前所未有的新高度。整个项目，'触天计划'或者'通天塔'将由一个全国建筑委员会运作，委员会的主席将另择吉时宣布。"

马乔卡利接着说，由于这些绝妙的想法都来自生日礼物委员会，他将把委员会的每一个人都引荐给统治者，以感谢他们的努力

---

① 巴别塔(House of Babel)，《圣经·旧约·创世记》第11章宣称，当时人类联合起来兴建希望能通往天堂的高塔；为了阻止人类的计划，上帝让人类说不同的语言，使人类相互之间不能沟通，计划因此失败，人类自此各散东西。

工作。委员会的成员大多是国会议员，只有两三位是普通百姓，其中有个叫提图斯·塔基里卡的，在听到自己的名字被点到时，差点摔在了地上。塔基里卡从来没有跟统治者握过手，所以想到要在成千上万人面前梦想成真，他整个身子都因为自己的好运而颤抖。甚至在回到座位上时，他还不敢相信地看着自己的双手，想着该怎么样才能不再用右手跟别人握手，或者一段时间内都不洗这只手。以前他讨厌手套，但现在他多么希望口袋里装着几只手套啊。他以后肯定会注意的，但现在，他会用手帕把这只幸运右手包起来，这样，当他用左手跟别人握手时，人们会以为他的右手受伤了。塔基里卡想包扎右手的事都想得入迷了，错过了倾听“通天塔”项目，现在，他正努力地跟上马乔卡利的节奏。

马乔卡利部长正给听得如痴如醉的人们吹嘘这个项目将如何惠及大众。一旦这个项目完成了，历史学家们再也不会去谈论世界上的其他名胜古迹，因为我们这栋雄伟的现代通天塔将大大超越巴比伦的空中花园、埃及金字塔、阿兹特克特诺奇提特兰①和中国的长城。谁还会记得什么泰姬陵？我们的大楼将是世界历史上第一也是唯一的奇迹。简而言之，马乔卡利宣布，通天塔就是全国人民给他们唯一的领袖、阿布瑞里亚自由共和国永恒的统治者而烘烤的特别的生日蛋糕。

说到这里，马乔卡利故意停了下来，等着人们欢呼鼓掌。

可是，除了国会议员、内阁大臣、统治者党派工作人员和军队代表，没有人鼓掌。尽管如此，马乔卡利还是感谢了参加庆典所有

---

① 阿兹特克特诺奇提特兰(Aztecan Tenochtitlan)，墨西哥特斯科科湖的岛上古都遗址，现在墨西哥城地下。约自1344年至1345年阿兹特克人由此统治墨西哥，1519年被西班牙人征服。面积约13平方公里，约有6万间房屋，当时居住人口约20万，亦是世界上最著名的人工岛之一。

人员的大力支持,并邀请所有热切想要赞扬这个项目的人上前发言。人们你看看我,我看看你,或者看着台上,悄无声息。只有那些大臣们、国会成员们还有统治者党派的人举了手,但是部长没有理会,还是转向了观众席。“你们是幸福得说不出话来了吗?就没有人能用语言表达自己的喜悦之情吗?”

一个男人举起了手。马乔卡利迅速示意他走到话筒跟前来。这个人明显上了年纪,扒开人群往前走的时候还拄着拐棍。两名警官跑到他身边,搀着他走到靠近讲台的话筒前。阿布瑞里亚这个国家还是敬老的,人们等着听他发言,仿佛等待圣人一般。但是,老人一开口,人们就明显地发现他的发音不准——斯瓦希里语里的统治者,本来应该是 Mtukufu Rais,他说成 Mtukutu Rahisi。听见统治者被喊作“便宜的殿下”,人们都吓坏了,一个警察赶紧凑到老人的耳边说那个词应该是 Mtukufu Rais 或 Rais Mtukufu。老人被弄得更糊涂了。他咳嗽了一下,清了清喉咙,想要镇定一下,然后对着话筒喊出了 Rahisi Mkundu。“哎呀,不对,不是便宜的屁眼儿,”另一个警察在他的另一只耳朵旁边说,“不对,不对,是尊贵的殿下,Mtukufu Mtakatifu。”这一点也没有帮助,因为,自信满满的老人又改成了 Mkundu Takatifu。听到“尊贵的屁眼儿”,人们哄然大笑,这下老人彻底忘了自己原来想说什么了,他一直念叨 Rahisi Mkundu 这个词。马乔卡利赶紧示意警察们把他弄走。老人不明白为什么又不让他发言了,被送回人群中时,他还大声喊了一串 Rahisi Mkundu,Mtukutu Takatifu Mkundu,Mtukutu,不停地把便宜、尊贵、屁眼儿几个词组合在一块,他还朝统治者做出各种手势,仿佛乞求他出面调停。

为了把人们的注意力从这尴尬的场面转移出去,马乔卡利拿过话筒,谢过了这个老人,他说如果大家都为这个项目贡献精力和金钱,它就会很简单很便宜。然而,不管他怎么打圆场,“便宜”和“尊贵的屁眼儿”这些词都在空中飘荡,让这位外交部长陷入了明显又难言的难堪境地。

而西吉奥库部长却开始落井下石,让场面变得更加混乱。他声称他其实是代表那些刚才已经举手却被无视的人们发言的——马乔卡利刚才为了那个老人故意对他们视而不见,直到现在,他还在袒护那个老人。西吉奥库问道,马乔卡利“兄弟”以及他的委员会有没有意识到,如果统治者每天步行或搭乘现代电梯(不管速度多快)前往天堂之门,将会多么劳累呢?

他建议在他手下成立另外一个委员会,研发制造一艘叫做统治者信使的豪华宇宙飞船。这艘飞船还配有一个陆地上的交通工具,叫做星际漫游者或者天堂漫游者,比美国人曾经发往火星的还要大一点。有了私人宇宙飞船,全世界唯一的领袖,我们的统治者,不管什么时候想去什么地方,都可以愉快地游走在星球跟星球之间。一旦到了其他星球,他就可以乘坐天堂漫游者采摘天空中的金子和钻石。西吉奥库一边夸张地拽着自己的两个耳垂,一边坐下,他喊道,一艘豪华宇宙飞船!

马乔卡利重新拿回了话筒,他感谢他的部长兄弟在挑选礼物方面给予他的支持,以及为统治者在太空中的需求提出那么棒的建议,之后他迅速地指出,如果西吉奥库部长能费心看看白布上面的图纸的话,就会发现,现有的委员会已经考虑到太空旅行的问题了。在通天塔的楼顶,有一个太空站,里面可以停放这种星际旅行的飞船。马乔卡利指着自己的眼睛发誓说,委员会是非常有远见的。

然而,从他嘴角泛起的微笑很明显能看出,对付西吉奥库的刁难,他是有其他准备的。当他说出来的时候,其他大臣们也吓了一跳。世界银行马上会派出一个代表团来我国讨论通天塔项目，看是否可以向阿布瑞里亚提供贷款，以便他们完成这个项目。

马乔卡利又夸张地停顿了一下，好让这个消息很好地被人们吸收，之后他才开始请求统治者接受通天塔作为这个伟大国家献给其统治者的生日礼物。

乐队开始奏乐：

祝你生日快乐
祝你生日快乐
祝你生日快乐，亲爱的统治者
祝你生日快乐

统治者站起身来，他的左手拿着一根权杖和一个拂尘。他的黑西装看上去跟马乔卡利身上的几乎一样，但是仔细看就会发现，上面的条纹都是小小的字母写成的“强权即公理”。传言说他的衣服都是在欧洲量身定做的，他在伦敦、巴黎和罗马的裁缝们除了给他做衣服之外什么也不干。跟其他效仿他的政客马屁精们的衣服不同的是，他肩膀上和手肘上的垫布是用猫科动物的皮做的，主要是美洲豹、老虎和狮子。总之，其他政客是不允许穿这种衣服的。孩子们受到了这个特征的启发，创作了一首歌，形容他们的神：

像美洲豹一样行走
用老虎的眼睛照亮道路
像愤怒的狮子一样咆哮

以他的身高，配上定制的西服，统治者看上去威风凛凛，这也是为什么抱着第五种说法的人们不停回忆他那天的样子。他的身体非常健康，他清了清嗓子然后说，“对于你们今天献给我的爱，我非常感动……”接着，为了表示他的感激，他宣布释放成百上千名政治犯。在他们当中，有许多作家和记者，根本没有经过审判就被扔进监狱，包括一位入狱十年的历史学家，他的罪名之一是写了一本名为《人民创造历史，统治者却将它变成自己的历史》的书。统治者对这位历史学家的罪孽依旧怀恨在心，因为今天他又提到这个案子。梅特鲁教授，他这样称呼这位历史学家。他用挖苦的语气说起，入狱后，教授的胡子是最先被钝刀刮掉的。这个有知识的恐怖分子已经坐了十年牢，统治者说，但因为今天这有历史意义的场合，我已经允许他提前出狱。不过，梅特鲁教授不可以再留超过半英寸的胡子，如有违反，将被再次抓回监狱。他每个月要去警察局报到一次，测量胡子长度。其他政见不同者都必须发誓，再也不会收集和传播谣言，无论是以历史传记、文学作品还是新闻的形式。如果他们改过自新，就会知道他才是给予他们悔过机会的仁慈的上帝。说完他转向台上唯一一位女士。

“尤尼丝·伊麦克尤雷特·蒙兹博士。”他喊道。

那个沉默的女人缓慢而从容地站起身来，她的自信引人注目，外貌却很一般。

“你们看到这位女士了吗?”他继续说道，“在冷战时期，你们现在看到的这位可是一个革命分子。非常激进的革命分子。她的名字就说明了一切。尤尼蒂·蒙兹-比拉-沙卡[①]博士。对吧？确凿无疑的革命分子。但是，在冷战的最后阶段，她放弃了那些愚蠢的革命思想，忏悔并发誓效忠于我。我把她关进牢房了吗？没有。我甚至让大本·曼波给她找了份情报官的工作，现在我非常高兴地宣布，我已经任命尤尼丝·伊麦克尤雷特·蒙兹博士为下一届

① “蒙兹-比拉-沙卡”是斯瓦希里语，意为“确凿无疑的革命分子”。

驻华盛顿大使。她是阿布瑞里亚历史上第一位得到这种职位的女士。”

蒙兹博士鞠了个躬，挥挥手，对人群雷鸣般的掌声表示感谢，然后坐了下来。

“现在，”掌声平息后，统治者接着说，“我要说说另外一位经历过帝国主义、资本主义、殖民主义、新殖民主义硝烟和炮火的激进分子。他曾经被称为卢米纳斯·卡拉姆-姆布亚-伊图卡。你们看，指望用发光的笔去涂写革命？他可是一个煽动分子啊。一个莫斯科人。在东德的马克思革命主义新闻研究所上的学。曾经甚至有个阶段，我们的某些邻国，被愚蠢的非洲社会主义搞得醉醺醺，还曾经聘请他写一些激进的文章，号召非洲进行阶级斗争。等到共产主义明显油尽灯枯的时候，他也非常明智地忏悔，并且急忙把名字里“革命”的字眼去掉了。我是怎么做的呢？囚禁他？没有。我宽恕了他。而他也用自己的作品证明了他值得我的宽恕。在他曾经秘密制作的传单《不朽的爱国者》中，他抨击我是绵羊之国的缔造者。现在，在《每日爱国者》中，他用文字的小鞭子帮我放牧绵羊。”

为了保护国家免遭恶意造谣者——那些所谓的历史学家、小说家——的危害，为了对抗他们的谎言和诋毁，统治者指派他为自己的官方传记作家，因为众所周知，他的个人传记，其实就是这个国家的故事，是真实的历史。“我忠实而可信的历史学家，”统治者咆哮着，“我要你站起来，他们将仰视你效仿你。”

这位传记作家顺从地站了起来。人们这才发现，原来那个拿着皮革包边儿笔记本和跟水管一样粗的钢笔的男人就是统治者的官方传记作家。我亲爱的子民们，统治者转向人群，喊道，我想说的是，你们送给我如此美妙的礼物，上天会保佑你们大家的。他说，他如此喜爱这份礼物的原因之一，是它完全是个意外的惊喜：他做梦也没想到阿布瑞里亚会为他去做全世界历史上都没有做过的事情，来表达对他的感恩。他停顿了一下，因为人群中央爆发出一声令人毛骨悚然的号叫。有蛇！有一条蛇！其他人纷纷叫了起来。很快，场面变得一片混乱。人们推搡喊叫着，四下逃窜，就为了一条许多人根本没有亲眼见到的蛇。不过，有人看见就行了，现在人们喊的可不是一条蛇，而是许多蛇。内阁大臣们不敢相信眼前这一切，谁也不想率先表现出恐惧，他们用眼角的余光偷偷打量彼此，等着有人先行动。

人群中开始有人推挤着拥向舞台，大喊着，有蛇！有蛇！有些警察和士兵本来打算逃跑，看到统治者的护卫们举着枪准备向人群射击，他们只能站在原地。场面依旧混乱不堪。

为了让人们安静下来，警察局长朝天开了一枪，但这只让事情变得更加糟糕。这场混乱变成了暴力骚动，人们为了自保四处逃窜互相踩踏；几分钟后，只有统治者和他身边的内阁大臣、士兵和警察们剩了下来。秘密警察的头儿从麻木中醒过来，凑到统治者的耳边说，这可能是政变的开始。不出几秒钟，统治者已经在去往总统府的路上了。

7

媒体从来没有报道过这场骚乱。接下来的几天，各大新闻头条都是有关这个特别的生日礼物，还有即将到来的世界银行代表团。《埃尔代里斯时报》的头版赫然印着，“向天堂进军”。这家报纸写道：美国，你们要注意了。我们不会让你们独霸太空。我们就在后面。我们在科技方面或许落后你们几年，但我们必将赢得这场竞赛，就好像龟兔赛跑里的乌龟，一定会战胜兔子。

所以说，即便媒体报道了蛇这件事情，也只会把它说成是谣言。讽刺的是，接下来让这谣言疯传的正是从总统府散发出来的诡异气氛。

8

接下来的很多天里，统治者从来没有提起过那天发生的一切。那些自称知道内情的人说他异常震怒，而且他将大多数怒气都发泄在西吉奥库身上。西吉奥库说起过的个人宇宙飞船和星际漫游者萦绕在他的心头。统治者对此非常感兴趣，即便在震怒之中，他还是要来了探测火星的视频。然而，当他看到宇宙飞船的大小，尤其是早期的那个旅居者(Sojournertruth①)——所有的太空交通工具，在他看来，都比小男孩们做的玩具还要小——他激动地自言自语，这个西吉奥库真是不要脸——他，我的内阁大臣，居然敢建议我这么尊贵的人用这么丁点儿大的东西？当他后来知道索杰娜曾经是个奴隶，是个女人，是个自由战士，一个恐怖分子(他这么称呼她)，他的焦躁一发不可收拾。

很长一段时间，统治者都不肯接见西吉奥库。西吉奥库非常担心，开始采取行动安抚这座随时爆发的火山。他先是在晚上把自己的第一个妻子送去取悦统治者。统治者根本看都不看。他又送去了第二个妻子，统治者还是无视。接着他送去了年轻许多的第三个妻子，统治者继续无视。最后，他送去了他的两个女儿。这

---

① 旅居者(Sojournertruth)，1997年在火星着陆的微型火星车，以反奴隶制的女英雄，美国非洲裔废奴主义者和妇女权利的倡导者索杰娜·特鲁斯(Sojourner Truth，1797—1883)命名。

下统治者才缓和了态度，重新接见西吉奥库，但也只是将怒气发泄在这倒霉的大臣身上。

让统治者对西吉奥库如此生气的，并不只是太空漫游者的大小，或者那个用女奴隶的名字命名的火星车。生日庆典上的骚乱，人群仓皇散去剩下他和随从，这些不快记忆，让他内心愤懑难平：所有这一切给世人传递了一个什么样的信息？M5 都去哪里了？情报工作是归西吉奥库负责的，所以统治者才会迁怒于他。为什么情报人员根本不知道这些放蛇的人？他一直追问西吉奥库。

为了保命，M5 的头头还有西吉奥库解释说，放蛇的人是某个地下党——“人民之声运动”——的成员，而且，情报特工们早已经掌握了他们的行踪，只是没有公开，为的是争取时间从众多谣言中理清真相。在还没有完全掌握他们的叛变罪行之前，让这个团伙不必要地暴露在公众之下，并不是明智之举，他们这样解释道。在蛇还没有完全爬出洞之前，先不要急忙去打它。

这番说辞让统治者更加生气了。所以你们就打算等着它钻出洞吗？谁这么大胆，敢说我不能在蛇完全露出身子之前打死他？谁说我没有能力在它隐藏得最深的时候打死它？西吉奥库辩解说他刚才那么解释其实只是因为谚语是这么讲的。这下更糟了。西吉奥库难道是想说有谚语可以取代统治者的金科玉律吗？统治者的权力可以超越阿布瑞里亚所有的谚语，所有的谜题，而且，没有什么谚语可以阻碍他打败隐藏的敌人，就算是藏在最难接近的洞穴里。

为了提醒人们这一点，统治者决定向全国人民致辞。

这场出现在所有电视台、广播之上的致辞，是强制收看的，人们至今还会谈论它。他告诉全国人民，他的政府已经掌握到，这些自称为“人民之声运动”的反叛者，欺骗、怂恿大学生们在庆典之上投放塑料蛇。他想提醒全国人民的是，为了顺应民意，政府很早以前就取缔了所有的政党。阿布瑞里亚只有一个政党，统治者就是它的领袖。我要让整个世界都知道，他慷慨陈词道，从这一分钟开始，“人民之声运动”将彻底销声匿迹，不管是在明面上，还是在地下。统治者就是人民唯一的声音，这也是人民想要的。

为了与那些恐怖分子的谎言做斗争，统治者下令成立一支新的军队，“伟大殿下全能青年团”。他要求所有的中学生和大学生都加入，成为统治者的青年团成员。他们的主要任务就是让全国人民知晓，他才是整个国家的权威，是整个国家的光。团员们会讲授教义：阿布瑞里亚永远不会有除了统治者政党以外的党派，也不会尊崇任何效仿统治者的政治偶像。“为殿下服务”（On His Mighty Service）是他们的座右铭，会被雕刻或者文绣在他们的徽章、文具、衣服和交通工具上。OHMS①。

统治者停顿了一下，让这一切充分沉浸到电视观众的心间去。接下来的就是为整个阿布瑞里亚所津津乐道的东西，甚至所有关于蛇、魔鬼崇拜和超自然力量的谣言都有可能由此而来。为了强调接下来的警告，他用他那梅花形状的权杖指着摄像头，仿佛在指着“人民之声运动”那些恐怖分子一样。他，统治者，将用真蛇战胜他们那些塑料假蛇。在《圣经》时代，“摩西的蛇”吞掉了“法老的蛇”②。现在在阿布瑞里亚，“法老的蛇”将会吞掉你们这些自以为是新摩西的人③。

突然，他将梅花权杖高举在空中，仿佛随时都会扔向每一个以

---

① 为前文“On His Mighty Service”的首字母缩写。

② 出自《圣经》中《出埃及记》部分的故事。摩西及其兄长亚伦的蛇吞掉了法老的蛇。用以显示上帝的独一无二。

③ 此处用来形容统治者的权威。

及所有的自封为摩西的人。摄像师们躲在摄像机后面,猛然间,就好像同时被相同的物体砸中一般,这个国家所有的电视机屏幕都裂成了七块。观众们不知道究竟是统治者真的扔出了权杖,还是他用意念弄碎了他们的屏幕。关于这一点,人们至今无法统一说法。不管真相是什么,这场致辞兴起了一种新的蛇舞,一时间风靡全国,无论何时何地,两三个年轻人聚在一起,都会扭动身体——头、躯干和手——他们一边像蛇一样扭动,一边唱道:

我做的陶罐碎了
我何尝知道那自由
需要忍受毒蛇和魔鬼

9

起初,统治者并不在意有关魔鬼和蛇的传言,因为他希望这些能够加深敌人对他的恐惧,强化他对阿布瑞里亚的统治。但是,当他的 M5 告诉他,这些传言远远没有制造恐慌,反而可能弱化了人们对通天塔项目的支持,统治者终于觉得有必要采取行动否认这些传言,消除它们的力量。可是,要怎么做才能造成最大的影响呢?

远在殖民时期,当他还是个学生时,在课堂上,他听说过一些故事,说的是古巴比伦的一个国王曾经微服私访,装作是普通百姓。等到后来市民们得知了他的身份,纷纷受宠若惊。国王曾经在他们身边走过。本来,随着时间流逝,这个场景他已经记不太清了,但现在它又重新栩栩如生。他把这个想法告诉臣子们,他们都说,太好了,简直完美。在事先宣传好的礼拜天,自然地去拜访教堂,将人们的注意力转移到他对宗教的虔诚上面来,肯定可以对抗那些阴谋的根基。

被选中的是埃尔代里斯的万圣大教堂。多么明智的选择啊！这个教堂坐落在埃尔代里斯人口最稠密的两个区圣卢西亚和圣玛利亚之间，矗立在一座山上，将会是电视画面的绝佳背景。

这座教堂由稍微有点古怪的“不知疲倦的卡诺格里”主教执掌。他的追随者们给他起这个名字是因为，在很早以前，他还没当上主教的时候，他曾经说过，耶稣基督永远在不知疲倦地除却沉沉压在疲惫灵魂上的罪孽重负。很快，他的追随者们就开始说他就是那个永不疲倦的神父，总是在谈论那个不知疲倦的救世主。当被提升到主教的位置上时，出于对追随者们的尊重，他将这个名字合法化了。

在这个精心选择的礼拜天，在众多新闻记者、电视摄像机和手持话筒的拥簇下，统治者和他的随行车队抵达了圣玛利亚的集市。这次颇具历史意义的教堂之旅将从这里开启。他下了劳斯莱斯轿车，当着许多惊呆了的水果摊贩的面视察这个集市。这些摊贩们压根不知道自己是不是应该冲上去叫卖自己的货品。车队里闪闪发光的奔驰汽车，跟装满各种货物的驴车和手推车，形成了鲜明而惊人的对比。然而另外一个场面更加吓人。统治者看到一头没有拉车的驴子，他表现出很冲动的样子——其实也是由他的形象塑造专家们精心设计好的——骑上那头驴，效仿耶稣。他的一些密探，打扮成普通百姓，从摊贩那里抓来一些棕榈树叶。到了山脚下，他从驴子身上下来，步行向前。长长的摄像镜头里，统治者在山脚之下，而山上的教堂则让他看上去仿佛在带领朝圣队伍，向着上帝之城前进。

随从们跟在这位敬业的演员身后，离他一步左右，步伐缓慢而周到。这场表演几乎没有瑕疵，他那小圈子里的人甚至开始想象如何庆祝胜利了。

结果,就在统治者刚走到教堂大门的时候,画面突然消失了,那些在家里或者社区大厅追看电视直播的人们,立刻就意识到有什么东西不对劲,他们迅速想起那一次他们的电视屏幕碎成七块的场面来。这个小故障让他们没有看到接下来发生了什么事情,他们只能从当时在场的、亲眼见到统治者走进教堂的人那里打听、拼凑零碎的消息。

虽然细节不尽相同,但所有人都认同,统治者一走进教堂,墙壁就开始晃动,仿佛地震一般。墙上挂着的衣服还有纸张全都奇怪地飞舞着,仿佛在争相逃脱。“不知疲倦的卡诺格里”主教把平日拿在手里的小本《圣经》放在圣坛上,圣坛竟然开始晃动,《圣经》也掉在了地上。他没有捡起它,而是转身走进一间接待室,人们还没想明白他为什么抛下圣书还有这一大堆人的时候,他又出现了,右手拿着一本巨大的《圣经》,左手拿着一个巨大的十字架。他的两只手都伸向统治者。主教的嘴唇在动,好像在念咒语,但是没有人能听清他在说什么,所以后来也没有人能复述出来。

接着,所有在场的人都听到窗户被什么东西穿透的声音,玻璃碎成了七块。突然,所有晃动的墙壁和飞舞的东西都静止不动,整个教堂都沉浸在宁静和平和之中;“不知疲倦的卡诺格里”主教继续进行他的仪式,语气如常,仿佛刚才什么不祥的事情都没有发生一样。

在人们家里,所有电视机在短暂的停止后都恢复了正常。这时候,已经坐在电视机前观看的人,还有正好打开电视的人,都看到卡诺格里主教正要开始布道。在后者当中,有些人觉得骑驴、棕榈叶、沙哑的赞歌和长途步行到山上之类的事情都十分可笑。

但是,神秘事件的讲述者们没有放弃,他们甚至坚称众圣徒大教堂并不是发生神秘事件的唯一圣地。据说,在那之后统治者还在其他教堂做了礼拜,那些地方也发生了类似的情形:每个地方,至少都有一扇玻璃窗户在那些挥舞着十字架和圣经的神父们召唤出来的力量之下,碎成了七块。他们说,这也就是为什么在没有任何说明的情况下,阿布瑞里亚的统治者突然宣布,为了证明所有信仰都是平等的,他将同时接触伊斯兰教,出于谦逊并且顺从伊斯兰教不喜拍照的习惯,他将不允许摄像头拍摄他们的接触。

他的计划是,在伊斯兰教的清真寺,不管是逊尼派、什叶派还是瓦哈比教派,接着在印度寺庙,不管是印度教、佛教还是耆那教,然后是锡克教的谒师所,最后是犹太教的教会堂,都进行类似的活动,希望这些自然的露面能消除发生在万圣大教堂和其他教堂里的一切。

第一次拜访伊斯兰教圣地时,他命令手下找一间没有玻璃窗户的清真寺。搜遍了埃尔代里斯,他们终于找到一间清真寺,有着漂亮的圆顶和尖塔,最重要的是,窗户都是木头和铁栏杆做成的。

然后,更加戏剧性的事情发生了,不过因为没有被拍下来,所以我们只能再一次地听听传言。据说,统治者一进去,负责白日仪式的阿訇就意识到有什么东西不对劲了,他迅速地把《古兰经》举到半空中,用阿拉伯语喊出其中的经文。

在场的人说他们感觉到像是有风在空中盘旋,很快他们就听到其中一扇窗户的铁栏杆嘎吱作响,然后有些铁栏杆折弯了,就好像有人想要逃出去在使劲推它们。阿訇冲窗户挥舞着《古兰经》和念珠,大声喊着像是撒旦的字眼。嘎吱嘎吱的声音立刻消失了。有些人怀疑这整个故事都是假的,不过即便是他们,也无法解释那些铁栏杆为什么会弯得那么厉害;据说,那间清真寺的委员会内部争论了好多次,最后决定不去修复那扇窗户,让它维持原样,当作神圣的《古兰经》战胜撒旦的诡计的见证，哪怕这撒旦穿着尘世里时髦的华服。

整个“在圣地自然露面”项目被静悄悄地抛弃了，“无魔鬼”的指令又重新下达到这些宗教圣地。城里有些居民挂起了海报：“埃尔代里斯是一个没有魔鬼的地方”。

10

过了一段时间，人们才发现，邪恶的魔鬼们已经逃离了教堂和清真寺，游荡在这片土地上，若非如此，人们要如何解释那两份很快传遍了埃尔代里斯的报告呢？第一份报告非常有趣，它声称，撒旦去了圣卢西亚的马里萨和马里库家里，挑衅他们。

第二份更吓人，已经超出了宗教的范畴，它说撒旦在许多城镇和村庄，掏出人们的心脏，把空壳一样的尸体扔在路边或者垃圾堆里。

然而，还有一些人争辩说，这两个故事，撒旦与马里萨和马里库争斗，以及撒旦掏出人们的心脏，其实是相关联的，很明显，这是撒旦在表明，尽管他输掉了某些战役，却没有输掉整个战争。不过，它为什么要去挑衅一对上了年纪的夫妇呢？

11

马里萨和马里库是一对夫妇。圣卢西亚的人们都很熟悉他们，因为他们两个总是形影不离，无论是去集市、商店，还是去参加守夜、葬礼还是婚礼。如果他们中的一个或另一个单独出现，人们就知道——几乎从没出错过——另外一个肯定在不远的地方。

他们家的黑猫(只有额头上有一撮白毛)有时候会跟着他们。每当它来到教堂时,孩子们就会唱起一首熟悉的歌谣:

玛丽有一只小猫咪,
小猫咪,小猫咪
玛丽有一只小猫咪
皮毛像煤烟一样黑

不管玛丽去哪里,
去哪里,去哪里
不管玛丽去哪里,
猫咪肯定跟着去

有一天它跟着玛丽到教堂……

马里萨和马里库是万圣大教堂的忠实教徒。他们总给教堂的长凳和窗户掸去灰尘,布置花束。每当周五、周六和周日,教堂在地下室给无家可归的人们发放食物、提供住处时,马里萨和马里库都自愿帮助牧师去照顾那些贫穷的人。他们甚至会给栖息在教堂屋顶的鸽子和其他鸟儿喂食。

马里萨和马里库就好像双胞胎一样。很多时候,只要其中一个人说一个开头,另一个人就能把对方想说的话说完。他们已经六十多岁了,不过保养得非常好。他们的孩子已经长大成人,各自都有体面的工作。总之,马里萨和马里库没有什么瑕疵,他们看上去就是一个健康婚姻和家庭生活的典范。

这样一来,在统治者到访万圣大教堂之后不久的某个星期日,当马里萨和马里库站在众人面前忏悔,说自己无法抑制地渴望他人的肉体时，整个教堂的人都惊呆了。

为了保持一贯风格，他们讲述起来就好像是从同一本书上读来的。

“就连走在大街上都变成了一种折磨。”马里库说道。

“每一天夜里，我们都祈祷能够卸下这重负，但我们的祈祷并没有得到答复。”马里萨补充道。

“我们已经不能感应到彼此的身体，而别人的却能让我们的身体燃起欲望。”

“仿佛是撒旦在引诱我们偏离正直的道路，打破《十诫》中的某些戒条……”

“……也就是说，”他们像合唱一般同时说道，“你们不可奸淫，不可觊觎他人的财产。”

“目前，这种渴望还只是停留在我们的眼睛里。”马里萨解释道。

“但就算是这样，也是一种罪孽。”马里库赶紧补充，生怕稍有疑虑听众们就会怀疑他和马里萨对待这些诱惑的认真程度。

参加礼拜的人们祈祷这对夫妇能够坚强起来，欲望的魔鬼终将被毁灭。仪式结束后，不知疲倦的卡诺格里主教，他们的基督兄弟，跟他们进行了一次推心置腹的谈话。他要他们保持坚定，要他们记住，耶稣曾经身处荒野，饥渴难当、疲惫不堪，撒旦专门挑这个时候来诱惑他，整整四十个日夜，耶稣与数不清的欲望搏斗，却一直保持坚定，保持自己的勇气和正直，最后终于战胜了撒旦；也正是这场伟大的战争历练了耶稣，让他能够承担起救世主这个角色。你们想想看，他都经受了些什么，你们是多么幸运啊，没有在狂风呼啸、野兽横行的荒野里独自苦撑四十个日夜；你们依旧在圣卢西亚，在自己的家中，有彼此陪伴，还有我们在你们身边，为你们呐喊

助威:真无耻,撒旦!教堂里的三重唱唱起了一首赞歌:

他邪恶的幽灵们会来
撒旦本身也会来
但我的灵魂已经用信仰武装

我会打败他
我会回击他告诉他
撒旦你给我滚
我永远不会追随你

然而即便如此,撒旦还是没有放过他们。每个礼拜天,马里萨和马里库讲述的事情都越来越可怕——撒旦伪装成不同的模样跟踪他们七天七夜,更加狡猾的是,他还不遗余力地勾起他们对别人肉体的欲望等等。唯一让他们觉得安全、远离他的地方就是教堂。在其他任何地方,尤其是当他们其中一个睡着时,在家里,或者独自走在大街上的时候,撒旦就又回来了。他们之间变成了一场大规模的战争;试探他有什么策略,成了他们回击的一种方式,这样如果撒旦使出十分的力气,他们将回击两分。那是因为,他们最害怕的是,撒旦可能会把他们中的一个拖进黑暗的小巷。现在他们根本不敢分开。他们的“历险”非常动人,每个星期天,越来越多的人聚集在万圣大教堂,倾听这对夫妇和撒旦每天搏斗的最新章节。

众圣徒教堂变成了一个非常受欢迎的地方,每个星期天都挤满了人。他们渴望听到那些令人兴奋无比的细节——这对夫妇的欲望,还有跟撒旦的纠缠。有时候,教堂内甚至连站的地方都没有,许多人情愿站在门外和窗户外面,只为了听到这对英雄夫妇讲述的只言片语。

这个故事注定要传到新闻编辑们的案头。有家叫做《每日八卦》的报纸，自从开始连载刊登马里萨和马里库的忏悔系列后，销量就翻了好几番；反抗撒旦的战争变成了街头巷尾的谈资。无论是在十字路口，还是集市、购物中心和酒吧，只要年轻的男女聚在一起，就会半开玩笑地说：噢，亲爱的，你这样折磨我，就像马里萨和马里库一样。或者说，我对你有一种马里库和马里萨的感觉——你觉得呢？

对埃尔代里斯的居民，尤其是住在圣卢西亚的人来说，马里萨和马里库的故事，还有他们与欲望的撒旦之间史诗一般的战争，变得比前来考察通天塔项目投资可能性的世界银行代表团还要重大。这对普通男女对抗撒旦的故事，紧紧抓住了他们的想象力和好奇心。他们十分想知道这一切将如何结束。

12

距离马里萨和马里库第一次坦承被魔鬼缠上已经过去四十天了。这一天，聚在万圣大教堂的人空前地多。四十是一个重要的数字。耶稣在沙漠里也是经过四十天才战胜了撒旦回到家中。然而，当马里萨和马里库向上帝做证，忏悔说撒旦还是缠着他们。人们，尤其是年轻人，都很困惑，有些人还明显很沮丧。为什么撒旦不老实待在地狱里，而要无休止地纠缠马里萨和马里库？尤其让他们烦心的是撒旦怯懦的手段：在年迈的马里萨和马里库落单的时候或正要闭眼睡觉时下手。撒旦是个大恶霸，他们说。他不敢来这里。

但是有些人则提醒大家不要掉以轻心，撒旦不敢回到这里玷污这块圣地的唯一原因只是，他还清晰地记得几个月前，自己是如何被“不知疲倦的卡诺格里”主教打得落荒而逃。

年轻的人们，尤其是最近被教堂救助的，承担起这项重任。他们做完礼拜之后聚在一起，迅速地起誓，要像主教为众圣徒教堂做的那样，去保护圣卢西亚。他们将搜遍圣卢西亚的每一个角落、每一条小溪，把撒旦揪出来，就算抓不到他，至少可以吓得他屁滚尿流。

就这样，他们给自己起名叫“基督战士”，发誓将一直战斗，直到魔鬼让马里萨和马里库安静地过日子。他们将全副武装，用《圣经》作为盾牌，用赞美诗集当精神食粮，拿十字护板当拐杖，手持藤条以便驱逐撒旦。邪恶的魔鬼必须离开，或者被迫离开。他们创作了一首问答形式的战歌：

带着食物和权杖，
你要去哪里？
我们是征途上的朝圣者
去跟撒旦和他的追随者搏斗

他们大步向前，希望且相信其他的年轻人会响应这感人的号召，加入他们，一起搜寻撒旦。

13

基督战士起初并不确切知道到哪里、如何搜寻撒旦。

游客、乞丐和妓女们白天挤在大街上，晚上又相遇在七星酒店之外，仿佛这些奢华场所是富人、游客、乞丐和妓女所平等共有的一样，主要差别就是，到了晚上，富人、游客和妓女都待在酒店内，而乞丐只能在外面过夜,忍受雨水或寒冷。一到破晓,他们就又重新混在了一块儿。

虽然说话还都是用斯瓦希里语,但每个乞丐都多少会一点英语、德语、日语、意大利语和法语。比方说用各种语言说帮帮穷人——Help the poor, Saidia Maskini, Baksheesh。有些人用自制的吉他和鼓演奏音乐,有些人表演喜剧小品,时不时从被逗乐了的游客那里得到一两个硬币。他们都想待在游人最多的街道上,为了占点小便宜经常推来搡去。

有时候警察会对乞丐发动突袭,但也只是装装样子,因为阿布瑞里亚的监狱早就人满为患了。大多数乞丐都非常愿意去蹲监狱,因为有饭吃有床睡。为了不惹恼游客,政府也会注意不去驱赶大街上的乞丐。许多游客喜欢把乞丐或野生动物的照片发回家里,证明自己到非洲一游。在阿布瑞里亚,由于森林减少的情况和偷猎行为,野生动物变得越来越少,拍一些乞丐或者营养不良的孩子——苍蝇在他们鼻涕邋遢的鼻子和脏兮兮的眼睛周围飞舞——的照片,有利于增加可信度。如果大街上没有乞丐了,游客们可能会怀疑,阿布瑞里亚到底是不是个靠谱的非洲国家。

对于目前的情形,"基督战士"们是经过考量的。撒旦喜欢在哪些地方出没?打扮成什么样子?他们提醒自己,撒旦那么诡计多端,难道不是因为在创世之前就已经存在的吗?既然他能把自己变成一条蛇,在上帝的眼皮底下爬过伊甸园的围墙,那又有什么能阻止他变成人、其他动物甚至是一块石头的样子呢?为什么马里萨和马里库没办法说出他们渴望的东西的名字?因为正是撒旦本身伪装成不同的样子去诱惑他们。或许,他现在已经假扮成游客、妓女、乞丐或者在街头巷尾瞎转悠的任何一个人,或者……

"瞧!"一个战士指着街道那边的某个东西,大喊道。那是一座雕像,统治者骑在马背上。基督战士们很快就明白了他的意思,因为这座雕像让他们想起不久前,那个魔鬼崇拜者骑在驴身上模仿耶稣的景象——亵渎圣人的景象。可是,为什么在这个时候出现这一幕?恰好在他们需要的时刻?他们想起上帝禁止以色列人留下雕塑的事情。为什么?因为撒旦很容易藏在雕像里面。很快他们就发现,检查统治者的雕像可不是简单的任务。埃尔代里斯的大街上到处都是统治者的雕像。

有他骑在马背上疾驰的,也有慢跑的;有他站在基座上,双手高举,做出赐福众人的样子;有他穿着军装,举着利剑,仿佛正在阅兵,还有指挥战斗的样子;有他穿戴着教授的长袍和帽子,还有他摆着忧郁的姿势沉思的。

他们没有在雕像之中找到撒旦。他们检查了高高低低的楼房,还有跟楼房比肩而立、由废纸板和塑料板搭成的棚屋。凉亭对面,意大利、中国、印度和希腊餐馆供应着羽衣甘蓝和乌加利①做的黑人传统食物。大饭店飘出吱吱作响的牛排的香味,路边摊的炭火上玉米和榛子哔剥作响,香气四溢。

结果并不尽如人意。就像历尽千辛万苦远道而来觐见马槽圣婴(耶稣)的东方智者一样,基督战士们在埃尔代里斯的许多大楼里搜寻撒旦,也遇到了许多困难。在酒吧里,他们被人嘲笑挖苦,有些醉汉还朝他们脸上扔橘子皮。在七星大酒店里,他们经常被赶出去,甚至被禁止入内,理由是骚扰酒店的住客。在外面,在大街上,闪亮的奔驰汽车、驴车和手推货车在破烂的道路上拥挤抢行,阳光和尘土可不那么客气,更别说怀疑他们是乞丐而时不时驱赶的警察了,还有以为他们是神圣的乞丐而举着相机追着他们跑

① Ugali,玉米粉。

的游客。他们经常饥渴难当,疲惫至极。埃尔代里斯大街上的恶臭就更加于事无补了。

以前,埃尔代里斯的街道旁边不是成排的树木,而是堆成小山的垃圾。有些店主会付钱给专门收垃圾的人,清理自家门前的区域。所以有些地方,尤其是在中心商业地带,还是有一些干净的地方的。而其他地方,就只剩下苍蝇、蠕虫,还有老鼠的恶臭了。

这种恶臭是不是也是撒旦想要赶走我们的一种武器呢?没准他正躲在垃圾山上,嘲笑我们在人群和统治者的雕像中到处找他呢?不可能,我们是绝对不会被他臭跑的,他们不服气地说。

然而,不管他们自以为多么勇敢,他们越多谈论撒旦的诡计,就越是意识到,跟无法亲眼看到的敌人斗争是多么不容易。低落的时候,他们会提醒自己,他们是基督战士,正如《圣经》所言,他们必须奋战到底。因我受苦的人终将幸福。受这种精神鼓舞,他们又精力充沛地举起十字架,嘶哑着嗓子唱起歌来:

这个地方让我吃惊
在这十字架上
因为悲伤之后是欢乐
在这十字架上

在星期五的下午,在圣玛利亚的郊区,就在他们自我感觉良好的时候,三个男人冲向他们,恐慌地大喊着,撒旦!撒旦!他们躲到基督战士举着的条幅后面。求求你们救救我们……撒旦在追我们……

看到这荒唐的一幕,正用方言唱歌、聊天的基督战士们都惊呆了。当他们一心想着撒旦的时候,他们没有找到他。但现在,当他们沉浸在快乐和丰盛的恩典之中,当他们一心向着耶稣的时候,却听到了撒旦的消息。

“你们在说什么啊?”他们异口同声地问。

“撒旦……他吓死我们了！救救我们!”

“他在哪儿?”基督战士们兴奋地问,尽管他们对这个戏剧性的转折还是有点困惑和恐惧。

或许,在脑子里跟撒旦搏斗,还是没有面对活生生的他更可怕……但这就是该他们表现的时刻了,他们绝不会逃避的。

14

他很累,又饿又渴,几乎要被烈日击倒。他想爬到山顶,突然双腿一软,倒在了垃圾山脚下。他不知道自己是陷入了暂时的昏迷,还是沉睡,但是一阵轻风吹过,他被吹到了空中,现在他就这样飘浮着。他还是能看到自己的身体躺在地上,能看到垃圾山,看到小孩和狗在山脚下为了白骨上的一点点残肉而争抢。身体需要离开你休息一会儿,你也需要离开身体休息一会儿,他听见他对自己说——他决定让自己的身体就那样躺在日光下,没有了躯壳的束缚,他在阿布瑞里亚的上空游荡——为什么把我们国家的美景和享受都留给游客呢？他轻声笑着对自己说:比较着不同城镇和地区的状况差别。

这可太有意思了,看到自己像一只鸟,像鸟一样飘在空中,他忍不住对自己说:他享受冷风冲击着他的双翼。现在,他想起以前听过的一首基督教歌曲:

我会飞翔,离开这个世界
我会飘在空中,见证
发生在下面这世界的

他开始唱了起来，可是由于没法像以前张开嘴那样，张大他的喙，所以他发出的只是记忆中清晨旷野里鸟儿发出的哨鸣声。

现在他有了鸟类的优势，能以鸟儿的视角尽情地俯瞰，阿布瑞里亚的东西南北中部地区尽收眼底——从沿海的平原，到湖泊遍布的地区，到东部干旱的原始林区，再到中部高地以及北部的群山。不同地方的人，语言、穿着以及竭力维持生计的方式都各不相同。有些人捕鱼，有些人畜牧牛羊，有些人则在土地上劳作。但每个地方，尤其是在城镇里面，人们跟埃尔代里斯人一样，饥饿、干渴、衣衫褴褛。在大多数镇子里，避难所是用纸板搭的，废金属、旧轮胎、塑料成了许多孩子和成人的栖身之处。他发现，颇为讽刺的是，这些棚屋旁边恰恰就是高楼大厦——瓷砖、石块、玻璃和混凝土盖成的。同样，在城镇的郊区，咖啡豆、茶叶、可可豆、棉花、剑麻和橡胶的大型种植园也紧挨着农民辛苦耕种的土地。乳房充盈着乳汁的奶牛在葱郁的草地上吃草，而瘦骨嶙峋的牛则在满是荆棘和石砗的路上缓慢前行。

这么说我并不是孤独的，他听见自己在对那个变成鸟儿的自己说。或许他应该舍弃他的肉身人形，就这样做一只鸟，自由自在地在天空飞翔，沐浴在苍穹清新的空气之中，但接着他闻到身下工厂散发的阵阵异味。在这片土地上，或者在这片天空中，难道就没有一个地方可以让人们避开这种毒害吗？疑惑了一会儿之后，他想，在决定以哪种形式度过余生之前，他应该先回去看看他那暴晒在日光下的身体，再好好回顾下今天发生的这一系列令人震惊的事情。可是，万一他的身体被彻底烤焦了怎么办？想到这里，他扇动翅膀，急忙向埃尔代里斯飞去。

他到得太及时了。一辆垃圾车刚好停在了垃圾山脚下。他本来打算重新回到他的身体内,但他停住,等了一会儿,想看看他们会对他的躯壳做些什么。

司机和另外两个男人下了车,他们盯着尸体看了几秒钟。接着,其中一个人弯下腰,把耳朵贴近胸膛那里,然后说这是一具死尸。他们开始讨论怎么处理这具尸体。他们不愿意报警,想要警察过来,得等上一整天,他们可还有活儿要干呢。无论如何,他们也不愿意卷入到没完没了的法律程序当中去。搞不好他们还会被指控谋杀,然后被关进监狱,最后人头落地或者花一大笔钱买通狱卒逃出来。不过,让尸体就这样留在这里,结果可能也差不多。

尸体穿着一套破破烂烂的西装。口袋里会装着钱吗?这样想着,原先不敢触碰尸体的恐惧全都消失了,这三个人急急忙忙地翻了个遍,却一无所获。没有钱。他们注意到尸体抓着一个包,还压着这个包的一角。这里面肯定有什么重要的东西,否则它的主人不会在临死前苦苦挣扎时还这样顽固地抓住它。他们迅速读懂了彼此的心意,飞快地翻转尸体,搜查这个包,动作异常粗鲁无礼。他们是那么确信那个包装满了钱,等到发现里面除了几块破布什么也没有的时候,他们变得异常愤怒;其中一个甚至开始咒骂尸体,仿佛它还活着一般。你这个愚蠢的骗子。我敢肯定这几块破布才是你的衣服,你这身西装肯定是偷来的。你就这么不要脸吗,还去偷别人的衣服?还有,你居然不知道要偷一套不那么破的西装,这样的话至少我们可以带走它。

他们本来打算走了,突然又意识到他们的指纹已经遍布这具尸体。他们不可能再让尸体留在那里,决定连同他们的痕迹一起烧掉。死人是不会再开口说话的,尤其是尸体和包被埋在垃圾堆里的话。那么多人都快要饿死或病死,更别提那些因为绝望而自杀的人了,警察根本没理由再去搜寻一具散发恶臭的尸体。

或许我应该任由他们埋了我的身体，他告诉自己，或者说作为鸟儿的自己：我在阿布瑞里亚有什么用呢？身体是灵魂的监牢。为什么不切断它们之间的束缚，让身体与灵魂向对方道别呢？这样的话，我的灵魂就可以自由地漫步在这片土地，翱翔在这片天空。是的，我的灵魂可以去到它想去的任何地方，再也没有身体那些没完没了的需求：我渴了，我需要有水可以喝；我饿了，我需要有东西可以吃；我光着了，我需要有衣服可以穿；我淋着雨了，我需要有遮雨的地方；我生病了，我必须找个医生看病。我必须坐公交车，可是我没钱。我必须付学费、税金……让这一切消失，不是更简单吗？

可是，当他看到这三个人抬起他，或者说他的身体，扔到卡车的垃圾堆上，他听到自己内心发出一声叫喊，身体是上帝的神殿，在它走完在世上的旅程之前，灵魂没有权利切断与它的联系。我是人，我是一个人，一个有灵魂的人，不是一堆垃圾，不管我看上去多穷穿得多破，我都值得尊重，他听着自己反复呢喃，降落下去重新回到他的身体。

恶臭向他袭来，即使在他努力坐起身的时候，也熏得他不停打喷嚏。他开始拂去脸上的垃圾。正要上车的那两个人听到了喷嚏声，定在了地上。司机也不动了。那是什么？他问道。可是他的手下们没有回答。偷偷瞥见那具尸体起死回生后，他们拔腿就跑。司机也跳下了车，追在朋友们身后，恳求他们不要把他扔给魔鬼。不过，魔鬼这个词只是让他们跑得更快而已；现在这三个人可是一路号叫着撒旦！直到看到一群年轻男人和女人举着十字架和一块写着“基督战士”的横幅，他们才停下来平静自己，请求帮助……

15

讲述的时候，这三个收垃圾的人一直在发抖。他们说起自己是如何发现一具死尸，就在要把他埋进垃圾场的时候，尸体又活了过来，起死回生，然后开始绕着货车追着他们跑，想把他们抓住，装进他身上背的那个大袋子里面，带回他在恶魔之国的老家。他们问，那里不就是地狱吗，那里的火不是永远都不会熄灭吗？基督战士们说是的。这三个收垃圾的人想不起来他们是如何逃脱魔鬼的魔掌，他们只是看到了机会，就赶紧抓住从而逃脱了。

这真是一个悲伤、恐怖却又让人长松一口气的故事——天啊，简直是九死一生啊——在讲完这个故事之后，其中一个人甚至说，以后再也不去收垃圾了。三个人一致同意，以后再也不会去碰尸体，不管它看上去死得多透。毕竟之前他们检查过，那具尸体的确是死尸。

"别担心。"基督战士们说，他们全都点点头，表示他们已经知道撒旦是多么的诡计多端，"这是耶稣在召唤你们，扔掉这些尘世里的扫把，去做人们心灵的清洁者。"安慰了收垃圾的人后，战士们唱起歌来：

上帝要渔夫们跟随他

扔掉他们的渔网

他说他会带他们去天堂……

唱着唱着，基督战士们觉得，勇气仿佛重新流进了自己的血管，其中一对恋人甚至激动地哭了起来，渴望立即投入战斗。

这三个收垃圾的人表示了感谢，并且说，现在跟信奉基督的人在一起，他们感觉非常安全，就像过去那样；但是当被要求带着基督战士们回到他们历险的地方时，他们先是拒绝。等到战士们说他们可以躲在条幅后面，并用十字架全方位保护他们时，他们才同意。魔鬼是害怕十字架的，基督战士们安慰他们。之前看到他们冲着十字架跑去的时候，他不是停下来不追他们了吗？战士们还唱了，在十字架上，在十字架上，我找到了上帝……

就这样，在条幅和十字架提供的安全感面前，这三个人才指向一个独自走向市中心的身影。他们之所以能确认那就是魔鬼本人，是因为他们认出了他背的那个袋子。现在他们死都不肯再朝着魔鬼的方向往前走一步。他们急着跑回货车，生怕撒旦改变主意再回来抓他们。

基督战士们学着"不知疲倦"主教在万圣大教堂里做的那样，把十字架和《圣经》举在胸前，跟前面的身影保持安全的距离，就像他们自己说的，他们可不是那种傻瓜，敢去走天使们都不敢走的路。他们必须时刻记住，在反叛上帝、被驱逐出天堂之前，撒旦也曾经是级别最高的天使之一。差点发动叛乱、对抗上帝的天使，可不是能被轻易拿下的。但他们会盯着他，因为有了耶稣的指引，他们肯定能够战胜魔鬼。正如其中一个战士说的，撒旦之所以能够成功诱惑其他天使跟他一同背叛上帝，是因为那时候耶稣还没有出生。

然而，接下来发生的一切，恰恰证明了他们如此惧怕眼前这个邪恶身影是有道理的。直到今天，基督战士们还发誓，他们真的没有把目光从他身上挪开，可他们也依旧无法解释那个身影是如何在他们注视的目光下消失的。他们只知道，走到大街那里的时候，他们还看到了他，然后在推推搡搡的人群中，他们看到了许许多多背着相似袋子的人，他们根本认不出来哪个是他。魔鬼就这样消失了。

接着他们想起来马里萨和马里库遭受的苦难，他们的心被同一个想法击中了：万一这是撒旦的调虎离山之计可怎么办？他把他们拖住困在市中心，自己再去圣卢西亚捕捉马里萨和马里库，掏出他们的心脏，把他们空壳一样的尸体扔在路边或垃圾堆里。

他们决定回圣卢西亚，但刚走没一会儿，就听到身后传来一阵脚步声。是其中一个收垃圾的人。

“我已经决定扔掉这尘世里的扫把，成为一个人类心灵的清洁者。我也想当一名基督战士。”他告诉他们。

对于眼前发生的这一幕，基督战士们感到非常惊讶。上帝展示奇迹的方式真是不可思议啊。在徒劳无功的许多天之后，在他们根本没有期望的时候，在最不可能的地方，他们居然迎来了第一位皈依者。他们接受他成为他们的基督兄弟，给他洗礼命名为“灵魂清道夫”。

他们突然就看到了未来的曙光。几秒钟后，在新的皈依者的陪同下，他们已经踏上了返回圣卢西亚的路途，他们将在那里搞一个烛光守夜，为这个在荒野出现在收垃圾人面前、后来又消失在埃尔代里斯中心商业区的撒旦。现在他们有了“灵魂清道夫”，再也不愁认不出他来，也不愁抓不住这个魔鬼了。

第二部

排队魔鬼

第一部分

1

卡梅特觉得有点头晕，肚子饿得生疼。他站在路边，振作一下自己。他不想倒下，担心又会发生之前在垃圾场一样的事情。这不是他第一次感觉自己脱离自己的身体；曾经在夜里，在荒野中，他就有过这种感觉。在野外，他平躺在地上，看着星星和月亮的时候，他就会看到自己挣脱身体，飞向天空，仿佛有一股力量拉着他，想要把他送到宏伟、神秘而无边无际的宇宙之中。他会想起先知的预言，孔子、释迦牟尼、摩西、施洗者约翰、穆戈·瓦·基比鲁①，所有这些跟着宇宙规律悄无声息消失在荒野之中的圣人。他们的生命难道没有因为朝圣途中获得的一切而强大吗？他会整夜整夜地自由翱翔在天空之中，无限沉迷于万事万物，等到清早回到自己的身体时，他会觉得自己的灵魂被灌输了新的能量，可以撑过新的

---

① 穆戈·瓦·基比鲁（Mugo wa Kibiru）是19世纪肯尼亚非常有名的预言家。

一天——行走在埃尔代里斯的大街小巷，挨家挨户敲门，指望得到点什么，让自己好过一点。就这样，他怀抱着希望，甚至渴望在宇宙中自由飞翔，以此来减轻没有结果的追寻带来的伤痛。不过后来，他从来没有在阳光下，在垃圾场或其他任何地方，经历那天中午的事情。所以，他觉得这是一个警告，从此远离所有的垃圾场，即使路过也要绕开。当然，那位宇宙的分享者，那个照顾世间一切生物（不管是天上飞的，还是地上爬的）的创世者，为什么不能稍微照顾一下这些按照他自己模样创造出来的人呢？

他看见一块面包片在微风的吹拂下飘在空中，他的眼睛一直盯着它。现在，面包片就在他的头顶。本能地，他拼尽全身力气，抓住它塞进嘴里。啊，不好——原来只是一片纸。他觉得有点恶心。他急忙从嘴里掏出它，却没有扔掉，而是看了起来，仿佛是一开始就打算拿来看一样。那是一小块报纸。

它的一面是统治者的一张照片。统治者的头部已经被撕掉，只剩下一副躯干，手里举着权杖和拂尘。它看上去有点荒诞，他有点想笑，不过笑也需要耗费能量。

另一面是前来商谈通天塔项目的世界银行四人代表团。外交部长马乔卡利将举办一场接风晚宴，地点是……

晚宴？食物？很明显，这个世界上还有很多人没有东西吃。这个晚宴在哪里举办？他又看了看手上的纸片，可是字都已经撕掉了。他一把将它扔掉。它却没有落在地上，而是被风吹起，继续飘在空中，仿佛带着嘲弄的笑，诱惑他想起那些近在眼前实际却远在天边的食物，将他变成埃尔代里斯的坦塔勒斯①。他又觉得头

① 坦塔勒斯（Tantalus），一个国王，帕罗普斯之父，因恶行在冥界遭罚，站在水中但每当自己口渴要喝水时水却退走，站在果树下，但每当摘水果时水果却随之升高。

晕,只能靠在离他最近的商店的凉亭边,眼睛盯着大街上熙熙攘攘的人群,屏住呼吸不去闻空气里的臭味。

卡梅特的嗅觉一向很好,还是个孩子的时候,他就能闻到远处的东西。他的嗅觉非常灵敏,就像动物一样,别人还没露面,他就能闻出来他是谁。如果足够集中精力,他还能追踪到一个人的行踪。对于人群中不同的气味他也非常敏感。

但最近开始,他闻到的气味跟以前的十分不同。起先,只是许多气味中微弱的一丝,接着慢慢加重,变成一种时刻袭击包围他的味道。他分不清它是来自那些没有收走的、堆积如山的垃圾,还是工业区的工厂,又或者只是人们的汗液;它不太像腐烂的树叶,更像是肉体腐烂发出的臭味——不是死尸,而是曾经鲜活的人的身体,后来分解……还未完全腐化;它非常熟悉,又非常陌生。在某些人身上更加强烈。第一次闻到的时候,他还曾经怀疑过,那是从自己饥饿或疲惫的肚子里散发出来的,但是随后,在荒野里,在远离埃尔代里斯的森林深处,不管多么饥饿,多么干渴,多么疲惫,这种气味都没有出现。而走在城市或乡镇的人群中时,卡梅特经常努力地压抑自己的嗅觉,假装那种想要呕吐的感觉只是一种幻觉;这样他才能继续找工作,而不是一直想着那种气味。现在,他靠在凉亭边上,努力阅读店面上的招牌和广告,来压抑自己活跃过度的嗅觉。那些广告大都是用印地语、斯瓦希里语和英语写成的。NAMASTE. KARIBU. WELCOME. ①

印度店主走出来,把橘子皮扔在大街上,回去的时候,厌恶地剜了卡梅特一眼,仿佛在警告他,如果不赶紧走开,他就会把警察

---

① NAMASTE 为印地语,意为“你好”,KARIBU 和 WELCOME 分别在斯瓦希里语与英语中意为“欢迎”。

叫来。卡梅特的双眼盯住那些橘子皮。它们仿佛在引诱他，把它们捡起来，使劲吸吸，看能不能吸出点甜水来。有一个声音在他脑子里提醒他：说到在垃圾堆里捡吃的，你每天早上是怎么跟自己说的？难道你忘了，当你违背自己的诺言时在垃圾场会经历什么样的事情吗？

捡垃圾，还是向陌生人乞讨，两种声音早前已经在他脑海里交战，现在又愤怒地开始了争辩。究竟哪种更卑劣？根据经文里无数的典故，后者最终战胜了前者。祈祷毕竟也是一种乞讨的形式，而它是所有宗教信仰的基石。要求，然后被给予。每一天，不同信仰的追随者们，不管是以耶稣、穆罕默德还是释迦牟尼的名义，双膝下跪，乞求神赐予他们这个或那个。他们祈祷他们的上帝和主能听见他们的呼喊。是的，祈祷是被祝福的。乞讨是被祝福的。在释迦牟尼的追随者中，那些至善的则是因为誓忠于贫穷而出名。释迦牟尼本人不就是为了乞讨的纯净生活而挣脱了财富的枷锁吗？在僧伽的中心，在与诱惑马拉斗争了四十九天继而涅槃之后，他建立的僧侣群体，也就是比库，其实就是一种行乞的僧侣。施舍一点吧，请给我一点施舍。当然，卡梅特先前在垃圾场里遭遇的一切——差一点被活埋在垃圾堆里——就是一个很明显的信号，证明乞讨更好。他想着等下要伸出双手走进下一间商店，又很快意识到，他身上穿的这件找工作用的灰色西装并不适合讨要施舍。他有点想笑，但想到求职也是另一种形式的乞讨的时候，又憋了回去。乞讨，就像这个世界上的任何事情一样，都有它的时间、地点和穿着。夜间行乞还没有到时间，他还有几个小时可以找工作。谁知道呢——没准事情会有转机，没准他不用像僧侣一样去乞讨呢。

接下来，他简直不敢相信自己的眼睛。就在街对面，有一个标识牌,“埃尔代里斯现代建筑和房地产公司”,旁边还有一个广告牌。一份工作！他的眼里什么都看不到,只有这几个字了。仿佛起死回生一般,现在他心里充满了希望的喜悦。

2

这时差不多五点钟了,卡梅特生怕这家公司会关门,错过这次天赐良机,他没有敲门就闯了进去。

正在看书等着下班的秘书,没有看到他进屋,却闻到了他身上的异味,抬起了头。他们的眼睛对上了。在她的目光里,卡梅特感受到了拜访其他公司时从没感受过的东西。埃尔代里斯大街上让他几近窒息的臭味突然被一股更加强烈的味道取代,那是一种清新的味道,就像花香一般,可是房间里却根本没有花朵。

“你想干吗?”秘书一边问,一边折上书页做标记。

“我想见这里的老板、雇主。”

“塔基里卡？提图斯·塔基里卡?”

“随便叫什么名字的。”

“你有预约吗?”

“没有。”

“那你不能见他。”

“可我必须见他,求你了!”

“年轻人,你是想让我丢工作吗?”她咯咯地笑了起来,“我可是前几个月才刚来这儿上班的。”她把书合上,放在桌面上。

俗话说,眼睛是上不了锁的。卡梅特偷偷瞥见了书的名字:

Shetani Msalabani①。这是什么秘书啊，居然不是忙着修指甲，或者沉浸在庸俗的爱情小说里？她的声音非常温柔，让人想要交谈下去。

卡梅特在埃尔代里斯的大街小巷找工作已经好几年了。他接触过公司老板，非洲的、亚洲的，还有欧洲的，他们都把阿布瑞里亚黑种人当作小偷一样看待。他经常被羞辱。有一次，保安们甚至放狗来咬他。他也遇见过各种各样的秘书，有一些对他还算和善，但更多的是冲他恶语相向，仿佛找工作是一种罪恶一样。现在他面对的这位秘书似乎跟别人都不一样，但他又说不上具体哪里不同。

“女士，如果我跟你说了我的故事，你就会知道我为什么要见你的老板了。现在让我去扫厕所都行。”

“埃尔代里斯还剩下什么厕所吗？”她若有所思地问道。

“好吧，还是有便桶的。”

“把里面的大便倒掉？然后刷干净？”她反击道。

“什么工作都行。”

秘书好奇地瞥了卡梅特一眼。他黑黑的，又高又瘦，手里拿着一个袋子，身上的灰色西装新的时候应该很好，可能还很贵呢，但现在已经穿破了，手肘打着补丁。

“我明白了。这样的话，我建议你明天再来。现在已经五点了。我的老板马上就要走了。要不是他让我再留一会儿，我也早走了。所以你是幸运的。我看看他明天的行程。”

“请让我现在就见他一面吧——等我告诉他我的故事，他会理解的。”

---

① 是本书作者用斯瓦希里语写的书《十字架上的魔鬼》。

“你知道吗……”她停顿一下，身子微微向前倾，压低嗓门，仿佛在透露一个秘密，“我老板是通天塔项目的重要成员，他马上要去参加欢迎 GB 代表团的晚宴。”

“GB？英国(Great Britain)？”卡梅特不太明白，她到底在说什么啊，她说的跟安排会面又有什么关系？

“不是英国！是世界银行(Global Bank)！”

就在这时，塔基里卡正好从旁边一间屋子里走出来，很招摇地把一把手枪放进夹克衫的口袋里，故意让这位不速之客知道，他可是有武器的。

一阵臭味向卡梅特的鼻子袭来，有好几秒的时间，他觉得难以呼吸。但他忍住了，装作没有闻到任何味道的样子。他判断出这就是老板。塔基里卡的肚子非常大，黑西装又有点紧，紧紧缠着的右手跟他的肤色很配。他模仿统治者，手里也拿一根小权杖，说话的时候，如果要强调什么，就在身体的左边重重地敲击权杖。

塔吉里卡看了看卡梅特，又看着秘书，好像在问，你是从哪个粪堆里找来这么个东西？

“他想见你。”秘书回应道。

塔基里卡又看了看卡梅特。卡梅特刚想开口，但塔基里卡拦住了他。

“你没听到我秘书说的吗？我马上就要去欢迎 GB 代表团了。你听懂了吗？世界银行，整个世界的银行。我收到了外交部长的私人邀请，他可是我了不起的朋友，还有……”

“一份工作。我只想要一份工作。”卡梅特急切地说。

“现在吗？”塔基里卡有点不高兴卡梅特这样打断他，他正要开始吹牛前的热身呢。

“我去过许多公司。”卡梅特解释说。

“所以你就觉得公司的老板们都有时间见你?”

“我只是想说,今天我走了一天了。”卡梅特想要缓和一下他的情绪。

“所以平常你都是开着奔驰车在公司之间跑来跑去?”

卡梅特没有理会这些羞辱,无助地希望这个老板会对他有些同情,给他一次面试机会。

“面试,我只想要一次面试。”

塔基里卡突然有了一个主意。他的脸颊微微鼓了起来,仿佛笑得喘不上气来,但其实他并没有笑。他坐在桌面边儿上,右脚点地,左脚悬空,离地面几英寸。现在他两只手都握着权杖。

秘书不明白眼前发生的事情。她想,这个人,无论他是谁,肯定有着某种神秘的力量。要不然怎么能够这么快地软化老板的心?

“你想找什么样的工作?”

“什么都行,只要现在有。”卡梅特急忙回答,他更紧地攥住他的袋子。或许今天早上他遇见的是一只吉祥的鸟儿。这简直是露宿街头最大的收获之一了。每天早上都是鸟儿把你叫醒,不管带来的是好运气还是坏运气,至少它们是唱着歌把你叫醒的。

“你是什么学历?”

“经济学学士。工商管理硕士,MBA。”他把手伸进外套口袋,仿佛在掏什么东西,“不好意思,我没有名片。”

塔基里卡和秘书抬头看着卡梅特,充满了兴趣和好奇。但是他们的思绪却是背道而驰的。秘书觉得自己能够感受到这个人的痛苦、问题和急于取悦的焦虑。而塔基里卡则怀疑他在大学学历和名片的事情上说了谎。卡梅特感受到了这种怀疑,急忙扯出自己的学历证明,递给这位老板,想要改变他的看法。塔基里卡把权杖夹在左腋窝下,用缠着的右手接过那张纸。他扫了一眼,有些满意似的点点头。

“印度?”

“哦,是的。实际上,印度现在出了一批世界顶尖的计算机专家。美国北加州的硅谷里面,全是来自印度和巴基斯坦的天才少年。”

“你是怎么吃得惯他们的马沙拉咖喱和辣胡椒的?”

“哪里的食物都一样,”卡梅特说,“习惯了就好。我们阿布瑞里亚的口味也是受印度烹饪方法影响的。”

“哦,我差点忘了,当然了——我们这儿也有很多印度人,有些街道上全是大蒜和咖喱的味道。”塔基里卡仿佛在自言自语。

想到食物,卡梅特又觉得有点眩晕。现在随便给他一口什么,哪怕是最辣的胡椒粉,他都能吃下去。但他稳住自己,继续说道,“我们别忘了,印度可不只是有咖喱和大蒜。印度和巴基斯坦还有核武器。他们都成功地测试了核弹,西方国家都为此震惊。许多计算机芯片都是印度生产的。世界各国的大学里几乎都有来自印度的教授——或者说,在印度的中学和大学接受过教育。印度人现在可不全是小卖部店主,就好像非洲人不全是擦鞋匠一样。”

“那你学过怎么做好吃的咖喱吗?”塔基里卡问道,丝毫没察觉到现在谈论食物对卡梅特是多么大的折磨,“他们不让我们进去看。”

“是啊,那是他们的看家本事。”卡梅特含糊地说,努力转移话题。

“哦!所以你受过高等教育!”塔基里卡一边细看那张学历证明,一边咕哝着。

“我只是想给自己一个机会。”听他那么说,卡梅特也没有不高兴，而是带着一丝谦逊回答。

“你肯定从头到尾看过《爱经》[1]吧？”

“那是什么东西？”卡梅特问道，他觉得很困惑，因为他从来没有读过这本古代的性爱手册。

“然后给自己一个机会去实践？”塔基里卡说，他把目光从学历证明上挪开。

他毫无诚意地瞥了一眼自己的秘书，假装表达了一下歉意，好像自己是刚刚才意识到当着她的面说了什么不该说的。不过，这一瞥也似乎是在说，要是她不在场的话，他肯定还有更多想问的。

塔基里卡又瞥了一眼秘书，然后非常不自在地笑了一下。他还不怎么了解她，不过即使她没说话，他也感觉到她的反感。他放下了《爱经》的话题，又说回了学历证明。

“印度？马德拉斯？”塔基里卡继续问道，仿佛对这个人的教育背景真的很感兴趣一样，“泰米尔纳德(Tamil Nadu)[2]！这又是什么东西？另外一种印度咖喱？”

“不是，”卡梅特回答，他不知道自己应不应该发笑，只能开始耐心地解释起来，“印度分成许多个邦，就好像阿布瑞里亚分成许多个省。泰米尔纳德是印度东南部的一个邦。喀拉拉也是南部的一个邦。它们是挨着有交界的。泰米尔纳德的北边是另外两个邦：卡纳塔克(Karnataka Pradesh)和安得拉(Andhra Pradesh)。Pradesh 就是省的意思。但是实际上，印度的省更像是一个一个的

---

① 《爱经》(Karma Sutra)，古印度一本关于性爱的经典书籍，相传是由一位独身的学者所作，成书时间大概在 1 世纪和 6 世纪之间，很可能在印度文艺复兴的笈多王朝时期。这是一部以经书的形式写成的关于性与爱，哲学和心理学的著作。

② 泰米尔纳德(Tamil Nadu)，印度南部的一个邦。

小国家。马德拉斯——我想他们现在应该是叫它什么来着……清奈,是的,好像是这个——马德拉斯是……”

“我让你给我讲讲你的教育背景,年轻人,你却给我长篇大论印度的地理知识?”

“对不起,”卡梅特说,“印度有着丰富的地理知识和历史沉淀。”

“比方说加尔各答黑洞?”塔基里卡咧着嘴,自满地笑了,“印度的历史,我只知道这个了,我也不想知道更多。如果有人来问我的建议,应该如何对待阿布瑞里亚的印度人,我会说,他们全都应该被关进现代的加尔各答黑洞。不管什么时候,阿布瑞里亚的黑人想要发家致富,就肯定有个印度人在挡道儿。他们对咱们黑人,就只有羞辱。他们对这片土地上的人丝毫没有尊重。他们挣了钱都送哪儿去了?送到印度、巴基斯坦,现在还有孟加拉。对阿布瑞里亚毫无忠诚可言。有些印度人甚至不愿意要我们的国籍。他们更喜欢继续做大不列颠人,实际上只是英格兰人。有些人有双重国籍,随时准备着等阿布瑞里亚一出什么事就坐飞机逃跑。我们有统治者这样的领袖,印度人真应该谢天谢地了。”

“可是,不也有很多阿布瑞里亚黑种人把钱存进瑞士账户里吗?”卡梅特问,“有什么不一样呢?”

“你为什么帮印度人说话?”

“我只是说,很明显,在印度,就像在阿布瑞里亚乃至整个非洲,都有贪婪的人。但同样也有真正在意人民生活,并与危害人民生活的东西做斗争的人。我觉得,我们可以从印度及其他亚洲国家身上学到很多东西,就好像他们也可以从我们这里学到很多。我们阿布瑞里亚人,相比较起其他国家,应该加强与印度的关系,因为我们的国民很多都有着印度血统……”

“你竟然敢把这里的印度人称作国民？阿布瑞里亚国民？”

“为什么不呢？”卡梅特认为自己的未来老板是在考验自己是否可以和客户们相处。说到那些泛非洲理念时，他好像在跟老板透露什么秘密似的，“你知道吗？据说有些印度人有非洲血统——比方说西迪人。说泰卢固语的德拉威人，外表就很像埃塞俄比亚人或埃及人。历史学家们说，有一个叫做马利克·安巴尔的非洲将军，他……”

“统治过印度？”塔基里卡讥讽地堵住了他的话。

“是的，”卡梅特满腔热情地说，“但不是印度全境。你知道的，在十六世纪前后，印度并不是一个完整的……”

“所以你还研究过说谎的艺术呢？”塔基里卡突然爆笑起来，他还冲秘书眨了眨眼，仿佛在说，你也听到他怎么说的了吧，“还是说，你只是给自己的故事添油加醋呢？”

“我没有说谎；这只是一种假设，”卡梅特努力想把话题转开，“就算我们把血统和国籍问题放在一边，印度和印度人在非洲独立史上依旧扮演过重要角色。大量的印度人跟非洲人一起反抗殖民主义。而圣雄甘地，不也是在南非与殖民主义斗争了十五年之后，回到印度组织了非暴力不合作运动，反抗英国在印度的殖民统治？这个穿白袍踩木屐，只用拐杖和非暴力理念却对抗大不列颠帝国的人，是多么有人格魅力啊，你不觉得吗？”

“现在，你明白我的观点了吗？”塔基里卡说，“他在南非点了一把火，然后呢？等这把火烧得旺了，他却跑了，留下一个烂摊子，让别人去灭火，或者在火里烧死。年轻人，你在印度听多了政治传道。那么，除了甘地的传道，还有尼赫鲁的权力垄断，你还学了些什么？”

“这么说吧，我学到了，印度和非洲的政治特色并没有太多差别。有人喜欢他们的历史和肤色,也有人憎恶他们的历史和肤色……"

"你又来了!我问你在印度学到了什么别的东西,你却跟我扯肤色?"塔基里卡严厉又愤怒地说。

对于他这种过度反应,就连秘书也吃了一惊,好像他把肤色问题当成了对他个人的侮辱一般。

卡梅特本来一直想用自己深刻而广博的学识征服这位未来的老板,现在他不知道这次谈话会怎样继续下去,他不知道塔基里卡真正想要的是什么。因为每次他想要证明自己的学问的时候,听到的都是塔基里卡的嘲讽,还有此刻的愤怒。这样看来,塔基里卡对他的羞辱,跟印度富人们对阿布瑞里亚黑种人的羞辱,又有什么差别呢?卡梅特意识到自己需要简明扼要地回答问题,而不去担心这背后的含义。同时,他是那么想要得到这份工作,才会那么急于展现自己的学识,生怕留下任何缺陷。阿布瑞里亚的人们认为印度的教育诟病颇多,有些人甚至说,印度的学历可以在大街上买到,他不想给他们留下这种印象,不想让他们觉得他只是哪天走到清奈的"乔治敦大学",讨价还价买来最便宜的一套学历证明。

"是这样的,"卡梅特强装热情地继续说道,"正如我刚才说的那样,在印度能学到很多东西。我还上过一门选修课,草药学,研究植物的药用功效。先生,我敢向你保证,植物的每一个部分,根茎、叶子或者外皮,我都研究过。如果我有钱,我会对阿布瑞里亚的许多植物做更多研究,发现并记录它们的药物功效,不过,就算没有正式的研究……"

"所以你的名字就是这么来的吗,卡梅特·木头①先生?"塔基

① 卡梅特·木头(Kamiti Woods),wood 是木头的意思。

里卡笑着问。

“我母亲说,我很小的时候就对植物和所有生物都非常感兴趣。”

“顺便问一句,”塔基里卡说,“你学这门草药学时,是用的什么语言?印地语?”

“不,不是,”卡梅特急忙回答,“跟您说实话吧,我确实想学印地语——它是印度最常用的语言——但我没怎么学会,因为我们上课都是用英语。就像这里一样,是被英国统治的结果。除了印地语,印度还有许多种语言:古吉拉特语、孟加拉语、泰卢固语、乌尔都语、玛拉雅拉姆语,还有很多其他的。在马德拉斯,我上大学的地方,说的是泰米尔语。我会一点儿泰米尔语,比如‘请帮我指一下去……的路’或者‘给我点水吧’……”

“讨水喝!就是这个,你总算说了一次实话了。我知道印度满大街都是乞丐,有些乞丐简直是乞讨这门艺术的博士呢。难怪你会学到乞讨的话……”

“啊……是啊……乞丐……阿布瑞里亚也有。”卡梅特结结巴巴地说,他有点不明白。

“没错,我们的大街上也有乞丐,但不像印度那么多。”塔基里卡好像要结束这次谈话了,“现在,年轻人,你叫什么来着?比起木头,我觉得你好像更懂历史呢。不管我问你什么,你都能给我上一堂历史课。”

卡梅特不知道该把他的话当成是夸奖还是讽刺。

“我只是试试而已。”他含糊地回应。

“好,”塔基里卡站起身,“你已经尽力了。我喜欢。我只是想在正式考试前确认你能够熟练使用英语而已。跟我走吧,我会亲自考你,保证你能明白一切。”

卡梅特感到一阵喜悦——我就知道,要不是想给我一个机会,他才不会问我这么多问题呢。而他一直以来想要的就只是:一个展现自己、用自己的双手和大脑做事的机会。现在,他将袋子攥得更紧了。今天真是他的好日子。在找工作的这些年里,他还从来没有过一次面试能持续这么久。跟其他那些不允许他表达需求的老板们相比,这一位老板是多么特别啊,他花了那么多时间了解卡梅特的教育背景!这是他第一次真正的面试,他下定决心,一定会清楚、确定而完整地回答所有问题。虽然俗话说,在小鸡还没孵出来之前,别急着去数数。但卡梅特已经忍不住去数了。他幻想着未来。如果我得到这份工作……等我开始工作了……突然他停了下来。因为塔基里卡并没有领着他走进里面的办公室,而是穿过大门朝外走去。

就连秘书都迷糊了:塔基里卡要带这个年轻人去哪儿?她也是刚入职不久,不知道他是不是带着这年轻人去哪个她不知道的附属办公室。卡梅特也是这么想的,他再次燃起希望:没准塔基里卡已经打算聘用他了,现在就要带他去哪里开始工作呢。卡梅特这样安慰着自己。我跟他说了那么多教育背景的事情还是有用的。我保持了冷静,回答又很具体。真的,耐心不仅是通向知识的大门,也是通向财富的,或者说至少是通向一份工作的大门。

秘书站在门口,想看看会发生什么。看到他们俩站在路边的标识牌旁边时,她的心仿佛漏跳了一拍。不幸的是,从她站的地方,她听不到他们说话,只能看着他们的肢体动作。

"你说你知道怎么用英语阅读和书写。"塔基里卡对卡梅特说。

"*是的。是的!这是我成绩最好的学科之一!*"卡梅特用英语回答,"直到今天,马德拉斯大学还保留着许多英国传统。不列颠东印度公司的员工们在 1639 年创立这个小镇。这个地方早期的一个总督,伊利胡·耶鲁,就是后来献出自己的财产成立耶鲁大学的那个人,耶鲁大学是美国的一所常春藤大学。所以你看……”

“我们可不是在不列颠东印度公司的地盘上;我们现在是在埃尔代里斯现代建筑和房地产公司的地盘上,你的伊利胡·耶鲁也不是这儿的总督。这儿我是老板,我对耶鲁唯一的兴趣就是耶鲁牌门锁和钥匙。还有就是,年轻人,我们现在可是在新千禧年的开始,自耶稣降生以来的第三个千年,而不是在几百年前。还是你真的想告诉我,马德拉斯大学教你的是 17 世纪的英语?”

“哦,不,不!”卡梅特用英语回答,他觉得这个老板还是在设陷阱考他,“现代英语。标准英语。”

“那就好,因为我马上就要考你现代英语了!”

“我准备好了,”卡梅特准备使上全身力气,用上在阿布瑞里亚和印度还有书上学到的每一个英语单词。

“很简单。我想让你大声读出这块标识牌上的字。”

还没读,卡梅特就知道塔基里卡是在耍他。不过,那些字还是从他嘴里蹦了出来,他听到自己大声念:没有空缺。想找工作,明天再来。

“对,你念得太对了!”塔基里卡得意扬扬地说,“你有哪个字不明白吗?还是你需要一个印地语翻译?在这块地盘上,你的草药学没用。你的印度学历,还给你。那边是一条大马路。现在失陪了,我得去伊甸园酒店参加一个重要的晚宴。”

3

即使已经伸手接回了自己的学历证明,卡梅特还是不能相信自己的所见所闻。他的舌头木木的，双脚好像被钉在地面上。所以他只能愣愣地站在原地，根本不知道是该走开、坐下还是继续站着。塔基里卡都走出去好几米了，卡梅特才惊觉，他看到的、听到的一切确实发生了。他不知道是应该追上去揍那个人一顿，还是祈祷那人掉进某个大坑里去。他想哭却又没有眼泪。为什么塔基里卡要这样设计陷害他，给他致命的一击？

他坐在马路边的一块高地上，感觉就连对面的高楼大厦们都见证了他遭受羞辱，并用冰冷的沉默来可怜他。大街上，摩托车和行人你追我赶，仿佛都知道自己在做什么，要去哪里。而他却不知道怎么办了。他没有一分钱，坐不了什么三轮车或黄包车。不过就算他有钱坐车，他又能跟人家说把他拉到哪里去呢？

难道是有人对我下了什么邪恶的符咒吗，还是有一个家族诅咒？想到这里，他呆住了。他不相信诅咒和邪恶的力量；他相信科学。但刚才他经历的这场面是分明违背了科学的逻辑。就在这时候，塔基里卡坐着司机驾驶的汽车经过他身边，仿佛要给他的经历加个惊叹号似的。

卡梅特想知道，在教育的阶梯上，塔基里卡又爬到了多高呢？又或者是商场把他教育成一个没有心肠的面试官，专门羞辱他这种极度需要工作的人？卡梅特认真地想过很多次自己做生意。有经济学学士学位和MBA学位，他已经有了必要的教育背景，但是自己做生意还需要本钱和门面。就算是面对海里无数的鱼儿，也得有一张渔网吧，至少得有一根钓竿和鱼钩。

现在他觉得特别对不起自己的父母，其实每一天很多次，他都会有这种感觉。实际上，他们都是农民，至少母亲是。他们把自己的一小块地卖了，供他上中学上大学。从离开家来到埃尔代里斯之后，他就再也没有回过他的家乡，那个叫做基亚姆布吉的村庄，一次都没有,而且也没有再给父母写信。写信给他们,告诉他们有多少次他像流浪狗一样被各个公司赶出来吗?告诉他们,他们用多年辛劳节俭的生活支持他换来的学历文凭,居然让他连坐车的钱都没有吗?唉,为什么他不干脆让收垃圾的人埋了他的身体呢?要是他告别了这个世界,他的父母也不会想念他,所以现在对他们来说,他就相当于死了吧。去死,这个解脱方法,简单而充满诱惑力,突然自己蹦了出来。正当他打算去做的时候,他闻到身后传来一阵花香。他抬了抬头。是那个秘书。她也是来羞辱他的吗?

卡梅特不愿意看到她的脸,甚至不想跟她说话。他不想把她当成撒气的对象。所以他转过头,看着地上。秘书没有在意,而是开口说话。

"我可以坐下来吗?"她问。

卡梅特没有回答。她自顾自地坐在他身边。有一小会儿,他们都没有说话。接着卡梅特听到了抽泣的声音,是她发出的呜咽声。他不想去分担任何人的负担——他自己的已经够他受了——但他对痛苦太过于敏感。

"你怎么了?"卡梅特问。

"为什么他不直接告诉你没有空缺职位然后了事呢?为什么他要这么处心积虑地羞辱你?"她说。

"没事的。"卡梅特很惊讶,她竟然说出了他的心声。

"他们真的就是传说中有两张嘴的食人魔,前面一张,后面一张。"她说。

"故事里的?"卡梅特疲惫近乎冷淡地说。

他还不习惯把自己的痛苦跟大众的苦难联系起来。

"是的,"她说,"但是比较起来,故事里的魔鬼还更有人情味。"

“为什么?”他语气不变。

“因为它们有时候还会厌倦吃人,吃一些油炸的苍蝇换换口味。可这些现代食人魔却一直吃人为生,从来都不会停止。”

“没事的。”卡梅特说。

“你说的‘没事的’,是什么意思?”

“这个世界就是这样的。”卡梅特冷漠地说,他希望就此结束这次谈话,然后她会走开。

“我不明白。”

“这个世界是没有灵魂的。”

“那就改变世界。给它一个灵魂。”

他沉默了一会儿。难道她是那种喜欢谈论革命的人吗?在卡梅特看来,是扭曲的灵魂造就了扭曲的政策,而不是反过来。有些人的心是病态的。把他们的病治好了,好事就会相继而来。对他来说,人的天性本来就有善恶之分,谁也改变不了。但他清楚自己并没有资格去思考这么多;他只是说说而已。

“听我说。这个世界会一直是这个样子。我们的人生全凭运气。”

“就像我最近这样?”她突然笑了起来。他抬起头看着她。她的笑并不是勉强的,似乎是发自肺腑的。是心满意足的人露出的笑容,卡梅特想。有这样一份稳定的工作,谁不会笑得这么开心呢?

“你为什么在笑?”

“请别介意。我经常笑。在我满大街找工作的日子里,我经常在笑声中寻求安慰。就算听到‘很抱歉我们没有空缺职位’,我有时候也会笑一笑。微笑是我面对逆境的秘密武器。我现在干的这份工作,也算不上什么工作——只是临时的而已。”她补充道,停顿了一下,接着她压低嗓音,仿佛在对自己说,"有一段时间,每当我问自己:我这么辛苦拿到学士学位有什么意义呢?它就好像狗屎一样没用,我会很沮丧地说。就连有博士文凭的人也没有工作。他们在大街上找工作,走到鞋子都坏掉。这些博士经常不得不靠贿赂得到一份工作。有些人听说可以给老家村里的长者们一封委托书,让他们带去总统府,这样长者们可以代表他们去求统治者——只为得到一份工作。这能怪谁呢?怪学历证明吗?真可笑。根本怪不着学历证明。你刚才说什么来着?这个世界就是这样的,而且会一直这样?借用圣歌里的一句话,这个世界已经颠倒了,需要人们把他扶正。"

尚且沉浸在羞辱之中的卡梅特,起初没有注意到她在说什么。等他回过神来,他惊呆了,顾不上再疼惜他那受伤的自我了。

"你是大学毕业生?我没想到……"

"为什么?我脑门上没写着吗?"她十分尖锐地说,然后笑了起来,她伸出手,"我叫尼娅薇拉。格蕾丝·尼娅薇拉,不过我更喜欢人们喊我尼娅薇拉。"

"我叫卡梅特·瓦·卡雷麦雷。不过有一段时间我被叫做彗星卡梅特。"

"彗星?挺新颖的名字。"

"小时候我读过一些关于星星的书,读到彗星划过天空时,我说:这就是我的基督名字了。"

"彗星?基督名字?"

"有何不可呢?就像你叫格蕾丝这样欧洲化的名字一样。"

"我在智慧女子高中上学时,负责餐前祷告(saying grace)。我们感谢主赐予我们食物,等等。同学们就开始叫我格蕾丝,然后我就把它放进我的名字里,去掉了恩格尼斯。"

“恩格尼斯？从英格丽提变来的？”

“应该是从阿格尼丝变来的吧。”

“恩格尼斯？英格丽提还是阿格尼丝？基督名字？”现在轮到他大声发问了。

“好吧，听上去有点像欧洲名字。”她说，“所有的欧洲名字都是基督教的，所有非洲名字都是邪恶的。”她讽刺地笑了笑。

“你是从你刚才看的小说里看到的吗？《十字架上的魔鬼——抑或十字架上的是撒旦？》”

“你是什么时候偷看到我在读什么的？”尼娅薇拉问，她还摸了摸她的手袋，意思是那本书还在包里面。

他们都笑了。这是很长一段时间内，卡梅特第一次感觉到内心的重负减轻了一些，现在他对她的故事充满了兴趣。

格蕾丝·尼娅薇拉上的是埃尔代里斯大学，拿到了英语历史和剧院艺术专业的学士学位。很长一段时间，她找不到工作，靠打各种零工维持生计。即便如此，她能找到这些零工，也不是因为有大学文凭，而是因为她在埃尔代里斯的统治者理工学院上过一门计算机课程。

“你和我可以组成一个‘麻烦双胞胎’①。”卡梅特轻快地说。

“合拍双胞胎。”他们异口同声地说，然后盯着对方再次笑了起来。

“不过，你已经渡过了苦难的河流，不是吗？你已经找到工作了！”卡梅特说。

“很难说。我只是在这份零工上混混时间，等待好运。”

“你是什么时候开始工作的？”

---

① 麻烦双胞胎（Twins in Trouble），一本童书的名字。

“不久之前。我想想。就在全国人民给统治者献上特殊的生日蛋糕之后。那是什么时候?”

“我不记得了,”卡梅特说,“我不关注政治。”

“你是说通天塔项目第一次被宣布的时候你不在现场?”尼娅薇拉问道。

卡梅特想告诉她他闻到的奇怪的味道。他不喜欢挤在人堆里,因为臭味会袭击他的鼻子。但他不想谈论自己这种古怪的敏感性。那天他没有参加庆典,是因为他去森林里采野浆果了。

“我没在场,不过我听到很多传言。”他说。

“关于通天塔的?还是关于蛇的?”然而她一提出这些问题就匆匆看了看手表,然后跳了下来。她没有注意到卡梅特听到“蛇”这个字时畏缩的神情。“太晚了,我得走了。”她说。

“你住在哪里?”卡梅特问。

尼娅薇拉停下,仔细思考这个问题。

“我住在圣卢西亚,有两个房间和一个厨房。你呢?”

“巴哈提。”他没有详细说。

很明显,他们不愿意过多谈论自己,似乎也同样不愿意离开彼此。

“我得在天黑之前赶到家。”尼娅薇拉又说,“既然你知道了我工作的地方,如果你有时间,就来找我吃中饭吧。我知道这里很多地方,有好吃的鱼和炸薯条。”她说完离开了。

卡梅特的目光跟随着她,直到她的身影消失在人群之中。

她的出现,还有他们的交谈,让他短暂逃离了自己的麻烦。现在它们又重新回到他的脑海,夹裹着想要报复的狂怒。他沉浸在自怜之中,又有些看不起自己。刚才我为什么要撒谎说什么巴哈提?我真应该直接告诉她我露宿街头。我应该请求她让我今晚去她家里过夜,或者今晚一起吃晚饭,而不是以后吃午饭。

他起身朝着市中心走去。许多店铺已经关门。其他地方都有保安守卫值班。整个城市仿佛处在战争时期。他的父母曾经告诉他,在很久以前,在村庄和乡下,人们从不锁门,只是轻轻合上门,为的是不让流浪动物闯进屋。他跳到一边,躲开两个推着空板车朝圣玛利亚集市走去的男人。

很快,他也到了集市。这里人力车和驴车争抢着顾客和道路,就好像是五花八门的黄包车盛宴,有自行车拉的,摩托车拉的,还有骡子拉的车。这幅场景让他想到旧德里,那里也是牛车跟牛、三轮车、破旧不堪却是最新型号汽车抢道。他想,为什么我不跟别人一样,找辆车拉客赚点钱呢?不过,就算是板车也得花钱买。另外,这买卖不能偷偷摸摸地做,不像是捡垃圾或者乞讨。堂堂的一个 MBA,拉着板车满大街叫卖揽客是多么难为情啊。

难为情?不,是耻辱……

刚才在埃尔代里斯现代建筑和房地产公司遭受的羞辱又一次强烈地袭来,他头晕了好几秒钟,不得不扶住身边最近的墙壁,才没有倒下。他的心跳跟打鼓一样,他的心绪飘移不定,从一个地方到另一个地方,一幅画面到另一幅画面,这两天发生的一幕幕都在他眼前翻转。他努力地不去回忆,却没有办法。他的大脑被淹没了,大事小情,远的近的,他不得不向它们屈服。

包括跟玛格丽特·瓦里娅拉有关的一切。

4

卡梅特是在公交车上认识瓦里娅拉的,那时他刚从印度回来不久。他们谈天说地,被彼此深深吸引;他们成了朋友,友谊日渐加深，尤其是在知道了他们竟然都来自基亚姆布吉，一个离埃尔代里斯只有几里地的村庄之后。他们上过同一所小学，不过那时候他们并不认识对方，因为瓦里娅拉念一年级的时候，他已经快毕业了，马上要上中学了。中学毕业后，他就去了印度。而瓦里娅拉念完小学后，就去了哈拉姆比社区中学，最后只拿到了阿布瑞里亚中学毕业证书。

毕业多年，她始终没找到一份工作，虽然她去上了秘书课程——打字、速记、电脑——提升了高中文凭。所以在他们相遇的时候，瓦里娅拉也在找工作。初来乍到的卡梅特希望满满，鼓励她不要担心。他想的是，他口袋里装着两份大学学位，很快就会找到一份工作；他跟瓦里娅拉将会结婚，组建一个家庭，就算她找不到工作，他也可以帮助她构建她自己的人生。然而，这一切都没有实现，他们只是流浪在大街上。虽然他们会尝试去不同的地方找工作，但他们经常在早上坐同一辆三轮车从基亚姆布吉到埃尔代里斯，晚上再各自回到基亚姆布吉，因为回来的时间没法统一。晚上，他们会凑在一起，比较各自的收获，虽然都是同样的遭遇：没有空缺职位。起初，他们很喜欢彼此的陪伴，每天晚上都会见面，分享白天的见闻，叙述在城里的经历。说到白天经历的迂回曲折，他们会突然大笑起来，仿佛在城市这个“丛林”猎取一份工作是一种冒险。然而，一天又一天，一个月又一个月地过去，每天的故事都是相同的结尾，他们觉得很难为情，甚至对自己的失败感到愧疚。他们见面的次数越来越少。他们没法向自己交代，求职失败给他们的关系压上了沉重的负担，他们到了分开的边缘。他们各自缠绕在自己的愧疚和不幸之中，不愿意再将同样的痛苦重复三次：第一次是直接经受它，第二次是复述它，第三次是不得不背负对方身上一模一样的痛苦。

有一天早上，太阳正在升起，瓦里娅拉对他说：瞧，两个盲人没法给对方指路。你去走你的路，我来走我的，我们不应该再去管彼此要走向哪里。命运带我走向哪里，我就去哪里。

他们坐在山上的一棵树下，俯瞰整个基亚姆布吉。村里的公鸡正在打鸣，狗也叫了起来，他们跟在树荫下恋爱的任何一对男女一样。是她提议，破晓的时候在这里见面，这样他们可以聊聊，再坐早班车去城里。也是她提议，他可以在清晨的露珠下要她。一开始，卡梅特被她的话惊呆了，因为这么长时间以来他们都没有做爱，他们希望这是一份特别的礼物，想留到梦想成真的那一天，再开启他们的婚姻生活，让他们彼此更加紧密。他感到被欺骗了，梦想、希望、承诺都破碎了，尤其是做爱的感受并不十分美好，仿佛是被迫的一般。就好像在想喝冰水的时候，却吞了一口渣滓一样。因此，她的分手方案并没有变成一个惊喜，不过卡梅特依旧非常安静，他已经失去了语言，无法回应她的话。他能跟她说什么呢？留下来跟我在一起，再过一段时间我就能给你找到一份工作，忘记往日的痛苦？他审视了自己的内心，发现他并没有资格评判她，无论是赞同还是责备。这个世界就是这样的，他们的世界，他甚至没有力气去权衡她的话语，提出什么建议。太阳已经升上天空，青草上面的露珠也已经开始落在地上。卡梅特盯着两只蚱蜢，有一小会儿，他沉浸在它们的玩耍之中。好像抢风头一样，远远的地方，传来两只猴子嬉戏的声音。卡梅特目不转睛地看着蚱蜢们蹦跳，就连听到瓦里娅拉唱歌的时候也没有挪开目光。后来他才知道，那是一首道别的歌曲：

他们是那么的快乐
放弃了在湖里钓鱼
他们变成了钓人的“渔夫”

这首歌的曲调并不欢快——实际上很悲伤,至少在唱的时候。唱完之后,她的声音仿佛还停留在空中。卡梅特几乎要落泪了。他抬起头说爱她,不想对她抱有任何恶意,或者胡乱评判她的选择,但她已经不在那里了。他想说,请不要走。可是他没有什么东西可以唤回她,哪怕是一丝“明天一切都会好起来”的希望。所以他只能坐在树下,在他们共同沐浴过的树荫和晨露下,注视着她走下山去,直到在远处的风景下再也无法辨认出她的身影。她一直没有回头。卡梅特任由泪水滑过自己的脸颊,没有擦拭。

他决定不去城里了。可是,要怎么消磨时间呢?卡梅特从不喝酒。现在他翻遍了口袋,找到足够的钱去最近的酒吧。比起在大街上转悠,他更喜欢待在屋里,独自坐在柜台前。没准两三瓶啤酒下肚后,他会感觉好一些;即使没有,至少可以忘记这人生的挫折。他闭上眼睛,大口咽下第一瓶。同样,他又干掉了第二瓶和第三瓶。后来他都不再数了,不知道究竟喝了多少瓶。就这样,他连着喝了一个礼拜左右,仿佛真的不愿意清醒地面对现实一般。他没有多少钱,所以换了比较便宜的酒。有一天晚上,他喝了太多酒,记不得自己是什么时候又是怎样来到酒吧外面躺倒在院子里的,他呕吐出来的东西热乎乎的,居然让他睡着了。第二天早晨,他醒来,发现自己身上全是污秽,才认识到,酒精并不能解决他的问题,不论是身体上的还是精神上的。可是他为什么就屈服于这种诱惑了呢?他经常这么想,担心自己的软弱。因此,后来,他看见酒吧就好像看到瘟疫一样避之唯恐不及。

卡梅特再也没有在基亚姆布吉看见过瓦里娅拉。他继续待在村子里,可是没有了瓦里娅拉,生活变得不一样了。虽然在快分开的那段时间里,他们越来越少地分享在城里的见闻,但他依旧怀念两人偶尔在一起的时光。留在村子里,他觉得生活变得越来越难,越来越空虚,因为这里的一切,就连早晨坐三轮车,都会让他想起她。此外,他也担心别人知道他酗酒的事情。所以他也决定离开基亚姆布吉去埃尔代里斯,因为他对自己说,渔夫不会总在同一个地方撒网,农民不会总往同一个洞里撒种子。

他继续在埃尔代里斯寻找幸运的突破点,却始终没有找到。他的人生仿佛变成了一个黑暗的隧道,甚至没有看到丝毫亮光。最初的几个月里,卡梅特还会想到瓦里娅拉,经常会想她现在在哪里,她在做什么,她是怎么活下去的,甚至,她是否还活着。但是一个月又一个月过去了,日常的琐事最终把残留在他心里的最后一丝牵挂都耗没了。他自己的问题已经够多了,哪里还顾得上去担心另一个人。

是的,在找工作的这三年里,的确有数不清的失望甚至是令人心痛的时刻,可是从来没有一次像刚才那场装模作样的面试那样让他陷入深深的羞辱之中。难道是因为它是这一整天发生的一切的高潮吗?的确,如果他相信巫术、诅咒和咒语之类的,他肯定会把今早发生的事情当成一个预兆,他会觉得,就在今天破晓时分,有人对他施了咒语。

在这个被他称作“耻辱的一天”的早晨,醒来后他做了一个很重要的决定,关于如何在这个残酷的城市里生存下去的决定。他将追随他所谓的释迦牟尼的脚步。最佳的时机就是晚上了,天有点黑的时候:他不想让任何朋友或以前的同学看到他从事这个新职业,虽然也是神圣的职业。因此,他给自己布置了两个任务:继续去各公司找工作,同时也寻找最有利的乞讨位置。他把后者叫做:市场调查。

他选择在统治者广场开始他的调查。统治者广场位于市中心,四周环绕着许多顶级大酒店,还有外国客人出没的地方,尤其是来自欧洲、美国和日本的游客。经过天使大酒店时，他看到里面有许多游客，即使现在还是清晨。他停住脚步，一个念头划过，为什么我现在不在这里迈出效仿释迦牟尼的第一步呢，不必非等到晚上吧？他的目光越过拥挤的走廊，跳到了天使角落，这个角落因为刺槐林而出名，旁边是精心布置的桌椅，侍者们身穿白礼服，红丝巾，当然还有高高的红色礼帽。

也正是那个时候，他的目光停留在……那是谁？玛格丽特·瓦里娅拉？他已经有两年多没见过她了，现在居然在这里！她穿着迷你短裙，高跟鞋，戴着棕色的假发。她站在那里，挽着一个白种游客的手，那人硕大的肚子被背带裤的两根吊带勒着。他们等着侍者收拾擦净桌子。然后瓦里娅拉转过头，目光与卡梅特相遇，接着又迅速恢复之前的姿势。瓦里娅拉和卡梅特两个人都知道他们看到并认出了彼此，却偏偏装作根本没有发现的样子。他们没有说一个字，也没有任何表情，就连认出对方的尴尬都没有表现出来。卡梅特飞快地走开了，就好像突然被烈蚁咬了腿似的。

他想让自己对她生气，可不管他怎么努力，都气不起来，因为他怎么都看不到，他之前决定做的事情——他所谓的释迦牟尼的生存之道——和她刚才做的事情——钓人的渔夫——之间有什么分别。但是，在天使角落与瓦里娅拉的偶遇，的确又让他觉得乞讨是多么难为情，所以他决定继续去敲其他公司的大门，看是否会有一家公司让他进去。在三年的寻找之后，他想要的只是一个幸运的突破。

的确，接下来的那个上午，他所做的就只是从一个公司到另一个公司，问着相同的问题，你们这里招人吗？直到中午，饥饿驱使他来到垃圾山脚下，他想看看能不能找到一些被丢弃的西红柿或其他东西。之所以喜欢西红柿、菠萝和香蕉，是因为，不管它们的表皮多脏，他都可以去掉皮，吃到里面干净的果肉。结果，他什么也没有捡到，因为那时候他晕了过去，感觉自己，或者说他的灵魂，脱离了饥饿的身体。

偶遇瓦里娅拉，接着与死亡擦肩而过，这两件事让他更加迫切地想要在采取“释迦牟尼的方式”之前找到一份工作。在阿布瑞里亚或其他任何地方任何角落，他都不想跟瓦里娅拉走的路有任何交集。也正是这种迫切和绝望，才让他愿意去逢迎塔基里卡，最后才会喝下这杯羞辱之酒里的残渣。

5

他站在路边，使劲靠着墙壁，感觉自己所有的苦恼都合并成了一个，一阵尖锐的疼痛突然把他从墙边拽开，他跌倒在路上，伏成了乞讨的姿势。万事开头难，但是拖延可是要不得的。他唯一需要避开的就是统治者广场，因为他在那里遇到了瓦里娅拉和她的新情人；否则，从哪里开始乞讨对他来说都没有关系。

想着不得不去做的事情，他忘记了干渴、饥饿和疲劳。他坚定地走着，对周遭视而不见，当发现自己走到统治者广场的时候，他停了下来。这个广场跟其他地方一样，是个适合开始的地方，他对自己说，然后朝着一家七星酒店不远处的一个公厕走去。粪便处理系统已经坏掉，所有的坑位上都是人的排泄物。就连地上都全是屎。可是，公厕依旧是他的更衣室。他找到一个屎尿相对少的角落，开始乔装打扮。他打开袋子，拿出几件破衣烂衫，快速地换上了，又用一根水彩笔在脸上画了几道。很快，他就从应聘者变成了可怜的乞丐。

从远处某个地方，传来夜晚祈祷的钟声。巧合一般，宣礼员[1]也开始高喊祈祷时刻的到来。两者仿佛在竞赛一般，钟声好像在说主的天使[2]。这是一个好的预兆，他想，没准马上就要时来运转了。

祈祷和乞讨还没有被划成叛国罪，这可真是一件大好事。

6

马乔卡利在天堂设宴欢迎世界银行代表团。天堂是统治者广场最大的酒店之一，以七尊统治者雕像闻名。旁边有七个喷泉，从七个胖天使的嘴里喷出水花，仿佛在向雕像致敬，表演某种水中舞蹈。其中四座雕像分别放在广场的四个角落，展示的是统治者在马背上的不同姿势，另外三座放在中央，展示的是他骑着狮子、美洲豹和老虎的样子。胖天使们日夜轮流把水柱喷向空中。在薄雾和夜色之中，射灯照亮了所有的雕像和喷泉。

从对这些雕塑和喷泉的不同反应，人们可以很容易地分辨进出这些七星酒店的客人的来历：外国客人们经常会停留一两分钟，欣赏、评论；而本地的达官显贵们，早已经看惯了这些东西，则会直接穿过广场，看都不看它们一眼，除非是陪同外国人来的，这种情况下，他们会时不时停下，解释这些雕像的设计、喷泉的位置、喷泉的音乐舞蹈设计对阿布瑞里亚来说有什么独特之处，还有数字 7 的重要性。7 对统治者来说是神圣的数字，他们会这样说，仿佛在透露什么秘密。那些大型猫科动物呢？访客们可能会问。那是统

---

① 宣礼员(Muezzin)，(伊斯兰教的)报告祷告时刻的人。

② 原文为拉丁语。

治者的图腾,他们会庄严地说。

客人们拥进伊甸园酒店。有些外国人停下来,敷衍地评论几句,本地权贵们直接走向接待区,生怕会错过什么。这个夜晚跟往日并没有什么不同。

国内四处流传着,代表团可能会带来许多现金分给穷人;毕竟,世界银行这个名字可不是随便瞎叫的。所以酒店大门外的人们分成了三个阵营,除了乘坐专人驾驶的奔驰车抵达的客人,值班的工作人员,还有许多光着脚却满怀希望等着施舍的穷人。

警察们在那里是为了保护客人们不受流氓乞丐们骚扰,不过,他们接到严格的命令,不允许大规模使用武力,不能给来访的达官显贵们留下"阿布瑞里亚到处是冲突"的印象。一派祥和的景象对于通天塔项目的招商引资来说是至关重要的。

许多媒体的工作人员都在那里,因为不管人们怎么看待这个项目,这件事都是一个大新闻。至少在人们最近的记忆中,从来没有人听说过或读到过,一个国家为了这样一个项目去借贷,即便是在世界纪录大全里也没有。唯一可以参考的案例还是《圣经》时代的,不过就算在那个时候,以色列人也无法建成巴别塔。媒体有两个重要问题:对于这个承载了如此多期望甚至可以说是上帝的选择的项目,代表团是如何看待的?世界银行会带钱来吗?

第三组人跟这个地方其实并不是格格不入的。在这种大酒店周围,日夜都有许多乞丐徘徊。只不过那天晚上,他们人数实在太多,仿佛要让这个世界看到它本身是多么悲惨。瞎子似乎比平常更瞎了,驼背的驼得更厉害了,而那些缺胳膊少腿的仿佛缺得更多了。他们表现成这个样子,似乎是因为他们以为,世界银行是来欣赏甚至是看重他们的不幸的。因此他们唱道,你们就是办法;我们是同一个世界!帮帮穷人!帮帮穷人!他们用不同的语言唱着,因为他们认为,世界代表团的成员是来自世界各地的。乞丐们会时不时互相推搡几下,但只要他们没有越过警戒线,警察也就不去干预。即使受到一些小挑衅,警察也保持冷静,至少在一段时间之内。

然而当所有客人都说着“无可奉告”走进酒店时,媒体全冒了出来,不安分地想要打破这种平衡状态。新闻都是在风暴而不是低潮之中诞生的。有些媒体工作人员开始把镜头对准乞丐们。外国记者们对这种场面尤其感兴趣,因为他们坚信,来自非洲的新闻故事,如果缺少因贫穷、饥饿和种族战争而奄奄一息的人们,是不会引起家乡观众的注意的。

仿佛洞悉了媒体的心思一般,一些乞丐开始违反“行乞礼仪”,喊起了口号:通向天堂其实是通向地狱。借贷的链条其实是奴役的枷锁。因为借贷,所以乞讨。我们乞丐乞求结束乞讨。通天塔是由危险的蛇主导的。最后一个口号被喊了一遍又一遍。

许多旁观者都知道,这些口号除了会让警察动动手,根本没什么用,但是提到“蛇”这个字,大家都想起曾经扰乱统治者生日庆典的那些蛇。M5 把这群乞丐的事汇报给了西吉奥库,还特意强调,这帮无赖不止一次而是一遍又一遍地喊到“蛇”这个字。

西吉奥库还在办公室加班,他竖起耳朵听着外面,指望伊甸园酒店会出点什么乱子,这样他就可以再加一把火。M5 的消息并不是不受欢迎的。他还记得当时统治者是如何迁怒于他,就是因为他反应不够迅速,没能阻止生日庆典上的骚乱。他决定再也不犯相同的错误。他甚至没有请示统治者,就下达了命令。

尽管努力克制,即便之前收到严格的命令,警察们还是被激怒了。因此他们现在终于可以扬眉吐气了,用上防暴装备——棍棒、盾牌和枪——警察开始对人群动手了。

乞丐本是同林鸟,大难来时各自飞。好像奇迹发生一样,乞丐们一下全都逃开了。从伊甸园酒店的大门逃走时,那些驼背的全都挺直了身子;瞎子们重见光明;缺胳膊少腿的也都有了完整的四肢。

7

两个倒霉的乞丐发现自己正被三个警察追赶。他们从头到脚穿得破破烂烂,两人手里都紧紧抓着自己的袋子——这就是罪魁祸首,因为警察们坚信袋子里装满了他们一天讨来的钱;警察们六只眼睛更多的是盯着袋子而不是乞丐本人。乞丐们跟长了翅膀一样跑得飞快。

钱的味道让这三个警察根本听不到叫他们归队的声音。其中一个警察冲乞丐们大喊,放下袋子,我们保证不再追了,不过根本不管用。他泄气了,放弃了追赶。然而,就像踩在烫铁板上的狗一样,另外两个警察还在不停地追赶,跟着了魔似的,根本停不下脚,甚至没有意识到他们已经离开了照明良好的城市街道,来到了灯光微弱的圣卢西亚。

圣卢西亚是一个非常不规则的村庄,到处是各种形状各种材料搭成的小房子。狭窄的街道上,既有瓦面屋顶、切割良好的石块造就的房子,也有白铁皮屋顶、红土和纸板搭成的房子。下水道永远是堵的,空气中永远弥漫着一股臭味,尤其是在热天,臭味简直令人作呕。但当月光笼罩时,就像今晚这样,村子看上去十分宁静诱人。

跑在前面的乞丐似乎认识路。后面那个紧紧跟着他。警察们则指望着乞丐们迟早会跑累了躲进哪个房子,或者跑进死胡同里面。然而,乞丐们没有如他们所愿,直接穿过了村庄,跑到了圣卢西亚的郊外,来到环绕埃尔代里斯的广阔草地。

其中一个警察感到十分泄气,他开始跟同伴商量放弃追赶。再继续追下去很蠢,如果被引进了有武器的贼窝怎么办?为什么要为了钱去冒着送命的危险?可是他的同伴听不进去,所以他决定放弃,往回走了。

剩下的那个警察像疯了一样,到现在,他已经不记得自己为什么在奔跑,只是加快了速度,毫无意义地在草地里追赶前面两个身影。

他们来到一个灌木林,尽管里面漆黑一片,领头的乞丐和跟在他后面的那个乞丐,还是闪了进去。警察没有犹豫,也跟着他们跑了进去,却摔了一跤,似乎是被什么坚硬的东西绊倒了,好像是一块石头。很快,他站起身,接着跑过灌木林,现在他只能跟着乞丐们的脚步声往前跑了。从灌木林出来,他看到了圣卢西亚的边界。他们是在带着他转圈圈吗?在灌木林和边界之间是一片空地。警察只看到一个乞丐跑过空地,又一次跑进了圣卢西亚。另外一个去哪儿了?他想。这时候他紧盯着的乞丐消失在一些房子后面。

警察跑到了街角。他前后左右地查看,却没有看到一个身影,也没有听到任何声音。他不知道那个乞丐去了哪里。圣卢西亚的街道非常狭窄,灯光昏暗,虽然有月光,但对他这个陌生人来说,这些街道和房子似乎都是一个样子。他不知道自己现在是在追一个乞丐还是两个乞丐,不知道自己该干什么。追了这么久,他第一次犹豫了,但只是一小会儿,因为大脑里一个更加坚持的声音在催促他不要放弃。他继续追赶。不管先抓到哪个乞丐,他都会逼他带着去找另一个的藏身之处。

现在,两个乞丐都藏进了一幢房子,蹲在窗户下面,仔细听外面的动静。他们能够清楚地听到警察的脚步声，但是看不到他，也不知道他究竟在什么位置。

其中一个乞丐透过另一扇窗户往外望去，是的，这下他看到警察在哪儿了，也看到他在做什么了。警察拔出枪，准备挨家挨户地询问居民。他站在一间房子跟前，门上好像挂着一堆什么东西，他迟疑着走开了。这下，这个乞丐有了一个主意。

“你有纸吗？”他低声对同伴说。从伊甸园酒店一路飞奔到现在，这还是他们第一次交谈。被问到的乞丐没有说话，翻遍了自己的袋子，拿出一张纸。“不，不是这么小的，要大一点的。再看看这里有没有什么骨头、干玉米穗、破布和细绳子。”

就算是对这些要求感到吃惊，同伴也没有表现出来，只是在黑暗中摸索，拿回来一块纸板、一根骨头、几片破布和一根绳子。他沉默地把这些东西递过去，又继续在窗户旁边放风。

那个乞丐把骨头和破布绑在一起，接着从自己的袋子里掏出一根水彩笔，在纸板上用大写字母写上：“警告！这里的一切都属于乌鸦魔法师，他的神力可以拿下天空的雄鹰和乌鸦。敢碰这间屋子就等死吧。——乌鸦魔法师”。他十分小心地不发出丁点儿声音，慢慢地打开门。他看到一些更好的东西，一只死蜥蜴和一只死青蛙。他把它们也挂在骨头和破布上面，然后把这“符咒”挂在门上，然后迅速回到窗户旁边，跟另一个乞丐一起盯着窗外。

他们挤在一起，只能看到大门附近的情形。很快，他们就看到警察走近了。不知道他会做出什么事来，他们十分焦急。他会不会闯进门来？警察看到那一串破布和骨头后，往后退了一步。他重新鼓起勇气，靠近那串符咒，正要伸手碰它，可是看到死青蛙的脚和蜥蜴的尾巴，他吓得呆住了。读了纸板上的字之后，他终于能出声了，发出一声极度痛苦的喊叫：天哪，乌鸦魔法师！他拔腿就跑,还一直自言自语:我就知道他们不是小偷;他们是魔鬼,草地的精灵,是乌鸦魔法师派来骗我去死的。我惹祸了!现在我被施了魔法。我惹祸了!我要死了!现在我就是行尸走肉!

两个乞丐现在正在偷笑。其中一个的声音听上去是男的,另一个是女的,不过他们两个都没有注意到这一点。先前似乎了解这间屋子的人打开了灯。笑声停止了。他们两个盯着对方,不敢相信自己的眼睛。最后他们终于开口,异口同声的话语飘荡在空气之中。

“尼娅薇拉?”

“卡梅特?”

8

在智慧女子高中,尼娅薇拉度过了一段与名字纠结的痛苦时光。有一段时间,她自称为恩格尼斯·尼娅薇拉·查尔斯·马修·姆格瓦尼娅·万伽胡,经常缩写成E. N. C. M. M.万伽胡。她不太喜欢“恩格尼斯”这个词,所以又变成了格蕾丝·姆格瓦尼娅。这个名字用了一段时间,在村里的时候,她都在用这个名字。她的父亲更喜欢“格蕾丝”,而不是“恩格尼斯”,而她的母亲罗伊丝则更喜欢“恩格尼斯”,但他们都非常讨厌“姆格瓦尼娅”。所以她的父母要不就是叫她恩格尼斯,要不就是叫格蕾丝。她本人一直纠结于这个名字,上了大学之后,她最终把名字固定下来,改成了尼娅薇拉·瓦·万伽胡,尽管有的人还是只愿意叫她格蕾丝·姆格瓦尼娅。

从她父亲这边来说,他喜欢用自己的两个非洲名字——姆格瓦尼娅和万伽胡——的缩写,组成马修·M. W.查尔斯,有时候他又喜欢把它们全去掉,就叫马修·查尔斯或者查尔斯先生。他很不喜欢别人叫他卡胡斯,非洲土语里的查尔斯,即使前面加个称呼也不行。如果别人叫他查尔斯先生,他当然不会有任何异议,但村民们还是无知地坚持叫他布瓦纳·卡胡斯。

万伽胡靠木材、咖啡和茶叶发家致富。他有三个孩子,两个儿子和一个女儿,也就是尼娅薇拉。男孩们在阿布瑞里亚的学校里成绩并不太好,他把他们送到了美国。他们在美国上了大学,学习会计和计算机科学专业,至少他们自己是这么说的。他们换了一个又一个大学,都没有毕业,但每年万伽胡都会给他们寄学费、房租和生活费。尽管作为一个家长,他很担心他们毫无进步,但作为一个有钱人,他也有了可以炫耀的资本,让他在同龄人中显得更加出色:供两个儿子在美国读书,支付全额的学费、房租和生活费,绝不是容易的事。他在展示,他的确是个有一定经济实力的人。他没有送尼娅薇拉去美国,因为他不想自己的女儿嫁给白种人,虽然他对儿子们没有这样的限制。即便如此,他也想让她过上跟他同样档次的生活。富人们给儿子和女儿们买车,就好像买玩具似的,基本都是日本车,因为德国车是给成年男女开的。尼娅薇拉的车是一辆崭新的丰田卡罗拉,是她很早之前买的。各种各样的聚会、紧跟时尚流行、在高速公路上飙车,是她活着的主要乐趣,她从来没有静下心来看看表面之下的东西。那时候,诸如尤尼提·蒙兹-比拉-沙卡和卢米纳斯·卡拉姆-姆布亚-伊图卡之类的人经常上新闻,因为传播革命思想被统治者谴责。她特别憎恶提到这些反叛者:他们为什么那么爱挑剔政府?他们为什么在流亡?

接着她就出了那场车祸。她正在高速路上飙车,速度达到了顶峰的时候,车子打滑撞向了路边。虽然只受了些轻伤,她也知道自己是死里逃生。然而,当时以及后来,让她害怕的是,她想起来出车祸时，许多车子从她身边驶过，居然没有一个人停下来看看是否有人受伤，是否有人需要帮助。赶来救她的大都是些光着脚的穷人。有个人把自己的驴车卸下来，带着她赶到最近的医院，那个医院离事故现场也有好几里地了。他们到达急诊室的时候，驴子大声叫喊，还拉了一大坨屎。

在康复期间，她学会了弹吉他。起初她很难做到同时按弦、把和弦，但是，当她漫不经心地弹弄曲调时，居然奇怪地流畅起来。音乐让她恢复得很快。如果她就那样死去，那么她给活着的人又留下了些什么？除了飙车、聚会和漂亮的客厅，人生应该还有更多东西。那时，她还在埃尔代里斯大学念大一。从那之后，她开始对社会事务感兴趣。她积极参与剧院演出和学生政治活动，熟悉尤尼提·蒙兹-比拉-沙卡和卢米纳斯·卡拉姆-姆布亚-伊图卡的活动。她还热爱舞台，没有什么比在舞台上扮演悲剧或喜剧角色收获观众的眼泪和欢笑更让她快乐的了。她是一位非常优秀的女演员，可以扮演任何角色，有时候逼真得连那些经常在学生政治事件中看到她的人都分不清舞台上那个是不是真的尼娅薇拉了。至于历史，最让她好奇的是侦探对犯罪现场的关注。历史，尤其是非洲历史，就是许许多多的犯罪现场，有许多意见不一的目击者。历史学家们则是时代的侦探，她喜欢那种挑战——把谜题的不同部分拼在一起，让过去隐藏起来的事件还原。因此，她不再追求上流社会的生活，而是开始追寻模范社会。她看待世界的方式的改变，也直接导致了父女关系的破裂。

马修·查尔斯·万伽胡希望自己的女儿嫁给富人家，这样财富才会制造更多的财富、权力和社会地位。在车祸之前，她把这看作是理所应当又不可避免的事情。但现在尼娅薇拉想要嫁给一个可以与之共建美好明天的人。在大学里面，她遇到了她梦想中想要跟她一起自力更生的年轻人。

卡尼欧若是个非常努力的艺术家。即便他对学生政治活动漠不关心,却也似乎并不介意她去参加。他不是那种禁止自己的女朋友或妻子抛头露面或者认为政治和市民事务是男性专属的人。卡尼欧若并非来自富裕家庭,这让她确信他就是她的人生伴侣。他告诉她,他是一个孤儿,他还是个孩子的时候父母就离世了,他是由祖母带大的,上大学的时候,祖母也去世了。她很同情他,并且爱上了想象中这个自力更生的男人。

然而,格蕾丝·尼娅薇拉不知道的是,卡尼欧若图的可不是纯粹而幸福的结合。他的眼睛望向她时,除了她的外表,更多的是她父亲那诱人的财产。通过尼娅薇拉,他可以从贫困和悲惨的深渊一跃而上,跻身奢侈和幸福的天堂。他继续幻想、盼望着有一天跟尼娅薇拉走上红毯;尼娅薇拉穿白色绸缎礼服,他穿黑色西装,佩戴襟花。他们会有十个伴娘和十个伴郎,一个盛大的结婚典礼,还有一百辆奔驰车,一辆接一辆载着达官显贵们到达接待台。他和尼娅薇拉会挽着手,成为众人瞩目的焦点,愉快地与重要人物们交谈,直到他们一起切开十层的婚礼蛋糕。每当尼娅薇拉看到他眼中闪烁的光,她都会因他的忠诚而感到谦卑恭顺。尼娅薇拉的梦想是有一个简单的婚礼,而不是炫富。她想要的是人生的庆典,而不是作秀表演。

对于她的父亲万伽胡来说,要是知道卡尼欧若的想法跟自己的那么接近肯定会大吃一惊。但是万伽胡是那么目中无人,他觉得穷人居然这么想简直是太放肆了。想到自己的女儿要嫁给这个连家都没有的男人,他痛苦得不得了。什么样的男人会去当艺术家?在万伽胡看来,画画是残疾人、小孩还有虚弱无力的女人或者害怕使用肌肉的男人才会去干的事情。他绝不允许自己的血统跟那样的不幸连在一起。

所以尼娅薇拉和卡尼欧若交换结婚戒指的时候,并没有得到慈爱的父亲的祝福,也没有众人的见证。他们是在区长办公室结的婚,见证人是几分钟前在庆典上临时认识的一对男女。父女间的裂缝就这样产生了。万伽胡坚持认为,为什么她要在众人面前丢我的脸?为什么她要让我在整个教会面前像被扒光衣服一样?为什么她要让我变成一个笑柄?为什么要跟一个连家都没有的男人私奔?他要怎么养活她,靠沿街向游客叫卖长颈鹿和犀牛的木雕吗?

父女失和导致这对新婚夫妇的关系变得紧张。卡尼欧若觉得原本可以把他从麻烦的深渊里拉出来的救生绳被切断了,而尼娅薇拉是唯一一个有能力有方法可以改变现状的人。刚度完蜜月回来,卡尼欧若就催着尼娅薇拉去向父亲下跪,乞求他的原谅。在尼娅薇拉看来,她需要跟过去一刀了断;她渴望两个人自力更生,努力工作,赢得尊重,她只想要一个有尊严的小家,一种快乐的家庭生活。每天,这对新婚夫妇都会发生矛盾。卡尼欧若不断地唠叨,即使在他在埃尔代里斯的统治者理工学院找到工作之后。他经常责备她不肯与父亲和好,毁了他们的生活,直到有一天,尼娅薇拉爆发了:你想娶的到底是我,还是我父亲的钱?

气头上,他们冲到区长办公室,申请了离婚。就这样,结婚还不到一年,这对夫妻就这样分开了。

尼娅薇拉觉得自己走上了一条通向自由的新道路。卡尼欧若觉得他没有了致富的办法,根本懒得去挽回她。

向卡梅特讲述卡尼欧若那些可怜的小心思时,尼娅薇拉又笑了起来。

这下,两个乞丐都坐在桌子前。尼娅薇拉在厨房迅速做出来乌加利和羽衣甘蓝大餐,他们一起享用。卡梅特感到由衷的感激。他已经记不得上次这样吃家常便饭是什么时候了,他忍了又忍,才没有狼吞虎咽地吃下去。

这间小房子有一个卧室,卧室的墙上挂着一把吉他,看上去很久没有动过了,还有一个客厅、一个厨房和一个卫生间。卫生间里有一个马桶和淋浴器。乞丐们已经洗干净自己,换了衣服。卡梅特换上了找工作时的衬衣和裤子,尼娅薇拉则换上了一条简单的家居裙。

“卡尼欧若现在在做什么工作?”他问她。

“我想他还在统治者理工学院当老师吧。不过说出来你可能不相信,我听说他最近成了统治者全能青年团的成员。生日庆典上因为蛇引发骚乱后,统治者在给全国的演讲中提到要成立统治者全能青年团,为的是将年轻人吸引过来,不去参加‘人民之声运动’这样的组织。”

“新的阿布瑞里亚,的确,”卡梅特评论说,“就连老师也要参加全能青年团!”

他们沉默了一会儿。

“那你为什么会在大街上乞讨?”卡梅特想知道她是否也落入了跟他一样的困境。又或者是因为跟卡尼欧若离婚以及同父亲决裂?“我可从来没想过会在大街上遇到一位乞讨的女大学生!”

“你刚才不是说到现在是全新的阿布瑞里亚吗?如果那些五十多岁的大学教授都能当统治者的全能青年团,为什么大学毕业生不能当乞丐?”

“我不是说一般的大学毕业生,而是女大学生。比方说,像你这样的。”

“坏天气难道会挑男人还是女人吗?难道太阳会只烤男人,

让女人享受凉爽吗?”尼娅薇拉非常尖锐地反问,“女人同样要承受贫穷的冲击。一个女人面对生活又有什么选择呢,尤其是在悲惨的时代?她可以嫁给一个男人,同他一起生活。她可以生一堆小孩,然后养大他们,再被自己的男人不停地虐待。你读过尼日利亚作家布奇·埃美切塔的《母性的愉悦》,津巴布韦作家特西特西·丹加利姆加的《不安之地》,还有塞内加尔作家玛丽安姆·巴的《一封长长的信》吗?三个来自非洲不同国家的女性,对于非洲女性的生存状况都是一样的看法。”

“我不怎么看小说,”卡梅特说,“尤其是非洲女性写的小说。在印度很难找到这一类书。”

“就算是印度,也有女作家吧?印度女作家?”尼娅薇拉说,“比方说,阿兰达蒂·洛伊的《微物之神》?米娜·亚历山大的《断层》?苏西·塔潮的《在印度写作的女人们》或者另一本《我们在创造历史》,关于女性斗争的!”

“我读过印度文学的史诗作品,”卡梅特想要为自己挽回一点面子,“《摩诃婆罗多》《罗摩衍那》和大部分《博伽梵歌》。还有其他的,他们所谓的《普拉那》《梨俱吠陀》《奥义书》……我不是什么都读过,但是……”

“我敢肯定,那些史诗和普拉那,甚至是梵歌,都是男人写的。”尼娅薇拉说道,“是那些同样发明了种姓制度的男人。你什么时候能学会倾听下女人的声音?”

“说实话,”卡梅特试图把话题从女性作家身上转移,“最让我着迷的书是那些描写埃及和埃塞俄比亚的,整个尼罗河流域、红海的。我觉得,印度的海岸线曾经是不断移民和交流的文化高速路。很少女性会写这方面的书。我会开始读女性作家们的书,或许你可以推荐一些给我。但你还没回答我的问题呢。你穿着乞丐的衣服在统治者广场干吗？”

“你呢？”尼娅薇拉问道，“你在那里做什么？”

卡梅特还没有回答，她又笑了，仿佛想起来什么。

“怎么了？”卡梅特问。她是在笑他对女性作家一无所知吗？

“我想到你刚才说到埃及和埃塞俄比亚……你是怎么懂那么多巫术和魔法的啊？”她一边咯咯咯地笑着，一边说。

说到他的装神弄鬼，想起那个警察脸上的表情，卡梅特也忍不住大笑起来。

9

“小时候我们就喜欢玩那种巫术。我们会用一个长长的木头钉子把一些树叶、一只死青蛙或死蜥蜴，还有一两个外表好看的苹果串在一起，然后把这一串东西插在小路上。我们会远远地盯着它，跟它保持一定的距离。最让我们兴奋的是，大人们，成年男人和女人，都会尽量避开它。有些人甚至会后退一两步，然后远远地躲开它。没有人敢碰它，很多次，只有老天才知道，这一串东西会在原地待上多少天。”

“就在村子外面，有一个很大的果园，种满了李子树、梨树、杧果、橙子、橘子和柠檬。无论什么时候，只要我们靠近这个伊甸园，园主就会放狗出来吓唬我们这些小孩，这样我们就不会偷他的果子了。有些孩子其实知道怎么翻过篱笆，经常口袋里塞着满满的水果回来。但我们还是不喜欢他放狗追着我们在大马路上跑。我们尤其讨厌，不管我们偷没偷东西，他都拿我们当小偷看，都必须受到惩罚。有一天，我们决定在折磨我们的园主身上试一下巫术的力量。我们用同样的方法准备了一串东西，只不过加强了法力。

除了死青蛙、苹果和树叶，我们还加了几只死的变色蜥蜴，然后把这一串东西插在果园的一个角落，让经过的人都能看到它。”

“是的，的确管用，让我们欣慰的是，太管用了。园主吓坏了，特意请了巫医来消除这邪恶的法力，他觉得这显然是那些嫉妒他的竞争对手搞的鬼。不过，他的反抗一点用都没有，因为人们害怕这两种相互较量的魔法，谣言四起，其他地方的批发买家和零售商都不愿意再碰他的水果。”

“最后，一个印度买家救了他。这个印度买家说，非洲的魔法跟印度的不搭，他以低价买下了那些水果，就好像买烂掉的果子一般。他说他要花更多的钱，用从印度直接进口的药水清洗这些水果。”

“起初我们这些魔法师们很为我们的成功高兴，觉得自己比那些大人和专业的巫医们都要聪明，因为我们成功地愚弄了他们。但是，想到我们的父母应该也会高兴，我们就跟他们分享了我们的胜利，毕竟他们也非常憎恨园主。谁料，父母把我们打了一顿，我们再也不敢去碰什么巫术了，直到今天晚上。”

“他们为什么要打你们，因为碰了巫术，还是因为用它来毁了园主？”

“可能两者都有吧；孩子们怎么敢对大人对邻居做这种事情呢，但我想可能更多的是因为玩弄巫术吧。谁知道呢？即使是婴儿的无辜之举也可能会招惹地狱危险的恶灵来到人间纠缠活着的人们。不管是什么原因，我们都早该想到，我们的父母不可能会对我们说，感谢你拥有想要成为巫医的野心。”

“不过，今晚还是要感谢你的魔法啊。它救了我们。”尼娅薇拉说，“现在跟我说，”她的语气里添了几分严肃，“你是什么时候加入‘丐帮’的？我以前从来没在乞丐堆里见过你。”

卡梅特又塞下一口满满的乌加利。

“我该从哪儿说起呢?”他捋了捋思路,“我来自基亚姆布吉。我的父母没什么钱,供我读书很困难。他们不得不卖掉鸡、山羊,最后还卖了地,我们变得一无所有。等我大学毕业后,我想该是我报答他们的时候了。阿布瑞里亚却不是这么想的。我成了朋友们的讨厌鬼——在这个人那里蹭住一晚,在那个人那里蹭点吃的填肚子。连公交费都是四处借来的。”

“那巴哈提呢?你跟我说你住在巴哈提!”她问。

“对不起——我撒谎了,或者说我误导了你。我玩了文字游戏,给了你一个地名。但我的确是靠运气的,哪里能住就住哪里。然后有一天我对自己说,我不能再去麻烦朋友们了,我将追随施洗者约翰的脚步,以地为床以天为被。而且像流浪汉一样,我会从垃圾堆里找吃的。起初,我感觉还不错,因为不用再在朋友面前丢脸了;可是后来,我自己也接受不了这种自我贬损了。如果自尊都没了,你还能剩下什么?

“这个问题缠绕着我,然后有一天我决定,我的人生必须走向另一个方向,一个不同的方向,像佛教僧侣那样。所以我打算有两种身份:白天是求职者,晚上当乞丐。今晚是当乞丐的第一晚,看看我都遭遇了什么吧……”

卡梅特突然停下来。他感觉尼娅薇拉并没有真的在听,他的感觉是对的。他看着她,她的眼神说明了一切,即便她的语气里都是怀疑。

“你是说你去那里并不是真正的乞讨?”她问。

“为什么这么问,难道你们不是吗?”卡梅特疑问地回答。

“你是说……你并不是……我们中的一员?”

“什么意思,你们中的一员?你们穿着乞丐的衣服在伊甸园酒店外面做什么?”

“没什么。没什么,真的。我们反对统治者的‘生日蛋糕’和世界银行,他们是想把我们扯进一个永久的债务陷阱。我们必须反对通天塔项目。”

“就靠装成穷人和乞丐?”卡梅特问,他的声音里透着一丝苦涩,“搞政治跟扮乞丐究竟有什么关系?你觉得乞讨是戏剧吗?”

“是一出政治戏剧。”她回击,“我喝的水,我吃的食物,我穿的衣服,我睡的床,所有一切都是由政治决定的。政治就是权力,以及如何运用权力。政治需要站队,争夺权力。所以你到底站在哪一边?”

“每个人都必须站队吗?我相信人性与神性是不可分割的。我们都需要审视自己的内心,我们的人性会自然而然地散发光芒,然后贪婪以及想要羞辱他人的冲动就会被抑制住。”

“那么,你描绘得如此诗意的光辉的人性,什么东西会背叛它呢?原罪?”

“听着。我不是牧师,也不是政治家。这个世界的苦难对我和我的心灵来说,已经太多太多了。”

“那你为什么要选择站在伊甸园酒店的门外呢,那周围有那么多七星酒店?”

他没有立刻回答。今天发生的一切一幕幕在他脑海里闪过。跟她说吗,一个陌生人?不,不能全都告诉她。

“站在那里不是我的选择。”他说,“我是不知不觉就走到那里的。我被愤怒和饥饿蒙蔽了眼睛。它们带我去哪里,我就去哪里。生命中发生的一切都是命运。命运就好像从天上落下来的雨,并且就像雨一样,人的命运没办法绝对公平平等。财富、好运和霉运,都来自于上帝。”

尼娅薇拉打断他，唱起歌来：

在基督的天堂我们会相遇

我们会相遇在基督的天堂

她笑了笑。卡梅特看着她：这个女人真是善变。上一秒她还是个忠心的秘书，接着就变成一个贫穷政治“玩家”，现在又是唱着赞歌的盲目的宗教分子。

“你信教吗？”她问他。

“为什么这么问？”

“因为你说，发生在我们身上的好的坏的都是来自上天。那么你在印度的时候，有没有信过什么宗教，相信穷人和富人是天生的？他们的命运是提前注定的？那么人们审视自己的内心，散发人性的光芒又有什么意义？如果有人看到自己是败坏的又怎么办？这种败坏也是注定的吗？”

“我不知道。”卡梅特迷茫地说。

“你不知道？那是什么意思？”尼娅薇拉追问，“你信教的话又怎么会不知道？还是说你不知道自己信的是什么教？”

“因为……因为……我不知道。有时候，我觉得我被一些回答不了的问题难住了。是谁创造了宇宙？死去身体里的灵魂——他们去了哪里？还是说生命就是一场幻觉？是玛雅女神，印度的商羯罗会说。有时候在夜里，我一个人在荒野之中，躺着看着星星和广袤的宇宙的时候，觉得自己被举起来了……我是说，我听见有声音在对我说，卡梅特，为什么要有这么多的忧虑，为什么要给自己这么重的负担？看看宇宙是多么大？在它的广袤和永恒面前，你算什么？不，我不会说我是信教的，但我的确信仰一些高于我们的东西。你呢？”

“你听说过地球动物吗?”尼娅薇拉突然问他,“你肯定听过有传言说,阿布瑞里亚的统治者是魔鬼的信奉者,而且是以地球动物的名义?”

卡梅特觉得自己并不很清楚她在说什么,却又开始有了新的怀疑。这个女人会不会是令人畏惧的 M5 的成员?这也没法解释她为什么要装成一个乞丐吧?他是不是又走进了另一个陷阱?她是想同化他吗?如果是,那她很擅长于此。她的言谈和善良已经软化了他。虽然他们不是在所有事情上都观点一致,但目前他们的分歧并没有产生愤怒或憎恨。他们聊起天来,就像是从小一起长大的朋友,了解彼此的快乐和悲伤。卡梅特在她面前是那么放松,他觉得可以把自己最深层的想法和经历与她分享。不过美国的特工们不就是以此闻名的吗,他们先是引诱受害者们放下防备,然后发动突袭?卡梅特开始提防尼娅薇拉,打开的心门又关上了。

“你说的地球动物是什么意思?”

“就是那种趴着爬行的?”

“我不知道你在说什么。”

“那个欺骗了亚当和夏娃的?”尼娅薇拉一边说一边起身,走到她的乞丐袋子跟前,弯腰拿起它。卡梅特十分确定地看到她拿出了什么东西。她转过身来面向他站着,把那东西藏在身后。

“闭上眼睛。”她笑着说。

卡梅特假装用手掌遮住眼睛,他透过手指缝往外偷看。

“现在看吧!”尼娅薇拉对他说。刚才她拿出来的东西就在他眼前几寸远的地方晃动。卡梅特赶紧跳开。

“蛇!”他一边喊,一边向门口冲去。

“不,我不会让你走的。”她冲他挥舞着假蛇说,“这可是条毒蛇。非常危险。”她在他耳边低声恐吓他。

10

从小,卡梅特就听过很多生活在海里的女妖的故事。她们有时候会出现在毫无戒备的男性游泳者身边,陪着他们来到海滩上。她们的脸庞非常美丽,泳衣恰到好处地包裹着丰满的乳房,她们的细腰仿佛在引诱别人去拥抱她们。

站在海滩上,人们经常会看到她们出现在海的中央,乘着波浪,周围是四溅的水花,追逐嬉戏,消失在远方。有时候她们会在游泳的男人耳边轻声软语,很少有男人,尤其是独自出现的男人,能够抵挡这种无字之歌的魔力。还有很多吓人的故事,比方说,有些人一路跟随这些海里的女人来到她们在海底的巢穴,发现她们根本没有脚,或者发现她们的下半身其实是一条鱼尾,上面的鳞片大到足够把一个人切成千万片碎片。有些人幸运地逃脱了,有些却永久地失踪,成了海底女妖诱人魔力的牺牲品。

另外还有些故事说,有些女人可以随意变换,比如变成瞪羚、小羚羊,但大多数是变成猫。很多故事里会讲到,黄昏时分,年轻男子跟梦中情人手牵手在外面散步,等待夜幕降临后满足自己的欲望,最后发现自己凝视的只是猫的灼热的双眼。

在他的童年时期,这些故事的确让他害怕。尼娅薇拉是这种女人吗?她各种不同的样子闪现在他的脑海。在办公室里,她是一个秘书;在路边,她是安慰他的人。今天晚上,她是乞丐群里的一个乞丐。随后,在草地上,她毫不费劲地跑在他和三个警察前面。现在,她挡住了他,举着一条蛇在他眼前晃?想到这里,他想起,刚才讲述自己的事情时,她不停地变化声音,表演不同的人。她改了那么多次名字,肯定也是因为这个!还有,她经历了车祸却没有什么大碍,不是吗？还有在医院乱叫的那头驴……她还有很多事情是解释不通的。

他的心情非常复杂,恐惧、沮丧还有好奇深深埋在心底。他向来怕蛇;说到蛇都会让他颤抖。她说过这条蛇是有毒的。鼻子或眼睛上被咬上一口,他肯定就死翘翘了。这一天！这一夜！白天他从垃圾场死里逃生,晚上又要死在一条蛇手里！他怕极了,不知道接下来会发生什么。她会变成一只羚羊吗,草地里的瞪羚,还是一只猫？又或者是一条美人鱼？她看上去的确是人,但如果是那种女人的话,就不好说了。海妖在陆地上干吗？他看着她的双眼。她的眼睛里有光芒在闪动。不,她是在催眠他,把他的目光从蛇身上引开。

他的眼睛还是盯着蛇,身子开始慢慢往后退,“海妖”一步一步跟着他,节奏仿佛是一个精心编排的舞蹈。即使已经进到了她的卧室,他都没有看到屋子中间的床,而是全神贯注地应对眼前的危险。他想,等她完成任务——让他被蛇咬死——她就会变成小鸟飞走,再去引诱其他没有戒备的男人,或者回到海底,跟她的海妖姐妹们分享她这邪恶的胜利。

卡梅特有点看不起自己。就算是屠宰场里的牛也会坚持到最后;他不想做一个无助的受害者。他向尼娅薇拉扑了过去。

他们摔倒在地上。卡梅特伸手去抓尼娅薇拉那只举着蛇的手,想要把它打下。尼娅薇拉快他一步,逃脱了他的钳制,揪住了他的衬衫。他也拽住了她的衣服。很快,他们两个就半裸了身体,停止了动作,意乱情迷地凝视对方。卡梅特从来没有见过这么修长这么美丽的脖子。她的眼里依旧跳动着光芒,仿佛夜里的猫。他用目光搜寻那条蛇,却发现它一动不动地躺在地上。

“哦,那个啊！那是一条塑料蛇。”她轻轻笑着说。

卡梅特没有注意她说了些什么;他被尼娅薇拉迷住了,她那修长的脖子,她丰满而精致的胸部,她的乳头,蓝莓色的,那么坚挺,她眼里的光,她是那么生机勃勃。过了一两秒钟,他才明白过来她说的话。

“塑料蛇?”他问,语气里透着轻松却也夹杂着怀疑。

“是的。”她说,又笑了起来。

他的放松随即转成了愤怒。尼娅薇拉感觉到了,想要偷偷溜走。他大步跟在她身后,好像想要勒死她一样。他们沉默地转圈,卡梅特想要抓住她,而她只想逃走。突然,他扑向她,他们一起倒在了床上。透过沙沙作响的衣服,他们的身体在颤抖。他们的唇,碰在了一起。

自从那个悲惨的早上跟瓦里娅拉分开后,卡梅特再也没有碰过任何女人。上一次的经历让他厌恶,打消了他所有欲望。在禁欲期间,他并没有感到不妥。但现在他知道了,他的生活中一直缺少一些非常重要的东西。尼娅薇拉跟他的情况差不多。跟卡尼欧若的关系让她厌恶了爱情,她也没有再找其他的男人。而此时此刻,他们觉得被一种无法抗拒的力量吸引着,沉迷于彼此的身体。

“慢一点,轻轻地,小伙子,”尼娅薇拉说,“有些男人着急得好像要赶着去别的地方约会似的。女人可不是服务站。”

她牵起他的手,放在她的乳头上,向下滑向她的大腿。他的触碰让她叹息呻吟。现在他们准备进行下一步了。

“戴上它吧。”尼娅薇拉对他说。

“什么东西?”他晕乎乎地说。

“你没有安全套吗?”

“安全套? 啊,我没有!”他说。

尼娅薇拉就好像被红蚂蚁咬了一般,她突然把他掀开,跳了起来，坐在床上。

“我做错什么了？”卡梅特困惑地问。

“错？我没听错吧？”尼娅薇拉愤怒地问，“没有防护措施你就想进入我的身体？”

“我已经有很长一段时间没带着安全套了。我以为你在吃避孕药或是别的……”

“你以为怀孕是发生在女人身上最糟糕的事情了吗？怀孕并不是得了肿瘤，只不过是人们没有准备好肩负起将一个生命带到这世界来的责任而已。你不知道病毒吗？怀孕是孕育生命，而病毒则意味着死亡。”

“我没有病！”

“你怎么知道？就算你知道自己，你又怎么知道我没有艾滋病、梅毒、淋病或者其他性病？”

现在不适感完全取代了欲望，卡梅特去冲了个凉水澡，冷却自己的身体。尼娅薇拉等他洗完，也洗了一个澡。两个人又重新穿上衣服。卡梅特穿着扣子被扯掉的衬衫，回到了客厅，尼娅薇拉则换了一件裙子，进了厨房。

卡梅特的思绪飘回到跟瓦里娅拉在一起的日子。他们在一起的时候，从没有谈论过自己的性生活；他对她这方面的了解之少，简直让他吃惊。回想起白天他们在天使角落碰见的情景，他对自己的身体涌起一阵反感。万一在那唯一的一次亲密行为之中他感染到了病毒怎么办？万一传给了……不，他根本不愿意想这种可能性。他很感激尼娅薇拉及时叫停，尤其是她还给他端来一杯茶及时地打断了他的思路。

“对不起，”他对尼娅薇拉说，“我不应该那样失控。我从来没有对谁那样着迷过。一般来说我更喜欢在这种事情之前先多了解对方。但你身上有些东西让我感觉,我们已经认识很久了。或许是因为我们今天分享了很多自己的事情。不过我想让你知道,我并不是在为自己的行为找借口。"

"我也很抱歉。上大学的时候,我经常在手袋里放几个安全套,因为即便在那个时候,我也觉得,互相不太了解的人们应该保护自己;因为你根本不知道谁会在做爱的时候把死神也带来。我结婚后就不这样做了;而且在离婚后,我也没有改掉这个不保护自己的坏习惯。不过现在我更清楚了,谁也不知道什么时候自己会处在一个情欲战胜理智的情形之下。在这个病毒横行的时代,如果有人拒绝使用安全套,却想更进一步,那么他就是我的敌人,而不是爱人。我将不许他碰我。这就是为什么我掀开你,因为我以为你就是那种认为用安全套就不够男人的人。"

"你说得很对。"

现在他们在彼此面前很放松。

"塑料蛇是怎么回事?"卡梅特开始了新话题。

"你真的以为它是活的?"

"它很像活的,眼睛会动,舌头还会吐出来。我很害怕蛇。连跟蛇有关的笑话我都很讨厌。"

尼娅薇拉使劲盯着他的脸。不,她跟卡梅特的看法并不一致;他们并不是抱着同样的目的去到伊甸园酒店的大门口。他们相同的就只是身上穿的乞丐服。再无其他。但是,对她来说,他有一颗善良的心。他出身贫寒;或许他可以成为她的组织的一员。然后,她想起了卡尼欧若,虽然他出身也非常低微,现在却成了统治着全能青年团的成员,保护富人,对抗穷人。她思索着,卡梅特有可能变成另一个卡尼欧若。另外,他似乎是个不合群的人,是那种很容易沉迷于灵魂、欲望的人。

“现在这社会,没有女人敢独自走在大街上。我随身带着假蛇,是为了防身。”

“不,尼娅薇拉,你在瞒我。”他说。

“你真的想知道?”她问道,声音里多了一点点热情。

卡梅特觉得很矛盾;他想知道,又不想知道;他觉得自己并不想要承担知晓的责任和选择的痛苦。就这样迷糊一点不是更好吗?

尼娅薇拉看到他脸上的迟疑,在心里对自己说:这个人害怕了。她看了看表。

“天快亮了。你不用去野外了,就在沙发上睡吧。我给你拿条毛毯。”

她朝卧室走去。虽然害怕,卡梅特还是坚持:“你还没有回答我的问题。”

尼娅薇拉停住脚步,转过头。

“你知道‘人民之声运动’吗?”

出于本能,卡梅特飞快地扭头看了一眼,才回答。

“没有,但你之前提起过。统治者不是已经宣布它不合法了吗?”

“是的。”她说,她不知道他为什么要这样小心翼翼。

“怎么回事?”卡梅特不很热情地问。

“救助者分为两种:一种是想要抚慰受苦的灵魂,一种是想要治愈身体的伤痛。有时候我也不知道哪种是对的。好好睡吧。沙发可能没有草地的树叶那么舒服,不过至少头上还有屋顶呢。”她轻声说。

“这个组织代表的是谁?成员都是什么人?首领又是谁呢?”

“以后我会告诉你多一些的。”她有些奇怪他怎么突然对细节感兴趣了。她走进卧室,给他扔出一条毯子。

墙上的吉他被他们刚才弄歪了。她把它调了过来,然后才爬上床。

卡梅特释然地叹了口气,可是,他到底在释然些什么?他无法入睡,脑海里不停地翻转这一天发生的事情。就好像在做梦一样,不知道要去往哪里,他这样想着,疲劳地打个哈欠。

有人在砸门。睡着了的卡梅特正被梦里五颜六色的丝带缠在床上呢。谁把他从这大花园里吵醒?哦,是的,天堂。百万星级的酒店,屋顶是无边无际的天空。哦,是的,他想,肯定是冰雹在亲吻天堂的大门吧。真让人舒心啊。然而,敲门声一直继续,卡梅特终于醒了。

他踮着脚尖走到尼娅薇拉的床前,把她叫醒。他们都竖起耳朵听,希望那断断续续的敲门声会消失。可是没有,尼娅薇拉披上一块披巾,走到门前。

她非常迟疑地打开门。

“别害怕,女士,”一个男人说着,飞快从兜里掏出什么东西给她看,“我不是来打劫的。我只是一个穿着便衣的警察。”

“你想干什么?”尼娅薇拉粗鲁地问,试图掩盖自己的慌张。

“我求你了,请千万别生气。我是昨天晚上来过这里的警察。好吧,不是这儿,确切来说——我的意思是,我昨晚碰巧在圣卢西亚。经过这里的时候,我看到墙上挂着什么东西。等我回到家,我还是忘不了它。真的,我的上帝啊①。我跟你说,我根本睡不着,想要搞清楚怎么回事。所以我想再回来一趟,可是我要怎么才知道是哪一间房子呢?但我还是鼓起勇气,在天亮之前回到这里。

① 原文为斯瓦希里语。

当我看到那个东西还在这里的时候,你想想,我有多松了一口气吧。我对自己说,你找对地方了。”

尼娅薇拉非常懊恼,她想起来那一串魔法的“符咒”还挂在外面的屋顶上呢。他们是多么不小心啊,居然没有把它取下来!吓跑了的警察,又找了回来,虽然他看上去没带武器。她心里有点不服地想:他认出我们又怎么样?他会以什么罪名逮捕我们?我们犯了什么罪?接着她又想起阿布瑞里亚的独裁者已经宣布“人民之声运动”是违法的。她努力保持冷静,仔细琢磨警察的每一个字,看能否找出什么有用的信息。

“你想干什么?”她蛮横地说。

警察被她的语气吓得后退,不断扭头往身后看,似乎做好了准备,一有危险就逃跑。不过他看上去很迫切,几乎是绝望地,想要卸下什么重负。

“我是阿里盖盖·盖瑟利警官。我有许多重要的事情。求你了,女士,我想——求你了——我想见你。”

“我?你想见我?”她感到非常疑惑。

“是的,就是你。不,是的,对的!我的上帝啊,魔法师。我想见你。对不起,我是说,我必须见乌鸦魔法师。”

11

后来,这个训练有素的警察——阿里盖盖·盖瑟利警官——的生活发生了迂回曲折的变化,有些甚至荒谬得无法解释。他经常会被想要听有关乌鸦魔法师的故事的人们围住。也就是从那时候开始,人们充满喜爱地叫他阿盖,那是他名字的首字母缩写。有些听众还把它当作“讲故事的检察官”的缩写。如果是在酒吧里讲,没完没了的酒精会让他的想象力不断上升到新高度。如果是在村里、集市或路口讲,看到男人、女人、孩子们痴迷地想要听清楚他每一个字的神情,他就会觉得像充了电一样。不过,不管在什么环境下,他的听众们离开时都会带着满满的精神食粮:充满活力的希望——不管现状是多么令人难以忍受,未来都可能会变得更好。因为如果像乌鸦魔法师这样的凡人都能把自己变成任何一种形式的存在,又有什么可以抵挡人们改变的意愿呢。

“他可以变成任何东西,”他还会特意强调,“我可不是道听途说,千真万确!我的上帝啊!我说的是我亲眼看到的。”

他们一遍又一遍听到的是,那天晚上,阿盖从伊甸园酒店追两个乞丐。起初,阿盖还说过他是和另外两个警察一起,但是在后来不断重复的讲述中,他们就慢慢消失了。

“是的,一切都是在伊甸园酒店外面发生的。我们被派到那里,保护世界银行的代表团不被乞丐骚扰。一开始,乞丐们还挺有秩序的,但当他们开始喊一些我绝说不出口的口号时,我们收到上面的命令,让他们闭嘴并赶走他们。那时候天色很晚了,我记得。我看到一个穿乞丐衣服的男人看着我,他的眼睛在黑暗中比老虎的眼睛还要亮。他动起来的时候,我感到他的眼神在逼迫我跟着他。我想告诉他停下来,但却说不出话来。更加神奇的是,他根本不是在跑。千真万确,我的上帝啊。他只是在散步一般,他背着的袋子晃来晃去;可是不管我怎么使劲追他,我们之间的距离始终没有变过。

“我觉得他并不是独自一人,旁边还有一个人在他身边走着,指引着他在黑暗中穿行。我该怎么说呢?我一会儿看见一个人,一会儿看见两个人。

“当我想停下来观察一下情况的时候,发现自己根本没法减速。千真万确！我的上帝啊！最后我发现自己来到一片草地。别问我是怎么来到那里的——直到今天我也不明白。那天晚上有月光，是的，但也有乌云；就好像是天空跟他合起伙来，跟我玩光和影的游戏。他一直让我兜圈子跑。接着我看到他穿过一片灌木林，我还是跟着他。林子里很黑。我被什么东西绊倒了。是一块裂成两块的石头。我爬起来继续跑。等我跑到林子的另一边，我才发现我离圣卢西亚很近。在灌木林和村子中间有一块空地。那个人穿过的时候我看到了，我一直以为是两个人，其实只有一个。可是我敢发誓，我之前的确看到两个人！一眨眼的工夫，他不见了。篱笆上也没有缝隙，我不知道他是怎么穿过去的。"

"你是说你根本没看到他跳过篱笆？"有人问他。

"是的，我没看到。千真万确，我的上帝啊！"

"或许他把自己变成了篱笆。"另一个说。

"是的。你说得对。"

"那你怎么做的，放弃了？"

"我，放弃？哦，没有。我决定四处找他。"

"阿盖你可真勇敢啊！要是我，就算每只手里握着十把枪，我也不敢再往前一步。"

"我承认我的确不缺勇气。我找到一条路，来到圣卢西亚。现在，你们都知道圣卢西亚的房子盖得很密，而且看上去都差不多。街道又窄，灯光很暗。你们想象一下。我手里稳稳地握着枪。我东瞧瞧西看看。我是警察。开门。人们张着嘴巴害怕地看着我。然后我跟自己说，这样下去不行。我应该一间一间挨着搜，每个屋檐都要查，从墙的缝隙里看进去，如果我看到或听到任何可疑的东西，就得让房主开门。我开始实施我的新计划。然后，我该怎么说呢？突然，我觉得有一股力量控制了我，让我转过身，强迫我看。一瞥见屋顶上挂的那串东西,我就知道我面前的是强大的魔法。我靠近它,看到一些字从墙上蹦向我:“警告！这里的一切都属于乌鸦魔法师,他的神力可以将天空中的雄鹰和乌鸦拿下。敢碰这间屋子就等死吧。——乌鸦魔法师。”接着这些字又回到了墙上。我正要伸手去碰那串东西的时候,就觉得有一双看不见的手把我举了起来。它们把我举到空中,然后又扔在地上,一次又一次。一共七次。被放开后,我就逃了,头都没有回过……”

“那你的枪呢?”有人会问,“枪怎么没掉下来?”

“那个,实际上,也是让我睡不着的一件事情,因为,千真万确,我的上帝啊,我躺在床上,脑子里翻来覆去地想这件事情。我被举起来又扔下去七次,怎么就没有受一点伤呢?可能屁股有一点点疼,其他就没了。还有,为什么我的枪会一直在手里?是的,我对自己说:阿里盖盖·盖瑟利警官,为什么你会觉得这个人选择了你,强迫你跟随他,看到他的魔法?他想告诉你什么?很长一段时间以来,我遇见了很多难题,就在这次注定的遭遇之前的几周,我面临的更多。突然,刹那之间,我顿悟了。这是一个预兆。整件事情都是一个预兆,预示着他就是可以解决我的问题的那个人。

“所以,一大早我就回到那间魔法之屋。幸运的是,那串东西和墙上的字还在。他为我打开了门。而且,你们知道吗?听好了。那个人出现在我面前,居然是一个非常美丽的女人的样子。起先,他/她非常温柔地问我问题,突然,他/她的身后传来一个声音。

“‘我是乌鸦魔法师。站在我魔法影子里的是谁?你居然敢打破我的魔法圈?去,先去洗干净脚……’

“我没有再听下去,赶紧逃命了。”

12

就连尼娅薇拉一开始也被这个声音吓了一跳。但当她看到这个警察吓得往后退,毕恭毕敬地站着行礼,然后一溜烟地跑了,她想起前一天晚上,也是这个警察,也是这样做的,她忍不住再次笑了起来。

“他走了吗?”卡梅特问。

“他像箭一样窜了。你是怎么那么快想出来这些的?”

“我真的不知道。本来我是想给我们争取点时间,对一下口供。不过我太笨了!”

“怎么了?”

“我让他选择是否回来。我应该告诉他,永远别回来,否则就会怎么怎么样。”

“他逃跑的样子可不像还会回来。”

尼娅薇拉去厨房泡茶,炒鸡蛋配面包。她把自己那份放在一边放凉,然后准备上班。她迫不及待想要听塔基里卡讲述世界银行晚宴和伊甸园酒店门外乞丐的事情。

尼娅薇拉这一番准备,驱散了卡梅特对警察的恐惧。他用手捂着下巴,没有吃早餐,而是沉思起自己的不幸来。就好像是做了一场梦,他吃了一顿家常饭,在舒服的沙发上睡了一觉,醒来之后伴随着欢笑和温暖享用丰富的早餐,然后突然,这梦结束了。他被残忍的现实吞没了。那时还是清晨,他完全不知道接下来干什么,也不知道要从哪里开始每天的求职。

收拾好之后,尼娅薇拉走回厨房,去拿自己的早餐。在厨房和客厅中间有个小窗户,盘子碟子或杯子可以通过这个小窗户传来传去。她打开窗户对卡梅特说。

“你的早餐要凉了,”她说,“需要我帮你热一下吗?”

“不了,谢谢。我就这么吃吧。”他飞快地看了她一眼。

从站的地方,尼娅薇拉看见他坐着,低着头。

“我要去办公室听听伊甸园酒店都发生了些什么事。”她想让他别那么沮丧,“你呢?”

“我没有计划。出发之前我可以再在这里待上几个小时吗?现在去面对‘塔基里卡式’的面试对我来说还太早了。我可能会忍不住想要扭断他的脖子。”他说,故意配合她轻快的语气。

“然后因为谋杀被判绞刑?我可不许你那样。”她同样轻快地说,“如果在这里再待上几小时可以留住你的性命的话,想想在这里待上一整天你会怎么样吧!真的,你为什么不休息一天呢?你可以再在沙发上睡一晚上的。”

“不用了,再几个小时就够了。不过还是谢谢你的好意。我永远不会忘了你的好。”他的声音里透着一点悲伤。

“这不算什么。”她说,“你不是说,运气,不管好的还是坏的,都来自上帝吗?感谢上帝吧,别谢我。”她试着驱散他的自怜情绪。

“上帝的恩赐千奇百怪。他的奇迹有各种表现。”卡梅特说,他又故意装出她那样轻松的口气,“他把你当成是他的工具,来帮助我。所以我对你很感激,因为你愿意承载他的意志。谁知道呢,没准哪天我还会出现在埃尔代里斯现代建筑和房地产公司呢。”

“再来一场面试?”她反问道,脸上有点嘲弄的神情。

“不!不!去找你吃午饭。我喜欢鱼和薯条,或者炸鸡和薯条。”

“非常欢迎你来。我真的希望你能找到一份工作。”尼娅薇拉一边拿起手袋,一边认真地说。

在门口,她转身看着他。

“别忘了把你的符咒拿下来,除非你想继续让人知道,在这里,有个晚上,住过一位尊贵的乌鸦魔法师,神力可以拿下天空中所有的鸟儿,甚至乌鸦!”

13

尼娅薇拉还没赶到埃尔代里斯现代建筑和房地产公司的所在地时,她的老板,提图斯·塔基里卡已经在那里了。她的办公室,同时也是前台,跟他的办公室紧挨着。还没走到座位上,她就已经用脚步声告诉他她来了。塔基里卡全神贯注地看着《埃尔代里斯时报》,因此她有些尴尬地站在门口,想着是否要清清嗓子引起他的注意。她能感觉出他现在很生气,显然不是对她,而是他正在读的东西。实际上,塔基里卡知道她来了,他很快放下自己的烦恼。

“这些乞丐太过分了。”他开始对尼娅薇拉说,并没有问她为什么迟到。她松了一口气。“我不知道该拿他们怎么办了。他们怎么敢在那个地方伸出手,他们的国家正……”他本来想说“伸出它的手”,但他不喜欢这么说,所以改成“正忙着接待那么重要的客人?”

“我还没看报纸。”尼娅薇拉说,“发生什么事了?”

“是这样的,我们主人和客人都在酒店里面,所以并没有听见外面发生的骚动。实际上,如果不是这些报纸——这家报纸究竟为什么会觉得有必要提到这些暴动的乞丐们,无缘无故让他们出风头?”他左手举着报纸,右手指着那个专栏。他的脸因为嫌恶、轻蔑的不解而扭曲着。

尼娅薇拉伸长脖子看到标题:“天堂里的乞丐”。她还瞥见一张乞丐们在几米开外的警察面前四散逃开的照片,不过因为不想显露出过分的兴趣,她没有再靠近那张桌子。塔基里卡正在侃侃而谈,她也不想打断他。

“这就是我为什么总说政府应该取缔所有报纸。没有他们我们照样能活。在殖民者来到这片土地之前,我们的祖先从来不读书看报,不也健康长寿吗?他们就是一个诅咒,这些报纸。但是,如果有人问我昨夜那场骚动的根本原因是什么,我会用一个词回答:嫉妒。那些乞丐肯定是被我们的政敌派去扰乱宴会的。你知道有些部长非常嫉妒我的朋友马乔卡利吗?就是因为他是一个能看得很远的人。让我来告诉你我们黑人有些什么毛病吧。我们不像印度人和欧洲人,我们缺少团结一致的精神,看不得身边的人比自己成功。”

尼娅薇拉想,这真是打探消息的最佳时机。

“世界银行答应给通天塔项目贷款了吗?”她问。

她的好奇心正中他下怀,他热情的回答也令她吃惊不已。

“你怎么还站着?拉把椅子过来坐。”

塔基里卡站起身,准备把晚宴的一切都详详细细地对她说,尤其是他在其中扮演的角色。他们一个说得绘声绘色,一个听得津津有味,就在这个时候,电话响起,两个人都觉得扫兴。尼娅薇拉装作要去自己的办公室接电话,塔基里卡却不愿意失去自己的听众,哪怕一秒钟,他让她在他的办公桌前接电话。

“埃尔代里斯现代建筑和房地产公司。有什么我能帮您吗?……是的……不过我能知道您是哪位吗?……您的名字……请稍等……我看看他在不在。”她捂住话筒,“是找你的。”

“是谁?”

“他不肯说。他想单独跟你通话,他说有急事。”

塔基里卡暴躁地扯过话筒,他被这电话弄得很心烦。“恭喜?恭喜什么?……今天?”他站起身走开,把电话举到耳朵边,“广播里?……新闻?……你确定吗?……我想我们最好不要在电话里谈这个事……是的……是的……你为什么不来办公室一趟呢?……是的……我们见面谈吧。”

他刚放下电话,铃声又响了。这一次他自己飞快地接起来。

“是的……谢谢……来我办公室吧。”

电话又第三次第四次第五次响起,他都是同样的答复:来我办公室。他看着窗外,朝那边走过去。他吹了个口哨示意尼娅薇拉也过来。

看到眼前的景象,她震惊了。通往他们办公楼的路已经堵满了车,都是各大品牌的最新款,不过大多数还是奔驰。

“这是干什么呀?”尼娅薇拉惊叹道,她直直地看向塔基里卡。

塔基里卡在办公室里一边踱步一边沉思,然后停住脚步,看着尼娅薇拉,用颤抖的声音说:“这是我生命中最重要的日子之一,应该说是最重要的一天。你可以把今天当成我的重生日。今天早晨马乔卡利部长宣布,他已经向统治者推荐,并且统治者也同意我出任通天塔建造委员会的首任主席。你知道这意味着什么吗?你不知道,从你的脸上我能看出来,但是你看到的那些车里的人们都知道那个职位的意义和它在财务方面的影响。他们每一个人都想把自己介绍给我——*认识我*是他们一会儿都会用到的词。可是,就像你看到的那样,他们大多数人根本都来不及打电话——直接就来了。我跟你说这些,是因为自从你加入我公司之后,给我带来的全是好运。哦,不,可别又是道喜的电话!不。就让它响去吧。我想让你回到你的办公室,接待来访者,把他们一个一个地领到我的办公室。继续像往常那样接电话,安排会谈。这真是天赐之恩。”他用英语说道,就好像在自言自语一样。

尼娅薇拉急忙赶回自己的办公室,而塔基里卡则坐在桌前,装出一副伏案工作的执行官的模样。很快,接待区就挤满了人,而门外试图入内的人就更多了。电话铃不停在响。尼娅薇拉几乎要被淹没了,她迅速想出了一个办法。她在两张纸上写着:“请排队:不排队者不予接待。”她把其中一张贴在办公室里面的墙上,另外一张贴在外面。

人们挤来挤去,互相推搡,试图让队伍向前挪。就好像小孩一样,尼娅薇拉想,这一切就是为了认识主席?这些埃尔代里斯的达官显贵们,来自不同的部落、国籍、种族,他们每个人都想跟塔基里卡面谈,单独交谈。尼娅薇拉把他们领进塔基里卡的办公室,每次只能进一位。

第一位只在里面待了几分钟,但他肯定得到了自己想要的,因为他出来的时候脸上堆满了笑容。第二位也是一样,第三位、第四位、第五位等等。只跟主席见了几分钟,回到各自的奔驰汽车时,他们仿佛都拥有了幸福。塔基里卡真是一个幸福的分享者啊!这怎么可能。尼娅薇拉纳闷了。

在领来访者到塔基里卡的办公室,记下名字、整理文件、接电话之后,尼娅薇拉很快明白发生了什么事情。每个人都想做通天塔的分包商,都想谋一分利。卖水泥的、木材的、钉子的、厕纸的、食品的、饮料的,不管是谁,他们的言谈举止仿佛都透露,他们确定世界银行已经给这个项目放款了。

塔基里卡非常坦白地跟他们强调,贷款的事情还没有同世界银行商讨,伊甸园酒店的晚宴纯粹是社交性质的,并且无论如何,目前还无法签订任何合同。但他们根本听不进去。对他们来说，这只是一个简单的逻辑问题：如果马乔卡利不是十分确定世界银行会发放贷款的话，又怎么会指定建造委员会的主席人选呢？有些人获知，世界银行曾经贷给俄国几十亿，让他们放弃社会主义。对于他们这个领袖从来没有想过民主的国家来说，能拿到的会比那多多少啊！怪不得他们会赶忙送来自己的名片。

每张名片递过来的时候都是跟许多布里纸币放在一起的。有些显贵本来想要开支票的，但塔基里卡不想要。要么现金，要么别给，塔基里卡对他们说。他们很快就说他们完全明白。有些人坚持要与塔基里卡共进商务午餐，递名片时加了更多现金。没有人会说钱的事。所有人都只会对外说，哪怕是对最亲密的朋友，他们已经见到主席，留下了自己的名片。现金已经飞快地堆了起来，办公桌的抽屉已经放不下了，塔基里卡不得不让尼娅薇拉去买一些麻布袋和纸板箱来装剩下的钱。

到了下午四点，已经没有人排队了，但电话还是响个不停，大都是住在埃尔代里斯之外的显贵们打来的，他们也想与主席面谈。尼娅薇拉知道，从预约的数量来看，在接下来的日子里，只靠她自己，显然无法处理所有的事务。等到最后一个人离开，办公室准备关门的时候，她向老板提出了这个问题。

“别担心。”塔基里卡听到这个消息非常高兴，因为那意味着更多的名片，更多的钱。“把路边那块‘没有空缺职位’的牌子拿走，再挂上另外一个，说我们要招临时工。‘临时空缺职位’或者干脆就写‘招临时工’。工作量增加时我们就这么做，不过不会一直这样的。尼娅薇拉，弄好这个牌子之后你就下班吧。回家，我们明天见。别再迟到了。”他补充道，想让她知道没有什么能逃过他的眼睛，“明天的每一分钟都很值钱！”

尼娅薇拉看到,在办公室的一个角落,有三个装满钱的麻布袋。老板说得对,这可真是天赐之恩,离开的时候她对自己说。她走进紧挨着接待区的一间小储藏室,拿出一块大胶合板,当作广告牌,不过它有点太大、太沉。她想她还是先把手袋放在桌子上,等弄完广告牌再回来拿。

那时差不多五点了。她走到路边的入口处,抬头看原先的板子上写的:没有空缺:想找工作,明天再来。她回想起卡梅特的遭遇,还有他遭受的羞辱。她太愤怒了,手都在抖,新的广告牌掉到了地上。愤怒迸发力量。她使劲拽下旧的广告牌扔在一边。带着一种胜利感,她把新的牌子挂了上去。就在她退后检查自己的劳动成果时,她察觉到背后有一个人。

"约翰!"尼娅薇拉震惊地喊出了声。

卡尼欧若站在离新的广告牌几步远的地方,几乎就是前一天卡梅特站着忍受羞辱的地方。卡尼欧若大声念着广告牌:"临时工作:当面申请!"

"你在这儿干什么?"她问他。

"我们去火星咖啡馆喝杯咖啡吧。"他说。

"我不爱喝咖啡。"她说。

"那就喝茶、奶昔、苏打水。什么都行。我有些新闻要告诉你。"

"我自己会看报纸。我还会听广播。"

"这可不是一般的新闻。这是你应该知道的东西。"

尼娅薇拉在心里想了又想,虽然她尽力装出对卡尼欧若要告诉她的事情一点都不感兴趣的样子。她打了个哈欠,叹口气,仿佛十分不愿意接受他的邀请。

"好吧。我一会儿就回来。"她说,"这样吧,我去火星咖啡馆找你。”

她扛着旧的广告牌往回走,打算放回储物间。

办公室的门已经被锁上了。她伸手去自己的口袋里掏钥匙。她打开门,惊恐地愣住了。她被吓得目瞪口呆,因为她看见一把枪对准了她。她闭上眼睛,等着最糟糕的时刻。

“哦,是你啊?”塔基里卡把枪移开,“我还以为有人要闯进来呢。我记得我让你回家来着?”

“我的手袋,”她的声音发颤,“我刚把新的广告牌挂上。”她指着那块旧的广告牌,恍恍惚惚地说,“我是回来拿我的手袋的。”

“好的。帮我搬几个麻布袋到我车上。”

那些装满了布里纸币的袋子很沉。塔基里卡拽着两个,尼娅薇拉拖着一个,来到他那辆奶油色的奔驰汽车脚下。

她看到这辆车汇进车流,然后消失不见。接着,她想起来一件事,仿佛被重重一击,她双膝发软,坐了下来。她需要在去火星咖啡馆见卡尼欧若之前恢复往日的沉着。

14

火星咖啡馆在埃尔代里斯非常有名,因为价格便宜,却又有质量很好的茶、咖啡、可可、奶昔、冰淇淋、面包、蛋糕、三明治和各种不含酒精的饮料。许多人喜欢把那里当作约会地点,因为它的主人,乔达摩,并不介意顾客在享用完餐点后继续坐着聊天。但是,它更加出名的,还是墙上用来庆祝星际探索的装饰,还有乔达摩那充沛的活力。

这些年来,咖啡馆的名字都是根据历史性时刻变换的,从斯普特尼克[①],沃斯托克[②]到月亮阿波罗[③]。乔达摩尤其喜欢月亮阿波罗这个名字,因为它不仅提到那个古希腊的神,还音似马可·波罗,那个曾经到过东方的人。毕竟,太空旅行最早是在东方的传说里出现的。他经常说起,中国古代的宇航员们是最早关注超新星的一批人,这也是太空竞赛中亚洲领先的证据。不过,他后来又改成了米尔咖啡馆、太空站咖啡馆,最后是火星咖啡馆。他发誓会一直用这个名字,直到人类登陆火星,因为他相信,火星掌握了生命和宇宙起源的所有秘密。他想要这个咖啡馆的名字能够反映人类对真理、自由和知识的永恒追求,所以咖啡馆的墙上贴满了剪贴的报纸和杂志,内容不仅有火箭、宇宙飞船和太空站,也有关于太空旅行者的。所以尤里·加加林[④]、阿列克谢·列昂诺夫[⑤]的照片会跟尼尔·阿姆斯特朗[⑥]和约翰·格伦[⑦]等人的照片会放在一起。

虽然谈到太空时总是一副如幻如梦的模样,但在咖啡馆里,乔达摩还是非常接地气的,也很关注自己的顾客。现在,他看到卡尼欧若独自走进来,想要上前跟他聊聊宇宙什么的。但卡尼欧若告

---

① 斯普特尼克(Sputnik),苏联发射的人类第一颗人造卫星“伴侣号”,这颗卫星于 1957 年 10 月 4 日,由苏联的 R7 火箭在拜科努尔航天基地发射升空。

② 沃斯托克(Vostok),苏联“东方号”载人飞船。东方一号(俄语:Восток-1)是苏联的太空计划,也是首次载人的太空飞行任务,1961 年 4 月 12 日发射升空。

③ 月亮阿波罗(Moonapollo),指阿波罗计划(Project Apollo),又称阿波罗工程,是美国从 1961 年到 1972 年组织实施的一系列载人登月飞行任务。

④ 尤里·加加林(Yuri Gagarin),1961 年世界首位飞往太空的宇航员。

⑤ 阿列克谢·列昂诺夫(Aleksei Leonov),苏联宇航员,于 1965 年 3 月 18 日在执行“上升 2 号”(Voskhod 2)任务时完成史上第一次舱外活动。

⑥ 尼尔·阿姆斯特朗(Neil Armstrong),1969 年 7 月 20 日成为第一个踏上月球的宇航员,也是第一个在地球外星体上留下脚印的人类成员。

⑦ 约翰·格伦(John Glenn),1962 年 2 月 20 日,约翰·格伦乘坐“友谊 7 号”飞船升空。他驾驶水星飞船在地球轨道进行了三圈轨道飞行,历时 4 小时 55 分 23 秒。

诉他,要等到自己约的客人到了再点单,他只能回到柜台,继续神游。卡尼欧若一直看表,担心尼娅薇拉又一次放他鸽子。他准备再等上几分钟再走,然后第二天再去她的办公室问她为什么让他空等一场。想要自己又有借口去尼娅薇拉的办公地点,有机会盯着塔基里卡,他觉得平静了一些。

接着有人碰了下他的肩膀,他以为是尼娅薇拉,所以飞快地扭过头。谁知道却是一个乞丐。他原本热切的脸迅速变得难看。看到那个乞丐是个瘸子时,他尤其恼怒。听到他反复地念叨,帮帮穷人,我的腿是在独立战争时断的,卡尼欧若彻底失去了耐心。他推开瘸子,冲他大喊:走开!你居然敢用脏兮兮的手碰我!他不停地冲那可怜的乞丐大喊。乔达摩不得不中断太空神游,为那个不速之客说情。乔达摩给他几个硬币,让他别再烦自己的顾客了,并把他送到了门边。

"我只想要一杯茶和一块蛋糕。"尼娅薇拉一边冲乔达摩喊道,一边走进来坐在桌子前,"你为什么要见我?"她直截了当地问。

"我正好路过那里,就想顺便看看你。"卡尼欧若说。从她的表情,他就明白她知道他并没有说实话,"所以那就是你工作的地方?"

"我不是告诉你别来烦我了吗?"

"说了,但我们没必要做敌人。"

"我不想跟你做朋友。"

"我没有非要跟你做朋友。"

"听着,我没时间跟你诡辩。"

"我也没有。我只是在跟你说,两个人分开了,没必要在碰见的时候连招呼都不打。"

“你想要什么?”

“我只想让你知道,我依然爱你。”

“你在浪费自己的时间,也在浪费我的时间。覆水难收。如果你再说这些,我就走了。”

“那你还想让我说什么?”

“不是我约你出来的。为什么不说说,参加了尊贵的陛下的青年团,你的感觉有多好呢?”尼娅薇拉几乎毫不掩饰自己的讽刺之意。

“听着,你对执政党的某些主要成员持批评态度是正确的,他们只是一些想方设法毁掉我们的国家并使之蒙羞的冒牌货,比方说那些支持通天塔的人!早在以色列人试图建造巴别塔的时候这事儿就已经有定论了。”

“有传言说,那个计划的草图或者是那个艺术家灵感,是你画的?为什么现在对你的宝贝又是另一副嘴脸?”

回想起在统治者生日庆典那天所遭受到的羞辱,他极力忍住不露出龇牙咧嘴的样子。今天,这份羞辱又被眼前这个女人激起,这个他原本最想要对之炫耀他最新攀附的权势的女人。他沉默着,细细回想这整次惨败的始末。

这一切是在马乔卡利来到卡尼欧若任教的学院演讲开始的。得知这个学院有一个艺术系后,马乔卡利部长大声询问,艺术系里的学生是否值得信赖,能否给一副毫无生气的建筑图注入生机?如果可以,请致电我的办公室,他说。就是这样一个含糊不清的邀请,许多人都很正确地把它当作是政客们的泛泛之词。部长本人都把它忘得一干二净,直到有一天,卡尼欧若走进他的办公室,唐突地说,是的,我可以做到,我是自愿来贡献自己的服务的。马乔卡利过了好一会儿都没明白这个人在说什么,直到卡尼欧若提醒他他之前的学院之行。哦,那个啊,部长说。你是说你可以看着2D的设计图,做出3D的可视效果图?你知道的,做出栩栩如生的样子,“的确不容易,但可以做到”。当然不是什么随随便便的汤姆、迪克和哈瑞能做得到,而是他,约翰·卡尼欧若,他拥有埃尔代里斯大学艺术和艺术历史学位,还曾经学过一点建筑学。一点点艺术绘图对他来说不是什么难事。

想到要跟这么有名的一位部长合作,卡尼欧若的心里早就乐开了花,殊不知幸福路上的第一个障碍也早早到来。在大致地描述了一番想要艺术家做到什么东西之后,马乔卡利让一位信得过的助手给卡尼欧若展示了那幅画。“看一遍就行了,”他说,“剩下的留给你的想象力。”那时候卡尼欧若并不知道这幅画有多重要,但当他发现自己被锁起来工作,每次离开房间的时候都要被搜身的时候,他才意识到它是多么重要。当他了解到它跟统治者的生日庆典有关后,他给了那位助手一个便条,乞求部长知晓他对国家的努力与贡献。助手让他放心,不仅他的名字会被提到,甚至还有可能会把他介绍给统治者本人,或者至少会让他上台,这样人们都能看到他。这些话让卡尼欧若对部长的助理感激涕零,他叫人家“我的朋友”,却完全忘记了暗中打点这位信使。助手都纳了闷了,什么人才会不知道,信使也是需要吃饭的啊?后来,这个被惹恼了的助手告诉部长,这位艺术老师说了,在哪里都不能提到他的名字,他是那么的无私。卡尼欧若完全蒙在鼓里,他幻想了好多天要怎么在众人面前露脸。他会远远地坐在后面,这样当他的名字被叫到的时候,他会穿过人群,一路走到台上。即使只是被要求起立致意,也会有成百上千个人转过头来看他。然而,他并没有成为众人感恩的焦点,反而只得到了坐在他周围的几个人愤怒的反应,还有一个警察让他不要乱动,否则就用枪打爆他的鼻子。他怎么可能原谅马乔卡利如此不把他当人看待？

即便是再次感受到那个时刻的苦涩，他还是极力地控制自己，不在这个他试图挽回的女人面前流露自己的软弱。得知尼娅薇拉并没有在庆典现场，他有点释然。而且，眼见为实，他正努力地让她站在他的立场看问题。

“相信我，我真的是在马乔卡利的坚持下才画了那破玩意儿。他给我，更准确地说，是他的助手给我一份建筑图的复印件，他们想要一份艺术绘图，那就是通天塔的图纸。说老实话，我觉得整个项目蠢透了，所以我才坚决不让部长提到我的名字。”

“我敬佩你的谦虚。”尼娅薇拉说，“谦卑当然比羞辱更合适。”

“别再嘲笑我了。我告诉你吧，统治者的党派里还有许多重要人物跟石头一样顽固。比方说，西尔弗·西吉奥库。他也能看穿这个破东西，所以才想出来在那上面添上个人宇宙飞船这种好点子。能做的都做了。想象一下统治者统治整个宇宙吧。西吉奥库真是个政治天才，一个天才空想家。”

“这倒是有意思了。谁是你的主子，西吉奥库部长还是统治者陛下？你到底是谁的青年团成员？”

“我不会因为我是统治者党派的一员而感到羞耻。我完全忠于统治者。百分百。要是没有他的英明领导，我们会变成什么样子？设想一下马乔卡利这样的人领导这个国家会是什么样的灾难吧！成为统治者青年团的一员，并不是党派之争，而是爱国行为。即便是大学教师和博士也都应该应征入团。现在我们还需要你这样的女孩。少女青年团。”

“我只是一个女人，一个离婚的女人。”

“我只是想让你知道，统治者青年团并没有性别或年龄歧视。我们许多能歌善舞的成员都是女性。有些教授都已经超过五十岁了。西吉奥库本人就是全能青年团的领袖,他是一个天才,他的目的就是让他的团员们感到幸福。他想让你这样的女人加入……"

"滚回到你那长着兔耳朵的西吉奥库身边,告诉他,尼娅薇拉从不伺候政客老板。"

"有什么区别吗?你现在为塔基里卡工作,他就是马乔卡利忠诚的追随者。"

"是的,但我并不是因为政治活动才被聘用的。我只是一名普通员工,做一些日常工作。"

"近日来在你们办公室门外排的大队又有多普通呢?"

"你不是刚刚才跟我说你是碰巧路过吗?所以你是在那里盯了一整天?对了,顺便问一句,你打算什么时候去伦敦弄一个大鼻子回来?"尼娅薇拉问道,想到他的鼻子还会变得更大,她忍不住笑了起来,"马乔卡利弄大了眼睛,西吉奥库弄大了耳朵,大本·曼波弄大了嘴,准确地说是舌头。还有谁能比你更好地为尊贵的皇帝陛下嗅出敌人来呢?"

"尼娅薇拉,听我说,你说得对,我的确时不时地经过这里。不过不是因为塔基里卡。不管是塔基里卡还是他的生意,今天都不能让我来到这里。是我内心的呼唤——请不要走。留下来,听我说完,你根本不知道我要说什么。我想要的是你。我觉得自己很难,几乎不可能,离开你。但我不会打扰你,虽然我知道你住在哪里。可是,在公共场合,我是自由的。昨天,我从这条路上走过,我看到你和一个男人,你俩聊得热火朝天。"

"我不能跟别人说话吗?"

"可这就是我要说的。跟你说话的那个人,不是普通人。"

"这可真是太有意思了。"

"请听我说完,然后你自己去判断。昨天,我看到你们两个坐在一起，就在你换广告牌的地方的不远处。你们分开后，我本来很想跟着你，打声招呼，但那个男人身上有某些东西，让我想要留下来进一步观察。他在那里坐了好一会儿，仿佛在等什么人，又好像是没别的地方可去。最后，他终于沿着这条街走了下去，我跟在他身后。在圣玛利亚还是什么地方，他停下来，靠在墙边，好像迷了路。很快，到了统治者广场靠近伊甸园酒店时，他就找到了路。你知道他做了些什么吗？他走进一个公共厕所……”

尼娅薇拉忍不住大笑起来。他的语气是那么认真。人们去公厕有什么稀奇的？不过她想到公厕里面是多么肮脏，几乎要认同他的担心了。

“随便你笑吧，不过我跟你保证，这可不是笑笑的事情。我亲眼看到他走进公厕，我守在入口等着，只有一个穿着破烂衣裳的乞丐走出来。他却没有出来。我没有隐瞒任何东西，我说的都是实话。过了好久，我想走了，于是走进去看看到底发生了什么。里面没有人，连鬼都没有。那个人消失了。”

“外星人。回火星了。”她尽力想让这件事轻松一点。

“这可不是笑话。你了解这个男人吗？”

“不了解。”她打了个哈欠，仿佛已经厌倦了卡尼欧若，“或者，我应该说，如果你说的这个人跟我想的是一个人，我可以诚实地告诉你，除了他在我们办公室外晃悠找工作之外，我对他没什么了解。”

如果此刻用测谎仪测谎，她肯定已经失败了，因为就算她这么说着，她心里的焦虑却不停地累积。卡梅特怎么样了？他发生什么事了？卡尼欧若有没有隐瞒什么事情？

“不管你想不想听，我都是关心你的，不想你因为跟了坏人落到不幸的下场。我不是迷信，但那个人肯定不是人类。他可能是一个神灵,或者是一个食人魔。"

"食人魔,没有进政府工作?"尼娅薇拉勉强地笑着,"我可以保护自己。"

她抓起自己的手袋,起身离开。她想着卡梅特,不知道他在哪里又是如何度过这一天。除了辛苦求生,现在他还得应付这个跟踪他的前夫。她感到一阵厌烦,不过想到可能会对卡梅特不利,有事情闪过她的心,而她却不知道是该悲伤还是快乐。

"你听好了,"她对卡尼欧若说,"就算看到有人要谋杀我,你也别告诉我。我什么也不想要。别假装你是为了我。"

他看着她走到柜台,为自己的茶和蛋糕买单。她头也没回地离开了。因为没有被当回事,他沮丧地坐在那里,但他却依然可以确定自己看到的一切。难道他的眼睛会骗他吗?

"不。那个人是人类,却不仅仅是人类。"他喃喃自语,依旧对那天晚上在伊甸园酒店外看到的神秘事件困惑不已。

15

在讲述乌鸦魔法师命令他离开那间房子的那天的故事时,阿里盖盖·盖瑟利警官也说了同样的话。很奇怪。起初,他用女性柔和的声音同我说话,接着从同样的嘴里出来了一个低沉的男音,命令我离开,并且洗干净我那玷污了他魔法之地的脚。那个人?我发誓,千真万确!我的上帝啊,那个人,他是人类,又不仅仅是人类。对阿盖来说,这些话并不是出于恶意,而是敬畏、尊敬和钦佩,因为他对听众们说,"今天的我,还有我所拥有的一切,都是乌鸦魔法师的杰作。

"我怎么能不听从他对我的第一个指令呢?我丝毫没有犹

豫,一路跑回家,一遍又一遍地洗我的脚和手,一个小时之内我又回到了圣卢西亚。现在我十分小心地不去碰门,也不敢站得太近。门自己打开了,仿佛在邀请我进去。我走进了他神圣的住所。接着我听到另一道命令:站在小窗户前面。那个窗户看上去像是天主教堂里的忏悔室的窗户,除了没有格子栅栏,所以,我可以很清楚地看到他的脸和眼睛。可是,那是什么样的眼睛啊！他们更像是火球。

"'你的心有点疲倦。'这个声音说。

"'是的！是的！'我赶紧说。

"'有许多心理负担?'

"'是的！是的！'

"'一个特殊的负担,把你带到乌鸦魔法师这里?'

"他的声音很圆润、柔和、舒缓,跟之前大不相同,我不知道他是在陈述一个事实,还是在问我问题。

"'你完全说出了我的想法。'我告诉他,'你看,我已经在警局工作了许多年了,但不管我怎么努力工作,都升不了职。乌鸦魔法师,我敢肯定,是我的敌人通过魔法在阻碍我。'

"'是你的心这么对你说的吗?'

"'是的！'

"'为什么?是什么让你那么肯定这就是事实?'

"'因为心从来不会说谎。你知道吗,我是一个工作狂。比方说,当我执行交警任务时,我比别的警察开的罚单都要多。我对小巴士们尤其严厉。我问自己,为什么我一直没有升职?而且我经常听到有人在我耳边说:有个人的影子踩着你的影子了。'

"'这个人,你认识他吗?'

"'哦,不认识。这样的人都是暗中工作的。他可以是任何

人,我的邻居,或者是我的同事。或者,说到这里,有可能是任何一个被我开过罚单的小巴士司机。'

"'你想从我这里得到什么?'

"我的心跳得飞快。之前我并没有意识到我对敌人是多么仇恨,不管他是谁。不过这暂且放在一边,现在他该知道我不是别人,正是阿里盖盖·盖瑟利警官。他再也不能像这些年一样损害我或者别人的事业。'四处去找他,把他找出来。让他从地球上消失。'我带着愉快的期望说道。

"'杀死一个人——你知道这是一件很难的事情吗?'

"'对我们这些统治者的警察来说,并不难,'我告诉他,'任何威胁到统治者权力的生命对我们来说都不算什么,不值一提。'

"他停顿了一下。

"'你知道,对统治者的警察来说,杀死一个人的身体可能很容易,但灵魂则不然。'他的声音依旧非常柔和,即便是最狂暴的灵魂也能变得舒缓。

"'你说得对,'我对乌鸦魔法师说,'因为如果我知道我的敌人是谁,那么我能够很容易地把他撕成碎片,但我不知道他是谁,所以不管我醒着还是睡着,他都在不停地折磨我。所以我问自己:为什么有人可以占据我的大脑和我的心,我却不知道他是谁?现在你让我明白了。那是因为他是以邪恶的鬼魂的形式出现的。是的,要杀死鬼魂可不容易。相信我,乌鸦魔法师,我已经找遍了附近所有城镇和村庄的巫医,我对他们每一个人都说了我的难题。我有敌人,却看不到敌人——他们到底是谁?没有人可以减轻我所遭受的折磨,让我睡得踏实一些。'

"'为什么你觉得我能做到别人没有做到的事情?'

"'我知道你的神力。'我直接对他说,'昨天晚上,当我看到屋顶上挂的那一串符咒时,我感到我的脚被钉在了地上。我对自己说,这就是专门为我而来的魔法师了。你已经证明了我想的是对的。你是唯一一个可以解答我的谜题的人。这是第一次,我知道我的敌人是谁。他们假扮成邪恶的鬼魂。我不需要证据了。你可以让鸟儿的翅膀失去力量,是的,你甚至可以将乌鸦和雄鹰从天空中拿下,一个凡人又怎么可以抵抗你的力量,不管是不是以鬼魂的形式?乌鸦魔法师,你的名字就能证明你所拥有的神力。'

"'你有镜子吗?'他问我。

"'没有。'

"'你没带着镜子?'

"'没有。'

"'那你怎么看你自己?'

"'我用自己的方式保持干净。我从来不多照镜子。'

"'你要是不看自己,怎么知道干不干净?'

"'我就是知道。'

"'你跟我说你有时候会出交通警?'

"'是的。'

"'那你拦下过没有镜子的汽车吗?'

"'没有镜子?没有镜子怎么开车?没有镜子还开车的人就是拿自己和别人的生命开玩笑。镜子碎了都会导致危险。'

"'你说有影子踩住了你的影子?'

"'是的。'

"'我们需要镜子看自己的影子。我们需要镜子看别人的影子是不是踩住了我们的。你可以花钱租我的镜子,两千两百五十布里币。'他对我说。

"当时我身上没有带那么多钱,所以我告诉他,我下午再回来。

“回到家，我换上制服去上班。我迟到了，我的上司万得弗·邓波对我大发脾气。我给他敬礼，叫他长官，我告诉他——你们这些听我讲故事的人，当我说我不知道下面这些话是怎么说出来的时候，请相信我——我直接说，我整个晚上都在追那些去伊甸园酒店给世界银行代表团捣乱的人。我告诉他，我肯定那些东西不是普通的凡人，而是神灵。我知道这个，是因为，就算我努力想要停下来，却根本停不下来。他们逼着我一直追到埃尔代里斯附近的草地，他们以为我会在那里迷路呢。让我来告诉你吧，长官，他们不是在跑，可我却怎么也追不上他们。我试着朝他们开枪，可是我的枪根本开不了火。我对自己说，我要跟他们搏斗到天亮。我从内心深处就知晓，这两个神灵对统治者的健康绝对不利，而粉碎他们的阴谋是我忠诚的使命，哪怕搭上我自己的性命也在所不惜。我的故事还没有说完，我就看到上司的脸已经由愤怒变成担忧和警觉，然后变成了恐惧。不过那是一种敬佩的恐惧，好像是，听了我在黑夜里与这么危险的神灵周旋，他觉得我笼罩在一道光环之下，或者是，想到我身上可能蹭到了他们的一点魔力。他没有再问我什么问题，没有再责怪我，而是告诉我赶紧走，他会将我这番杰出的战斗报告给他的上级。

“我骑上摩托车继续上路。我盯住那些大货车，因为大多数大货车都会运走私货，他们宁愿花几千块钱打点，也不愿意被验货。对警察来说，他们简直就是上天的恩赐。除非实在是运气不好，你碰到了大人物甚至是最大的那个大人物的车：就算那些车上装满了违法的物品，你要是拦了，也可能会丢掉工作。你得先弄清楚这货车真正的主人是谁，才可以放心地收他们的‘买路钱’。不过我很擅长分辨什么时候该积极，什么时候不该积极。下午一点的时候我的口袋里已经有了不止两千两百五十布里币了。现金。千真万确！我的上帝啊！下午一点的时候我的口袋鼓鼓囊囊的全是钱。

“第三次，我回到乌鸦魔法师的地盘。门又一次自己打开了。可是，就在我要走进去的时候，我听到那个声音在说，我不可以用制服、徽章和枪来玷污这神圣的领地。

“我又回家了。你们听到了吗？乌鸦魔法师让我一天之内回了四次；到这时，我才最后确信了他的神力。你们听说过那种能知晓所有细节的巫医吗？我换上便服，没有耽搁便赶了回去。我们是怎么说的来着？行动证明需求，我那么高效地执行他的命令和愿望，肯定让他相信，我是多么迫切地需要治好病，看不见的敌人给我埋下的病。

“他让我把钱放在桌子上，我立刻照做了。

“‘你听仔细了，’他用同样舒缓的声音说，‘闭上你的双眼，清空你的思绪：在你的大脑里面，有一个画面正在形成，等它形成了，我会用镜子捕捉它，就好像传真机和电脑复印那样，无形地转化它们。一旦这个画面被我的镜子俘获了，我会用一把尖刀刺杀它，从那一刻开始，你的敌人就会永远消失了。’

“我用手捂住自己的脸，紧紧地闭上眼睛，等待着。确实，几秒钟后，在我的大脑一片黑暗的地方，一个画面的轮廓正在显现，但我不知道那是什么，因为它不停地变换形状和地点。但我依然大喊，‘是的，我能看见一个画面，可是它很不稳定。’

“‘你的敌人们非常狡猾，变化多端，不过就是那里！停在那里！’他命令我，‘不管那是什么，运用你大脑所有力量稳住它！别让它跑掉。就在那里。就像那样。’

“‘他的尖刀划在镜子上的声音，让我的牙齿生疼，仿佛被划

伤的是它们一样。突然,我看到我脑海中那模糊的画面爆炸了,炸成千万个小星星,消失在无边的黑暗之中。'

"'他的影像,还在那里吗?'他问。

"'没有,'我回答,'已经没有了。变成星星消失在黑暗里了。'

"'那就对了。'他说。

"我睁开眼睛,突然有一种奇怪的感觉。千真万确!我的上帝啊!正在给你们讲故事的这个人,你们现在看到的这个人,被叫做阿里盖盖·盖瑟利警官的这个人,忍不住哭了,但这不是悲伤的泪水,而是喜悦的泪水,我终于将多年来重重压在我心灵和生命上的负担卸下了。

"'现在回家去吧,'他的声音很柔和,'你需要做的就只是留意路上是不是有交通事故,涉及小巴士的。不是明天就是后天。你的敌人很可能就是死者之一。从今天起,再也不要去干涉任何一个乞丐、算命的、江湖郎中、魔法师或者女巫。如果你再去伤害这些无助的人,这个魔法就会反噬你。你所拥有的一切,包括平静的心,都会被夺走。现在走吧,你的一举一动都会是你灵魂的镜子。要时刻看着镜子。'

"我迟疑了。他问我是不是还有别的事。是的,还有点别的事。虽然我的脑子里有一个人影的轮廓,但即便是我在大街上碰到他,我也辨认不出他是谁。我问这位魔法师:'你能告诉我敌人的名字吗,你刺死的那个人?'

"'不能,'他说,'我不想让你因为想要除掉他而夜不能寐。相比较起你的敌人的行为,你自己的行为才是你人生更好的镜子。这就是为什么我告诉你,要关注你对他人做了些什么,而不是一味想着别人对你做了些什么。'

“所以你们看到了吗？这就是我为什么说，这个人是人类，却又不仅仅是人类。他把我心上所有的负担都除掉了。我这么说，是因为以前我完全相信自己的所作所为——我跟你们说过，我是一个工作狂——但他却让我审视自己的行为。如果我这样做了，我可能早就发现了自己的敌人，让自己少受许多折磨。我又回到工作的地方，换回警察制服。现在，在这个世界上，我再也没有了忧虑。我吹着口哨，快活地走着，不管遇到谁，我都准备说一句‘你好吗？’，包括我的上司万得弗·邓波。

“我没有回马路上执勤，而是直接去了警局总部。我干吗要骗你们？尽管我现在没什么可怕的了，我还是想知道他的第一个预言是否成真。警察局有没有接到什么跟小巴士有关的交通事故报警呢？鉴于我们的路况——有些道路就算在独立战争时期曾经铺过柏油，现在也全是坑洞了——如果没有事故，我也会大吃一惊的，何况谁也说不好，毕竟命运就是这样爱捉弄人。”

这时候，阿盖会停顿一下，仿佛在思考那些危险的道路。他的听众们会喊，阿盖接着说你的故事吧。我的喉咙都干了，他会说，然后立刻会有听众给他倒水，他会感觉重新充满了能量，接着继续讲述他的故事。

然后他会讲他是如何到警察局总部，要求查阅每日事故记录。他的心在打鼓：要是那些坑洞没有引发任何事故怎么办呢？要是没有小巴士发生事故呢？但其实他的焦虑毫无必要，当他看到眼前的记录时，他忍不住发出一声尖叫。在过去的一个小时内，整个阿布瑞里亚不少于十辆小巴士发生了事故，单单在埃尔代里斯就有三辆。其中一辆是跟一辆警车正面相撞，造成十五个人死亡，其中包括三个警察。

他本能地感到震惊，但很快就被一种迫切的欲望占据了头脑，他想知道他的敌人是不是在死者之中:他开始发疯一样翻看记录。他的警察同行们怀疑地盯着他。但他丝毫没有注意到他们脸上的表情,整个人都沉迷在记录之中。

他想要死者的名单,可是,记录上信息不全。接着他想起来,他根本不知道敌人的名字,也不知道他长什么样子。重要的是,正如乌鸦魔法师说的,他的敌人,无论是谁,都被刺中了,而且肯定在这十五个人当中。

就这样,那个预言变成了现实。他的敌人已经不存在了。现在他就等着看自己的生活是否会截然不同。向前走,当然,别再回头,他的心儿唱着歌……

16

到家后,尼娅薇拉大吃一惊,屋子里整洁一新。卡梅特清除了所有蜘蛛网,擦了地板和墙壁,打扫了这个厨房,还用干净的床单铺了床。他不仅把脏床单洗干净,还烘干、熨好了。在工作了一天又跟卡尼欧若在咖啡馆见面之后,看到这些,她非常高兴,觉得自己被温暖和整洁包围着。

卡梅特还炖了一锅番茄菠菜肉汤,晚餐还有乌加利。她跟卡尼欧若一起生活了那么久,他从来没有做过这么多事情。即便是下班后两个人同时到家,卡尼欧若也只会坐在那里,指望尼娅薇拉做饭洗碗,伺候他。

“我要给你起个新名字。”尼娅薇拉把手袋放在桌上后,拉了一把椅子过来,“以后你就叫清洁魔法师吧。”

“叫我卡雷麦雷家的卡梅特就好了。喝茶吗?”

“我才不会拒绝呢。”尼娅薇拉欢快地说。

卡梅特走进厨房,在煤气炉子上放一壶水。尼娅薇拉起身靠在门框上,看着他在厨房里忙活。

“我现在肯定是全国人民的话柄。”她说。

“为什么?”

“让客人给主人做饭?”

“坦桑尼亚的穆瓦里姆·尼雷尔怎么说的?‘当了两天的客人……’”卡梅特说。

“‘……第三天就会扛起锄头干活去。’”尼娅薇拉补充道,“这可不是尼雷尔说的。是一句斯瓦希里谚语。”

壶里的水已经煮开了。卡梅特来到碗柜前找茶叶,不过尼娅薇拉拦住了他。

“我已经懒了这么久。我来做吧。”她找出一包茶叶。

“不,我来煮茶。”卡梅特从她手里抓过茶叶。他将一些茶叶倒在汤匙上,可就在准备放进水里的时候,他停下来问她,“你喜欢喝什么样的茶?英式的还是阿布瑞里亚的?”

“阿布瑞里亚的,请给我加点牛奶。”

卡梅特把茶叶放进沸腾的水里,又加了些牛奶,让它们再接着煮一会儿。他一边照看着壶,一边说,“你知道我们煮茶的方法并不是原创的,而是来自印度吗?”

“我觉得是他们借鉴了阿布瑞里亚黑人的方法。”

“不,是反过来的。茶叶,不管怎么样,最初都是来自印度、中国和日本。英国最初是跟印度人学会的喝茶,可能是在马德拉斯,英属印度的第一个首都。但煮茶的方法是每个国家都不一样的。日本人的茶道就十分精致。”

“你还去过中国和日本?”

“没有,我也是从别处了解到的。关于日本的茶道,我是从一个东京大学的朋友那里知道的。他去东京的时间跟我去马德拉斯的时间差不多。现在，他住在四国岛，那是一个有着八十八座寺庙的岛屿。所以，我只能说，我只在印度有一些亲身见闻，尤其是马德拉斯。朋友们还曾经开车带我从海德拉巴到瓦朗加尔游玩。一路上，我们在许多路边的茶店逗留，所以我能告诉你一些相似点……”

“嘿！小心，茶冒出来了。”尼娅薇拉喊道，她冲向炉子，但卡梅特拦住了她，他关掉了煤气。

“男人进厨房还是让人信不过啊。”他们坐在桌边喝茶的时候，尼娅薇拉这样说道，“这茶很好喝。”

她称赞他在家务方面很有天分，他们一起笑了起来。然后卡梅特变得严肃起来。

“你想知道真相吗？我真的是很努力地在清除那个警察留在这个屋子里的臭味儿。”

“阿里盖盖·盖瑟利警官？他回来了？”她向后靠在椅背上，竖起耳朵听，“他就那么需要魔法吗？”

“实话跟你说吧，就连我也没想到他会回来。”卡梅特说，“我正准备出门找工作的时候，他就回来了。我远远地看见了他，就赶紧回到屋子里，敞开着门。我迅速地决定，这间厨房就是我的圣地，而客厅是他的等候室。我们可以通过圣地和等候室之间的窗户交谈。”

卡梅特讲述了整段故事，包括他警告阿里盖盖·盖瑟利警官再也不要干扰乞丐和算命的。

“如果情况没有任何改变呢？”

“他还没离开这里的时候，状态就已经开始改变了。”

“怎么变的？”

“他强加给自己的负担,无休止的怀疑,已经消失了。”

“如果他没有升职呢?”

“那么他还会回来这里。”

“要回他的钱?”

“不是,他会带着更多的钱来弄明白为什么我的预言不管用。问题是我自己是否能够陪他玩下去。”

“为什么不呢? 你只需要一些贝壳、枯骨、苹果,一块破布,一个凳子就够了。或者更好的是,你为什么不成立自己的非政府组织呢?”

“非政府组织? 魔法的?”

“是的。占卜、魔法、治疗。你会成为一个用魔法完成一切的咨询顾问。”尼娅薇拉继续说道,她觉得自己的建议很好笑。

“一个接受咨询的魔法师? 或许我也可以有一张名片:‘乌鸦魔法师。占卜的力量。擅长占卜、治疗和魔法祛除。’”卡梅特用同样的语气说道,“是的,用魔法做每件事,做所有事。我想不到还有什么事情能比它投入小、收益大。可是那种味道!”他的语气明显变了。

“味道? 你在说什么味道? 哦,是的,你说你收拾屋子是为了除去警察留下的味道。不过,它当然不会比我们大街上没有收走的垃圾还臭吧。”尼娅薇拉说。

“我不知道那是什么味道,”他开始安静下来,仿佛自言自语,“我说不清,但这种味道比腐烂的垃圾、腐臭的呕吐物还有臭屁味儿还要强烈。有时候,我走在大街上,就能从各种臭味之间分辨出它来。我还经常遇到有些人和建筑物里面的这种味道比别的地方更重。但是同样的,我还会遇到一些身上散发出清新味道的人,他们似乎可以赶走那种味道。有时候,我能感觉到那种臭味和清新的味道在我的鼻子里搏斗,仿佛邪恶的灵魂和善良的灵魂在争夺所有权一般。今天就是这样的,你离开了,那个警察来到这里。我该怎么跟你说呢?

"你肯定看过雨后天晴的田野,看过挂在树叶和花瓣上的露珠,掉落之前像银豆子一般。有时候,从地上飘向天空的烟,仿佛在向神发出邀请?看着它,你会觉得沐浴在新生的温暖之中。尼娅薇拉,你在我身边的时候,我觉得自己沉浸在田野的清新之中,花儿含苞待放,蜜蜂和蝴蝶飞来飞去酿造生活的蜂蜜。那就是今天早晨你离开后留下的氛围。

"可是,后来,阿里盖盖·盖瑟利警官来了。一整天,整间屋子都弥漫着他的臭味。即使在他离开之后,那股浓重的臭味还是挥之不去。所以我才拼命收拾清扫。"

然而,不管他怎么做,那股味道还是没有散去。或许,屋子里某个地方有只死耗子在慢慢腐烂,所以他找遍了床下、椅子下面,所有地方,把所有东西都翻腾了一遍,却一无所获。他又累又沮丧地坐在客厅的桌子前面。突然,他知道这臭味是从哪里来的了:警察的钱。卡梅特立刻把所有钱都放进一个塑料袋里,再把塑料袋放进一个空的可可粉罐子里,再盖上盖子。他在外面挖了一个洞,把罐子埋了进去。

"那种味道变得很微弱,但还是飘荡在空气中,"他对尼娅薇拉说,"但当你走进屋子,它就彻底消失了,取而代之的是一股清新的花香味。"

尼娅薇拉想笑,又想说点轻松的话,但看到卡梅特这么严肃,她忍住了。

"刚才我可不觉得自己身上有什么花香,"尼娅薇拉说,"更别说是雨后的花香了。不过还是谢谢你,我喜欢鲜花。"

“昨天我走进你的办公室时也发生了同样的事情。我从你坐的地方闻到一股香甜的花香味，而塔基里卡从里面的办公室走来时，我闻到了那种臭味……”

“尸体那种？”尼娅薇拉问。

“……一种腐烂的心、腐烂的灵魂的味道，可是，人怎么能闻到灵魂的味道呢？另外，我有时候还能从大楼里面闻到这种味道，现在警察留下的钱上也有。可是，钱和大楼都是没有灵魂的。”

“你知道吗，”尼娅薇拉说，“如果你说的只是塔基里卡，我会说，是的，我明白你的意思。因为有关他的一切都是腐烂的。你看到他的右手了吗？它总是藏在手套里面。为什么？因为那是曾经被统治者握过的手，他想保留这种权力的碰触感。有时候我会想，他的妻子温吉尼娅对那只戴手套的手是怎么想的。不过腐烂并不局限在手上。金钱已经彻底腐蚀了他的灵魂。你甚至都猜不到他今天敛了多少钱，就因为他被指派为通天塔项目委员会的主席。”

“什么？怎么会？”卡梅特问，“被指派为通天塔的主席，跟敛钱之间，有什么关系？”

现在轮到尼娅薇拉对卡梅特讲述她这一天的遭遇了。她把一切都告诉了他，除了与卡尼欧若在火星咖啡馆的见面。她不想给他增加被跟踪的负担。但说到广告牌的时候，他几乎是得意扬扬的。

“我们摘掉了旧的标识牌，如果你明天来应聘的话，你就能得到一份工作，当我的助手。”

“在那种人的公司工作？我还是宁愿开一个店，当个巫医。”他开玩笑地说。

“那你明天有什么计划？”尼娅薇拉问。

“我不知道。我今晚就想回到野外。我留下来是因为我想你应该知道那个警察回来过，还有今天发生在你家里的事情。”

“那钱呢？”

“我会把它埋在草地里。大地会是我的银行。”

“或者你是在种钱？”尼娅薇拉说，似乎觉得把钱埋在地里有些可笑，“你是想跟农民播种种子一样种钱吗？好吧，我只能说，如果你的金钱树长大了，记得在丰收的时候来找我。”她站起身说，“不过在你回到野外去之前，我们先吃点东西吧。”

尼娅薇拉做了乌加利。她把乌加利捏成球，放在卡梅特之前做好的肉汤里。他们一起吃了最后一顿晚餐，谁也没怎么说话，各自心事重重。对于他们的相遇，还有即将到来的分离，他们的心情非常复杂。他们觉得彼此早就相识，同时却又非常陌生。前天晚上他们共同经历的事情，现在似乎成了十分久远的别人的事情，仿佛跟他们再无关系。尽管现在时不时逗笑对方，但他们都觉得有一点尴尬和不好意思。

“那你离开了这里之后，”尼娅薇拉打破了沉默，“你的病人们怎么知道去哪里或怎么找到你？”

“谁跟你说我还打算接着干这个了？”卡梅特几乎被这个问题激怒了。他不是巫医。他只是假装的乌鸦魔法师。

正打算回应他的时候，尼娅薇拉看了一眼手表，她突然叫了一声，似乎是刚刚才想起一个重要的约会。她起身抓起自己的手袋，着急地对卡梅特说：

“我得去一个地方。今晚别走了。再当一天我的客人。我只离开几个小时，不过你不用等我。睡在沙发上吧，像昨晚一样。别给谁开门，没有朋友或者家人会来这里看我，就算是白天也没有。”

她没有等他回答，就这样离开了。

这个女人到底是谁？卡梅特糊里糊涂地朝沙发走去。她要去哪里？要去见什么人？可是，很快，他就沉浸在对自身的担忧与思虑之中了。

他很高兴尼娅薇拉留他再住一晚。不过，他到底在经历些什么？昨天早上我还是一个求职者，中午我成了一具尸体，一堆垃圾，差点就被埋进垃圾堆里。下午我成了塔基里卡找乐的玩物。晚上我是伊甸园酒店门外乞丐堆里的乞丐。深夜我被尊贵的陛下的警察追得拼命跑。今天上午我是乌鸦魔法师，给尊贵的陛下的一个警察算命。今晚我又成了一个昨天才认识的神秘女人的看家人。

想着这些，他进入了梦乡。第二天早上，尼娅薇拉把睡得不省人事的他推醒，给他端来茶和面包当早餐。

“你不想告诉我，现在又是新一天的早晨了吗？”

“是的，天亮了，又是新的一天。”她唱着。

“你什么时候回来的？”他问，“我没听到你开门。”

“凌晨的时候。”她说。他注意到她不想说自己去了哪里做了些什么。他也决定不再去探究。

他们还没吃完早餐，就听见一阵敲门声。尼娅薇拉打开门，发现是阿里盖盖·盖瑟利警官。卡梅特赶紧藏了起来。看到阿里盖盖·盖瑟利警官在她面前下跪低头，尼娅薇拉原本害怕的神情变成了奇怪。

“乌鸦魔法师，我的神。我对自己说，你一定要是第一个知道这个消息的人。我太开心了，都不知道要怎么感谢你。”

“发生什么事了？”尼娅薇拉问道，仿佛自己真的是乌鸦魔法师。

17

发生什么事了？无论何时，阿盖说到这里，他的听众们都会这么问。不过阿盖可不着急：这是他的故事，他想用自己的方式来叙述，他喜欢展开慢慢说，而不是缩略成一句话。故事，就好像食物一般，匆忙烹饪之下就会失去它原本的风味。

“你怎么可以在跟你我一样的人面前下跪？”有人会这么问他。

“人？乌鸦魔法师可不仅仅是人：你要是我，你也会做同样的事情。”

“为什么？”

“因为他改变了我的人生。”阿盖会说，然后停下来。

看到人们是那么全神贯注，阿盖会告诉他们，在验证了小巴士事故的第二天，他就去上班了。本来，他想赶在所有人之前到达工作地点，当然也包括他的上司，来弥补昨天的迟到。令他吃惊的是，他发现他的主管，局长万得弗·邓波，正焦急地等着他。我们去我的办公室谈谈吧，邓波说。有那么一瞬间，阿盖以为自己要被斥责。是不是昨天有人看到他去找巫医了？可是上司的步态和语气都没有生气的迹象。到了办公室，他的上司给他拿了一把椅子。你知道昨晚发生了什么事吗？不知道，阿盖说，想着可能还发生了其他的交通事故吧。

仿佛是跟平级同事说悄悄话一样，他的上司告诉他，抗议世界银行代表团和反通天塔项目的传单被分发到埃尔代里斯和全国的每一户人家每一间办公室，就连总统府里面和门外也有，就在值守的警察和士兵眼皮底下！问题是，这帮发传单的人是怎么进入到这些重兵把守的地方而不被发现的呢？我们有着全非洲，虽然说不上全世界，最为训练有素的警察队伍。成百上千个警察局没有一起关于这些狡诈入侵者的报案。他们是谁？神灵，当然是了！你听到了吗？神灵。

接着，莫名其妙地，邓波向前倾了倾身子，用英语说：祝贺你，我的孩子。永远别忘记你的朋友。阿盖被他的姿势和语气搞糊涂了。局长万得弗·邓波是在耍他吗，还是什么？阿盖的困惑很快就解开了。邓波告诉阿盖，是他，写了很长很复杂的报告说明阿盖是如何穿越埃尔代里斯和草地追赶那些神灵的，也是他把报告传真出去的。所以，上边的人才会对阿盖感兴趣：他是阿布瑞里亚唯一一个与神灵有过近距离接触的人。

“总之，”阿盖会对听众们说，“那份讲述我在深夜的草地里以卓越的勇气对抗神灵的报告，传到了统治者办公厅。他们做了一个重要的决定，当天早上就传真到我的上司那里。我被立刻调到统治者办公厅，在西尔弗·西吉奥库部长手下工作。就连邓波，也因为识别出愿意冒着生命危险而保护统治者的警察而得到了提拔。

“是什么导致了我的事业发生了如此重大而突然的改变？”阿盖问他的听众，然后自己回答，“是乌鸦魔法师。”

这是阿盖对尼娅薇拉说的原话。他把她当成乌鸦魔法师，在她面前下跪，他的头谦卑地微微地低下，不停地说，谢谢你。他的举动让尼娅薇拉困惑不已，她不得不问，“你还想要什么？”

“没什么了。你看，我正要调去统治者办公厅，但我决定偷偷溜出来，让你知道你的魔法是多么有效。他们想让我帮助他们，抓到昨夜那些发传单的反政府分子。相信我，伟大的乌鸦魔法师，我绝不会忘了你对我的帮助。现在我得走了。”

阿盖站起身，走出去一两步，又停下来，好像突然想起来什么不应该忘记的事情一样。他回头看着尼娅薇拉，一丝阴险的微笑闪过他的脸庞。

“乌鸦魔法师，那些异见分子诡计多端。他们在夜间行事，装扮成神灵，但他们以后就会明白，没有人可以愚弄阿里盖盖·盖瑟利。你知道吗，他们发的每一张传单旁边都会放一条塑料蛇。他们肯定就是那帮毁了统治者生日庆典的家伙。如果万一真的是神灵，假装成异见分子的话，我就会回来请求你帮忙抓住他们。你问我还想要什么的时候，我真不应该说‘没有了’。我知道，就算是神灵也没办法对抗乌鸦魔法师的神力。不过我们应该谈谈。”接着，阿盖离开了，去统治者办公厅当一名安全特工，开始他的崭新人生。

尼娅薇拉颤抖地靠在门框上，然后走进屋子，她直勾勾地盯着卡梅特。这全都是巧合吗？

“你究竟是谁？”她问他。

“我应该问你同样的问题。”卡梅特回答，“你为什么这么害怕？我不是想干涉你，不过你昨晚到底在哪里？”

“我听明白了。你说得对，你应该有一个答案。所以今天请你别走了。”尼娅薇拉对卡梅特说，“我得准时去上班，不过等我晚上回来的时候，我们要好好谈一谈，把事情都说清楚。就像那天晚上我告诉你的那样，我是‘人民之声运动’的一员。那个警察提到我们昨晚散发的传单和塑料蛇的时候，我感到很不安。一开始我不知道他来干什么。如果你想往上爬，你可以去向尊贵的陛下举报我。你会留下来的，对吧？你看起来好像有神力。”穿好衣服离开时，她有点挖苦地说。

18

对于阿里盖盖·盖瑟利晋升到统治者办公厅工作,卡梅特感到非常烦恼,因为他才刚刚伪装了那么一次,这一切发生得太过于迅速。万一这一切跟他的装神弄鬼真的有关系呢?难道他真的拥有神秘的力量,自己却不知道?他觉得手足无措了。

为了躲避那个警察的追赶,他玩了孩童时期的把戏。可是升了职的阿里盖盖·盖瑟利警官正满世界追捕敌人,而尼娅薇拉刚刚又承认了自己是"人民之声运动"的成员。要怎样才能让阿里盖盖·盖瑟利放弃调查呢?卡梅特觉得此刻的自己无比脆弱。

卡梅特想要远离政治,过一种体面的生活。他对政治活动尤其是大型运动的厌恶,源于他的家庭经历。他的父亲曾经是一名小学老师,因为试图阻止区内的教师运动而丢掉了工作。而他的祖父更是在阿布瑞里亚的独立战争中丧命。政治斗争给他的家庭带来的只有不幸。他不想跟它扯上一点关系。那么像现在这样,他原本避之唯恐不及的政治斗争却因为别人的行为而强加到自己身上,难道不是十分讽刺吗?万一阿里盖盖·盖瑟利回来,像他刚才说的那样,要求乌鸦魔法师用神力戳穿反政府运动及其追随者的秘密呢?他能够通过其他的谎言摆脱困境吗?要是尼娅薇拉没有告诉他她也牵涉其中就好了!他很害怕,怕自己的胡思乱想就是事情的真相,就好像那个警察的人生转折一样。他会不会在不经意中暴露这个一直以来对他十分友善的女人的真面目?不,以后,尼娅薇拉和阿里盖盖·盖瑟利警官将让他陷入两难的局面,这是他不能忍受的。他才不要坐在这里等着他们回来,无论是谁——他要离他们两个远远的。做了这样的决定之后,他立刻就觉得好多了。

他开始在心里唱，*我就要……*但是，他不知道从哪里听到尼娅薇拉和阿里盖盖·盖瑟利警官的声音，他们用不一样的歌词唱着同样的旋律：*不，你不会。*他们的声音是那么真实，他甚至听到自己对他们喊了回去，*不！你们拦不住我。*尽管他觉得冲着他的恩人大喊大叫非常粗鲁。他不再是先前躲进尼娅薇拉的房子里的那个身无分文的乞丐了；他有了警察给他的钱。不过要不是尼娅薇拉给他一个容身之地，他是绝对得不到这笔钱的。

他来到屋外，挖出他的战利品。它散发出腐烂尸体的臭味。他冲回屋子，把装着钱的塑料袋放进他的乞丐袋子里面，穿上外套，把袋子甩到肩上，大步走到大门口，打算消失在埃尔代里斯的大街上。

门外站着一个人。

他看上去非常虚弱，病恹恹的，还很疲惫。

这里一定就是乌鸦魔法师的圣地，他说，还没等卡梅特确认，他就开始诉说他的问题。他很痛苦，他说，他的胃痛得很厉害。

“我不想说我被施了魔法。我没有钱，因此也没法去医院。我只想让你给我一点草根和树叶，让我嚼一嚼赶走疼痛。”

卡梅特想要否认自己就是乌鸦魔法师，但话到了嘴边却说不出来。这始料未及的人生变化已经开始变得不那么吉利了。这个老人逼得他走上一条他不想走的道路。

“在这里等着我。”粗略地问了几个关于他的病症的问题之后，他对这个人说。

他撒谎了，打算逃走。卡梅特大步走在草地上，不敢回头看一眼，生怕失去决心。可是一走到草地的中心地带，他的内心就充满了质疑，再也无法平静。尼娅薇拉下班后回到家里，发现一个陌生人,一个生病的老人,等在门外,她会怎么想?他是箴言故事里那种用踢打恩人来表达感激的混蛋吗?尼娅薇拉给了他食物,还有容身之处,那天晚上还救了他,不让他被抓走。她领着他走出拥挤的街道,走进草地,给了他温暖和善意。现在她得到的就只有他毫无声息的消失,他就是这样感谢她的吗?然后他想:她是怎么那么熟悉这片草地的?他试图找到那天晚上救了他们的灌木林。他又折了回来,一个小时后,他终于找到那个地方。在那个逃亡的夜里,他没有注意到,灌木林离圣卢西亚其实有一段距离。在灌木林的中间,一条路岔开了山脉。卡梅特一屁股坐在石头上,理清脑子里纷繁的思绪。

置身于树木和其他植物之间,他总是能很好地让自己清醒,现在困在他包里的臭味似乎已经消失了。他的眼睛到处寻找,在还没有意识到的时候,他的好奇心就被这里许许多多的植物激起来了。很快,他就置身其中,寻找他认为有药用功效的植物。他把能找到的都放进自己的袋子里,没有察觉到时间已经过去了多久。现在,他知道了,他并不是单纯地在找那些能入药的植物根茎和叶子,而是因为尼娅薇拉的家门外有一个病人等着治疗。那个老人现在可能已经离开了,返回圣卢西亚的时候他对自己说。然而,那个老人依旧耐心地在门外等着。

卡梅特让他进了屋,给他叶子和草根,教他怎么煎煮,嘱咐他定时喝下汤药。

“千万记得,喝的时候,要跟食物一同服下。”卡梅特对他说。

“食物?你是说食物吗?你觉得我这些天吃东西了吗?如果这药必须要跟饭一起吃,那我就喝不了了。”

卡梅特走进厨房,飞快拿了几个鸡蛋和西红柿。他把这些食物交给老人,还有一杯牛奶。他确定尼娅薇拉不会介意他这样慷他人之慨。他还递给老人一片叶子和一块树皮,让他咀嚼。突然,他有了一个主意:为了彻底摆脱乌鸦魔法师这个身份,他必须把因它而来的收入都给出去。还有什么更好的办法能表示对这个老人的善意吗?所以他把手伸进自己的袋子,掏出整沓的布里币,交给这个老人。

"你怎么了?"卡梅特焦急地问,因为老人看到钱之后大喊了一声。起初卡梅特以为这是因为那种臭味,他还稍微感到安慰,说明不是只有他能闻到这气味。但老人的喊叫其实是因为高兴、感激和难以置信。

"我已经觉得好多了,几乎全好了。"老人说,"你是一个真正的魔法师,是一个正义的守护者,愿天上的神一直保佑你。"

"你是怎么知道这个地方的?"卡梅特问。

"圣卢西亚的每个人都在谈论你。这是很显然的。巫医们从来不需要给自己做广告。他们在黑暗里作恶。可你却在门外做了标记。这意味着什么?意味着你在光天化日之下光明正大地工作。一位神牵着我的手,领着我来到你这里。我再说一遍:愿神把所有的恩泽赐予你,这样你的善才能赶走邪恶、惠及好人!"

听到这个消息,卡梅特没有感到高兴,反而觉得忧郁笼罩了自己。他想逃走,再也没有任何疑虑,他知道他必须这么做,在魔法师这个消息传播得更广之前。他已经治疗过这个老人,已经把钱给了出去。他是多么蠢啊,把他的"名片"挂在屋顶上这么长时间!把老人送出去之后,他再一次拿起自己的袋子。这一次,他再也不会回来了。

现在轮到卡梅特发出一声尖叫了,惊慌的尖叫。他站在地上不能动弹,害怕自己会倒下,但他只能难以置信地盯着眼前的一切:门外站着十个病人。老人冲他眨眨眼睛,仿佛在说,这下你可没地方再躲了,你最好接受你这巫医的身份。为什么是这里? 卡梅特自己想着。命运的捉弄。每次我想逃离,命运就会挡在我的路上。

他回到厨房,耐心地照料他的“客人”们,每次一个人。

然而另一个“惊喜”等待着他:据第一个人说,他们十个都是穿着便衣的警察。他们是来抓他的吗?

“我们想让你给我们施同样的魔法,跟我们的警察同行阿里盖盖·盖瑟利警官一样,他先前只是个寂寂无名的交通警,现在成了统治者办公厅的大队长。魔法师先生,我们想让你也用镜子刺死所有挡在我们晋升道路上的敌人。”

这十个人七嘴八舌地说着,每个人都强调着镜子魔法对他们来说有多重要,每个人都揣测他的名字和身份,直到他自己也开始看到,一个霓虹灯标牌在他眼前闪现:乌鸦魔法师圣地。

第二部分

1

有传言说,“伊甸园酒店门外有些乞丐被暴打”的消息传到总统府,在马乔卡利的挑拨下,统治者火冒三丈。据说,第二天马乔卡利就去跟统治者汇报,如果那些打人的警察能够克制住自己,晚宴本来会非常顺利的。至少,世界银行代表团根本不会知道乞丐们的这次抗议行动。现在,他,马乔卡利,可不知道代表团成员们会对这个消息做出什么样的反应。但他会运用他所有的外交本领,将那个坏事儿的安保团队造成的损害减到最低。

随后让统治者愤怒到极点的就是,反世界银行代表团的传单被分发到阿布瑞里亚的每一个角落,就连总统府的门上还有大厦里面都被塞了传单。统治者立即在总统府召见西吉奥库,向他下达了命令:“把‘人民之声运动’的头目们带来见我,不管是死的还是活的。否则,你就……”为了逼迫这位部长将注意力集中在接下来可能发生在自己身上的事情上面,统治者故意没有说下去。

然而,西吉奥库十分善于扭转局面为己所用。他跪在地上,低着头,他的耳朵贴着统治者的鞋面。

“我请求您赐予我更多的力量,让我揪出这些日子以来躲在背后阴谋玷污您个人及政府声誉的小人。我想要增加国家的耳目,这样,全国的每一所学校,每一个集市,或任何一个公共场所,不管多小多不起眼,都会有人监视侦查。我想把您所有的敌人都抓出来献给您,我们的统治者,我们国家的统治者。”

“你这狗娘养的!”统治者愤怒地大喊,“你为什么要一遍又一遍地说我的敌人和国家的敌人?难道我跟国家有什么差别吗?”

“请原谅,我的神,我的主人。我只是想把您的名字说上两遍而已,就好像天上的上帝一样!我们都知道他有很多名字。啊,我的神,您不知道,在那些真正信仰您、懂得您和国家是一体的人的耳朵里,您的名字听上去是多么甜蜜。”

“那好吧。我不喜欢别人把我跟上帝相提并论。”统治者稍稍平静了一点,“不过你为什么需要专门的力量去粉碎国家的敌人?”现在统治者开始责骂他,“我说,除了我的命令,你还需要什么别的力量?我已经命令你用尽各种办法,必要的和非必要的,把我的敌人带来见我,不管是死是活。我不想再听到,在这片土地上有任何地方任何人,无论是能看见的还是看不见的人,再次散发什么传单和塑料蛇。你需要多少人,就去招多少人,采取一切方法。我需要你的人像那天晚上那个警察一样勇敢无畏地工作,在草地里与另一个世界的东西独自搏斗了一整夜。如果我知道我的办公厅里有这样忠心耿耿的人,我会感觉安全一些。你听到了吗?”统治者每说一句就用他那梅花形状的权杖敲打这个部长的头。

西吉奥库依旧跪着,享受这种敲打,仿佛是恩赐一般;每敲一下,他就拽一下自己的耳垂,表示他每个字都听进去了。他再一次抓住这个受辱的机会获得提升。

“我用我的两只耳朵向您发誓，我在人间及天堂的神啊，有了您现在赐予我的力量，我将尽我所能地粉碎这个所谓的‘人民之声运动’团伙，无论是成员还是头目。就算他们是神灵，我也会找到可以降服他们的神灵。啊，我的神，他们求饶的哭喊声将会响彻这个世界的每一个角落。”

让哭喊声响彻世界每一个角落，这个保证突然让统治者警觉起来，他想起之前跟马乔卡利说到过，要将这个国家最好的一面展现给世界银行代表团。他再也不想冒险，再次发生昨天伊甸园酒店门外那种事。所以他告诉西吉奥库，虽然已经赋予了他特别的权力，但是，在世界银行代表团访问期间，西吉奥库还是必须保持克制。这个国家必须呈现出在统治者及通天塔的带领下一片祥和团结的样子。“我需要的只是，”他说，“像那个警察那样勇敢的人。”

对此，西吉奥库并不满意，因为他原本希望利用手中新得到的权力搞点事情出来，搅和代表团的来访，阻止马乔卡利频繁地在国家电视台和总统府露面。但他那么聪明，根本不会当面流露出这种不满。他重重地点头，表示赞同统治者的观点，并会遵守他的命令，保证和平、冷静。他也没忘记那个警察。

离开总统府，西吉奥库立刻下令将阿里盖盖·盖瑟利调到统治者办公厅。他不想忽视了神灵这个线索。然后他组成了一个专门的三人小分队，成员有阿盖、以利亚·恩卓亚和皮特·卡西加，专门对付“人民之声运动”这个组织。他们的第一个任务就是监视马乔卡利的行踪和举动，以及接触过哪些人。他们还要列一个嫌疑人清单。等到世界银行代表团离开后，针对这张清单的实际行动就会展开。

或许这就解释了一个非常有意思的现象——在世界银行代表团来访期间，阿布瑞里亚人民享受了近年来最宁静的时光：几个星期以来，没有人听见过因为家人被体制凶手杀死而发出的痛哭声。往大了说，整个国家仿佛在一种魔法之下，比早于基督诞生几千年之前，摩西在法老之地所施的魔法还要神奇！

实际上，除了惯常的、跟马乔卡利和西吉奥库之间无休止的争斗有关的传言，那段时间内，最让大家焦虑的还是排队恶魔们对埃尔代里斯发动的突然袭击。

2

这场突袭开始于埃尔代里斯现代建筑和房地产公司总部之外。

"一切都是因为一块标识牌。"尼娅薇拉后来跟卡梅特说起这些恶魔时这样说道。

怎么回事？卡梅特问。可是，就连尼娅薇拉也说不清楚这些恶魔是怎么来的，或者他们是怎样遍布埃尔代里斯每个角落的。她记得十分清楚的是，那天早上，她很早就出门上班，想要比塔基里卡更早到办公室。除此之外，她脑子里唯一还想过的就是一大清早阿盖的到来，还有他临走时说到传单的时候那可怕的眼神。她不喜欢阿盖那样笑，仿佛他知道的比原本应该知道的要多似的。他似乎相信了乌鸦魔法师，但会不会是故意设计想要杀死他们？她完全沉浸在这种担忧之中，根本没有注意到办公室附近街道的停车区域停满了各种大小各种颜色的奔驰汽车。想象一下当她抬起头，发现办公室外面院子里排着两条长队的时候有多么惊讶吧！

其中一队人穿着定制西装，僵硬地站着，表情严肃，仿佛在参加什么时装展览;这一队一路排到了门口。昨天她已经接待过他们的登记,所以算不上太吃惊。

另一队从写着:"临时工作:当面申请。"的标识牌开始排起。这一队人穿着打补丁的衣服和破烂的西装,颜色各种各样,跟富人队伍的黑色和灰色打扮形成鲜明的对比。

第一队的人拎着公文包,沉默而严肃地站着,而第二队的人,除了极少数人在读报纸,其他人两手空空,摆出各种姿势聊天,说一说生活琐事。第一队里,吸烟的人只吸上几口就把烟头摁在鞋底上熄灭;而第二队里,吸烟的人抽的都是最便宜的牌子,有些甚至是没有卷的烟叶,还传来传去你一口我一口地轮着抽。第一队里还有些人抽烟斗,第二队里根本没有。第一队人来到这里,是因为跟通天塔项目的主席约好,坚信世界银行已经通过这个项目的贷款;而第二队人则是因为那块标识牌。尼娅薇拉后来才知道,这块标识牌引发了一个传言,说主席正在为通天塔项目大规模招募工人。

尼娅薇拉穿过院子、打开办公室的门的时候,还不知道这个传言。她只是庆幸自己比老板到得早:门外等着这么多客人,要是她来得比他晚,他肯定会责骂她的。

她还没来得及整理好桌子,排在第一队里前面的人就开始挤进接待区,电话也不断在响。可是,因为塔基里卡还没有来,所以这一切都只让她想到昨天的情景。请您稍后再来电可以吗?她会这样问电话那头的人。对于那些冲进办公室的人,她也是那样说的,甚至让他们留下名片。但他们飞快地拒绝了,他们只想跟那位老板面对面地谈话。请在外面等候,她对他们说,而这句话差点引起一阵骚乱,因为每个人都害怕失去队伍里的位置,不过稍微商量了一下之后,他们都同意退后,往后推那些像多米诺骨牌一样站在他们身后的人。

尼娅薇拉跟他们一样，也希望老板很快就会出现，因为她迫切地想让他给她招一个帮手。第二队里有足够的应聘者了，她一边这样想着，一边琢磨老板要如何或者是否会将他们全部面试完。

她一遍又一遍地回答同样的问题，直到大约一个小时之后，她开始变得不安、焦虑：他为什么这么晚还没有来？她还以为他会来得很早。他是不是出了什么交通事故？或者是在回家的路上被抢劫了？

塔基里卡的妻子，温吉尼娅，来到了办公室，终于解开了她这些疑问，可是她带来的可不是什么好消息：塔基里卡身体不舒服，今天不能来上班了。她简洁地说，没有多余的解释。什么病能阻拦塔基里卡来敛钱？昨晚离开时他身体很好啊。不过尼娅薇拉并没有过多纠缠在这两个问题之上，因为她现在要做的是怎么处理这两队人。

“他给我留什么口信了吗？”她问温吉尼娅，而温吉尼娅却只是摇摇头。

“这里每天都这样吗？”温吉尼娅问道，似乎是在把话题从丈夫身上转移到队伍这边，但是她是真的很好奇。

温吉尼娅是个家庭主妇，基本上就是塔基里卡的管家。他们生了三个儿子和两个女儿。最大的儿子获得了机械工程学位，在一家卖拖拉机和农用机械的德国公司工作。他已经结婚了，目前住在海岸边上。第二个儿子和大女儿都是埃尔代里斯大学的寄宿生，女儿学的是教育专业，儿子学的是企业管理。最小的两个孩子，女儿加西鲁和儿子加西古亚，现在在一所全日制小学上学，跟父母一起住在家里。塔基里卡想把他们送到寄宿中学去，但温吉尼娅坚持把他们留下来——她想再照顾他们几年。打理农庄和照顾孩子已经让温吉尼娅忙得团团转了。他们住在金色高地。她极少来丈夫的办公室,对他的生意和政治交际圈毫无所知,甚至都没有去参加那次著名的生日庆典。她根本不知道他跟统治者握过手。直到塔基里卡回到家,一只手上还缠着一块手帕,她还想是不是有什么可怕的事情发生在他身上。她不懂他在说什么,但她相信自己的丈夫能够处理好外面的事情,而她只需要操心家里的事。

只有礼拜天的教堂可以让她来到圣卢西亚和圣玛利亚。她是万圣大教堂的一员,每个星期天她都会跟教友们聚在一起——不是为了掌握政治和商界的最新消息,而是打探教友们最近都在想些什么。她就是绝不会漏掉马里萨和马里库与撒旦斗争的任何一个章节的人之一。

“我从来没见过这阵势。”尼娅薇拉指着队伍对她说。

“我们该怎么办?”她们异口同声地问对方。

为什么不直接告诉他们呢?她们看着窗外说。两个队伍已经排到她们根本看不到队尾了。

她们走到每个队伍的前面,放上一个告示,“塔基里卡今天不在:请明天再来”。她们回到办公室里面等着接下来的结果。

然后,一个更加惊人的场面出现了。排在队伍前面的人读到了告示,把这个消息传开之后,后面的人不肯相信自己的耳朵,坚持要亲眼看到告示。到最后那些看到告示的人根本都懒得跟后面的人说,直接不作声地走开了。其他人以为他们只是运气不好,或者害怕招来妒忌而故意不露出得意的样子。那些排在队伍后面的人以为队伍在往前走,而且后面还有人在接着排。甚至那些已经离开的,看着队伍明显往前走了,又重新排在了队尾。队伍前后此消彼长的游戏一直在继续。队伍排起来没完没了了,尼娅薇拉对温吉尼娅说。她们得想个办法解决这个困境。

她们决定向圣玛利亚警察局求助。它是离得最近的一个警察局,它的负责人万得弗·邓波,是她们的朋友。他答应分派交通警去那边处理。

然而,直到下午,交通警才赶到,两个开着一辆路虎,另两个坐在摩托车上,手里拿着扩音器。他们跟尼娅薇拉和温吉尼娅商量,从这一路上的情况来看,很显然,不管他们怎么喊,不管声音多大,都不能让排队的人离开。再想想办法做点什么吧,女人们恳求道。

警察们声色并茂地讨论了一番,决定采取以下行动:骑摩托车的两个警察沿着队伍骑行,用扩音器大喊他们的指示,另外两个在附近把守,如果有什么麻烦,可以立即解决。

骑摩托车的两个人上路了,一遍又一遍地喊着同样的信息:塔基里卡今天不在办公室,排队的人都回去,明天再来。可是没有人相信他们;队伍丝毫没有缩短的迹象,队首人数减少,队尾增加,这样的“游戏”还在继续,队伍明显地挪动,仿佛在说警察们是在撒谎。

在办公室里,尼娅薇拉想起来最近安装了一台答录机。她飞快地设置好自动回答,这里是埃尔代里斯现代建筑和房地产公司。塔基里卡先生现在不能接听您的电话。她调皮地想加进去一句你的来电对我们非常重要,但她改变了主意,继续设置。如果您留下您的姓名电话和来电时间,我们将尽快给您回电。请在提示音后留言。尼娅薇拉觉得轻松不少,跟温吉尼娅一起,在窗户边查看外面的情形。

她们以为那两个骑摩托车的警察一会儿就会回来,但是一个小时过去了,他们依旧不见踪影。两个小时后,回来的是那位负责富人队伍的警察。他能这么“快”地回来是因为,用他的话来说,“我这条队伍没有另一条那么长。”他还说他当了一辈子警察了,从来没见过这么长的队伍。即便如此,他带来的消息也丝毫没有用处:富人队伍跟之前相比没有任何变化。

但是过了五点之后,很快,奇怪的事情发生了。想获得承包合同的队伍消失了。就那样自己消失了。一开始是在队尾,他们一个一个偷偷溜走。不到几分钟,鬼鬼祟祟的撤退竟然变成了四下而散,他们各自奔向自己的奔驰汽车。在很短的时间内,所有的停车位都空了。原本连警察的话都不听的人们,现在居然在几秒钟内就莫名其妙地逃走了,真是让人百思不得其解!太奇怪了,她们对彼此说着。她们希望另一个队伍也会同样如此,但不幸的是,那个队伍却丝毫没有效仿先前那一队的迹象。刚才骑着摩托车负责这个队伍的警察也看不到了。不管她们怎么看怎么听,也看不到警察,听不到摩托车的声音。

如果当时你在场,尼娅薇拉对卡梅特讲述这一切,你肯定会不知道是该笑还是该哭。卡梅特的确感觉如此,因为她告诉他,那天到了后来,她和温吉尼娅觉得办公室变成了自己的地狱。太阳落山了,但排队的人却依旧没有离开。她们等不到骑摩托车的警察,只能犹豫着是不是要先回家。

温吉尼娅时不时给家里打电话,看看丈夫有没有好一些,但从大后方却没有传来任何好消息。下午就快要过去了,温吉尼娅变得很沮丧,这对办公室里的气氛可没有任何帮助。

整整一天,两个女人都站着,但现在,尼娅薇拉拉过一把椅子坐下。她继续透过窗户朝外看过去,心里不禁琢磨,是什么病痛这么严重,逼得她的老板连这样容易的钱也不来赚,却又没有严重到去看医生。可能只是一场重感冒。那为什么温吉尼娅这样守口如瓶?而且,如果塔基里卡没有很快地好起来,她要怎么应付这一队人。温吉尼娅仿佛读懂了尼娅薇拉的心思,她也拉过一把椅子坐了过来。开口说话的时候,她居然带着哭腔。

“我知道你在想什么,”她说,“相信我,我跟你一样茫然。从哪里开始说起呢?他昨天晚上回家的时候带了三大袋子满满的布里钱。整个晚上,他都在自言自语地嘟囔,以为我不知道那是什么。等到我催他上床睡觉,他还是没有睡着,不停地在想事情。从他时不时冒出的几个字眼里,我猜,他似乎是在考量通天塔项目对我们的生活有什么样的影响。后来我睡着了,他还醒着。”

“今早,疾病就抓住了他。一开始,他去洗手间:突然,他站在镜子前一动不动,就好像被冻住了一样。每次他看着镜子,除了‘如果!要是’之外什么也说不出来。他站在那里,使劲盯着镜子,好像要跟镜子里的自己说话。你说说,我要怎么跟医院或者医生说这些症状?我要怎么才能显得不荒谬呢?我的丈夫,通天塔的主席……?可是,要是他今晚没有好转,我们明天早上醒来看到这一个或那一个队伍又要怎么办呢?”温吉尼娅问道,她同尼娅薇拉有着一样的担心。

尼娅薇拉想起昨天塔基里卡那么近距离地用枪对着她,害怕她是个抢劫犯。或许他太害怕被抢劫了。

“一个人家里有这么多钱是很不同寻常的。”尼娅薇拉说,“或许他是太担心被人抢劫。他的思路可能是这样的:如果他们发现我有这么多钱,他们就会杀死我。要是我把这些钱放在办公室或者存进银行里呢?”

剩下的三个警察中的一个突然进来,打断了他们的谈话。他想知道接下来要做什么,天色越来越晚,排队的人依旧不肯离开,那个骑摩托车的警察还没有回来。

温吉尼娅给他和他的同伴们付了钱,让他们夜间在这里守卫,并且等着那个警察回来。

接着，她们锁上办公室的门，从后门离开了。求职者的队伍依然纹丝不动。或许夜色可以将他们赶走吧。或许明天又是新的一天。温吉尼娅坐着自己的黑色奔驰离开了，却没有提出送尼娅薇拉一程。“明天见。”她甩下一句。

这一天！尼娅薇拉一边走向公交站，一边想。她怀疑温吉尼娅对塔基里卡的病情还有所隐瞒。如果那个警察没有打断她们的谈话，或许……

她刚刚穿过马路，就觉得有一只手放在她的右肩上。她迅速地转身，紧紧抓住自己的手袋。现在白天在大街上抢劫的太多了，一旦碰到别人，人们的本能就是把自己的包抓得更紧一些。

她不知道是该微笑着松口气还是愤怒地大喊。

原来是无处不在的卡尼欧若。

尼娅薇拉想装作没看见他，不过心里有个声音在对她说，我们听听他要说什么吧，或许能够知道政府高层的一点事呢。

3

在火星咖啡馆，他们又一次相对而坐，丝毫不掩饰对彼此的敌意。卡尼欧若点了咖啡，尼娅薇拉要了鸡肉蔬菜三明治。她津津有味地吃着，仿佛是在吃一顿最美味的饭菜。

从坐的地方，他们能看到队伍的一部分，却远远看不到尽头。

“这是怎么回事？”卡尼欧若问。

“就是这个让你千里迢迢来到城市另一端吗？”

“不，是你！”

“别再跟踪我了！”

“不是我，是我的心！”

“我倒不知道你原来还有心。”

“别再讽刺我了。我只想告诉你,自从咱们上次见过之后,我做了一点小算术,有些答案可能会让你感兴趣。”

“你现在开始搞数学了啊?画家的画板和画笔出什么事儿了吗?”

“你知道吗?我开始赞同你父亲了。如果是我,我也不会让我的女儿嫁给一个艺术家。艺术是女人和孩子玩的东西。它有种阴柔之气。这也是你为什么甩了我,对吗?”

“甩了你?甩到哪里去了?”

“我们严肃一点吧。现在,关于那天晚上我们说到的那个男人……回家后我想了很多。我发现,穿着西装走进公厕的那个人,就是打扮成乞丐走出来的那个。尼娅薇拉,我必须告诉你:他就是伊甸园酒店外面的乞丐之一,而现在我们知道了,乞丐集会背后真正的势力就是所谓的‘人民之声运动’。他肯定是他们的成员,跟现在在你办公室外面排队的这些人一样。我是怎么知道的?这一队人是从我最初看到那个人的地方开始排的,也就是说上次他跟你说话的时候其实就是在踩点。这些人都想夸大失业率和失业者的苦难处境,以此来破坏统治者的好声誉。那个人,你的朋友,威胁了我们国家的稳定和安全。”

“你已经疯了。你好像太会编故事了!昨天他还是一个神灵,今天他就成了破坏分子,煽动反政府活动!”

“他两者都是,也不是不可能。你等着瞧吧。政府已经找了一位针对神灵、跟神灵斗争的专家。我自己觉得,那些神灵都是假的,是凡人假装的神灵。那个警察——他叫什么名字来着?盖瑟利,阿里加,还是什么玩意儿的——只是个编故事的人而已。”

“而你呢,你当然不是了。”

“不管是人还是神灵,那个人肯定是‘人民之声运动’的一员。他之前跟你在一起。因此你也是那个组织的一员。证明完毕。”

他什么也不知道,她对自己说。不过,她可没有被他的逻辑逗乐,反而觉得反感。她得想办法分散他的注意力从而混淆他。

“所以格蕾丝现在在跟约翰说话。约翰是青年团团员。所以格蕾丝也是青年团团员。证明完毕。你的逻辑无可挑剔,应该给你颁个亚里士多德奖。”

“不是只有白人才懂逻辑。我们也有逻辑,我们的谚语里面也有我们黑人的逻辑。你知道‘跟麻风病在一起的人也会得上麻风病’吗?”

“说得好。”尼娅薇拉笑着回答,“传教士,与谁为伍? 恶棍和无赖。所以……”

“听我说。只有我能救你。你肯定已经听说或者读到过,统治者已经封禁了‘人民之声运动’?”

“旧新闻了。你为什么不用尊贵陛下的声音唱一首新歌呢?既然你已经是他的喉舌了? 不过我也没看到你开上奔驰汽车啊,那才是喉舌的标志啊。”

“那只是时间问题。尼娅薇拉,你好像还不明白我在跟你说什么。让我更直白一些吧。你知道这个团伙最近都做了些什么吗? 他们在全国各地散发塑料蛇和反政府传单。统治者已经赐予西吉奥库特别的权力去粉碎这个组织:整个领导层、成员、支持者还有被误导的信众。西吉奥库部长打算动用整个秘密安保系统,包括我们统治者青年团在内。现在你知道我是干吗来了吗? 我在给你最后一次善意的提醒。回到我身边,否则……”

“听上去更像是威胁,而不是善意的提醒。不管是什么,你都是在枉费唇舌。”尼娅薇拉一边起身离开一边说。

“尼娅薇拉，请听听你内心的逻辑。自从我们分开后，你没跟别人在一起，我也没有。这说明了什么？”

“就是你刚才说的这些，别的没有了。”尼娅薇拉轻轻笑着离开。

“你这个女人。你！总有一天你会跪着爬着来找我！”卡尼欧若沮丧地咕哝着。

4

为了不在卡尼欧若面前表现出忧虑，尼娅薇拉一直装出勇敢的样子，但她的心却在狂跳。她确定卡尼欧若和西吉奥库对组织知之甚少。但是，谨慎并不意味着怯懦，她必须想办法不让卡尼欧若再找到她。辞职是一个选择。但那样的话，组织以后怎么才能收集到关于通天塔项目和世界银行代表团的举动的内部信息呢？改变工作地点是另一个选择。可是，难道以后她就不得不一直逃亡吗，就因为这个男人，卡尼欧若？

她回忆着卡尼欧若，还有他们彼此了解的这些年。他们的开始，是那样充满着希望，至少她这样认为，她曾经憧憬过他们在一起的美好未来：他们经常在黎明一同醒来，用充满朝气的眼睛看向同一个远方，他们会手牵着手，大步走向未来，去创造一个自己的家，一个崭新未来的基石！而现实是多么的不一样啊！他们两个都看到各自失败的梦想：每过一天，她就越加确信，她永远也没法改变他，让他适应她的方式，而卡尼欧若则一直认为，即便是在离婚之后，他也可以让她用他的方式看待这个世界。他是男人，他要主导，而她只是一个跟随他的女人。

她深深地沉浸在自己的思绪中，根本没有注意到怎么乘坐公交车和小巴士。不过那也没有关系。她往返这条道路太多次，靠直觉她也知道在哪里下车，知道怎么回到自己的家。

正因为如此，她突然目瞪口呆地停在家门口几米远的地方。月光给微弱的街灯添了一点亮。她困惑极了：在她的房子外面，排着一队人。

起初，她以为她走错了路。没准是她坐错了车。她不应该在火星咖啡馆浪费那么多时间，没赶上她常坐的公交车和小巴士。或者是她下错了站，或者拐错了弯！没准那些求职者看到她离开办公室，一路跟着她回家。可是，她敢肯定，在离开火星咖啡馆的时候，队伍依旧在那里。她仔细打量排在她前面的人，看到他们都穿着西装，跟那些穿着缝缝补补、破破烂烂衣服的求职者们大相径庭。但她看不到他们的脸；这些男人都戴着头巾和宽檐帽。

尼娅薇拉想接近其中一个，问问这是怎么回事。她朝前走了一步又停住了。万一他们是统治者新派来的耳目喉舌怎么办？她突然想起了卡梅特。他发生什么事了？想到卡尼欧若对她说的，西吉奥库被赐予了特别的权力来粉碎异见分子，她的恐惧越来越深了。卡尼欧若揪着卡梅特不放，他可能已经把密探们引到她的家里。或者是阿盖带着警察分队又回来了？阿盖之前暗示过他会这样做，现在他似乎已经得到信任，被指派抓捕神灵，他可能打算活捉乌鸦魔法师。

她迅速朝一个邻居家走去，想看看到底出什么事了。但还没走到，她就看到一个男人从家里出来，走到后面，从墙缝里偷看。在他快回屋子之前，她走近他。

"这是怎么回事？"她指着那一队人，装作无所谓地问道，却并没有透露出她就是那套房子的主人。

"那些人？别理他们！"那个男人说，"都是因为那个巫医——

他叫自己什么来着？——乌鸦魔法师。巫医们都很奇怪。这两天他来来回回地在外面贴告示宣传他那邪恶的生意。起初只有不到十个客人来咨询。看看现在。突然，今天，好吧，是今天晚上。我不知道这到底是怎么回事。小姐，走你的路吧，我也不管了，在黑夜里问太多问题没什么好处。”

尼娅薇拉在圣卢西亚看见过许多怪事，但都比不上眼前这一切；她不知道该笑还是该哭。她走到房子后面，敲了敲窗户。没有回应。她等了一小会儿，又敲了一次。正打算敲第三次的时候，窗帘拉开了。她看到一个人影。看到卡梅特，尼娅薇拉松了一口气。他帮她从卧室的窗户翻了进来，示意她不要出声不要动，然后又回去做他自己的事。

5

从卧室里她坐的地方，她看不到他们，却能听到卡梅特和客人之间的每一句话。一切就好像演戏一样。

“是什么困扰着你？”她听到卡梅特在问厨房窗户另一边的人。

“我的敌人们。”

“你的敌人们？”

“是的，我的商人同行们。你别看我们互相宴请敬酒，有说有笑，时不时还拍拍对方的背，但那都是假的。现在听说世界银行已经准备给通天塔项目发放贷款了。你知道这意味着什么吗？任何一个分包合同，就算是茶叶、黄油、香烟或最不起眼的东西，都有可能让人一辈子吃穿不愁。你明白我的意思了吗？如果我们一向是设计陷害彼此，等到天上掉下肉骨头时，你想想会发生什么事情吧。我有许多采石场。我只想做通天塔项目中水泥、石块和沙子方面的主要供应商。不过，相信我，魔法师先生，我的敌人太多了，他们无处不在，他们无情又残忍，他们也想得到我想要的。”

“那你来乌鸦魔法师的圣地干什么？”

“我想让你给我的双手增加力量，让我的舌头更加灵巧，让我的眼睛更加有神，这样，当我见到提图斯主席时，我能够立刻跟他建立关系。我想用我的眼睛迷住他的双眼，用我的语言软化他的心，用一个热情的握手加强我们的友谊。同时，我想让你抽走我的竞争者们的力量。让他们的手无力又潮湿，这样当他们跟提图斯主席握手的时候，会把他惹恼；让他们的舌头变硬，这样当他们开口说话时，就会变成刺耳的噪音，比金属擦在金属上面发出的声音还要让人讨厌；让他们的眼睛变得污秽不堪，这样，当他们想让他注意到他们的愿望时，只会让他觉得恶心和厌恶。你知道那个故事吗，太阳和风，谁才能让人脱掉外套？风只会让人裹紧衣服，而太阳则让人顺从听话。乌鸦魔法师，把我的敌人们变得像风那样吧，把我变成太阳那样。让我变成行业之首，变成善用诡计和毒计的佼佼者。”

“你认识你的敌人吗？他们是谁？”

“不太了解。所以我才来找你。我们听说了你神奇的魔力。在一个人甚至不知道自己有敌人的情况下，你就能找出谁是他的敌人。你可以在镜子上面抓住他们的影子，并且把他们刺死，让他们离开这个世界。现在，我并不是在请求你杀死他们——我是一个善良的基督徒，我信奉宽恕——但我想让你去做那些只有你能做的事情。”

“谁跟你说这些的？”

“说来话长，不过我会长话短说的。当时我正在提图斯办公室外面排队。他没法来上班,但我们还是不肯走,在那里等了一整天。然后一个朋友从他的朋友那里听说,他的朋友也是从另一个朋友那里听一个警察说的,这个警察经常给他一些有用的消息,换一点小费——你知道,现在的阿布瑞里亚就是这样的,什么都不是免费的,信息就是力量——反正这个警察告诉他,你帮助了他的一个同行:把他所有的敌人都打包送到了另外一个世界,还让他晋升到一个他想都不敢想的职位。后来,有传言说,你又接待了另外十个警察,这个线人就在其中。所以我想,我偷偷地溜出提图斯主席办公室前面的这个队伍吧,在明天跟提图斯主席见面之前我要得到更多力量。"

现在尼娅薇拉明白了为什么在六点钟左右,富人和权贵队伍神秘地消失了,当时她跟温吉尼娅奇怪了那么久。

"乌鸦魔法师,"病人说,"我想让你运用你的镜子,你想要什么都能得到。用镜子占卜你需要收多少钱?"

"我不会给占卜定价钱。不过镜子会需要想让它帮忙的人付出一些努力并且做一些决定。镜子只能看到和反馈放在它前面的东西。你放得越多,它看到的越多,你放得越少,看到的越少。所以这种事情完全取决于需要它的人。"

"钱对我来说什么都不是。"尼娅薇拉听到这个人大喊着,"我想让你运用镜子最强大的神力。最大的力量。我会献上一份最大的贡品,我敢肯定它会让镜子高兴的。"

"我保证你的愿望会实现的。"卡梅特说,现在他开始实施先前对阿盖和那十个警察做的步骤,"紧紧闭上你的双眼。看着你大脑中黑暗的地方形成的影像。你看到它的时候,必须告诉乌鸦魔法师。等我在镜子中抓住你脑子里的影像,我会刺伤它的双手、嘴巴和眼睛,让它们变得虚弱。弱化你的敌人的器官,其实就是在强化你的。就好像天平一样。想要打破两种相反力量之间的平衡,有两种办法。要不就是增加一端的重量,要不就是减少另一端的重量。占卜也是一门科学。”

“把我带到你这里来的,可不是对科学的热爱。”这个人热情地说,“我想要一些没有逻辑的东西。我想要纯粹的超自然的力量。我想要魔法,而不是科学。”

尼娅薇拉简直不敢相信自己的耳朵。以前,如果她听到这种话,她肯定会把它看作谎言而忽视:富有而位高权重的人们贬低科学,偏好没有逻辑可言的巫术。况且这些人还跟当今国家的领导者们处在同一阶层?这些人当权当道,国家的未来会变成什么样子?

她的沉思突然被求卜者一声狂喜的叫喊打断。

“我看到一个影像了!我看到了!”这个男人就好像是小男孩学会了新本事一样。

“你知道这是谁的影像吗?”乌鸦魔法师问道。

“不!不!不过没有关系——就让这个影像代表我所有的敌人吧。”

“留住它!把它留在那里!别让它溜走。”卡梅特说,他开始用刀去划镜子。

“现在没有影像了。我只看见数不清的星星在黑暗里跌落。”那个男人说,“或许这就是我的敌人们像破碎的玻璃一样被粉碎了!太神奇了!其他的星星都坠落了,天空中就剩下我这颗星星!”

“那就是说我们已经完成了。你看到了你想看到的东西。现在你可以睁开眼睛。好运已经降临在你的眼前。”

“谢谢!谢谢你,乌鸦魔法师。”那个人说,“新的力量已经注入我的身体。现在我可以跟通天塔同步了。”

他离开了,立刻又有另一个人补了上来。对尼娅薇拉来说,这些步骤就好像是同一个电影脚本一样。可能会有不同的人物,但故事都是相同的。最后尼娅薇拉实在听烦了,睡了过去。

水声把她吵醒了。是卡梅特在洗澡。她等他洗完。他使劲地搓自己的身体。

“你快把水用光了。”一起坐在客厅里时她说。

“是他们留下来的臭味。”卡梅特说,“我还是觉得我再也摆脱不了它了。看看窗户外面;看他们是不是都走了。”

尼娅薇拉朝外窥去。外面的人影并没有减少。她关上窗户,狐疑地看着卡梅特。

“半夜的时候,”卡梅特解释道,“我写了一张告示,“今晚关门:明日再来”。我让我接待的最后一个人挂在外面的。”

“白天我贴了一张告示,告诉他们塔基里卡不在。他们现在的反应跟白天一样。”尼娅薇拉说。

“你在说什么啊?”卡梅特疑惑地问。

她对卡梅特讲述了她这一天是如何度过的,还有西吉奥库被授予的摧毁“人民之声运动”的特别权力。卡梅特也说了今天他作为乌鸦魔法师的奇遇。

“这真的是一个没有尽头的梦。”卡梅特总结说。

“更像是一个永远不会结束的噩梦。”尼娅薇拉看了看表,突然站了起来,“现在太晚了。明天我们还需要打起全部精神面对这些排队的恶魔们。”

“等我们睡醒,”卡梅特说,“没准他们已经走了呢。”

6

然而,排队的人并没有走掉。一时之间,所有的新闻,世界银行代表团、马里库和马里萨跟撒旦的斗争、飘荡的鬼魂,还有发传单的神灵之类的,都被排队恶魔们入侵埃尔代里斯的闹剧抢了风头。

每天,尼娅薇拉和温吉尼娅几乎同时赶到办公室。说到想要分包合同的那一队人居然莫名其妙地消失的时候,尼娅薇拉不小心说出他们只是换了一个地方排队。温吉尼娅给圣卢西亚警察局施加压力,让他们解决剩下来的那个队伍,但警局说那个骑摩托车的警察还没有回来,没有他的报告,他们什么也做不了。所以这两个女人只能耐心地等待那个警察的归来,好让这个队伍尽快消失。

温吉尼娅把期中放假的两个孩子加西鲁和加西古亚带到办公室来,她们俩单调的办公室生活终于被打破了。孩子们说他们不想跟父亲一起待在家里,因为他一遍又不一遍不停地喊着一句话,他们有点害怕他会变成一条狗。

看到那个长队,加西鲁和加西古亚非常兴奋,飞快地把父亲的病情忘在脑后。他们站在窗户边朝外看去,没完没了地问问题。他们是学生吗?因为只有在学校他们才看到人们排队。很快,他们就看烦了,因为外面没有人推搡、捉迷藏或者发疯一样追着玩。

加西古亚是第一个要妈妈给他们讲故事的。温吉尼娅指了指他们新认识的阿姨。

尼娅薇拉给他们唱了几首工作歌曲,还朗诵了关于织巢鸟和大象的诗歌。但是孩子们想听故事。尼娅薇拉告诉他们,只有在晚上才能讲故事,在家里的火炉边,而不是白天在办公室的电话旁边。加西鲁和加西古亚说假装现在是晚上,办公室就是家里,那些排队的人都是听众。最后尼娅薇拉拗不过他们,同意给他们讲一个故事:一个铁匠、食人魔和孕妇的故事。

食人魔是什么? 他们想知道。尼娅薇拉解释说,食人魔是一种长得像人一样的东西,他们有时候靠吃人为生,包括小孩子。这种东西有两张嘴,一张在前面,一张在后脑勺。他们用后面那张嘴吞苍蝇。另外,他们过肩的长发能很好地遮住后面那张嘴。

"像我妈妈那样的头发吗?"加西鲁问道。

"加西鲁,你是说你的妈妈是一个食人魔吗?"温吉尼娅笑着插嘴说道。

"我妈妈才不是食人魔,"加西古亚说,"她可不吃人。"

"给我们讲故事。"他们异口同声地说。

有一个铁匠去了很远的一个打铁铺。他不在家的时候,怀孕的妻子生了两个孩子。

"就像我们两个一样。"加西鲁像是在提问,又像是说一个事实。

"是的,就像你们两个,一个男孩和一个女孩,不过他们是双胞胎。"

"他们叫什么?"加西古亚问道。

尼娅薇拉被问住了,因为她听到的版本里面,孩子们没有名字。

"这个故事发生的时候,那个女人没有给他们起名字。"

"为什么?"加西鲁问。

"因为是一个食人魔帮她接生,并且照顾她。她不想让食人魔知道他们的名字。"尼娅薇拉临时想出来这个情节。

"为什么食人魔要做这些事情?"加西鲁问。

“笨蛋。因为她的丈夫不在。”加西古亚插话。

“妈咪！妈咪！加西古亚喊我笨蛋！”

“好了，你们两个，”温吉尼娅冲他们喊道，“要不然我就不让尼娅薇拉给你们讲故事了。”

食人魔真的不会照顾人。做好饭后，他会把食物分好，然后把盘子放在妇人面前。可是，她刚要伸手去拿盘子，食人魔就会飞快地端走盘子，然后说，“我看你不想吃我做的饭，不过没关系，我会帮你吃掉的。”水也是如此，“你不想喝水？我会帮你喝掉的。”

“加西古亚也是这样欺负我的。”加西鲁抱怨。

“你还不是一样对我。”加西古亚还击。

他们争来争去，指责彼此的不好，要不是尼娅薇拉警告说如果他们不停止的话，就不讲故事了，他们还会一直吵下去。

“告诉我们接下来发生了什么吧。”他们恳求道。

这四个人都变成了大肚子：母亲和两个孩子是因为营养不良，而食人魔则是因为肥胖。

有一天，妇人看到院子里有一只织巢鸟。

“就是你刚才唱的那只织巢鸟吗？”加西鲁问。

“哪一只？”尼娅薇拉问，她已经忘掉刚才唱了什么歌了。

“要是你们两个一直这样问东问西打断她，她要怎么讲故事呢？”温吉尼娅插嘴说。

“我们再也不问了。”加西鲁和加西古亚一起说，“直到讲完。”

为了换得蓖麻子，鸟儿同意给远方的铁匠捎个口信。尼娅薇拉讲了鸟儿是怎样飞啊飞啊，直到最后到达打铁铺，落在树枝上。它很累，但它还是唱了起来：

正在打铁的铁匠啊
赶快，赶快

你的妻子已经生了
食人魔当了她的产婆
还照顾她的饮食
赶快,赶快
要不然就太晚啦

尼娅薇拉让加西古亚和加西鲁跟她一起唱,这样他们就可以帮忙打败食人魔。织巢鸟在大树之间跳来跳去,想要引起铁匠的注意。铁匠正跟别人在一起,一开始他们把它当作讨厌的东西,想要赶走它,可是看到鸟儿的坚持,他们静下来仔细地听。这时候,铁匠才想起来他把怀孕的妻子留在了家里,他意识到鸟儿是在告诉他,他的妻子和孩子们正面临危险。他拿起自己的长矛和盾牌,飞奔起来,很快他就赶到了家里。他和妻子还有孩子们,团结力量,打败了那个邪恶的东西。

“你刚才是说‘团结力量’吗?”加西鲁问,“我觉得小宝宝们不能战斗吧?”

“还有女人?”加西古亚问。

“谁告诉你女人不能战斗了?”加西鲁问,“我,就不会让男孩,任何一个男人,打我而不还手的。”加西鲁瞪着加西古亚说。

“我说的是他们的力量,不管是大,还是小,都团结在一起。”尼娅薇拉跟他们解释,小宝宝们没怎么哭,配合父母战斗,而妇人虽然体弱,却把自己知道的食人魔所有的信息都告诉了丈夫,甚至还想出了打败食人魔的最好的办法,因为现在她非常了解这种邪恶的东西。她会嘲笑食人魔,让他分心,然后丈夫从藏身的地方跳出来袭击食人魔。他们正是这样做的。

一整天,他们都在讲故事、唱歌、猜谜语。接下来的一天也是如此。对加西鲁和加西古亚来说,这真是完美的假期。他们希望一辈子都这样:每天都是故事盛宴,虽然讲故事的人只有尼娅薇拉一个,但她会变换嗓音,装成小鸟、狮子、老妇人、男人、小孩和其他任何东西。虽然他们喜欢食人魔那种吓人的故事,但最爱的却还是野兔魔法师的故事。

的确,几天后,加西鲁又提到食人魔和他藏在厚厚长发后面的第二张嘴的故事。这一次,加西鲁独占了尼娅薇拉,还坐在她的膝盖上。而温吉尼娅和加西古亚则看着窗外那仿佛永远没有尽头的长队。

"你知道吗,我一直在想食人魔的故事,我觉得不但他们的头发遮住了后面那张嘴,还有帽子,把头发和嘴都遮起来了。你不这样认为吗?帽子也能遮住嘴,不是吗?就好像外面那些警察戴的帽子一样?你说,警察是食人魔吗?"

"嘘!"温吉尼娅坐在窗户边说。

"太聪明了,"尼娅薇拉说,"我是说帽子。你是怎么想出来的?"

"很简单。我妈妈也有长头发,但她没有戴帽子。所以,妈咪,"她喊着,"你不是食人魔。"

"谢谢你,"温吉尼娅说,"所以你才会在晚上醒来的时候把我头发拢到一边吗?"

"妈咪,你看,食人魔很坏,又很狡猾,而且他们可以让自己变成跟任何人一样。学校里,老师给我们读了小红帽的故事。她去看望生病的奶奶,你知道吗,妈咪?那个小女孩发现一只大灰狼藏在被子里,装成她的奶奶。你知道吗?大灰狼已经把她的奶奶吃掉了……"

一直没怎么听她们说话的加西古亚突然大声问了一个问题:

"食人魔会骑摩托车吗?"

“为什么这么问？”尼娅薇拉问。

“有个陌生人骑着摩托车朝这边……”

7

整整七天过去了，那个警察才回来，而且在某些人看来，他就跟一个疯子一样。他的讲述是连贯的，但他一直翻白眼，似乎是为了显示，这个故事是多么难以置信。

知情人说，他，这个骑摩托车的警察，一只手举着扩音器，另一只手驾驶摩托车，什么也没干，就只是顺着队伍走；他甚至没有下过车，就连觉也是在车上睡的，并且没有停止过前进，因为他知道，作为一名忠诚的警察，他得尽快到达队伍的尾部，以便尽快给出详尽报告。可是，每次他觉得快到头了，就会发现有更多的求职者加入队伍。

头两天，他顺着队伍往前走，第三天，他发现排队的人越来越多。他不确定该往哪个方向前进，他不想跟鬣狗一样每条路都试试却一无所获。所以他决定继续顺着主队伍走，或者说是他认为的主队伍。

一开始，他骄傲地向排队的人传达信息：提图斯·塔基里卡主席今天不在办公室。请先回家明天再来。但很快他就发现这一长串太累赘了，毕竟他骑在摩托车上，手里还得举着一个扩音器。他开始时不时地喊几句，并不说全这句话。结果，人们只能断断续续听到几个字。因此他打算缩短这个句子。一开始，他把所有不必要的字全都去掉，例如提图斯·塔基里卡主席。接着，就只是说了这个老板不在办公室。然后他连“请先回家”也不说了，缩短成“明天再来”，最后，干脆就简化成一个词“明天”。不过即便如此，有些人也只听到了“明”，还有些只听到了“天”。

很快，他成了排队者热议的对象。他们认为他被那些恶魔——专门逼迫政客们自言自语的恶魔——迷住了心神。他们给他起了个外号，叫做摩托车疯子，很快，这个名字就成了所有交警的外号。

他一直在埃尔代里斯附近的镇子里追寻队伍的尽头，直到七天之后，他发现自己居然回到了圣玛利亚。不知怎的，队伍的首尾居然连成了一个大圈。有些人分析，这才是他遇到的问题。他一直在绕着圈走，只有看到火星咖啡馆的时候，他才意识到他回到了开始的地方。谁也不知道他在不知不觉中绕了多少圈，就连他自己也不知道。现在，他能说的就只有，要不是火星咖啡馆，可能他这辈子接下来的时光都会在寻找队伍的尽头。

实际上，他说的只是他自己跟着的那个队伍，在埃尔代里斯的每个角落，都出现了数不清的队伍。一时之间，埃尔代里斯的每个人仿佛都着迷了。如果有个人碰巧在商店的橱窗前看东西，他会突然发现自己背后排起了队。人们甚至都懒得问排这个队是干什么，只是觉得肯定是有好处。不管是什么好处，他们都想要分一杯羹。通天塔项目已经在进行了，世界银行的代表们正在发钱，这些传言只是让排队之风更甚。有时候，一个人甚至会无缘无故站在某个地方开始排队，然后回家，第二天又排到同一个队伍，却始终不知道这个队伍原本就是自己昨天开始排起来的。排队侵占了他们的生活。

口头汇报完毕，这个警察精疲力竭地在警察局总部睡着了。七天七夜里，他在自己的排泄物里辗转反侧，仿佛被噩梦攫住了一般。睡了七天之后，他醒了，号叫着要求领回自己的雅马哈摩托车，想要继续完成那未完成的任务——追寻所有队伍的尽头。他被送到精神病院观察，随后被停薪留职，在复原之前不会有任何薪水。

他的报告传到了统治者的耳朵里，他立刻召集大臣召开紧急内阁会议，想办法阻止排队“恶魔”蔓延到其他城市。

8

在总统府的紧急会议上，很明显，最让统治者担心的就是那个警察说到的，那些队伍似乎没有开头，也没有结尾。听上去太危险了，不是吗？他问内阁大臣们，一点开玩笑的意思也没有。

西吉奥库最先回应。他说，既然在阿布瑞里亚，所有五人以上未经警察允许的集会都是违法的，那么这样没有登记在册的排队显然违背了法律，而且它不仅让全世界知道，失业已经到了非常严重的程度，还说明商店里的商品也是缺乏的。这非常有损国家的形象。但是，为什么这一切发生在现在，在世界银行代表团来访期间？为了吓跑投资者？排队者之中是否有人在煽动，把这当作大规模叛乱的第一步？或许安排代表团来访的人另外有什么政治企图。禁止排队。是的，让他们跟“人民之声运动”走同样的路，西吉奥库一边说，一边扯着自己的耳垂以示强调。

外交部长马乔卡利第二个发言。他先是指着自己的眼睛，表明他时刻在注视着一切，更重要的是，他不能让西吉奥库这样诽谤、影射自己。

“西吉奥库部长的意思是说，排队者应该跟‘人民之声运动’走同样的道路？”他问，“难道他不知道他说的那个组织像鼹鼠一样藏在地底，他们害怕统治者的光芒？部长是在暗示那些排队者应该被逼得藏进地下，这样他们将更加难以发现难以搜索吗？我想部长很快就会澄清自己的意图。”

只要世界银行代表团还停留在国内，马乔卡利建议，统治者就应该坚持到底，谨慎权衡自己的言行，不能被那些别有用心的人激怒。

“尊贵的殿下，世界上有些人认为我们只有一个政党，只有一位统治者，从而推断出阿布瑞里亚臣服的是恐惧，我们不应该做出任何可能被他们利用的事情。排队者可以推翻这个丝毫没有事实依据的推断。看到人们排队的场景，无论是什么原因，无论何时何地，都会给世界银行代表团留下很好的印象。”

“部长是在暗示，我们的国家要听令于世界银行吗？”西吉奥库被马乔卡利的话震惊了，他插嘴说道。

这句话说出嘴，西吉奥库就犯了大错了。他没有立刻意识到这一点，但其他人都发现统治者皱起了眉，绷起了脸。

“西吉奥库先生，你是在说我听令于世界银行吗？”

“不，不，尊贵的殿下，我不是在说您，”西吉奥库赶紧解释，“我是在说这个国家。”

他又犯了一个错。

“我跟国家有区别吗？”统治者咆哮着，“我们不是已经说过这个问题了吗？”

马乔卡利赶紧抓住这个机会打击自己的敌人。他站起来唱道：尊贵的统治者就是尊贵的国家，尊贵的国家就是尊贵的统治者。在大本·曼波的带领下，其他大臣也起身唱道，统治者和国家是一体的，统治者和国家是一样的。很快，由马乔卡利牵头，他们一唱一和起来。

看到马乔卡利兴奋地跳起来时，西吉奥库才意识到他又犯了一次错误，一个非常糟糕的错误，那一刻，他不知道该不该站起来跟其他人一起唱。他怎么可以唱一首由敌人发起的歌,更何况这首歌本身就是为了孤立、羞辱他? 因此,他没有加入,而是跪在地上,低着头,耳朵贴着地,仿佛是为了证明,行动比语言更有力。

得意扬扬的马乔卡利越唱越来劲,要不是统治者示意他们坐下,这一唱一和还不知道要持续到什么时候呢。统治者想要听听跪在面前的那个人要怎么辩解。

“这个世界上,”西吉奥库颤抖着解释说,“没有人不知道统治者就是国家,国家就是尊贵的统治者的国家。众所周知,其他国家的很多领导人非常嫉妒这一无可辩驳的事实。我刚才说的是,没有经过允许的排队应该被禁止,这样才不会被我们国内、国外的敌人利用,让人们质疑这一事实。另外,我坚定地相信,您就是国家,国家就是您。并且,我提议,这一事实应该被写进宪法。我在您,尊贵的殿下面前发誓,我本人将发起一项动议,修改宪法。”

统治者示意马乔卡利继续,所有人都注意到了,统治者不仅没有忘掉西吉奥库的话,甚至没有让他回到自己的座位。整场会议,西吉奥库都是跪着的。

胜利的马乔卡利忍不住往死里痛击西吉奥库。他说,修改宪法,把像太阳是光热之源这样明显的事实加进去,完全没有必要。“不过我不想纠缠在这件蠢事上,”他说,“我想回到那个骑摩托车的警察的报告。很明显,人们排队的情况,与通天塔项目有关。雇主和工人们都知道这个项目意味着经济增长和大量的空缺职位;这就是为什么,项目还没有正式启动,雇主和工人们就肩并肩地站在埃尔代里斯的大街上支持通天塔! 这个世界的历史上有过类似的事情吗? 狮子和羊站在一起? 我们该担心的,可不是那些怀抱着希望排队的人,而是那些害怕人们怀着希望排队的人。听我说:我们要利用队伍,而不是滥用它。我们不应该禁止,相反,应该呈现给全世界，让他们看到这幅整个国家的人民排队支持领袖愿景的画面。”

听到这个主意，统治者非常高兴。自从上次，因为怕蛇，人们在公园里撇下他逃走之后，他就试图策划一个事件，以便证明人们依旧是那么热爱他，那么想要追随他的脚步。现在，机会来了。

其他大臣一发现统治者对马乔卡利的提议十分兴奋，他们的舌头都放松了，争先恐后地说自己负责的地区排队的人最多，自己的选民们都会歌唱赞美通天塔项目。有些还没有爆发排队热的地区的负责人说，他们将会给居民带话，让大家立刻忙起来。有些人则建议，世界银行代表团应该在城里和国家的其他地方观光，亲眼见见民众对通天塔项目是多么支持。

就连遭到斥责的西吉奥库都努力地蹚这趟浑水，说统治者是所有队伍的开创者，其他人只是追随他的脚步而已。作为统治者办公厅负责安全的国务部长，他，西吉奥库，将会添加几百名 M5 成员到队伍中去，确保没有人会把排队狂热滥用为无政府主义的公投。

“为通天塔项目举行的排队公投。”大本·曼波脱口而出，对西吉奥库不断想要打击马乔卡利的提议充满了怨恨。这引发了一轮政治讨论，尤其是在大本·曼波说排队公投将会产生一种新的政治理论之后。教育部长强烈支持他的观点，他坚称，这样一种理论，冠以统治者的名字，可以在阿布瑞里亚的所有中学、大学宣扬，代替过时的柏拉图、亚里士多德、霍布斯、波普等理论。另外一个部长说，古希腊的政治理论是属于死人的，应该丢弃。“我们不能容忍死人坟头的泥巴玷污活人青春的心灵。”他说。大家都笑了起来。就连统治者都对这句话赐予了微笑和谦逊的评论。

“有些人认为，只有白人才能提出新的理论，他们大错特错！”

他说。所有的大臣都异口同声地附和:是的!

他们领悟到了统治者的暗示,一致推举马乔卡利牵头成立一个委员会,记录统治者的政治及政府理论。

西吉奥库生怕所有的好事都会把他撇下,他还是跪着说,既然排队者已经将理论付诸实践,只有统治者能得到其中的功劳。他们需要做的只是想个办法感谢这些以无限热情去排队的人们。他本人自愿在黄金时段通过广播和电视节目表达统治者的感激,并且以统治者的名义在国内巡回感谢人们对通天塔的支持。

马乔卡利盯着他。他绝不给这位狡诈的朋友任何机会染指通天塔项目。往所有的队伍里加进 M5 的人,这个主意很棒,马乔卡利说,它表明了西吉奥库部长,即便是跪着,事态紧急的时候也能迅速采取行动。但最好还是把媒体留给情报部长大本·曼波,因为如果是统治者办公厅对外发出声明,将会给大家完全错误的印象,误以为人们是被逼着去排队的,这肯定会毁坏底层市民自发、积极参与通天塔项目的正面形象。如果真是那样的话,一个简单的声明就够了。

多年之后,许多当时在场的人回首这一刻,依然会想知道,马乔卡利究竟是预见了一切,还是只是为了粉碎自己的敌人,才会在如此重要的事情上面犯错,毕竟这错误现在看来是那么明显。他们能想起来的就是,马乔卡利几乎是在自言自语,“他们有四个,但我们可以派出五个。”有些人甚至说,在说出这句话之前,他眼睛里的光是那么强烈,整个房间都被点亮了。

“你在说什么?”统治者疑惑地问。

“《启示录》里面有四个骑士。”他毫不犹豫地说。

“这跟我们又有什么关系?”

全场一片寂静,马乔卡利说出自己的计划:他们应该给五个地区各派一个骑士——北部、南部、西部、东部和中部——实地考察一下排队的狂热程度及其对民众的影响。他将亲自挑选这五名骑士。他要强调的第一件事就是，快去快回，绝不能花一个礼拜绕圈圈。他会告诉他们，走遍整个阿布瑞里亚，统计现有的队伍人数，并且传达统治者的感激与欣赏，促使更多的人自发地支持通天塔项目。

西吉奥库觉得自己在策略上已经输了，他想要从《古兰经》或其他经文里引用一些话语。不过他想起来那句老话，打败不了别人的时候，不妨先加入他们。他争辩说，指派骑士的任务还是应该落在他们部门身上，因为这里面会涉及安全事务。

其他的大臣通常都是坐山观虎斗，然后倒向赢的这一边。他们把刚刚结束的这场斗争叫做五骑士之战，不过他们现在还不太确定是哪一边赢了。

离开总统府的时候，西吉奥库整个人是怒气冲冲的。甚至有人说，他就像水底的一头河马，沉重的呼吸让它鼻子和嘴巴旁边全是泡泡，还说他整个身子还有载着他回办公室的汽车都被笼罩在这泡泡之中。这位部长的愤怒已经沸腾，但他不得不顺从，他不想进一步美化对手在统治者心目中的形象。他要怎样才能即刻服从统治者又能为自己复仇？他可以用文字传达统治者的意图，然后口头颠覆它。

在五张抬头为“统治者办公厅”的办公纸上，西吉奥库打上了“统治者骑士”的称呼。他给每个骑士都下达了精准的指令：根据本信，你可得知，我指派你前往……；每个人需要观察什么，获取什么信息；传达统治者对排队者的满意之情，并把这条福音传播到它不曾到达的地方。西吉奥库本来想代表统治者签署这封信，但他想最好还是由统治者本人来签。于是他带着五封信去见了领袖，谁料却遭到了敲打——你为什么要让我浪费时间在这种小事上？你为什么不自己签？他只好自己签了，还用国会的签章盖在信件之上。

有了授权，西吉奥库把已经挑选好的五位骑士召集到自己的办公室，递给他们每人一封信。这可是他们收到过的最珍贵的文件。看到上面有统治者的签名，他们简直欣喜万分，因为那让他们觉得，自己真的是统治者派往全国乃至世界的信使。不过西吉奥库还是耐心地解释自己的指令。

他告诉统治者骑士们，由于事态紧急，所以最重要的就是绝对的勤勉：如果谁回来的时候，没有走遍每一个角落、每一个缝隙——整个国家，所有已经有队伍的地方、有排队传言的地方或者有排队可能性的地方，他是绝对不会手软的。他们甚至还可以走出国门，作为统治者派往世界的使者，他补充道，如果有必要的话，可以与外国稍微接触一下。在把他们送上崭新的摩托车之前，西吉奥库告诉他们，总之，不需要着急，慢慢来，他们有时间也有空间，去完成自己的责任。

就在西吉奥库忙着调整指令的时候，他的对手，马乔卡利却在回忆自己那创意十足的"启示录骑士"。这一切，他丝毫不觉得意外。最让他高兴的是，虽然起初西吉奥库是那样蔑视他的创意，最后却还是不得不亲自指派骑士前往五个区域。而且，排队作为大规模支持通天塔项目的举动，已经获得了统治者的认可。马乔卡利确信，五位骑士的报告肯定可以提升自己的声誉。综上所述，任命塔基里卡为通天塔项目委员会的主席，其实是他的深谋远虑，包括那个疯了的骑摩托车的警察，还有那从埃尔代里斯现代建筑和房地产公司外头开始排起的长队。

在紧急内阁会议之后，马乔卡利给塔基里卡的家里打去电话，想要祝贺他公司外面排起的长队。但他很失望地听说塔基里卡还是不舒服。瞧这个朋友,居然在这个时候得流感!他要跟谁去分享这胜利的喜悦呢?

那天晚上他梦见自己看到了四个信使,四个骑着白色摩托车的骑士……他大汗淋漓地醒来。为什么是四个,而不是五个?

他又给塔基里卡家里打电话。等塔基里卡好一点,就让他立即给我回电话好吗?

9

塔基里卡,通天塔项目委员会的主席,埃尔代里斯现代建筑和房地产公司的 CEO,外交部长的朋友,可回不了电话。他整天坐在卫生间的镜子前面,手托着下巴,直愣愣地盯着天空。有时候,他的目光会变得迷离,他看着镜子,非常轻微地说出"如果"这个词,接着又看向虚无。但当他的目光停留在镜子上面稍微久一点的时候,他就会不断地狂喊这个词,他的身体不由自主地颤抖,直到挪开目光,才会好不容易恢复一点平静。

刚开始那几天,温吉尼娅觉得是那面镜子让她丈夫变成了这样,所以有一天晚上,她把他引到床上,等他睡着了,她把镜子搬到其他地方,希望这样能让塔基里卡不再喊那些"如果"。

第二天早晨,塔基里卡的脸上满是欢欣,就好像疾病已经消失,好像他前一天还正常工作一样。他像往日清晨一样完成所有事情,还准备去公司上班。看到这些,温吉尼娅觉得没有必要再提起他的病。她看着他走进洗手间,想着只有一个障碍要跨越,一切都会好起来的。谁知,一秒钟之后,塔基里卡大声咆哮,问是谁把墙上的镜子挪走了。没有镜子,他怎么刮胡子?他说孩子们是罪魁祸首,叫嚷着要打他们,逼得温吉尼娅不得不承认是她做的。我把墙擦干净之后忘了把镜子放回去了,她说。她的计谋失败了。一看到镜子,他又开始喊叫“如果”,只是变得更加虚弱了。那天,还是温吉尼娅去的公司,而塔基里卡依旧留在家里,在洗手间里,跟前一天一样。

情况越来越糟糕。温吉尼娅只能无助地看着,塔基里卡使劲儿挠自己的脸,不停地喊“如果”还有“要是”。接着,他脱掉衣服,跳进浴缸,挠自己的全身,一言不发。他已经丧失了语言,除了那两个词。她又拿掉墙上的镜子,不过这一次,没有什么能再让她把镜子放回去了。

塔基里卡从浴缸里站起身,发现墙上没有镜子的时候,露出震惊和不解的神情。可是,他除了“如果”和“要是”已经不会说话了,只能沮丧、发狂一样地打着手势。最后,他翻遍了温吉尼娅的手袋才找到一面小镜子。一整天,他都一只手举着镜子,一只手挠身子,还时不时跳进浴缸。那天晚上,就连睡觉,他也举着那面镜子,就好像小孩搂着心爱的玩具那样。温吉尼娅从办公室回到家里之后,又等到他睡着了,才从他手里拿走镜子,藏了起来。第二天早晨,她让家里的用人们确保家里任何一个地方都没有镜子。失去了镜子的塔基里卡变得更加抑郁了。

温吉尼娅开始给那些她认识的、谨慎的医生打电话,只告诉他们,她丈夫情绪低落,偶尔会抓挠自己的脸,对镜子和塔基里卡失语的事情却只字不提。有些医生建议她带他到诊所来看一看,她就赶紧对他的病情轻描淡写。有些医生直截了当地说,他们不能电话诊断也不能开处方;还有些医生推荐了一些缓解瘙痒和抑郁的非处方药。然而,药物并不起作用。

她该怎么办?日子一天天过去,丈夫的病却没有任何好转,温吉尼娅觉得有必要跟别人分享自己的秘密了。

“我觉得他是被巫术害了。”有一天，温吉尼娅对尼娅薇拉说。

这是她们做“同事”的第二个礼拜。骑摩托车的警察已经回来了，但对温吉尼娅和尼娅薇拉来说，没有尽头的队伍和骑摩托车的疯子，这些消息更加令人沮丧。加西鲁和加西古亚已经回学校上课了，而尼娅薇拉则开始想念给他们讲故事的时光。

“你知道的，许多人嫉妒他的成功。”温吉尼娅继续说道，“尤其是他被任命为通天塔的主席。现在，他甚至没法好好吃东西。你要是看到他，肯定认不出他来，他瘦了好多。”

“谁会想用巫术害他呢？”尼娅薇拉问，她十分好奇温吉尼娅会把谁当敌人。

“我不知道，或许是来这里找他的所谓的商人。他们再也没有来过这里了。为什么？没准他们知道自己的阴谋已经得逞，所以就不再来了。”

“可是，你怎么知道他是被巫术害了？”尼娅薇拉想起来，温吉尼娅是一个虔诚的基督徒，“他生病前后有没有做过、吃过或穿过什么不同寻常的东西？”

温吉尼娅想起他手上戴过的手套，她觉得非常奇怪，因为不管是吃饭还是睡觉，他从来不摘下它。

“是的，”温吉尼娅说，她想了很久，哪些内容可以透露给尼娅薇拉，哪些不可以，“自从有了通天塔这回事，我丈夫就在右手上戴了一只手套。他从不摘掉它，所以也从不洗那只手。”

“把手套摘掉。”尼娅薇拉建议。

那天晚上，确认他睡熟了之后，温吉尼娅把塔基里卡手上的手套摘了下来。它臭得不得了。她一把把它扔在地上。是这臭味招来的巫术吗？万一她自己也成了这种黑暗魔力的受害者怎么办？

她突然害怕地想。她决定以后再也不碰这只手套,或者是戴过它的那只手了。可是,她怎么能让这些魔力来决定她应不应该碰自己房子里的东西,包括自己丈夫的手呢?她拿过《圣经》,靠近它,觉得增加了很多勇气。她检查那只手,长长的指甲下面藏着很多脏东西。她本来想要把它洗干净,剪掉指甲,再把那只手套扔进垃圾袋里,但这样就相当于丢掉了证据。她把手套捡起来放进一个抽屉里。

第二天,她告诉尼娅薇拉,现在她确定她的丈夫是被藏在手套里的恶魔给诅咒了。

"为什么是在手套里?"尼娅薇拉问,"那为什么他最先戴上手套的时候恶魔没有袭击他?"

"你说得很有道理。"温吉尼娅说,"巫术肯定是他们在这间办公室握手时起作用的,或者是钻进了那些装钱的信封里面。在数钱之后,他就发病了,在戴着手套碰了那些钱之后。"

"钱?很多吗?"尼娅薇拉这么问,不仅是想要让对话继续下去,还想要知道一个具体的数字。

"你真该看看有多少!"温吉尼娅既骄傲又害怕地说,她还四处看看,生怕守卫院子的警察们听了去,"三大袋子,每个都装满了布里币,每张面值都不小于一百布里。"

"三大袋子鼓囊囊装满了钱?"尼娅薇拉装模作样地问。

"所以你该知道为什么有人见不得他好了。"温吉尼娅说,"害他的人可能就在送钱的人之中。"

"是的,我知道了,"尼娅薇拉有点厌倦谈论巫术了,"你现在需要的是一个好巫医。"她加了一句,为的是吓一吓这位基督徒,但是,该感到惊讶的,恐怕是尼娅薇拉吧,因为温吉尼亚是那么的平静。

“问题是，”温吉尼娅语气平淡地说，“我不知道该去哪里找巫医。”

显然，她以为尼娅薇拉跟她一样毫无头绪，但她错了。

尼娅薇拉突然有了一个主意。为什么她早没想到？还有一个乌鸦魔法师啊！想到塔基里卡去找他曾经羞辱过的人看病，她觉得非常好笑。

“说到巫医，”尼娅薇拉说，“我听说镇上新来了一个乌鸦魔法师！”

“在哪里能找到他？我是说，他的圣地在哪里？”

“圣卢西亚。南边。”

“圣卢西亚南边？”温吉尼娅恐惧地尖叫，“你是说南边那些贫民窟，那里的人……人……人们……”她结结巴巴的，有点不明白，突然又想起尼娅薇拉就住在圣卢西亚的某个地方。

想到要去贫民窟，温吉尼娅似乎真的吓到了。可是，她越是想起那只恶臭的手套还有塔基里卡那长长的藏满污秽的指甲，就越意识到自己必须控制住对这种地方的敏感。丈夫的病情越来越严重。除了去找一趟乌鸦魔法师，她看不到自己有任何其他选择。

“我是万圣大教堂的虔诚信徒，如果他们怀疑或者发现我跟巫医有来往，我知道他们会怎么看待我。”她说，“我不想被逐出教会，也不想变成马里萨和马里库，每周被别人说三道四。可是现在的情况，我不得不去寻求帮助了。在哪里能找到这位乌鸦魔法师？求你了，尼娅薇拉，请不要跟任何人说这件事。”温吉尼娅恳求道。

10

“什么？塔基里卡要来找我看病？不，不，我可做不了这个。”

卡梅特本能地拒绝。那个男人对他的羞辱,让他伤得不轻,他担心看到那个人会再次被激怒。

“我不怕麻烦地把我的老板带到你这里,好让你赚他的钱,”尼娅薇拉跟他讲道理,“你就只会说不吗?我知道他的病没救了,为什么还让他来这儿?你要做的就是,看着他,往他身上吐点唾沫,说点莫名其妙的话,再把他送走,把他的钱赚进你的腰包。”

他一点也不想这么做。卡梅特坚持。

“我会在夜里把他带来,这样他的影子就不会踩到你的,没有危险。”尼娅薇拉这样一说,他们之间的紧张气氛瞬间被打破,两个人都大笑起来。

就是在笑的时候,卡梅特突然觉得被一种情绪占据了,它强烈到几乎让他颤抖。报复。好运气将敌人送上门,让他实施最甜美的复仇。奇怪的是,相比起行善的念头,这邪恶的一面让他更加兴奋。

对此,卡梅特对尼娅薇拉只字不提,因为他不希望她来阻止自己这种行为。另外,他想要独自享受这个计谋。他想象着与塔基里卡的会面,琢磨着如何才能最好地实施自己的计划。在塔基里卡到来之前,卡梅特会做一个标识牌,上面写着“今日不问诊:看病明日再来”,然后放在旁边。接着,他会测试塔基里卡的英语水平,让他回忆一下过去。

以牙还牙,以眼还眼。卡梅特从没像现在这样认同过《圣经》里的这句话。

“好吧,让他来吧。”卡梅特神秘地对尼娅薇拉说。

11

温吉尼娅开着黑色的奔驰汽车来到圣卢西亚的购物中心，尼娅薇拉在那里等她。她们说好了一大早就碰面，这样就能赶在其他人前面到达乌鸦魔法师的圣地。虽然是尼娅薇拉本人提议的在购物中心碰面，她还是装出一副对这里并不熟悉的样子。

尼娅薇拉坐在副驾驶的位置上，打量塔基里卡。她以为会看到一个病恹恹的人，可是她看到的塔基里卡一点也不像生病的样子。他的肚子变小了，所以黑色西装更合身了。他坐在后座上。窗户都关上了。有时候，他会朝她这边瞥一眼，但每次尼娅薇拉想要对上他的目光，就会很明显地发现，他沉浸在自己的世界，根本没有认出她来。所以，她只能专心给温吉尼娅指路。

这时候她才注意到，温吉尼娅开车的时候，根本不看后视镜和侧视镜。需要转弯的时候，温吉尼娅就会把脖子伸出窗外认路，或者让尼娅薇拉帮忙看着路。尼娅薇拉正要告诉温吉尼娅，汽车的镜子都没有调正位置，但是看到她朝自己这一边投来的充满恶意的一瞥，还是把话吞进了肚子。

虽然她也理解，但是坐在这样一辆车里，还是觉得很害怕，因为开车的人根本不认识这个地方。幸运的是，在清晨的这个时间，交通还很畅通。到达自己居住的街道时，尼娅薇拉还是长长松了一口气。她让温吉尼娅把车停在离她家还有点距离的房子前面，然后步行过去。

进屋的时候，他们没有看到人，却听到一个男人的声音，命令他们让病人坐在一把椅子上，面冲着等候室和内室之间墙壁上的一扇小窗户。尼娅薇拉和温吉尼娅坐在旁边。对尼娅薇拉来说，在自己的家里假装陌生人,实在是考验她的耐心和演技。

这下,卡梅特可以看到眼前的整个人,而病人却只能看到乌鸦魔法师的脸,但塔基里卡似乎毫不在意眼前那张脸。事实上,他仿佛完全没有在意周遭环境。他只是盯着天上,沉默着,双手托着下巴,时不时发出几句“如果”。

这个人肯定活在恐惧之中,他害怕的是他自身的沉默,卡梅特想。看到他这副惨样,卡梅特有些同情他:所有复仇的念头全都消失了。现在,卡梅特专心致志地研究他的病情:是什么让塔基里卡变成了沉默的囚徒呢? 为什么他要说“如果”和“要是”?

12

在他碰到过的所有案例之中,卡梅特后来说,塔基里卡是最棘手的。作为一个占卜者,卡梅特是根据病人的反应,想出解决方法。可是塔基里卡没有办法、也未能回答任何问题。就好像是聋了一样,他的思绪飘在另外一个世界,他并不信任自己所身处的这个世界。这令人沮丧不已,但卡梅特对自己说,为了救治病人,必须要有耐心。

这位乌鸦魔法师要求温吉尼娅坐到她的丈夫身边。她吓了一跳,原先她以为巫师不用问问题就能占卜。她很犹豫该不该透露更多的细节,因为那令人难堪。肯定要隐瞒一些东西的,她对自己说。然而,她听到乌鸦魔法师在回应她的心声。不能隐瞒,乌鸦魔法师盯着她的眼睛对她说。如果她想要他的帮助,就必须告诉他全部真相,他坚定却又温和地说。这位魔法师居然能够这么快读懂我的心声,温吉尼娅想,她有点害怕;之后讲述起来的时候她就坦率多了。

她说到那天晚上，塔基里卡是如何带着三大麻袋布里币回到家中，如何坐在客厅的桌前数钱，一张又一张，清点计数，时不时高兴地跳起来。他叫她陪着他，说好日子才刚刚开始。她清楚地记得，塔基里卡斜靠着扶手椅，双腿搁在桌子上，一边挠着腿，一边像做梦一样，一遍一遍不停地说着“这只是刚刚开始”。

我亲爱的温吉尼娅，你不知道，他说，让我当通天塔项目主席的任命，今天早晨才刚刚宣布，到了晚上我就收到这么多钱。明天还会有更多的钱，因为还有好多人要来见我。如果一天之内我就能赚到这么多钱，通天塔项目还没开始呢，等世界银行发放了贷款，建筑工程真的开始的时候，我的钱能一直堆到房顶上去。等到那个时候，我就会是阿布瑞里亚最有钱的人，我会是非洲最有钱的人，或许还是整个世界最有钱的人，我还会做到一个很高的位子，我想要什么都能得到，除了……除了……。就在这个时候，他开始不由自主地咳嗽起来，思绪还没有结束。他冲进洗手间，待了很久。温吉尼娅说自己很担心他，赶紧进洗手间去看看他。她发现他盯着镜子里的自己，重复说着“如果”。这种情况持续了一天又一天。她决定挪走房子里所有的镜子。日复一日，塔基里卡的病情越来越严重，现在他只会坐着，盯着天空发呆，就是你看到的这个样子……就这些了，她很生硬地说。

尼娅薇拉比较了一下温吉尼娅在办公室里跟她说的那个版本，发现有一些不符之处。之前跟她说的时候，温吉尼娅半点没有提到塔基里卡那么执迷于要做阿布瑞里亚、非洲和整个世界最有钱的人。她也没有说塔基里卡是在带钱回去并清点的当天晚上开始发病说“如果”的，她说的是第二天早晨，这些“如果”攫住了他。

温吉尼娅等待着乌鸦魔法师的回应，她的心怦怦地跳。她本来想告诉他一切，但又没法说出塔基里卡是为什么挠脸的，毕竟真正的原因是她把镜子挪走了。

“你把所有事实都告诉我了吗?”乌鸦魔法师问。

“是的。”温吉尼娅回答。他或许可以把天空中的乌鸦弄下来,但绝不可能知道她隐瞒的东西,她想。

“其实都一样。”乌鸦魔法师说,“不管你隐瞒了什么没说,我的占卜魔镜都会告诉我的。现在把他的脸转过来,让他看着这里。”

温吉尼娅又觉得心在狂跳。他是怎么知道她有所隐瞒的?或许我应该坦白……她还没有想好,一面镜子就已经在原来乌鸦魔法师坐的地方了。

镜子立刻对塔基里卡起效了。他好像从梦中醒来,盯着镜子,开始抓自己的脸。温吉尼娅发出一声惊恐的叫喊。她身子向前倾,抓住他的手腕,想把他从镜子前拽开。对塔基里卡的恐惧,以及未对乌鸦魔法师坦诚造成的尴尬,化作泪水,顺着她的脸颊滑落。塔基里卡稳稳地站着,伸手去够那面镜子。温吉尼娅拽不动丈夫:他的双手还是伸向镜子,然后又开始大喊。如果!要是!

如果不是清楚地知道塔基里卡的事情,尼娅薇拉肯定会忍不住大笑起来,因为眼前的场景让她想到以前在电视上看到的动画片。乌鸦魔法师撤回镜子的时候,那夫妻两人都跌倒在地上,好像塔基里卡已经摆脱了巫术一般。好不容易站起来之后,温吉尼娅设法把他弄回到椅子上去。她累得气喘吁吁,塔基里卡则号啕大哭起来,就像是一个心爱的糖果被夺走的孩子。他一边哭一边说,如果!如果!如果!

“对不起,我没有跟你说他会挠自己。”她不得不告诉乌鸦魔法师,“不过这大哭,可是以前没有过的。”她补充道。

“别为那个烦心。”

乌鸦魔法师表示对她的理解，没有追究她的隐瞒之罪，这让她松了一口气。她向乌鸦魔法师靠近了一些，努力想要听清楚他说的每个字。

乌鸦魔法师开始说话，好像在当着他们的面思考。他的声音浑圆柔和，极大地舒缓了听众的情绪，却又让他们聚精会神。尼娅薇拉觉得自己的心也沉浸在这声音之中，仿佛她从来没有听过似的。对温吉尼娅来说，这声音尤其有力，因为它非常空灵。就连塔基里卡对这种声音也有反应，他逐渐安静下来，这仿佛是这么长时间以来第一次，他能听人讲话。温吉尼娅注意到他的变化，更加感激这种神秘的声音。

"……这就是我们占卜者该做的。"乌鸦魔法师仿佛继续对温吉尼娅说，"话语就是食粮，是身体，是镜子，还有思绪的声音。你想要说什么，却又说不出来，现在你知道这有多危险吗？好比你想呕吐，但那些脏东西卡在你的喉咙里——你甚至可能会呛死。你丈夫的病现在还不会致命，因为治愈他还在我们的能力范围之内。女士，明确病情是康复之路的第一步，我想在不同的'如果'之间应该能发现你丈夫的问题。它们说的是消极和积极的愿望。女士，你丈夫的思绪困在他的脑袋里，他的愿望得不到否认或满足。他的愿望就好像语言的碎片一样，卡在他的喉咙里。他的敌人藏在他的体内，他们恨不得他被这些说不出来的愿望呛死……"

温吉尼娅感到一阵恐惧和惊异。

"那我们要怎么办呢？"她问魔法师。

"诊断病情我不收费，但治疗可能就得花一大笔了。"

"想要解放这些思绪，需要花多少钱？"

"他的性命值多少钱？"乌鸦魔法师说。卡梅特虽然决定不去报复他，但肯定会让他从这三大袋子贿赂款之中解脱出来。

“只要能救他,我什么都可以给,乌鸦魔法师！把他的敌人们揪出来！把他们赶到地狱去。”

“好吧,你想做什么都随你。巫术就在他收下的钱里面。把那三大袋布里币带到这里来,我们就可以找出恶魔到底藏在哪里。回去好好想想吧。明天或者你想来的时候再来。然后我们可以谈谈我的收费问题。”

魔法师的权威让温吉尼娅感到信服,而他说的,恶魔藏在钱袋子里面,她也是这么想的,这让她更加相信他的神力了。

她想要塔基里卡今天早上就得到治疗,她对他说。她承诺稍后回去取那三大袋子钱,只要他能揪出恶魔,他想要什么她都会送来。

乌鸦魔法师让她先把病人带回去,然后在其他客人到来之前赶回来。或者,最好是让那位年轻的女士留下来给他们占位子。他一贯是按顺序服务,先到先得。

13

“我们刚才是在哪里?”

温吉尼娅突然踩下刹车,汽车撞到路边。幸运的是,他们旁边没有其他车辆。她不敢相信自己的耳朵。那是她的丈夫在说话吗?她不敢扭过脸去。

“你说什么?”温吉尼娅问,她只想确认自己刚才没听错。

“我在问你——我们刚才在哪里?”塔基里卡问,仿佛从沉睡中醒来。

她回头看他,并没有从他脸上看出什么。但那个声音肯定是他的,跟他发病以前一样。

“所以你已经好了？感谢上帝。”她丝毫不打算掩饰自己的欣喜，“我们刚才去了乌鸦魔法师的圣地！”她说，就好像他们刚才只是去看了家庭医生一样。

“什么？巫师的圣地？”他的声音听上去像是刚睡醒。

温吉尼娅决定不对他隐瞒任何事情。她告诉他，自从他把三大袋子钱带回家的那天晚上开始，他就病得很严重。普通医生对他这种病都束手无策，她，温吉尼娅，现在很庆幸带他去了魔法师的圣地，因为乌鸦魔法师还没给他治疗呢，他就已经快好了，这么长时间以来第一次说了那么多话。

“是谁在造谣我生病了？”塔基里卡打断她，“就算我病了，现在你该知道我好得很了，谢谢你。”

“但我们还得回去。”温吉尼娅说。

“回去干吗？”他越来越不耐烦。

“把那三袋子钱带给他。恶魔就藏在袋子里面。”

塔基里卡想要爬到前座上去，扇温吉尼娅几个耳光。

“这就是为什么我总说非洲女人都容易受骗上当。你真的要相信一个巫师的鬼话吗？我简直不敢相信，你，一个成年人，我的孩子们的母亲，一个基督徒，居然要把我那三大袋子钱送给一个巫师！”

“随便你怎么做。我只想要你好起来，就算那意味着需要我去一些我通常不去的地方。我只想要你好起来，跟以前一样回去工作。想想你生病期间损失了多少钱吧！”

“所以你想把我的钱送给巫师，让我损失更多吗？”

“我没必要忍受你的辱骂。如果你觉得好了，那我们就别再去圣地了。我们不欠他什么。他也没做什么治疗。”

他们一回到家里，塔基里卡就坚持让温吉尼娅给他看钱放在了哪里。她指了指那个房间,然后离开了。她很担心,因为他丝毫不关心自己发生过什么事情,同时,她又感到气恼,因为他是那么不知感恩。

他一个接一个地打开那三个袋子,确认所有的钱都还在那里。把袋子的封口缝上之后,他挨个举起它们,仿佛在称称它们有多重,然后把它们放在旁边,一个挨着一个。接着他跪在中间那个袋子前面,伸出手,仿佛要把它们全抱在怀里。然后他想闭上眼睛祈祷,但它们根本闭不上。他想要说话,却说不出一个字。他使劲想把话说出来。突然他又开始咳嗽,然后开始大喊"如果"和"要是"。

温吉尼娅冲到他跪着的地方。这就对了。乌鸦魔法师是唯一能够驱逐魔鬼的人,在魔鬼被赶走之后,她绝对不会再把那些被诅咒了的钱袋子带回家了。

14

卡梅特跟以前一样,在窗户那里放了一面镜子。塔基里卡又一次扑了过去,好像飞蛾扑火一样,并且开始抓挠自己。这一次,温吉尼娅没有去拽他,也没有再提家里发生的一切——塔基里卡短暂的恢复,还有突然的崩溃。卡梅特挪开了镜子,塔基里卡的眼睛和整个人都凝固了一般,仿佛在乞求把镜子还给他。

"我会让你看到镜子的。"乌鸦魔法师说,他的声音轻柔、温和、清晰,好像小心翼翼地对着蜡烛,"但我们得先聊一聊,如果我把镜子放回去,你能保证你会努力释放困在你体内的话语吗?你会让我帮助你表达你的想法吗?"

塔基里卡不耐烦地点点头,仿佛他已经准备好了,只要让他再看到镜子,他什么都能做。等乌鸦魔法师把镜子放回去之后,塔基里卡仍然一边挠自己,一边喃喃地说"如果"。

现在乌鸦魔法师的声音仿佛是从镜子里传出来的一样:

"把那些话吐出来,那些好的和坏的!"

"如果……"塔基里卡说,又停顿下来。

"就现在。"乌鸦魔法师催促道。

"我的……"塔基里卡说完又卡住了。

"接着说。"

"皮肤……"

"继续。"

"不是……"

"好,很好……"

"黑色的。"

塔基里卡停下来喘气,好像爬完了一座山又要接着爬另一座一样。镜子里面传来同样的声音。

"说出你的想法。不管是好的还是坏的。说出你的想法!"

"要是……"

"对!"

"我的皮肤……"

"别停!"

"是白色的……像一个……白种人那样的……皮肤……"塔基里卡像刚学认字的人一样一个字一个字往外吐。

"就是这里!你已经说出了这个危险的想法!"乌鸦魔法师一边祝贺他,一边把镜子从窗户边挪走。

塔基里卡不再闹着要镜子。他的脸上发着光,这是几个星期以来未曾有过的。他敬畏地看着乌鸦魔法师。

“现在我想让你在没有镜子的帮助下说出你的想法。”乌鸦魔法师对他说。

“如果……我的……皮肤……不是……黑色的！噢，要是我的皮肤是白色的多好！”塔基里卡得意扬扬地说，好像一个第一次流利读完整个句子的小孩一样。一个沉重的负担已经从他的心上卸下。说完这个隐秘的心愿，他把头从窗户前面扭开，发出一声解脱的叹息，瞥了一眼他的妻子，他的脸上有一种“尽在不言中”的感激，就像一个人刚刚忏悔了自己的罪，然后把自己交给耶稣的样子。

“你已经听到了。”乌鸦魔法师对温吉尼娅说，“在他把那三袋钱带回家的那天晚上，白种恶魔就占据了你的丈夫。你还记得你告诉我说，他数完钱之后把腿搁在桌子上，闭着眼睛？那就是恶魔到来的时刻！他畅想着未来，突然意识到，有了滚滚而来的钱财，他最后会成为非洲最富有的人，唯一能让他与其他有钱的黑人不同的就是白皮肤了。他觉得他的肤色阻碍了他到达欲望的顶峰。他挠自己的脸，正是因为体内的恶魔催促他打破黑人的等级，跻身白人之中。简而言之，他得了很严重的‘白种病’。”

塔基里卡不断点头，认同他的诊断。他感到快乐、解脱，因为就算在收到那些钱之前，他也经常被这种自我厌恶感折磨，只不过那时候他设法压抑而已。而现在，多亏了这场灾祸，还有把他带到这里的温吉尼娅，还有这个巫师，让他正视这个问题。在今天之前，他从来没有让任何人知道自己这个秘密，可是现在，他觉得在场的这些人都见证了他对白皮肤的渴望与纠缠。

不过，很快，他就陷入了深深的沮丧之中。人们并不是变成白皮肤或黑皮肤的，肤色是与生俱来的。这是他永远也无法完成的心愿。对它的渴望，到达了自我麻痹的程度，确实是一种病，一种可能会折磨他下半辈子的病。

“要怎么才能治好‘白种病’呢?”温吉尼娅既高兴丈夫已经说出欲望,又担心这些症状还会复发。

塔基里卡也等待着答案。他嫌乌鸦魔法师回答得太慢了,也跟着问:“要怎么治呢?”

“塔基里卡,你知道天花吗?”

“是一种可怕的疾病,一种灾祸。十九世纪末期差点让黑人灭种。在某些方面,它比现在的死亡病毒还要糟糕。传染性非常高,而且没有避免的方法。除了好运。感谢上帝现在没有天花了。”

“它是怎么被攻克的?”

“通过大规模接种疫苗。”

“非常正确。给人们接种天花病毒。肺结核也是如此。塔基里卡,你有没有煎过培根?”

“鸡蛋、香肠和培根是我最爱的早餐,能很快让我打起精神来。”塔基里卡说,“当然,都是我妻子做的。”

“她煎培根的时候用的是什么油?”

“乌鸦魔法师先生,您别逗我了。你没听说过那句老话吗,猪肉是被自己的油煎的。不过告诉我,天花、肺结核和猪肉跟白种病有什么关系?”

“以毒攻毒!变成白种人!”

塔基里卡不敢相信自己的耳朵。他那么沮丧,就是因为意识到,不管他多么有钱,都不可能变成白人。然而,这个巫师,却说,其实是有办法变成白人的。也就是说不可能的事情其实是可能的!

“怎么变?”从惊醒中恢复后,他疑惑地问,“你说的该不是皮肤移植吧?"

"不是,比那个简单得多,痛苦少得多。"乌鸦魔法师说,"变成白种人其实非常简单,但需要努力,艰苦的努力。"

"别说了——只要能做。"塔基里卡说,他尽情地享受这意想不到的好运,因为他可以一石二鸟:治好白种病,变成白种人,"乌鸦魔法师先生,告诉我怎么变成一个白人吧。我已经准备好做任何必要的事情。成功之后,你想要的一切都听你调遣。"

"首先,帮我解决一个难题!"乌鸦魔法师说。

"接着说!"

"什么东西是表明一个人身份的第一要素?"

"他的肤色。"

"不对,塔基里卡,让我们回到历史吧。十六、十七、十八世纪,非洲人被当成奴隶穿越大西洋,白人从这些新世界非洲人身上夺走的第一样东西是什么?"

"我不知道。"塔基里卡说,他根本不知道几个世纪以前的奴隶跟他们现在说的一切有什么关系。

"好吧。我换个问题。孩子出生的时候,他们的父母给他们什么东西,以便跟其他孩子区分开来?"

"名字?"

"十分正确。白人奴隶主是怎么对待黑人奴隶的?夺走他们原来的姓名,把他们变成自己想要的人。你明白我的意思了吗?"

"是的,乌鸦魔法师先生。"

"所以想要变成白人,你首先得放弃自己的名字。而且,跟那些被逼这样做的非洲人不同的是,你必须自愿放弃,心甘情愿变成奴隶。"

"那不是什么大不了的事。塔基里卡这个名字不要了!"塔基里卡不明白为什么乌鸦魔法师说变成白人需要很努力,“然后呢?”

“奴隶们被逼使用主人给的名字。可你是幸运的,塔基里卡,因为你可以在成千上万个欧洲名字里面自由地挑选。”

“那就更简单了。我已经有一个了。提图斯。”他骄傲地说,仿佛自己一直以来都走在正确的道路之上。

“提图斯?嗯,我们看看。你知道它的出处吗?我是说,它指的是谁?”

“不知道。”

“你这是怎么了,提图斯,你忘记了自己的信仰吗?”温吉尼娅突然插嘴,“你不知道提图斯是一个皈依者,是使徒保罗的门徒吗?保罗还给他写了一封信,《致提图斯》?”

“哦,这个名字就是从这里来的吗?”塔基里卡说。

“还有另外一个提图斯。”乌鸦魔法师说,“提图斯·弗拉维乌斯·维斯帕西亚努斯,一个罗马皇帝。就好像你是建筑界的皇帝一样。他结束了罗马竞技场时代。一个是皇帝,一个是圣徒。不错,这个名字有这两个意义。”

“可是,这个皇帝,还有这个圣徒,他们都是白人吗?”塔基里卡怀疑地问。

“是的。”乌鸦魔法师说。

“那么提图斯就是白人了!”塔基里卡又开心起来。

“不过这么多年它跟你的非洲名字塔基里卡放在一起已经被玷污了。”温吉尼娅说。

“对。所以你想一个最能体现你的梦想的名字吧。你可以随便选。想叫什么都可以。你明白我的意思吗?”

“明白,乌鸦魔法师先生。”

“现在,提图斯,”乌鸦魔法师突然用命令的口气说,“你的名字是什么? 你的新名字,全称?”

“克莱门特·克拉伦斯·怀特海德。”塔基里卡骄傲地像孔雀一样,“接下来呢?”他搓着手问。

“奴隶先是失去名字,然后是语言。所以,克莱门特·克拉伦斯·怀特海德先生,你知道接下来要做什么。丢掉你的语言”

“丢掉了!”

“现在开始像白人一样说英语。”

“我早就开始说了,”塔基里卡向乌鸦魔法师保证,他开始吐出一连串句子:你好! 击个掌吧! 我是克莱门特·克拉伦斯·怀特海德……

“不,不,不是美式英语,怀特海德先生。这种所谓的美式英语已经完全被黑人英语污染了。”

“都怪那些便宜的美国电视节目。它们损坏了我们的舌头。我不想要黑人英语——我想要真家伙。我发誓,从现在开始,我会继续努力完善我的英语。这可不是那么简单的事,需要很多练习。”

“你已经说得很好了。”乌鸦魔法师说,“天上不会掉馅饼。”

“我会努力的。然后呢?”塔基里卡有点不耐烦了,想要跳过剩下的步骤。

“我想让你知道,怀特海德先生,我们已经说到这件事最困难的部分了,所以我想让你非常仔细地听我说。《圣经》里面是怎么说婚姻的,神圣的婚姻?”

“说女人应该顺从丈夫。”

“不过那是结婚以后的事情。婚姻本身呢?《圣经》是怎么说的?”

“乌鸦魔法师先生,你是不是有点跑题了?”塔基里卡小心翼翼的,生怕冒犯了自己的恩人。

“你看,当两个人踏入神圣的婚姻,他们就变成了同一个肉体,或者其他什么类似的东西。”

“这跟变成白种人有什么关系?”

“逻辑,克莱门特·克拉伦斯·怀特海德先生,简单的白人的逻辑。有位非洲哲人说,白人靠的是逻辑,黑人则听命于情绪。用白人的逻辑去思考,而不是用黑人的情绪。如果一个男人和一个女人结合成神圣的婚姻,他们就变成了同一个肉体,那么想要改变肤色,最快最可靠的方法就是跟一个自己想要的肤色的人结婚。也就是说怀特海德先生,你必须娶一个白人才能得到她的白色皮肤。”

“我听到了,而且到目前为止我听到的都很好。”塔基里卡说,“可是我怎么才能知道,我的妻子不会传染我的黑色皮肤,让我继续黑着?又或者她会变成黑色,我变成了白色?”

“你干吗要去关心这个?现在问题是,你要变成白人。去找一个想要变成黑人的白种女人,那些永远在做日光浴的女人,你们就可以很简单地交换肤色了。一个交换肤色的交易,你不这样认为吗?”

在此之前,温吉尼娅不觉得乌鸦魔法师给塔基里卡实施的治疗步骤有任何问题。但当他们谈论起塔基里卡娶白种女人的可能性时,她警觉起来:破碎的婚姻、破碎的家庭。这些场景攫住了她,她再也无法沉默了。

“您在说什么啊,乌鸦魔法师先生?您是在告诉我的丈夫跟我离婚然后娶一个白种女人?还有你,提图斯,你居然敢考虑这种建议?我们在一起这么多年,还有上帝保佑的我们的孩子们,你居然要跟我离婚?”她急速地说出自己的心声,因为她不知道向谁发泄自己的痛苦。

“你别管,让乌鸦魔法师说完。”塔基里卡怒目圆睁,冲温吉尼娅大喊。我就说黑种女人没有礼貌吧,他转回去面向乌鸦魔法师时说道,完全不把自己的妻子当回事。“等我娶了白种女人,接下来呢?”

尼娅薇拉几乎不敢相信自己听到的一切,也不敢相信眼前出现的一切。她有点想笑,但看到另一起危险事件的爆发,她的笑声卡在了喉咙里。

温吉尼娅开始战栗、颤抖,就像着了魔一样。起初尼娅薇拉以为这是因为愤怒,接着她看到温吉尼娅从椅子摔倒在地上,然后打起滚来。塔基里卡冲到温吉尼娅身边,想要把她拉起来,却失败了。尼娅薇拉本来想去帮他,但想想还是算了,让他们自己解决自己的问题吧。不过,塔基里卡似乎没有什么心情解决什么问题,他充满了怨恨,本来他是在乌鸦魔法师的神力指导下进行转变仪式的,结果却要听凭这女“恶魔”的摆布。奋力把妻子拽起来之后,塔基里卡设法让她坐到地上。她的眼睛大睁着,似乎根本不认识塔基里卡。她沉浸在自己的世界中,从手袋里拿出一面镜子,照着自己的脸。然后,把尼娅薇拉吓得半死的是,温吉尼娅开始咳嗽,然后嘟囔着“如果!要是!”

对塔基里卡来说,这就好像是把他的梦想埋进了棺材,再钉上几个钉子。

“噢,温吉尼娅,你为什么要这样对我?”他呻吟着,无助地转身看向乌鸦魔法师。

“她染上了你的病。”乌鸦魔法师对塔基里卡说,“这种病是会传染的,你知道的。”

他让塔基里卡和温吉尼娅交换了座位,这样温吉尼娅正面对着窗户,塔基里卡不作声地看着。

乌鸦魔法师对她做了先前对塔基里卡做的那些步骤。

“困在心灵之内的智慧是毫无用处的。”乌鸦魔法师试着安抚她的灵魂,“所以吐出每一个想说的字,让你的思绪毫不畏惧地表达出来。”

温吉尼娅不需要太多的诱导。

“如果我的皮肤不是黑色的,我的丈夫会想要离开我吗?要是我能变成白人就好了!”她说。

最后一个字说出口的时候,温吉尼娅就感觉到心上卸下了一个巨大的负担;她,也跟那些忏悔了自己的罪的人一样,感受到那种愉悦和解脱。她经历了同丈夫一样的步骤,甚至把名字改成了维吉·碧翠丝·怀特海德,最后她转过身去面向自己的丈夫,仿佛在说:我跟你一样是个黑皮肤的罪人,让我们一起寻求帮助变成白人吧。

“我们要怎么做才能变成白人?”这对夫妇异口同声地问。

“白人有许多种:德国人、法国人、俄国人、意大利人、葡萄牙人、西班牙人,甚至日本人……”

“我们想做英国人。”他们打断他。

“英国人?别担心。”乌鸦魔法师安抚他们,“我们马上就要好了。可是还有一个小问题,英国人,跟其他白人一样,也有许多种。现在也有很多黑种英国人,来自孟加拉、巴基斯坦、印度、加勒比海,甚至是非洲……”

“我们要纯正的英国皮肤。”他们急切地说。

尼娅薇拉一直讶异地看着眼前发生的一切。乌鸦魔法师则让这对夫妇闭上眼睛,想象各自想要变成的英国人的样子。他将用镜子捕捉这些画面,以便更好地实现他们的梦想。两人都闭上了眼睛。

先从塔基里卡开始。他很快就说看到脑子里有一个影像。虽然不太清楚,他说。

"让它留在那里,别让它跑掉。"乌鸦魔法师对塔基里卡说,"那里,我看到他……是的,那个人白得不能再白了,穿着破烂的裤子,还有皮衣,纽扣是铜的。他的头发是蓝色、绿色和黄色的,发型跟豪猪一样……朋克,毫无疑问,是一个朋克……"

塔基里卡惊恐地打断他:"不,我不要那种英国人。我告诉过你,我想要当一个真正的英国人。"

乌鸦魔法师让他睁开眼睛,让朋克的影像消失。

轮到温吉尼娅了。当乌鸦魔法师说看到一个女人穿着皮草大衣,走在伦敦的街道,牛津街,迪恩街时,她很兴奋。但那个女人是苏荷广场的一个妓女。温吉尼娅尖叫着抗议,毕竟她是一个基督徒啊。然后,乌鸦魔法师让她睁开眼睛,让不想要的影像消失。

这对夫妻之间爆发了激烈的争吵,互相指责对方居然选择那样不受尊重的影像:朋克和妓女。

要不是乌鸦魔法师,他们的争吵只会愈演愈烈。他警告他们,如果接着吵下去,就会变成那种爱吵架的英国夫妻,而且肯定会妨碍其他更想要的影像出现。

乌鸦魔法师命令他们再次闭上眼睛。他们应该尽力想象一对年迈夫妻的和谐画面。

"殖民者那种,就像曾经在阿布瑞里亚对我们称王称霸的那种。"塔基里卡澄清道。

"他们看上去是那种纯种的白人,拿着别致的拐杖,牵着猎狗。"温吉尼娅补充。

“主人。贵族。名门出身。”他们一致同意。

他们闭上眼睛，很快，他们就高兴地听到魔法师说他已经在镜子里捕捉到他们在一起的画面。

“那是一个视频，移动的画面。”乌鸦魔法师兴奋地说，“我看到一对满头银发的夫妇，克莱门特·克拉伦斯·怀特海德先生和维吉·碧翠丝·怀特海德女士，手牵着手，穿过伦敦皇宫花园旁边的一条马路，谈论着过去殖民时期的生活。一对千真万确的殖民贵族。他们说到他差一点当了阿布瑞里亚的总督……”

“总督，你是说总督？”塔基里卡和温吉尼娅异口同声地问。

“嘘！你们把影像弄没了。”乌鸦魔法师训斥他们。

“我们再也不说一个字了。”温吉尼娅说。

“请再把它找出来。把影像找回来，尤其是当阿布瑞里亚总督那一段。”塔基里卡恳求道。“好了，回来了，影像回来了。”乌鸦魔法师说，“而且，是的，他们还在说他差一点就当上了阿布瑞里亚的总督，她是殖民地的第一夫人。他们回想起自己在山上可以俯瞰城市的房子，跟宫殿一样，还有海边的度假寓所。是的，宫殿里有十个仆人，海边的寓所里有五个。他们回忆那些昂贵的草地，绿树篱笆，游泳池，还有车队，他们有许许多多的车，多到现在想不起来都有什么型号，除了偏爱的捷豹和劳斯莱斯。

“两个骑马的人，确切地说是两个警察，飞驰而过，克拉伦斯先生和克拉伦斯女士久久地注视他们，不满地摇摇头，原先他们在殖民地的管理是多么严格啊。他们穿过了另外一条马路。他们要去哪里？哦，对了，他们在哈罗兹百货公司门口停下，曾经他们每年飞来这里购物。现在，他们往橱窗里面看去。过圣诞节时我想要那条丝巾。我想要那个手袋。他们为了这个那个还有价格争论了一会儿，指责对方太过奢侈。突然，他们停止了争执，因为他们提醒对方，他们已经没有钱去购买哈罗兹橱窗里这些奢侈品。

“在那儿！他们又穿过一条马路，没有注意到过往的汽车，为了不撞到他们，许多汽车都踩下急刹车。现在他们站在一些垃圾桶前面。什么？一对无家可归的夫妇？不，不，他们继续走，依旧热烈地交谈。不过，谁能真的管这个叫交谈呢？他们实际上是在哀悼、哭诉并且诅咒六十年代肮脏的政治活动，正是它们，结束了美好而古老的殖民时光。他们不知道该怪美国人还是俄国人，还是两个都怪，不过他们绝对在诅咒所有排挤大不列颠帝国的势力。等等。我找不到他们了。他们去哪里了？

“哦，好了，他们回来了。我看到他们现在跪在教堂的圣坛前面，他们在向上帝祈祷，既然共产主义已经被打败了，就请恢复非洲和亚洲的殖民统治。他们穿过另一条马路——这两个人究竟要在伦敦这些街道之间往返多少遍啊？现在，哦，我的上帝，克莱门特·克拉伦斯·怀特海德先生和维吉·碧翠丝·怀特海德女士前往的绝对是一个养老院，他们依旧梦想着能够回到在非洲时拥有权力和荣耀的美好时光。

“总之，”乌鸦魔法师直直地盯着塔基里卡和温吉尼娅说，“你们作为白种人的命运就是，无家可归的前殖民夫妇，活在过去的记忆中。那么现在，你们想要什么时候开启白人命运？”

“不！不要！”塔基里卡和温吉尼娅惊恐地睁开眼睛喊着，“黑色就很好。把我们的黑皮肤还给我们吧。”他们呻吟着，仿佛乌鸦魔法师已经把他们的肤色夺走了一样。

15

客人们离开后，乌鸦魔法师觉得一阵轻松，独自待了一会儿之后,他又陷入了沮丧之中。他来到客厅,希望尼娅薇拉能在那里,这样他就可以对她诉说,对于刚才发生的一切,他是多么讶异。突然,一阵恶臭扑鼻而来,仿佛是为了将他带回现实。

这股恶臭在那三个袋子放置的地方最为浓烈。那三大麻袋钱放在那里,像恶魔的三个护卫一样拦着他。他感到虚弱、眩晕,只能靠在墙上。我需要新鲜空气,他对自己说。我得到外面去。有了这个决心,他赶紧向外走去,好像哮喘发作一样,渴求新鲜空气。

他冲到了门外。那三大袋子钱里真的有魔鬼吗?他怀疑。

16

他们沉默地朝着自己的奔驰汽车走了好几步。塔基里卡仿佛是为了熟悉环境一样向后看,突然他惊讶地停住了脚步。紧紧跟在他们后面的那个女人:居然是他的秘书。

“尼娅薇拉!你究竟在这里干什么?你住在这附近吗?”

“别跟我说你现在才认出她来。”温吉尼娅说,“她一直跟我们在一起。”

“真的,我真的是被下了巫术。我以为她是魔法师的助手呢。”他咕哝着,想要把自己的尴尬一笑了之。

“你想怎么笑都可以。”他们继续向前走的时候,温吉尼娅说,“不过,要不是有尼娅薇拉,你现在肯定还被锁在家里,像狗一样喊着‘如果’!要不然我怎么能在这些贫民窟里找到路?想想你得到的恩赐吧,上帝是多么慷慨,把这样一个万里挑一的秘书赐给你。”

“谢谢你,尼娅薇拉。我绝不会忘记。”塔基里卡对她说,“就算我忘记了,你也知道,你在我家有一个绝对的拥护者。”

“还有你的孩子们呢，加西鲁和加西古亚，也是她的拥护者。”温吉尼娅说，“现在他们张口闭口就是尼娅薇拉阿姨，给他们讲两张嘴的食人魔故事的阿姨。”

塔基里卡觉得没有必要理会妻子在说些什么。他来到汽车旁边，注意到侧视镜和后视镜被调到避开司机视线的位置。

“镜子怎么了？”

听到解释，他觉得很可笑，这只能证明他之前真的病得很严重，因为他根本不记得任何东西。

“你绝对是个好司机，”塔基里卡仿佛在恭维温吉尼娅，“不过，现在我要开车了。”他一边说，一边调整好镜子。

温吉尼娅坐在他身边的副驾驶位置。

尼娅薇拉坐在后座，努力让自己变成隐形人。她不想卷入他们的对话，万一被问到什么问题，她可能回答不上。不过，她的担心是多余的。男人和妻子自顾不暇，他们谈论刚才经历的事情，好像车里只有他们两个一样。

“斯瓦希里老话说得对。”塔基里卡说，“你最亲密的朋友也可能是你恶毒的敌人。[①] 我的敌人们恨不得我变成一个贫穷的白人，这样他们就可以接管通天塔，揩走所有的油水。”

“但他们没猜到你已经早他们一步或者两步。”温吉尼娅说。

“对，是的。”塔基里卡现在对发生在圣地的一切非常高兴，尤其是他记得，在离开之前，他问乌鸦魔法师怎样才能挫败敌人的阴谋。现在回想起来，他觉得有点奇怪，明明是第一次看见乌鸦魔法师，怎么感觉以前见过他，或许是在上辈子？不过那不重要。

他和他的妻子现在都认为魔鬼就藏在那三大袋子钱里边。就

---

① 原文为斯瓦希里谚语。

连尼娅薇拉,想到塔基里卡曾经差点因为那三大袋子钱用枪打爆她的头,都快要这么认为了。

“吃点早餐怎么样？我们要不要去火星咖啡馆?”快要开到他在圣玛利亚的办公室后,塔基里卡问道,“或者你知道这附近有什么更好的地方吗?”他转过身看向尼娅薇拉。

“火星咖啡馆就行。”尼娅薇拉说,虽然那里会让她想起卡尼欧若。

“我们已经到了。”温吉尼娅说。塔基里卡突然踩下刹车,汽车急转停到路边,差点撞着一个行人。温吉尼娅尖叫着。尼娅薇拉以为塔基里卡是为了不发生冲撞,可是旁边也没有汽车开过来。

“那是什么?”塔基里卡震惊地问。

“什么?”温吉尼娅不明白他在说什么。

“看！看那边。”他指着埃尔代里斯现代建筑和房地产公司的入口处。

“哦,排队!”温吉尼娅和尼娅薇拉异口同声地说。

17

“他们在等你。”温吉尼娅那波澜不惊的语气让塔基里卡更加吃惊不已。

“我？为什么？是什么抗议或者示威吗?”

“他们在找工作。”温吉尼娅看向尼娅薇拉。

“就是你让我放在办公室外面的标识牌。”尼娅薇拉说,“你不记得了吗？临时工?”

“临时工作？这么多人?”

“排队恶魔。”尼娅薇拉说。

她讲述了这种狂热是如何从这块标识牌底下蔓延到埃尔代里斯的每个角落的。

“这太过分了。政府对此有什么举动吗?”他愤怒地问,十分后悔自己当时不在场,“应该把军队叫来给这帮暴民一个教训。听着,你们俩,我不吃早餐了。你们去吧,吃完再回办公室。这肯定是先前想用钱袋子害我的敌人们干的好事。不过现在我会让他们看看,我还有权力和影响力。我会让我的好朋友马乔卡利,外交部长,知道这帮不服管教的暴民。我告诉你们,几分钟之后,军队和警察就会包围这个地方,这帮暴民就会四窜逃命的。”

说着他把车停好,朝工作地点走去。他还是小心翼翼地绕到后门进去。

温吉尼娅和尼娅薇拉去了火星咖啡馆。到了门口,尼娅薇拉本能地往里望去。她这么忧虑是有足够理由的。卡尼欧若坐在角落里面,报纸挡住了他的脸。他假装没有看到她,而她也打算这样装下去。这个人就这样日夜待在这个咖啡馆里吗?一大早他来这里做什么?

她们刚点完餐,塔基里卡就来了。从他走路的姿态,她们就能看出他有多么志得意满。

塔基里卡十分清楚她们有多好奇,为什么他说了不吃早餐却又这么快来到这里。但他不着急跟她们解释。他让她们焦急地等着。他点了六份煎蛋,三份香肠,还有一盘培根。

“你这样会让别人以为我没给你饭吃。”温吉尼娅开玩笑地说。

“我想让你们两个好好吃一顿,全都算在我账上。”他说完又补充道,“庆祝一下。”

“为什么?”女人们问。难道是军队和警察出动了让他倍感安慰吗?

“我们要庆祝排队恶魔。”他们点的餐品送上来的时候,他对她们说。

尼娅薇拉和温吉尼娅放下叉子,迷惑地看着他。

“你们是怎么跟我说那些队伍的?”他大口大口地吞着食物,问她们,“是从我们的办公室开始的,现在整个埃尔代里斯,甚至附近的镇子都有。我已经跟马乔卡利谈过了,他对此有截然不同的看法。非常简单。事实就是,这些人来通天塔主席的办公室找工作,显示出埃尔代里斯所有人对这个项目的支持。而且你们知道,埃尔代里斯发起了,整个国家迟早都会响应。看到这些承包商和求职者,你们就可以知道,没有一个阿布瑞里亚人不想分一杯羹。统治者和他最宠爱的部长,也就是我的朋友马乔卡利,对事态的发展非常满意,甚至已经派出了五个摩托车使者,前往这个国家的每个角落,传播排队的福音,获得更多民众的支持。而这一切是我们开启的。尼娅薇拉,这是你和我开启的。下个星期,世界银行代表团就要在埃尔代里斯和周围的城镇游览,在所有有队伍的地方,亲眼看看人们对于通天塔的前景是多么欢欣雀跃。

“统治者公园将举办一个大型集会,让排队浪潮到达顶峰。他们以前说,条条大路通罗马,那一天,条条队伍通公园。想象一下所有的摄像机都将捕捉一队又一队的人向着一座新的麦加城朝圣的场面,知道重点了吗?能想象出这幅画面吗?现在,最动人的部分来了。

“马乔卡利部长非常高兴我生了病。他甚至不想知道到底是什么病——他只是高兴我病了,没有办法来上班。实际上,当我告诉他我已经好了准备恢复工作的时候,他非常惊慌。当然,听说这病并不致命,他很高兴——他是我的好朋友,你们知道的——但他不希望我很快好起来，至少不要好到可以回公司上班。这些人会继续等着我回来。所以他想让我继续生病，直到世界银行代表团看到了所有的队伍及其对通天塔的拥护。我只能在集会那天现身。这样政府才能最大限度地利用队伍的影响力，来争取世界银行的贷款。”

他停下来，观察并享受她们听了他的话之后露出的表情。塔基里卡说话的样子，好像他是排队这个事情的发起者。他转向尼娅薇拉，眼睛里满是骄傲。

“所以，尼娅薇拉，你种下的标识牌现在已经结满了果实，就连统治者也非常乐意来摘取。宗旨，一块简单的标识牌，马上就要改变阿布瑞里亚的历史，非洲的历史，乃至世界的历史。每个人都从这狂热中得到了点什么，包括你们两个。”

尼娅薇拉和温吉尼娅怀疑地看着对方，不知道她们怎么可以从中受益，毕竟那只是一块简单地说公司需要招聘一个临时工的标识牌而已。

塔基里卡自我感觉非常好。“所以祝贺你们。”他对她们说，他笑着，只刮了一半胡子的下巴有节奏地上下蠕动。

“祝贺什么？”温吉尼娅问。

“在我自发的、因为爱国而缺席的这段时间，你认为谁会来经营公司？你，我忠诚的伴侣。你，温吉尼娅，现在是埃尔代里斯现代建筑和房地产公司的代理总经理，而你，尼娅薇拉，则是总经理助理。”

他停下来，准备接受她们听见升职消息之后感激的目光。

“我这个老板不在的日子里，你们可千万不要谋反！”他开玩笑地说，“你们绝对不能挪走那块标识牌：要让他们以为我身体依然不舒服，因此不能来办公室。我想让你们一直记住，在接电话或者与人交谈的时候,对外说我还在生病。如果人们想要什么生意,就要来找代理总经理,温吉尼娅·塔基里卡,把信封留在她那里。不过,如果有人坚持要单独跟我通话,那么,温吉尼娅,往家打电话,让我跟他说话,当然这得是他在信封里加到足够的砝码,足以诱惑我这个生病的人下床接电话。我给你们升职,是感谢你们带我去找了乌鸦魔法师。他的神力已经改变了我的生活。"

尼娅薇拉飞快地瞥了瞥卡尼欧若坐着的那个角落,看到他现在依旧坐在那里,脸埋在报纸里面。他只是在假装看报,尼娅薇拉在心里说,因为她确定,他的眼睛、耳朵和鼻子肯定没有放过任何东西。尽管如此,尼娅薇拉决定从塔基里卡那里打探更多消息,关于接下来的跟通天塔项目相关的大型集会。

"统治者会在哪天给通天塔献辞?"她装作毫不在意的样子问这个具体日期。

"我不知道具体细节,"塔基里卡对她说,"不过不用担心。我一知道就会告诉你。我想要你们两个都出席。我跟你说过什么,尼娅薇拉?我绝不会忘了你。自从你开始为我工作,我的大事小情都变得十分顺利,我想表达对你的感激和欣赏。在献辞那天,我会让我的朋友马乔卡利部长邀请你上台,站在统治者面前,这样他和整个世界就会知道,是你和我,一起开启了人们的排队之旅。统治者可能还会跟你握手,就像曾经跟我……"

他看着自己的右手,有那么一两秒钟,他的脸上露出怀疑和惊慌的神情。

"我的手套呢?"他看着温吉尼娅问。

温吉尼娅感觉到狂怒的爆发即将来临,她赶紧想办法遏制它:她解释说是她把它摘掉了,她以为他的敌人可能因为嫉妒这只手上有统治者的气味而在手套上搞鬼。不过,让温吉尼娅长松一口气的是,他并没有发怒。

“这下我的敌人们肯定会嫉妒死了,因为在献辞那天,这只手还要再跟统治者的手握在一起,不过这次我可不会再戴手套阻碍它们了。尼娅薇拉,记住,统治者握过你的手后,别戴手套!”

他停顿了一下,随即陷入了臆想。

“是的,你和我肯定是释放了这些支持通天塔的恶魔。恰恰在那个关键时刻,我们挪走了那块标识牌,“没有空缺:想找工作,明日再来”。看看现在这结果吧!那些自称为‘人民之声运动’、反对通天塔的大学生们现在两眼一抹黑,完全被蒙在了鼓里。他们的反对毫无价值:全国各地的人们都用自己的双脚在支持通天塔,这都多亏了你和我。多亏了那个标识牌!那些小伙子们肯定会嫉妒死的,看到你,他们的同龄人,跟统治者握手。不过要记住,别戴手套……把它们留给我。”他加了一句,想要搞一下自嘲式的幽默。

他继续笑着,自娱自乐。

卡尼欧若再也控制不住自己;他从报纸里抬起头,看着这一团喜庆的中心人物。

18

后来,尼娅薇拉反常地请求温吉尼娅把她捎到公交站。她想方设法避开卡尼欧若,却又想早点到家。

在回家的公交车上,她想的全都是卡梅特。她回想起自己第一次在塔基里卡的办公室遇到他;当他说起求职三年未果,她是多么地同情他;他被无情的塔基里卡羞辱时,她是如何感同身受;那天晚上他们被阿盖追到多晚;还有他们是如何彻夜长谈,还差点有了身体的亲密接触。

现在,他们没有再说起那个时刻,即便是开玩笑,也没有再出现过那个场面。可是,跟卡梅特在一起的时候,她觉得很安心,她也觉得吃惊,自己居然会对他敞开心扉。不过,在关于组织的事情上面,她还是很谨慎:组织的成员、领导者还有行动计划。在个人私事方面,她觉得可以跟他自由交谈,丝毫不会尴尬。他跟她遇到的其他男人不同,对女性在世界上的地位没有成见。她感觉跟他很亲,但有个问题一直困扰着她:卡梅特究竟是谁?

尼娅薇拉不相信占卜、预言或者能够改变心灵和头脑的神奇药水。她不相信善良、邪恶的灵魂的物质存在。人们通过自己在世间的行为建造自己的天堂或地狱。如果他们虐待自己或他人,就是在点燃自己的地狱之火,会遭到不好的报应。另一方面,善举则值得传承给后人。她的原则就是:己所不欲勿施于人。然而她一贯以来对魔法的质疑却被卡梅特动摇了。他是怎么看透人们的内心的?阿盖,那个老人,还有如今的塔基里卡又从卡梅特身上看到了什么?比如,如果塔基里卡像她所了解的那样热爱并且崇拜金钱,他又怎么可能那么轻易地放弃那三大袋钱,仅仅是为了那一丝悔恨或者是抱怨的呻吟?

至于她本人,她不得不承认卡梅特也触动了她的人生。她不知道究竟是什么,但自从遇见了他,她看待生活的方式就不大一样了;就好像是,只要他在那里,她就有了微笑的理由,即使是在面对这个国家的丑恶和残忍的时候。他对待温吉尼娅和塔基里卡的方式,让她感到骄傲。对待落魄的敌人,他没有怨恨,也没有报复的欲望,除非把塔基里卡那三大袋子钱弄来可以算作是一种报复。在卡梅特询问塔基里卡的病情时,她的脑子里也浮现出这种病的画面,她觉得卡梅特也理解,这在阿布瑞里亚的富人及受过教育的人之间是非常普遍的。或许这也能部分解释,这个国家的领导层出了什么问题,以及独立之后这个国家出现了什么难以置信的转折。

虽然不清楚原因,但她发现,不管什么时候,只要想到卡梅特,就会感到一阵暖流注入她的身体,让她的心因为希望而跳动。可这希望是因为什么呢？她不确定;当她走下公交车,穿过马路时,她只知道自己在想念他。他们是早晨才刚刚分开的,但她觉得好像已经有好几年没有见到他了。

在圣卢西亚购物中心,她想着今天晚上要如何跟他一起庆祝。她来做饭。她买了一些大米、鲜嫩的羊肉、诱人的熟透了的西红柿、香气四溢的欧芹,还有两支蜡烛。她预想了一遍又一遍晚上的情景。她做饭,他们会坐在餐桌前,面对面,脚碰脚调情;他们会坐在火炉边聊天,一起玩手影游戏。她想象着他们在一起的画面,觉得有点眩晕。她想要唱歌,却想不起来什么特别的曲调。

这段时间,她都刻意早到家,为的是避开那些晚上来排队找乌鸦魔法师帮忙的人——他们排队等待魔法的加持。因为他们,她和卡梅特几乎没有时间说话,除了午夜之后。最近这几天,排队的人越来越少,可是就算这样,今晚排队的那些人也会毁了他们俩的烛光晚餐。她变得挑衅起来:我绝对不会让他们毁了我的夜晚。

她敲了四下门,这是他们的暗号。她等他开门,笑容都浮现在脸上了。她又试着敲了敲门把手,开始有一点点不耐烦。门紧紧地关着。或许他正在洗澡呢,她对自己说。她拿出钥匙,打开了门。她站在那里,等着屋子里的动静。她检查了一遍,发现就连他的包都不见了。她坐在床上,浑身上下没有一点力气。卡梅特在哪里？他去了哪里？

19

现在已经过了午夜，这是第四个夜晚，你消失得无影无踪，尼娅薇拉在笔记本上潦草地写着，而我发现自己无法入睡。白天和夜晚，对我来说，已经没有分别。我每天都会去上班，但觉得自己好像是埃尔代里斯街道上的行尸走肉。没有人可以跟我谈论你，就算有，我觉得他们看到的你，跟我看到的，也完全不同。我写下这些，是为了稳定我的心，可是，不管怎么努力，我都无法形容那天晚上回到家发现你已经离开的心情。

我日夜都想念你。每一天都有每一天的痛苦、回忆和担忧。我不知道，你是否还活着，是否落入了警察的手中，或者已经死了，被小偷们杀死了，尽管在我们的国家，警察和小偷也很难分辨。可是，小偷为什么会想要你的袋子呢，它里面只有一身乞丐的破烂衣服而已？话说回来，警察为什么要逮捕你呢？他们想要从你那里得到什么？

人们说，非常时期就得有非常手段；有一天晚上，我甚至希望自己能够碰到阿盖，指望他能告诉我你的一些事情。然后我想起来，阿盖以为你和我是同一个人；在他的眼里，只有一个乌鸦魔法师，他可以变幻成男人和女人的样子。不，阿盖帮不了我。

卡梅特离开后，尼娅薇拉觉得，她的家被单调、阴森的寂静笼罩。第一天晚上，她坐在床上，眼神无光，突然，她想起，房子外面的夜间排队很快就要开始了。她要怎么跟那些人说？怎么才能打发走他们？她需要告知他们他已经离开。她决定采取她认为的、在相似情形下，卡梅特会采取的行动：利用他们对巫术的恐惧把他们赶走。她在纸板上写上："你们的敌人已经在这里施下巫术诱捕你们:我已经离开去寻找清洁药水;别再回来找我:我回来之后会在报纸上刊登声明。——乌鸦魔法师。”她把纸板挂在外面的墙上,关上门,熄了灯,想要把整个房子隐藏在黑暗之中。她觉得黑暗之中仿佛有几百双眼睛在盯着她,只有在床上,她才觉得安全。

自从与丈夫分开,尼娅薇拉已经习惯了独自生活。她在家里几乎没有任何娱乐活动。就连以前学校和工作中认识的女朋友,更多地都是去她工作的地方找她,而不是家里。只有两个表亲会来家里看她,不过大都是在周末。起初,独自生活是很难的。可是,日子一天天过去,她开始享受、感激这份自由。她不需要跟任何人解释,她去了哪里,这一天是怎么度过的,或者为什么这么晚回家。她只需要对自己负责。可是,为什么,一个她几乎毫不了解的人消失了,她会突然觉得如此孤独呢?

她的权宜之计起到了想要的效果:后来她再从窗户往外偷偷看去的时候,就没有看到街上排队的人影。接下来的几天几夜,这些不速之客就慢慢不见了。第四天,她把标识牌摘了下来。

她的思绪已经完全被卡梅特占据,她会一遍又一遍地筛看报纸上的事故消息和诉讼案件,既希望又害怕发现卡梅特的名字。

渐渐地,她有了一个想法。万一卡梅特并不是他假装的这个人,而是一个被派来诱捕她的警察呢?这或许可以解释为什么塔基里卡神神秘秘地说,组织的成员都是她的同龄人,而且都遇到大麻烦了?塔基里卡承诺说会把她介绍给统治者,是认真的吗?对于卡尼欧若那天早晨那么早出现在火星咖啡馆,她的心里也充满了疑问。但当她想起卡梅特的声音、面容还有笑声,还有他对别人的关心,她又冷静了下来。

因为去参加了组织早就安排好的会议,独自度过的第二天和第三天晚上就没那么难熬了。她汇报了自己知道的所有关于通天塔的计划,告诉他们,统治者和外交部长打算让世界银行代表团去巡视那些队伍最长、人最多的地方,以此证明人们是多么支持通天塔项目。最重要的是,政府很快就会选一天,让统治者为通天塔献辞。他们仔细地讨论该如何应对。有些成员建议分发更多的传单,揭发统治者的阴谋,催促人们解散队伍,阻碍那些剥削他们的计划。其他人则争辩,既然队伍是高失业率的结果,人们绝不会放弃排队。他们还讨论了一个问题:如何利用队伍去抢统治者的风头。

到目前为止,整个阿布瑞里亚没有队伍的地方只有教堂、清真寺还有其他宗教官方场所;贩酒店、酒吧和其他官方酒类消费中心;监狱和警察局——在这些地方,当局可以挥舞可怕的权力的"小皮鞭",无惧手无寸铁的平民的言辞。失业的人排成的队伍,打造了一个民主的国家,在这里,集会不需要警察的允许。组织决定,需要开会的时候,他们就会排成一队。他们会利用队伍来做政治动员。

组织成员们决定,不管发生什么,他们都会破坏统治者的献辞,就像他的生日庆典那样。在现有收集通天塔项目信息的基础上,尼娅薇拉还将进一步负责收集一切关于政府献辞计划的信息。

尼娅薇拉欣然接受这些任务,因为它们能够分散她的注意力,不再沉溺于内心的混乱。可是,一散会,卡梅特的脸庞就打乱了她内心的平静。尽管她知道,他是一个聪慧又正直的人,完全值得组织吸收招募。可是,他为什么要这样不辞而别呢?她怎么会信任他?

以前情绪低落的时候,尼娅薇拉就会弹吉他。吉他的声音就好像药一样,治愈了她遭遇车祸和离婚的痛苦。现在她把它从墙上拿下,试着弹了弹弦。然而,她觉得琴声仿佛加深而不是减轻了她的悲伤。她又把它挂回墙上。

突然,她感到一阵愤怒袭来。究竟是什么让我瞎了眼,居然会相信卡梅特跟其他男人不同?我收留了他,还让他在自己的家里搞那些乱七八糟的巫术,他又是怎么报答我的呢?愤怒给了她新的能量。她必须让自己头脑清楚起来。

第五天,她醒来之后,煮了点茶,在桌前坐下。她甚至都不愿意看一眼沙发,卡梅特的床。没有充满欢笑的回忆。什么也不能打消她的决心。她拿出写给他的信,读了一遍之后,她平静地把它撕成碎片。有些碎片顺着桌子腿掉落在地板上。她想她最好还是把这些碎片烧了,这样那些话语就能永远地消失,仿佛从来没有写过或想过似的。

她弯下腰去拾起它们。她注意到一张纸条,不是她的字迹。是卡梅特。他给她留了一张纸条。他肯定是放在桌子上了,然后掉到地上了。她到现在才看到。

20

曾几何时,埃尔代里斯附近的大草地是野生动物出没之地:犀牛、大象和河马。那个时候,游客会看到美洲豹和狮子躺在野草里,等待猎物经过——斑马、迪克小羚羊、林羚、瞪羚、黑斑羚、条纹羚、伊兰羚、疣猪、麋羚还有水牛。最常见的就是长颈鹿慢悠悠地走在或者是站在草地里的荆棘树旁边。偶尔会有鸵鸟急匆匆地跑过草地。如果足够幸运,游客可能会在沙窠里捡到新下的鸵鸟蛋。不过,时过境迁。野生动物们已经抛弃了这块草地,把它留给了瘦弱的牛羊。等到野草彻底干枯的时候,它们就会被杀掉做成牛排羊排。

草地到山脚下突然就没有了，形成一个巨大的半圆形。这里的山脉经常被薄雾笼罩，因此，从远处看去，它们好像是连成一体的。只有到了山脚下，人们才会惊讶地看到它们是那样耸入云霄。每个山脉都有一些山顶，在落日的余晖中，仿佛是波浪起伏的驼峰。但是，有几次，大风吹散了薄雾，所有的山脊、大山、小山都显现出令人窒息的美，阳光在森林柔和的绿叶、黄叶、橙色叶片上投下斑驳的光影。有时候，太阳升起或下山的时候，人们可以看到山上跨着彩虹。

这片森林现在饱受威胁。木炭、造纸和木材商人争相砍伐百年大树。说到森林，跟其他自然资源一样，阿布瑞里亚政府和大型美国、欧洲和日本公司，非洲当地、印度和欧洲富人们联手，都把它当成一个战利品——一棵摇钱树。他们知道如何夺取，却不知道如何回馈土地。肆意地砍伐，打乱了雨水的节奏，从草地到山脉，半荒漠化已经出现。

徒步穿越草地需要一整天。尼娅薇拉一早就上路了，但她需要更长时间，因为她不停地左顾右盼，看是否能看到卡梅特。她还带着一个篮子，里面装满了她觉得卡梅特会需要的东西，这份重量也拖慢了她的脚步。虽然很累，但她却并不在意。她下定决心，不管卡梅特在哪里，都要找到他，因为她觉得自己欠他一个道歉——在读到他留下的信之前，她是那样怨恨过他。那封信很含糊地说他要回到荒野之中，但没有说具体方位。她回想起，他经常对她说起，他最喜欢在草地尽头山脚之下那一片岩石中间休息。现在，那里就是她的目的地。可是，如果她在那里或者其他地方都没有找到他呢？她将不得不原路返回，在黑夜里独自穿越草地；她根本不愿意多想这种可能性。

她顺着山脉往前走,有点害怕地进入森林。希望在逐渐消退,很快她就开始因为现状而埋怨自己——这一切看上去都是徒劳无功。我也被施了魔法吗?为什么我会追随一个陌生人来到我根本不认识的地方,就好像故事里那些在集市上看到英俊男子就跟随人家来到人家居住的森林的少女一样,最后却发现他其实是一个食人魔?外表可以是非常具有欺骗性的。难道她是被卡梅特的外貌举止蒙骗了吗?他是故意在信里误导她吗?卡梅特·瓦·卡雷麦雷究竟又是谁呢?她想起阿莫斯·图图欧拉在《棕榈酒酒鬼》中写到的丛林绅士,那个人把借来的人体器官还给它们的主人,最后回归丛林,成了骷髅堆里的骷髅。如果……?她突然觉得双膝一阵发软。

山脚旁边有一个大树桩,她坐在上面休息了一会儿,思考了一下现在的情形。她必须下定决心,是继续这场似乎无果的寻找,还是返回市里。她看着眼前广阔的草地,它似乎无边无际,尽管在慢慢降临的夜幕和工厂的浓烟中,埃尔代里斯的轮廓几乎认不出来了。

"尼娅薇拉。"一个声音从她身后传来。她的心在狂跳。她感到一阵温暖。她已经听出来这个声音,但不敢相信自己的耳朵。她缓缓地回头,转向那个声音的出处。卡梅特就站在那里,藏在灌木丛后面。

她站起身,朝他走去,卡梅特握住了她的手。一碰到他,尼娅薇拉觉得自己的身体从头到脚都在战栗。卡梅特也觉得血液一下蹿到了手指头,他的整个身体都被某种感觉,像海浪一般地冲打。他已经许久许久没有这种感觉了。尼娅薇拉任由他领着自己往前走进灌木林,来到一块草地上。草地的四周都是灰色的大岩石,就好像一个院子一样。他把她领进一个石洞。"欢迎。"卡梅特的声音在颤抖。

尼娅薇拉对自己感到惊讶不已。在穿越草地时,她想要对卡梅特说的一切都消失了;她完全说不出话来。如果现在开口,她就会吓跑此刻所有的美好感受。所以,在夜晚的黑暗和深深的寂静之中,他们就那样站着,握着对方的手,仿佛谁都不敢相信此时此刻所发生的一切。

“我是为了生活的蜂蜜而来的——你不是这样说的吗?”尼娅薇拉打破沉默。她把篮子放在石墙边上。

“你说得对。”卡梅特回答。

两个人都以为接下来他们还是像往常一样轻松地互相调侃,然而,等反应过来,他们发现自己居然在脱彼此的衣服。他们眼神狂野,呼吸粗重,身体因为渴望而绷紧。正要脱掉她的上衣的时候,他突然停了下来。

“对不起,我没有安全套。”卡梅特说。

“不,不,别停,”尼娅薇拉对他说,“我有。”她一边解他裤子的扣子,一边说。

在石洞里,在地上,在黑暗之中,他们觉得自己飞越了山丘和山谷,穿过了蓝色的云朵,到达最纯粹的喜悦的顶峰,在那里,他们飘在空中,感觉到整个世界不停地转啊转。降落之前,他们从彩虹上滑下,来到地面之上,他们的地面,青草、树木还有动物仿佛都在为他们低声吟唱催眠曲,因为此时此刻,尼娅薇拉和卡梅特紧紧拥抱着彼此,像婴儿一样坠入梦乡。新的一天,黎明就要来了。

21

太阳升起的时候,他们醒来,身体冰凉。衣服上的露珠像钻石一样闪耀。他们都想不起来是什么时候又是如何给彼此穿上的衣服，因为就算是现在，他们还是觉得在做梦一样。他们把身上的露珠抖掉。

“告诉我哪里可以洗脸。”尼娅薇拉对他说。

他把她带到一条小溪边，他们弯下腰洗脸。溪水清澈冰冷，差点把他们冻得麻木。然后他们回到了岩石之中的藏身之处。

尼娅薇拉带了一些煮鸡蛋、糖、可可粉、火柴、一个壶，还有一口锅。他们在旁边地上捡了一些东西，做了一顿简单的早餐，好像又回到了从前。愉快的交谈抚慰了他们的心灵，他们一直笑个不停。卡梅特感谢尼娅薇拉和丰富的大自然提供了这顿饭。

“大自然可能是丰富的，”尼娅薇拉说，“但是当大自然患上‘流感’的时候，建造一个粮仓也是不错的。我知道，在很久以前，没有谷仓的房子是不能称之为家的。看看我们今天的阿布瑞里亚吧，有几家有谷仓的？没有，因为人们没有什么可以储存的。我是不是跑题了？我想，让我烦恼的可能是一个隐士跟动物们争抢蜂蜜和野果的画面吧。”

“你还在研究法律吗？”卡梅特说，“你应该去拿个法律的学位，然后当个律师。”

“就算是现在，我也是个律师。人民的律师……”

“那我呢？自封的为动物和植物争取权利的律师。”卡梅特笑着说，“但你肯定会同意我的观点，我的辩护更加无私，因为动物和植物没有舌头，不能为自己辩护。”

“你想说什么呢？”

“我想说我要带你去见见我的朋友们，这片森林里所有的‘土著’居民。”

“树木和动物朋友？”

“是的，还有鸟儿，还有植物，还有山，和山谷。”

“我很期待，但不要为它们辩护——就让它们尽情地展现自己吧。”尼娅薇拉说。

“我们计划一下第一天怎么过吧：你想看些什么？”

“不管你带我去哪里，我都会跟着你然后说很好。”她说。

一整天，他们都没有提起什么塔基里卡或者什么乌鸦魔法师，也没有说到卡梅特的突然离开。他们仿佛心照不宣，不让最近在埃尔代里斯发生的事情打扰他们彼此之间，还有跟大自然之间的交流。置身于大自然的怀抱，他们感觉很好，很平静。

他们在很多事情上看法一致，经常说着说着就唱起歌来，或者讲故事，还有友好地互相调侃。比方说，他们先是碰到一只斑马鼠，又碰到一只田鼠。他们就停下来异口同声地唱了起来。

斑马鼠
和田鼠
有一次一起去
姻亲的
一个谷仓
吃饭
然后出来九只山羊
小小的
变成十只

这首歌是让他们从一数到十的，但好玩的是它的韵律，而不是歌词的意思。他们又一起哈哈大笑起来，凝视彼此双眼的时候，他们突然都说不出话来。他们安静地往前走，彼此心里想的都是对方眼里的光芒。

爱情无处不在:在织巢鸟筑巢的树枝间;在羊齿蕨上寡妇鸟留下的两根长长的黑色尾羽之间;在潺潺向东流去最后汇入湍急瀑布的埃尔代里斯河里;在穿透瀑布碎成七色彩虹的阳光之上;在小湖的平静水面上——卡梅特和尼娅薇拉现在在这个湖里游泳、洗澡、嬉戏,互相泼水;在栎树、蟋蟀草和其他植物,还有粘在他们湿衣服上的花瓣和草籽上;在豪猪和刺猬的活动之间;在偷窥了这对情侣之后蹦蹦跳跳抛开的有羽冠的珍珠鸡和鹧鸪的翅膀上;在飞舞在花丛之间的蜜蜂和蝴蝶之间;在鸽子的咕咕声中;在睡莲和芦苇丛里河蛙的交配鸣叫声中。爱情就在缠绕着树干的藤蔓之间;是的,在他们采摘下来互相喂食的黑莓里。爱情就在轻轻吹动树叶的微风里。爱情在这片森林里无处不在,可是,尼娅薇拉和卡梅特都没有说出口。

后来,他们坐在地上,靠在梧桐树的树干上,啜饮着热巧克力,时不时陷入沉默,沉浸在各自的世界里,时不时聊上几句,他们的想法是那么相近。爱意一直跟随他们,月光照在树叶上,在地上和他们身上投下斑驳的光影。然而,他们始终无法向对方表白爱意,甚至无法在心里诉说。

不过,他们感到自己沉浸在一种和谐和默契之中,还有森林散发的宁静,虽然蟋蟀不停地歌唱,鬣狗也在远处嚎叫。卡梅特和尼娅薇拉看着彼此,目光把他们缠绕在一起,卡梅特的手指在尼娅薇拉的乳头间游走,那黑莓一样的颜色啊。

他们沉入了无言的奇妙之境。第二天早上醒来,他们依旧紧紧拥抱着对方,仿佛从来不曾分开。

22

然而，傍晚的时候，他们之间有了丝丝凉意，并不是因为对彼此的心意有变，而是他们搁置了太多事情，太多不能再忽略的事情。

卡梅特开始回答那些困扰了尼娅薇拉很久的问题；他留给她的信，含义太模糊了。

“我也不知道是什么促使我逃离治疗、占卜、金钱，选择在荒野里过隐士的生活。”卡梅特费劲地解释。

他的语气平静，不高不低，不悲不喜，有点自省的意味，或许，在向尼娅薇拉诉说的同时，也是在与自我对话。

“可能有很多原因，也可能只有一个原因；事实是，我并没有什么清晰的思绪。当上乌鸦魔法师，并不是我的选择。我是被推进这个角色的。你知道这一切是如何开始的。他叫什么名字——我是说那天晚上追着我们穿越草地的那个警察？阿里盖盖·盖瑟利。阿盖这是什么名字啊！阿里盖盖！你以前听过这种名字吗？就是这个阿盖让我走上了巫术之路。当时我面临的那些麻烦让我很乐意如此。一开始，我以为我只是扮演一个角色而已，短期的。我很骄傲，我从来没有使用什么会伤害别人的魔法；我没有真正欺骗过我的客人。我从来没有使用什么魔法、骗术去催眠他们。我只是利用了他们心里已经有的想法和影像。但我依然是在假扮别人。在这假象之下我没有治好他们吗？想想你去看一个医生，后来才发现他并没有受过训练，没有执业许可吧！我就是个冒牌的魔法师。不过这不是重点。我的占卜其实是对邪恶的欲望。就拿塔基里卡和他妻子来说吧，难道我不是给他注入了新的活力，增强了他作恶的自信吗？现在他以为他有了魔法的保护，不就更加随心所欲地抢钱了吗？我的所作所为难道不是促进了他为非作歹吗？曾经我那么憎恶邪恶，如今我却成了它的从犯。

“或许在最开始的时候，我还抱有幻想，没准会有一两个人看到自己的错处，然后说，我有这样一个缺点，请帮我改掉它。这可能会让我的角色有些许意义。可是没有，他们全都是被贪婪和憎恨所驱使。

“他们只对两件事情感兴趣：获得权力，削弱对手。是的，说到贪婪，他们都是一个模子里倒出来的。他们的贪婪奇臭无比。即便是在我询问他们的烦恼的时候，邪恶和贪婪的气味都会从他们每个毛孔里泄露出来，让我难以呼吸。有一段时间，闻着你留下的花香味，我还能忍受这种气味。可是塔基里卡的恶臭比之前所有人都要猛烈：一个黑人欢天喜地地否定自己的肤色。这最后一股臭味让我再也忍受不了。

“我不知道怎么有了力气，但走到外面之后我的确好多了。那股臭味依旧追着我。我慌了。以前只要我在外面，就可以摆脱他们的气味，呼吸到新鲜空气。现在不是这样了。我崩溃了。后来我意识到我再也不想回到那个圣地，但我还是想办法逼着自己回到屋里，给你留了便条。那个时候我就已经下定了决心。”

“你决定做什么？”尼娅薇拉问。

“逃离埃尔代里斯。摒弃人类社会，回归山野。”

“你信里说到的‘我要去寻找自我’是什么意思？”尼娅薇拉问他。

“写那封信的时候，我完全不在状态，没法用语言表达我的想法。我只想逃离这种恶臭。我来到屋外的时候，觉得那种臭味依旧追着我，仿佛我的衣服、我的身体、我整个人都散发着臭味，我从来没有过这种感受。我问自己:如果我像他们一样发臭,那我跟他们还有什么区别?”

“你如此生动地描述的臭味——你觉得怎样才能祛除它?”

“跟人打交道的事情,对我来说,是沉重的难以承受的负担。”

“不是你自己说过,人民的需求需要的不只是单打独斗吗?这不就是人们为什么会说人多力量大吗?”

“我只想留在荒野找寻自我。我想知道我真正想获得的是什么。或许是猎人的血液在召唤着我。”

“你是说它在告诉你逃离人群?从而治愈你自己?”

“在帮助别人之前,人必须先找到自我。”

“医者尚且不能自医。我们也有老话,说的是手艺最好的理发师也得让别人帮忙理发。想要点火,你得先有火引和木棍。国家的问题是我们的。没有人可以独自承担它们。我们不能逃走,把这片土地留给食人魔和毒蝎。这片土地是我的,是你的,是我们大家的。此外,在阿布瑞里亚,你无处可逃。就像你之前说过的,就连这片森林,在贪婪的掌权人手中,也已经岌岌可危。”

“那我怎么办?回去接着干占卜吗?”他好像在重复已经对自己问过的问题。

“会占卜也是一种天赋。不管多么努力,我都不能像你那样智慧地处理那些案子。你仿佛可以看透他们的心,能读懂他们脑子里的每个想法。比方说你对待塔基里卡和温吉尼娅的方式。谁能想到欲望可以如此折磨身体和心灵呢?那是一种怎样的折磨啊!深深埋藏在他心里的白种病,差点让他失去一切!”

卡梅特望向远处的山峰。

“怎么了?”尼娅薇拉着急地问。

卡梅特没有立即回答。他缓缓地转过来面对尼娅薇拉。

“没事。”他说，“没什么，真的，但我希望有一天，我们可以无话不说……”

“现在就说，”尼娅薇拉鼓励他，“就说说你刚才那个‘没事’。刚刚你不是问我，一个人能做成什么事吗？我来问你。如果你发现，一个大人在强行抢夺一个小孩的食物，你会站在那里看热闹吗？”

“不会。你想要什么？”卡梅特问她，“你来这里，肯定不是为了陪我。”

“通天塔会吞噬我们的国家。那时候我们要去哪里遮风避雨？它会夺走干渴的人嘴里的水，还有饥饿的人嘴里的食物。我们的国家将住满瘦骨嶙峋的人。我们要怎样才能夺回国家的身体、意志还有灵魂？”

尼娅薇拉对他说了统治者的秘密计划：他们会挑选一天，给通天塔项目献辞。她告诉他，政府阴险地想要利用埃尔代里斯的队伍，让世界银行代表团相信，人们是完全支持这个项目的。

“我们的组织曾经想要反对排队，但考虑到这个国家的失业率，我们是没有办法阻止排队狂热的。所以我们会有自己的队伍。我们所有人，阿布瑞里亚的男人和女人，都必须联手，反对这个疯狂的通天塔。我们将用正义的力量对抗权贵。我们想要你成为我们的一员。运用上天赐予你的力量，为组织及人民谋利益。”

卡梅特站起身，又一次凝视远方的山峰。转回来的时候，他的眼睛里闪耀着尼娅薇拉从未见过的光芒，一种悲伤多于欢喜的光，一种被自己不想拥有的能力所拖累的光芒。他在尼娅薇拉身旁坐下，胳膊环住她的肩膀。尼娅薇拉觉得自己的身体一阵颤抖，她等着他的回答。

“实际上，除了腐败的臭味，还有别的东西让我逃离埃尔代里斯。”卡梅特开口说,“很多事情合在一起,让我不得不审视自身。我没有看到什么清晰的人生意义。我唯一的目标就是,接受教育,挣很多钱,回报父母。所以我选择了商业管理作为主修专业。讽刺的是,虽然我学业优秀,却觉得自己并不是真的想要以此为生。

“在印度,我学了用植物治病,我想我也有了模糊的打算,想要成为一个治愈心灵的医生。至于谁会是我未来的病人,当时我并没有头绪。

“我醉心于东方的宗教。我想要了解更多东方的先知和圣人,例如释迦牟尼、摩诃毗罗、锡克教的古鲁那纳克,甚至是中国的孔夫子。他们的有些理念,比方说因果报应,就跟你对我说过的‘人的行为举止决定人生’很相似。佛教的因果,说的是一种行为,不管是物质的、口头的还是精神上的,还有其潜在的力量。我们的一举一动,都会给未来造成好的或坏的影响。善举将会累积福报,它潜在的力量将会给未来带来好的影响。每个人都有自己的因果报应,潜在的善或恶。就好像伊博语里面的‘上帝’①一样。

“我们的祖先告诉我们,盖房子的人只能用你给他的材料盖房子。你给他石头?你将得到一套石头房子。你给他木头?你将得到一个木屋。你给他残次的石块、木材、铁或钢,你将得到一间有瑕疵的房子。你所处的位置,和我研究过的宗教信仰,主要的差别就在于灵魂轮回的理念。如果你这辈子做恶事,下辈子你就会托生成一只贪吃的鬣狗,或者一只恶心的疣猪,或者随便什么别的畜生。人必须多做善事,下辈子才能托生成更加高级的物种。

“佛教看待财物的观点吸引了我。一个追逐名利和感情的

---

① 在伊博语文化中,“上帝”会对人们的善举给予福报,也会对恶举给予惩罚。此处与前文内容呼应。

人，就好像在刀口上舔蜜的小孩。品尝蜂蜜的甜美时，也可能会伤了他的舌头。但是，最让我着迷的是他们关于涅槃的理念。我觉得这个词的字面意思是‘烟消云散’。那是一种完美的状态，在大智的基础上的修行和冥想，人类所有的污秽与热情都完全熄灭。佛陀指的就是‘顿悟之人，找到了光的人’。释迦牟尼本人在老年之时，躺在森林里两棵大树之间达到了这一境界，这对我来说也是有所启示的。

“当我回到阿布瑞里亚的时候，我的精神完全被生活必需事宜占据：我得找到一份工作。有一段时间，我以为人们都是公平行事——你知道的，不需要贿赂——所以我一直洁身自好。谁料，我根本没有机会去验证这是否可能。剩下的故事你都知道了。

“我开始相信，在我们之外，有一种力量在掌管人间诸事。就是那种宗教里面说到的‘上帝行事神秘，他的奇迹终将显现’那种力量。你我的相遇并非刻意，然而我们还是遇见了。也是那种力量将你带到了这里。这一切都是有目的的。

“尼娅薇拉，请你不要再回埃尔代里斯，不要再回到那腐败当中。我们在这里造一间小屋；倾听大树和动物们对我们的诉说。很久以前，我的祖先，猎人们，相信太阳就是我们的神，因为它是火和光之源。当我们还是孩子的时候，我们用玻璃碎片捕捉它的热量，我们相信我们捉到的是它的一点能量。让我们留在这里，探索太阳光热以及万千星辰光芒的奥秘。”

尼娅薇拉不太敢相信自己的耳朵。她期待的可不是这样的回答。他在要求她远离埃尔代里斯、阿布瑞里亚和人民，变成一个隐士，新世纪阿布瑞里亚森林中的一个佛教徒，去寻找生命的意义。她不自觉地把卡梅特的手从她的肩膀上拿下。

“或许我们是不同的。你沉迷于受伤的灵魂，而我则致力于拯救受伤的身躯。我可能不确定哪个更好。但我知道的是:人们可以自由选择如何运用自己的天赋,由上帝、大自然、太阳、命运,随便你管它叫什么——我指的是你刚才说的掌管我们人生的超能力,赐予的天赋,不管是用它去寻求个人拯救还是人民解放。"

她不是在提问,但言外之意再次让卡梅特觉得羞愧。

"当我看向未来,我只看到一片黑暗、迷雾、硝烟,没有什么清晰的东西。尼娅薇拉,我闻到了眼泪和鲜血的味道……"

"谁的眼泪和鲜血?"

"我真的不知道。我不会要求你和你的朋友放弃你们扰乱通天塔献辞日的计划。可是,从我个人来说,我没有准备好参加这个任务。我还是想听听动物、植物还有山峰要对我说些什么。我需要找到我自己。"

"对我们来说,"她一边起身一边说,"我们觉得通天塔会把我们的土地变成地狱,我们选择为此采取行动。"

她开始收拾东西,准备离开。她没有把火柴、壶和锅装起来。

突然,她想起了某件一直没有问出口的事情。

"告诉我,"她说,"那三大袋子钱呢?你用它们或者说那些钱做了什么?"

"我把它们埋起来了。"卡梅特精疲力竭地说。

"你把钱埋掉了?"尼娅薇拉问,仿佛没有听清他说什么,"你应该把它给我们!"她说,"组织会好好使用这笔钱,对付邪恶。"

"我会告诉你我把它埋在哪儿了。它全都属于你。不过你要知道:那笔钱是被诅咒的。"

"没有什么钱是被诅咒或者被保佑的。"尼娅薇拉说,"都取决于钱的用途。"她突然停住了。

她回想起那三大袋子钱差点要了她的命,那天晚上,她回到办公室去拿她的包，然后被塔基里卡用枪指着脑袋。它们还引发了塔基里卡的白种病。

“忘了吧，”她说，“我根本不想知道它被埋在了哪里。相比起人们给予的钱，我们的组织更相信人们付出的行动。所以就让我们把那些钱袋留给白蚁和红蚁吧。现在，我该回到我在市里的巢穴了。”

“太阳就快落山了。你为什么不留下来过夜，明天早晨再走，这样你可以在白天穿越草地。”

“不了，我现在就走。明天还要汇报工作。”

“我送你过草地吧。”卡梅特提议。

“不，不。让我自己一个人过草地吧。这样我会想得更加清楚。草地里的野兽并没有外面狂吠着通天塔的人们凶狠。”

“可是，不要断了自己的后路。老话怎么说来着？人们可能还是会需要回到曾经以为永远离开的地方。现在，我居住在森林里面。如果你回来，请在洞里或者森林里任何一块岩石上留下一块布片吧，这样我肯定能找到你。”

“谢谢，不过我再也不打算回来了。埃尔代里斯需要我。”

他们沉默地走到山脚下，来到草地边上。卡梅特看着尼娅薇拉走进广袤的草地，直到再也看不到她的身影。

第三部分

1

几个星期之后，尼娅薇拉的名字出现在首要悬赏名单上。在统治者“生要见人，死要见尸”的命令下，警察们在全国范围内捉捕她。熟悉这片草地，帮了她的大忙。当她除了上班穿的那身衣服还有一个手袋之外，一无所有孤身一人在暗夜里穿越草地的时候，卡梅特的劝告，不要断了后路，回荡在她的心里。

她想起自己是多么坚决地说再也不会回到这里，也惊讶于卡梅特的未卜先知。她害怕这黑暗，却也感激在被追赶的情况下它给予的保护。天上的星辰是她最好的陪伴，而现在，她最感激的是，她跟卡梅特之间曾经做过的关于太阳、月亮和星星的交谈。

她来到最后一次见他的洞里，却没有看到人留下的痕迹。她站在那里，泪眼蒙眬，不是因为对自己和其他女人的所作所为感到悔恨，虽然她不得不勉强地承认，用大石头去砸警察局真的是非常挑衅、冲动的举动。

月亮升起来了，虽然没有跟卡梅特在一起的时候那么明亮，但月光足以让她看清自己周围的环境。她不想待在洞里，因为它离山脚很近。她决定走远一点，碰碰运气，看能不能在他们之前停留过的地方找到他。

森林似乎变样了，虽然她只离开了几个礼拜。那时候，整个森林都沉浸在一种爱的魔力之中，有一种狂野的美。而现在，它显得危机四伏，令人难以忍受。她害怕会遇到狮子、美洲豹，或者任何一种她之前希望见到的野兽。她要怎么逃脱它们？她想象着潜伏在黑暗里的眼镜蛇、鼓腹毒蛇还有巨蟒，每走一步，她都想象自己被蛇或者三角变色龙捉住的场景。她还没忘了过去在手袋里放塑料蛇的事情，多么讽刺啊。现在，她置身于丛林之中，里面有许多活生生的蛇，而她是那么的害怕。万一我逃离了敌人的毒牙，却葬身于鼓蝮蛇的肚子呢？她想象自己的身体在毒蛇的肚子里慢慢分解腐化，她吓得发抖，但是想到自己如果在统治者的折磨手段之下，她觉得野兽的肚子也不那么可怕了。

她的身后传来一声干树枝的碎裂声。她吓呆了，想着赶紧藏到前面的树林中去，但她的脚却动不了。她向左瞥去，又向右看，想看看旁边是否有树可以爬上去。

又一声。下一秒钟她不自觉地尖叫起来。接着，她好像绊到了什么东西。肯定是条蛇。她赶紧爬开，呜咽着，然后晕了过去。

她不知道自己晕过去多久。她只知道，当她醒过来发现自己在卡梅特的怀抱中，泪水突然决堤一般。喜悦的泪水顺着她的脸颊流下，尼娅薇拉感觉到，或者说看到他皱着的眉头里藏着的疑问。

“都是因为反对通天塔的女子示威游行。”她再也忍不住地痛哭起来。

2

她是怎么从他们手上逃脱的？埃尔代里斯的人们都在问，津津乐道于各种版本。有传言说，一千多个警察被派去封锁她的办公室，有些警察手持冲锋枪坐在装甲车里堵住了所有出口，直升机像盘旋的猎鹰一般猛冲向逃亡者。

有些谣言传播者甚至信誓旦旦地说他们当时就在现场，亲眼看到了她。她打扮迷人，所有看到她的警察都被一种他们从未有过的欲望攫住，这种欲望强烈到让他们全都变成了狂流口水的傻子，费劲地应付自己勃起的阴茎。

可是另外一个传言说的是，尼娅薇拉把自己伪装成一个男人：有人说是一个裹着破毯子的老人，有人说她扮成了一个英俊的年轻人，脸刮得很干净，却有着比马尾巴还茂盛的八字胡。

然而，所有的传言，都一致提到，警察来到尼娅薇拉的工作地点，带着逮捕令去抓她。

3

两个警察，还有告密者卡尼欧若，分开坐在火星咖啡馆的桌前，等在尼娅薇拉去埃尔代里斯现代建筑和房地产公司的上班路上，随时猛扑上去。另外三个便衣警察守在附近的据点。卡尼欧若坐在他常坐的角落里，读着或装作读报纸，他太清楚这个任务对他来说是多么意义重大，甚至过了好一会儿才发现自己把报纸拿倒了。

发生在通天塔献辞日的丑闻，给了卡尼欧若多年来苦苦寻找的突破口。他终于有机会迎合讨好权贵。他敏锐地抓住了这个机会,直接给统治者办公厅的西吉奥库打去电话。

部长对电话那端的好运感到难以置信。他觉得,就在快要愁死的时候,守护天使前来拯救他。他清晰地记得,丑闻发生后,统治者是怎样把他叫到一边,冷冰冰又非常讲究地问,在这个国家的耳朵、眼睛和鼻子丝毫没有发觉的情况下,这样令人羞耻的丑闻是如何发生的?下次内阁会议上,我要听到一个合理的解释。统治者是用英语警告他的,在阿布瑞里亚政坛混了这么久的西吉奥库,当然知道这就意味着死刑。

西吉奥库把自己锁在办公室好几天,迫切需要想出办法,却徒劳无功。除非命运扭转,否则他剩下的日子就屈指可数了。接着他就接到了卡尼欧若的电话。在不计其数的告密者中,从来没有一个人像卡尼欧若那样,给过他如此宽慰、充满希望、令他浑身战栗的消息。西吉奥库听清楚了他的每一个字,却不停要求他再次重复:我听到的是真的吗?你知道有这么一个女人?哦,你不知道她是不是带头人?啊,组织的一个追随者?孩子,如果我们捉到她,最新款的奔驰车就是你的了。哦,我们会给她装一个喷嘴,让她吐出她知道的一切,把卡尼欧若叫到他的办公室后他这样说道。

西吉奥库原本想亲临现场抓捕尼娅薇拉,但又怕统治者因为此事召集内阁会议时自己会缺席。无论如何,堂堂一个内阁大臣,亲自参与对一个普通女秘书——在无政府主义分子、狡诈的情人诱惑下失足——的抓捕行动,的确有些不体面。与卡尼欧若面谈后,西吉奥库决定不再用圣玛利亚当地的警察队伍去执行抓捕尼娅薇拉的任务。他会从自己的办公室派一个特别分队去做这件事情,他对卡尼欧若说。

先前,他已经成立了一个专案组,包括警督以利亚·恩卓亚、皮特·卡西加还有阿里盖盖·盖瑟利，专门监视这个组织，现在他又提名了三个警官协助他们。阿盖负责协调这次行动，不仅因为他曾经在圣玛利亚工作过，熟悉那里的地形，还因为他穿越草地追赶神灵，赢得了“百折不挠”的美名。阿盖还负责与卡尼欧若联系，而卡尼欧若的主要任务就是指认那个罪犯。

阿盖和卡尼欧若同意把火星咖啡馆当作据点。卡尼欧若必须在主力队员之前到达那里，点上一杯茶。他会穿一件白衬衫，读报纸，作为主力队员辨认的依据。

分队将会秘密逮捕这个女人，把她扔进一辆货车里，货车的车牌是伪造的，然后直接带到西吉奥库面前。其他任何人，不管是警察还是内阁大臣，都不会知道这次行动。西吉奥库不会愿意让马乔卡利这样的政敌抢走一丁点功劳。想着这次戏剧性的抓捕行动，想到与这个让整个国家在全世界面前蒙羞的女人的第一次交锋，西吉奥库舔了舔嘴唇。现在，国家要反击了，而他，西吉奥库，则要感谢命运选择了他作为统治者复仇的工具。

4

尼娅薇拉总是想起那个可怕的星期二上午。为了纪念周六的献辞典礼，周一和上周五变成了法定假日。星期二是埃尔代里斯丑闻之后她的第一个工作日。后来，在说到那个重要的上午所发生的一切时，她总会说到，她是如何在平常起床的时间醒来，充满喜悦，快速地冲了个澡，然后出发前往公交车站。开往圣玛利亚的公交车很准时。在车上，尼娅薇拉完全陷入了自己的世界——她想要唱歌，庆祝自己是个女人。大获全胜的埃尔代里斯丑闻还历历在目。她知道安全部门将会四处搜捕组织成员，但她没有太过担心自己的安全问题。她相信,没有人会把她跟那些女人的所作所为联系在一起。在阿布瑞里亚,政治完全是男人的事情;男人根本想不到,女人会去策划并且执行那种事情。自从她开始为塔基里卡工作,她就把自己的行踪掩盖得很好,她扮演着完美的秘书——有一点一本正经,或许,正是这样,她赢得了塔基里卡及其朋友圈子的尊重,他们把自己的色心都收了起来。过了圣玛利亚集市之后,她在平常那一站下了车。她穿过统治者大街,还有鹦鹉小路,沿着主干道,走向埃尔代里斯现代建筑和房地产公司的办公室。她热切地想要赶到办公室,从温吉尼娅那里收集一些八卦信息。温吉尼娅没有去参加周六的典礼,但她肯定会从塔基里卡那里听到一些小道消息。

尼娅薇拉知道塔基里卡参加了会议,因为在献辞典礼的前几天,据温吉尼娅说,他所谓的病突然好了,他说,队伍已经达到了他们的目的,还发誓说,不管是真的还是假的,没有什么病可以阻止他,通天塔的主席,去见证这样一个具有历史意义的时刻。

她打算去办公室之前先去火星咖啡馆喝杯咖啡。兴高采烈的尼娅薇拉,这时候万万想不到卡尼欧若可能会在那里。然而,想着刚做好的热咖啡的香气,她的确也想起了孤身一人在森林中的卡梅特,不过她很快把他的样子从脑海里赶跑。毕竟,卡梅特自己选择居住在动物和植物之间,如果他觉得这样是幸福的,那她又有什么立场去告诉他,在这样美妙的周二清晨,错过火星咖啡馆的咖啡有多么遗憾呢?她并不羡慕他,当然也不怀念山里清晨冰冷的空气。

在离火星咖啡馆还有几个街区的地方,她觉得有人碰了碰她的右肩膀。她没有理会,随意地把手袋换到左边肩膀,继续往前走。又有人碰了碰她的右肩膀,这一次她迅速转过身来。原来是阿盖。尼娅薇拉差点没有认出他。她从来没有在白天在她家以外的地方见过他,上次见他还是那天早晨他去告诉她他升职的消息。这一大清早,他穿着便衣在圣玛利亚做什么?她努力不现出惊诧的表情,装作不认识他的样子。

可是阿盖却已经低声诉说他的感激之情。他在说些什么?她问自己,但她完全插不上嘴。“我?就算你把自己变成一只小鸟或者一只乌龟,我也不可能认不出你来。千真万确!我的上帝啊!而且你别以为我不知道你可以随心所欲地变换模样。你去哪里了?我介绍了一些朋友去找你,他们说圣地已经关门了,还贴了一张告示,说你已经离开了……”

尼娅薇拉终于明白他为什么这样滔滔不绝地感谢她。她费了很大力气才忍住没有笑出声来。她想起,自从那天晚上他从伊甸园酒店门口追赶他们,他就根深蒂固地认为尼娅薇拉和卡梅特只是同一个人的两个化身:乌鸦魔法师。尼娅薇拉不准备告诉他,而且她肯定,就算她告诉他真相,他也不会相信。无论如何,她都不想跟他耽搁下去。他拖着她的时间,耽误她去火星咖啡馆喝咖啡和上班。顺着他疯狂的思路说下去,会很容易摆脱他。所以,她微微点了点头,表示同意,扮演起了乌鸦魔法师:

“你千万不要告诉任何人在大街上看到了我。如果你说了……”她停下来,好像如果他说了后果将严重得难以言说一般。“我不想让任何人知道我是谁。”她压低嗓音。

“噢,你就相信我吧,乌鸦魔法师女士先生。你的每个愿望,我都当命令一样执行。千真万确!我的上帝啊!我怎么会忘记你对我的大恩大德?你是出了远门吗,还是什么?”

尼娅薇拉说她的确离开了,是去收集一些草药,还有青蛙和蜥蜴的腿和尾巴,刺猬和豪猪的皮,变色龙的角,还有用来增强魔法的草蛇皮,哦,对了,她还去找了一些镜子,可以捕捉人影和人的想法,不管这个人离得多远,或者他本人有没有意识到自己有这个想法。她很快就会回到圣地的,她告诉他,如果他遇到了麻烦,随时都可以去找她。因为敬畏和钦佩,阿盖的眼睛瞪得老大。听她这么说,他非常高兴。但是尼娅薇拉随即意识到自己犯了一个错误:万一他明天就来了怎么办呢?所以她赶紧补了一句:

“听着,我还得一段时间才会回去。必须等到新的魔法成熟了才可以。不过,你这么早在圣玛利亚做什么?我知道你的新工作挺顺利的。”

“你能读懂我的心思,真叫我吃惊。”阿盖说,“我是挺顺利的。”他自负地说,“这一切都多亏了你啊。我告诉你……”——他把声音压得更低——“我在这里执行一项秘密任务。不是别人而是西吉奥库亲自派我来的,不是别的身份,而是作为一个特别行动的指挥官。千真万确!我的上帝啊!你想想:在你给我施加魔法之前,我在警察局干了这么多年,从来没有参加过什么‘特别’行动。可现在,你看看我。我在指挥整个行动。这就是你为什么看到我在街上。我的三个手下都在火星咖啡馆里等着,另外两个在大街转角处,守着进出办公室的路。我自己不能进火星咖啡馆,因为你也知道,我曾经在这里工作,我觉得罪犯可能会去喝咖啡,没准会认出我来,然后起疑心。”

“可是罪犯是谁呢?谋杀犯,还是抢银行的?”她觉得有点无聊了,甚至还有点不耐烦。她着急去办公室,或许不得不放弃咖啡了——不,她才不要放弃咖啡呢,她对自己说;我要冲进去,点了带走。

“比谋杀犯和劫匪还要糟糕。”阿盖在她耳边说,她有些恼怒他靠自己这么近。他接下来说的,却完全打破了她的沉着。她迅速警觉起来,浑身都起了鸡皮疙瘩。

“我只跟你说,乌鸦魔法师,那些女人在通天塔献辞典礼上做的事情,太坏了,太可耻了。千真万确!我的上帝啊!不过我们现在有了一个嫌疑人。西吉奥库部长已经命令我们抓住她,直接带去见他。我不知道她是谁,也不知道她长什么样子,不过这不是问题。我们有一个非常合作的年轻人,会为我们指认她。西吉奥库非常喜欢他。实话跟你说,作为一个专业而训练有素的警官,我其实不太在意这些自以为是的青年团。不过,我们警察还是得依靠这些告密者的线索,这个卡尼欧若似乎鼻子很好使,知道很多这个女人的信息。”

尼娅薇拉觉得浑身的力气都被抽走了。她以为自己的膝盖会跪下去,但她还是集中所有心智,不让自己的脸或声音露出丝毫异样。她又问了几个问题,看看他们究竟对她了解多少。她非常庆幸自己被误以为乌鸦魔法师,而且不管发生什么事,都决心继续扮演这个角色。

“这个约翰·鼻子,现在在哪里?”尼娅薇拉问。

阿盖大笑起来,尼娅薇拉心急不已。她并不是想搞笑的:难道他是在跟她玩猫捉老鼠的游戏?

“乌鸦魔法师女士先生,”阿盖说,尼娅薇拉松了一口气,“我们警察也给他起了这个昵称,约翰·鼻子,一说到这个名字,我们就会忍不住大笑。不过我们可不敢小瞧了他——哦,不,我可不会。他很聪明。毕竟,是他向我们举报了这个尼娅薇拉。他现在就在火星咖啡馆,跟我的两个警官恩卓亚和卡西加在一起。我得走了。我也不耽误你了。”阿盖抱歉地说,“我知道你肯定有很多事情要做,不过等你回去了,我肯定会应邀去拜访你,求得一些更加有效的东西。”阿盖说完离开了,一边走还一边笑着嘟囔“约翰·鼻子。”

尼娅薇拉装作走进最近的一家商店,不过只是为了朝阿盖前往的方向偷偷看上一眼。有那么一秒钟,她甚至想从火星咖啡馆门前走过,只为了确认卡尼欧若真的在那里,不过这可能会捅了马蜂窝。她从商店的前门出来,继续朝着原来的方向走去,不过在这个街区的尽头,她飞快地在拐角处转了弯。

“我从来没有如此感激过埃尔代里斯街头拥挤的人潮。”尼娅薇拉对卡梅特说。

5

如果尼娅薇拉真的从火星咖啡馆门前经过,那么她肯定能从卡尼欧若翻报纸的样子发现一丝不安。他的眼睛几乎粘在路上,还有通往塔基里卡办公室的人行道上。他有点恼怒这个行动进行了这么长时间。

他满心想的都是立了这个大功之后他的人生将发生什么样的变化。他不停地看表,越来越恼怒于尼娅薇拉,仿佛她背叛了他。她总是准时来上班的。今天为什么没有?她怎么能这样对我?我要是知道她住在哪里就好了!我要把她的房子烧成灰烬。

被阿盖留下来望风的恩卓亚和卡西加,只是坐在那里等着,希望看到卡尼欧若给出的信号,却迟迟没有等到。这个告密者真的知道自己在做什么吗?他们喝了太多咖啡,差点要吐了,也越来越没有耐心了。

到了下午的时候,很明显是哪里出了差错。他们决定,由其中一个警察——对这一带来说是新面孔——去塔基里卡的办公室看看,不过要十分小心,不引起任何怀疑。他很快就回来了,兴奋得气喘吁吁。办公室里有一个女人。阿盖完全没有理会卡尼欧若，直接命令恩卓亚和卡西加立即行动，逮捕办公室里唯一的女人。

据说，当西吉奥库听到抓住的是温吉尼娅的时候，他惊讶于自己的毫不沮丧。相反，他跪在地上，扯着自己的耳朵，感激这意想不到的事态转折。感谢你，宇宙之主，赐予我机会，让我保住我的命，干掉敌人。

6

他的举动并没有什么矛盾的地方。在西吉奥库看来，在这件事情里面，弄错了犯人的身份其实是一个双赢的局面。如果温吉尼娅真的跟组织那些女人有什么关联，她的罪行也会牵连到塔基里卡，从而把马乔卡利也拖下怀疑的泥沼。如果最后发现温吉尼娅是无辜的，西吉奥库就会把所有的责任推到卡尼欧若还有跟踪那个女人的小分队身上。塔基里卡，马乔卡利的朋友，还是不得不解释自己为什么要聘用一个叛徒。可是，他不愿意去想其他不可预料的情况。他会见招拆招——现在他只想尽情地享受拘捕温吉尼娅——塔基里卡的妻子——的胜利的喜悦。

7

塔基里卡和通天塔建造委员会的其他委员一起，在一个酒店房间里闭关了一整天，思考怎样才能挽回国家的颜面：他们能够立即采取什么行动，才能去除那些女叛徒们带给国家的耻辱？他们争相诋毁女性。女人向来是人类的眼中钉肉中刺；考虑到她们从夏娃那里继承来的血统，大多数男人这样总结道。这个观点已经是司空见惯了。委员会的其中一个委员假装持有不同意见。他脸上露出狡诈的笑容,眼睛里冒着邪恶的光,问道,是谁把狡猾的蛇藏在自己两条腿之间?他们都大笑起来,在一片祥和中结束了这一整天的会议。

塔基里卡回到他在金山住宅区的家里时,脑子里还满是女性在历史上是如何变节的念头。等他发现他的妻子还没回家,他不禁想道:难道温吉尼娅也变成了那种有钱有权人家的妻子,打着女性解放的旗号,对谁都可以张开大腿?

直到午夜,温吉尼娅还是没有回来,塔基里卡的愤怒和嫉妒变成了焦虑和担忧。难道她出了车祸?还是得了什么急病?她是进医院了吗?

他睡不着,第二天早晨,他很早就出发去办公室:他十分肯定,尼娅薇拉知道他的妻子出了什么事。看到他妻子的奔驰车停在办公室外面时,他狂怒不止。所以她是在外面待了一整夜?可是为什么?想象一下他发现办公室的大门是锁着的时候有多吃惊吧。温吉尼娅没有在里面。他只能寄希望于尼娅薇拉了。可是她也没有准时出现,这让他焦躁不安。他不知道尼娅薇拉住在哪里。他对圣卢西亚南部的了解仅仅局限于上次去乌鸦魔法师圣地时的所见所闻。怎么两个女人在同一天都莫名其妙地不见了?他朝火星咖啡馆走去,看看尼娅薇拉是不是在那里消磨时间。

他试着跟咖啡馆的店主攀谈,但是像往常一样,相比起埃尔代里斯的小打小闹,乔达摩对火星上最新发现的水和生命迹象更感兴趣。在塔基里卡的坚持之下,乔达摩还是说起了那三个看起来像政府特工的男人;他知道他们肯定是为了什么目的而来,从他们消费的咖啡数量,还有其中一个男人连报纸都拿倒了还假装读报的样子就能看出来。乔达摩说他看到了或者觉得自己看到他们其中一个去了埃尔代里斯现代建筑和房地产公司。你确定？塔基里卡问道，一阵恐惧向他袭来。塔基里卡一点也打不起精神，因为乔达摩低声对他说，即便是现在，就在他们说话的这个时候，整个镇子里全都是警察，穿制服的和穿便衣的，他们都在找一个女人：你认识那个女人——她叫什么来着？尼娅薇拉。我想她就是为你工作的那个小姐，她经常来这里喝咖啡，不过昨天和今天我都没有看见她。塔基里卡的害怕变成了恐慌。温吉尼娅和尼娅薇拉之间有什么关联？为什么警察在找她们中的一个或者两个？

他回到办公室，想给他的朋友马乔卡利打电话，但没有找到他，只能给他留言，让他回电。他留下来等电话，却没有等到。晚上回到家里，塔基里卡又给部长打电话，他拨了好多个号码，还有一个手机号，都找不到人。

第三天，他决定给万得弗·邓波——圣玛利亚警局的头头打电话。塔基里卡把邓波警官当成好朋友。他们的友谊是建立在互惠互利的基础之上。塔基里卡时不时地就会给这位警官献上他所谓的最诚挚的祝愿——跟布里币绑在一起塞进信封里。有时候这个信封还会写着祝警官和整个警局圣诞快乐，或者新年快乐这样的话。他还通过邓波联系一些低级别的军官：也没有什么特别的目的，就是支持一下我们的军人，他是这样说的。当然，这位警官会照顾塔基里卡的利益，甚至传递一些对商人有用的信息以便紧跟政治风向，也就不足为奇了。至于军人，说到底，又有谁说得准呢。警官听出了电话那端塔基里卡的声音，让他一直等着，直到他放下听筒。等再打回去的时候，他被告知警官很忙无法接听电话。

那天晚上晚些时候，邓波警官经过塔基里卡的住所，然而，他开的是一辆借来的车，穿着便服，粘着假胡子，还戴着一顶鸡蛋形状的帽子。他并不打算解释为什么要装扮成这样，而是直奔主题。

邓波告诉塔基里卡,尼娅薇拉,他信任的秘书,是一个跟埃尔代里斯丑闻有关的通缉犯。那我的妻子呢?温吉尼娅出什么事了?看到警官没有提到她的名字就打算离开,塔基里卡忍不住问。邓波警官似乎非常吃惊,好像根本不知道她失踪了一样。塔基里卡描述了她是如何神秘地失踪,他的办公室是怎样锁着门,她的奔驰车停在门外。警官说所有跟尼娅薇拉有过接触的人都在监视之下,而且,他猜,仅仅是猜测,温吉尼娅可能已经落入了统治者办公厅的政治警察之手。最近统治者办公厅成立了一个特别分队,专门对付"人民之声运动"组织,塔基里卡所说的一切就是他们的杰作,不过这只是他的猜测,不能肯定。说完,邓波仿佛想要飞出房子一般,到了门口,他转过身来,让塔基里卡以后再也不要往警察局打电话,他保证,如果得到其他什么消息,肯定会来告诉他。

这下,塔基里卡的恐慌比邓波到访之前还要深重。他怎么会聘用一个国家公敌呢?他开始回顾尼娅薇拉是怎样为他工作的。她是在他被指派进通天塔委员会之后不久来到他的公司。一个这么美丽、礼貌、优雅、努力、谨慎的女人,怎么会卷入到这种危险组织当中去呢?她是在利用他吗?是的,肯定是这样的。

他怎么会没有看穿尼娅薇拉的虚伪呢?肯定有很多蛛丝马迹,但他就是眼瞎没有发现。再有就是,这样一个美丽却从不会像别人那样在工作中,甚至在大学里利用自己的美貌的女人,这些天是怎么过的呢?

尼娅薇拉的眼睛里从来不会流露轻浮的光。她从来不会理会别人的调情谈笑,不管是语言、姿态还是表情,都不会有一丝异样。在阿布瑞里亚,很少有女人有如此强烈的道德感,这说明她还是有什么地方不对劲,而他,塔基里卡,自诩为读心高手,尤其擅长解读女人心,本来应该多注意这个方面的。

可是,他的妻子呢?尼娅薇拉和他的妻子之间有什么关联?难道她也一直在欺骗他,假装成一个好妻子,一个即便知道他同其他女人有染却什么也不问的女人?一个对政治和世事都漠不关心,宁愿关掉电视和广播都不愿意听或看新闻节目的女人?她是假装没有兴趣?难道在他生病期间,她变成了激进分子?据说,两个女人在一起就会变成一锅毒药,其中一个就会被另外一个的思想毒害了。

他想起,在他被白种病折磨时,就是这两个女人把他带去了乌鸦魔法师的圣地。这本身就是件奇怪的事情,他应该警觉的。温吉尼娅经常说自己是个基督徒,从来不会错过星期天的礼拜,一直是万圣大教堂的虔诚教友。为什么她不向教会求助,而是去找一个巫师?不过从内心来说,他还是很感激她没有把他的病暴露在她的教友面前,可是,她是怎么接触到巫术的?或许她跟尼娅薇拉早就勾结在一起,而他,塔基里卡,白天跟一个国家公敌共用一间办公室,晚上跟另一个敌人同睡一张床。到底是什么让他发疯,居然聘用尼娅薇拉做自己的员工,居然娶了温吉尼娅当老婆?

他又想起白天跟同伴们说的话。夏娃的后代。黑夏娃的黑姑娘。她们会知道我才是男人,塔基里卡暗暗发誓。她们会永远后悔在他的办公室里开始玩激进政治的那一天!

在这样一遍又一遍虚张声势给自己鼓劲的时候,想到温吉尼娅的失踪还有尼娅薇拉的背叛,他一会儿觉得看到曙光,一会儿又跌入深深的绝望。

另外,他给马乔卡利打电话并且多次留言,却没有得到任何回复,也更加深了他的忧虑。就算打通了马乔卡利的手机,接电话的却是司机,而且只告诉他会把他的来电转达给部长。更糟糕的是,邓波警官再也没有露过面。

他使劲地想,怎么才能把自己从这烂摊子中解救出来。他想保全自己还有他的孩子们。他甚至想过召开一个新闻发布会,公开宣布他和他的家庭将与温吉尼娅和尼娅薇拉断绝关系,并且再次向统治者、政府还有通天塔项目效忠。可是,事先没有通知他的朋友马乔卡利,他怎么可以做这样的事情呢?他在脑海里面转了很多遍这个主意,最后决定暂时搁下。他会等上几天,不过,要是过了第三天,他还没有联系上他的部长朋友,或者没有从邓波警官那里得到更新的消息,他就会采取行动,公开谴责他的妻子和尼娅薇拉。他必须采取一切必要的手段,保护自己的利益。打定主意后,他感觉稍微好受了一些。

他开始起草新闻稿。遣词造句难倒了他。但他坚持了下来,而且这个任务让他在一段时间内脑子没空想别的。亲爱的媒体先生们,今天我请你们来到这里,是为了告诉你们,并且通过你们,告诉全世界,我将为了统治者放弃我的妻子。我是那么的忠诚,谁会相信我会跟一个妄图颠覆政府的员工,一个小小的秘书,或一个小小的家庭主妇有任何关联呢……

三天过去了,部长依旧没有打来电话,邓波警官也没有再次来访。塔基里卡盯着还没写完的新闻稿,感到自己钻进了死胡同:他怎么能够去谴责两个行踪不明的女人呢?万一他的声明反咬他一口,别人怀疑他谋杀了她们,把尸体埋在后院,然后装作她们已经消失了呢?

毫无头绪的他,没精打采,沮丧不已,只能在威士忌里寻找安慰和支持。

就在这个时候,他听到外面有车停下来的声音。他站起身,正要从窗户往外偷看的时候,电话铃响了。那一秒,他不知道该偷看那辆车,还是该接电话。最后他还是接了电话。他很高兴,是马乔卡利打来的。他觉得跟他的朋友马乔卡利通话后,一切都会真相大白,或者可以安心开他的新闻发布会了。

很明显,马乔卡利不愿意在电话里多说,短短几秒钟,他们就商定了见面的时间和地点。

放下电话的时候,他听到车子离开的声音。他冲到门口。

温吉尼娅走了进来。

“你究竟去哪儿了?”塔基里卡问。

“我被国家秘密控制了。”温吉尼娅死气沉沉地说。

“你在说什么?”塔基里卡问,相比起之前的毫无头绪,她的回答更加让他沮丧。

8

国家和秘密通常是在一起的。有些国家,知晓秘密的只有一些所谓的国务卿或者部长,但是这两者从名字上就能反映出他们是国家机密的服务者。而阿布瑞里亚的独裁者,也就是阿布瑞里亚自由共和国的统治者,并不放心任何人保守他的秘密。就连那些早上最先看到他,晚上最后看到他、传说中跟他非常亲近的大臣们,都无法知晓自己的命运,不确定在日落或黎明之前是否能保住自己的饭碗。

对此,早有骇人听闻的先例。

不知多少次,独裁者提拔一些人,赞扬他们,带着他们跟他一起到处出席各种活动,等到他们刚刚开始认为自己的确是“父亲偏爱的那一个”时,他就会突然把他们身下的“魔力毯”撤掉。这些先前受宠的臣子,跌得鼻青脸肿,身心破碎,会连滚带爬地哭喊着请求原谅和宽恕。这可能会持续一天,一个星期,一个月,一年,或者许多年。接着,突然地,完全没有预兆地,独裁者会听到他们的哭喊,派政治调停员去缓解他的痛苦。起来吧,你可以继续行走了,独裁者会这样对被拯救的人说。而那个人则会感恩戴德、滔滔不绝地歌颂独裁者无限的仁慈,尤其是被赐予这个或那个董事会董事、野生动物协会主席或者其他部长职位之后。

这位独裁者让大臣之间、地区之间、部落之间反目成仇的本领现在已经成了传奇。他会支持敌对双方中的一方。正当他们对于他强大力量的加盟欣喜不已的时候,某天早晨醒来,就会发现他已经去支持他们的对手了,有时候他甚至还会把另外的势力拽进来,卷进纷争之中。然后,独裁者,似乎高高在上,就会出来装好人,呼吁和平与理解,被各方当作所罗门和平王子一样热情拥抱。

尽管知道这一切,那些富有的、自封的部落领袖、议会成员,尤其是内阁大臣却从未停止争夺"父亲"身边的席位。虽然获胜的人也总是生活在恐慌之中,生怕自己随时被谄媚、狡猾的对手替代。问题就在于,统治者从来不会让任何人知道想要保住权势需要做些什么。不幸的是,即便是谦卑克己,都不足以阻止某人的坠落。因为在争夺终极权力的漫长时期,统治者本人就是谦卑克己的极品大师。

至于他是如何爬到权力顶峰的,一直以来众说纷纭。其中一个说法是,他在历史上显山露水的时候,在权力面前谦卑到无以复加。在殖民地时期,他就已经广为人知了,因为他表面上对所接触的每一个白种人都非常温良谦恭。所有的白人殖民者,还有传教士的报告上,都说他是一个非洲良民,后来,还说他是"自己人"。不管是在学校、政府部门,还是军队,他的卑躬屈膝都成了通往成功的阶梯。他连高中文凭都没有,但后来却做到了阿布瑞里亚西部一个殖民者农场的非洲中学助理校长。发现在教育方面最多只能做到校长之后，他就退出了这个领域，来到了殖民军，自封为情报官。他的主要任务就是帮忙制作传单，歌颂殖民军的英雄之举，反抗民族起义。他升到了下士，而且，要不是民族起义让殖民母国重新考虑殖民战略，他很可能一直待在这个级别上。等到白人殖民者清楚地意识到，阿布瑞里亚的独立不可避免，因而在重新部署的时候，再次把这位未来的统治者当作自己人看待。他是一个自然而然的选择。他们精心部署规划了好几年。起初，他们把他遮盖在民族主义的幔布之下。虽然这位未来的殿下当时只是一个记者，却在短短几周内，从下士升到中士，再到军士长。也就是那个时候，这位未来的殿下发出了一份精心措辞的声明。与他之前做过的所有传单截然不同，他呼吁改善军队里黑人的工作环境；否则他将放弃自己的职位和军衔，还有被承诺的各种荣誉，为他的人民的权利而奋斗。一个星期后，他辞去职务，宣布他要成立自己的民族主义政党。

这个党派将不仅致力于改善军队里黑人的工作环境，提升黑人的军衔，还将支持和拥护所有小游牧部落的诉求，为他们争取穿着传统服装、携带诸如弓箭、长矛和浆果采摘棍等传统武器的权利。有些所谓的进步党派，与恐怖分子联手，要求立刻实现即刻的自由，在他们的支持下，某些少数民族大部落正威胁着小部落传统文化的存亡。小部落们在反抗过程中，宁愿放弃学校，甚至牧地，都不愿意放弃这些至关重要的文化象征。即刻的自由？这些进步党派要求白人离开，以便占有小部落所拥有的牧地和池塘，废除他们的文化。其他的党派要求土地和自由，而未来统治者的党派则要求体面的自由，并且对给国家独立设置时间表的做法嗤之以鼻。殖民母国很欣慰。白人移民者很高兴。殖民军里的黑人欢欣不已：现在他们有了拥护者，再也不需要担心在新的黑人秩序里面地位不保了。

在谈判独立事宜时，白人移民者聚集在这个人和他的政党身后，秘密输送金钱，出谋划策，催促他提出要求，作为小部落的代表，他的地位必须是仅次于来自于大部落的首任总统。否则，所有的小部落可以要求自治，如果有必要的话，还可以独立出去。最重要的是，他和他的政党与武装起义毫无瓜葛。之前的殖民军，在协商还没有开始的时候就已经把名字改成了国民军，并且表明了自己的立场。民族起义者则被排除在于欧洲举行的直接谈判之外。其他的一切则像命中注定一般发生。为什么不让那些“主要”的政党去协商对话，避免今后的内战？结果就在意料之中。把所有的民族主义政党合并成一个联合党，为的就是确保大部落和小部落之间的和谐，未来的统治者，这个在多年之前就因谦卑而获得各方，尤其是殖民母国拥护的人，现在已经成了仅次于第一任统治者的二号人物。

这个说法是众多版本中的一个，但所有版本在某一点上是一致的：统治者之所以在权力的阶梯上步步高升，跟他身后的殖民国和白人势力是分不开的，并且，他一直把克己自制当作应对权势高于他的人的法则。

在面对阿布瑞里亚自由共和国第一任统治者的时候，他在各方面都谦卑不已，为新上司收拾烂摊子，当着副统治者，等待自己的机会。他逆来顺受的能力已经成为一个传奇，那些曾经看过他在上司面前下跪匍匐、阿谀奉承的人再也没有机会看到他今后的飞黄腾达。

然而，他越是在上司面前谦卑，就越期望下属同样对待自己，以减轻内心深处的自我怀疑。他对这种安慰的渴望，经常使得他残酷无情地对待弱者。在第一任统治者离奇死亡，他完全接管了国家之后，就迫不及待地要来了所有已经定罪，等待开恩的囚犯名单，签署了立即执行的文件。看到自己的签名或者口中说出的一个字都能立即结束别人的生命时，他才真正相信了自己的无所不能。他已经是至高无上的统治者了。

那时候，他还没有意识到，最坏的情况还没有到来。有一个团体从联合党分裂出来，成立了阿布瑞里亚社会党，立即引发了底层民众的种族分化，这让他再也掩盖不了自己的嗜血成性。那时候，冷战已经开始。他在西方的朋友要求他对此采取行动。他立即宣布，阿布瑞里亚是一个一党专政的国家。联合党改名为统治者政党，成为唯一合法的政党。分裂出来的社会主义团体的领导人，宣布他们将团结起来，寻求古巴和俄国的支持，转入地下。有些人说他们的举动十分鲁莽、不负责任、不计后果。有些人还说这个决定其实是统治者伪造的。不管真相如何，统治者的西方朋友要求他履行非洲和第三世界领导人的职责，因为在西方牵制苏维埃政权全球化的进程中，阿布瑞里亚具有非常重要的战略地位。统治者指责社会党与苏维埃政权勾结。阿布瑞里亚反抗西方殖民主义，并不是为了死在东方社会主义殖民主义手下的，他这样慷慨陈词，第一次在积极的语境中使用了“反抗西方殖民主义”这个说法。

据说，在短短一个月之内，他就残杀了上百万阿布瑞里亚社会党党员。这让他一举成为西方世界最为尊敬的非洲领导人。许多国王、王后、总统邀请他到他们的宫殿参加奢华的晚宴。西方媒体也大肆赞扬。抵御社会主义的堡垒。有些媒体这样称呼他。一位不惧领导的领袖。有些媒体这样说。最后，甚至有标题这样说他，“一位拥有世界高度的非洲政治家”。还有数不清的他与最强势的欧美政治家们握手的照片。

统治者摧毁了反抗组织的大后方。他的敌人们花了好多年才重新集结七零八碎的力量，整合成一支队伍。即便如此，敌对势力的大部分力量也只是藏在地下，或者处于流亡状态，正如卢米纳斯·卡拉姆-姆布亚-伊图卡和尤尼提·蒙兹·比拉沙卡当年玩革命时那样。在明面上，统治者运用胡萝卜加大棒政策扼杀一些敌对势力的萌芽。他给各种小部落喂点胡萝卜，如果他们稍有反抗的苗头就会立即大棒扼杀。但军队还是得了不少甜头，因为他绝不会忘记在殖民时期，他是如何从军中的情报官平步青云的。议会大厦里的自己人，有些将军这样称呼他，而统治者也给了相应的回报，他经常提醒国民，他唯一在意的就是军队的拥护。

他对那些不为贪欲所动的人束手无策。他永远也无法理解那种不谈个人生死只顾民族拯救的人。对于这样的顽固分子，应该怎么处理？渔夫把虫子钩在鱼线的末端，但如果鱼儿不理会，他要怎么才能钓上鱼来呢？

所以他无法理解是什么促使那些女人做出那样的事情。如果她们来找他要钱，他会很乐意给她们几千布里币。如果她们来求他要一块土地，他也会听取她们的乞求。如果她们来找他抱怨他们的男人流连于酒馆，他也会同情地听她们倾诉，然后针对此事正告天下；但她们并没有要求帮助，他也不曾拒绝过她们任何请求。那么，为什么她们要让整个国家蒙羞？

在事件发生之前，统治者可以发誓说自己完全了解女人。有多少男人被他羞辱过，尤其是他的大臣们，他命令他们把妻子、女儿或者女朋友献给他。起初，他以为这些女人至少会象征性地反抗一下，但他总是惊讶于她们是如此迅速地屈服于他的好色，因为她们是那样崇拜他、钦佩他！有些女人一开始会因为不得不要给统治者铺床而愤愤不平，但一旦她们的丈夫对她们不闻不问了，她们就会迅速地卖弄风情，真正地匍匐在权力脚下！

为什么这些女人行事如此出乎意料？她们怎么能这样不把他的权威放在眼里？他能怎么处置她们，难道拉结不就是一个活生生的例子吗？

复仇是我的事情，我就是神，难道我不是阿布瑞里亚所有女人的神吗？然而，不管他如何努力地思考这件事，他始终不确定要做些什么，或者从哪里开始或者针对谁去复仇，像对待拉结那样对待她们。他没法采取行动，只能一遍又一遍地回想起发生在埃尔代里斯的那场阴险的丑闻，折磨自己。那些女人在外国权贵面前，更糟糕的是，在世界银行代表团面前，羞辱了整个国家。

丑闻发生后，连续好几天，统治者把自己关起来。每个大臣都吓坏了，他们太了解他的沉默对自己的未来意味着什么，他们只能想方设法自保。有些大臣拼命找借口往议会大厦打电话，但统治者根本不接他们的电话。西吉奥库和马乔卡利受的影响最大，他们的灵魂是多么不安，从西吉奥库耷拉的大耳朵上和马乔卡利死气沉沉的眼睛就能看出来了。

世界银行代表团宣布要回纽约的那一天，马乔卡利的痛苦更深了。他知道最近发生的丑闻让他的声誉大大受损，而且只有他们还在这里，他才有希望挽回。他恳求代表团在与统治者正式辞行之前不要离开。他们同意推迟几天启程。但马乔卡利依旧无法在议会大厦安排一个聚会。他已经没脸再请求他们推迟归期了。他稍微抱怨了几句统治者的闭关不出。他们理解他的窘境，为了让他宽慰一些，他们让他不要忧虑，如果他或者统治者以后碰巧去美国的时候，世界银行会非常欢迎跟他们做进一步的交谈。当马乔卡利乞求他们把这个邀请落实到书面的时候，他们迟疑了，觉得这样做太过于政治化，当然最后他们还是照做了，同时也确认了几天之后飞回纽约的航班。

马乔卡利紧紧握住这封信不放，就好像它是一个护身符，期待有一天能呈献给统治者。这可比对手好多了，至少手上有点东西，他这样安慰自己。

不过，他错误地估计了他的对手。有了卡尼欧若的举报，西吉奥库自信可以渡过这次难关。他或许还没有抓到尼娅薇拉，但对于“人民之声运动”这个组织，他不再是两眼一抹黑了。他士气高昂。温吉尼娅是塔基里卡的妻子。尼娅薇拉是塔基里卡的员工。塔基里卡是通过马乔卡利才获得了通天塔主席这样一个高级的职位。温吉尼娅的罪行可以把马乔卡利跟“人民之声运动”组织联系在一起，或许还可以跟那些让国家蒙羞的女人联系在一起。

统治者持续的缄默，帮了西吉奥库的大忙。他有了时间谋划下一步行动，在他与马乔卡利玩的这场游戏中，终于可以看看谁更强，到底是国家的耳朵，还是国家的眼睛。

据说，统治者在议会大厦里面闭关了七天七个小时七分零七秒，然后他召集了一个紧急内阁会议。他还没有想出一个满意的方案去对付那些女人，不管她们是谁；他只是想找个机会，向那些没那么容易逃避的目标——他的大臣们——发泄一下自己的怒火。

9

看到指挥官走进来的时候，内阁大臣们就像惊恐的军校学生一样跳起身来。统治者坐下，示意他们也坐下。接着，他的目光从桌子的一边巡视到另一边，在每张面孔上短暂地停留了一小会儿，最后落在西吉奥库身上。不用说话，西吉奥库也知道统治者要问自己问题了。

“尊贵的殿下,您是我们所有人的父亲,而我,作为一个忠实的儿子,知道您想让我说一说那些女人的事情。以我的拙见,最应该来解释这件事的人,正是那些劝说我们,认为排队可以被解读为对通天塔疯狂支持的人。鉴于已经发生的这一切,他们可能是想让我们看到他们真正想要表达的东西。”

统治者瞥了马乔卡利一眼。情报大本·曼波也立即照做。他就好像是:时刻警觉着,看看是谁,马乔卡利还是西吉奥库,会最终占上风,然后好站在胜利者一边。马乔卡利抓住这次机会。

“端坐在这里的我们的父亲啊,统治者,给了我们文明、自由还有议会民主制的英国人,教会我们一个信条,那就是内阁决策对集体都有约束力。如果某位大臣不赞同集体决议,那么他应该辞去职位。在我们上次内阁会议中,我并没有听到西吉奥库说他要因为反对排队狂热而辞去职位。相反,他还主动派出骑士到北部、南部、东部、西部和中部区巡查。他们在两个星期之前出发了。说到这里,他们的报告又在哪里呢?”

西吉奥库根本不想他的五个骑士还有他们的任务成为这次会议的焦点,他打算指责马乔卡利刚才那番言论是在说英国依旧统治着阿布瑞里亚,以分散大家的注意力,不过想到上次他说到世界银行代表团时类似的话是如何让统治者大发雷霆的,他还是放弃了。他对自己手中握有的把柄非常自信,只是需要一个合适的时机发动袭击,所以他只是像一只等待猎物的猫一样安静地坐着,任由马乔卡利继续发挥而不打断。

“如果实话实说,不管是增加或减掉A还是B,”马乔卡利继续说道,“我们必须承认,除了那个不幸的事件,埃尔代里斯从来没有举办过这样成功的集会。几乎所有埃尔代里斯人都在现场。”

西吉奥库发现了自己想要的突破点：

“是啊，可是结果如何呢？我们又怎么知道，这么大规模的集会不是他们计划的一部分呢？策划这起女人事件的幕后主使又是谁呢？”

这个事件的后果之一就是，统治者对女人和女人们这两个词非常敏感；一提到这两个词，统治者的心跳就会加快；他明显激动起来。现在所有人都注意到他看着西吉奥库的表情，好像在问他，不停地提这个词，到底会给他带来什么快感。

“他在回避五个骑士的责任。”马乔卡利抱怨道，“至于谁是幕后主使，他应该问问他自己。每个人都知道，那就是所谓‘人民之声运动’这个组织。会场里再次被扔了好多玩具蛇。我想知道的是：在抓捕这些罪犯方面，西吉奥库究竟做了些什么？”

西吉奥库站起身，夸张而缓慢地说：“神圣的父亲啊，消灭一个地下组织，可不像有些人想得那么简单。这些叛徒都是懦夫，只能藏在黑暗之中。他们根本不敢走在阳光之下，因为他们根本不是男人。他们是娘儿们，懦夫。我非常高兴地向您汇报，我们已经锁定了组织里面的某个高层人物。她叫尼娅薇拉。”

“抓住她了吗？”统治者脱口而出。

“没有，还没有——她从我们手中逃掉了。”

“哦……”其他大臣失望地叹息。

“不过我们知道她在哪里工作。”西吉奥库开始发力，挑起他们的好奇心，“我们不分昼夜地监视那里，以确保她的雇主们没有把她藏起来。”

“你为什么不把他们都抓起来？老板、员工，随便什么玩意儿？”统治者问。

“已经抓了一个了。”西吉奥库得意扬扬地看了一圈，“这个人很合作。”

为了分享这即将到来的胜利,有些大臣开始歌唱:西吉奥库烤焦了敌人!西吉奥库烤焦了他们所有人。

“那会是谁呢?”统治者挥手,示意唱歌的大臣们安静下来。

西吉奥库朝马乔卡利投去胜利的一瞥,仿佛在说,你想尝尝这个吗?我还没有收拾你呢。马乔卡利尽力不惊慌,但他那垂头丧气的表情却与极力装出的冷漠不符。

“我非常遗憾地告诉大家,这个人不是别人,正是温吉尼娅,塔基里卡的妻子,通天塔建造委员会的主席塔基里卡,大家都知道,他可是我们这里某个朋友的好兄弟。”西吉奥库朝马乔卡利点点头,对他的背叛和忘恩负义更多地表示遗憾,而不是愤怒。

“通天塔主席的妻子?”大本·曼波,迄今为止马乔卡利忠贞不渝的心腹,这样问道,随时准备跳船。

“是的,就是那个。”西吉奥库坐了下来,再次悲痛地低下头,确认这个可怕的真相。

沉默充斥了整个房间;马乔卡利觉得自己浑身都起了鸡皮疙瘩。他的第一反应是跪倒地上乞求宽恕,但他知道,如果这样做了,他就踏进了西吉奥库设下的陷阱。他的第二冲动是跳起来头一个谴责塔基里卡:要求立即逮捕他,立即处决。他意识到出了什么问题。马乔卡利咒骂自己的疏忽。塔基里卡曾经联系过他,给他的办公室还有司机留了数不清的信息,可是,马乔卡利那时候忙着推迟世界银行代表团的归期,把它们当作一般的社交电话。但凡他回了一个电话,就能早知道现在这状况,而不是任由敌人宰割。

他站起身,不知道自己要做什么或者说什么。但统治者冷冰冰地告诉他没必要站起来,他想说什么坐着说就可以,他就知道自己毫无疑问碰上了大麻烦。但他好歹还要反抗一下,就好像一头受伤的野兽。

“我们神圣的父亲,您的……”

“省省这些开场白,直接说正事。”统治者厉声说。

“任何人,威胁到这个国家的安宁和稳定,都要被清除,不管这个人是阿布瑞里亚的谁的妻子。我很肯定塔基里卡当时就在那个盛大的庆典现场。我记得他对我说他把妻子留在了家里。回答我的问题:温吉尼娅当时在现场吗?她有没有承认过自己是组织的成员?或者她和她的丈夫聘用那个疯女人尼娅薇拉?谁都有可能会不小心聘用到小偷或凶手,毕竟罪犯们又不会到处嚷嚷自己犯过罪。不过,就算是最后证实了她当时就在现场,或者她是组织的一员,也并不能说明塔基里卡就跟这一切有关系。妻子也会背叛丈夫,就好像斯瓦希里老话说的,妻子面前无英雄。”

他引用的谚语,说到本可信任的妻子也会背叛,其实是戳到了统治者的痛处,让他想起了顽固的拉结。

“我不明白为什么马乔卡利要这样大费力气维护他的朋友们,”西吉奥库敏感地意识到这一点,对于对手如此大胆地维护塔基里卡和温吉尼娅,他也有点吃惊,“我没有说温吉尼娅真的是组织成员,也没有说她当时在现场。我们逮捕她,是因为我们觉得她知道一些重要的信息,可以让我们抓住罪犯。她自己都没有否认,塔基里卡不上班的那段时间,她跟尼娅薇拉走得很近。”

马乔卡利感觉到就连其他大臣也恼怒于西吉奥库,他嗅到了一丝生机。

“我们被告知温吉尼娅现在还在协助调查。可是这也是我不能理解的。她被关押了多久?”他带着狡黠的兴趣问道。

“哦,一点也不久,大概七天。”西吉奥库飞快地回答。

“那么在这七天里，她说出了什么可以抓住尼娅薇拉的东西？”

“在这里并不适合公开这些。”西吉奥库恼怒于被迫回答马乔卡利的问题，“我只提到一些细节，为的就是展现我们这些真正热爱我的神和主的人都做了些什么。”

统治者清了清嗓子，用权杖敲了两下桌子。他已经觉得好受一点了，因为再没有什么比看着大臣们刻薄毒辣地交锋让他心情变好了。他可以把他们所说的，跟他从自己的消息来源那里听到的，进行比较。他很可能早就知道了温吉尼娅被捕的消息。

“你审问过塔基里卡吗？”他问。

“没有。还没有。”

“塔基里卡知道他的妻子被警察逮捕了吗？”

“我不知道，但我确定我们没有告诉他。”

“那为什么连我都被蒙在鼓里，对这些进展一无所知呢？还是说你，西吉奥库，才是现在统治阿布瑞里亚的人呢？”

“哦，耶稣基督啊，不，不，我神圣的殿下。我试着联系您，我是说，我不知道我的电话为什么没有被转接到您那里去。我想让您听我亲口诉说，因为事态非常严重。”

“还有人有什么想说的吗？”统治者问大家，“还是说你们都想瞒着我？是啊，七天，然后说联系不上我？我觉得你们好像都跟西吉奥库一样在统治阿布瑞里亚呢。”

权力的钟摆出人意料地摆动，马乔卡利感觉到对手这下麻烦了，他再一次利用这个机会。

“至高无上的父亲啊，西吉奥库要是先把尼娅薇拉抓起来，逼她吐出其他人，这样会好得多，我们就可以进行进一步的抓捕。可是西吉奥库，虽然长了那么大的耳朵，却对明显的事实充耳不闻。

他逮捕了通天塔主席的妻子，徒劳无功地寄希望于她会说出尼娅薇拉的藏身之处。我只想说两点。其一，我想征求一点指导，关于如何处置塔基里卡。我要不要把他逐出通天塔委员会？而且世界银行会怎么看待这件事？”

再没有什么东西能比通天塔资金受阻更能吸引统治者注意力的了。

“西吉奥库，”统治者喊道，“如果你有耳朵，就听好了。难道你就没有想过，逮捕主席的妻子会让别人觉得我身边的人是不可信任的吗？”

“她并没有真的被逮捕，只是被关押。”西吉奥库改口了，“她在帮助我们，仅此而已。”

统治者没有理会西吉奥库的胡扯，转向了马乔卡利。

“世界银行对整件事是什么看法？”他的语气里没有怨恨或嘲讽，只有焦虑。

“最神圣、最尊贵的殿下，被整个世界钟爱的人，”马乔卡利迅速反应过来，他的眼睛比之前稍微亮了一点，“关于发生在埃尔代里斯那可耻的一幕，我对他们说，正如您当时想要解释的那样，他们看到的只是阿布瑞里亚一种宗教舞蹈，只在最尊贵的客人面前表演的舞蹈。他们似乎十分满意，而且说实话，世界银行其实并不太关心我们的风俗习惯。他们唯一担心的就是武力，过去社会主义时代的残留，它将威胁到资本自由流动的稳定并且带来危险。如果尼娅薇拉本人被逮捕了，他们可能会高兴。既然西吉奥库已经收集到充足的信息去逮捕她，那么最好是在世界银行的人返回纽约之前完成这件事。”

“什么？他们要走？”统治者问。

“是的。”马乔卡利说。

“什么时候?”

“明天!”

“没见我就走?”

“我神圣的殿下,我想尽一切办法推迟他们的行程,好让他们有幸能被您接见。出于尊重,他们的确推迟了,但最后他们还是说必须回纽约了。”

“他们的报告怎么说的?”

“他们要回纽约再做报告,然后给出合理的建议。”

“情况如何?”

“不错。非常不错。实际上,他们已经邀请您或我去纽约,在他们做出最终决定之前,我们可以再争取一下。我让他们落实到书面了,白纸黑字,就好像英语里说的那样。”

他慢慢地从口袋里掏出一个信封,呈给了统治者。统治者极力想要控制自己,却没有克制住自己的好奇,立即撕开了信封。他一字一句地读着,脸上浮起笑容。

“可是,这封邀请函有点笼统,”统治者说,“它说,如果我碰巧在纽约……他们什么意思,马库斯?”

听到统治者说这封邀请函意思很含糊,西吉奥库看到了一个机会,可以为自己说话,并且扭转对尼娅薇拉和温吉尼娅事件的注意力。

“祝贺您,我们的救世主,”他自信地说,“这封邀请函的确很及时,说不定它背后还有新任美国总统在撑腰。世界银行的人都很狡猾。他们可能是故意这样发出邀请,就是为了看看阿布瑞里亚是不是真正想要获得贷款。派一个大臣去,可能会让他们觉得我们不太重视这个项目,可是,如果您,尊贵的殿下,亲自前往,再有我们当中一些真正善于倾听的人陪同”——说到这里,他扯了扯自己的耳朵以示强调——“会让那些大老板们知道,我们是认真的,我们全都团结起来支持通天塔。”

“说得对。”另一个大臣附和,“我们别管这些信使了,直接去找高层,面对面地商谈吧。”

“是时候进行一次国事访问了。”另一个大臣建议。

“尊贵的殿下在电视上露面就更好了,尤其是全球网络新闻的《会面世界巨头》。”大本·曼波提议,“所有 20 世纪还有 21 世纪西方世界的伟人都在这个节目上露过面。”

现场变成了一场自由讨论。

“我听说,从来没有一位非洲领导人出现在那个节目上,是真的吗?”另一个大臣说。

“这下你知道他们是多么歧视非洲了吧?”另一个愤怒地说,“从西方挑选政治家上节目,从非洲呢,挑囚犯。多么放肆的种族偏见。”

“也就是说,”一个大臣说,“如果等到我们的统治者同意在节目上露面,他就是第一个参加这个节目的非洲领袖。”

去纽约,在觥筹交错之间为通天塔游说支持,就像灵药一般,治愈了统治者受伤的心。

“现在你们都听好了,”他大喊,所有人迅速安静下来,“无风不起浪。乌云预示着暴风雨。听到塔基里卡,我们通天塔的主席,雇用员工之前没有仔细调查确认背景和历史,我不是很高兴。你听到了吗,马乔卡利?同时,我也不乐意听到逮捕他的妻子的消息,她叫什么来着,温吉尼娅,我不想让这件事传出这间屋子泄露给媒体。我想让你们立即释放温吉尼娅。关于这件事情的只言片语都不能传到世界银行代表团的耳朵里。不过我想要你们去调查塔基里卡,做得巧妙一点。你听到我说的了吗,西吉奥库?”

“是的,先生。那么塔基里卡还继续当通天塔的主席吗?”西吉奥库听了统治者的话,胆子又大了起来,“我建议立即撤销他的职务,这样他才不会干预调查。”

“闭上你的嘴,”统治者警告西吉奥库,“否则我就替你闭上。我们不会在走到河流中间时换马。塔基里卡接着当他的主席。”

现在轮到马乔卡利感受胜利了,他甚至露出一个转瞬即逝的笑容。

“我会指派一个副主席;西吉奥库部长负责给我候选人。还有,西吉奥库,我想让你成立一个委员会,调查排队事件,还有后来发生的那件事。委员会必须调查清楚,排队,是在哪里,什么时候,怎么开始的,敌人又是如何把它当成掩护的。其他大臣可以提名委员会成员,我把挑选委员包括主席的权力留给西吉奥库。”

西吉奥库对此欢欣不已。他击败了对手,或者说他自己这样认为。然而,当他听到统治者宣布:“等我从纽约回来,我想看到详尽的报告放在我办公桌上!”时,他的喜悦化为乌有。

“还有你,马乔卡利,”统治者转向马乔卡利说道,“你赶紧为我安排纽约之行。尽可能多地安排国事访问。我不想让世界银行的人认为我是专门去那里跟他们谈判的。”

去不了纽约,西吉奥库非常失望,而让敌人主导一次可能具有毁灭性的调查,马乔卡利也高兴不起来。他试图绑住西吉奥库的手。

“那尼娅薇拉该如何处置?”他问,“如果‘人民之声运动’组织的大后方没有被粉碎,世界银行的人可能会不情愿把钱贷给一个被叛乱威胁的国家。”

这些话刺穿了国事访问的美梦,带回了有关埃尔代里斯丑闻的回忆。对那些女人的愤怒,还有想用武力复仇的欲望,几乎扼住了统治者的咽喉。为什么她们要在全世界的面前那样对待我?

10

在讲述那些女人在那天所做的一切时,谁能够把事实和虚构分开来呢?所有讲述的人,还有那许许多多的版本,都坚持他们是亲眼所见。不过,毫无疑问的是:阿布瑞里亚从来没有过比通天塔献辞典礼更大的公共集会。

为什么这么多人去参加?因为广播不停催促人们去现场?答案可能就是,大本·曼波作为情报部长在声明中透露,世界银行代表团将作为首席荣誉嘉宾出席。这刺激并强化了许多谣言,说代表团,将在当天给人们发钱,而不是像往常那样把所有的钱贷给国家。

民间组织纷纷开始建议底层民众如何使用这笔钱。有些还主张民众有从其他银行获得免费礼品的权利。一些女性团体,注意到代表团,还有带着她们从一个队伍到另一个队伍的都是男人,觉得这是男人的阴谋,也成立了一个“专为女性”组织,想要分一杯羹。敌对的民间组织也纷纷成立了自己的队伍,拉着自己的口号条幅。

那一天终于来了,所有像蘑菇一样遍布埃尔代里斯、目的不尽相同的队伍现在浩浩荡荡地向着统治者出发。有些人从很远的地方赶来,几天前就在场外安营扎寨。

11

“我们,也在那里。”尼娅薇拉对卡梅特说,“我们有些人,大多数都是女人,几天前就混在人群中。看到那么多人,我们看到了光,我们计划在光天化日之下支持民主、谴责独裁专制,而政府许诺过会出席的世界银行代表团也会对我们有利。多么讽刺啊！民主的空间竟然要靠我们反对的银行才能有所保证!”

这是她逃进大山后的第二天清晨。卡梅特在梧桐树下搭起棚子,在这儿尼娅薇拉睡得不太好。她做了很多被囚禁关押的噩梦。用干枯的蕨类和芦苇临时铺成的床也没有让她舒服一些。惊醒了好几次之后,天终于亮了,她觉得很庆幸。

夜里的惊恐暂时减轻,虽然想到自己差那么一点点就被抓了,她的心还是会狂跳起来。周遭的宁静,还有身边的卡梅特,跟几个星期前她和同伴们筹划行动的场景,有着天壤之别。有时候,他们会讨论上一整夜。周末的时候,他们会在排队的时候开会,以便更好地研究人们的喜好。随着献辞日的临近,他们必须落实有关政府的计划、意图还有民意的最琐碎的细节。

统治者和他的大臣们都喜气洋洋,尤其是看到很多人提前一周就到了现场。广播评论不停渲染这次朝圣以及人们对通天塔的热爱和支持。马乔卡利不知疲倦地歌颂统治者的智慧和远见,他让银行的人也看到队伍在不断增加。

西吉奥库对这一切自然是不开心,但他吞下了自己的伤痛和嫉妒,指望他们会出什么差错。为了实现这个,部长在要求 M5 执行有效警戒方面自然就松懈了。

尼娅薇拉和同伴们在星期四晚上就到了现场,跟组织其他人会合。他们想利用周五做一些收尾工作。

“我从来没有见过那么大的集会场面。”尼娅薇拉对卡梅特说,“通天塔的幕布前,人山人海。政府还提供了免费的公交车和卡车,运送统治者的石膏塑像。有些人举着绿色的树枝,砸着车辆的两侧，敲击他们口中歌曲的节奏。有些人则步行，一边挥舞嫩绿的树枝，一边唱歌。每个队伍都有自己的歌曲，这些歌曲都反映了他们各自想要的利益。他们没有统一的主题，只是觉得，世界银行都出席了，肯定是跟钱和工作岗位有关。”

随着人们全体出动，国家官员们也开始着手手上的重要工作：权贵们的座席安排，体现客人的重要程度和顺序，至少在国家的眼中是这样。坐在统治者右边的是世界银行代表团成员。他们旁边的是外国大使们，由美国大使领头。宗教领袖们也去了很多——红衣主教、新教徒主教、犹太拉比，还有各个印度教派的神父们。统治者和他的智囊团急于驳倒一些谣言——宗教团体拒绝承认他是黑夜王子的化身。统治者的左边是他的大臣们，议会成员，还有军队各个分支的领导人。统治者的正后方是他的官方传记作家，卢米纳斯·卡拉姆-姆布亚。他经常捧着一本硕大的笔记本还有一支巨大的笔，从远处一眼就能认出来。

统治者在护卫的拥簇下出场，跟世界银行代表团所有成员、所有大使和宗教领袖握手。

在开场致辞里，马乔卡利再一次强调了通天塔的巨大。他让人们想象乞力马扎罗山一千倍的样子！想象一下，他继续说道，它跨越埃尔代里斯、阿布瑞里亚、非洲大陆，直到印度洋东部尽头，还有大西洋西边的尽头：这还不足以完全形容它，通天塔将跨越整个地球。

“除了巴别塔，它将是人类历史上仅有的一次碰触天堂之门的尝试，”他接着说，“一旦建好了，它将是世界上唯一的奇迹！这就是我们为什么在阿布瑞里亚如此喜悦并且荣幸地邀请到世界银行代表团与普通民众一起参加这次集会。世界银行代表团，同时也代表着世界金融部，还没有给出报告，但我们非常有信心，他们在写报告的时候绝不会忘了在今天所看到的一切:这个项目获得了大量的民众的支持。代表团亲眼见到了遍布整个城市的队伍。而这些队伍,还有今天这个集会,对世界银行还有整个世界表达的是什么?非常简单。阿布瑞里亚人民已经准备好放弃衣物、房屋、教育、医疗,甚至食物,只为了能满足世界银行给通天塔发放贷款所需要的任何条件。无论多大,无论多小。这就是我们的新口号。我们将永不止步,直到来到天堂的门口。我们用我们的子孙、子孙的子孙、子孙的子孙的子孙、子子孙孙直到时间的尽头,发誓——是的,我们甚至可以用世界尽头之后诞生的子孙后代发誓——我们将连本带利地偿还借来的每一分钱。统治者可不像那些总是不守承诺的第三世界领导人,贷完款后又来要求免除债务。”

那些以为世界银行要把钱直接发给民众而不是给政府的人有点失望,有些甚至抱怨抗议,但他们还是认为马乔卡利只是在降低大家的期望,真正有用的还是统治者或世界银行代表团的负责人宣布的信息。

马乔卡利不愿意再次上演统治者生日庆典上那种各部门之间敌对的场面,因此没有给其他任何大臣发言的机会。开场致辞之后,他迅速宣布接下来由各个剧团给统治者和客人们表演节目,让人们准备好聆听伟大领袖的亲自致辞。

首先是埃尔代里斯的学生及其相关人员,唱的大多都是赞美统治者出国为人民寻找食物的事迹,尤其是在干旱和饥荒年代。他代表人们发出的呼喊甚至传到了世界银行的耳中,因此世界银行才派了一个代表团来到阿布瑞里亚,给通天塔送钱。他们唱出自己的希望,希望这个项目能够尽早地完工。这样一来,统治者将常伴上帝左右。

听了之后,马乔卡利欣喜若狂:这些歌曲简洁明了地总结了这个项目的主题。他让人们给孩子们鼓掌。你们没听到他们唱的吗？他夸张地问大家。靠近上帝的他，将永远是第一个享受上帝恩泽的人。

其他大多数团体，包括成人的，表演唱歌跳舞时，都是以相同的赞美结束。他们赞美这位领袖及其代表阿布瑞里亚向西方世界寻求资本的努力。举着定制的权杖和拂尘，统治者面带笑容地接受这些赞美，时不时侧身向右边或左边，同客人点评表演的细节。其余时间他只是举起拂尘，仿佛在给下边赐福。

轮到女人们了。原本的安排是，她们的歌唱和舞蹈将气氛推向高潮，为统治者的演讲打响前奏。女人们的节目，尤其是那些年长的女人的表演，总是在观众中间造成轰动，仿佛是在庆祝女人的青春。空气中开始有了一种似曾相识的预感。

现在，痛恨自己不能受到万人瞩目的西吉奥库，在这些女人中，找到了突破口。他走到领袖身边说，在合适的时机，您可以走到跳舞的女人们当中去，甚至可以跳上几步，这可是个绝佳的拍照时机。然后他可以邀请一些外交官跟他一起跳，这样全世界都可以看到，统治者真的是人民爱戴的领袖。马乔卡利没法反对这个主意，因为统治者听了似乎非常高兴，但他建议说最好是把它放在演讲之后，在压轴曲目的时候跟所有的歌手和舞者一起跳。统治者非常爱听“压轴曲目”这个词，他同意了这个建议。

现在，马乔卡利部长的声音被盖住了，女人们上场了。

女人们成双成对地从四面八方走到舞台中央，她们穿着打扮跟下面的观众一样，尼娅薇拉就在其中。实际上，除了井然的秩序和肃穆的入场，她们并没有什么引人注目的地方。她们默不作声，表情阴沉，仿佛在参加一个葬礼。相应地，人群也安静下来，默默地看着女人们不停地走进场。当走在独立方阵前头的女人来到离讲台最近的地方时,她们走了过去,转过身,向坐着的观众走去。那些观众坐在那里,仿佛只为了随时起身,配合整个集会的流程。几秒钟后,人们就很难分辨现在行进的这些人是否还是刚才那一批。从讲台看过去,这个方阵仿佛没有开头没有结尾,又好像是只有后面在动,而前面则跟观众融为了一体。她们不停地移动,极为有序。看到她们这样肃穆地表示支持,统治者十分感动;他举起拂尘,挥舞了几下,表示非常尊重和欣赏她们对通天塔的忠诚。

接着,他的拂尘掉在了地上,他的心猛地一沉;他变得焦虑不安,跟讲台上的其他人一样。因为女人们突然停止了移动,手指指着统治者,齐声喊道:放了拉结!放了拉结!她们的声音震耳欲聋,讲台上的人们都被她们的大胆吓晕了。

“然后,跟计划的一样,”尼娅薇拉对卡梅特说,“舞台上的我们突然面向观众,背对着讲台。我们一起掀起裙子,向舞台上的人露出屁股,然后蹲下来好像要在舞台上拉屎一样。走到人群里面的我们的人开始大喊:通天塔就是一坨屎!通天塔就是一大堆屎!有两三个女人忘记了,我们这样做只是模仿我们的女性祖先,在实在不能再接受独裁统治的时候做最后一搏,她们真的尿了出来,还大声放屁。或许是因为生理需要或者心理恐惧,又或者二者都有。”

有些外交官大笑起来,以为这是什么搞笑的当地舞蹈,但看到政府官员和大臣们没笑,他们只能一边克制自己,一边猜想,虽然这场面看上去有些色情,但可能真的是某种严肃的当地舞蹈。

统治者当然也很严肃,因为他不知道该怎么做:走开还是留下。警察们举起了枪,等待开火的命令,可是就连他们也不确定应该向谁或朝着哪里开枪。

马乔卡利都想哭了。为什么啊?为什么他要叫那些女人来表演？为什么不等那些学生和青年表演完就喊停？他跟其他人一样明白，如果没有女人去表演，权贵们是不会把它当作真正的娱乐节目的。可是，现在说起来也是事后诸葛亮，在他的眼皮底下竟然发生这种令人发指、恶心至极的丑闻，疏忽的罪责他是逃不掉的了。

看到这个场面，政府这边只有极少数人真的开心，西吉奥库就是其中之一，虽然他还没有蠢到表露出来。所有会损害到对手的阴谋对他来说都是极大的快乐。唯一让他烦恼的就是，正是他之前建议统治者走到女人们当中去，不过他的担心很快就消失了，因为幸运的是，多亏了对手的反对，统治者并没有真的照他建议的去做。但是，他也不敢想象，如果统治者和外交官们真的走到女人们当中去，她们又蹲下来拉屎，他的命运会变成什么样子。

警察局长跑到统治者身边，请求允许朝天开枪。蠢货，统治者说，那会让人群暴乱，那时候你要怎么办？在这些镜头前杀了他们？麦克风是开着的，人们听到了他们的对话，却不知道发生了什么事，以为说的是专门为世界银行代表团准备的二十一响礼炮。

很快，那些列队的女人们都从舞台上消失了，混进了坐着的群众里面，根本认不出来。有那么几秒钟，讲台上的人还以为自己只是看了一场精心制作的魔术表演。

12

就连统治者，也觉得是自己的眼睛骗了自己。那些无耻的女人们去哪儿了？他站起身，想要赶走这幻象，也平静一下可能是被女人们还有警察局长搅起来的紧张情绪。他想要表现得幽默一点，告诉人们，他们毕竟是在黑非洲，他们看到的听到的，或者以为自己看到的听到的，其实是一种黑色幽默，从一种古老的阿布瑞里亚仪式传承而来。可是,在讲解这种仪式及其重要意义时,他瞥了一眼他的客人们,想看看他们是如何看待他这种解释的,却发现他们都在盯着什么东西看。他坐回到椅子上,不由自主地露出震惊的神情。难道这个噩梦没有尽头吗?

他和其他客人坐着的讲台开始慢慢往下沉,好像地下有一股力量在往下拉。一股液体漏了出来,慢慢形成一个泥坑。难道这个讲台是搭建在沼泽地上面的吗?

外交官们和银行的人们是第一批逃走的。统治者和大臣们站起来,还想保持高贵的样子。马乔卡利,看到统治者的手势之后,一把抓过麦克风,宣布典礼正式结束。等他再抬头看时,统治者和其他大臣已经不见了踪影。泥坑越来越大,他的鞋子已经一半沉到黑色的污泥里面。他闻到屎和尿的臭味,却不知道它到底是什么东西。他向他的汽车跑去,再也不管周围在发生什么事情。他看到统治者和其他大臣坐在各自的汽车里匆忙撤离。

有些人说自己亲眼看见了,统治者和大臣们陷进了泥坑,是警察们把他们拽了上来。有些人则反对,说讲台是在权贵们逃走以后才沉下去的。因为是亲眼所见,所以他们敢这么说。不过,所有的版本都说,当时的确出现了这么一个神秘的臭烘烘的泥坑。

“我本人没有看到泥坑,但肯定是有什么事情发生,才让他们那样落荒而逃的。”尼娅薇拉对卡梅特说,“我只能猜想是污水处理系统出了问题,毕竟它由殖民政府安装好之后就再也没有得到过保养和维护。

“不过,那个时候,我们满脑子都是胜利,根本没有去想是不是真的出现过一个泥坑,或者它暗示着什么。我们只是沉浸在晚霞之中,我们表达得很清楚,不是每个阿布瑞里亚人都乐意为了通天塔承担更多债务,或者被一个无情的独裁者统治。你不用了解太多就会发现，一个连自己的妻子都能囚禁的男人就是一只披着羊皮的狼！拉结的命运就说明了一切：如果一个曾经在权力顶峰的女人都能这样‘被消失’，虽然活着，却要永远地沉默，那么普通女性比如工人和农民又会怎么样呢？女性的生存状况，最能真正反映一个国家的进步。你囚禁一个女人，就是囚禁了一个国家，我们庆祝的时候这样唱道。

“那天晚上我回家的时候，觉得自己好像长出了翅膀。那么多无眠的夜晚，那么多四处奔忙的白天，一切都是值得的。是女性力量让我们这样做的，我们说。”尼娅薇拉对卡梅特说，想到女性的勇敢还有她们应得的胜利，她的眼睛里依旧闪耀着骄傲的光芒，“那天晚上我不停地重复一句话。女性力量成功了。”

统治者把自己关在议会大厦，关了七天七个小时七分钟零七秒，谁也不见，直到召开内阁会议，在会议上，他决定去西方国家进行国事访问，寻求支持。

政府随即颁布了一条法令，禁止五个人以上排队。不管什么时间什么地点什么事情，超过五个人，站成一排就是违法的，不管是进教堂、清真寺、搭公交还是走进办公室。公交站如果有五个以上的人等车，就得排成好几队，每队不超过五个人，绝对不能站成一队。统治者说，队伍是马克思主义的产物，跟非洲文化完全没有关系，非洲文化的特性是自发精神。毫无组织——推搡拥挤——就是每天的秩序。

然而，这条禁令仅仅催生出许许多多的故事，那天的事情已经传遍了全国，也闹了很多笑话。有人说，通天塔已经得到了祝福和屎尿的保佑。这个国家的政权差点整个被泥坑吞没，有些人则会这样补充，笑得肋骨都疼，他们知道，想要用沙子和石头去填满它是徒劳无功的。他们说，那种液体会从沙子和石头下面冒出来。

市政府开始做损害控制:他们聘请了一个公司在泥坑周围种上花,聘请另一个公司往泥坑里倒香水,不过不管它们怎么做,鲜花不会成活,香水也无法赶走臭味。最后市政府不得不再次聘请这两个公司——所有人是索伊、鲁耶耶、莫亚和库萨拉——在四周种植并维护塑料花和塑料树,同时定期往里面倒香水。

那些女人是什么人? 这是人们最常问的问题。不管是不在场的人,还是那些自称在场的人,这个问题都只是他们以讹传讹的开头而已。那些不在场的人会不断跟别人讲述自己听来的一切。那些在场的人则打着亲眼所见的旗号言之凿凿。他们说,离开的时候,他们看见在满地的垃圾、空瓶空罐之间,有许多塑料蛇。而且迄今为止,人人都知道塑料蛇就是"人民之声运动"的标识。你说,那些女人也是组织的一部分?有些人会问。你以为呢,其他人会说,然后继续说那些女人是多么有纪律,在让统治者舔她们屁眼之后又是如何神秘地融进了人群之中。那是她们的大日子,那是她们的胜利。女人?她们或许是沉静的,可是,就像沉静的小溪,你永远不知道它们有多深。

"在那之后的头两三个晚上我几乎无法入睡,"尼娅薇拉对卡梅特说,"我的脑子里都是之前发生的一切。我仿佛走在云端:克服了那么多困难,我们组织所做到的一切,都让我兴奋不已。就在我准备回埃尔代里斯现代建筑和房地产公司上班时,我依旧沉浸在喜悦之中。不过,你可以想象一下,发现阿盖还有他那些 M5 的团伙,包括卡尼欧若,在门口等着我的时候,我有多吃惊!"尼娅薇拉对卡梅特诉说,那一刻,被阿盖在大街上拦下并且碰巧透露出这个消息之后,她感受到的恐惧终于得到了释放,"我很幸运,或者我应该说,因为被误当作乌鸦魔法师,抓我的人最后空手而归。"

那个时候,跟许多人一样,尼娅薇拉也不知道温吉尼娅被逮捕的事情。温吉尼娅被释放，并且，在那次内阁会议上，统治者决定对欧洲和美国进行一系列国事访问，在那之后很久，她才知道这个消息。

13

内阁会议散会之后，马乔卡利迫切想要知道西吉奥库的人究竟问了温吉尼娅什么，而想要不引起敌人注意，又能满足自己好奇心的最好办法就是跟塔基里卡见上一面。不幸的是，他跟塔基里卡没能在商定好的时间见面，因为马乔卡利很快就被淹没在安排国事访问的事情之中。由于这些访问的真正目的就是为通天塔落实贷款事宜，所以美国之行将是最重要的，但是对英国、德国、法国和斯堪的纳维亚的访问将会给他们手上的事情增添魅力和尊严。然而，在获得这些国家的邀请方面，马乔卡利却遇到了困难。

所有外交官们的反应大致相同。国事访问必须是双方都同意的；即便如此，也需要花时间商定细节。马乔卡利明白，成功的国事访问可不是凭空想象出来的，但却很难说服统治者。统治者一直对他说，之前的国事访问都不需要花时间安排，那时候还是冷战时期——现在冷战都结束了，为什么反而不可以了？西吉奥库更是不放过任何一个机会刺激统治者的傲慢之心。

比方说，西吉奥库经常去见统治者，汇报抓捕尼娅薇拉的进展，以及从温吉尼娅那里了解到什么信息，但其实他没有什么东西可汇报的，所以就很巧妙地把话题转换到国事访问上面，他会暗示，如果是他来负责，他早就弄到必要的邀请了。尽管统治者一再让他只管操心他自己的事情，尽快抓到像尼娅薇拉那样的国家公敌，西吉奥库还是一门心思地劝说统治者利用世界银行之前留下的邀请函,或者更好的是,做一次私人访问,同时,在国内说成是一次国事访问或官方访问。

等下次马乔卡利再去见统治者的时候,就惊讶地发现自己被逼到了这个地步。他知道这其中的缘由,只能妥协让步:统治者将以游客的身份去美国,同时,外交部长将把这次出行转换成国事访问或官方访问,如果实现不了,马乔卡利将尽力安排一次会面,阿布瑞里亚的统治者和美国总统会面,当着世界银行的某个负责人。与美国总统的会面,即便只有一两个小时也会给世界银行传达正面而积极的讯息。

然而,马乔卡利居然做到了,他在阿布瑞里亚就安排好了统治者在联合国大会上发言,就在纽约的曼哈顿;马乔卡利把这当作外交的巨大成果。纽约也是世界银行总部的所在地,统治者可以一石二鸟,既可以跟世界银行的总监们面对面商谈,也有了一个平台,对整个世界讲述通天塔,这个宇宙之中唯一的奇迹。

安排私人访问的任务依旧落在了马乔卡利的肩上,待他安排好了所有事宜,敲定了统治者启程的日子,他才决定去圣玛利亚见塔基里卡,谈谈温吉尼娅的事情。在媒体报道之前,他有一些重要的信息想要私下与塔基里卡分享。马乔卡利怀疑西吉奥库正在监视他,决定不坐自己办公用的奔驰车,而是叫了一辆出租车。

为了安静和隐蔽,他们在火星咖啡馆见面,因为 M5 有权使用所有五星级酒店。谁料,塔基里卡才是那个最迫切想要见面的人;马乔卡利刚坐下来,塔基里卡就开始吐露心声。

“我的朋友,我很高兴你来了。我敢肯定,他们想对付的人是我,而不是温吉尼娅。我该怎么办?我可不知道尼娅薇拉是那个组织的人。我以为她只是个找工作的普通女人,所以才聘用了她。现在我该怎么做,才能证明我依旧忠于统治者?你看,我带了些东西给你看看,你帮我改改。这是一份声明,宣布我要跟温吉尼娅离婚,因为她跟异见分子合谋……"

"嘘嘘嘘!别那么快!"马乔卡利一边说,一边扔掉声明,"先告诉我:温吉尼娅当时在现场吗?"

"我怎么会知道?她或许乔装打扮去了那里。"

"可是在会上,你跟我说你跟她通过电话。"

"那倒是真的。"

"那她怎么能又在家又去了集会现场?"

"马库斯,女人是很复杂的。另外,移动电话是会骗人的。"他随口说道,完全忘了温吉尼娅根本就不用手机,虽然他曾经为了想要显得不与时代脱节而恳求她使用手机。

"你有没有问过用人或者孩子,当时她是否在家?"

"问过,他们都说她一整天都在家里。可是我怎么知道他们是不是在说谎?没准她买通了他们为她打掩护。千万不要相信女人!我相信了尼娅薇拉,现在才会这么痛苦!"

"等会再说尼娅薇拉。温吉尼娅知道警察把她带到了哪里吗?"

"她说不知道。她说,他们把她抓走后,就蒙上了她的眼睛,开车带着她转圈圈,然后把她关进一间小黑屋,里面光线非常暗。她在那间屋子里被审问,她看不到是谁。"

"他们问了她什么?我是说,他们想知道什么?"

"他们要求她说出所知道的关于'人民之声运动'组织的一切。也有些问题是跟尼娅薇拉相关的。她认识尼娅薇拉多久了?她们是怎么认识的?尼娅薇拉是从什么时候开始为埃尔代里斯现代建筑和房地产公司工作的?谁才是真正聘用她的人?他们还想知道尼娅薇拉和我,以及尼娅薇拉和你之间是否有私人关系?你跟尼娅薇拉是否在我的办公室里面或外面见过面?她是不是你的女朋友?就是这些问题。温吉尼娅说她把知道的一切都告诉了他们,当然也非常少,因为她本人根本不常去公司,她只是在我生病那段时间去而已……你现在知道我说的了吧,女人呢就是这样,她真的有必要提起我的病吗?"

"别担心,听我说。像个男人一样,稳住自己。政府里每个人都知道你当时得了流感倒下了。阿布瑞里亚每个人都会得流感。所以没有什么可担心的。至于聘用尼娅薇拉,每个人都可能会犯类似的错。一个人可能会聘用小偷,但那并不能说明他本人就是个小偷。另外,小偷也不会走到大街上乱喊:我是个小偷。员工犯的罪不能算到雇主头上。听着,尼娅薇拉是国家的敌人,如果你知道什么可以抓住她的东西,告诉我。你明白吗?先跟我说。我去美国之后,会经常给你打电话,看看你有什么发现。可是,如果找不到我的时候,你又有了关于尼娅薇拉的消息,我建议你去最近的警察局,去找你那位朋友——他叫什么来着?万得弗·邓波?对,就是他。至于你的妻子,她对你又没做错什么,你为什么会想要跟她离婚?"

"哦,谢谢你。所以我没什么危险?你不生我的气?统治者不生我的气?"

"统治者和我为什么要生你的气?"

"谢谢!谢谢你,我的部长!"塔基里卡说得好像部长和统治者成了同一个人似的。

马乔卡利本来想让他闭嘴,他只是统治者的一个大臣而已,但他没有。他跟塔基里卡说得越多,就越沮丧。他从来没有见过这个样子的塔基里卡。没有主心骨,他觉得。马乔卡利在想,这样的塔基里卡,是否还值得他说出原本想说的一切,比方说,他不在的时候,让塔基里卡当他的看门狗。他还想过要瞒住塔基里卡,关于通天塔建造委员会结构有变的事情。不过,他觉得,相比起让塔基里卡在报纸上看到这则消息,还是他亲自告诉他更为公平。

“现在你仔细听好了。即便在我们国家大臣之间,也有着关系到权力和影响力的激烈斗争。不是每个大臣都喜欢我。我们献给统治者的‘生日蛋糕’也不是每个人都喜欢,并不是因为他们憎恨通天塔这个主意,而是因为它不是他们提出来的。某些人,我觉得你肯定知道我指的是谁——我不想提他们的名字——对这个项目憎恶到了不惜一切代价破坏它的地步。做不到的话,他们就会尽一切可能掺和到里面来抢功。现在,我不想拐弯抹角了,我想直截了当地告诉你,他们终究会想方设法这样做的。当然,他们想要赶走我所有的伙伴,就像你,从建造委员会里面,可是不幸的是,统治者用那深不可测的智慧拒绝了他们的请求。无论如何,有些变化你应该知道,比方说,你将会有一位副手。”

“什么?他会接手我的工作?”塔基里卡警觉地问。

“不,不是。你还是通天塔的主席。你的副手只是协助你。”

塔基里卡松了一口气,仿佛他之前等待的是更坏的消息。

“那不是什么坏消息,你知道的,”塔基里卡说,“我来主事,他来打杂。我的职员而已。”

“可能不是那样,”马乔卡利以为塔基里卡会暴怒,他有点厌烦地解释道,“你的副手不是为我工作的,而是我对手的人。他是敌人安插在我的阵营里的眼线。我想要你记下他说了什么,做了什么,等我从美国回来的时候,你再跟我汇报。当然,现在委员会没什么工作要做,所以有个副手也没什么意义。只有等世界银行发放了贷款之后,工作才会开始。不过,如果他要你跟他一起做什么事情,或者他要求你签任何文件,千万别照做,直到我从美国回来，至少也要等你跟我在电话里商量过再说。”

这时候，塔基里卡才意识到统治者不会对付他，而他还将继续在通天塔主席的位置上坐下去，他所有的忧虑都消失了。他不明白为什么马乔卡利要对副手的事情这样小题大做。不就是个美其名曰的副手吗，实际就是个职员，主席说什么他就得照做。

“要是我能自己挑选这个职员就好了，来个恰当的工作面试，不过我想，没有也没关系。究竟谁会是我的副手呢？”塔基里卡问。

“这个礼拜的官方报纸上就会公布他的姓名，不过我想我应该亲自告诉你，才不会让你吃惊。他的名字是约翰·卡尼欧若。之前，他是青年团高级团员。”

“什么，让一个全能青年团员来当我的副手？”塔基里卡现在觉得被侮辱了，“这些青年团员知道什么呀，除了……除了……我都不知道他们会做什么。不过，想一想，这也没事。他会是我的跟班，围着我转……”

“不可能，”看到自己的伙伴如此幼稚，马乔卡利有些尴尬，“还会有一个调查委员会来调查排队狂热的事情。这个委员会要查出排队狂热是谁在哪里造成的，还有是如何被利用来反对政府的。”

“那很简单——不用什么委员会来查。”塔基里卡站起身指向他的办公室，“就是从那里开始的，在我办公室外面。不幸的是，”他坐下说，“那时候我生病了。但我的秘书可以告诉他们一切，那段时间她都在。”接着他想起来自己的秘书是谁，就飞快地把这件事放到了一边。

“我的妻子，温吉尼娅，也在那里。她可以真正证明排队狂潮是从我的办公室外面开始的。为什么？有人想来邀功？”

“不是。”马乔卡利试图解释，却突然觉得自己这样对他强调事态的严重性一点用也没有。我怎么会跟这样一个迟钝的人搅和在一起呢，他丝毫觉察不到这其中的陷阱，“这个调查委员会没什么可担心的。最重要的就是，你要讲真话。只要你说的是真话，就没事了。”

塔基里卡表示赞同，但他心里清楚，绝对没有哪个委员会能让他说出他从那些想要拿到承包合同的人那里讹了多少钱。就算发现温吉尼娅走漏了风声，他也会坚决否认，不管后果如何。

“谁会是这个调查委员会的主席？”

“约翰·卡尼欧若。”

“那个青年团成员？”

“是的。”

塔基里卡又一次没有产生任何警觉，相反，他迅速对委员会失去了兴趣，他的思绪飞驰到了即将到来的美国之行。他突然有了一个主意。如果他，塔基里卡，加入了去美国的代表团，肯定就有了时间和机会直接与统治者对话。那时候，他会离权力之源更近，而不是在这里把时间浪费在这些没用的委员会和副手身上，无所事事。他清了清嗓子。

“我想问问你，部长先生，作为通天塔的主席，难道我不应该参加去美国的代表团吗？既然我又有了一个副手，主席的位子又不会空着或者变冷。我的副手卡尼欧若会替我暖着它，直到我们从美国回来。”

“哦，不行！我想让你留在大后方，当我的眼睛和耳朵。”马乔卡利飞快地说，又强调了一遍一直以来他想要暗示的东西，不过，他不想在这个话题上停留太长时间，因为他已经开始怀疑这位朋友的人品，“我要回办公室了。统治者可能随时会给我打电话，我不想看到任何报纸头条说,外交部长失踪了。”他努力地想要用轻松的口吻结束这次谈话。

几个月后,在某间刑讯室里,塔基里卡用自己的祖先、孩子、上帝,还有任何能让他暂时缓解手指头里面扎针、烟头烫肉的疼痛的东西,发誓自己是无辜的,他不停地对审问的警察说着同样的话,一遍又一遍:“那就是我最后一次跟马乔卡利谈话。我向上帝发誓。”

塔基里卡流着眼泪乞求折磨他的那些人:“求求你们放了我吧。我们在火星咖啡馆告别后,在他们启程去美国之前,我就再也没有见过他,也没有通过电话。说实话,我痛恨自己没有加入这个代表团,否则我就不用知道他们离开的日期和时间了。”

14

都说时间会治愈伤痛,可是,对于统治者来说,时间似乎会加深痛苦。即便马上就要启程前往美国,想到那些女人对他做的一切,他依旧忍不住惊恐地扭动身子。他不能理解她们为什么要提起拉结的事,虽然他从来没有跟别人说过,但这才是真正伤害到他的地方。她们已经介入了他的私生活,以前可从没有人这样对待过他。在家庭里面,男性的权威是绝对的,这可是所有人都认同的观念,不管是独裁主义者还是民主主义者、殖民主义者还是反殖民主义者、男人还是女人,还有所有现有宗教的领袖。这些女人怎么敢质疑在天堂和人间都如此显而易见的真理?现在在阿布瑞里亚,最悲惨的乞丐回到家里,地位都比他之于他的家庭和国家要高。她们是如何,又是什么时候接触到拉结的?他一次又一次地问自己。他的神经绷得很紧,疑问一直盘旋在他的心头:难道是哪个亲爱的儿子给拉结和那些女人牵线搭桥？可是四个儿子里面，哪个敢这样胆大包天，做出这样有悖伦理道德和男性权威的事情来呢？他脑中浮现他们的面庞，一个一个地思索：先是路易本·库萨拉，接着是萨姆维尔·莫亚，然后是狄更斯·索伊，最后是理查德·鲁耶耶。但这些面庞只是更加让他疑虑更深。

怀疑慢慢加深，终于到了无法忍受的时候，他把四个儿子召来见他，说在启程前往美国之前想见见他们。他召开家庭会议，告诉他们，他不在的日子里，他们必须时刻注意军队里的异动，并且留意留下来的大臣，尤其是西吉奥库。他提醒他们不要喝太多酒，并且警告他们，他收到一份报告，说他们之中的某一个，两星上将，有一次在追求一个妓女的时候，把自己的军装落在一个酒吧里面。被指责的这个儿子跳起来为自己辩护，对父亲说，那些都是 M5 的某些人因为嫉妒和怨恨瞎说的。统治者抓住这个机会，把话题转移到他们被“保护”的母亲拉结身上。他问起他们最后一次去看望她的情形；他们跟她都说了什么话题；她有没有要求他们问候她的朋友和亲戚。有没有人为他们的母亲带什么话或者是问候？他们似乎完全不知道他在说什么，因为他们最近谁也没有私下见过她，或者给她打过电话。看着他们不解的神情，注意到他们声音里的困惑，还比较了刚才说到 M5 的时候他们的反应，统治者确定，他们没有做过什么危害到特权的事，他们享受还来不及呢。为了显示作为父亲的慈爱，他问了关于他们妻子的事情，催还没有娶妻的儿子赶紧创建家庭，同时又让他们提防女人，因为所有的女人，不管是母亲、妻子、姐妹还是女儿，都是个谜团，不值得信任。永远不要相信女人，他直白地对他们说，因为女人是万恶之源。

他口若悬河长篇大论的时候，突然有了一个主意：要怎么样才能回击拉结和那些女人呢。自从那耻辱的一天以来，他第一次觉得开心——这就是甜蜜的复仇。他立即把自己的计划告诉了儿子们,这样他去美国之后,他们就不会无心地破坏到它。出于安全的原因,他走了以后,拉结房间里的电源将被切断。他警告他们,他离开的期间,他们不要靠近探望区,否则,灾难降临的话,他们只能怪自己了。他当然没有告诉他们,他准备切断拉结能源供给,让她只靠木头和干草过活。这种剥夺将让她吸取教训,逼迫她切断跟罪恶、不知羞耻的女人们的所有联系。就算拉结和她们之间现在还没有取得联系,他也会让这在他离开的期间变得彻底不可能。

家庭会议之后,拉结监牢里的电源真的被切断了。人们开始窃窃私语。住在附近山上的人们,还有以前在夜里经常能看到高墙里面灯光的人们,开始看见一点灯光在黑夜里游荡,有时候是在拉结的房间外面,有时候是在里面,因为看不到是谁捧着灯,他们说那其实是拉结的鬼魂在徘徊,在念着诅咒。而他们听不清她具体在说些什么,因为庄园四个角落里的扩音器不停地播放着下面的歌曲:

我将变得更加勤勉
赶走我内心的邪恶
我将忏悔我所有的罪
在我的主回来之前

夜里飘荡的亮光,还有永不停歇的播放,让他们得出结论,拉结已经死了很长时间,作为报复,她的鬼魂在夜里飘荡,诅咒统治者,还有他在美国的计划……

15

“接下来你准备怎么做?”尼娅薇拉讲述完埃尔代里斯闹剧

后，卡梅特问她。

“我想跟你一起生活在丛林里，至少先住上几天。”

“可是他们要是追来怎么办？”

“我是夜里逃进来的。没人看到我逃出埃尔代里斯。他们甚至不知道我长什么样子。”

“卡尼欧若知道。你和卡尼欧若曾经同床共枕，或许你曾经说起过这片山脉和森林可以作为政治避难处。”

“当他和我还在埃尔代里斯大学上学的时候，”尼娅薇拉解释道，“我的朋友们和我经常弹着吉他，谈论阿布瑞里亚和非洲的新殖民主义问题。有多少次我们彻夜不眠地分析我们的社会阶级构造，还有阿布瑞里亚的政治和历史？那时候尤尼提·蒙兹-比拉-沙卡和卢米纳斯·卡拉姆-姆布亚-伊图卡的壮举还是我们学生和年轻人的主要话题。尽管我们跟他们并没有私交，因为那个时候他们还在四处流亡避难，我们阅读、谈论他们在革命方面的言论或作品。就连他们提到的读过的书，例如高尔基的《母亲》，都会在我们的阅读清单之上。卡尼欧若在这些事情上面从不多说，但他总在我们身边，偶尔发表一些不同意见。争不过我们的时候，他就会说我们是不切实际的理想主义者。更多时候，他只是待在那里，一个沉默的听众，一个没有意见的人。但我不记得我们说过山脉、森林还有政治避难的事情。”

“当两个人的心在一起的时候，是不会注意到对方所说的每一句话的，他们的眼睛看到的都是共同的未来。那个时候，卡尼欧若可能根本都没有意识到你是组织的一员，但是慢慢地，他就会领悟到真相，就算没有掌握到所有细节，但足以造成很大的伤害了。”

“那你觉得我应该怎么做？”

“回埃尔代里斯。”卡梅特毫不犹豫地说。

“什么?”尼娅薇拉有点吃惊。

“是的,回埃尔代里斯去。”

“你不想让我留在这里?就几天也不行?”尼娅薇拉不禁怀疑他的话和动机。

“这不是我想不想的问题。我有种预感,如果他们在城里没抓到你,肯定会来山里抓你,就算是为了吓唬那些想要逃进山里的人,都会来装装样子。”

“你为什么不直接说你是不想让他们来打扰你?”

她的语气让他脸上抽搐,她的指责伤到了他。

“不是这样的,”他说,“我非常关心你的安全。”

“那么你想让我怎么做?让我在埃尔代里斯的大街小巷里游荡?”

“最安全的地方就是敌人的眼皮底下。”卡梅特说。

“你是说我得藏在警察局吗?不可能!”

“我不是说我们要投降。我是说我们要藏在他们眼皮底下。”

她是听到他在说“我们”吗,还是她的耳朵欺骗了她?

“我们?你也会去吗?”

“是的,尼娅薇拉,这一次你不能把我撇下。你去哪儿我都会跟着你。”

“我很抱歉,刚才跟你说话的口气,还有对你的怀疑,”尼娅薇拉说,“你这么说,我真的很感动。但你也知道,我不愿意让你为了我去做你自己不信仰的事情。”

“你什么都不需要担心,”卡梅特说,“你走之后,我一直翻来覆去地想我们说过的东西。你是对的。很多污秽扑向我们的社会,如果我们无所作为,我们将被淹没其中。我承认,我可能达不到你们组织的要求,遵守不了你们的原则,甚至不知道自己是否愿意成为你们的成员。可是,在你们与邪恶作斗争的道路上,做一个朋友?可以。我只是一个灵魂的幻想家。我关心的是心灵的健康,但我也知道经书里面说的:身体是灵魂的圣殿之类的话。健康的灵魂需要一个健康的身体。都说人多力量大。你跟我可以合作,你负责身体,我负责灵魂。你们埃尔代里斯的女人们已经指明了道路。"

"你在说什么啊?"尼娅薇拉问,她笑了起来,"哪条路?"

卡梅特沉默了一会儿,仿佛在思考什么问题。接着,他念了一段似乎是诗句的东西:

道可道,非常道;名可名,非常名。无,名天地之始。①

"不好意思,你在说什么?"尼娅薇拉问。

"这几句是《老子》或者《道德经》里面的,在耶稣出世五百多年以前,一位中国先知写的一本小书。道家。道。希望你走在这条'道'上——我们不也有这种说法吗?"

"好的,给我指出回家的路。我们什么时候出发?现在?今天?明天还是后天?"尼娅薇拉飞快地说,她依然试图用快乐的语气驱赶内心残余的沉重。

"不是今天。不是明天。也不是后天。我们必须做好充分准备。"

"我们必须做些什么?"

"镇静!镇静点,亲爱的!② 上次在这里,你是怎么跟我说的?我应该当一个人民的预言家。我将跟你一起开始,我想让你放心

---

① 选自《老子本原》,黄瑞云校注,1995年6月由人民文学出版社出版。

② 原文为斯瓦希里语。

地把自己交给我。在我告诉你我觉得我们应该怎么做,还有藏在哪里之前,我想让你知道,大自然还有隐居生活可以教会我们什么。朴素、平衡,是为道。把这里当作药物和草药学的森林学校吧。我会给你一种药,让你的眼睛也能看到我所看到的。只有到了那个时候,你才可以说,我曾经像在黑暗的镜子里面看东西,但现在我能看得很清楚了。”

“你是在印度学到这些的吗?”几天之后,尼娅薇拉这样问道,因为她意识到即便是一片很小的丛林,也生长着无数的药材,卡梅特称之为大自然的药方。

“大自然是万物治愈之源。但我们必须保持谦卑,愿意去向它学习。除了之前学到的知识,我还从印度南部西高止山脉的医者那里收集信息,比方说像科他卡尔和阿那库拉姆这样的地方——尤其是那种流浪医者。流浪医者是诗人、预言家、心灵的抚慰者、草药专家。据说他们有一种本领,他们可以跳脱自己的身体,进入别人的体内,甚至是动物的体内,还可以停留一段时间,再回到自己的身体。”

“想象一下,如果我有这种本领,我会做些什么。”尼娅薇拉笑着说,“在政府的警察正准备扑向我的时候,我就变成一只猫,有九条命,或者变成一只鸟,直接飞走。”

“这可不是什么好笑的事情。”卡梅特严肃地说。她不解地看着他。

一天晚上,激情过后,他们躺在空地上,无声地交流。卡梅特想告诉她,有时候,在他独处的时候,他是怎样游离出自己的身体,飘在天空中,但是,想到之前说到流浪医者的本领时她的语气,他就打住了。

“天空是广袤的知识之域,”卡梅特说,“星辰引领牧羊人穿过沙漠和草地。”

“不仅仅是牧羊人，”尼娅薇拉说，“同一片星辰，还曾经带领我穿过了草地。”

“你知道吗？我们国家的人以为太阳就是上帝。”卡梅特依旧凝视着星空。

“你总是想着神。”尼娅薇拉说。

“我可以给你看点东西吗？”卡梅特突然说，“你能保证不会笑话我吗？”

“你再给我看一种草药，我为什么要笑话你？”尼娅薇拉对卡梅特声音里的兴奋十分好奇。

他牵着她的手，把她带到一片梧桐树之中，在一棵枝丫低到几乎跟旁边的灌木丛分不出来的梧桐树前，停了下来。

卡梅特放开她的手，弯下腰，捡起什么东西，递给她。那是一个木头雕像，但它的表情非常逼真，有那么一瞬间，尼娅薇拉以为它是活的。然后，她看到还有很多，半掩在灌木丛中。

“所以你还是个艺术家，你可从来没有跟我说过这个？”尼娅薇拉问。我是不是从一个艺术家的手里落入了另一个的手里？她一边逐个捡起雕像，一边想。

“我是在这里才开始雕刻的。”卡梅特说，“一个人独自在森林里面的时候，会不得不思索宇宙和万物。我想的大都是非洲的神。我发现自己在想：我为什么不雕刻一个神圣的泛非洲万神殿呢？它们会陪伴我。我的心和身体都在战栗，我动手去做的时候，我觉得好像有一只看不见的手在指引我的双手。”

“它们真的非常有力量，非常漂亮，而且非常逼真。”尼娅薇拉说,“你应该改名叫神的①。不过,我们现在需要的是一点应用艺术。时候到了,我该回去面对现实,专心反抗独裁主义了。”

“好吧,明天我们就来一点应用艺术。”他说。

他们抻开动物的皮毛,把它们弄软,做成衣服,还用削尖的木头、动物牙齿和干果做成项链。他们给尼娅薇拉做了一条皮裙,还有配套的上衣。她完全变了个样子。卡梅特自己都说,她穿上这身行头,他是绝对认不出来的。

“有了这些,”卡梅特宣布,“乌鸦魔法师先生和女士就可以在埃尔代里斯开张当魔法师了。”

16

被囚禁严刑拷打的时候,乌鸦魔法师的名字总是蹦到塔基里卡的耳朵里:审问者们一遍又一遍地问他相同的问题。塔基里卡受到了极大的打击。尽管疼得死去活来,害怕遭受更多鞭打,他还是冲着当时不知道名字也看不见的审问者们大喊。

“除了我告诉你们的那些,你们还想知道乌鸦魔法师什么事情?难道我应该告诉你们,他是天地的创造者吗?”

“告诉我们一切。你们第一次是什么时候、在哪里认识的;那天他穿什么衣服;说了什么话,更重要的是,后来你有没有再看见他……”

“谁?马乔卡利还是乌鸦魔法师?”塔基里卡问,这下他更迷惑了,因为他只见过乌鸦魔法师一次。

他们的审问,无论是关于乌鸦魔法师,还是马乔卡利,其实只

① 原文为吉库尤语。

是个幌子。审问者们在钓大鱼:他们想要获得只言片语或者一个手势,可以帮他们抓住尼娅薇拉。这个女人已经唤醒了女人体内的恶魔,继而又唤醒了拉结体内的恶魔。据住在七亩庄园附近的人说,它每天晚上都在那监牢里面徘徊。

尼娅薇拉,一个可以激发女人和男人体内恶魔的女人,是非常危险的,对阿布瑞里亚来说是个威胁,必须不择一切手段抓到她,向统治者复命。在带着浩浩荡荡的随行队伍——包括他那个总是拿着巨大水笔和笔记本的官方传记作家、安保团队还有阿盖——启程去美国之前的日子里,统治者的急切与焦虑与日俱增,直到上飞机之前的最后几分钟,他下达了命令:给我尼娅薇拉,给我找到她,不管是在人间还是阴间。

“千真万确,我的上帝啊!”阿盖讲到这里的时候会停下来发誓,“我可是专门被选出来陪伴统治者去美国的护卫,当时在机场的时候,我就站在旁边,我听见他对西吉奥库说:等我从美国回来的时候,我想要那个女人,尼娅薇拉,落入我的怀抱……”

第三部

女性魔鬼

第一部分

1

来吧，当时在场的人们，来帮我们讲讲统治者访问美国之后的故事。这个故事需要七嘴八舌，才能轻松一点，毕竟我们谁也没有去过阿布瑞里亚和美国。

说到他们在美国发生了什么事情，还是有很多信息来源，可以编一个故事的。比方说，哈佛大学的弗里克教授写了一篇论文，关于统治者的怪病。这篇论文里面信息非常多，但比它还要丰富的，则是他的日记，他记录了自己是如何努力寻找治疗这种疾病的方法。已归档的、负责任的大报纸甚至是稀有的花边小报也会漏出一小点事实真相。世界各地的图书馆，包括美国国会图书馆，也有一些有用的文件。另外，我们还可以求助于看不见的网络世界的用户，他们在当地媒体上也会发表很多信息。

我们的媒体就更不必说了，他们对美国方面很敏感，尽管他们可能十分热衷于描述这次出访是多么顺利，美国人是多么迫切想要了解通天塔，多么热情地招待统治者和他的随行团。据说，就连派往联合国的代表都十分迫切地期待统治者的演讲。《美国是超级大国，但阿布瑞里亚有超级奇迹》，阿布瑞里亚有些报纸上登出了这种标题。电视和广告也配套跟上了。然而，阿布瑞里亚的媒体在预测这次出访的结果方面却有些犹豫，因为就像是命运的安排，世界银行会有最终的决定，这也是统治者一直在等待的。

所以，可能会让我们觉得难以全面了解的，只是阿布瑞里亚国内的事情。针对这一部分，我们只能依靠那数不清的造谣者和传谣者了。那个时候，他们正叽叽喳喳地谈论重返圣卢西亚的乌鸦魔法师和他那治疗、占卜的神秘力量。

2

身体上的病，没有他治不了的。有些人用对他们来说最为神圣的东西发誓，说自己目睹了他治病的过程。他们说，乌鸦魔法师可以发现任何疾病，不管它隐藏在哪里。他会低声嘲讽地说，“所以你觉得你比乌鸦魔法师都要厉害咯！”据说，这样一来，感觉到自己必将无耻败退的疾病，就会逃出病人的身体。他们说，他对植物的药用性能了如指掌，因为他可以把自己变进植物体内，掌握到植物生命的秘密之后再变回人形。

卡梅特给客人的建议，可能也助长了这些谣言。他说：所有的生命都是一体的，就像河流或者海洋里的水一样流动。植物、人类、动物、爬行动物，都是那无形的生命之河的一部分，就好像它们都在空气中呼吸一样自然。

起初，他们在尼娅薇拉的家里工作，但因为大量的客人拥人，他们只好在圣卢西亚郊区附近的一片草地上盖了一间比原来大很多的圣地。现代巫术和魔法之屋。这是他们给它起的名字。占卜是所有活动的中心环节。大多数客人认为，所有疾病都源自巫术。他们觉得，任何一个正确的诊断，或者想要减缓病情，都需要某种占卜仪式。他们想要纯粹的魔法表演。根据场景需要，卡梅特和尼娅薇拉会调整自己的角色。他们向穷人和富人收取的费用都是一样的，这是按他们认为的普通工薪阶层可以承受的标准制定的。但他们也十分小心，不把付不起钱的人拒之门外。这些人保证等有钱之后再给，而且之后都做到了。尼娅薇拉也不知道他们这样做，是因为诚实、感激，还是单纯地惧怕魔法师和他的魔法。

虽然表演魔法，但卡梅特和尼娅薇拉做事还是基于一定的哲学基础：头脑、灵魂和身体的疾病都是由社会生活催生的。他们甚至写了健康生活的七条建议：

> 照顾好身体，因为它是灵魂的圣殿；
>
> 时时注意饮食；
>
> 贪婪让死神垂涎生命；
>
> 烟草囚禁生机；酒精禁锢思维；
>
> 生命是一条河流，植物、动物和人一同流过；
>
> 平衡得善果；
>
> 不要因为幻想而放弃自己。

“我们给它们起个合适的名字吧。”在周记精品中餐馆吃晚饭的时候，尼娅薇拉想出这个主意，卡梅特兴奋地说。

“我们把它们叫作什么？”尼娅薇拉问，“健康生活七诫？”

“或者，恩典七道？”卡梅特建议，“你曾经在智慧女子高中负责餐前祷告，还记得吗？这些戒条将给生活带来恩典。我们用你的名字格蕾丝[1],因为这个主意是你想出来的。”

“你知道我已经不用格蕾丝这个名字了。”

“所以我们才应该用它。因为这就意味着只有我和你知道它的出处。”

“好吧,那我们就叫它‘恩典七药’。不过,这只适用于我们两个都受同样约束的情况下。毕竟我们都不想做那种鼓吹‘随我所言,而非所行’的人。”

“同意。”卡梅特说,“我发誓,我绝不背弃这些信条!”

他们给病人们分发“恩典七药”的传单,甚至还指定了一个圣日,让人们思考,心灵和身体是一体的,是成为一个人的要素。他们为那些穷困潦倒的人准备了汤、豆子、米饭或者乌加利。他们跟所有来参加圣日的人一起讨论健康生活,讲解“恩典七药”。他们把那一天叫作“道之日”。

这个仪式让人们更加坚信,没有什么疾病可以打败乌鸦魔法师,因为就算它逃跑了,他也能追上它,不管它藏到哪里,哪怕是在灵魂里,它也会发现他拿着神奇的药水等着它。

穷人和好奇的人全都慕名而来。

3

谁也不确定是谁最先跟马里萨和马里库提起乌鸦魔法师的,因为在星期天的告解中,他们从来没有提起过圣地,尽管有几次,有人听到他们在说上帝行事神秘,他的奇迹终将显现,不管天堂还是人间。

---

① 格蕾丝在英文中为:“grace”,有“恩典、恩惠”之意。

虽然他们对此事绝口不提，但还是有谣言说，他们早就去了圣地，这是他们与撒旦斗争的一部分。他们想要改变乌鸦魔法师，让他不要再信奉邪恶，而是信奉基督。有些造谣者甚至说，在圣地附近看见过他们，拿着一本巨大的《圣经》，还有一个巨大的十字架。圣地的大门接纳了他们，又自动关上。在圣地里面，看到他们的《圣经》和十字架并没有像统治者到访万圣大教堂、骑驴子或埃尔代里斯闹剧发生时那样发生效力，马里萨和马里库感到非常不解。

一个助手，或者说他们以为是助手的那个人，礼貌地接待了他们，还给他们倒了一杯茶。不过他们飞快地拒绝了，说他们只是想见到乌鸦魔法师本人。助手告知他们应该坐在哪里等待。他们对面的那堵墙的中央有一小扇格子窗，还有一面单面镜，卡梅特可以通过它详细观察客人，而不让他们知道。他不仅可以研究他们的面部表情，然后占卜，还能发现可能出现的麻烦——那些追捕尼娅薇拉的坏人。

现在，乌鸦魔法师正仔细地观察这两个年老的来访者。他们的坐姿和神态，让他有点想笑。他们不断地抓着十字架和《圣经》，这两样东西可是他们仅有的对付魔鬼的盾牌。

“是什么让你们找到我这里？是什么在困扰着你们？”乌鸦魔法师打开窗户之后说道。

马里萨和马里库惊呆了，因为他们听到的声音，一点也不邪恶，跟与他们在噩梦里纠缠的声音完全不一样。不管怎样，他们都决定屈尊解释，他们是基督的见证者，不会屈服于灵魂的圣殿。

“首先，我们想让你知道，我们不相信魔法和占卜。”马里库直白地说。

“那你们想要我做什么？”乌鸦魔法师问道，他很奇怪，却努力不流露出来。

"把你送回到撒旦那里去。"马里萨说。

"撒旦?"乌鸦魔法师问,"就算我知道怎么才能找到他,或者去哪里能找到他,我要跟他说什么呢?"

"说我们不相信通奸。"马里萨补充。

"说,虽然他让我们渴望别人的身体……"马里库说。

"还有,现在我们已经上了年纪……"马里萨说。

"我们已经生完了最后一个……"马里库补充道。

"我们绝不向欲望投降。"他们异口同声地说。

"亚当和夏娃的子孙,真正想要的是什么?"马里库仿佛在问自己,"这难道不是魔鬼的杰作吗?现在,今天,就像最开始那样?看着别人的时候,我们的身体被欲望燃烧,而回到家里之后,我们的身体就像灰烬一样冰冷。就连孩子们也在唱我们的事……"说到这里,马里萨唱了起来:

属于别人的东西
刺激你的舌头
属于你的东西
干燥你的舌头

有那么几秒钟,他们好像各自回到小时候,对着彼此歌唱;乌鸦魔法师不得不轻轻咳了几下,提醒他们,他还在那里,在窗户后面。

马里萨和马里库沉浸在回忆中,他们十分喜爱小时候唱过的那首歌,现在看到乌鸦魔法师的脸,因为被他看到这样愚蠢的举动,他们觉得有点尴尬。为了掩饰这种尴尬,他们开始专心地听他说话,这时候,他们才意识到,现在回答问题的时候,他们已经没有了抵触,不像刚才好像在审问一样。

“你们是在同一张床上睡觉吗?”

“哦,是的,我们还没有那么有钱,能够奢侈地分床睡觉。”马里萨说。

“但我们可不是在抱怨。”马里库赶紧说。

“我们给我们的神和主唱歌,感恩他们让我们活着。”马里萨说。他们又一起唱了起来:

一个一个细数你的恩典

看看上帝为你们做了什么

乌鸦魔法师又问了一个问题,让他们停了下来。

“你们入睡前做的最后一件事是什么?”

“我们感谢主,一整天都保佑我们和我们的孩子们,没有让灾难伤害到我们。难道这不足以让我们对造物主说声谢谢吗?”马里库说。

“尤其是最近这段时间,我们的国家发生了这么多的杀戮。”马里萨说。

“没人是安全的,即便是在自己的家里。”马里库说。

“所以我们入睡前最后的事情就是,请求主在我们的梦里继续保佑我们。”马里萨说。

“保护我们远离撒旦的诡计!”他们一起说道。

“那你们想要什么?”乌鸦魔法师温和地问,纳闷他们还想要些什么。

“我们想要那种可以治愈身体的药。”马里库说。

“治愈心灵的,就留给上帝去解决吧。”马里萨说。

乌鸦魔法师看着他们的脸,竟然没有为他们感到遗憾,反而觉得有点羡慕。这两个人深爱着对方,甚至于表达想法的时候用的都是相似的词语和句子。他想要把尼娅薇拉叫来，看看这种成熟的爱，这将是他们未来的典范。不过，很快他就打消了这个主意，强迫自己回到手上的任务上来。

“既然你们不相信魔法和占卜，不管是古代的还是现代的，我真的不知道该怎么帮助你们。”乌鸦魔法师说，“一个人只有相信某些话语和行为，才能被它们治愈。人们都说，好的建议源于坦率的话语。因此，治疗疾病的时候，忌讳可不应该挡道。现在我要再问你们一个问题。睡觉的时候，是谁给谁脱衣服？”

他们羞涩地看着对方，想到赤裸相对的情景，他们觉得有点难为情。

“医生，你没看到对于那种蠢事来说我们已经太老了吗？”他们异口同声地说，还没有意识到自己已经把他当成医生，而不是巫师了。

“所以你们从来没有检查过对方的身体，是不是有什么瑕疵、伤疤、变化或其他东西？”

“没有！”他们坦白地说，他们也觉得奇怪，怎么从来没有这样做过呢，或许这样就能解释他们身体的各种冷和热。

“现在，我没有神奇药水给你们。”乌鸦魔法师直截了当地说，“我也没有魔法咒语；继续沿着你们的道路往前走。不过要注意你们是怎么走的。你们有没有跳过舞，因为那些……”

“哦，我们年轻的时候曾经整晚跳个不停。”他们都抗议地说，仿佛乌鸦魔法师小看了他们一样。

“我们会在一起摇摇摆摆地跳舞，直到别人都停下来盯着我们看。”马里库说。

“所以就是你们这代人唱的，‘跳舞就是走两步转个圈？’”乌鸦魔法师问。

“是的,可是现在我们只跳基督之舞,我们的救世主。”马里萨说。

“两步一转圈,献给基督。”马里库说。

“继续为了你们的信仰起舞。”乌鸦魔法师开启了占卜“模式”,“如果你们的信仰允许,可以试试。等你们回家后,看看家里有没有什么油,最好是蓖麻油。不过首先,告诉我,你们家里谁做饭?”他仿佛突然想起来什么。

“你真的是个黑人吗,医生?”马里库迅速地问,仿佛被这个问题羞辱了一般,“虽然我们是基督徒,但我们没有丢弃任何一个传统。做饭当然是女人的活儿。”他说。不过这次,马里萨没有说是,也没有说不是。

“《圣经》里有什么地方说了男人就不能做饭吗?”乌鸦魔法师问。

“不,没有。”马里萨说。

“只是传统而已。”马里库解释道。

“那么,你们可以考虑改变一下这个传统,因为它并没有违背你的信仰。”乌鸦魔法师对马里库说,“你可以挑一天,给她做一道美味的菜,这样她可以知道你的品味,会有一点惊喜。然后点燃蜡烛,放在餐桌上,调暗或熄灭其他的灯。说话、讲故事,或者静静地用餐。一同进餐,重要的是柔和的灯光。然后烧一些热水。为彼此宽衣解带。为彼此清洗身体。然后轮流给对方身上涂油;每个地方,每个伤疤,都要被爱抚到。不是你们基督徒说的吗,身体是神的圣殿?慢慢来。你们有一整晚的时间。如果你们在身体上发现任何瑕疵,去看医生,或者回来这里拿药草。”

离开的时候,他们手里还紧紧抓着十字架和《圣经》,既高兴又放松,因为乌鸦魔法师没有让他们进行任何魔法仪式,什么干骨头、念珠、贝壳之类的，像他们听说的其他巫师那样。或许是他们的《圣经》和十字架让他们打消了那个念头。他们十分庆幸随身带着这些神圣的东西。他们回到家里，小小地谈论了一下自己在乌鸦魔法师圣地的所见所闻，依旧对自己的拯救者的力量赞叹不已。他们觉得他已经驯服了巫术，变得谦恭温和。

“他的眼睛里没有邪恶。”马里萨说。

“他的声音里没有邪恶。”马里库说。

“他对我们说的，的确是我们自己应该好好想想的。”马里萨说。

“对，他说的是真的。”马里库说，“我们的祖先说过，人看不到自己的后脑勺。”

有传言说，他们到家后，根本没有费心做什么准备工作，他们是那样着迷而好奇地寻找对方身上的伤疤。他们从里面锁上门，去了卧室。这种寻找温柔而亲切，他们唏嘘不已。他们年迈的身体能够长出这样熠熠发光、强大却又轻盈的翅膀，似乎是一个奇迹。

从那天开始，马里萨和马里库去哪里都是手牵手。他们的眼睛里闪着光，身体散发着青春与朝气，自信的步伐让路过的人们驻足观望。

4

因此，当有人说，在某个星期天，马里萨和马里库将更新他们与撒旦的斗争进展，常去的和不常去的教徒都有了去万圣大教堂的理由。在他们中间，基督战士们依旧点燃了蜡烛，卡诺格里主教不得不让人守在院子外面提防撒旦，因为撒旦不喜欢暴露，可能会来破坏他们的仪式。他这样解释着,以减轻人们脸上明显的失望之情。

教堂里挤满了好奇的人们。他们与撒旦的最新斗争,还需要些什么东西?马里萨和马里库最终会发现由撒旦伪装成的人吗?

那些看过他们最近容光焕发的样子的人,也参加了集会,想要了解他们重获青春的秘密。

结果,马里萨和马里库并没有提供什么令人震惊或者愤慨的消息。他们不再渴求他人的身体。尽管最近遭受了撒旦的恐吓,他们还是平静下来,在上帝的保佑下重新携手。生活是充满希望的,他们非常感激教派里的兄弟姐妹,因为周末告解日的祈祷和陪伴,让他们重新找到了希望。他们怎么会忘了那些基督战士呢?是他们每晚的守望,让光明战胜了撒旦的黑暗。你们分担了我们的痛苦,现在一起来分享我们的胜利吧。

我会打败撒旦
我会打败撒旦
我会告诉他
离我远点,撒旦
我不属于恶魔

马里萨和马里库快乐地唱啊跳啊,给整个集会注入了能量。就连那些一开始觉得被骗了的人,都加入到了庆祝的人群之中。

我将飞到天上
我将飘在空中
因为我看到了地上从未见过的
神圣的主

不过,从这场胜利中受益最大的,却是基督战士们,他们的威名已经传出了埃尔代里斯。他们的警戒，将撒旦从圣卢西亚赶走，还有马里萨和马里库的胜利，都验证了他们之前说的，他们曾经在埃尔代里斯的大街上与撒旦有过面对面，或者更准确地说是，面对背的交锋。撒旦已经被赶出了圣卢西亚，万一他要是想回来，他就应该知道，基督战士们将举着点亮的灯笼等着他。

灵魂清道夫，三个看过撒旦现身的垃圾收集者之一，在基督战士里面连升了好几级。

5

在发现上帝赐予他们的身体并没有瑕疵时，他们的伤疤也变成了星星。马里萨和马里库没有再回乌鸦魔法师的圣地看病。他们也不再觉得需要将乌鸦魔法师变成基督徒。这次经历让他们知道了，世界上有些事情的确是超出了理解范围，最好的办法就是由它们去吧。上帝行事的确神秘，他的奇迹终将显现，他们又是谁呢，怎么会去质疑上帝的神秘？

是的！就像那个神秘的女人一样。有天晚上，一个用肯加①裙围住头和肩膀的女人突然出现在他们的门前，说自己带来了乌鸦魔法师的问候，想要确认他们一切都好。她也经常这样看望别的客人。大多数时间她行色匆匆，不会停留很长时间。但有时候她也会留下来，跟他们聊聊天。现在，她不再假装只是为谁带个好，她甚至不再提起乌鸦魔法师。她说，她来这里，是为了从他们的经历中汲取智慧。她从不打探他们的私人生活。他们也从不问她从何处来到何处去。对他们来说，她的来与去，都是上帝的

① Kanga，东非女子的衣裙。

旨意。

他们喜欢肯加女士。他们喜欢她说的话,喜欢战胜撒旦之后的宁静。

然而,虽然人们几乎是众口一词地赞同马里萨和马里库获得的是一个巨大的胜利,但还是有些人怀疑每一件事情,样样东西都要比较、反对,处处挑毛病,他们会摇着头说:嗯,乌鸦魔法师刚回来几个月,马里萨和马里库就获得了胜利,难道不是非常奇怪吗?尽管如此,还是没有人听到这对夫妻说起过乌鸦魔法师,再也没有人说起过在胜利前后在圣地附近看到过他们。

只有一次。但那也是几年之后。即便是那时候,人们看见的也不是马里萨和马里库出现在圣地附近,而是乌鸦魔法师出现在他们的房子周围。当时他正被统治者的警察追捕,急于逃生。回想起那么卑鄙的一场追捕,人们会停下来说:看到了吧?我们听过的传言里面还是有真东西的。要不然乌鸦魔法师为什么放着别的房子不去,偏偏要去找马里萨和马里库帮忙?很明显在那个时候,在整个圣卢西亚,所有人都会以帮助他逃脱卡尼欧若的血腥追捕为豪。

6

自从那一天,广播里报道了一则消息,约翰·卡尼欧若被任命为通天塔的副主席,他的名字开始引人注意。卡尼欧若,谁啊?人们纷纷问道。这么个名字!有些人说。卡尼欧若给媒体发了些自己的照片,可是说到谁最先提出这个名字时,有两个人爆发了争论。中间人对他们说,你们都赢了,都保有这个名字,你们各自的工作会告诉大家,谁才真正拥有这个名字。因为决定不了使用谁提供的照片,报纸们只好刊登了一篇没有照片的报道。

几个星期后,人们又听到,还是在广播里,卡尼欧若被任命为排队狂热调查委员会的主席。还是那个卡尼欧若?人们问。卡尼欧若又寄去了几张自己的照片,姿势和照片尺寸各不相同。但各大报纸又只刊登了没有照片的报道。卡尼欧若愤怒极了,亲自给许多编辑打去电话:你们为什么不用我的照片?我们不需要向你解释,他们对他说。卡尼欧若充满了怨恨,把那些编辑看作敌人。同时他又十分沮丧,对于这个妒忌他的阴谋团体,他其实无能为力。

他认为教书纯粹是悲惨的事情,头也不回地辞掉了埃尔代里斯理工学院的教师工作。接着,他买了一辆崭新的奔驰汽车,用现金付了全款,还请了一位穿制服的司机。这两个任命,让他的生活发生了戏剧性的转变,不由得人们怀疑他在尼娅薇拉事件当中扮演的角色,尤其是在得知她曾经是他的妻子之后。

为了在那些跟他在全能青年团共事、却诋毁他只是理工学院的一个讲师的教授们面前显摆,他会突然跑到人家家里或者办公室里,说自己只是路过这里,不能待很长时间,但走的时候,他会问,有没有人要搭他的车去镇上,他的奔驰汽车里还有足够的地方能坐下,那可是最新款的奔驰车。知道他手中现在掌握的权力,他们会羡慕而崇拜地看着他,叫他大人物,问在哪里可以再见到他,可以加深一下他们的友谊,给他带点小意思。我们当老师的应该团结起来,他们会这样对他说。我可不是老师,他纠正他们,他们会赶紧为自己的失言而道歉。他无比地享受这些时刻,曾经认为他无足轻重的人如今在他面前卑躬屈膝地请求帮助。

他突然有了一个主意。为什么不让自己的快乐更上一层楼呢?为什么不去看望一下尼娅薇拉的父亲,马修·万伽胡?他不是觉得卡尼欧若穷得配不上他的女儿吗？没准尼娅薇拉藏在那里呢。为什么不一石二鸟呢？

“去万伽胡的家。”他开着自己的奔驰车，对它说道，仿佛它是一匹马。

7

万伽胡看到一辆时髦的奔驰车停在自己的房子外面，以为里面坐的是哪个内阁大臣，他冲上前去。司机下车，打开后座门，敬了个礼。看到卡尼欧若的时候，万伽胡差点崩溃，但老于世故的他却没有流露出一丝惊讶。他把这位来访者请进了客厅，叫自己的妻子罗伊丝出来接待。她在围裙上擦干净自己的手，握了握卡尼欧若的手。万伽胡对她说，记住，不要跟饥饿的人打听消息。她回到厨房，命令管家准备一道鸡肉。

“恭喜你最近高升。”万伽胡对卡尼欧若说，“我们都说，辛勤的工作终有回报。我本来还想去见你，当面祝贺你被任命为通天塔的副主席，不过你先我一步而来，我很欣慰。你和尼娅薇拉合不来，并不代表你跟我也合不来。你是我的女婿，在这个家里，你将永远享受女婿的待遇。现在，我的想法很简单很直接。如果到时候世界银行给通天塔拨放贷款了，你跟我应该碰碰头，搞到供应木材的合同。你跟我可以做搭档。父亲和儿子的那种搭档，对吧？你觉得呢？”

卡尼欧若被眼前的待遇惊呆了，他本来以为等待自己的只有敌意。眼前这个口若悬河的人，还是那个曾经因为看不起他，不让自己娶他女儿，跟女儿断绝关系的人吗？那时候，他甚至喊他叫花子。可是，现在，他完全没有因为那些影响到对卡尼欧若的欣赏。

卡尼欧若非常享受地坐在曾经被禁止进入的客厅里，听着万伽胡礼貌地对他说话，就好像同辈人一样。不过，卡尼欧若还是不喜欢万伽胡说的，只有在世界银行的钱到了以后才见他。难道这个老家伙还没有意识到，许多人，有些比他还有钱的，早都已经仰赖卡尼欧若的副主席身份，让自己出名了吗？他们每个人可都是留下了"拜访信封"的。难道这个老家伙一点都猜不到他是怎么买到这辆奔驰车的吗？

卡尼欧若想起了这个老家伙曾经给他的伤痛。尽管今天他以礼相待是对的，但卡尼欧若还是想要减缓旧日伤痛。而万伽胡用的"搭档"这个词给了他机会。他清了清嗓子，试图找回面子，因为虽然得到提升，买了奔驰，他还是觉得自己有点被这个老家伙的忍耐能力吓到了。

"实际上，这也是我今天登门的原因之一，因为，就像老话说的，早起的鸟儿有虫吃。"卡尼欧若觉得抛出几句谚语会显得更有深度，"不过，你已经说出了我想说的话，我感谢你。让我们今天就开始做搭档吧。如果你觉得你想把镇上的一两块地皮送给我，表达一下良好的合作意愿，我是不会拒绝的。或者你也可以先给我你木材生意的一些股份。同样是表达合作意愿。如果你问我，我会说，一两块地皮或者一点股份，跟我以后在通天塔项目中给你的相比，将不值一提。"

"我的孩子，"万伽胡敏锐地感觉到谈话的走向，赶紧说，"欲速则不达，英国人说的。着急做决定可是要不得的。我们应该先说好，等到世界银行发放贷款，再往下实施细节。另外，统治者打算什么时候回国？"万伽胡努力把话题从地皮和股份之上拽走。

卡尼欧若可没有被什么英国谚语逗乐。他以前从没听过，也没有意识到它是万伽胡当场编造的。对他来说，它似乎隐晦地解释了他跟尼娅薇拉的婚姻为什么会破裂。

“好吧,”卡尼欧若有点失望地说,“如你所愿,就像老话说的,有需要的人才会提需求。不过,我要提醒你:可不要像故事里的乌龟一样慢吞吞……”

然而,万伽胡也想提醒卡尼欧若,最后赢得比赛的正是乌龟,而不是心急的兔子,不过他忍住了。在亮出我的底牌之前,我得先让他说出他的来意,万伽胡告诫自己。他注意到卡尼欧若回避了统治者何时从美国返回的问题。

“我当然不是说我们要跟乌龟一样慢,”万伽胡解释道,“但我们应该寻求英国人所谓的*中庸之道*①。”

“事实上,那不是英国人说的,而是拉丁人。”卡尼欧若纠正他。

“随便你说什么。你是老师。”

“以前是老师!”

“好吧,你才是接受过良好教育的人。如果你说那是拉丁人说的,那就是拉丁人。如果我的尼娅薇拉在家,她会帮我翻译这句拉丁语的。”

“这是我登门拜访的另一个原因。”卡尼欧若说,“现在,说到尼娅薇拉……”

“什么?你们找到她了吗?逮捕了她?是什么侵蚀了这么老实的一个孩子?”万伽胡问道,声音里充满了希望和绝望。

“没有,她依旧在逃。你知道尼娅薇拉是一个非法地下组织的成员吗?”

“为什么问我?我怎么会知道?我们只知道报纸上和广播里

① 原文为拉丁语。

的消息。"万伽胡再次对这次谈话的新转折警觉起来。

"尼娅薇拉没来找你吗?"卡尼欧若问。

这时,罗伊丝用托盘端着几盘食物走了进来。

"跟我说,找到她了吗? 她还活着吗?"她一边把盘子放在桌上,一边担心地问。

"你能给我的司机送点茶和一片面包吗?"卡尼欧若没有理会她的问题。

"我们已经照顾好他了。不仅有茶和面包,还有一只鸡翅。"

"那你坐下吧。"万伽胡指着一把椅子对罗伊丝说,"如今,男人该管的事情,跟女人该管的事情,没有什么分别。女人也是长辈。现在,我们的儿子有话想跟我们说,你应该听他亲口说出来。"

"尼娅薇拉还没有被找到。"卡尼欧若说。

"是谁? 是什么? 让我们的女儿遭受那么多非议?"罗伊丝的眼里蓄满了泪水,"她上了那么多学,读了那么多书。"

"老话说,同一个子宫里,出来的有小偷,也有巫师。"卡尼欧若故意装作深沉地说道。

"她偷过你什么东西?"罗伊丝尖刻地问,"她又对你用过什么巫术?"

"听我说,"卡尼欧若从一只鸡腿上撕下最后一块肉,"我来这里,是为了告诉你们,政府决心要抓住尼娅薇拉,不论死活。我想帮助你们,可是你们必须帮我做这件事。我想你们告诉我,尼娅薇拉有没有来过电话。她最近打过电话吗? 你们知道她可能会藏在哪里吗? 我对她没有怨恨。我经常说,不管她做了什么,她都是我的妻子。"

"你知道的,很久以前,我就跟尼娅薇拉断绝关系了,在她决定违背我……”万伽胡差点想说尼娅薇拉违背他的意愿，嫁给一个叫花子的时候，不过曾经的叫花子变成了现在坐在他面前的这个人，举着死亡之剑，还有巨大财富的种子。所以他纠正了自己，继续说道，“……不肯等我为你们举办一个教堂婚礼的时候。”

他的纠正太迟了。卡尼欧若已经知道了这个老家伙本来想说什么，他又感受到曾经遭受过的羞辱。

“尼娅薇拉的父亲，”卡尼欧若强忍愤怒和痛苦，说，“我们就别像牛栏里的两头牛一样转圈圈了。一语中的，是我信奉的格言。尼娅薇拉惹上大麻烦了。我才是唯一能够帮助她的人。你的麻烦更大。你的财富很危险。只有你能决定，你想要怎么处理它。你有两条出路。给我一些股份。通过股份共有，我的名字将保障你的财富和产权。要不就交出尼娅薇拉。我向你保证，我将用尽我所有资源确保她不受任何伤害。我将依旧关心她，希望有一天，在你和上帝的保佑下，走上体面婚礼的红毯。”

“年轻人，你没耳朵吗？”罗伊丝再也掩饰不住自己的愤怒和轻蔑，“你没听到我们说尼娅薇拉没有来过电话吗？”她直白地说。

有什么样的母亲，就有什么样的女儿，卡梅特想，因为罗伊丝尖刻的语气让他想起了尼娅薇拉。她直白的话语，让他很不自在，也有点怕了她。

相反，万伽胡却很安静，非常安静。卡尼欧若刚才说到他的财富很危险，明显镇住了他，但他又一次控制住了自己，不让那个无赖占尽上风。为了保护自己的财产，可能不得不跟卡尼欧若合作，这让他感到恶心。这个无赖一直盯着我的财产，他对自己说，不过我宁愿放弃尼娅薇拉，也不会给这个不要脸的小人一丁点股份。

“你想说什么？”卡尼欧若转向万伽胡那似乎不那么令人生畏的身体。

“说到财产和合作的事，”万伽胡艰难地控制自己，“我刚才清楚地告诉过你，我们得等世界银行的消息。至于尼娅薇拉，我的孩子们的母亲已经替我们两个表了态。可是，难道不是应该由你，离政府耳朵最近的人，告诉我们应该做些什么，向政府表示，我们并不支持尼娅薇拉的反动之举吗？”

卡尼欧若迫切地想要从万伽胡家带走一些切实的东西，什么都行，只要能让他进一步讨好西吉奥库。他知道，西吉奥库最大的心愿就是，怀揣着已经捕获尼娅薇拉的好消息在机场迎接统治者归来。他知道他本人也将从中得到不少好处。

他经常睡不着，想弄清他第一次去抓她那天，她是如何从他手心里溜走的。难道她没有留下蛛丝马迹就逃跑了？他非常苦涩地问自己，一遍又一遍。

突然，他有了一个主意。如果万伽胡和妻子罗伊丝去西吉奥库的办公室，在媒体记者和摄像机面前声泪俱下地恳求女儿自首呢？威胁她，如果她不理会他们的呼唤，就要跟她断绝关系呢？

“你这个问题问得很好。”他说，“我可以帮助你们。去美国之前，统治者不仅任命我为通天塔的主席，还任命我为埃尔代里斯排队狂热调查委员会的主席。这个委员会有权传唤任何可以提供证据的人，相信我，我们已经传唤了许多跟尼娅薇拉走得近的人，他们提供了很多很有用的信息，全都指向你们的女儿，说她是邪恶团体的一员。至于你们二位，我不想把你们拽到委员会去。就像你刚才说的，我们还是亲戚，而且还将继续是亲戚。我明白你不是真的乐意跟我做生意搭档。但这是你唯一的出路。让我掰开了揉碎了跟你说清楚吧。跟政府合作，挽救你的财产，否则只能眼睁睁看着它毁灭。”

卡尼欧若刚想细说他的计划，尼娅薇拉的母亲，罗伊丝，就打断了他。她站起来,冲他晃了晃一根手指头。

"让我公开谴责我的女儿,你想都别想。这个世界上,没有什么力量能让我那么做。就算尼娅薇拉被押上刑场,我也会承认她是我的女儿。我不赞同她的行为,但那并不意味着阿布瑞里亚的其他人都是干净的。什么样的财产会珍贵到让我愿意牺牲我的女儿去挽救?如果尼娅薇拉的父亲想要对西吉奥库让步,他就自己去吧,我不会去,也不会支持他。你们继续讨论这些蠢事吧,我要去教堂了。"她像发布最后通牒一样说完,然后离开了房间。

她走后,客厅陷入了沉默之中,这沉默那么紧张,那么明显,轻易就能察觉。通常来说,万伽胡的话在家里就是金科玉律。在很多事情上面,罗伊丝都相信他的判断。但他也知道,当罗伊丝不肯做什么事的时候,她是绝不会改变主意的。

"好吧,你自己也听到了。"万伽胡打破了这诡异的沉默。

"女人们。她们就是知道怎么给家里带来灾祸。"卡尼欧若说,"你也听到了她说的,她根本不关心你的财产。她知道能量是一点一滴累积起来的吗?这就是为什么我们的祖先不肯给予女人们拥有财产的权利。"

马修·姆格瓦尼娅·万伽胡真想亲手把这个无赖活活掐死,而且丝毫不会后悔这么做。他怎么敢在他的家里这样大放厥词!这要是在以前,他会把这个臭叫花子扔出去。但如今,他也很沮丧地明白,在某种程度上,他赞同卡尼欧若对女人的看法。她们都是一样的。即便是最有学问的那些。看看他自己的女儿,一个拥有大学学历的女人,把他逼到什么地步了吧!他面临的是毁灭,或者这个混蛋的更多的羞辱。再看看罗伊丝是怎么跟这个手里掌握他们命运的人说话的!我该做些什么拯救我自己还有我的财产?他无声地细数自己认识的、可以求助的大臣,但他们现在都跟统治者在美国。他必须争取一点时间。

“我得去教堂了。”他对卡尼欧若说，“我会好好想想你说的。”

“那么公开要求尼娅薇拉投降的事呢？”卡尼欧若以为他刚才回应的只是针对股份的。

“除了刚才那些，我无话可说了。”万伽胡说道。

8

有了稳定的收入，在尼娅薇拉的支持下，卡梅特决定休两周假，去看望父母。别担心，我自己就可以当好乌鸦魔法师，尼娅薇拉安慰他。

卡梅特的父母居住的村庄叫作基亚姆布吉，牛铃之村，因为在过去，这个村子就是靠畜养牛羊致富的。系着颈铃的牛在前面领头，后面是畜群。不同尺寸和形状的牛铃用来区分不同的主人。卡梅特出生的时候，村子已经没落了，可是他总是记得村里孩子们曾经唱的那首歌。他们雀跃地跟在畜群后面，模仿牛的动作和声音：

雨季来了
我会为你做一场祭祀
献上一头牛还有另一头牛
脖子上系着铃铛
发出美妙的声响

他的父亲穆瓦里姆·卡米里米在村子里小有名气，还有他的母亲努恩加里，头发已经灰白。看到他们身体很好，卡梅特觉得很欣慰。他们惊喜万分，还开玩笑地责骂他在外面待了那么久，却没有给家里捎来只言片语,说说在埃尔代里斯的经历。他告诉他们,他在大街上流浪,找工作找了好几年;他们笑了,说他们那个时候的小学文凭肯定比现在的高等教育文凭还管用,因为,那个时候,有了小学文凭,人们可以去当老师、护士、农业指导员或者兽医助理,怎么也不会在大街上找上三年。他告诉他们,他会给他们买一小块地,再盖一间现代的石头房子,以感激他们这么多年为他做出的牺牲。他们听了之后非常高兴,但还是提醒他,他的幸福才是最重要的,他们已经习惯了在村子里生活,习惯了在别人的农场里干活挣钱。日子过得没有那么苦,他们安慰他。我们挣得足够我们两个人花了,但能够住在现代的石头房子里,睡在舒服的床上,拥有一小块土地,养上一两头牛,挤挤牛奶,当然也是很好的。

后来,有天晚上,卡梅特和父亲坐在走廊里的时候,父亲问到了他的职业。你跟我们说,要给我们买一块地,盖一间房子,父亲说,钱从哪里来?我没听你说起过工作的事情。还是你在做什么违法冒险的勾当?你很清楚,不正当的钱,我是一分都不会花的。

卡梅特犹豫了,不知道该如何跟父亲说起自己那份乌鸦魔法师的新工作。他的父亲一眼就能看穿人心,隔着一里地就能嗅到谎言的味道。

他决定如实相告,说他成立了一个公司,叫作乌鸦魔法师。卡梅特以为父亲会责骂他,却惊讶地看到他笑了起来。他笑得那么大声,卡梅特后来对尼娅薇拉说,眼泪都顺着脸颊流了下来。

"那你作为乌鸦魔法师都做些什么呢?"他的父亲笑得上气不接下气,"巫术?你知道,我可不会去碰巫术赚来的钱。在白人还没有带着他们自己的惩罚条例来到这片土地的时候,巫师们被抓住了可是要被活埋的。所以乌鸦魔法师都能提供些什么服务?"这个老人再次问道。

“我不杀人，如果你想问的是这个的话。这么说吧，我只会惩罚邪恶本身，而不是邪恶的人们。我是一个治愈者。我治疗受伤的身体和混乱的灵魂。我能看到隐藏在很多事情后面的东西。不是我选择了占卜，而是占卜选择了我。”他简单地向父亲解释了圣地的来历。

随着卡梅特的讲述，他的父亲越来越严肃。卡梅特看到他突然站起身走开，过了一会儿，他又回来了，表情平静了许多。

“听我说，我的儿子。”他父亲开口说道，“人的意愿不能忤逆上帝的意愿。或许你会纳闷，为什么我刚才笑得快断了气，后来怎么会变得那么严肃。一开始我以为你只是在开玩笑，所以听了你的话，我只是大笑。不过，你说得越多，我就越意识到你是认真的。我开始用怀疑的眼光看待自己。我记得，有一次，你问过我咱们家族的故事。我不太记得当时你为什么想知道。当时，我只暗示了你，我们家族有着古怪的历史和名望。现在我来告诉你。米提家族曾经是名门望族。但是多年来，我们被奴隶、殖民和世界大战弄得四分五裂。我们的家族向来渴望宁静，然而我们得到的却是战争的悲痛。什么样的名望不会随风而散呢？只不过，覆水难收。”

“我们是猎人的后代。我们的祖先几乎都住在森林里，对森林非常熟悉。他们基本上都是治愈者。每一种疾病，大自然都有相应的药物。他们不仅是治愈者，有些还拥有超能力，能够看到寻常人看不到的事物。有些人甚至可以像鸟儿一样飞翔。比如你的祖父，卡梅特·瓦·基恩杰库，你的名字就是照着他起的！他有时候会发现自己在一座人类不可能攀登到的山顶上，或者漂浮在湖面中央，尽管他根本不会游泳。我从没透露过他的故事，因为我不想让你跟随他的脚步。我们牺牲自己，把你送去学校，就是为了阻止这一切发生。不过，今天你着实给我上了一课。或者说，你让我想起了人们绝不应该忘记的一件事情,那就是,上帝的意愿总是会战胜人类的执拗。”

我的祖父是怎么死的？卡梅特想知道。以前,他们会含糊地敷衍他,例如老死了,或者死于什么事故或疾病。现在,他的父亲很直接:他的祖父卡梅特·瓦·基恩杰库,曾经是一个神圣的预言家,一个精神领袖,曾在独立战争时期与军队联手反抗英国军队。“他与战士们一起住在山里,教他们如何和平相处,解决冲突,带队作战,在与敌军交战后为他们洗去罪恶。他了解每一条小路,每一种植物,每一种生物。没有人比你的祖父更熟知森林里的道路。有一天,英国人开枪打死了他,可是,他的尸体却没有被找到。有人说他还活着,他的灵魂在阿布瑞里亚上空遨游,确保我们过去的努力不被后人遗忘。所以你看,人类的意愿改变不了上帝的旨意。”他的父亲又重复了一遍这个观点。

那为什么父亲没有成为一个预言家？卡梅特问。

“我的儿子,”父亲说,“预言家,是被超脱于我们的力量选中的。”

“那要怎么知道自己是被选中的呢?”

“对我们来说,预言家出生的时候会拿着一块贝壳;我的儿子,你出生的时候,你的小拳头里就紧紧攥着一块贝壳。”

说完之后,他们陷入了沉默,各自都沉浸在自己的思绪当中。接着,卡梅特问父亲,是不是他生下来就是被选中的那一个,那为什么没有人跟他说过？为什么不允许他跟随祖父的召唤?

“天赋是需要付出代价的;我不想让我唯一的孩子承受这种负担,除非他准备好,并且愿意……”

“什么代价?”

“你不能使用这种天赋去获得尘世间的财富,除了你穿的衣服,吃的食物,居住的房子。衣服、食物、居所,仅此而已。”

“如果这个人获得了其他的财富,会怎么样?”

“任何事情都可能会发生。他可能会一觉醒来,发现自己在一片陌生的土地上,远离自己的财产、亲人和朋友,独自跻身陌生人之中,成为一个被流放的预言家。或者,醒来的时候,他可能会发现自己的房子着火了。只有到了那个时候,他才会知道真正的痛苦是什么。他们经历过欲望,所以才能知道人们真正想要的是什么。为了帮助他人,预言家只能活在自我否定之中。我曾经希望能从你的肩膀上除掉这个负担,这样你能像别人一样,过你自己的人生。但是你也看到了,我的努力是没有用的。上帝的意愿胜利了。”

“可是,除了健康的身体和净化掉邪恶的灵魂,我还能拥有什么更大的财富呢?”卡梅特轻声地反对父亲。

这时候,他的母亲努恩加里走了进来,她只听到最后几个字,开始亲切地责备卡梅特:

“没有什么财富比自己的家还要大。一个家,包括丈夫、妻子和孩子们。难道要等我死了才能当上祖母吗?”

“母亲,难道非要我提醒您,我的姑娘拒绝了我吗?”卡梅特开玩笑地说。

“那么,这位你从来没有带回家来让母亲宽宽心的姑娘,到底是谁呀?”

“玛格丽特·瓦里娅拉。我们来做个交易好吗?您去瓦里娅拉家,求求她,怎么样?”卡梅特笑着说。

他的父母奇怪地安静下来。

“出什么事了?”他问。

“你不知道?”

“什么?”

“玛格丽特·瓦里娅拉回来的时候奄奄一息,一点力气也没有。她是在整个村子的人面前断气的。”

那天晚上,卡梅特怎么也睡不着,脑海里不断浮现瓦里娅拉的各种样子。所以第二天,他以前的同学来叫他去村里散步,他立刻同意了。一次村庄漫步,一次乡村宁静的漫步,一次唤起童年美好回忆的漫步,或许会赶走那些痛苦和失去。他们开始回忆过去,回想所有小学和中学同学的名字。然而,他的悲痛却更加深沉了。不管他提到哪个名字,他的朋友都会指向一个坟墓。跟他同龄的男人和女人,就这样离去了。最后,他不再问起谁,因为那些人都躺在周围的老坟或新坟里,都死于同一种病毒。

“这不再是城市才有的现象了。”回到埃尔代里斯后,卡梅特对尼娅薇拉说,“白发人送黑发人真是太悲惨了。不过,比那更悲惨的是白发人送白发人、黑发人送黑发人的时候。”

9

卡梅特留在基亚姆布吉的那一个星期里,尼娅薇拉觉得,一个人在圣地担当乌鸦魔法师特别吃力。客人太多,问题太多,身体的、头脑的、心灵的。她几乎没有时间读报了。她发誓,她再也不会允许卡梅特离开这么长时间。一天,或许可以,整整两周,绝对不行!

有一天,她注意到一个客人在等候室里面看《埃尔代里斯时报》,她忍不住瞥了一眼那些标题。她停下手中的活,觉得自己的心都要停止跳动了。她揉了揉眼睛,想要看得更清楚一些,却发现,自己刚才根本没有看错。

同样瞪着她的是一张照片,她的父亲站在西吉奥库旁边;标题说的是,“父亲对女儿的呼唤:回家来,否则……”她想问客人借报纸来看,却还是忍住了。万一那是个圈套呢?她假装什么也没看到,随后让助手把她的那一份送了过来。

她读了起来,发现整篇报道不过是详细阐述了标题,尽管如此,它还是撕碎了她的心。她的父亲恳请她回去自首、投降,这样才能赢得他的感激和祝福。

“如果你一个星期内不自首,我将向全世界宣布,我再也不当你是我的女儿,因为我忠于天上的上帝,还有地上的统治者。”

虽然,尼娅薇拉经常与父亲见解不同,但她深深地敬爱他。这则公开声明让她深感痛苦和羞辱。他究竟要放弃她多少次啊,她问自己。以前她说她爱卡尼欧若的时候,他就是这样做的,尽管他对卡尼欧若的人品和意图的判断最后被证明是正确的。现在他又有什么道理呢?她感到极度痛苦。难道最后她会后悔自己卷入了政治活动,就像后悔跟卡尼欧若交往一样吗?母亲没有在照片里面,又或者是这篇报道本身,让她觉得这件事并不是表面看上去那样。

她接着往下读,事情就明显多了。报道引用了西吉奥库说的,政府将不遗余力抓住尼娅薇拉和“人民之声运动”组织的领头人。他把他们说成是一群爬虫,就跟他们的象征物塑料蛇一样。他们将会灰飞烟灭。

从什么时候开始,又是如何,父亲居然成了西吉奥库的同伙?尼娅薇拉开始琢磨。她不太相信,父亲会扔下生意不管,跑到西吉奥库的办公室说要跟她断绝关系。马修·万伽胡或许甘于现状,但他,跟他这个阶层的其他人一样,以自力更生、不利用公共资金(偷人民的钱)为豪。他绝对不会屈服,不会公开谴责自己的女儿,除非他面临相当大的压力。

她看到另外一篇专栏说到,受卡尼欧若先生邀请,西吉奥库将正式设立通天塔副主席办公室和排队狂热调查委员会主席办公室。设立庆典的时间和计划将于稍后公布。专栏没有刊登卡尼欧若的照片,却引用了他的话,他以双重职位恳求圣玛利亚和圣卢西亚的居民,尤其是歌手和舞者们,准备好欢迎西吉奥库部长。此外,他本人也呼唤尼娅薇拉自首,让那些爱她的人,包括她年迈的父母在内,内心获得平静。他表明,尼娅薇拉对调查委员会也是有用的。

尼娅薇拉开始冷静地看待事情。卡尼欧若检举的热情是那么昭然若揭。从听说他被任命为调查委员会的主席开始,她就知道,他可以利用新获得的权力去恐吓别人,不过她没有想到她的家人会首当其冲。

她被当前可笑的局势惊呆了。就在她的新欢卡梅特离开看望他的父母的时候,卡尼欧若,她的旧爱,却把她的父亲拽出来否认她。她唯一的安慰就是,母亲没有出现。尼娅薇拉觉得心里涌起了感激的泪水。

突然,她觉得愤怒和轻蔑涌上心头。她听见自己大声对着一个看不见的东西喊着,不管你怎么做,卡尼欧若,我绝对不会出现在你的调查委员会面前。

10

塔基里卡收到排队狂热调查委员会的传票,看到上面有卡尼欧若的签名的时候,他一下子暴跳如雷。除了是这个调查委员会的主席,难道他不还是我的副手,我的职员吗？毕竟,还是要有先来后到啊。他要怎么才能教训一下卡尼欧若，让他知道，他塔基里卡可是他的老板，并且在这个过程中，让他学会对自己的上司保持谦卑和恭顺？他本来想把这份传票撕得粉碎，再装进来时的那个信封，再写上退回发信人。

塔基里卡有了另外一个主意。为什么不给副手写一封信，把他召到自己的办公室来，讨论一下他作为副手的角色，跟他强调一下通天塔的重要性呢？他想象着这个场景。等卡尼欧若一走进办公室，他塔基里卡就会给他看那份传票，最好当面把它撕碎甩到他的脸上。卡尼欧若会恐惧地颤抖；塔基里卡将笑着走到他面前，拍拍他的肩膀，友善地原谅他：这只是副手和上司之间的玩笑而已，他会这样安慰这个吓得发抖的朋友，而且这件事情到此为止。接着，他想起来，他并没有官方的信纸或者印章证明自己的职位。只有外交部长或者统治者本人有发布的权力。那么是谁批准了卡尼欧若的传票？这个暴发户肯定是自作主张。我该怎么做？去找西吉奥库揭发这位朋友？

在此之后的一两天，他还没有想好要怎么做，就在报纸上看到西吉奥库计划给调查委员会主席办公室和通天塔副主席办公室举行揭幕仪式。他原本满满的自信里混进了一丝恐惧。现在，西吉奥库掌管着整个国家，就像斯瓦希里的谚语说的，“山中无老虎，猴子称大王”①，猫儿不在的时候，他该不会被掌权的老鼠吃掉吧？不过他的恐惧很快就消失了。对他这个通天塔的主席，西吉奥库又能怎么样呢，那可相当于是在干涉统治者的使者啊。尽管如此，说到卡尼欧若，他还是决定采取另一个行动。

① 原文为斯瓦希里语，但与中国谚语有别，斯语中用“猫”和“老鼠”代表“老虎”和“猴子”。

他会亲自去这个副手的办公室，不过不是在传票上规定的那一天，他去那里只是告诉他，这只是老板和副手之间的一次快速了解。

传票上的日子到了，过去了。塔基里卡本来想再等一周再去找卡尼欧若。但第二天早上，他醒来的时候改变了主意，决定当天就去那里，好好地管教一下这个副手。

当天下午晚些时候，塔基里卡让司机把他送到卡尼欧若的两个办公室所在的大街上。在车里，塔基里卡试着组织语言，想在自己的暴发户员工面前显示权力和威严。可是，因为太焦虑了，他根本做不到。甚至在告诉司机把车停在莱斯大街上等着之后，他还没有想好要怎么训斥这位下属。他大步穿过马路。大门里面是一个非常宽敞的院子。院子的尽头是一栋两层的大楼，里面是两套办公室。一套上面写着“排队狂热政府调查委员会办公室”，另一套写着“通天塔副主席办公室”。塔基里卡盯着第二套，“副”字小得差点都看不见了，如果不是靠得非常近仔细去看，很难发现得了。相反，“主席”这两个字可就大得多了，还印成了彩色，老远就能看见。

塔基里卡的第一反应就是责怪自己，我怎么就没想到以通天塔主席的名义单独弄一个办公室呢？他充满了嫉妒、愤怒和沮丧：为什么卡尼欧若把“副”字写得那么小，不就是为了欺骗观众，让大家以为这间办公室的主人才是真正的主席吗？

接着，他看到等在院子里的人。为了遵循最新的队伍人数限制规定，他们每五个人站成一队。他的愤怒更深了。其中有些人还曾经去过他的办公室，给他留下过自荐信封。所以原先在他门口等着讨恩惠的人都跑到他的副手这里来了吗？所以这就是为什么他塔基里卡再也没有接到想跟他攀交情的电话？所以这就是为什么他在埃尔代里斯现代建筑和房地产的办公室再也没有收到以前潮水一样的信封？所以是卡尼欧若截断了他的滚滚财源？

那一刻，塔基里卡只想掐死卡尼欧若。这时候他再走进去也没有意义了。没准卡尼欧若还会粗俗地认为他也是个带着信封来讨好的人？或许他还要做个自我介绍。不，他绝不能忍受这种羞辱。回到车里，他差点发狂，甚至没法跟司机说话，只能打手势让他开回办公室。

要是能联系上他的朋友马乔卡利就好了！为什么部长没有从美国给他打来电话？他们最后一次在火星咖啡馆见面时，部长说会时不时给他打电话，了解政敌的动态。难道这不是马乔卡利应该知道并且跟统治者汇报的事情吗？他应该劝说统治者，阻止西吉奥库和卡尼欧若来抢别人的工作。塔基里卡担心的是，如果这两人成功地逼退了他这个通天塔的正牌主席，接下来就该胆大包天地觊觎更高的目标了……不行，他不愿意去想西吉奥库谋反的可能性；他可能会发疯。

塔基里卡决定，只要他的朋友马乔卡利和统治者还在美国，他就绝不能以被传唤的身份出现在委员会面前。有了这个英勇的决定，他觉得平静了一些。他指挥司机别送他回办公室，而是去他在金山住宅区的住所。

他们是在半夜的时候来抓他的，那些穿便衣的人。他们把他扔进一辆路虎的后座，像扔一块木头似的，根本不顾温吉尼娅的哀求。他们一句话都没说，也没有亮明身份。他们在夜色中驶离，留下温吉尼娅在黑暗和静默之中独自站在门边。

11

温吉尼娅睁着双眼躺着,不知道该做些什么,甚至不知道该如何看待这整件事情。绑架塔基里卡的是警察,还是假装成便衣警察的普通恶棍?塔基里卡究竟做了些什么要被如此对待?在被释放之后,她对丈夫非常不满。冷漠充斥在他们之间。他们几乎不交谈,偶尔说几句,也只是塔基里卡想要知道在审讯时她被问到哪些问题,而且他只关心那些跟他自己和生意有关的问题。

被警察抓走时,她是什么心情;被拘留时,她是怎么想的;她是如何应对刑讯的;对塔基里卡来说,这些事情显然是无足轻重的。最让她感到痛苦的,是她怀疑,塔基里卡内心深处是觉得她跟那些给统治者和通天塔蒙羞的女人们其实是一伙的。然而,跟她丈夫不同的是,对于配偶的不幸遭遇,她做不到无动于衷。

她开始去圣卢西亚警察局打听,因为那里的老大,万得弗·邓波,是他们家的朋友。她并不知道,邓波远远看到她之后就从后门溜走了。接待她的警察们表现得不相信她的故事:谁会发疯去抓塔基里卡?他可是埃尔代里斯现代建筑和房地产公司的老板、外交部长的朋友、通天塔的主席。再等几天吧,他们建议她,他肯定会回来的。她挨个警察局地跑,得到的回复几乎都是一样的。他们一致冷漠地建议她去市里的太平间找找。在那里,她也没有找到。

起初,温吉尼娅只是偷偷地打听,尽力避免宣之于众,但很快她就求助于新闻报纸。有个编辑对她说,成人失踪案不是什么值得报道的消息。另一个对她表示了同情,也跟她解释了缘由。

跟政治相关的失踪案已经变得司空见惯,因为权贵们最后都会坚称自己毫不知情并且清白无辜,尽管失踪者的亲人和朋友们都发誓说看见他们被拖进警车。此外,他笑着说,阿布瑞里亚的男人早都声名狼藉了,他们家外有家,有些是明目张胆的,有些是金屋藏娇。

接着,她又去找塔基里卡的朋友们,可是谁也不想跟这件事扯上一点关系。一开始,他们还会同情地听她诉说,但是一旦听出来政府可能牵涉其中,他们就会迅速警觉起来,有些甚至会让她再也别打电话过来。

有人建议她找个律师申请一张人身保护令,但没人愿意接她的案子,推托的理由各式各样。“你纯粹是在浪费钱,什么也得不着。”有个律师跟她说了实话,“在阿布瑞里亚,统治我们的是某个人的喜好。”统治者远在美国,是谁制定了新法律,说好端端的人可以半夜三更被抓走呢?她想知道。

她向教堂和教友们寻求帮助和精神支持,但他们能提供的只有祈祷;有些人还用肢体语言表明了,他们不欢迎温吉尼娅去他们的家里,也不欢迎她参加他们的社交聚会。

有一天,她把奔驰车停在路边,下了车,在一块高地上坐下,她抽泣起来:一切的一切——政府、朋友、教友——似乎都合起伙来反对她。她开始怀疑曾经坚信的一切,比如政府的公正,还有宗教的团结。现在,她该找谁来解答她的问题呢?

在泪水和无数的疑惑之间,温吉尼娅突然想到了乌鸦魔法师。

12

那天,温吉尼娅很早就出发了。因为到得早,她把车停在了街边,走到了以前的圣地,在那里,她看到了提示,又找到了新地址。

那是一栋新房子,木头和石头搭成的墙,铁皮房顶,比她最近去过的许多公立诊所和医院都整洁得多。她在一个助理的带领下来到了内室,独自待了很久之后,突然听到窗户打开的声音。

"我是来见乌鸦魔法师的。"温吉尼娅说。

"你已经如愿以偿了。"一个声音说道。温吉尼娅吃惊地发现,那居然是个女人的声音。

"我上次来的时候,他用男人的声音说话。"

"我有很多张面孔,很多个声音。你今天来找我,是为了什么?"

温吉尼娅犹豫了。突然,她内心深处悲伤的闸门打开了,她一股脑儿地倾诉在寻找失踪丈夫过程中所遭受的苦难。快讲完的时候,她已经觉得好受多了,仿佛只要听听乌鸦魔法师的声音,她就已经卸下了这段时间以来独自挑起的重担。

"有没有可能,他也落入了不久之前抓你的那帮人手中呢?"尼娅薇拉问道。她突然想起,在森林里的时候,她是多么不相信温吉尼娅被捕的消息。

温吉尼娅差点跌坐在椅子上:魔法师是怎么知道我曾经也被抓进那相似的黑暗之中?

"乌鸦魔法师知道一切。"那个声音回答了她没有说出口的疑问,这让她更加惊异也更加信服了。

"他们不肯确认是否抓了他。"温吉尼娅说,"实际上,他们否认了。"

"所以就算我用镜子找到了他,他们也不会承认抓了他?"

"是的,不过要是知道他在哪的话,我的心会轻松一些。"

"或者你的心理负担会更重。"

"相比起来,不知道更糟糕。"

“可是你亲眼看到他们带走了他?”

“是的。”

“所以,你想知道的,不是他们是否抓走了他,你想要的是让他们承认抓走了他。”

“你完全看透了我的心。”温吉尼娅说。

要是温吉尼娅识破了我的身份,她会怎么做?尼娅薇拉想知道。她会冲到那些把她的生活搞得一团糟的权贵那里举报我吗?在被监禁期间,她有没有对他们说起过我的事情?她这样饱受折磨,仅仅是因为塔基里卡被绑架,还是也因为她的自我质疑?她有那么多疑问,却没有现成的回答。看着她,尼娅薇拉仿佛看到了过去的自己:经历车祸之后,她也曾开始问自己许多之前从未想过的问题。尼娅薇拉涌起深深的同情,而她反抗权势的政治立场又加深了她们之间的联结。不管她有多么鄙视塔基里卡的喜好,她也明白,他也有基本的人权,就好像任何一个阿布瑞里亚人一样。可是,她要怎么才能帮助温吉尼娅呢?她多么希望卡梅特也在这里,这样他们就可以齐心协力,想办法让政府公开宣布他们关押了塔基里卡。可是卡梅特还没有从基亚姆布吉回来。

温吉尼娅如此奋不顾身地寻找丈夫,而自己的父亲却公开谴责自己,想到这里,尼娅薇拉感到一阵令人毛骨悚然的悲凉。卡尼欧若已经切断了她跟父亲的纽带。想到卡尼欧若对媒体说的那些话,她的痛苦和苦涩又深重了许多。卡尼欧若以为可以把自己的成功建立在摧毁别人的人生之上。这个男人的灵魂如此傲慢、刻薄。尼娅薇拉想到了一个主意。

“你听好了。”她对温吉尼娅说,“星期五是圣地的‘道之日’。我想让你打扮成寻常的上班族,跟大多数客人一样步行而来。随身带一些传统女性服装:12 件红褐色上衣和 12 条有围裙的皮裙。”

13

接下来的这个星期五晚上，温吉尼娅又来到圣地，坐在其他寻道者中间，耐心地等待轮到自己。

“这是您要的东西。”她对乌鸦魔法师说。

“你已经准备好要知晓丈夫的命运了吗？”

“是的。”

“即便那意味着你要直面那些抓走他的人？”

“只要我可以，我会让他们知道，我不会再保持沉默。”

“你需要的一切都在卡尼欧若那里。”

“什么！我丈夫的副手？劫匪？”

“是的，就是他。”

“谁给他的权力？”

“你肯定知道，他现在是排队狂热调查委员会的主席。而且你要记住，卡尼欧若，跟你的丈夫一样，并不是单独行事。在他的背后，有更强大的势力。”

“我要怎样才能救出我的丈夫？”

“我可没说能救出他。不过，如果你按我说的做，至少可以逼他们说出他们对他做了什么。”

“我要怎么做？”

“我的镜子告诉我，西吉奥库已经选定了一个日子，正式为卡尼欧若在圣玛利亚的办公室揭幕。回家去，打听出这个日子，还有庆典的具体时间。在那一天，打扮成你通常出席类似场合的样子，在庆典开始的时候出现在那里。对周围的一切都不要表现出任何兴趣。告诉他们，你只想要见西吉奥库，让他说出他把你的丈夫藏在哪里。绝不离开，直到他带你看他把你丈夫的尸体埋在了哪里。如果你的目的达到了，立刻离开，再说一次，不管周围发生什么，都不要管。”

“就这样？”

“就这样。”

“你是说我不用在裙子里藏点魔法药水？”

“最神奇的魔力就在你身体里面。”

14

从知道西吉奥库将亲自出席揭幕典礼的那一刻开始，卡尼欧若就四处寻找女舞者为庆典装点门面，不过却徒劳无功。人人都鄙视他，没有人愿意公开跟他扯上关系。没有女舞者，他要怎么才能让西吉奥库在媒体眼前一亮呢？然而，在庆典之前的两三天，好运敲响了他的门。

当时他正无所事事地看着窗外，整个人陷入了绝望之中。突然，他看到办公室外出现了一个女人，她穿着长长的皮裙，一条围裙，还有一件红褐色上衣，耳朵上挂了两串珠子。他冲上去，亲自打开门。

走廊里有点暗。但听到她替一群舞者带来的口信，卡尼欧若像小孩一样高兴得跳上跳下。接着，他当着这个女人发誓，如果她真的找来一群女舞者为西吉奥库表演，他个人将保证她们能够得到两辆新的公交车，好让她们自己开始做运输买卖。

在这送上门的好运面前，他兴奋不已，根本没有多问什么有关这个女人和舞团的问题，因为他生怕把这好运气吓跑了。

就这样，卡尼欧若亲自给报纸、电台和电视台打电话，告诉他们庆典的事宜。庆典当日一早，他又致电提醒，还说今天会有好戏上演。

最令他满意的是，他确切知道了，终于，他的照片，他和西吉奥库被漂亮的女舞者们围绕的照片，将会被各大媒体刊登。

15

舞者们在第一批到达的人里面。穿着传统服装，她们看上去都差不多。虽然一个一个地辨认起来很困难，但作为一个团体，对观众来说还是很醒目的。在媒体到来之前，卡尼欧若拖着没有正式跟她们见面。不过女人们似乎没有在意，她们开始在院子里准备表演。客人们大多是想要占便宜，在通天塔身上谋取暴利的。

西吉奥库带了自己的官方传记作家。直到媒体记者和摄像师们来了，卡尼欧若和西吉奥库才来到院子里，站好位置，准备沐浴在舞者的赞美之中。舞者们现在正在站队形。就在她们准备开始的时候，温吉尼娅来了。

看到舞者们穿的都是自己带给乌鸦魔法师的传统衣裙时，温吉尼娅惊呆了。这些衣服花了她一大笔钱，不过现在看到这些衣服这么醒目，她由衷地感到欣慰。她想起圣地的提示，努力不对它们表现出任何兴趣，笔直走到前排客人落座的地方。我想跟西吉奥库部长谈一谈，她大声地说。

所有人的眼睛，包括舞者在内，现在都盯着这个女人。西吉奥库靠向卡尼欧若，问他这个女人是谁。一个疯女人，卡尼欧若回答。不过为了控制局面，不在媒体面前出现任何骚乱，卡尼欧若故意友好而大声地问，女士，你想要什么？温吉尼娅同样大声地说，她只想知道政府把她的丈夫塔基里卡的尸体埋在哪里了。西吉奥库无论如何也没想到这一出;他直勾勾地盯着前方,仿佛根本不知道温吉尼娅在说什么。卡尼欧若示意警察把这个女人带走。温吉尼娅尖叫反抗。这时候媒体摄像师们纷纷开始拍照。眼看局面就快要失控,西吉奥库命令警察们别再粗暴地对待那个女人。卡尼欧若怒气冲天,因为这可不是他跟媒体承诺的好戏,可是,他也不知道要怎么做。温吉尼娅喊叫着,要求知道丈夫现在是生是死,政府是不是可以带她去找他的葬身之地。绝望之下,卡尼欧若转向舞者们,示意她们开始表演。

其中一个女人,仿佛是回应卡尼欧若的要求,大声唱了起来,其他舞者也开始有节奏地扭动屁股挥舞手臂。

当我来这里唱歌赞美一位客人
我不知道是来一个有战争的地方
我不在有战争的地方歌唱
我的歌唱可能会变成刺耳的声音
而且我的声音会迷失在喉咙里
尽管你看到我在跳舞
我还有一个丈夫和一个孩子要照顾
我不想让孩子失去父亲
因为家就是父亲、母亲和孩子

听了她们的歌,西吉奥库意识到,如果他再不采取点激烈行动,情况会变得更糟,可能会跟埃尔代里斯丑闻一样丢人。如果这个消息让现在身在美国的统治者知道了会怎么样?他站起身,让舞者们停止歌唱,他有话要对媒体说。

他来这里,他说,是为了正式开放这两个重要的办公室,同时也是做一个声明。他本来想把这些留到庆典快结束的时候再说，但考虑到媒体的时限性，他觉得最好还是现在说，万一有些记者提前离开呢。在他心里，有两件事情最为重要：

第一件就是在逃的尼娅薇拉。政府已经知道，她藏在民众当中。他想提醒大家，每个人都有义务去最近的警察局举报她。包庇逃犯的，不论是谁，都跟她同罪。但是，他想要强调的是，如果尼娅薇拉在父亲的感召之下自首，那么她将不会受到任何伤害。她将接受这个国家的法律的公平对待。接着，他又宣布，对于这个对国家犯下罪行的尼娅薇拉，凡是能够提供信息，帮助抓捕并成功起诉的人，都可以得到赏金五万布里币。

第二件就是提图斯·塔基里卡。他说，塔基里卡，尼娅薇拉的雇主，现在在安全部门的手里，帮助他们寻找最近埃尔代里斯的排队狂热的根源。他这个部长，之前并不知道面前的这位就是塔基里卡的妻子。他保证会把温吉尼娅和她的孩子们送到塔基里卡身边，让他们亲眼看看他活得好好的。政府非常感激塔基里卡提供的关于尼娅薇拉和排队狂热的信息，但“由于安全原因”，他不能透露更多细节。

西吉奥库邀请温吉尼娅·塔基里卡夫人跟其他客人一起坐到台上，等着观看舞者的表演，以此结束这次声明。他坐了下来，示意官方传记作家过来，指导他接下来该怎么做。

这个声明让所有人大吃一惊。温吉尼娅不知道要怎么办；圣地的“剧本”里面可没提到这一步。她应该像乌鸦魔法师嘱咐的那样表现出冷漠的样子吗？她应该不理会邀请直接走掉吗？可是，她怎么能够拒绝部长的邀请呢？他们可能会觉得这样很粗鲁，从而拖着不带她去看望丈夫。最后，她发现自己坐在台上，坐在大耳朵西尔弗·西吉奥库的旁边。

现在,舞者们提高嗓门,大声唱了起来,歌唱和平和人民团结。

西吉奥库,你有一双大耳朵,这样你能听见远处的东西
还有你,卡尼欧若,有一个大鼻子,这样你能闻到远处的东西
那么,听吧,听听我们这片土地上的人民在说些什么
我们渴望和平、团结和发展
好的领袖就是能给我们带来这三者的人
我将会为了曾经在这里的人唱这一首歌
我将会为了今天在这里的人唱同一首歌
我将会为了今后来这里的人唱同一首歌
当我跟殖民主义斗争时
我以为自由就是一头可以用乳汁滋养我的奶牛
昨天我没东西可吃
今天也一样
谁有耳朵能听见人民的心声?

西吉奥库被这首歌感动了,觉得女人们是在用密码语言,恳求他,有朝一日能成为国家的领袖。他热情地鼓掌,仿佛表明他已经听懂了她们的呼唤。卡尼欧若不喜欢她们的歌唱,不过既然西吉奥库都表态了,他也只能笑了笑。记者们本来以为能听到一声巨响,谁知只收获一声闷响,纷纷觉得被所谓的“好戏”骗了。

温吉尼娅,权贵座席当中唯一一个知道怎么回事的人,由衷地惊讶于乌鸦魔法师魔法的再一次显灵。他做到了所有律师、记者还有她的朋友们都没有做到的事情:让政府公开承认关押了塔基里卡。不过,这些舞者们到底是谁?她之前从未见过她们。难道是乌鸦魔法师把自己变成了这么多个女性化身?

卡尼欧若、西吉奥库，就连温吉尼娅，也不知道的是，那个领着女人们唱歌跳舞的，正是尼娅薇拉。

16

卡梅特从基亚姆布吉回到圣地之后，尼娅薇拉对他讲述这整个故事，听完之后，卡梅特怀疑地摇摇头，很不赞同的样子，喃喃地说："危险又鲁莽。"

当时他们在常去的中餐馆，周记。周记餐馆是介于高级餐厅和破落小饭馆之间的完美选择，因为那两者通常是警察常去的地方。

"是你曾经跟我说，最危险的地方就是最安全的地方，别人最想不到的地方。"

"没错，但那并不是说要故意走到危险当中去。跟约翰·卡尼欧若面对面？他那么熟悉你。而且不止一次而是两次？"

服务员送来账单，还有两块幸运饼干。尼娅薇拉付了钱，伸手拿过一块幸运饼干。卡梅特拿过另外一块。他们几乎同时掰开饼干，抽出里面的纸条。

"你那张上面怎么说的？"卡梅特问。

"不行，先告诉我你的怎么说的。"

他们开始好玩地争论谁该先说，接着突然抓过对方的纸条读了起来。两张纸条上写的是一样的：期待令人惊讶的事情。他们笑了起来。

"好吧。温吉尼娅的事说完了。让我再惊讶一些吧。或许还有纸条上写得那么令人惊讶的事情呢。"

"别那么担心。"尼娅薇拉试着安慰卡梅特，"卡尼欧若不可能发现我。我们第一次碰面是在傍晚。那时候我头上裹着肯加,还戴了鼻环。第二次我穿着传统服装,身边全是打扮相同的女人。我觉得仿佛回到了上大学的时候,只要一登上舞台,在戏剧里面,扮演任何一个角色,我就能骗过所有人,即便是我最亲密的朋友。”

“你不可能骗得过我!”卡梅特断言。

“别那么肯定。”尼娅薇拉说,然后去了洗手间。

独自待着的卡梅特开始琢磨他们刚才说到的一切。他很高兴,他们又在一起了。轻松的交谈,让玛格丽特·瓦里娅拉的死还有肆虐家乡的奇怪病毒带给他的沉重感减轻了不少。他曾经觉得,跟都市的焦虑相比,乡村的宁静是多么令人向往。但如今,事情变得更加复杂了。他的悲痛里面还夹杂了对马修·万伽胡和卡尼欧若的轻蔑。在温吉尼娅的事情上面,尼娅薇拉展现出令人震惊的宽容和人性,还有自我牺牲。有她相伴,他觉得非常幸运。她让他看到的,是世界的另一面。想着他们关系的安全还有各种可能性,他很快就沉浸在自己的幻想世界,没有注意到周围的一切,直到她的脚步声把他叫醒。

她看到他惊诧的表情,误以为他还在为她这两周内的自我暴露而担忧。她想要安慰他:

“听着,如果不告诉你,我觉得对你不够坦白,当我跟卡尼欧若面对面站着的时候,我很想去掉一切伪装,让他看到我还活得好好的,或者干脆用刀切掉他的鼻子。但我没有做这些会损害到我们的傻事。此外,我真的同情温吉尼娅。我绝不会忘记她曾经因为我被捕。但是促使我去帮助她的,还有我的骄傲:我绝不想让人家说,有人来到乌鸦魔法师的圣地,却空手而归。我很开心,温吉尼娅现在可以平静地入睡,因为她已经知道了她现在所知道的一切。”

“是什么呢?”

“国家抓捕了一个人,又秘而不宣,通常就等于对这个人宣判了死刑。塔基里卡本来会是一具死尸。我们让他死里逃生。”

17

就连塔基里卡也觉得自己很快要死了。抓住他后,他们用布条蒙住他的眼睛,把他扔进一间漆黑的屋子。头顶不知从哪里进来的一小束亮光,成了他唯一的陪伴。守卫们在黑暗中给他送来水和食物,跟抓他的那些人一样,他们从不理会他的问题。日以继夜,在痛苦的寂静中,他的身心都因为焦虑而紧绷。想到可能会失去所有财产,他就无法忍受。只要能挽救他的财产,他可以付出一切,即便是跪倒在逮捕他的人面前。可是,他们究竟是谁?

他心头涌起一个又一个怀疑。难道是他的妻子温吉尼娅在被关押期间为了她自己的自由而污蔑了他?还是尼娅薇拉已经被抓起来了并且把他拖下了水?

他迫切地想要见到抓他的人,想要澄清关于他的所有谎言,想要显示他已经准备好忏悔所有被指控的疏忽和罪责。

西吉奥库早就料到了。他知道,以塔基里卡目前的心理状态,他将得到所有口供,包括那些没有问到的。这个可怜的朋友已经准备好任由西吉奥库摆布了。西吉奥库可以换着花样地玩他。

温吉尼娅在媒体面前介入此事,是完全在他意料之外的,打乱了他所有计划,逼得他不得不在消息传到身在美国的统治者之前从塔基里卡那里得到尽可能多的消息。他命令手下的人立即开始审问。

他们把塔基里卡从小黑屋挪到一间审讯室，扔进一把椅子里。塔基里卡不停地眨眼，差点被亮光刺瞎了眼。起初他还不知道怎么回事，很快他就明白过来，他坐在屋子中间的一个桌子前，在他对面，坐着一个穿黑西装的人。对塔基里卡来说，相比较起关在小黑屋里，这简直是一个很大的进展了。然而，羞辱刺痛了他的心，他强忍愤怒，呼吸粗重起来。

“别害怕。我是警察。”那个人说，他伸出手来，越过桌子跟塔基里卡握手，“我是助理警督恩卓亚，以利亚·恩卓亚。”

塔基里卡没有理会那只手。

“你不知道我是谁吗？”塔基里卡愤怒地问，忘了自己先前打算下跪求饶的决心。

“当然知道了，塔基里卡先生。在我们阿布瑞里亚，谁能说不认识你呢？”恩卓亚一股脑儿却又实事求是地说，但说到他们对通天塔主席犯下的暴行，他那副事不关己的样子却让塔基里卡更加恼怒。同时，听到自己在全国都很出名，塔基里卡又觉得很受用。

“那为什么我被警方关押？”塔基里卡质问。

“关押？”恩卓亚不解地问，“对不起，但这肯定是个误会。”他用英语说。

“没有什么误会。你们把我从金山住宅区掳走，在我家里，当着我的妻子和仆人的面。”

“那是什么时候的事？”

“你是想跟我说你对此一无所知吗？”

“我知道的是，你昨天夜里才来到这里。所以我以为你是昨天来的。”

“昨天？你应该说前几个月而不是前几天。而且，不是我‘来到’这里。我是被扔进一辆路虎的后座，像一捆木头或一块石头一样,然后被拖到这个鬼地方来的。”

“太对不起了,塔基里卡先生,”恩卓亚说,实际上他语气非常严肃,还夹杂着恐惧、羞辱和尊敬,“塔基里卡先生,我肯定会去调查这件事的。你,作为一个老板,应该知道下属们是怎么办事的。你可能只告诉他们抓一个人,但他们会抓来十个。实际上,要不是你的妻子……”

“我妻子怎么了?”塔基里卡咆哮着说。

“我想是她昨天晚上给警察打的电话,说你失踪了,她想知道你是不是在警察局里。”

“你是说,这么长时间,她都没有通知警方?万一抓走我的是歹徒呢?我肯定早就成了爬满蛆的死尸了。”

“请别责怪你的妻子。没准她不知道去哪里或者如何报案呢。你知道乡下的女人们……”

“我妻子不是乡下女人。她受过非常高的教育。她有中学文凭。”

“对不起,请原谅我。无论如何,她做了一件非常明智的事情,让上面知道了你的情况,这就是为什么是我亲自来见你,而不是派一个初级警员过来。另外,说到你的妻子,请给她打个电话,让她知道你在政府的手里,她没必要过度担心。”

好像魔术大师一样,警官从口袋里变出一个手机,递给塔基里卡。拿着手机,塔基里卡觉得又有一点回到他所熟悉的生活了。他威严十足地拨完号码,向后靠在椅子上,仿佛在自己的办公室一般。警督恩卓亚蹑手蹑脚地走出屋去,好像是为了尊重塔基里卡的隐私。塔基里卡没有说太多,因为他对温吉尼娅那么晚向警方求助很生气。他告诉她,近乎炫耀,他在政府手里,她没必要太担心他,她的任务就是照顾好他们的家,还有生意。他甚至没有问起她或者他们的孩子,也没有给她机会反应,就挂断了电话。恩卓亚回到审讯室的时候,后面跟着一个人,推着推车,上面是一盘热气腾腾的鸡肉和米饭。

塔基里卡狼吞虎咽地吃着:这可是这许多天来他吃到的第一顿可口的饭菜啊。上好咖啡的香味让他的愉悦感更上一层。他一边满意地打嗝,一边开始想,或许这个恩卓亚也不是那么坏,甚至还可能是那个警察的朋友呢,那个他曾经给送过"圣诞礼物"的圣卢西亚警察局的警察。是的,他肯定是我朋友万得弗·邓波的朋友。或者是我的朋友马乔卡利的朋友的朋友。

"谢谢你。"他真诚地对恩卓亚说。

"你千万别客气。"恩卓亚说,"现在,塔基里卡先生,我肯定,你很想知道我们为什么要你来这里。我们只是想让你帮忙澄清一些事情,然后你就自由了。"

"所以你承认我现在是不自由的了?"

"这只是一种说话方式而已。不过,作为一个'朋友',让我给你一些建议吧。只有婴儿才会不懂所有事情背后的含义。显然,你不是婴儿,而且在我看来,你也不是冥顽不灵的人。每个人都有敌人。你也不例外,塔基里卡先生。想要打败敌人,没有比解脱自我更好的办法了。你的反应和态度十分重要。说出那些困扰你的事情吧。这是我诚恳的建议。"

"你问吧,毕竟没有人是为了问问题才上法庭的。我没有什么可隐瞒或掩饰的。我一贯是拥护统治者的。"

"精神可嘉。但你也很清楚,有些人白天拥护统治者,晚上却密谋反对他。所以告诉我,你为什么不遵照传票去排队狂热调查委员会接受调查呢?这个委员会可是统治者成立的。"

这可不是塔基里卡期望的问题。他本来想说,你是说那个由我的副手领导的委员会？但他忍住了，才没有落入陷阱，毕竟它会跟统治者的智慧扯上关系。

“我是准备去的，但发生了一些事情，我忘记了日期和时间。我这样的人就是需要足够的提示，才能更好地安排自己的事情。我们商人有句话叫作：时间就是金钱。”

“像英国人说的那样，嗯？”

塔基里卡对这个比方很受用，他刚想说对，但随即想到他先前得过的病——话语卡在喉咙里说不出来——是因为他太想当白种人。他还是摇了摇头。

“好吧，那请跟我说说排队狂热的事情吧。”恩卓亚继续问。

“你想知道什么？”

“一切。肯定没有什么能逃过你的眼睛。”

“你说得对。”

“什么？”以利亚·恩卓亚问，被“你说得对”弄得有点心烦。

“我不知道别的队伍，但我知道的确有一条队伍是从我的办公室外开始排起的，就在马乔卡利部长宣布我被任命为通天塔主席的那一天。那条队伍很短，我处理完他们的需求之后，人们就散了。不过就算那样，我也注意到大队伍出现的征兆。你看，许多商人，在听到我的升迁之后，都立即给我打电话；许多还亲自来我办公室祝贺我，结识我。他们全都挤在接待区，所以我的秘书不得不要求他们排成一队，先到先得，更有效率。”

“这的确是一个很好的原则。他们想要什么？”

“他们听说世界银行马上就要给通天塔发放贷款。他们想要在建筑工程开始之前结识我，这样等到订立分包合同时，我能想起他们。”

“那么那些工人、求职者、可怜的……不管怎么叫他们吧。他们是怎么回事？他们也想拿到挣钱的合同？”

“那我就不知道了，因为在我被任命为通天塔主席的那一天，他们还没有出现。但那天快下班的时候，我的秘书想要招一个临时工，帮忙处理那许多的电话和商人到访。所有的活儿——接电话，接待体面的访客，一丝不苟地记录——一个人做不过来。我觉得那是个好主意。所以我让她在外面挂一块招聘的牌子。新牌子可以把原来写着‘没有空缺职位’的老标识牌替下来。”

“你的秘书是谁？”

“哦，别跟我提她——她就是恶魔。”塔基里卡气愤地说。

“她叫什么名字？”

“尼娅薇拉。”

“就是那个恐怖分子？”

“就是她。”

“她是你们公司管事的吗？还是她一直恐吓你，弄得你晕头转向，她想干什么你都同意？”

“不是这样的，那些日子里，她装成一个好人，思想和为人处世都很成熟。”

“外表呢？她长得好看吗？”

“她很美丽，这倒是真的。”

“特别美吗？”

“非常美。”

“是那种让其他美人都相比失色的美？”

“哦，你真该亲眼看看她。她的脸庞。她的胸脯。她走路的样子。还有她穿的衣服，就好像是造物主本人打造的她！”

“直到今天，想到她，你还会流口水啊。”

“我的口水是因为怨恨，而不是爱慕。”

“所以以前你的口水是因为对她的欲望？我直接一点吧，或者我应该直接问：你跟她之间有点什么吧？”

“我们的关系从来没有涉及那个。”塔基里卡说，恩卓亚问话的语气和含义有点刺激了他。

“你是说，你从来没想过去她的双腿之间一探究竟？为什么？难道你是那种‘耶稣是我个人的救世主’的雇主？”

“我？”塔基里卡问，他觉得这个问题挑战到了他的男子气概。他甚至笑了起来，“很多女人都知道我的厉害。但尼娅薇拉有点吓人。倒不是说她说话咄咄逼人。我该怎么说呢？她的眼睛似乎能看透别人的心。她的眼睛，还有她的举手投足，能让最好色的男人腿软。或许，要是她待的时间更长一些，我可能……真正的男人是不会任由女人拒绝的，而且说到女人，我的格言是，永不放弃。”

“所以你贪恋她的美色？又或者你们在恋爱？”

“这不是我真正想说的，不过……”

“我知道，我知道，”恩卓亚赶紧说，“作为一个男人，我知道，男人的心，一旦被一个女人迷住了，他什么事情都能为她做。我完全理解你，塔基里卡先生。”

“可是我刚才已经告诉过你。尼娅薇拉就像一个没有把手的火把。”

“我知道你说的或者想说的是，你渴望得到这个火把，可是它没有把手。”

“不，不，不是这个意思。这么跟你说吧，如果今天，此时此刻，要是我这两只胳膊抱住那个女人，我会扼住她的脖子，把她掐死。她是个卖国贼。”塔基里卡恶毒地说。

“好吧。我们先把尼娅薇拉放到一边。我们假设她就只是一个秘书。你是想告诉我，你的秘书来找你，她的老板，说想再招一个人，你答应了，甚至同意她在外面再挂一块标识牌？”

“对。”塔基里卡说，尽管他不喜欢恩卓亚这样说话，听上去特别阴险。

“你们想要招几个临时工？”

“大概三个。”塔基里卡说，“可能五个吧。”

“然后就为了这三个人，或者是五个，她劝你在外面挂一块标识牌，向整个埃尔代里斯宣布，这里要招工？”

“那我们要怎么写？”塔基里卡问，“因为不止招一个人，我们只能写成复数形式了。”

“你同意她写成复数形式，暗示这里有成千上万个空缺？”

“我不记得确切哪个词了。”塔基里卡说，对他这种故意咬文嚼字曲解意图的方式有点无助。

“你让她随心所欲地措辞？”

“你看，警官先生，她是我的秘书。一个老板只需要告诉秘书他想要什么，一个大概意思，秘书就可以自己措辞，表达出他的指令。”

“所以可以说，尼娅薇拉只是在传达你的愿望，执行你的指令？”

“是的，当她在我的地盘上工作的时候。除此之外，我并不知道她都干了些什么。”

“好的。在你的地盘上工作的时候，她是你意愿的良好传达者，工作之外，她是自由人，对吗？”

“对。可以这么说。”

“那么，工人的队伍是怎么排起来的？”

“你知道的，我升职那天之后，就不能去办公室了……”

“为什么？”恩卓亚打断他。

"我被一种病打倒了。"

"你病了?"

塔基里卡停顿了一下。他要怎么跟这个审问者解释他的怪病呢?一种没有名字的病?

"一种心脏病。"

"破碎的心?"

"不,只是心的毛病。"

"心脏问题?对你这个年纪和肥胖体形的男人来说,这可是个严重的问题。我很遗憾,塔基里卡先生。你在医院里住了多久?"

"事实上我没去医院。"

"你去的是私人诊所?"

"对……不是……"

"是还是不是?"

"两者都有。"

"你什么意思?"

"我去看了一个占卜师。我不确定是不是能管这种叫医生。"

"巫医。所以你是那种人!更好的巫师医生①那种?"

"最好是把他叫作占卜者吧。"

"可是,塔基里卡先生,如果你需要做心脏搭桥或者心脏移植呢?你的巫医能做吗?"

"我并不是器官本身生了病。"塔基里卡解释,"我说的心,是指心灵。就是那种东西。"

"你是说那时候你失常了?疯了?"

① 原文为斯瓦希里语。

“不！天哪！不，不是！”塔基里卡用三种语言否认，“我说的心，就是我们说某某某没心、绝情，或者某某某全心全意这种。”

“一种精神失常，类似这种，对吧？”

“我不太了解疾病的名称。但我想占卜者可以被叫作某种精神病医生。”

“塔基里卡先生，我们别管叫什么名字了。不管叫什么，你的心理问题肯定都非常严重，因为你被任命为通天塔的主席之后很快就不再去办公室了。除非……”

“什么？”

“那是个策略，一种‘社交意义上的疾病’，或者用我们的行话来说就是，不在场证明。你制定的计划，然后让别人去执行。这不就是你跟我说的老板们做的事情吗？”

“你什么意思？”塔基里卡有些不解。

“假设，我们只是假设，塔基里卡想要召集一次工人非法集会，让我们社会中的乌合之众，潜在的暴民，在他的办公室外排队，他是不是有可能自己不会出面，把所有事情留给那位他信任的意愿传达者去做？你看，这样一来，如果他被调查委员会叫过去，他就会说‘那时候我并不在场’，然后提供一个不在场证明，医院的发票或者住院单或者医生写的病历。你知道大拇指和另四个手指的故事吗？它们曾经是并排而立的，五个手指，像兄弟一样。然后有一天，大拇指说，我们走吧。去哪里？其他手指问。去恩迪哥先生的银行，大拇指说。去干吗？其他手指问。去打劫，去抢这家银行，大拇指说。万一我们被抓住怎么办？它们问。嘿！反正我又不在现场，大拇指说。直到今天，大拇指还是那个无辜的样子，跟其他四个分开了，那四个呢，却因为它们的罪行被连在了一起。”

塔基里卡想要从这个故事里挑毛病。以前的传说里面，是小手指提的去偷东西的主意，也没有提到银行这回事。恩卓亚把大拇指的故事，和另一个完全不相干的故事——孩子问母亲去哪里，母亲不肯直接回答，而是非常含糊地说要去一个根本不存在的恩迪哥的家里吃一顿只有一颗豆子的晚饭——混在一起说了。但塔基里卡没有。他感到愤怒和恐惧，因为恩卓亚如此转移话题，还有他的语气，分明暗示着叛国罪名和死刑。

“我不喜欢你在暗示的东西。我是一个忠君者。说实话，我是在不知情的情况下被带到占卜师的圣地去的。那时候我病了。我不止一天没有去上班，而是很多天，超过了一个星期。我为什么要拿我一辈子的心血和财富去冒险，让那些暴民和求职者排队？求职者的队伍又不是什么盛大壮观的游行。”

“你说你好几天没有去你的办公室，甚至是好几个星期。你关闭办公室了吗？”

“没有。”

“那么你不在的时候是谁在管理公司？”

“秘书。我是说，只有她一个人在那里……”

“这个秘书，你指的还是尼娅薇拉？”

“是的……但我的妻子，温吉尼娅，后来也去了那里，然后由她掌管一切。完全掌管。我是怎么跟你说的？她不是乡下女人。她接受过很高的教育。她有……”

“所以当排队狂热开始的时候，是尼娅薇拉和温吉尼娅在那里？你是想说这个吗？”

“是的！”

“所以只有这两位亲眼见证了当时发生的一切？”

“你说得对。”

“什么？”

“只有她们两个才能给出合理的解释,因为她们在现场。我所知道的一切都是听说的。”

“你是什么时候回去工作的?”

“在通天塔集会之后。”

“就是在埃尔代里斯公园举办的那个?”

“你说得对。”

“别跟我来这套。你在暗示什么,塔基里卡先生?我是钉死你这个耶稣基督的彼拉多①?”

“不,不,不。我做梦都没有想过这种事情。我是人。我是一个罪人。”

“那就承认你的罪行!”

“你想让我承认什么?”

“你犯罪的时候我又不在场。”

“你想让我做什么?”

“简单、完整地回答我的问题。你说你恢复工作的那一天,就是你被治好的那一天?”

“在那之前我已经好了。实际上,几周之前。我在家里休息,没做什么事情。”

“塔基里卡先生,你让我更迷惑了。请帮我弄清楚。你是在说,从你得知自己被任命为通天塔主席的那天,到庆典那天之间,你都没有亲自回办公室看看吗?”

“我的确回去了一次,那天早晨,我从医生……”

“你指的是巫医的圣地?”

“对,占卜师的屋子。老实说,那也是我第一次看到那些队

---

① 彼拉多(Pontius Pilate),钉死耶稣的古代罗马犹太总督。

伍,相信我,警官,那场面太震撼了,太可怕了。圣玛利亚到处都是队伍。我自己的办公室几乎被围住了。我从后门溜进去的,那是一个特殊入口。”

“我看看我理解得对不对啊。那一天,你没有生病?”

“我跟你说了,那时候我刚从医生那里出来。”

“巫医?”

“占卜师。”

“我们别咬文嚼字了。我想知道的是,那时候你已经彻底好了?”

“我向你保证,我彻底好了。我这辈子都没那么好过。”

“那么,塔基里卡先生,为什么你病好之后,也没有去上班?还是说看到那些队伍之后,你的心脏毛病又犯了?”

“你说我应该说实话,我说的都是实话,除了实话没别的了,所以帮帮我吧,上帝。”

“真相会还你自由。这不是《圣经》里说的吗?”

“可是你刚才说我并没有被囚禁。”

“那只是一种说话方式而已。说出真相,让魔鬼感到羞愧。”

“你瞧,我设法溜进办公室之后,给马乔卡利打了个电话。”

“部长?”

“全国上下只有那一个马乔卡利,他是我的朋友。”

“我只是想确认一下。我们警察就好像医生一样。现代的医生,不是你那种巫医,或者你所谓的占卜师。一个高明的现代医生会确保自己知道一种疾病的各个方面。只有那样,他才能开出正确的处方。我们警方侦探是真相的挖掘者,我们喜欢把案子落实到事实之上。所以,当你提到马乔卡利,我可以当你说的是马乔卡利,阿布瑞里亚统治者的政府现任外交部长马乔卡利吗?”

“对。我给他打电话,问他是否可以安排一些部队过来驱散人群。”

“这就奇怪了。难道部长曾经跟你说过,他有权调动军队干这干那吗?”

“我觉得他作为一个部长肯定知道该联系谁。”

“告诉我,塔基里卡先生,部长是否告诉过你,除了统治者之外,他知道哪个人或者哪个团体,以为自己有力量调动军队?”

“哦,不,不,不。没有这回事。不过他对我说的,让我从一个截然不同的角度看待这些队伍。”

“他对你说了什么?”

“他告诉我,这些队伍非常重要。”

“重要?”

“对,因为这些队伍可以展示人们是多么支持通天塔项目。它们象征着支持。”

“继续。还有呢?”

“实际上,是部长建议我不要回去工作的,他说我应该待在家里,因为如果我继续生病的话……”

“装病?可是这是为什么?”

“这样队伍就不会在人们的求职需求得到处理之后解散了。只要他们还等着我,他们就会有希望,而这希望,会让队伍继续保持下去。”

“所以他告诉你的是,你应该撒谎说你还在病中,即使那时候你觉得你这辈子都没那么健康过?”

“不,不是你说的这样。他只是想在世界银行代表团在国内的时候,队伍继续维持下去,在通天塔庆典之前不要解散。”

“好吧,我们再看看。你陷入这种假装的疾病之中。你同意待在家里恢复。那么谁来照看你的生意?”

“温吉尼娅,我的妻子,当代理总经理,还有……那个……你知道的……秘书当她的助理。帮手。”

“你是说尼娅薇拉?”

“就是她。”

“而且因为温吉尼娅没什么经验,真正掌管你的生意的其实是尼娅薇拉,不对吗?”

“对,尼娅薇拉经验更多一些,但她肯定不是管事的。她只是个仆人而已。”

“被降职?你了解女人的:她们总是互相嫉妒。有些女人永远不会满足,除非她是男性主导的世界里唯一的女人。‘唯一女人综合征’。”

“不是,她没有被降职,也没有嫉妒。为了让她高兴,在我不在的时候尽心尽力地工作,我给了她一个虚职,总经理助理。但她什么也不算,只是个漂亮的前台花瓶而已。”

“马乔卡利……他跟尼娅薇拉熟吗?”

“不,我不觉得。”

“但马乔卡利曾经给你办公室打过电话?”

“是的。”

“他的所有电话都经过前台转接?”

“有时候。不过他也会直接打给我,我敢说大部分时候都是。”

“马乔卡利去你办公室找过你吗?”

“找过,但不经常。只有在路过圣玛利亚的时候。埃尔代里斯是一个大城市,你知道的。有许多个城镇,如果你问我的话。”

“如果马乔卡利和尼娅薇拉私下约好在这个城市的其他地方

见面,像你说的,这个城市那么多人,你就不会知道了,对吗?”

“对,但我不觉得他们在我公司之外见过面。”

“可是如果他们见了,你也不会知道?”

“没错。”

“马乔卡利上次去圣玛利亚是什么时候?”

塔基里卡迟疑了。他不知道应不应该把他们上次见面当成一个秘密。不过他决定说出真相。另外,在内心深处,他也不介意让这个警官知道,他,塔基里卡,上面是有人的,马乔卡利是他的朋友。

“就在他跟统治者去美国之前,他来见过我。”

“他去了你的办公室?”

“不是。我们在火星咖啡馆见面。”

“所以,他不是去办公室跟尼娅薇拉说再见的?”

“我想那时候尼娅薇拉早已经潜逃了。”

“但你刚才已经承认了,如果他们私底下见面,你也不会知道?”

“我真的不认为他们见过。”

“你怎么能这么肯定?你知道尼娅薇拉那时候藏在哪里?”

“不知道。”

“你也不是一直跟在部长身边,他去哪儿你去哪儿?”

“不是。”

“不是什么?”

“我不是一整天都跟着部长。我们在火星咖啡馆见面,谈完之后,我留在那里,他离开了。”

“所以你能说的就只是,你从来没有看到他们见面?”

“是的,但那并不意味着我认为他们见过。”塔基里卡继续说道,他感觉到这是个圈套。

“可是你也不能在法庭上发誓他们那天或者别的时候都没有见过吧?”

“那我没法发誓。”听到法庭两个字,塔基里卡警觉起来,赶紧说道。

“他为什么去找你?为什么想见你?”

“他是来道别的。我们是朋友。”

“没别的了?”

“没了。”

“我们再说回你的病吧。你说你被带到巫医那里看病。谁带你去的?”

“我的妻子,温吉尼娅。”

“她是怎么知道那个巫医的?”

“秘书跟她说起过他。”

“尼娅薇拉?”

“是的,尼娅薇拉。”

“所以,不管是你的生意,还是你的家庭事务,这个尼娅薇拉都牵涉其中?她是你个人和家庭事务的主要顾问?”

“请别这么说。要是我早知道这些,我早就会抓住尼娅薇拉这个女人,我……”

“……会掐住她的脖子,把她掐死。”以利亚·恩卓亚嘲讽地替他说完这句话,“我知道你这个事后诸葛亮会想做什么,我也很赞赏你的态度。现在,塔基里卡先生,我们认真一点。我想让你知道,你对我们十分有帮助,如果你继续跟我们合作,你会看到你的处境将发生改变。我唯一想要提醒你的是,不要撒谎。还记得吗?只有真相能让你自由。你确定你已经对我说了一切?”

“我已经告诉你我所知道的一切事实。”

“你没有丝毫隐瞒,一丁点也没有?”

“没有。”

“顺便问一句,治好你的那个巫医叫什么名字?”

这个问题太出乎他的意料。他正要说出那个名字,乌鸦魔法师,但他突然想到说了之后会有什么后果。钱。那三大袋子钱。要是那个占卜师最后说出那三大袋子布里币怎么办?最糟糕的是,它们可是那些想要从通天塔项目谋利的人给的“拜访卡”啊。塔基里卡最不想让别人知道的就是,他已经从统治者相关的计划身上捞到了钱。那三大袋子布里币必须是一个秘密,永远藏在他脑海的最深处。

“我不知道他叫什么。”

“你确定?你不知道那个巫医的名字?”

“占卜师就只是占卜师。不是只有我不知道他们的名字。许多去找这种治愈者的人都不会去记他们的名字。占卜师又不是你会请来开派对或者在办公室里促膝谈心的人。”

听到这里,恩卓亚笑了。

“你挺有幽默感的,塔基里卡。”

“谢谢你,警官……”

“叫我以利亚。我是你的朋友。”

“以利亚,我的朋友,”塔基里卡说,“现在我能走了吗?”

“为什么不呢?我帮你找找车。祝你好运,塔基里卡先生。”

剩他自己的时候,一开始,塔基里卡还突然觉得有点沮丧。但当他回想这次审问,他有一种解脱感,甚至是胜利感,因为他觉得,他不仅巧妙地挫败了对方想把他跟尼娅薇拉、排队狂热和马乔卡利的阴谋扯在一起的意图,还避免提及了自己病情的细节,并且还没有说出乌鸦魔法师的名字,最重要的是,他没有说出任何有关那三大袋子钱的事。此外,他还赢得了恩卓亚的信任,把他变成了自己的朋友,明天,他就会躺在金山住宅区自己家的床上。

18

然而,那天晚上,他的新朋友恩卓亚并没有回来。第二天或后来的任何一个晚上,都没有,直到塔基里卡不再数日子。接着,有一天,他们又来了,像之前那样蒙着他的双眼。等到他们拿掉布条之后,塔基里卡发现自己坐在一把椅子上,房间里空空如也,只有一点微弱的灯光,剩下都是黑暗。在光圈的边缘,他看到了像是身体挣扎和干涸血液的痕迹。这一切都印证了他最深的恐惧。他们要对他下手了,就好像对其他无数人做过的那样,地上的血迹都在诉说他们的遭遇。他站起身,茫然地在黑暗中踱步。聚光灯跟着他,黑暗之中响起一个声音:

“谁让你站起来的?”

“你是谁?”塔基里卡死死地站在原地,惊恐地问。

“我是警督卡西加,皮特·卡西加。”

“恩卓亚去哪里了,警督恩卓亚? 他跟我说过……我的车怎么样了?”

“那都取决于你如何回答我的问题。”

“我已经告诉你们我知道的一切。我还有什么没说的?”

“只有你自己清楚。你要知道,我可不像恩卓亚那样善解人意。我不会轻易被眼泪打动。我就像石头一样坚硬。如果你要花招,你的脚很快就会被吊在房顶上。”

“你想要什么?”塔基里卡问,他感到一阵怪异,发出空洞的声音。

“坐回去。”那个声音命令他。

塔基里卡仿佛被那道光吞没了一般,他照做了。

“回答我所有问题,不管多小的问题。你为什么要去找巫医?”

“你是说占卜师?我跟恩卓亚说过,我去那里是因为我病了。”

“治好病之后,你感觉怎么样?”

“平静。快乐。”

“所以给你治病的人让你感到快乐?”

“难道你病好之后会难过吗?”

“我才是问问题的人,你明白吗?”

“明白。”

“还有,现在,塔基里卡,既然你被治得这么好,你感觉这么好,这么平静,这么快乐,你对创造了这么多奇迹的人就没有一丝好奇吗?至少会好奇到想知道他的名字?”

塔基里卡觉得自己被逼到一个逼仄的角落。当时,他是因为一些自以为很好的理由,隐瞒了自己知道那个给自己治病的人的事实。但现在,他开始怀疑这个谎言是否明智了。关于那个占卜师,这个没露面的卡西加似乎知道点什么。是不是他的妻子,在刑罚的恐吓之下,说起过那些钱的事?无论如何,塔基里卡都会坚持原来的说法。

“我只是忘记了他的名字。每个人都有忘事的时候。”

他没想到会挨这一下,所以当一个重重的耳光扇过他的脸的时候,他仿佛失去了意识一般,眼冒金星。等头晕眼花的症状稍稍好一点之后,他恢复了意识,开始反抗,可是,你要怎么才能反抗一个黑暗中的影子呢？他感到愤怒和沮丧的泪水顺着他的脸颊流下来。

“你为什么打我？你的问题我都回答了！”

“我告诉过你，我是皮特·卡西加，不是以利亚·恩卓亚。给我老实交代。我可不是来这里跟你玩文字游戏的。”

“我没什么可隐瞒的。”

“那你还嘴硬说不记得你那个巫医的名字？”

“不。健忘不是罪。”

“我会让几个朋友来帮助你恢复恢复记忆……”

卡西加还没说完，塔基里卡就觉得身后有人。他还来不及转过身，就有两个男人按住他的肩膀和脖子，把他摁倒在椅背上。第三个人猛地把他一只手拽到身后，第四个人往他的食指指甲缝里扎针。塔基里卡拼命反抗，却无济于事。

“求求你，住手。我会努力回忆的。你们想知道什么？”他问黑暗里面的人。

“我得重复多少遍？”黑暗里的声音说道，“我们想知道关于这个巫医的一切，不管你把他叫作什么。我指的是一切，他对你说过的每个字，你们见过几次，甚至他穿的什么衣服。”

“你先让你的人放开我。”他说。

“什么人？”卡西加问，“没人在碰你。你是出现幻觉了吗？”

现在，塔基里卡的双手已经可以自由移动了。他飞快地转身，却没有看到任何人。我疯了吗？还是他们在玩什么心理把戏？

“刚才那些人呢？”塔基里卡问。

“他们已经回到原来的地方了，但如果你再接着问的话，他们肯定还会回来。现在，说到这个巫医……”

“我只见过他一次。他穿的衣服，我不记得了，不过，我觉得，好吧，我只看到他的脸。”

“他的名字？”

他们肯定在查什么东西，他觉得：再坚持说不记得，已经没有意义。

“乌鸦魔法师。这就是他的名字。”

“你为什么不早说？”

“上年纪了就是这样。岁数越大，记性越不好。”

“关于这个乌鸦魔法师，你还有什么别的要告诉我的吗？除了给你治病，你们还说了些什么？他有没有提起过尼娅薇拉或马乔卡利或别的什么人？他回到埃尔代里斯之后，你还见过他吗？”

塔基里卡不确定他们知道什么，不知道什么，特别是关于那三大袋子钱。他应该继续隐瞒吗？他要怎么解释他把那些钱给巫医了呢？他可以预见到他们会怎么想。如果他能给巫医三大袋子钱，那么他家里或者农场里肯定藏着好几百袋子。要是找不到，他们就会杀死他。所以塔基里卡决定坚持住。现在他知道要说什么了。

“跟你说实话吧，自从乌鸦魔法师把我治好之后，我就再也没有见过他。我甚至不知道他离开了埃尔代里斯然后又回来了。不过我和他还说过另外一件事情，你们能理解的，这个话题有点令人尴尬，因为它跟财产有关。就在离开圣地之前，我要求他用魔法为我加持，这样我的财产就不会随风而散，我的生命也不会被我的敌人们危害到。简而言之，我要求并得到了可以保护生命和财产不受损害的魔法。”

他说完这些之后，房间里居然陷入了怪异的沉默之中。尽管看不到皮特·卡西加，但他还是觉得他说到的魔法对这位审问者造成了某种影响。接下来的问题就不是关于乌鸦魔法师了。

“现在,马乔卡利呢?记清楚:如果你再对我撒谎,这世界上就没有什么魔法可以保护你。现在回答我,马乔卡利为什么去圣玛利亚见你?”

“去道别。难道我不是这样跟恩卓亚说的吗?”

“别再问我问题。告诉我们,你们之间发生了什么,每一个字每一句话。别小瞧这回事。”

塔基里卡讲了自己是如何跟马乔卡利在火星咖啡馆见面,他提到,部长十分好奇,温吉尼娅在被关押期间被问到哪些问题。

“他为什么想知道这个?”

“我不知道。他没说。我也没问。”

“你跟他说了什么?”

“就是温吉尼娅本人跟我说的:那些问题大多数是关于尼娅薇拉的。”

“你提到尼娅薇拉时,他有什么反应?”

“他说她是国家最大的敌人,谁被问到有关她的问题,都应该说出自己知道的一切。”

“就这些?”

“对。我觉得他不是特别有兴趣谈论尼娅薇拉。他只是想看到她被抓起来。我记得他还安慰我,对我说,我不应该因为曾经雇用过她而吓得要死。员工的罪行不能算在雇主的头上。就是类似这种话。”

“所以,当他看到你因为雇用过一位叛国者而忧虑、懊悔的时候,他,这位部长,告诉你不用担心?”

“不是你说的这个意思。他看到我因为发现尼娅薇拉的真实身份而深受打击,所以才安慰我。”

“他本人没有因为这件事而流露出任何焦虑?即便是知道一

个叛国者逃脱了警方的追捕,他也十分平静?”

“没有,关于她,他似乎不怎么焦虑。”

“对于尼娅薇拉的背叛,他没有表现出任何愤怒?”

“我们也不是一直在谈论尼娅薇拉。”

“那你们还说了些什么?”

塔基里卡说,除了刚才那些,马乔卡利还让他知道了卡尼欧若将会是通天塔的副主席。

“你听了之后是什么感觉?”

“我很高兴有了一位职员协助我的工作。”

“是马乔卡利说卡尼欧若是一个职员的?”

“我猜的。”

“为什么?”

“毕竟,副手是什么呢?不就是当管事的人不在的时候代管一下吗?”

“我究竟要跟你说多少次?回答问题的时候不要发问。我警告你。你把他当成一个小职员,或许这才是你拒绝排队狂热调查委员会的传票的真实原因?你居然敢看不起统治者亲自任命的人?还是你害怕接受委员会的调查?”

“不是,我没什么可隐瞒的。”

“之前的面谈中,你不也是这么说的吗?结果今天你又说了许多关于乌鸦魔法师的事情?”

“没错,可是现在我已经说了全部事实,除了事实,没别的,所以帮帮我吧上帝。”

“我怎么会知道呢?如果你不是害怕接受调查,那么你没有出现的唯一理由就是:你不尊重这个委员会的主席,不尊重统治者的选择!”

“不,不。”塔基里卡对这个指控非常警觉,“你可以问问马乔卡利本人——他会告诉你,我一点也没有因为这个副手而烦恼,反而我觉得有了他来帮我,我或许可以加入去美国的代表团。但马乔卡利认为这不是个好主意。”

“为什么?”

“我不记得他说的具体原因,但他的确说过什么让我当他的眼睛和耳朵,在他不在国内的期间。”

“他真的说到耳朵和眼睛吗? 你确定?”

“我确定他提到过这些器官。”

“他是什么意思? 你听说过 M5 吗?”

“听说过,他们是统治者的眼睛、耳朵、鼻子、腿和手?”

“所以他是想成立自己的 M5?”

“我觉得他不是这个意思。”

“为什么? 你能读懂他的心?”

“不能。”

“那你为什么维护他?”

“我不是在维护他……”

“你确定他不是把你留下,成立一个眼睛、耳朵、鼻子、腿和手的组织,用来反对统治者?”

“我确定。”

“你们就说了这些吗?”

“就这些了。”

“你确定?”

“我非常确定。”

“他把车停在哪里?”

“他没有坐车过来。”

“你什么意思？他是步行来的？还是坐公交、驴车、黄包车、三轮车、摩托车，还是手推车①？”

“我觉得他是坐出租车来回的。”

“塔基里卡，你是把政府当傻子吗？你是想告诉我们，外交部长，准备美国之行忙得不可开交的时候，还有时间来找你，只为了道别，听你说说温吉尼娅被关押期间被问到哪些问题，通知你卡尼欧若被任命为你的副手？这故事可信吗？关于温吉尼娅，他只要翻翻她的档案就知道了。为了道别，还有告诉你副手的事，他只需要打个电话就可以了。他为什么要放着奔驰车不坐，偏偏坐着出租车来？你最好是坦白所有细节，你们妄图颠覆统治者正统政府的计划。”

“我？颠覆统治者的政府？绝对没有。马乔卡利跟我从来没有说过这种事情……”

“你会告诉我们一切的。你的这张嘴，关于乌鸦魔法师的事，你刚才也说了很多了，所以你也会告诉我们，你跟你的朋友在火星咖啡馆里密谋的反政府计划。”

话还没有说完，光圈就消失了，塔基里卡被拽入了黑暗之中。他们夜以继日地折磨他，针、皮鞭、水淹还有电击。每次用刑都伴随着一连串的问题，关于他和马乔卡利谋划的政变计划。但塔基里卡不肯招认，只是号叫着已经说过的事实：“那是我最后一次见马乔卡利。他去了美国之后从来没有给我打过电话……”

他大喊着，“求你了，我求求你们，别因为我没做过或没说过的事折磨我。”但是，在内心深处，他感觉还不错，因为对于那三大袋子钱，他没有说过一个字，并且坚决抵制了他们想让他说出马乔

① 原文为斯瓦希里语。

卡利密谋反对统治者的企图。

然而,酷刑日复一日,塔基里卡被看不见的手折磨着,直到最后彻底昏死过去,完全没有了意识。

19

醒来的时候,他发现自己躺在床上,柔软的床垫和枕头,还有干净的白床单和毯子。阳光透过窗户扑了进来。他不敢相信自己的眼睛。他起床下地,疼痛穿透了他的双膝。他一瘸一拐地挪到窗户前,想要打开它。他的手指一阵剧痛,根本使不上劲,不过最后窗户还是朝里边打开了。从铁丝网往外望去,他看到院子对面其他建筑物的墙壁。他回过头仔细查看他的新房间。角落里有一个盥洗盆,旁边是一个淋浴房,还有一个马桶。他觉得有必要释放下自己,很快,他就觉得轻松多了。不,他肯定还没死呢。接着他脱掉衣服,扔在地上,急不可耐地洗了起来。洗完之后,他本来打算再穿上之前那些衣服,但他看到另一个角落里有一张桌子和两把椅子。其中一把椅子上放着他的西装。他赶紧试着穿上。那是他的西装,但因为被折磨了这么长时间,他消瘦了许多,现在西装显得大了一号甚至更多。到底怎么回事?他望向房门。没准门是开着的。没准他被悄悄释放了。统治者回来了吗?还是因为畏惧他的朋友马乔卡利,他们把他放了?

他走到门边,门自己开了。看到恩卓亚走进来,并小心翼翼地关上门时,塔基里卡不知道是该欢呼还是该愤怒地吼叫。

"你找到你的衣服了?"恩卓亚仿佛是回应塔基里卡脸上困惑的神情,"是你的妻子,温吉尼娅,送来的。你让她送的?"

"不是。"塔基里卡简短地说。

“哦,好吧,女人和衣服!真是对不起,塔基里卡先生。我知道我该早点回来的——人必须说话算话,你知道的——但每次我问起你,他们都告诉我你睡着了。”

“你什么意思?”塔基里卡用英语问,“没人跟你说他们是怎么对待我的吗?就连圣玛利亚的驴都没有被这样残忍地对待过。”

“是这样吗,现在?放松点。我们坐下来,你跟我好好说说。不过,你早上吃东西了吗?先吃点早餐?”另外两个人走进来,端着鸡蛋、面包和香肠,还有一壶热茶,放在桌子上就走出了房间。塔基里卡没有忍住饥饿,恩卓亚观察到,在食物面前,塔基里卡的敌意减轻了许多。

“我的指甲很疼。我的膝盖被打得通红。”塔基里卡一边抱怨,一边用右手手背擦去额头上的汗,“你还说你什么也不知道?”

“你有时候也会不知道下属们都做了些什么,尤其是当你不在的时候,对吧?你自己也跟我说过,你不知道尼娅薇拉……”

“卡西加是你的下属吗?”塔基里卡赶紧转移关于尼娅薇拉的话题。

“警督卡西加?哦,亲爱的,他们派他来的?我能告诉你一个秘密吗?那个警官?他就是个疯子。好多人在被他审问的时候被弄死了。还有你知道吗?这件事就到此为止。塔基里卡,我想帮你逃脱他的魔掌。但如果要我帮你,你必须跟我说实话。我也会跟你说实话。这样说吧,我们必须对彼此坦诚。我先开始吧,看看那边那个角落。你看到了什么?”

“没什么特别的。”塔基里卡说。

“仔细看。”

“哦,有了。”

“是摄像头,一个摄像机。我们之间发生的一切都会被拍下来。我不想让你走的时候说我也折磨了你。如果你想私下对我说什么,现在就告诉我,我们可以去别的地方谈。塔基里卡先生,我们要离开这个房间吗?"

"那没必要。我没什么可隐瞒的。"塔基里卡立即说,因为他不想自己的姿态或者语言让人觉得他瞒着什么秘密。

"就像我说的,我们先不理会卡西加的行为或者说错误的行为。他们应该接受调查,我会确保这一点。我们先回顾一下我们第一次谈话。我对你用刑了吗?"

"哦,没有,没有,你和我应该成为朋友。"

"你保证?"

"是的!"

"我只想让你帮我澄清点事情,只有一件事。那真是个谜啊,它跟你的病有关。我想用语言描述一个剧情,我真的希望你能仔细衡量这个事情的重要性,最好是能理解我们为什么没法相信你的故事。现在,你就是法官。下面是这个案子的详情。有一天早上,广播宣布有一位塔基里卡先生被任命为通天塔的主席。这当然是罕见的殊荣。当天晚上,塔基里卡先生就病了。第二天早晨,他办公室外面就排起了长队。一段时间过后,大概是一两周吧,塔基里卡先生就身体健壮精神饱满,整个人都非常健康。但是,塔基里卡却没有恢复工作,反而被告知要继续病下去,他照做了。你肯定会跟我一样认为,任何一个理性的人都会得出这样的结论,这种病就好像一顶帽子一样,可以随意戴上或摘下。现在说到所有排在塔基里卡办公室外面的队伍都朝着通天塔庆典去了。然后你瞧,塔基里卡先生又变得身体健康精神饱满了,他又能够去参加庆典了。庆典之后,他恢复了工作。任何一个公正的旁观者都会忍不住想:为什么只有在那些队伍达到了目的之后,塔基里卡才会好起来呢？而且这是个什么目的啊？阿布瑞里亚没有人不知道那些女人的可耻行径。而且请注意，还有一个更加令人好奇的事实。尼娅薇拉，那个在外面挂了一块标识牌从而引起了排队的女人，正是那些做出羞耻之事的女人之一。而她正是塔基里卡信任的秘书。至于你那怪病，”恩卓亚说，他的语气像是在跟罪犯说话，而不是法官，“这么说吧，我相信你犯了心脏病或者是你说的心脏毛病。塔基里卡先生，请跟我解释：为什么你没有去私立或公立医院，而是选择直接去找巫医看病？就算你不信任阿布瑞里亚的现代医术，你还有别的选择，比方说飞去伦敦，但你根本没有考虑过。如果著名的哈利大街的外科医生们能给你的朋友马乔卡利一对全新的眼睛，又大又好用，没准夜里都好用，为什么你觉得他们治不好你？这个案子就是这样。现在你是法官。你的判断是什么呢？”

“我的朋友，”塔基里卡不自觉地假装法官的语气，“我很明白你所有疑问的逻辑，不过我只能说出事实，即便它有悖于逻辑。因为就像你说的，只有真相，完整的真相，除了真相，没有什么，能消除你的疑虑，能让我重获自由。有些事情很难说，因为，就像我们上次谈话时说到的，它们会让讲述的人非常尴尬。当淋病和梅毒还是致命的疾病时，患病的人们还经常会说自己只是得了一场重感冒。今天对于那些致死病毒也是如此。每个受害者被说成是死于一种肾病。我的病跟心脏关系不大……我是说，它真的是一种没有名字的病。”

“塔基里卡先生，请不要开玩笑了。在我们的第一次谈话中，你很直率地告诉我你的心脏状况。”

“我的病没有一个恰当的名字。”

“一种没有恰当的名字的病？”

“疾病并不会自己来敲门说我是什么病，请让我进来；它们是强行而入的，更像是一次政变。你看，士兵们冲你而来，并且……”

恩卓亚不等他说完就勃然大怒，他开始使劲砸门。两个守卫举着枪进来。有那么一瞬间，恩卓亚觉得这两个人也是叛乱分子，想要告诉他们他跟他们是一伙儿的，但他什么也说不出来。守卫们给塔基里卡铐上手铐，把他拽回到椅子上，用来复枪对准他。恩卓亚意识到自己的错误，示意守卫们离开，嘴里喃喃地说着搪塞的理由：只是测试你们的速度，你们成功地通过了测试。

“你究竟怎么回事？”恩卓亚转身问戴着手铐的塔基里卡，“这是很严肃的事。”

“到底是什么事？”不知所措的塔基里卡问。

“我只是问你一个简单的问题，你跟我扯什么政变和士兵这些鬼东西……”

“你给我描述了一个剧情，”塔基里卡解释道，“所以我只能给你描绘一个画面，告诉你，人被打击之后可能会丧失语言能力，一个字都说不出来，比方说……”

“这么说，你不是在想发动政变？”

“我，发动政变？”听到这个谬论，塔基里卡有点想笑。

“别跟我扯什么画面，说说你的病吧。”

塔基里卡迟疑着开始讲述去见乌鸦魔法师之前他的状态有多么糟糕。但是对于原先他想隐瞒的细节，他依旧十分注意。他说到，在他升为通天塔主席之后，那些想要分包合同的商人们是如何来到他的办公室拜访他，每个人又是如何留下一个小信封，里面是几个硬币，或许，这象征着这个项目预示着财富。他觉得不能再收这些硬币了，直到回到家里，他开始想通天塔将会带来的巨大财富。“信封里的硬币根本算不上什么,只是一种感激的象征,但它们很明显触发了我心里的某种东西,让我开始想象越来越多的财富。最糟糕的事情还没有到来。马上,我就想到人们会有多嫉妒我。嫉妒的人群会四面八方地朝我拥来。我跑进洗手间,把自己锁在里面,他们还是跟着我,想把我的脸皮撕下来。想象一个没有脸的人吧。我希望自己变得不可思议地富有,这个愿望纠缠着我,我失去了用语言表达自己的能力。我的身体真的发动了一场叛变。你想象一下有话说不出来的样子,简直是一种诅咒!最后,所有的想法,所有的感受和情绪,都只能化成一个词‘如果’。”

塔基里卡突然停了下来,眼神茫然四顾,仿佛不知道自己身在何处;接着他好像恢复了意识,认出了这个房间,还有面前的恩卓亚,他的审问者。

“那你的巫医都做了些什么,让你不再喊那个词?”

“他让我知道了,那些‘如果’都是因为我渴望成为白种人。警官,我曾经想变成一个白种人。我得了很严重的‘白种病’。”

恩卓亚猛地大笑起来,捧着肚子,指着塔基里卡。

“你?你?白人?欧洲白人?就你那嘴唇,你那卷毛,你那皮肤?还有你那大肚皮?那么,他是怎么治好你的?”

“他让我看到了,我最后会变成一个贫穷的白人。然后我就好了。我觉得我的白种病现在正在缓解期。”塔基里卡急忙说。他觉得,恩卓亚的嘲笑有点冒犯到他。

“好吧,你被治好了,是件好事。”恩卓亚说。他轻轻咳了几声,清了清喉咙。现在,他又严肃起来,一本正经的样子,“塔基里卡先生,你真的帮我们澄清了许多事情:在你向我保证你已经告知我所有真相的基础上,我将尽力帮助你。现在,我得先走了。”

说着,他站起身朝门口走去。

“那我可以走了吗?”塔基里卡在他背后喊着问。

“还不可以。”恩卓亚停在门边说道,“我将把我们的谈话内容汇报给我的上级,我希望他们会看到我看到的一切:那就是,你的确打开了一个小窗户,通向你的灵魂……”

塔基里卡有点失望,但对自己在处理钱的问题上的聪明劲儿依旧很得意。为了保住更大的利益,他退让了一小步。要是乌鸦魔法师说到钱的事,恩卓亚和其他人都会以为他说的是那几个无足轻重的硬币。当然,他也没有承认任何有关马乔卡利要发动政变的推论,以后也绝对不会那么做。不过,很快他就被悲伤和自怜弄得颓废不已。这次审问到底记录了些什么呢?他觉得双膝发软,靠着床才没有瘫倒在地。他能熬过这次严峻的考验吗?他不禁又陷入了沉思。

第二部分

1

当你们,这个国家的研究员和历史学家们,以后写到这个时代的时候,我们希望你们不要忽视塔基里卡的供认录像所扮演的角色,不是因为它的内容,而是它是如何被西吉奥库和卡尼欧若获得的。时机也能影响历史的进程和国家的命运,而它被公布的时间对它造成的影响来说甚至更为重要。

其实,西吉奥库很快就拿到了一份拷贝,就在他接到统治者营地打来的电话之后。电话里,他得知代表团将随时回国。这当然不是最受欢迎的消息。统治者那毫不含糊的命令——从美国回来之后,他必须看到尼娅薇拉被抓起来——就好像夜里的蚊子一样,一直在西吉奥库耳边嗡嗡不停。抓住尼娅薇拉向来是首要任务,可是现在,电话之后,嗡嗡声更响了:她必须被抓起来。等录像带的时候,甚至现在准备播放的时候,他脑子里除了她没别的了。她到底在没在国内,到底是死是活?在全国搜查的秘密探员们也没有发回任何有用的消息。他有许多正当理由觉得,他已经尽可能地翻遍了这片土地上的所有石头。难道有哪块石头漏掉了?他觉得很纳闷。

是的,或许是这份录像带。先前,西吉奥库对恩卓亚和卡西加的审问非常不满,想要亲自查看审问录像,指望通过亲自研究塔基里卡说的话、语气和肢体语言,找到发现尼娅薇拉藏身之处的重要线索。毕竟,塔基里卡曾经是她的雇主。西吉奥库才不相信他跟她没有任何关系。一拿到录像带,他就严格地命令,决不允许任何人打扰他。他把自己锁在办公室里,把长长的耳朵打上结,这样它们的影子就不会影响到他研究塔基里卡的每一个姿势和面部表情。

西吉奥库并不幽默。几乎没有人见他大笑过,甚至是微笑,除了嘲讽性的,不过,想到塔基里卡变成一个白人的样子,西吉奥库突然大笑起来,就好像恩卓亚那样。他不停地笑,直到他耳朵打的结开始松掉,直到肋骨生疼。塔基里卡,白人?

看过整个录像,他的笑声止住了,取而代之的是愤怒和沮丧,这根本毫无用处!没有一点关于尼娅薇拉的!他正要把录像带扔进垃圾桶,却突然停下来。他往后靠在椅子上,闭上眼睛,在脑海里重新播放,一帧接一帧。

即便他这样回顾这份录像,还是有许多问题不清楚,但最令他奇怪的,不仅是塔基里卡说的有话说不出口,还有描述病情时,他用到"政变"这个词。他是不小心说出口的吗,弗洛伊德式的口误?这个怀疑引发了一连串的问题,包括:为什么只有在知道自己变成白人后会变穷,塔基里卡才会好起来?突然,西吉奥库像是顿悟了一般,他睁开眼睛,把录像带放在桌子上,开始一边吹口哨一边揪自己的耳垂。他得出结论,自始至终,塔基里卡说的"白种人”其实就是“权力”的代名词。塔基里卡渴望变成白种人,其实就是想要掌握权力,而且肯定是希望通过武力获得,因为除此之外,在阿布瑞里亚,谁又能获得权力呢?但是,塔基里卡不像是能发起事情的人,他更像一个追随者而不是领导者。他的渴望肯定是被某些计划调动起来的,要不就是他跟马乔卡利共同策划要么就是他听别人谈论的计划。后者可能性更大,因为就像有人只能重复别人的话一样,同样有人只能重复别人的想法。这就能解释,为什么他想说的话会卡在喉咙里了。那些想法根本不是他原创的,他要么就是忘记了,要么就是混淆了。并且,因为塔基里卡不可能掌握权力,就如同他不可能变成白人一样,他的渴望肯定是不可能实现的,所以才有了那些“如果”。另外,即便是最愚蠢的阿布瑞里亚人也知道,梦想、希望甚至是幻想领袖的死,无论在任何情况下,都是叛国的行为,会被判处死刑。这就不仅解释了为什么这个人拒绝用语言表达自己的想法,同时也说明了为什么,最后在那个巫医的把戏之下,他被逼得不得不表达的时候,把渴望获得权力说成是渴望变成白人。

西吉奥库站起身,高兴地在办公室里手舞足蹈,跳上跳下。即便在停下来之后,他依旧因为事情朝他想要的方向发展而兴奋不已。抓没抓住尼娅薇拉不再是事关生死,如果他能证明,有人阴谋颠覆整个政府,这本身就是个巨大的胜利。现在,他可以一石二鸟:让人们不再注意到他没有抓住尼娅薇拉的事实,还可以拿下他的政敌,大眼外交部长。但西吉奥库知道,他需要的不只是自己的猜测和推断。他需要证据,只有一个人可以提供:塔基里卡。西吉奥库必须想办法劝说塔基里卡,通过审问,用刑,或者两者并用,让他跟自己一起,对付马乔卡利。要做到这一点,他只能将他西吉奥库猜测的真相摆在塔基里卡面前。

他拿过录像带,使劲儿亲了一口,放在了安全的地方。他没再多想。没有时间再拖了;他动身去找塔基里卡。

“你的小命全在你自己手中。”西吉奥库对他说。

2

录像带给卡尼欧若的冲击却是完全不同的;他全部注意力都盯在塔基里卡说的信封之上——里面装的硬币象征着财富即将到来。从自身经历,卡尼欧若就知道塔基里卡在信封里的钱数上说了谎。自从当了通天塔的副主席,卡尼欧若就没有一天不收个一两袋信封。在他之前,先得到这份肥差的老板又该多捞了多少啊?

然而,对此,跟塔基里卡一样,卡尼欧若不会也从没有跟自己的朋友和恩人西吉奥库说过半个字。所以,尽管他非常清楚塔基里卡在钱的事情上撒了谎,他也知道自己绝不会对任何人提及,因为这样就泄露了这突如其来的财富来源。卡尼欧若也知道,塔基里卡肯定也知道他卡尼欧若也在捞钱。在看录像的时候,有那么一刻,他感到恐慌,害怕塔基里卡会告发他。不过,等到录像放完了,没有再听到钱的事,卡尼欧若非常欣慰于塔基里卡在这件事情上撒了谎。在从通天塔项目捞钱这件事上,他们非常有默契地选择了隐瞒,卡尼欧若信任自己的对手。否则,他们面临的就是共同的毁灭。在这件事情上,他和塔基里卡是一伙儿的。

知晓卡尼欧若经济状况的,只有另外一个人,那就是简·坎约里。她曾经在卡尼欧若执教的埃尔代里斯理工学院上过一些会计的课程。不过他们俩是在她后来工作的地方认识的。她在阿布瑞里亚工商银行当出纳。在她升职后,卡尼欧若才注意到她,并不是出于喜爱,而是出于对未来的考虑。他异常耐心地讨好她,带她去吃午饭,喝咖啡,甚至送她圣诞节和生日贺卡。卡尼欧若非常满意的是,简·坎约里只有中学学历,而且对大学教育丝毫不感兴趣,似乎完全不知道尼娅薇拉那些妇女解放之类的破玩意儿。

当得知她将再次升职,变成高级业务代表,可以接触到加密签名的副本,还可以批准支票时,卡尼欧若把自己的需求告诉了她。坎约里不愿意滥用自己的权力去碰触银行机密,但她可以帮忙的是,在他想用别的人名开立账户时,不去过问太多签名方面的问题。

虽然对坎约里的帮助和忠诚非常满意,他还是很忧虑。钱财越是像流水一样涌来,他越是担心这突如其来的好运和财富会像泡泡一样消失在空气中。焦虑让他整夜整夜地辗转难眠;他需要某些比银行的拱顶和忠诚朋友的账户诡计更牢靠的东西。

塔基里卡提到那些象征性的硬币,让他想起,在皮特·卡西加的预审录像里面,塔基里卡也说到了从护身魔法中得到了好处。先前他忽略了,以为这只是证明塔基里卡愚蠢的另一个例子而已。为什么他早没想到呢?难道他不应该为了自己的人身和财产安全,寻求一点魔法的帮助,再把坎约里的协助最大化吗?

就这样,他想到了乌鸦魔法师:卡尼欧若或许不是魔法的坚定信奉者,但这并不是因为懦弱,而是有些预警措施还是有必要采取的。他动身前往乌鸦魔法师的圣地。

3

“我的性命在我手上?”塔基里卡挑衅地问,“是我逮捕了我自己,给自己戴上手铐,再把自己拽到这地牢里来的吗?”

西吉奥库的会客区其实是一个客厅,里面有沙发,咖啡矮桌上搁着花瓶,花瓶里装着塑料花。宽大的窗帘和酒柜都是成套搭配的。

这位部长散发出强烈的自信,无论是步态、坐姿,还是揪扯自己的耳垂或者转动小眼睛的样子。有那么一瞬间,塔基里卡害怕是政府发生了什么变动。难道发生了政变吗?西吉奥库成了统管大局的人物?

西吉奥库没有立即回应,而是先给自己的客人倒了一点白兰地,再递给他烟和打火机。塔基里卡赶紧接过这些东西,仿佛害怕西吉奥库会改变主意。他已经有很长时间没喝过酒,也没抽过烟了。

“你说得很对。你并不是在自我监禁之下。”西吉奥库对他说,“但你出现在这里是有缘由的。我十分确定,如果没有正当的理由,情报机关是不会拘留你这种地位的人。斯瓦希里的老话是怎么说的来着?乌云预示着大雨,或者更加恰当的是,无烟不起火。”

“那么,让他们来抓我的‘烟’又是什么?”

“尼娅薇拉。”

“她被抓住了吗?”

“这可是国家机密。”西吉奥库含糊地说。

“听我说,西吉奥库。如果她被抓住了,我很高兴。这样我就可以跟她对质,反驳她可能栽赃到我身上的一切。你也聘用过员工,我敢肯定。老实说,你能知道他们每天晚上都睡在哪里、跟谁睡吗?或者知道他们脑子里到底在想些什么?”

“塔基里卡先生,M5是拥有相应的自治权的;他们在我们之上。他们能收集到我们所有人的信息,无论是工作还是业余时间。他们给我们带来信息,但我们不知道他们到底保留了多少。显然,我们得在这些信息的基础上做出决定。从我个人来说，我相信你，塔基里卡先生。让我把你当作朋友，跟你好好谈谈吧。尼娅薇拉，你的前任秘书，现在还没有被抓到，但你要确信的是，迟早有一天她会被抓住的。她不可能逃出国家的手掌心。所以对你来说，好消息是她没有说任何东西栽赃你。但是，你依旧面临着很大的麻烦。”

“为什么？我做错了什么？”

“交友不慎。在选择雇员甚至是政府里的朋友时判断力不佳。此外，你没有能力掌控你妻子的交友情况。”

“部长先生，请你说清楚。别再打哑谜，也别再引用老话。我妻子的交友情况，你什么意思？我可以告诉你，温吉尼娅是个真正的家庭主妇。她的日常生活很简单。她下地干活，去集市，我生病的时候她去办公室帮忙，星期天去教堂。”

“你是这样认为的吗？怪不得他们说，丈夫总是最后一个知道的。”

“你在暗示什么，部长先生？”塔基里卡差点从座位上跳了起来。

“坐下，提图斯。不是说她跟别的男人幽会。如果是这种事，我根本不会提起。在阿布瑞里亚，已婚妇女总是很容易得手，但是老实说，我从没听说过你的妻子有这种情况。”

“那么，你到底在说什么？”

“照片。我这里有些照片，我想让你看看，然后告诉我你都知道些什么。”

西吉奥库走到墙边的一个抽屉，回来的时候手里拿了一个信封，递给塔基里卡。塔基里卡拿出一张照片，仔细地看了很久。接着，他飞快地看了一遍其他的照片，一边看一边摇头。然后他又全都看了一遍。不可能,他的眼睛没有欺骗他,但他怎么也不肯相信他看到的一切。

照片里,温吉尼娅坐在外面,在一群跳舞的女人前面。她们都穿着传统服装。西吉奥库没有说,这些照片是他要求拍摄的,就在温吉尼娅在卡尼欧若的办公室外跟西吉奥库接触的那一天。照片拍摄的角度各不相同,画面也不一样。卡尼欧若和西吉奥库还有当时在场的其他权贵没有出现在照片里面。而温吉尼娅,无论是独自一人,还是跟跳舞的女人们一起,则是十张照片里面每张都有。而且,这些照片看上去就好像,那些女人只是在为她们尊贵的客人温吉尼娅跳舞。

塔基里卡觉得自己的舌头被打了结。他的嘴唇一张一合,却说不出一个字。他的双手在颤抖。他坐下来,把照片扔在桌子上。他的嘴唇也在发抖。他看着西吉奥库,毫无底气地说:

"我还是不相信。"

"你不相信什么?不相信她是你的妻子?还是说这些不是她的照片?或者说这些不是在通天塔庆典上给国家蒙羞的女人?"

"我不信温吉尼娅会这样对我。"

"那么或许你可以行行好,把这一两件事解释清楚。他们告诉我,这么长时间以来,你一直否认认识那些女人。他们说你不仅否认自己认识,还替你的妻子否认。但是,你也承认了,在你生病期间,尼娅薇拉和你的妻子一起打理生意,正是这两个人,带你去找了巫医。你怎么知道她们是想治好你?你怎么知道,她们的目的不是为了用魔法药水弄晕你的脑子?就算你相信她们是无辜的,相信她们是好心,你能肯定那个巫医也是如此吗?你能确定他不是对你心怀怨恨,觉得这是个报复你的好机会,从而欺骗这两个女人吗?你也知道女人是多么容易上当受骗。"

“请别再说了。我求你了,我就直说了,请让我现在就回家,我要去对付这个奸诈的女人。”

“提图斯,你知道,如果我能做主,你想什么时候回家都行。但是,我们现在说的可是关系到国家安全的大事,在评估事态的严重性时,我的个人感情毫无价值。我们只用事实说话。我相信,提图斯,如果你处在我的位置,你肯定能理解。所以,我们一起来看看等统治者回来后他们会给他呈上哪些事实。你雇用了尼娅薇拉。队伍是从你的办公室外开始排起来的,就在前一天晚上,尼娅薇拉在那里放了一块标识牌。还有温吉尼娅的这些照片,你的妻子,在欣赏一群身着传统服装的女人跳舞。提图斯,我要十分坦诚地跟你说。你要怎样才能从这一团糟之中脱身?所以我才把你叫到这里来,让你知道事态的严重性,这样我们就能头碰头肩并肩地想办法,看看能做点什么,好让你脱身。”

塔基里卡觉得自己简直要疯了。他蜷着手撑住自己的头,然后向后靠在椅子上,盯着天花板。

一个无可争辩的事实已经清楚地显现:政府没有任何变动,统治者依旧是最高领袖,这就意味着他的朋友马库斯·马乔卡利,外交部长,依旧大权在握。塔基里卡抓住这一点打起了精神。

“部长先生,”塔基里卡用悔悟的语气开始说道,“我知道你和我算不上什么好朋友。但当我说我绝不会支持任何人,包括我的妻子和孩子在内,发动反对统治者的暴动时,请你务必相信我。我对统治者和他的政府是绝对忠诚的。”

对西吉奥库来说,塔基里卡声音里的挑衅明显地减弱,这就很好地预示着,他可以得到自己想要的东西。不过,塔基里卡那么诚恳的否认,或者说对统治者的坚定态度,却让他开心不起来。坚定的信仰,摧毁起来远远比有意识的蔑视要难。

西吉奥库往塔基里卡的杯子里又添了些白兰地。

“给你。喝点白兰地对你有好处。就像我一开始说的,从我个人来说,我相信你。”

“那就帮帮我。求你了,帮助我。”塔基里卡一边大口喝下白兰地,一边说。

“我从不拒绝求救的呼喊。可是,你也知道的,上帝只会帮助那些愿意自救的人。所以我才说,你的性命在你自己的手里。我帮不了你,除非你真的想让我帮你。”

“我将给你我一半的财产。”

“我不需要你的或是任何人的财产。我最关心的是统治者和政府的安全。”

“那我要怎么自助,才能让你帮助我?”塔基里卡哽咽着说。

“我们从你的病开始吧。我相信你跟我的人说的是,那是一种说话的毛病,想说的话卡在你的喉咙里,我说得对吗?”

“对。就是这种。”

“在排队狂热开始之前,你得过这种病吗?”

“没有。”

“在那之后呢?”

“没有。”

“这种病是因为你渴望变成白人而引起的?一种不可能实现的、想要变成白种欧洲人的欲望?”

“是的,白种英国人。”

“现在,提图斯,我想让你深吸一口气,从 1 数到 10,然后想想下一个问题。被治好后,你觉得变成白人的真正意义是什么?”

“你指的是什么?”

“折磨你的并不是想要变成穷苦白人的欲望吧?”

“好吧。我渴望的是白人的权力。”塔基里卡同意他的说法。

“政治权力，军事权力，统治的权力。”西吉奥库迅速加强语气地说，仿佛他是一个老师，正在加深学生对此的理解，“不仅如此，不只是统治，还想创建摄政政体、殖民地、帝国；创造堪比罗马、伦敦、巴黎的荣耀？提图斯帝国塔基里卡大帝？”

“不。不。不。绝对没有。我很抵制这些。”塔基里卡跳了起来，仿佛不小心坐在了针上面一样，“我从没想过，或梦想过统治的权力，更别说用武力获取权力了。我完全抵制这种想法和梦想。”塔基里卡毫不含糊地坚持，“我只是想要一些可以让我跟其他黑人不一样的东西。但绝不是政治权力——不是，我不是这样的人。”

“提图斯帝国塔基里卡大帝有点夸张了，可能，”西吉奥库有点被塔基里卡如此激烈的否认吓到了，“可是，想要变成白人的渴望是怎么来的？如果不是你自己的，那肯定是听别人说起过这个愿望，可能没有那么直接：要是我拥有白人的权力就好了，或者，如果政府在我手中，我将会跟白人一样强大。总之，跟这差不多的东西。所以，想想吧，提图斯，好好想想，勇敢地跟随你的思绪，别管它会把你带到哪里或者谁身边。”

回想那些照片时，各种矛盾的思绪和恐惧在塔基里卡的脑子里打转。妻子好似尊贵的客人，坐在跳舞的女人们面前的画面，侵占了他所有思绪。他觉得，这些照片毫无疑问是真实的。他甚至能认出她穿的那件衣服。但整件事是那么荒谬、残忍和矛盾，他觉得有点跟不上西吉奥库那迂回弯绕的观点了。他没有回应西吉奥库，而是饮尽了杯子里最后一滴白兰地，然后伸手再要。

西吉奥库非常乐意满足他，他朝酒柜走去。他能看出来，塔基里卡正在动摇，还有一点困惑。或许再喝上一两杯，塔基里卡就会自动认罪，指向他的政敌。整个谈话都被拍摄下来。认罪就是认罪，即便是出自醉酒的俘虏之口。

“那么，提图斯？”西吉奥库递给塔基里卡一杯白兰地，催促说。

“请告诉我，部长先生。在你的人囚禁我的妻子时，你就知道她跟那些叛国的女人们有关系，还是在对她用刑之后发现的？”

“你想听我跟你说实话吗？”

“没有什么能比我今天的所见所闻更让我吃惊的了。”

“我们很早之前就开始怀疑她了。可是提图斯，你为什么问起她？”

“你还不明白吗？如果我的妻子，我的孩子们的母亲，跟我同床共枕的人，都能这样欺骗我，而我却看不透这种欺骗，别人难道不会这样对我吗？而我却压根不知道。西吉奥库先生，我现在什么也不确定了。”塔基里卡绝望地说道。

西吉奥库看到了一直想要的突破口。

“这就是我一直想跟你说的。像你这样的人不应该相信别人。那个法国人，我想他的名字是笛卡尔，说：怀疑你自己。怀疑最亲密的朋友。怀疑一切。我疑故我在。这就是他们所说的笛卡尔逻辑。”

“就是这样，你说的全是事实。”塔基里卡以为笛卡尔是同时期的法国人，说得跟妻子经常提起的《圣经》里的托马斯一样，不过是法国的版本而已。

“你指的是哪个？”西吉奥库问。

“就是说人永远不应该相信别人。”

“这么想就对了。”

“在这之前，我从来没有怀疑过我的妻子会搞什么阴谋。”

“你是说你从来没想过，她可能被授意，晚上在你耳边低声灌输一些邪恶的思想？”

塔基里卡觉得越来越虚弱。是这样的吗？难道他在潜意识里被妻子晚上灌输的什么思想毒害了吗？

“我想知道，谁会让她在一个睡着的男人耳边低声灌输邪恶的思想？”他无力地问。

“你的兄弟。你称之为朋友的那个人。有些人对友谊的看法很怪异。”

“谁？你是说……”

“谁都有可能。”西吉奥库赶紧说，他避免提到马乔卡利，希望塔基里卡本人能说出这个名字。

“他们想让她在我耳边说什么？”

“关于权力的。获得权力。”

“是的，可是为什么要通过温吉尼娅？而且还是在夜里，在我睡着的时候？”

“他们可能是想软化你，好让你加入他们后来的叛国行动。”西吉奥库说。

虽然，对于妻子没有及时报告他失踪的消息，现在又被拍到跟那些奇怪的女人在一起，塔基里卡感到非常愤怒，但他从来没看到过温吉尼娅跟任何人谈论过政治。内心深处有一个声音，一种自我保护的本能，告诉他，要小心西吉奥库正把他推向何处。

“我再跟你说一次吧，”塔基里卡飞快地说，仿佛从悬崖边缘退回来一般，“我从来没听到过，任何人在任何时间在我耳边说什么颠覆政府的事情，不管是醒着还是睡着的时候。”

“你为什么这么相信别人？为什么你这么肯定，没有熟人、密友甚至是政府里的高层，为了自己的邪恶计划，利用你的妻子？”

“非常坦白地说，西吉奥库先生，我不认为温吉尼娅有能力搞什么真的阴谋。”

“所以你又开始袒护她？你的怀疑都跑哪里去了？难道你这么快就忘了那些照片？”

“西尔弗部长，它们让我痛苦；我再次恳求你立即让我回家面对这个奸诈的女人。一个晚上就够了，我肯定能问出所有腐烂的真相。”

西吉奥库警觉起来，对塔基里卡思考的方向感到烦心。塔基里卡没有指向马乔卡利，而是说妻子可能背叛了自己这个丈夫。

“我们回到最开始的地方吧。先撇开你自己，你曾经看到或听到甚至靠近过别的想要变成白种人的人吗？慢慢想。塔基里卡，你的问题就在于，你觉得别人都很无辜。不要因为可能是你的朋友就漏掉任何人。笛卡尔说，你要怀疑所有事物所有人……”

“就连统治者也要怀疑吗？”塔基里卡真的困惑了，“他说了我们要怀疑统治者和他的政府吗？”

“我可没那么说。”西吉奥库尖锐地回答。

“这个笛卡尔是你的朋友，还是顾问？”塔基里卡问。

“塔基里卡先生！”西吉奥库冷酷地说，几乎隐藏不住自己的愤怒和沮丧，“我真的没有时间可浪费。不过，很明显，你需要更多时间，想想你自己说的那些‘如果’‘白人’‘希望’究竟是什么意思。”

西吉奥库站起身。

“请别走。”提图斯·塔基里卡，“别留下我被关在这里。”

“关在我的办公室里？”西吉奥库轻蔑地说，“塔基里卡，你似乎太高看你自己了。你真的以为我会把你独自留在这间办公室里吗？没准你还幻想过哪天会当上部长吧？提图斯·塔基里卡先生。你除了是一个愚蠢的受贿者，什么都不是。英语里也一样，宁可为了一只羊也不为了一只羊羔而被绞死。如果你必须接受贿赂，至少想办法多要点，而不是只收一点象征性的硬币，要不你就别弄脏自己的手，就跟约翰·卡尼欧若一样，你的副手，现在，既是通天塔的副主席也是代理主席。如果他在这个位子上坐稳了，好吧，那全都是因为你不识好歹拒绝跟我们合作。”

西吉奥库按了一个按钮。几秒钟之后，塔基里卡就被蒙上眼睛拽出了办公室。他绝望地号叫着，你跟你的笛卡尔到底想让我做什么？

4

西吉奥库靠在椅背上，好长一段时间，他不停地拽自己的耳垂。

然后，他拿过温吉尼娅的照片，逐张看了起来，却没有注意太多细节。拍摄这些照片本来就是他的意思。它们差点拿下了那个男人。一切都进行得很顺利，直到他提到那个法国人。我为什么要提到这个笛卡尔？万一哪天这个愚蠢的商人到处去说我逼着他怀疑统治者和政府的存在呢？

最让他烦心的是，其实他对笛卡尔及其怀疑论所知甚少。他最初听说那几句话，是在埃尔代里斯法国文化中心举办的一个鸡尾酒聚会上，它们听上去非常有学问，而且用法语说出来非常优美。都说一知半解是危险的。西吉奥库对自己充满了嫌恶，突然，他把那些照片扔在地上。我要怎么才能控制住局面？

直到第二天，事情没有任何好转，他收到身在美国的情报部长大本·曼波的电子邮件，让他在机场为统治者准备最盛大的接机仪式。

西吉奥库不知道自己最害怕的是什么:是统治者马上就要回来了,而尼娅薇拉还没有被抓到,还是统治者带着世界银行的贷款凯旋,从而造就一个更加强大的马乔卡利。更加强大的马乔卡利将意味着更加强大的塔基里卡。他的星辰开始黯淡了吗?可是这封邮件并没有提到具体的回程日期,也没有提到世界银行是否批准了贷款。不过,这都是迟早的事,因为他已经放弃了抓住尼娅薇拉的希望,不管还剩下多少时间。

就在他慢慢陷入绝望的时候,他接到了卡尼欧若打来的紧急电话。卡尼欧若带来了难以置信的消息,说他终于找到一个办法可以抓住尼娅薇拉,但他不想在电话里说这件事。

西吉奥库觉得自己好像是一个溺水的人终于抓住了一根救命稻草。他丝毫没有迟疑,立即派自己的司机把卡尼欧若接到办公室来。

5

卡尼欧若去圣地的时候,伪装成一个工人,穿着脏兮兮皱巴巴的蓝色工作服,带着一顶棒球帽,上面的美国公司标记都褪色了。

他把自己的奔驰车停在一英里开外的地方,走着去了那里。他没有跟任何人提起过这次拜访,直到他到了圣卢西亚,他才允许自己跟别人问圣地的地址。他计算好时间,故意在傍晚夜幕降临的时候到达那里。没有别的人在等待。一个女人沉默地接待了他,并且给他指了去到等候室的路。几分钟之后,那个女人又回来,把他领到占卜室,让他待在那里,还是一言不发。那个女人没有问他任何问题,他松了一口气。没有人知道他的名字,他对自己的伪装又多了几分信心。他会给乌鸦魔法师一个假名，再给自己编个故事。

通过墙上的一个小窗户，卡尼欧若看到乌鸦魔法师左手举着一面小镜子。魔法师做出在读镜子的样子，仿佛在读书一样，跟面前这位来访者说话时，他连眼皮都没有抬。

“你住在埃尔代里斯。”乌鸦魔法师说。

“是的。”约翰·卡尼欧若肯定地说。

“你不想让任何人知道，你来过我的圣地。”

“对。对。”

“就连你的老板也不知道你在这里。”

“是的。”

“你的工作，或者你的名字，跟嗅觉有关？”

这句话让卡尼欧若感到惊慌，让他停顿了一秒。它是那么接近他的真名，他觉得没有必要否认了。这面镜子真有魔力，他想。

“是的。”他最后说道。

“所以，你可以被叫作有气味的人……不，不……嗅气味的人……哦，为什么你名字的影像变得模糊了？……哦，好了，它又回来了。现在清楚多了。跟鼻子或鼻子们有关的，这一类东西。”

卡尼欧若差点从椅子上跌下来。乌鸦魔法师根本都没看他一眼。他的眼睛自始至终都盯着镜子。他怎么知道我的名字来源于鼻子？他非常纳闷。

“对。”卡尼欧若的声音有些战栗。

“现在该说你的工作了！你曾经捕获过人类、动物、植物、溪流、灌木的影子。”

“怎么捕获的？”卡尼欧若问，假装不知道乌鸦魔法师在说什么。

“在纸面上,或者在石头上,类似这种。”

“对,对。”卡尼欧若赶紧赞同。

“可是现在你尾随人们,而不是捕获他们的影子了。”

“什么?”

“你知道的,上帝让渔夫们丢下渔网追随自己,他会让他们变成钓人的人。你肯定也听到了你的主和主人的召唤,丢下事物的影像,追随他,成为垂钓男人和女人的渔夫。”

“是的,就像那样。”卡尼欧若漫不经心地说。

“镜子上的话已经消失了。”乌鸦魔法师抬起头,直接与卡尼欧若对视,“现在我准备好听你的故事了。不过,等一下!”乌鸦魔法师再次看着镜子说,“又有了。它说你被迷住了。我看到的是一个被囚禁的心灵。你的心被某人俘获了吗?”

“镜子这么说是什么意思?”

那一刻,卡尼欧若以为乌鸦魔法师说的是简·坎约里。他有点想笑,因为他只是利用她发泄性欲以及洗钱而已。

“你是说在银行工作的那个女人吗?”卡尼欧若问,仿佛乌鸦魔法师已经知道她一样,“简·坎约里永远无法俘获我的心。她不是坏人,但不是我喜欢的类型和阶层。”他忘了自己去银行办事的时候也只是个基层员工。

“为什么这么说?那么,有另外一个你喜欢的类型和阶层的女人,俘获了你的心吗?”

“是的。”卡尼欧若赶紧说,他觉得很奇怪,乌鸦魔法师是怎么既知道简·坎约里,又知道尼娅薇拉呢?既然他都知道了,显然就没有必要再否认了,“很久之前,有一个人俘获了我的心。她很特别,乌鸦魔法师。”

“她现在在哪里?”乌鸦魔法师冒昧地问。

“我不知道。我希望我知道。”

“你在找她吗?”

“日以继夜。不过,这不是我今天来这里的原因。”

“影像已经全部消失了。镜子里只剩下黑暗。”乌鸦魔法师的眼睛盯着卡尼欧若,“说吧,是什么邪风把你吹到我这里来的?”

“我的可不是邪风,”卡尼欧若说,“我的是健康的财富之清风。”

“土地? 牛羊?”

“不,比土地和牛羊都好。是钱。”

“新富? 突然从天而降的钱?”

“对。”卡尼欧若说,“但你知道人们都是什么样子。一个个嫉妒得不得了。”

“所以你害怕他们会对你新得到的财富施咒? 害怕他们可能会让财富消失得跟得来的一样快?”

“你说出了我的心声,乌鸦魔法师。所以,我想要一种魔法药水,一种魔法咒语,任何可以永久保护我的财富,可以让我安然入睡的东西。”

“你的老板知道这些财富吗?”

“不知道。”

“其他人呢?”

“乌鸦魔法师,老话说,独自进食的人,也会独自死去,但有些美食佳肴,的确是应该独自享用,即便是冒着独自死去的风险。”

“你这么年轻,却这么精通谚语。”

“智者并不一定都是满头白发。”听到乌鸦魔法师的夸奖,卡尼欧若非常高兴。

这句恭维让他觉得,乌鸦魔法师是一位真正的占卜师,一位真正的预言家，了解许多有用的真相。他开始喜欢他。

“这个圣地是用来治疗病人的——你知道吗？”乌鸦魔法师说，“在这里，我们对邪恶施法。所以，我来问问你，你的财产已经让你嫌恶了吗？”

“哦，不，不，我一点也不厌恶它。我是说，我并不是真的生病了。”

“我只知道怎么赶走真正的疾病，不管它藏在身体还是心灵的最深处。所以我帮不上你。”

“请帮助我。”卡尼欧若恳求道，“你想要什么报酬，我都可以给。”

“你哪里不舒服呢？你的心还是思想，还是两者都有。”

卡尼欧若迅速决定，除了捏造一种病之外别无选择。可是什么病呢？他回想起录像里塔基里卡说的，话语卡在喉咙里。好吧，反正也没有什么人可以垄断什么病。如果他能接替塔基里卡的位置，当上通天塔的主席，为什么不能接替他的病呢？卡尼欧若低下头，像是想起什么悲痛的事情。接着，他抬起头，清了清喉咙：

“老实说，说到我的病，的确有点难为情。情况是这样的。有时候，我想了太多我新得到的财富的事，想说的话就会卡在我的喉咙里，乌鸦魔法师，当我努力往外说的时候，只能说出‘如果’。”

“只有这一个词？”

“是的，但它会自己重复上好多遍。”

“这么可怕的事情会在什么时候发生呢？触发它的又是什么？是不是只有在你想到新得到的财富时，话语才会被卡住？”

“大多数时候是，但有时候我没想什么特别的事情的时候也会。”

“那么，你想要什么？”

“首先,我需要药物,不让话语卡在我的喉咙里。”

“你上次发作是什么时候?”

“哦,今天上午。我是说,下午晚些时候。所以我才摸黑赶来这里。十万火急。”

“可是现在疾病已经走了,现在你处在缓解期。”

“我告诉过你。它是间歇性的,发作起来很突然。”

“这一次比平常还要严重吗?”

卡尼欧若使劲回忆塔基里卡在录像里说了些什么,但他记不清所有的细节了。所以他只能硬着头皮即兴演下去了。

“通常是晚上在家里的时候发作,下班时间。当我看着镜子的时候,症状会更严重。”

“你在镜子里看到了什么?”

“我的脸。”

“你确定?”

“是的,我的脸。我认识我的脸。”

“你的脸的镜像,让你说‘如果’?”

“是的。”

“也就是说,只有你在镜子里看到自己的时候,才会发病?”

“对,对。就是这样。你说得对。”

“即便是在办公室里?我是说,当你在办公室里看到镜子里的自己时?”

“任何地方,我跟你说。”卡尼欧若说。他松开了想象力的缰绳,任其自由驰骋,因为他想要激发乌鸦魔法师最大限度的同情,“这是一种可怕的疾病,乌鸦魔法师。只要有镜子,我就知道它藏在镜子后面。在大酒店和夜店的洗手间里。在公交车和出租车上。就好像是我的敌人用这种病折磨我,每时每刻,无论我在哪里。乌鸦魔法师先生，现在，我都不敢走出家门。”

突然，乌鸦魔法师做了一件卡尼欧若怎么也想不到的事。他递给他一面镜子。

“这里！拿着。它能看到一切。”乌鸦魔法师说，“即便是藏得最深的东西。”

卡尼欧若接过镜子的时候，手一直在颤抖。许多想法在他脑海里打转。有一刹那，他想过假装癫痫发作，然后迸出一连串的“如果”来，但他害怕了。万一镜子能看透我所有的秘密呢？不行，我才不会在他的镜子里看我自己，绝不。卡尼欧若没有装作要看镜子的样子。

“我并不是说，所有的话都完全被卡住。”他拼命从自己刚才挖的坑里往上爬，“我说的是，更像是耳边的低语，一种回声；不是清楚的声音。想说的话好像会在我的脑子里低语。哦，乌鸦魔法师，在脑海里的低语，比真正的声音还要糟糕，因为它们会妨碍思绪的流动。我需要在我的财产周围撒上保护药水，这样才能缓解我的焦虑，很明显，焦虑才是引发这些低语的根本原因。我需要保护自己，免遭敌人的毒手，这才是永久的治疗方法。给你，把镜子拿回去吧。”

乌鸦魔法师没有接过镜子。他久久地凝视卡尼欧若的脸。

“这就是你想要的全部吗？”他问卡尼欧若。

“这就是我想要的全部。”

“那你不用这样担心得要死了。”乌鸦魔法师对卡尼欧若说，“你还年轻，还可以扭转自己的人生。你需要摆脱的，就是那些会触发焦虑的事情，因为这种焦虑将会阻碍你寻找全新的自我，截然不同的自我。它们才是你的敌人。”

“谢谢，乌鸦魔法师。你说得对，你完全读懂了我的心。摆脱那些挡我路的敌人们,或者至少抵消他们对我的影响。我相信你,还有你的药。”

“拿起你面前的镜子,”乌鸦魔法师对他说,“稳稳地拿住它。现在看着它,别让你的眼睛游移不定。专注在你所有的思绪之上,所有欲望,所有需求,凝视它。如果你撒谎,你就是在对自己撒谎。如果你说出真相,你就是在对自己吐露真相。等你觉得自己已经准备好接受魔法治疗还有护身咒语的时候,告诉我。”

“我准备好了。我准备好接受治疗和咒语。”卡尼欧若赶紧说,生怕乌鸦魔法师突然改变主意。

“你看着镜子了吗?”

“是的,是的。”

“跟着我说:让人生的敌人远离我;窃贼和抢匪的时日无多。”

“让人生的敌人远离我;窃贼和抢匪的时日无多。”

“我想让你反复念上七遍。”

卡尼欧若照做了,反复念了七遍,他的眼睛盯着镜子里的眼睛,他的嘴唇和镜子里的嘴唇一起念了七遍。

“现在,把你耳朵里的污垢或者任何会阻挡我的话的东西都弄掉。”乌鸦魔法师威严地宣布,“仔细听我说。每天早晨,你都必须站在一面镜子前,看着它,念七遍咒语。每周七天,连续七个月。”

“就这样吗?”卡尼欧若问。

“就这样。”乌鸦魔法师拿回自己的镜子。

“这样就算给我的生命和财产施加了护身咒语吗?”

“对,如果你正确操作的话。”

“费用是多少?”

“没有费用,因为我没有使用任何草药、粉末或液体。你的病是跟财富相关的病，解药就在你的心里。如果你能时时用正确的格言武装自己，抵抗灵魂的敌人，你的灵魂和你所拥有的一切都会好起来的。”

“格言？”

“是的，格言。还有由正确格言引发的行为。所以从现在就开始注意你的言谈。能毒害人的东西都途经人的嘴巴。我不想听见你跟任何人说起你在乌鸦魔法师这里的所见所闻。你听到我说的话了吗？”

“听到了。”

“跟着我说：如果我说了不该说的，就让格言在我身上应验。”

“如果我说了不该说的，就让格言在我身上应验。”

6

卡尼欧若觉得心上卸下一副重担。他的财富现在得到了保护。他的敌人再也碰不到他的钱了，不管他们是谁，不管他们在哪儿。他沉浸在这种轻松的感觉之中，之前接待他的那个女人递给他一张纸，他只是接过来放进口袋里，连声谢谢也没说就离开了，更别提看她一眼或者说点什么。让他觉得感激涕零的就只有乌鸦魔法师一个人。这个人是一个真正的魔法师，卡尼欧若一直对自己说。他惊叹于巫医如此了解他和他的状况。并且，乌鸦魔法师没有找他收费，更加增添了几分可靠与信赖。骗子总是想要索取，而真正的智者却会给予。更何况乌鸦魔法师还神奇地帮他平息了心头的恐惧。所以现在，除了在生病的事情上面跟乌鸦魔法师撒了谎之外，卡尼欧若觉得内心无比安宁。而且，跟魔法师说话的时候，他觉得他们好像在哪里见过一样，这次见面只是重叙旧情。他很快就否定了他们之前见过的可能性,把对话的轻松和熟悉归功于魔法师的占卜技巧。

那天晚上,他睡不着:他的整个身体都因为愉快、放松、希望和蒙骗过关的自得而绷得紧紧的。跟乌鸦魔法师比起来,他甚至占了上风,他想。

可是,乌鸦魔法师的脸却不断出现在他脑海里。那张脸在他脑海里狂乱起舞,唤醒了他沉睡已久的艺术直觉。在学校里,他的艺术特长是人物肖像;他的大脑就像是一个仓库,存储了他见过的各式各样的脸庞。然而,他早就醒悟,艺术只是一种素材积累;他的记忆丧失了清晰度和敏锐度。就像现在这样,他在脑海里一遍又一遍地搜寻乌鸦魔法师的面容。有几个瞬间,他仿佛找到了跟占卜时看到的一模一样的脸庞。但其他时刻,尤其是在半睡半醒之间,他看到那张脸飘浮在埃尔代里斯的大街上方,向他呼喊:来,跟着我,我会让你变成捕捞一切的渔夫:树木、财产、人们、男人、女人。是的,特别是女人……

他想起那个给他一张纸的女人。那是怎么回事,纸上写了什么?他觉得浑身懒洋洋的,根本不愿意下床去口袋里掏出那张纸。可是,他又睡不着,只能溜下床,打开灯,看到标题:恩典七药。这个巫医的惊人之处真是接连不断:嗯,说的是关爱动物和植物,甚至昆虫?多有意思啊!一个关爱周遭所有生命的巫医?一个现代巫医,一个具有环保意识的巫医,他打着哈欠说着,回到了床上。

他梦到乌鸦魔法师和他在某个森林里互相追赶。有时候是他,卡尼欧若,在追乌鸦魔法师。有时候,是乌鸦魔法师在追他,而且,不管他藏到哪里喘口气,都会有一棵大树对他说:在你心里照七次镜子。

他在清晨醒来,来到洗手间的镜子前,念了七遍咒语。"七"

这个字在他脑海的长廊里发出回声,仿佛它本身就有生命力,在不断坚持自己的权利一般。魔法肯定在起作用。七。恩典七药。这个字一直在跟他捉迷藏。有时候,它跑到一个句子的中间:恩典的药物是七。有时候又跑到句子前边:七是恩典的药物。七个恩典。恩典七个。格蕾丝·姆格瓦尼娅。格蕾丝·姆格瓦尼娅?

尼娅薇拉的另一个名字就是格蕾丝?姆格瓦尼娅。这可能吗?他觉得浑身瘫软,不敢相信脑子里这些想法。难道乌鸦魔法师想要跟他说有关尼娅薇拉的事情?说尼娅薇拉会被抓住?恩典七药。格蕾丝(恩典)。七。格蕾丝·姆格瓦尼娅。乌鸦魔法师的脸开始飘浮在空中。现在他确定他以前见过这张脸。就是那个在伊甸园酒店门外变装成乞丐的人。

卡尼欧若是那么的不知所措,他不得不扶着洗手间的墙,不让自己瘫倒。那个人可不是普通的巫师。他就是传说中拥有神奇魔力的神灵之一。这就解释了,为什么他看都没有看我一眼,就知道我所有事情。他甚至知道我心里在想什么!这就是为什么,他问我是否有个女人俘获了我的心。想到他当时的反应:虽然我在找她,但我去那里并不是为了找她——他觉得沮丧不已。

他越是琢磨这次超乎寻常的经历,就越觉得当时乌鸦魔法师一直想引导他往尼娅薇拉的方向去想。这个人相当于在说他认识尼娅薇拉。的确,卡尼欧若自己也想起,有一次他看见过这个人和尼娅薇拉在塔基里卡办公室外面的街道边聊得火热。而且,审问录像里,塔基里卡也说过,是尼娅薇拉带他去乌鸦魔法师的圣地。乌鸦魔法师当时是想帮忙的。他真应该接受他的帮助。

突然,他想到一个主意。乌鸦魔法师通过镜子的魔力肯定能很容易地找到尼娅薇拉。他越是回忆自己亲眼看到的惊人魔力,越是觉得,这个魔法师是阿布瑞里亚唯一一个可以影响到抓捕尼娅薇拉的人。解决之道就摆在眼前。政府需要招募乌鸦魔法师还有他的镜子,找到尼娅薇拉的藏身之处。

卡尼欧若可以一石好几只鸟。尼娅薇拉会被抓住。乌鸦魔法师会因为提供帮助而获得奖赏。卡尼欧若也可以报答乌鸦魔法师不计报酬保护他财产和生命安全的恩情。最重要的是,卡尼欧若可以获得成功抓捕尼娅薇拉所带来的全部好处。他听见脑子里有一首歌在播放:

你还在等什么?
你还在等什么?
现在就是好时机
你还在等什么?

也就是在这个时候,卡尼欧若走到电话旁边,联系了西吉奥库,并且听到了他最想要的回复:部长很快就会派司机来接他,省去他清晨的交通拥堵之苦。

7

“谢谢你,我的兄弟。”西吉奥库拥抱了卡尼欧若,把他迎进了办公室。

卡尼欧若惊呆了,这个拥抱是那么的热情,仿佛暗示他们是平级关系一般。独自乘坐由专属司机驾驶的插有微型阿布瑞里亚国旗的奔驰轿车,已经让他觉得受到了莫大的恩宠。他从没幻想过,有一天,自己可以坐在一辆车牌是CM①开头的轿车后座。魔法师的魔法开始起作用了,以他没有料到的方式,那一刻,他说不出

---

① 是cabinet minister的缩写,指“内阁大臣”。

话来。

“坐吧,我的兄弟。”西吉奥库对他表现出过度的关注。在卡尼欧若的心里,自己已经变成了一个王子,这都多亏了乌鸦魔法师的魔法。

不过,他现在进退两难。乌鸦魔法师曾经明确地警告过他,不允许透露他在圣地的所见所闻。魔法师究竟是什么意思呢?是说他绝对不能说起乌鸦魔法师吗?还是谈论他的药物?如果违背了对魔法师的承诺,又会发生什么事呢?卡尼欧若可不打算赔上自己的未来去一探究竟。不管西吉奥库表现得如何兄弟情深,卡尼欧若都不会为了部长牺牲自己的人生。

另外,卡尼欧若对西吉奥库可能做出的反应也心存忧虑。如果不说出自己去圣地是为了寻找塔基里卡在录像带里说的护身魔法,卡尼欧若又要怎么解释自己去那里的原因呢?他害怕自己可能会一不留神就暴露自己的财富之源——那些想要拿到通天塔分包合同的商人们。不行。西吉奥库必须被蒙在鼓里。要不然他可能会要求分一杯羹,甚至要求享受前辈的特权。不行,他的财富之源,还有他那么多银行账户,都必须是一个秘密,只有他和简·坎约里知道的秘密。可是,在不说出自己曾经与乌鸦魔法师面对面交谈的事实,或者不损害自己的利益的前提下,他要怎么才能让西吉奥库部长知道本不应该知道的信息呢?

又一次,跟乌鸦魔法师相关的记忆帮了他的大忙。魔法师曾经说过,*从现在开始就注意你的言谈。能毒害人的东西都途经人的嘴巴*。他知道,在阿布瑞里亚,真相也会让你惹火上身:他必须控制住他的嘴。

接下来,卡尼欧若仿佛事先排练过一样,轻松地讲述,在看了塔基里卡的录像带后,他是如何去乌鸦魔法师那里验证塔基里卡的故事的真实性,又是如何假装成得了跟他一样的说不出话来的毛病。

“太聪明了。”部长对兄弟卡尼欧若的诡计赞赏不已。

“你知道这个巫师最厉害的一点是什么吗?”卡尼欧若继续说,“他知道我的姓名,我最新的工作,我的一切。他是从手里的一面镜子上看到这些的。不幸的是,他也一下就知道了我是在装病。”

“他知道?”

“是的,老实说,对于他的反应,我更加惊讶。他说他只接待那些真正患病的人,所以他把我赶了出来,还说永远别再出现在他面前。所以,对于塔基里卡那些长篇大论,我也没有掌握到什么更好的证据。事实上,我没有看到或听到任何值得汇报的东西。因此,我现在想跟你说的,不是我在圣地的所见所闻,而是我根据回忆得出的推论。你知道的,我一回到家里,就开始思考这个人的巨大魔力。突然,好像某种顿悟一般,我想到,这个魔法师可能就是能把尼娅薇拉送到我们身边来的人。”

“这个乌鸦魔法师好像能迷住所有人,不管是什么汤姆、迪克还是哈里。”西吉奥库有点失望地评论说,“不过,我却不知道他还是个值得一用的侦探呢。”他嘲讽地加了一句。

“相信我,部长先生,从我跟他的短暂接触之中,我敢说,他是一个实打实的预言家。他的镜子之眼可以看得又深又远。”卡尼欧若充满诗意地强调,只为了不让自己回想起魔法师的警告,“我很后悔装病了,因为要是没有那样做的话,我会查出更多东西。至于我看到的听到的,我已经忘掉细节了,所以也没法多说什么。但是我的亲自拜访让我确信,乌鸦魔法师这条路子值得一试。”

西吉奥库沉默了一会儿,他在思考卡尼欧若刚才说的。迄今为止，举国上下想要摧毁“人民之声运动”这个组织，却始终不得其法，而卡尼欧若是唯一一个想方设法提供信息的人。他曾经帮忙揪出了尼娅薇拉这个人。他曾经提供了尼娅薇拉的照片，有些是她年轻单身时候的，有些是跟他结婚之后的：它们是警方仅有的照片了。他曾经帮忙抓住了塔基里卡，还提建议弄到了温吉尼娅和那些跳舞的女人们的照片。那么，西吉奥库又怎么能直接忽略卡尼欧若的主意呢，虽然它听上去是那么疯狂。毕竟，统治者曾经告诉过他，为了抓住尼娅薇拉，他必须翻遍国内每一块石头。

“你刚才说，这个魔法师只接待病人。那么我们怎么才能聘请他为警方工作呢？”西吉奥库怀疑却又有点好奇地问。

“金钱和权势。”约翰·卡尼欧若说，“没有人会拒绝金钱和权势。部长，您的职位，还有您雄厚的财力，足以让魔法师兴奋不已，从而毫无怨言地把尼娅薇拉交给我们。我跟您说过，他的镜子的魔力比……”

“好，”西吉奥库果断地说，“我们稍后再谈这个。现在有件事得做。我希望有人很快能完成。我想让你立即回到乌鸦魔法师那里。告诉他，我托你问候他。我已经授权给你，只要能找出尼娅薇拉藏在哪里，他开什么价我都接受。”

卡尼欧若正要接受这个任务，但又想起乌鸦魔法师的警告。魔法师会怎么看待西吉奥库要求他做的事情呢？会觉得他的再次出现还有这个任务是违背了诺言吗？卡尼欧若再一次觉得自己被自己连累了，因为他之前在与乌鸦魔法师的接触上面撒了谎，还说自己是被赶走的，被警告过再也不可以回去。如果后来西吉奥库回想起这一点，开始怀疑他在其他方面的真实性的话，他要怎么办呢？

“我觉得派我回去不是一个好主意。毕竟，他要我永远别再回去。我不善于撒谎，部长先生，我真的讨厌撒谎，我也不知道怎么说出口。我觉得，这样会比较好，您把他请到您的办公室来，然后……”

“让魔法师到我的办公室来？绝对不行。”西吉奥库反应非常激烈。

“我猜，”卡尼欧若接着说，“他会震惊于您的出现，甚至不会索要报酬。”

西吉奥库又沉默了一会儿，思考卡尼欧若刚才的建议。他在想，这个家伙会不会四处乱叫，说我请了一位巫医到办公室来，统治者的办公室。不行，绝对不能让卡尼欧若知道他接下来要怎么处置这个乌鸦魔法师。

“约翰，你已经做得很好了，我绝不会忘记你对我的忠诚。你帮了我很多忙，我很感激你从来没有骗过我。把一切都交给我吧。我会想出最好的处理办法的。把政治和巫术混在一起是非常危险的。从现在开始，我想让你忘记，你跟我说过的关于乌鸦魔法师的事情，还有在追捕尼娅薇拉还有‘人民之声运动’组织的其他异见分子的过程中，他可能会或者可能不会扮演的角色。”

听他这么说，卡尼欧若简直不能更开心了。他可能有点越线，但并没有对魔法师食言。而且西吉奥库也没有完全忽略他的主意。如果事情进展得不好，魔法师没有找到尼娅薇拉，部长也不能怪在卡尼欧若头上。如果进展得顺利，尼娅薇拉……谁知道呢？离开的时候，他心里默默吹着口哨，尽情享受西吉奥库把他当成平级，甚至当成兄弟一样拥抱。

回到办公室，西吉奥库迅速召集信任的两个手下恩卓亚和卡西加开会。

“多亏了你们的录像和富有技巧的审问。但接下来的事情，我想让你们非常谨慎地对待。换上便衣,任何时候都不要提到我的名字。"西吉奥库跟忠诚的使者们说了乌鸦魔法师的事。

8

"我是以利亚·恩卓亚。"一个人说。

"我是皮特·卡西加。"另一个说。

"我们是警察。"

"你想看我们的徽章吗?"

"那倒没必要。"他对他们说,"对乌鸦魔法师来说,所有人都一样。"

"很高兴听到你这么说。"他们异口同声地说。

"是什么让你们这么早到访我的圣地?"

"我们为你带来了政府的消息。"卡西加说。

"你和镜子的魔力已经传到了政府的耳朵里。"恩卓亚局促地说。

在他们的举止之中,他感受到了他们的恐惧,但这并不意味着什么。他经常能在很多来访的人身上看到类似的不安,尤其是那些宗教狂热分子、受过良好教育的教授和高级别的公务员,他们表面上都假装不相信这种超自然的能力。有个牧师,每次做礼拜的时候都谴责巫术。某天的黎明时分,他来找乌鸦魔法师,却在圣地偶遇了自己教区的教友。这两个人都赶紧说乌鸦魔法师是他们的亲戚,并且把这说成是他们到访的理由。他们匆匆作别,说下次再来。

我们人类是多么复杂啊。那件事闪过他的脑海时,他这么想着。

其中一个警察将他从沉思中吵醒。

“听好了。我们四处寻找一个叫作尼娅薇拉的女人。”恩卓亚身子向前倾，压低嗓门说道。

“我们一无所获。”卡西加补充说。

“这个尼娅薇拉是什么人？”魔法师问。

“你肯定听说过她。”恩卓亚回答，“她是想要推翻统治者合法政府的恐怖分子。”

“一个可怕的女人。”卡西加补充，“她蛊惑了很多人的心。”

“尤其是女人们的。”恩卓亚说。

“你没听说过那些让通天塔蒙羞的女人吗？”

“乌鸦魔法师从来不参加任何庆典，除非他是庆典的主人。”乌鸦魔法师说。

“我们想抓住她。”恩卓亚说。

“而你是唯一有法力找到她的人。”卡西加说。

“我们请你向你的镜子求助。”恩卓亚说。

乌鸦魔法师的眼睛一直盯着他们的脸，却没有发现任何讽刺或嘲讽的痕迹。

“我只有治病的法力。”他对他们说。

“我们可以答应你的条件。钱不是问题。你开价吧。”恩卓亚和卡西加一起说，“你做你的事，我们做我们的。”

“不是钱的事。”他对他们说，“每个专业都有自己的重点和专长。你绝不会让一个牙医去做心脏移植手术。你们的技能是追捕那些违背国家法律的人，而我的则是驱逐那些威胁生命法则的力量。”

“可是尼娅薇拉就是一种病。她跟国家作对，威胁到了许多人的生命。”恩卓亚说。

“对,把她从她的巢穴中熏出来。她是一种传染病。”卡西加说。

“把她带到我这里来,”乌鸦魔法师说,“还有被她传染的所有人。”

“她传染了许多人。”他们异口同声地说,“毒害了青少年的心。我们没法召集所有被传染的人。只有把病毒抓起来,才能终止传染。”

“把病毒带到我这里来,我会找到治疗方法。”乌鸦魔法师想要结束谈话了,“难道我治病的法力已经成了国家的武器吗?我的病人们知道了会怎么想?这会增加我的可信度吗?你们或许还想过把我请到总统府,对整个国家说:这就是乌鸦魔法师。他引诱病人们到他的圣地,帮政府抓罪犯。”他决然地说。

恩卓亚和卡西加没有动怒,反而看着彼此,仿佛他们听懂了魔法师在暗示什么,或者他想要什么。

“我们会把你的话带给派我们前来的人。”恩卓亚对他说,“同时,我们也请你为你的服务开个价,为国家服务。”

“没什么可多想的。”他坚定地对他们说,“你们是国家的守护者,我是生命的守护者。”

9

“你确定他们不是在暂时稳住我们?”听了卡梅特说的刚刚发生的一切,尼娅薇拉问道。

自从他们回到埃尔代里斯,除了偶尔有警察来讨要魔法,他们觉得仿佛有一堵无形的墙在保护尼娅薇拉免遭敌人的觊觎。但卡尼欧若来过之后,她觉得这堵墙好像突然坍塌了。

“如果他们来抓我,”尼娅薇拉打破他们因恐惧而生出的沉默,“答应我,千万不要放弃圣地。跟我保证,你会继续信奉恩典七药。”

“请别再那么说。只要你继续藏在人群中,没有敌人可以找到你。”

“一旦密探进了庭院,谁都逃不掉。”尼娅薇拉好像认命了一样,“我不知道我还能撑多久,扮演不同的角色,更换不同的装束。谨慎并不意味着怯懦。如果我能得到你的承诺,我会更安心一些。”尼娅薇拉说。

“如果我抛下那些在死亡威胁中寻找生机的人们,我又能算什么治愈者呢? 至于恩典七药,它们是一种‘道’,属于我们所有人的‘道’。我也想得到你一个承诺。如果他们把我带走了,你要确保乌鸦魔法师的工作得以继续。”

“别那么说。”她说。

“好,我们别再说得好像要分离一样。”卡梅特说,“你哪里都不会去,我也不会。我们在我们的圣地里很安全。”

他们长长久久地拥抱在一起,好像想在这永恒的拥抱中凝固永恒的安全感。

“该回去工作了。”尼娅薇拉最后还是推开了他。

“我要申诉。”卡梅特依旧握着她的手。

“不回去工作?”

“我要申诉最近颁布的‘禁令’——不允许在白天检视对方的伤疤。”

“白天不行,晚上可以。”她说。

他们经常渴望探索对方的身体,但现在,她随时会被抓走的感觉让他们的“饥饿感”更加严重了。

然而，到了晚上，所有的病人和员工都离开了，就在尼娅薇拉以为可以开始“探索”的时候，她暗中发现卡西加和恩卓亚出现在院子里。

“我来对付他们。”卡梅特说，他努力用一种自己都没有感受到的信心来安抚她，“藏在这里，随时逃跑。你知道我们说好的记号，还有逃跑路线。”

10

“听着，”恩卓亚对乌鸦魔法师说，“部长今晚想见你。”

“他想要什么？”

“我们只是传话的。”

“那就回去跟派你们来的人说，我很欢迎他到我的圣地来。”乌鸦魔法师对他们说，“如果我能满足他的需求……”

“他不需要治病。”卡西加解释道。

“那他找我干什么？”

“他只是发出一个邀请。”恩卓亚说。

“你将是他的私人贵宾，尊贵的客人。”卡西加补充道。

“跟他说，虽然我对他的邀请感到荣幸，但他还是得提议一个对他和我都合适的日子和时间。”

恩卓亚和卡西加面面相觑，不知道要怎么才能让这个巫师很好地理解到他其实别无选择。

恩卓亚清了清喉咙说，“乌鸦魔法师，我们知道，你可能不太熟悉我们政府里说的礼仪一说，而且，老实说，我并不怪你。哦，对不起，我跟你说英语了。我的意思是，你可能不太了解跟政府打交道都有哪些礼仪规矩。”

“你没必要解释。”乌鸦魔法师用流利的英语回答。“就算是巫医，也不一定是语言的门外汉。嗨，伙计，告诉你爸妈我不会去的。乌鸦魔法师从没被任何人指挥过。他一点都不蠢。你好，拜拜吧。”乌鸦魔法师用 Sheng 语①说道。

恩卓亚和卡西加还没有从惊讶——这位巫医不仅说得一口好英语，还会说坊间最流行的方言——中回过神来，就看到乌鸦魔法师开始往屋里走去，仿佛他们的事情已经说完了一样。

“喂，等等。”他们一齐大喊，乌鸦魔法师停住了脚步。

“十分抱歉，”恩卓亚对他说，“可是你不去，我们就不能走。”

“你们是想让我动怒吗？”

“哦，不，不，不是这个意思。”卡西加赶紧解释，魔法师声音里的恐吓意味让他觉得不安，“可你也知道，我们国家就是这样的。没有恰当的理由，公民是不可以拒绝政府的邀请的。”

为什么这两个警察既有恐惧感又不失威严？卡梅特觉得纳闷。他们是真的来抓我的吗，还是整件事都是个幌子，他们其实是冲着尼娅薇拉来的？卡梅特仔细地衡量他面临的选择。扮演愤怒的乌鸦魔法师，用火和硫黄恐吓他们？但如果被他们识破了呢？坚持不去？他们还是会强行把他拖走。此外，反抗可能会引起他们的怀疑，反而让他们更深地探究圣地的大小事宜。万一他们突然袭击圣地抓走尼娅薇拉呢？他绝不会原谅自己。还是让他们把他抓走吧，总比抓走她要好得多。

“是这样吗？”乌鸦魔法师故作无知地问，“那你们就在那里等我吧；我很快就准备好了。”他对他们说。他知道，如果他们真的是来抓他的，就绝不会让他离开他们的视线。

---

① 非洲的一种语言。

乌鸦魔法师确信其中一个警察往前挪了一步准备跟着他，他转过身盯着那个人。

“你真的想跟着我吗？越过我的魔法界线？”

“哦，不！不是！”两个警察异口同声地说，“别着急，慢慢来，乌鸦魔法师先生。”

他进屋直接找到尼娅薇拉，向她说明了当前的情形，让她继续藏着，直到他和这两个新结识的伙计离开。

“这样做更好。”乌鸦魔法师对她说，“这样能把他们的鼻子从圣地和你身上引开。”

就在乌鸦魔法师和警察们正要离开的时候，尼娅薇拉突然从暗处冲出来，直接跑到他们身边。她左手拿着一个开了瓢的葫芦，右手拿着一个拂尘。三个人都停下了脚步。光和影打在尼娅薇拉身上，让她看上去是那么超凡脱俗。她站在他们面前，一言不发。那一刹那，卡梅特以为她疯了。那个蜷缩着眼巴巴看着他离去的尼娅薇拉哪里去了？她为什么要这么做？尼娅薇拉在葫芦瓢里蘸了蘸拂尘，在他们头顶上摇晃，口中还念念有词。

“要是他回来的时候少了一根毫毛，我会让你们俩负责，负责，负责。”

她围着他们转圈，一遍一遍地重复这个仪式，变换着花样念叨同一个警告。

直到第七圈结束的时候，她突然停了下来，离他们那些蠢兮兮的脸庞只有几英寸远。然后，她缓慢而坚定地，生怕他们漏掉任何一个字，说：

“要是他没回来，你们这些带走他的人就会像这样被大地吞没！”

她一边说着，一边把葫芦瓢举起来，把剩下的水倒在地上。

“或者像这个葫芦一样碎尸万段!”她把葫芦瓢狠狠地摔在地上。

然后她跑回了屋子。

恩卓亚和卡西加惊呆了;当他们试图抬腿时,觉得自己的腿仿佛被钉在地上一样。

“别担心。”乌鸦魔法师告诉他们,“她是我的守护精灵。我的生命之眼。跟小羊羔一样温顺。不过,一旦被激怒,她就会被危险的恶魔附体。即便是我,也要像遵从法律一样听她的话。”

咒语解除了。警察们的腿又可以动了。他们把乌鸦魔法师带到统治者的国家大臣西吉奥库面前。

11

他们驱车离开的时候,卡梅特想的都是尼娅薇拉,还有刚才在圣地之外的场景。自从遇见尼娅薇拉,他的人生发生了意料不到的变化。他经常觉得自己走在梦境之中。即便是最为匆匆的一瞥,她的面容也会让他的血液燃烧。那些未知的期待,让他沉浸在一种美好、宁静、充满希望、伟大的感觉之中。

尼娅薇拉最令他惊奇的就是她的幽默和笑声,即便是在艰险的环境之下。不过,不管他觉得他已经多么了解她,她还是每一天都会给他新的惊喜。他怎么也没想到,尼娅薇拉没有像他们说好的那样继续藏着直到他们离开,而是像暴风一样出现,上演了这么一出引人入胜的节目。警方现在已经把他从她的藏身之处带走。

但很快,他又被各种怀疑充斥,他的双膝突然发软。万一警察们已经盯上了尼娅薇拉呢?如果没有,要是他们怀疑他真的知晓她的藏身之处呢?万一他们对他用刑呢?

他决定不再去担忧那些当前他无能为力的东西。即便是对他用刑,审问有关尼娅薇拉和“人民之声运动”组织的事,他能告诉他们的也极少。他对这个组织的了解,仅限于尼娅薇拉告诉他的,那也是非常少的。

他沉浸在这些矛盾的思绪和情感之中,就连汽车已经在某栋大楼前面停下,他都没有意识到他们已经到达了目的地。

这一路上,恩卓亚和卡西加都没有跟他说话,他们彼此之间也没有交谈。圣地外的那出戏让他们各自沉浸在自己的世界里,他们都想要弄清楚那个巫师的舞蹈究竟对他们的姓名有什么影响。

到达之后,恩卓亚把卡西加和乌鸦魔法师留在车里,自己去找部长,看接下来要怎么对待这位客人。

“现在是晚上,有点晚了。”西吉奥库草草地说,“明天早上我再见他。我不想让他觉得自己有什么了不起,让我等这么久连夜接待他。”

“那我们再把他送回去吗?”

“当然不是。”西吉奥库用英语说道,没做过多解释。

“那我们把他放到哪里?”对于这事先没有料到的进展,恩卓亚的心开始往下沉,“酒店?”

“你在开玩笑吧。他可是国家的客人——带他去政府酒店吧。”

“据我所知,所有的单间都满了。”恩卓亚想方设法让乌鸦魔法师免遭囚禁。

“让他跟疯子住一间。”

12

对于自己那样被拖出西吉奥库的办公室，塔基里卡觉得十分耻辱，但他把怒气都撒在马乔卡利和温吉尼娅头上。为什么他的朋友不允许他参加前往美国的代表团？他问了自己一遍又一遍。马乔卡利说会经常给他打电话，但自从去了美国，马乔卡利一个电话也没有打来过。西吉奥库埋在他心里的疑问开始慢慢腐烂。但他还是无法想象马乔卡利和温吉尼娅之间会有什么关系。但那些照片，他的温吉尼娅，还有那些跳舞的女人，已经动摇了他对她的信任。虽然这信任原本也没有多少。塔基里卡开始信服老话说的，女人或小孩的话，听的人应该思考一晚上再决定信不信。尽管如此，他本来可以随时发誓，有些事情是温吉尼娅没有能力去做的，不过现在他也不能那么肯定了。

妻子的品行不端——让那些女人为她起舞——是伤他最深的事情。尽管他认为，女人天生就不值得信任，但他还是觉得一个男人的妻子应该是一个道德模范。好男人的标准是有没有品行良好的妻子，而好妻子的标准则是会不会周到而能干地掩盖丈夫的缺点。那才是他娶的女人。一个对生活没有太多要求的女人！一个很早之前就不再过问他在哪里过夜的女人。一个看上去对围着厨房和田地转的日子非常满意的女人。一个从来不过问政治的女人。这样的女人才是他了解的。难道这一切都是她装出来的吗？

或许西吉奥库他们是对的，他们暗示，尼娅薇拉，这个他们认为是所有伪善之母的女人，跟这个陌生的温吉尼娅有着某种关系。实际上，毫无疑问的是，从他生病、温吉尼娅去公司上班的那一天开始，一切就开始不对劲了。如果他自己都被尼娅薇拉的花言巧语蒙蔽了,温吉尼娅为什么不会呢?虽然他知道了这么多,但他还是指望过她会有必要的手段不被骗得团团转,不跟那些无耻而粗野的女人们混在一起。

打老婆,即便不是男性固有的权利,也是一种特权。现在被关在监狱里,他没有机会显示自己的男子气概。他沮丧地咬牙切齿,退而求其次地想象自己不停地扇她耳光,而她惨叫着乞求宽恕和原谅的样子。这让他更加冷静地思考压在他身上的其他事情。

比方说西尔弗·西吉奥库的事情。

很明显,这个部长正在给马乔卡利下一个精心制作的圈套,就等着塔基里卡往里钻。但他想让他扮演什么角色?西吉奥库的要求——思考"如果""白种人"和"愿望"的"真实含义"——依旧在他耳边嗡嗡作响。难道这个角色隐藏在这些话里面?他能得到什么回报?会有什么样的交易条件?西吉奥库对此表现出一副高深莫测的样子。为什么?

西吉奥库把他扔回一间牢房,里面只有一个木桶可以当作厕所,想要以此软化他。看守们三天才来倒一次便桶,有时候连这个频率也保证不了。所以,当屎和尿溢出便桶时,整天整夜陪着他的就是这恶臭味了。但西吉奥库低估了他求生的欲望,还有他作为商人的聪明。塔基里卡绝不可能接受任何没有付出和回报的交易。

塔基里卡并不是多么珍惜友谊。只要条件合适,他将不惜一切地自保,除非这条件触及统治者的生命和权力。那绝对是死路一条。所以,他绝对不会接受"他可能听别人谈论、阴谋策划反对统治者"的说法。

他多么希望自己能知道统治者和随行人员归来的确切日期和时间啊!塔基里卡觉得,除了等待西吉奥库谈明交易条件,或者等待马乔卡利从美国回来之外，他没有别的选择，只是看这两者谁先发生而已。

有一天晚上，看守们打开他的牢房门，扔进来一个人，然后又关上了门。塔基里卡死死地待在角落里，不敢动弹，紧张地听着这位牢友的呼吸声。过了一会儿，塔基里卡再也忍不住，他问："你是谁？"但这个人，无论他是谁，都没有回答他。

他可能是雇来的杀手，深夜潜来伤害你，心里有一个声音对塔基里卡说。他吓出一身冷汗，开始发抖。紧张占据了他，他开始尖叫：

"不要杀我。我求求你，别杀我。我没犯罪。可怜可怜我吧。我还有老婆孩子呢。请别因为钱而染上无辜的鲜血。不管他们给你什么，我保证给你双份。"

"嘘！"那个人说，但塔基里卡太害怕，沉浸在自己的剧情里，根本没有听到他说什么。

"他们给了你多少钱？"塔基里卡问道，他焦急地等待回复，时间仿佛凝滞了。

"为什么给钱？"那个人问。

"杀了我。"

"我为什么要杀你？我不认识你。我从来没见过你。"

"这就是我一直跟你强调的。我是无辜的。我从来没有伤害过任何一个人。"

"那你就没什么可怕的。我不会杀你的。"那个人告诉他。

"你说什么？"

"别吵了。我不会杀你。"

"谢谢你，我的救世主。你想要多少？"

"我为什么会想要你的钱？"

“因为留下我的性命。因为不杀我。”

“谁告诉你我来这里是要弄死你的?”

“那你是谁?为什么他们让你来这里?”

“听着,”那个人愤怒地说,“我不知道你是谁。我也没心情聊天。去睡你的觉,让我也睡会儿。”他说完就安静下来。

可是,对塔基里卡来说,这个人的沉默就是不祥的预兆。他说的全是假话。他是想骗我睡着,然后杀了我。

“别以为你能骗过我。”塔基里卡说。

“为什么?”那个人问。

“我知道你是想等我睡着了……”

“你是疯子吗?”

不管塔基里卡如何挑衅,那个人都没有再理会,这更加证实了塔基里卡的怀疑,西吉奥库就是想弄死他。他没有合过眼。天亮之后,他盯着那个人躺着的角落。

他不敢相信自己的眼睛。

“提图斯·塔基里卡!”

“乌鸦魔法师!”

13

某个有能力将他救出监牢的人就这样从天而降地出现在他面前,塔基里卡陷入了狂喜之中。有什么比看到乌鸦魔法师更加值得高兴的事呢,他可能就是来解救他的。塔基里卡甚至没想过问一句,乌鸦魔法师来这里做什么,或者,他是怎么来这里的。

他只是一股脑儿地倒苦水,倾诉自从收到来自卡尼欧若的“排队狂热调查委员会”的传票之后,他都遭受了什么样的折磨。

他说了他是如何被抓走的,如何被卡西加和恩卓亚审问,如何在部长办公室跟西吉奥库谈话,又是如何被扔到这间漆黑的牢房的。他唯一没有提到的就是温吉尼娅那可耻的背叛,尤其是那些跟跳舞的女人在一起的照片。

“看看西吉奥库对我都做了些什么！看到那个便桶了吗？那就是厕所。他们上次是什么时候来倒的？七天前。幸好我没怎么拉屎。就算这样,你也能看到,这便桶就快要满了。”

“这都是你拉的?”

“对。我进来以后就没别人了。他怎么敢这样对我？我该怎么办?”

“你觉得呢?”

“你知道有句话说,两头大象打架,遭殃的是草地吗？我觉得自己就是草地,夹在西吉奥库和马乔卡利的权力争夺之中受苦。问题是,西吉奥库还不清楚他真正想要我做什么。”

“考虑到他问你的关于马乔卡利的问题,要多清楚才算清楚呢?”

“他甚至没有提到马乔卡利的名字。他非常小心,跟我扯什么托马斯的信徒,一个叫笛卡尔的法国人。然后他让我先走开,好好想想我对白种人的渴望。”

“你看不出来他只是想让你说出来是别人把白种病传染给你的吗？但你又能把谁拿出来说,就是这个人或者哪个人传染了我,或者,那个人就是病毒的主人？在你称作朋友的那些人里,有谁不是因为这种病受苦,在以自我为中心的背后,哪个不是狂热的贪婪？他让你再想想你说的话的真正含义和暗示,这没错。但你考虑过之后打算怎么办吗?”

“这也是我想知道的。我该怎么办?”

“首先,审视你自己。”

“当然,人必须审视自己,看看自己的利益在哪里,该如何保护它们。”

“我的意思是,你要审视你的内心;弄清楚你为什么会沦落到这里。”

“我并没有囚禁我自己。”

“那么,是谁,囚禁了你?”

“我跟你说,西吉奥库和卡尼欧若才是我的敌人。他们想让我死在监狱里。为什么?因为他们不想让我继续当通天塔的主席。他们想要独霸整个项目的好处。但你等着瞧。他们不知道他们在跟谁打交道,乌鸦魔法师。帮帮我,请帮帮我走出牢房,我绝不会忘记你。”

“你想走出哪个牢房?”

“乌鸦魔法师,这是件很严肃的事情。你看看这里有几个牢房?”

“两个。一个是心理的,一个是身体的。”

“那就用你的镜子的魔力,冲破所有牢房的围墙。”

“我没带着镜子。”

“噢!”塔基里卡绝望地呻吟。

“我们做一面自己的镜子怎么样?”乌鸦魔法师突然问。

“怎么做?”

“用我们的大脑。还有比大脑之镜更好的镜子吗?”

“随便你说什么。”听到乌鸦魔法师说要用镜子,塔基里卡又高兴起来,什么镜子都行,管他怎么做的。

“闭上你的眼睛……在你的脑海里画出卡尼欧若和西吉奥库的样子。”

他这是想让这两个无赖失去力量，从而来帮我，塔基里卡一边尽力想象西吉奥库和卡尼欧若的样子，一边对自己说。不过他们的样子却没法在他脑海这黑暗的镜子里稳定下来。

“我一会儿能看到他们，一会儿又看不到。”塔基里卡说，“他们时隐时现。”

“他们的样子是否模糊都不要紧。”乌鸦魔法师说，“现在指着那些正在毁坏国家的人。告诉我他们在哪里。”

这很简单，塔基里卡想，他伸出手指向远方，但他的指头一直在动，跟脑子里的影像一样。

“就在那里。”塔基里卡说，手指依旧茫然地指着前方。

“稳住了。”乌鸦魔法师说，“现在睁开你的眼睛，继续指着那些腐败和贪婪的人。”

塔基里卡照做了。想到敌人、贪婪还有腐败的人都要死了，他的心里充满了欢乐。

“仔细看看你的手。一个手指头指着你的敌人们，另外三个全都指着你自己。”

“我不太明白。”

“你不明白什么？你还记得孩子们听的故事吗，五个手指头去抢劫别人的故事？小指说：我们走吧。去哪里？去做什么？旁边那根手指头问它。去偷，中指说。被抓住怎么办？第四根手指问。你知道大拇指怎么说的吗？”

“我跟你们可不是一伙儿的。”塔基里卡扮演起拇指的角色，笑着说。

“所以胖胖的大手指到现在为止还不跟其他四个手指在一起。一个小偷，没有跟其他人站在一起，还指着……”

塔基里卡又看了看自己的手。很明显，食指和另外三个手指头都指着确切的方向。那么,大拇指又指向哪里,指着的是什么?谁也不知道。突然,他觉得他知道了乌鸦魔法师想说什么。

“所以说就连小孩子的故事也能教会我们一些事情?”塔基里卡兴奋地说,“乌鸦魔法师先生,现在我知道你想让我理解什么了:就好像这四个手指头一样,愚蠢的人才会选择明确的立场。每个人都知道他们站在哪里。我就是太确定自己的伙伴了。我应该时刻像大拇指那样,装出令人迷惑的样子。乌鸦魔法师,谢谢你,感谢你一千次。”

“难怪耶稣要哭泣!”乌鸦魔法师大声说道。他仿佛是在对自己说话,语气明显充满了沮丧。

“你为什么要说耶稣要哭泣?”塔基里卡真的被乌鸦魔法师搞糊涂了。现在他开始去联想《圣经》了。

“因为他告诉他们很多事情,尽管他们有耳朵,但他们还是听不进去。他让他们看很多东西,尽管他们有眼睛,但他们还是看不见。”

他甚至还会在仪式里用到《圣经》,所以他的魔法才会如此强大,塔基里卡这样想着。只要他用心去做,就没有什么他做不到的。

“所以人们才会说,上帝只会帮助愿意自助的人。”乌鸦魔法师说。

“乌鸦魔法师先生,我要怎么样自助,你才能帮助我?”塔基里卡鼓励道。

“再一次,审视你的内心。看看你心里到底都有些什么。”

“怎么做?”

这个人只关心自己,乌鸦魔法师想。他只能看到听到他想看到、听到的东西。乌鸦魔法师,卡梅特·瓦·卡雷麦雷,感到愤怒,非常愤怒。

他没有忘记在埃尔代里斯现代建筑和房地产公司塔基里卡是如何羞辱他的。闲暇的时候,那段记忆也会像洪水一般淹没他。他从来没想到,一个人可以对另一个人那样恶毒和怨恨。很早之前,卡梅特就决定放弃复仇,因为这样做无异于让自己变得跟塔基里卡一样。不要同傻瓜争论,老话说,因为人们会看不到你们的差距。

可是现在,他决定唤起这个人的记忆,提醒他他们第一次相遇的情景,看看塔基里卡是否会表露出任何愧疚。像他这样的人,那么以自我为中心,需要有人直截了当地告诉他一些事情,模棱两可是行不通的。

"你想听一个故事吗?"他问塔基里卡。

"想。"塔基里卡赶紧回答,"我很乐意听,如果故事能帮你把我救出这个牢房的话。"

"我不知道能不能帮你走出这个牢房,但如果你非常仔细地听这个故事,它可能会帮助你走出一个比现在这个用石头和钢铁盖成的牢房还要大的监牢。"

"我懂。我知道这是你来这里的原因。我知道你绝不会允许我在这间牢房里腐烂。所以,请赶紧讲你的故事,现在就开始,我保证我不会打扰你,我连咳都不会咳一声。"

14

你听说过《摩诃婆罗多》《罗摩衍那》或者《博伽梵歌》吗?这三部,或者说两部吧,因为《薄伽梵歌》其实是《摩诃婆罗多》里的一个章节,他们是印度人在宗教、文化、历史和哲学方面的主要经书。它们都是用梵语写的,梵语是印度古代的语言,尽管现在,就像拉丁语、古希腊语、吉兹语和塞巴语一样,这门语言已经死了。

《摩诃婆罗多》讲的是库茹人和潘达瓦人之间的战争。他们是同一个家族的两个分支。阿里伍阿那,潘达瓦人的英雄,是一个神箭手,据说可以一箭射中月亮上的猎物。但是,阿里伍阿那和老师德罗那听说另一名弓箭手埃卡莱瓦恩的技艺远远超过了阿里伍阿那。只要狗一张嘴,他就能连射七支箭射进它的嘴里,根本不给它喊叫的机会。埃卡莱瓦恩是自学成才,却是在德罗那的雕像下面,他把德罗那当作榜样来激励自己。尽管如此,埃卡莱瓦恩还是对外声称德罗那是他的老师。印度法则规定,学生必须回报自己的老师,以表达感激。虽然德罗那根本没有教过埃卡莱瓦恩,他还是要求得到回报。随便你要什么,埃卡莱瓦恩说。那么就把你的大拇指给我。他们把埃卡莱瓦恩的拇指剁掉。你看到这种羞辱和残忍了吗?德罗那不肯教埃卡莱瓦恩,因为他是穷人家的孩子,等他凭借自己的天赋和努力,成了优秀的人之后,德罗那又夺取了他的能力,这样富人家的孩子就没有了竞争对手。埃卡莱瓦恩被迫处于劣势,从而成就了阿里伍阿那的优越地位。

你觉得这只是古印度的一个故事吗?这也是我们这个时代的故事。通过房地产生意、买和卖、发展和销售、监督建造和获得报酬,富人得到财富。为了公平起见,富人非常周到地在外面挂一块标识牌,清楚地声明这里没有空闲的岗位。但你知道怎么回事的啊!需求,就好像爱情一样,是盲目的!飞累了的鸟儿,他们说,总得找个地方落脚。所以,有一天晚上,一个正在找工作的陌生人敲响了那个富人的办公室。尽管快下班了,富人还是同意给陌生人做个面试。他详细地查看了求职者的简历,问了他很多问题。但你觉得富人接下来会怎么做呢?请跟我来,他对陌生人说,这样我可以给你做一个恰当的面试。富人带着陌生人走到门边,让他读一遍标识牌上的字,考考他的阅读和理解能力。现在,在我继续之前,我想声明,没有人会因为没有空闲岗位而责怪雇主。但你好好想想然后告诉我:一个人要怎么才能在羞辱一个已经觉得羞辱的人身上找到乐趣啊?告诉我,塔基里卡,为什么要把自己的快乐建立在痛苦的呼喊之上?如果别人因你被困囹圄而幸灾乐祸,你是什么样的感受?

你为什么要那么做,塔基里卡?我做了什么对不起你的事吗?我只是想要一份工作而已。

15

这番揭示让塔基里卡遭受了重大的打击,那么突如其来,又似乎无可避免。他想起来了,虽然乌鸦魔法师还没有确认,但他也知道,那个陌生人和乌鸦魔法师就是同一个人。所以这就是为什么,在上次占卜及治疗他的白种病时,他有那种似曾相识的感觉。但是那时候,他以为这只是白种病的副作用,是一种幻觉,因此忽略过去。现在才知道,原来如此!塔基里卡从没听说过什么死掉的语言,他以为乌鸦魔法师说的是死人们说的语言。这个魔法师通晓非洲、印度乃至世界的死掉的巫师的秘密。面对这一切,他觉得一阵前所未有的恐慌攫住了自己。有那么一会儿,他待在角落里,一动不动,但脑子却飞快而狂躁地转着,凶险甚至更加凶险的画面一幅一幅地闪过。但是,令人难以置信的是,他觉得这番话仿佛投下一束光,照亮了曾经的谜团。

这个魔法师肯定就是我所有麻烦的源头!他肯定是在我办公室门外施下了咒语,所以才会有排队狂热。在他被我从埃尔代里斯现代建筑和房地产公司赶走的一两天之后,队伍才开始排起来。是他,把我的舌头打了结。是他,给温吉尼娅和尼娅薇拉下了咒,让她们背叛我。他根本不是在找工作,而是在找一个场合可以发泄因为嫉妒而生出的恶意。而我,一个无辜的人,落入了他的圈套,给了他报复的理由。他甚至还偷了我的钱。

“我给了你三大袋子钱。”塔基里卡指望这么说能让他平静下来,抚平他的愤怒。

“你的钱散发着邪恶的臭味。你可以拿回去。我把它藏在草地里了。”乌鸦魔法师说。让塔基里卡惊愕的是,他甚至还描述了藏钱的地点。

那么,现在,他还是被敌人派来的吗?半夜三更的时候把他送进来,用故事给我下圈套,再用藏钱的事来骗我?他知道只有一个敌人具备这样的权势和机会。

西吉奥库的话萦绕在他耳边:“仔细想想……”他最后说了这些话,接下来就发生了什么?乌鸦魔法师神秘地出现在这个牢房。是这个魔法师最先诊断出他想要变成白种人的愿望。现在,又是这个魔法师被西吉奥库派来对付他,对付他这一次,并且永远解决他。这一切都是西吉奥库的把戏,事先就说出来了,用那么阴暗的方式。这个魔法师肯定会先从切掉我的手指头开始。他可能昨天晚上就想杀了我,只是我一直醒着。

他呆立在角落里,感到死神披着人皮慢慢地走向自己,他却一动不能动,什么也做不了。此时此刻,塔基里卡拿定主意,不管接下来发生什么,他都绝对不会再跟这个在印度读过书、刽子手一样的魔法师在同一个牢房里共度一晚。他的办公室和家里已经被他下了诅咒,所以麻烦才会一个接一个地砸在他身上,就好像冰雹一样。

虽然他的战略是为了逃脱死神,但他的战术却是,让乌鸦魔法师继续跟他对话,好让自己想出逃生之法。

明确了战略和战术,他稍微平静了一点,尽管他脑子里有各种想法和画面,但说出来的话却没有流露出任何恐惧或焦虑。

“我不是想伤害你。我向你保证,那个面试只是男人跟男人之间的一个小玩笑。实际上,我想让你也笑一笑。我不想让你因为没得到工作而太难过。”

“难道你不觉得开这种玩笑之前应该三思吗?这样的幽默会害死人。”

死?他终于露出真面目了。巫术和“政术”联手起来对付我。多么强大的结合!魔法师已经跟死人聊了一千多年了。他读过印度和希腊从古到今所有巫师手册。不管我是不是在监狱里面,都逃不过乌鸦魔法师那洞穿一切的眼睛,还有尽在掌握的魔力。我已经走投无路了。

他没有希望了。他沮丧至极。突然,一道阳光照进他的心:既然乌鸦魔法师可以从任何地方看到任何想看的东西,为什么西吉奥库老兄还把他送到监狱里来?说明西吉奥库现在还不想让我死,塔基里卡对自己说,心里又升起几分希望。西吉奥库迫切地想跟我做一笔交易。他想让我活着,当然,如果我不肯做或者做不到他想让我做的……不过我为什么要拒绝呢?我现在连他想要我做什么都不知道。

塔基里卡觉得自己的确看到了希望:对他来说,在西吉奥库手里,比在乌鸦魔法师的目光里要安全得多。西吉奥库更像是他的同类:他们有很多共同语言,欺骗和逃避。他,塔基里卡,将弯腰、下跪、匍匐着乞求西吉奥库的怜悯。总而言之,欺骗西吉奥库比欺骗乌鸦魔法师容易多了。塔基里卡会编造故事,把排队狂热的源头怪在别人头上。为什么不怪在他的妻子头上呢？对了,他可以把这一切归罪于诡计多端的温吉尼娅。多么聪明啊,他想,他自我感觉十分良好。这样一来,他可以一箭三雕:可以报复温吉尼娅,谁叫她跟那些跳舞的女人搞在一起呢,趁他不在的时候,她们肯定玩得欢呢;可以让自己免遭乌鸦魔法师的毒手;还有,最重要的是,不会丢掉手指头和性命。

很快,关于西吉奥库有多危险,无论他有过哪些疑问,现在都消失了。乌鸦魔法师对他的心灵和身体都造成了最直接的威胁,唯一能救他的,就只有西吉奥库。塔基里卡不肯等到晚上。他需要即刻就逃离魔法,寻求国家的保护。但他要怎么做才能不激怒他的敌人呢？无计可施,他觉得。他绝望地坐在那里,等死。他惋惜自己现在不能痛打温吉尼娅一顿。想到这里,他又想起她经常去教堂经常祈祷,他也开始嘟囔着祈祷。他的祈祷几乎是立即就有了回应,不过却是以他绝对想不到的方式。

就在那时,两个看守突然打开了门。他们通常是来收拾便桶的,这一次已经七天没来了。塔基里卡想都没想,凭借自我保护的本能,在看守们还没碰到便桶的时候,从他待着的角落里冲了出来,抓住了便桶。他威胁看守们,如果他们敢动一步,就把这攒了七天的屎和尿都泼在他们身上。他们呆住了,塔基里卡摇晃着身子,站在他们和大门之间。

乌鸦魔法师也大吃一惊,以为塔基里卡精神错乱了。的确,在他们的对话中,塔基里卡看上去似乎没有任何反应。几个星期的关押隔离和刑讯可不是闹着玩的,他想。但当塔基里卡开口说话,乌鸦魔法师才意识到是怎么回事,他想笑却又忍住了,还是做一个超脱的旁观者吧。

“听我说,”塔基里卡对监狱看守说,“把我从这个巫医身边带走。带我去见西尔弗·西吉奥库，统治者办公厅的部长先生。给我铐上手铐。或者把手铐给我，我自己戴上，好让你们知道我不会逃走。如果你们没做到我说的，或者我看到你们俩谁有任何反抗的意思，我就会把这个便桶里的东西全都泼到你们头上。在过去的三天里，我已经开始便血、尿血。死亡的病毒正在折磨我。”

听到那毁灭性的病毒，这两个看守仿佛闻到了空气中死亡的气味，他们开始乞求。他们向塔基里卡保证，他们绝对没有反抗他的意思，从他们个人来说，从他们的角色来说，也绝不会愿意跟一个巫医住在同一个屋檐下。所以你看，我们跟你是一边的，我们会把你带到你想去的任何地方。他们把手铐扔给他，他把手铐戴在自己的手腕上。他们让他同意由他们来拿那个便桶，但他不肯。那是他自己的屎，是他的武器，他说。看守们倒是松了一口气，巴不得不去碰他那些感染了死亡病毒的屎尿。但是让他们更加焦虑的是，他们现在要看这个疯癫的囚犯的脸色行事。他们跟着他，他让他们一定要锁好身后的门。他不想让乌鸦魔法师逃走。

乌鸦魔法师冷眼看着这疯狂的场面，觉得既可怜又可悲。与此同时，他还想笑：他那番话居然逼得塔基里卡拎着自己的粪便，至少暂时是这样。

牢房外，塔基里卡命令看守们在前面带路，并且再一次警告他们别做傻事。他紧紧跟在他们后面，两条腿中间还摇摇晃晃地挂着一桶他自己的粪便。

消息迅速传遍了整个监狱。守卫军们飞快地武装起来。警方也赶到了现场。但是离塔基里卡不到一步远的看守们不断大喊：别动他。他控制了局面。他戴着手铐。别激怒他。他的屎有死亡病毒。

就这样，他们一直往前走，周围枪支林立，直到来到埃尔代里斯监狱最高长官的办公室门口。监狱长，荷枪实弹的看守，还有警方，都惧怕这个传说中携带死亡病毒的囚犯。他们知道，他戴着手铐，所以他们不必采取任何可能恶化事态的行动。当被问到想要什么的时候，塔基里卡依旧坚持自己只有一个要求：他必须被带到西吉奥库面前。

监狱长给西吉奥库打电话：这里有一个囚犯用一桶屎控制了整个监狱。他要求见你。我们该怎么处理他？

16

什么？塔基里卡是不是彻底疯了？听到这个消息，西吉奥库的第一反应就是这样。统治者马上就要回来了，现在他最不需要的就是再有什么事情让他神经更加紧张。但是，这个局面的荒谬程度让他震惊不已：塔基里卡控制了一个全副武装的监狱，他的武器只有一桶屎？西吉奥库突然大笑起来。这短暂地缓解了他各种负担下的沉重心情。但是，他越是琢磨，这件事就越不好笑。通天塔的主席拎着一桶屎追着统治者的武装部队到处跑，要是让媒体知道了怎么办？万一他们把这照片跟统治者归来的照片——统治者从美国为通天塔带回大桶大桶的美金，身边围绕着迎接的舞者和外交官们——放在一起呢？他甚至想象了标题："统治者为通天塔带回了大桶大桶的美元，通天塔的主席拎着一桶屎对军队发号施令"。多可怕！立刻解下他的手铐，他命令，让他交出便桶。西吉奥库不相信监狱长有足够的判断力处理此事——那个人根本都不知道那个牢房里的两个囚犯都是什么身份——他派自己的亲信，以利亚·恩卓亚和皮特·卡西加，去现场主导谈判。

塔基里卡坚持，只有见到部长之后，才会交出便桶。途中，他甚至掌握了发言权。卡西加坐在驾驶位上,恩卓亚坐他旁边。塔基里卡独自坐在后座,这个配置对大家来说都很合适。塔基里卡可以随时盯着警官们,时刻准备着,一旦他们碰他,就朝他们泼屎。警察们也免于坐在便桶旁边了。

到了西吉奥库的办公室之后,为了不引人注意,恩卓亚和卡西加把他从后面带进去。

西吉奥库示意恩卓亚和卡西加出去,跟另外两个警察在外间等着。塔基里卡和西吉奥库打量着彼此。

17

西吉奥库看着塔基里卡,他看到的是一头受伤的困兽。塔基里卡的神情如此凶狠,西吉奥库绞尽脑汁想让他放松下来。他想开个玩笑缓解一下紧张的气氛。

“嗨,你好啊,你怎么了? 为什么警察要找你麻烦? 他们让你做什么?”西吉奥库用Sheng语说。

“我才不在意你那过时的Sheng语。”塔基里卡猛地大喊,觉得西吉奥库不把他当回事,“你和我都不是孩子了。我不是来这里跟你玩过家家的。”

“我只是在欢迎你,塔基里卡先生,”西吉奥库赶紧说,他的Sheng语就这么被断然拒绝,他有点失望,“你和这些警察之间发生什么不开心的事了?”西吉奥库问,仿佛自己跟这一切毫无关系。

“没事。”塔基里卡继续,“我想跟你来场男人对男人的谈话。”

“好的! 不过首先我们把你的手铐解下,也请你放下那个便桶。让我的人带出去。它臭遍了整栋大楼。”

“我为什么要相信你会处理好我的大便?”

“我说话算数。”

“当着你的一两个警官发誓,不管我们谈话结果如何,你都绝对不会再把我跟乌鸦魔法师关在同一间牢房里。”

“就这样?”西吉奥库问,完全被这个要求震惊了。

“现在是这样!”塔基里卡说,“剩下的就是你跟我之间的事。”

虽然这个巫师的不配合让他生气,但西吉奥库也不打算再关他一天。只要乌鸦魔法师一用巫术确定了尼娅薇拉的位置,西吉奥库就会放了他。实际上,西吉奥库想的是,如果把这两个人关在一起一个晚上,塔基里卡被用刑的事就会吓坏了乌鸦魔法师,让他在他们第二天的会面之前就乱了心神。一种策略而已。

“你跟乌鸦魔法师之间又怎么了?”西吉奥库问,放松的同时又有些好奇。

“你知道跟一个从死人那里学会巫术、说起话来跟死人一个腔调的人住在同一个屋檐下,意味着什么吗?你到底要不要在警察面前发誓?”

策略怎么会变成这样,塔基里卡难道真是白痴吗?

“好吧!”西吉奥库想安慰他一下,因为,的确,他这个部长也不知道塔基里卡要说什么。或许在刑讯之下,这个人已经疯了。他要怎么对待一个疯掉的通天塔主席呢?他要怎么解释这一切?他决定顺着塔基里卡那古怪的要求,喊来了恩卓亚和卡西加。

恩卓亚和卡西加以为他们的老大在求救,他们冲了进来,后面还跟着另外两个警察,他们的武器都掏出来了。

“快放下枪。”西吉奥库赶紧对他们说,“这位先生跟我是老朋友了。实际上,我只需要你们两个人,不过要是你们都在这里可能会更好,因为我想你们所有人见证一下我接下来要说的。你们绝对不能再把他跟那个随便叫什么的巫医关在同一间屋子里。如果有谁敢破坏我的规矩,就会在没有通知的情况下丢掉工作。此外,这位先生不是囚犯。他是在保护性的监管之下,因为他正在协助政府调查一些跟国家安全相关的事务。这样可以了吗,我的朋友?"西吉奥库问他。

"可以了。"塔基里卡说,仿佛卸下了心头的千斤重担,但他看上去依旧有些茫然,他的声音还在颤抖。

"把手铐解下。"西吉奥库命令卡西加。

塔基里卡向前走了一步,可是,就在他想把便桶放在桌上,更好地腾出手来让他们解手铐时,他突然被椅子绊了一下摔倒了,便桶里的东西洒满了整间办公室。有些还溅到了西吉奥库的脸上和衣服上;还有些溅在卡西加、恩卓亚和另外两个警察身上,甚至有一些还溅在桌上的统治者画像上面。他们以为塔基里卡终于做了他口头上威胁了一整天的事情。恩卓亚和卡西加跑回到外间,藏在门后面,避免沾上更多污秽。另两个警察跳上跳下,号叫着,死亡病毒!

"屎!"西吉奥库晃着自己脏兮兮的耳朵大声吼道。他一边朝里屋跑去,一边喊:"这个白痴真该被子弹射穿!"

塔基里卡听到"被子弹射穿"几个字,以为西吉奥库已经下了命令立即执行。

塔基里卡趴在地上,浑身沾满了自己的屎和尿,苦苦哀求道:"别杀我。我求求你们,别杀我。我撒谎了。我没有什么死亡病毒。"

另外两个警察长长地松了一口气,感激地把他扶起来,解掉了他的手铐,并且拿走了便桶。

等他们回来的时候,塔基里卡仿佛觉得头顶的乌云飘走了一般,好像突然从高烧引起的精神错乱中醒来。他也觉得有点傻了,不知道接下来要怎么办。他该做些什么?用自己脏兮兮的衬衫擦擦脸?恩卓亚和卡西加回来了,身后跟着那两个警察,他们咬牙切齿地发誓:我们把他扔回审讯室,给他点颜色看看。里屋的西吉奥库听了,警告他们赶紧住手,接着命令那两个警察去拿肥皂和水,在恩卓亚和卡西加的监督下收拾好这一团糟。

“收拾完之后,回外间等着下一步的命令。还有你,”他说着转过身对塔基里卡,“跟我来。”

还没走到里屋的时候,西吉奥库突然想起来统治者的画像。他冲到桌前,开始擦拭它。

“那边的洗手间里有个洗手盆。”西吉奥库指着一扇门对塔基里卡说,“进去洗洗。我恐怕没有多余的衣服在这里了。”

就连西吉奥库也没有换上干净的衣服。当然,衬衫上的脏东西他已经努力擦掉了,但污点却依旧留了下来。现在,他开始对付统治者的画像,想要擦掉上面的污点,但每当他觉得已经擦干净的时候,又会有其他的冒出来,好像画像里边都脏了一样。最后,他放弃了,用一条毛巾盖住画像。塔基里卡发现他正对着空中喷香水,想要净化空气,可是再多的香水也赶不走统治者那些办公室内的臭味儿。

“没用。”西吉奥库说着把香水瓶放在桌子上,在椅子上坐了下来。然后他指着另一把椅子让塔基里卡坐下,这下他们又像刚才在外面办公室那样面对面了,只不过这次,他们中间只隔着一张咖啡桌。

“塔基里卡先生,你今天的所作所为,相当于挟持人质,无论是在我们本国的法律,还是国际的法律,都是犯罪。而且我必须告诉你:要不是你戴着手铐,他们真的会开枪杀死你。让我来给你一点建议吧。别再玩火了,我真的希望上帝保佑,让你用尿尿来对付武装部队的理由,真的足以抵挡整个国家的怒火。把你想说的都说出来。我要警告你,我再也不想被你愚弄。别再耍花样。首先:你跟乌鸦魔法师之间发生了什么事?还是我应该把他也叫来,听听他怎么说的,然后你们两个可以在我面前一争对错?”

18

听西吉奥库提到乌鸦魔法师,还有乌鸦魔法师可能会出现在这个办公室,塔基里卡又被那种恐惧刺激到了,正是因为这种恐惧,他才要求来见西吉奥库。他是不是彻底逃不出这个魔法师的魔掌了?他们的命运难道被绑在一起了吗?没准乌鸦魔法师已经用印度特质的药水诅咒了他。塔基里卡的脑海里再一次出现了长成乌鸦魔法师样子的死神慢慢地无情地靠近他,好像发条一样。现在,死神可能无处不在,甚至就在外面。塔基里卡又感受到了那种慢慢吞食他的无助感。他跳了起来,绕过桌子,跪下来,抓过惊呆了的西吉奥库的双腿,可怜兮兮地抱住。

“求你了,我求求你。让乌鸦魔法师给我解除昨晚他给我下的死咒吧。这不就是你把他派到我身边来的原因吗?他的魔法非常强大。从他治好我的病的那天,我就知道这一点。但那时候我还不知道他是从死人那里得到的那些秘术。如果你让乌鸦魔法师为我解除死咒,我发誓,你让我做什么说什么,我都照做。救救我。撤回杀死我的命令。求你了。”

西吉奥库被塔基里卡这突如其来的拥抱惊呆了,一回过神来,他就开始捋清眼前这一切。所以,塔基里卡以为,这个巫师和我是一伙的,是我派这个巫师到他的牢房里,给他下了一个死咒?他怎么会这样想？他不打算澄清这个误会，因为它对他的目的非常有利。乌鸦魔法师已经变成了一个秘密盟友，做到了刑讯做不到的事情：让塔基里卡合作。

“塔基里卡先生，你能先回到你的座位上再告诉我你在想什么吗？”

“不，你得先让他解除那邪恶的魔咒。”

“乌鸦魔法师是怎么跟你说的？”

“不是他说了什么的问题。我很容易就弄清楚了，是你派他来，命令他杀死我。我回想起那天我们的谈话，还有我们的会面是如何结束的。你让我仔细考虑的那三个字，不就是我第一次找他看病时说的那些吗？你没忘了我们的谈话，半夜三更的时候把他偷偷塞到我的牢房。如果不是想让他伤害我，你为什么要摸黑送他进来？西吉奥库先生，我不是一个傻瓜。我完全知道你真正想要的是什么。你想让他把失语症塞回我的身体。说不出来的思绪，就好像没有了出口的蒸汽。你想让我溺死在我自己的思绪里，或者在它们的压力下爆炸。如果这些都失败了，他就会剁下我的大拇指。乌鸦魔法师甚至跟我坦白了。”

“跟你坦白了？坦白了什么？”

“是他引发的排队狂热。”

“他这么跟你说的？”

“他没有直说。但昨天晚上，他提醒我，我去他的圣地那一次，并不是第一次跟他见面。不久前，我曾在我办公室的大门口挂了一个标识牌，写的是‘没有空缺职位’，为的是不让那些求职者来烦我。所以，每当有求职者没看到那块牌子，误入了我的办公室，我就会要他们去外面，读一下牌子上面写的：没有空缺职位。但是，乌鸦魔法师让我做了一件我从没做过的事情。他让我陪他走到牌子跟前,在他读牌子的时候站在他身边。一天之后,我就得了那种病;然后,在乌鸦魔法师站过的地方就排起了队。这一切难道都只是巧合吗?”塔基里卡问,他晃动着西吉奥库的双腿,仿佛在向它们讨要答案,“我还需要什么别的证据,才能说明他才是排队狂热的元凶吗?问题是:是谁派他来到我的办公室,又是为了什么?或者难道要我相信,如果不是另有所图,这样一个在巫术方面顾客盈门的人会不小心误入了我的办公室,找我要一份自己并不需要的工作?很明显,他是被别人派来的,用苦难折磨我,就好像撒旦曾经对约伯那样,不过,跟约伯不一样的是,我没有机会反抗他的诡计。给他工作,就相当于给了他充裕的机会,诅咒我的事业。我的生意可能会慢慢毁掉。那样一来,我就不适合再继续当通天塔的主席了。而如果我不给他工作,就好像我实际做的那样,他就会报复我,跟他实际做的那样,先是让我得病,接着开始制造排队狂热。还有两个问题:我去他的圣地时,他从来没有提过,哪怕是最轻微的暗示,无论是语气还是姿态,我们曾经见过,那么,为什么现在他要这样做呢,在你把他送到我的牢房之后?部长先生,如果不是你派他去制造排队狂热,那么又会是谁呢?还有谁会想摧毁我,想撤掉我这个通天塔的主席呢?”

“塔基里卡先生,你说的这些非常有趣,除了你有点把事情搞混了之外。比方说,你觉得,是我制造或派别人制造了排队狂热。我们再细检查一遍你的推理吧。从到目前为止你跟我说的来看,我理解的是,你认为,乌鸦魔法师是在执行某个任务,有人派他制造了排队狂热。或者,换句话说,你似乎是在说,有人故意引发了排队狂热?请回到你的座位,好让我们说清楚这件事。”

“我们先说要紧的事。让他解除我的死咒。”

在这个过程中,西吉奥库无数次地想要推开塔基里卡,但是每次他这样做的时候，塔基里卡就会更紧地抱住他的腿。现在他又尝试了一次，还是徒劳无功，他终于意识到，除非得到某种保证，塔基里卡是绝对不会坐回去的。西吉奥库决定演一出戏。他拿起电话，打给外屋，警察们在那里等候，他要见卡西加。卡西加走进来的时候，看到这个场面，立马就掏出了枪。然而，西吉奥库眨了眨眼，示意他把枪收起来。卡西加有点想笑，却也只能忍住；他只是站在那里，等着上司的进一步指示。

"我想让你去见乌鸦魔法师，问清楚他对塔基里卡到底说了什么。告诉他，我对塔基里卡没那么生气了，不像派他去牢房时那么生气了。所以，现在我命令他，解除施加给塔基里卡的所有诅咒。如果他不立即照做，你就开枪打死这个混蛋。就地执行。没得商量。"

西吉奥库碰了碰自己的耳朵，左右轻轻晃了晃，示意卡西加这只是一出戏。

出去后，卡西加开始暗暗发笑；这个塔基里卡就是胡闹，先是抱着他的那桶屎，现在又下跪捧着西吉奥库的腿。

塔基里卡放开西吉奥库的腿，回到自己的座位上。

"谢谢你，勇敢的部长。"塔基里卡说。

"不值一提，就像英语里说的。"西吉奥库说，"不过让我们回到我们的事吧。刚才我是听见你说，这个巫师曾经去你的办公室，假装在找工作吗？"

"是的。"

"还有尼娅薇拉，那时候她还是你的秘书吗？"

"是的。"

"几天之后，还是这个尼娅薇拉带你去了这个巫师的圣地？"

"对。尼娅薇拉和我的妻子，温吉尼娅。"

“尼娅薇拉和这个乌鸦魔法师,他们互相认识吗?”

“不认识。没什么能说明他们认识的,无论是他来我这里找工作,还是我去他那里看病。”

“但你也不能肯定地说,他们就一定不认识彼此吧?”

“那倒是。”

“后来你从没听尼娅薇拉说起过他的名字?”

“对。”

“那你能完全肯定地说,是别人派这个巫师到你的办公室去找工作的?而这个别人,他的真实目的是为了制造排队狂热?”

“是的,当我把事情拼在一起时,似乎是这样的。”

西吉奥库停了下来,仿佛在思考塔基里卡的话。他内心涌起一种恶毒的快意,却不想表露出来。西吉奥库终于认清了塔基里卡就是自己想让他成为的那种人:一个不断乞求宽恕和原谅的可怜虫。他们已经掌握了许多点,虽然还没有把它们串起来。尼娅薇拉和乌鸦魔法师之间到底有什么样的关联,如果有的话?为什么乌鸦魔法师要假装去找工作?这一切还需要更多的调查。最令他高兴的是,塔基里卡终于同意,那些队伍不是凭空而起的,而是某人有预谋地制造的。幕后黑手必须被揪出来。

“塔基里卡先生,听我说。我不会骗你。你惹上大麻烦了。但我会帮你的。我们先在某些事情上达成一致。你并不否认排队狂热是从你的办公室外开始的?”

“你说得对。”

“现在,你确定地,毫无疑问地说,你认为,甚至是深思熟虑之后认为,这整个事情都是一个阴谋?有人在幕后操纵?”

“是的。”

“现在,你知道,这个人不是我,也不是你。我们还知道,这个人也不是乌鸦魔法师，因为你承认他只是个送信者。我们担心的是这个幕后黑手的真正身份。这就是为什么统治者专门成立了一个调查委员会，任命卡尼欧若当主席。所以你也明白了，当你拒绝遵照传票的时候，不管出于什么原因，你实际上违背的是统治者。你懂我的意思了吗？"

"好的。帮帮我吧，求你了。不管怎样，一定不要让统治者听到这件事。"

"上帝只会帮助自助者。我们应该很快弄清楚，还要多久你才能准备好帮助你自己。从我这边来说，我可以肯定的是，你在这间办公室招供的东西将被送到调查委员会留档。这会让你看上去像是真的遵守了传票传唤，亲自并且自愿地接受了调查，或者说你已经有了一份书面的口供。你抗拒合法传票、违背法律、挑战统治者权威的罪行将不会被记录在案。为了报答我的帮助，你要发誓，你绝不会向任何人提起你曾经被逮捕关押或者坐过牢房。所有关于托马斯和笛卡尔的谈话必须结束。"

"谢谢你，西吉奥库先生，谢谢。"塔基里卡说，"别担心这些那些宗派。我不属于它们任何一个。"

"好吧！我们继续，看看是否可以查出这个罪犯的身份。你已经说了，你觉得，那个魔法师去找工作，跟你的失语病之间是有关联的。在这两者之中，乌鸦魔法师都是受人指使的，所以，我们可以推论，暗中让他找工作的人，和让你得病的人，是同一个。现在，告诉我，你有没有想办法解决那三个字的谜题？你有没有弄清究竟是谁传染给你白种病病毒？"

"谁都有可能传染这种病。"塔基里卡说，他没有意识到自己正在重复他曾经跟乌鸦魔法师有过的部分对话，"我并不是唯一一个可能遭受过这种病毒折磨的人。"

“简而言之,你的意思是,是别人传染给你这种病?”

“没准儿。”

“别说什么没准。你怀疑谁?朋友?或许是你的朋友马乔卡利?”西吉奥库问,不得不说出这个名字,他还是觉得有点不安。

“有可能。问题是,如果你跟着我的论断说下去,那个人也有可能是你。”

“别把我扯进去,塔基里卡!你想说的是,是马乔卡利把这种病毒传给了你。你还怀疑这一点吗?”

“我怎么能怀疑任何事?你告诉我要忘掉托马斯和笛卡尔的。”

“我还在想办法弄清,还有谁有可能传染这种病毒给我。现在我对此事的理解是,我们越是爬到这个圆圈的上方,就越容易受到攻击,我们会变成白种病毒的携带者和接受者。所以你知道,就连你,部长先生……”

“塔基里卡先生,我本来真的以为你是在认真地帮助我们,现在看来,你还是在耍花招。”西吉奥库冷冰冰地说。

“对不起,部长先生,我只是拿你举个例子而已。我想说的是,同我有过来往、级别又明显比我高的人,就只有马乔卡利,可能……”

“……你听他说起过‘如果’?”西吉奥库替他补充完整。

“对,”塔基里卡说,“或者,也可能……”

“……你听他说起过往上爬,有一天他能成为,比如说,总统?”

“他没有直接说过。但是,他毕竟是一个政客,也不是完全不可能有那么一次两次他设想过,如果这件事情发生了,那么那件也可能会发生,或者,如果是他……”

“……坐上了这个国家的最高位置?”

“对。差不多吧。可是,难道会有不曾怀抱这些梦想的政客吗?”

“塔基里卡先生,你知道你现在说的事情有多严重吗?你知道在统治者还在世的时候,希望或者梦想着变成总统是违法的吗?实际上,这是叛国罪,你知道吗?”

“是的。你可以这么说。”

“我们先说清楚,你有那些想法、愿望或者梦想吗?”

“我,阿布瑞里亚的统治者?哦,不,没有!即便是议员席位,或者内阁席位,我也没有野心。我人生的主要以及唯一兴趣就是挣钱。给我一个好买卖,你会看到一个心满意足的人。”

“我相信你。”西吉奥库说,仿佛在祝贺他缺乏政治野心,“你热爱财富,这一点已经得到印证了,毕竟你是在认识到如果变成一个白种人,你将穷困潦倒之后,你的白种病才得以痊愈的。”

“说得对。口袋里硬币丁零作响的声音实在是美妙的音乐。至于政治天地,还是留给你们这些部长……”

“听着,塔基里卡,我们两个不要像两头公牛一样,转圈圈,不肯下场。我才是这里唯一的公牛。所以,我们别再避而不谈。直接说重点。你想说的是,马乔卡利曾经说过一些类似……”

“如果他拥有更多权力。就像所有的政客一样,是的。我们刚才不就是在说这个吗?”

“你是说你刚才说的!”

“他可能表达过想要升得更高,就像所有的政客那样。”

“可我们说的并不是所有政客,是吗?”

“我同意。我们说的是单数,而不是复数。”

“现在你的语法用对了。你也赞同,在同一时期,两个人不可能占据同一职位?"

"说得对。"

"所以,当一个政客觊觎另一个的职位时,他只能说:我希望这个敌人被大地吞没!我希望他会消失,或者被弄得消失。"

"就是你说的这样!"

"不是我说的,而是你说的。塔基里卡先生,你现在所说的一切,对这个国家的安全和福祉来说至关重要。你愿意把你说的写下来,或者在调查委员会面前重复一遍吗?"

"好的。"塔基里卡说,但他并不知道自己究竟要重复些什么。

"现在我们总结一下,然后我们一致同意,刚才你对我说的一切,完全是自愿的、自由的,没有任何人强迫你。等你在恩卓亚和卡西加面前写下你的供词时,你不会偏离这份总结。以下是你对我说:在不同的时间,不同的场合,你听过马乔卡利表达过他对这个国家更高职位的渴求,经常是以这样的假设条件开头:如果统治者不在了……当你回想到他这些话,还有背后的含义时,你感到非常震惊并且极度痛苦,你的喉咙在反抗,并且拒绝回应这些想法。当你从失语症中恢复之后,你试图掩藏这个真实原因,你说你只想表达想成为一个白种人的愿望。白种病。但我们都知道'白人'这个词代表着什么。此外,这甚至不是你个人的愿望:对于那些比你聪明比你狡猾的人的所思所语,你感到反胃。其实你是在为你那特殊的朋友打掩护。即便你已经好了,马乔卡利还是让你继续装病,让这些想法继续活在你的脑海里,这样你就能继续当他的替代品。"

"你忘了说,他还不想让排队狂热结束,因为这些队伍对统治者来说非常重要。"

"你究竟交了一个什么朋友啊!所以,他说,是统治者需要这些队伍？他说是他引起的排队狂热？”

“他具体不是这样说的。”塔基里卡试图澄清。

“你似乎十分执着地维护你的朋友。”

“哦，不，不是。”

“那么你就不应该把统治者扯进来。马乔卡利告诉你，你应该继续装病，这样排队狂热才能得以继续，或者诸如此类的话。”

“说得对。”

“你发现了吗？你想说的是，他要求你继续装病，有两个目的：让队伍不断增多，等到人们厌倦的时候就会发生暴动；还有，为了满足自己得到这个国家最高职位的野心，把他的思想强加在你身上。我们再整理一下你的总结供词。你告诉我，在前往美国之前，马乔卡利曾经与你在火星咖啡馆密谈。也就是在那时候，你要求加入前往美国的代表团，因为你毕竟是通天塔的主席，但是马乔卡利拒绝了，甚至没有考虑过。他那么激烈地拒绝你，一开始让你感到惊讶，但很快就清楚了原因。因为，几分钟之后，他要求你在他离开的期间，成为他在阿布瑞里亚的眼睛和耳朵。简而言之，他想让你忠诚于他，成为他的情报网的核心。但是你，作为一个优秀而忠诚的公民，没有答应也没有拒绝，因为你不想让这样一个想法玷污了你的心灵。你非常清楚，只有统治者有权力运行这样一个情报网。现在你明白了他为什么要任命你为通天塔的主席。你会是他在这个项目里的替身或者代表，因为他或多或少地肯定，将来有一天，他自己会大权在握。随着时间的流逝，你越来越担心这件事情，你要求见我，因为我是一个对统治者政府忠诚而负责的人。”

塔基里卡开始透过西吉奥库的眼睛看待马乔卡利。通天塔终将落入马乔卡利之手，这个看法尤其正确，也让他大吃一惊。所以这就是为什么，明明是马乔卡利最先想出“生日礼物”这个点子，后来却假装是生日庆典委员会的委员们提出来的？这是个什么朋友啊，塔基里卡想着，惊叹着，仿佛第一次了解了真正的马乔卡利。马乔卡利甚至让他把西吉奥库当作敌人。在他最危难的时刻，他以为是朋友的那个人甚至连个电话都没有从美国打来，而他以为是敌人的那个人，却赶来救他。西吉奥库不仅有乌鸦魔法师撑腰，还有本事让塔基里卡承认不肯遵照传票的真实理由，而现在，更重要的是，他还开始为他着想。让自己的心臣服于他人，是多么平静啊，他发出解脱的叹息。塔基里卡感到精疲力竭，大脑和心灵被双重摧毁，被发生在他身上的一切打击得体无完肤，他觉得不光是这份总结解决了问题，还觉得西吉奥库好心地把原本压在他心上的重担接了过去。

“谢谢。你说出了我的心声。”塔基里卡说。

“不需要说什么感谢，这个那个的。我只是在做我该做的。另外，这是一件非常严重的事情，这个国家的安全，是所有热爱统治者和他的政绩的人的共同责任。今后，我将私下让统治者知道，他是多么幸运，拥有你这样的模范公民。现在，提图斯，仔细听好了。刚才你说，我说出了你的心声。这是谁的总结？它能代表你想要招认的一切吗，在可靠的政府见证人面前？”

“当然。”塔基里卡说，“这份总结就是我的原话。”

“我有没有用暴力威胁你，或者用其他任何形式引诱你，比方说酒水？”

“哦，没有，虽然现在我不介意喝上一杯。”

“一会儿再说，提图斯。先做正经事。然后再庆祝。现在，我想让你记牢这份总结。你将会做两份口供。第一份是关于排队狂热和马乔卡利之间的关联，从源头到进展。如果我是你，我不会把乌鸦魔法师去你办公室找工作这一段扯进去,因为没有证据证明马乔卡利和那个巫师之间有关系。你应该着重强调的是,马乔卡利坚持让你继续装病,好让队伍有机会增多、蔓延。这份特别的口供将会被送到排队狂热调查委员会的主席那里。另一份口供是关于马乔卡利的野心和你的病之间的关联。你要说明,你是如何在他的引诱下得病的。他想要获得这个国家的最高职位,授意你成立他自己的情报网。这份口供将会是最高机密、国家机密,只给统治者一个人看——好吧,还有我。”

听到他的口供将会是最高机密、国家机密,塔基里卡狂喜至极。他的脸一下就亮了,眼睛也在发光。

“还有一件事。你做这两份口供时,我将不会在你身边。我不想听到你说是我强迫了你。但一旦我知道你已经写好口供,并签了名,你就可以离开了。我向你保证,如果你的口供跟刚才总结的一样,统治者绝不会忘了你为国家所做的一切。你的未来是安全的,塔基里卡先生。他甚至还会考虑给你一个大臣的职位。可能不会是内阁的职位,而是稍微低一点的级别。”

“我,部长?这真是个不错的玩笑,不过,我从内心里感激你。”塔基里卡的声音透着感动。

“别那么说。”西吉奥库说,“这是我的荣幸。说到口供,我的人,恩卓亚和卡西加,就任你调遣了。你可以信任他们。他们是专业的‘编辑’和见证者。”

19

几个小时后,塔基里卡那非同一般的口供就被锁进了西吉奥库办公室的保险柜里。西吉奥库扯着自己的耳垂,看着保险柜,尽情地享受着超越敌人的喜悦。在那个保险柜里,他有太多的屎盆子可以扣在马乔卡利头上。

塔基里卡被带到西吉奥库面前。西吉奥库陪他走回内室。他倒了两杯苏格兰威士忌。

“提图斯,举杯,为了你的健康,干一杯。”

“干杯,十分感谢你,西尔弗。”塔基里卡说,他的脸红彤彤的,兴奋得不得了。

他们像最好的朋友一样碰杯饮酒,聊了一堆不相干的事情。

“我能猜猜等会儿一回到家你做的第一件事是什么吗?”西吉奥库说,“跳到你妻子身上。我能想象你有多想念那档子事。这就是你一直在想的。承认吧,提图斯。”

“你说得对。我是想着跳到她身上,不过不是你想的那种方式。”

“提图斯。跳到女人身上有很多方式吗?”西吉奥库笑着说,“或许我太保守了。我有三个妻子,更别提那几个情妇了,相信我,我从来没放弃过MP。”

“MP?”塔基里卡问,不知道议会成员跟妻子和情妇有什么关系。

“传教士体位。”西吉奥库笑着说。

“哦,我根本都没想这个。我想的是用鞭子抽她的身体。”

“你为什么会想刚回到家就做这件事呢?”

“因为她跟那些女人搞在一起。”他说。

“女人?你的妻子是那种女人?我以为你说……”

“如果只是跟其他女人滚床单,”塔基里卡说,“我会说那只是个人行为,是她自己的事。但是在公共场合下,坐在那里,让那些女人为她跳舞?那就是另外一件事了。要不是你那么好心给我看那些照片,我可能永远都不会知道真相。”

沉浸在胜利的喜悦之中,西吉奥库已经忘了那些照片的事了。不过现在,他想起了它们,变得警觉起来。如果塔基里卡打了温吉尼娅,或者因为那些照片跟她吵架,那么有可能在口供还没有扮演完应有的角色之前,真相就会泄露出来。

“顺便说一句,提图斯,我很高兴你提到那些照片,因为你提醒了我,在你回家之前,我还应该跟你说一件事。不过现在说了也好。等你到家了,千万别提这些照片,甚至别说起那些跳舞的女人们。我想让你听听温吉尼娅的故事,或者说,她的谎言。但是,在我们把这件事情的各个方面都调查清楚之前,你绝对不能碰她。”

“你是想说,没有你的允许,我不能打自己的老婆吗?”塔基里卡挑衅地问。

“我不是让你再也别打老婆。我怎么会要求你放弃这彰显阿布瑞里亚男人男子气概的权利?”

“好吧,暂时休战,但是……”塔基里卡说。

“我跟你说吧。我们设立一个专线。无论什么时候,只要你想打老婆了,你就给我打电话,我会告诉你时机是否成熟。”

“好吧!”塔基里卡很喜欢这个主意。

20

当天傍晚,西吉奥库派恩卓亚和卡西加带来了乌鸦魔法师。他已经取得了一次胜利——为什么不再来一次?趁热打铁,他对自己说,他满怀着得意和期望。

一走进西吉奥库的办公室,一阵强烈的腐肉的恶臭味朝乌鸦魔法师扑来。他想起塔基里卡还有他那桶屎。塔基里卡肯定来过这里,他想,所以监狱的那股味道才会萦绕在这间屋子。他觉得有点头晕,但他努力抵抗这股臭味。为了让自己镇定下来,他环顾这间屋子,有那么一瞬间,他的目光停留在桌子上的统治者画像之上。为什么画像上有一条毛巾?他不动声色地想。然后,他看到画像的眼睛、耳朵、鼻子和嘴巴上有一些污点,有那么几秒钟,他有一种奇怪的感觉,他看到,或者觉得自己看到了,那些地方流出黏稠的黑漆漆的液体。西吉奥库注意到他正在看什么。

“有点吓人,不是吗?”西吉奥库一边说,一边随意地拿起画像,匆匆瞥了它一眼,接着用毛巾怜爱而温柔地擦拭它,然后放在角落的抽屉上面,“即使他离开了这里,还是留下了一部分力量,你甚至可以从照片里感受到这力量。一种烙印。”他说,脸上的微笑几乎让乌鸦魔法师还有门边的两个下属恩卓亚和卡西加都没有察觉,“请不要打搅我们。”他对这两个忠心的下属说,“我要跟……好吧,我的客人,来一场私人谈话。”他示意乌鸦魔法师坐下。

恩卓亚和卡西加离开后,随之而来的是一种诡异的沉默。他们两个人互相打量着彼此。接着西吉奥库身子向前倾,压低嗓门,努力装出一种亲密的口吻:

“抱歉让你久等了,但我手上有点急事。啊!我们这些部长身上不得不挑起的重担!你的大名已经传到了政府耳朵里。或者,更准确地说,到了我这里。不过,我要坦白的是,当我听到乌鸦魔法师这个名字时,我以为是一个老人,七十岁或者更老,拄着拐杖,手里拿个拂尘,脖子上挂个烟袋。现在,瞧啊!一个衣着考究的年轻人。一个现代巫师,嗯?还是后现代的?”

“后殖民的。”乌鸦魔法师说。

“一个后殖民时期的巫医?”西吉奥库大笑着说,“还是一个幽默的巫师？他们说世界上没有你没读过的巫术手册。另外，你知道你哪里最吸引我吗？你的谨慎。当我听说，你不愿意让你的客户和邻居知道你可能参与了一起犯罪案件调查，以及你想用最强大的魔法达成我们的合作时，我靠在椅背上，对自己说：这可是一个懂得世间万物为何物的人。一旦消息传出去，说他在帮我们抓罪犯，他可能对我们就没多大用处了，因为嫌疑人会避开他还有他的圣地。所以，我派我的属下穿着便衣，开着奔驰轿车把你接到这里。你听说过有别的巫医享受过内阁大臣如此贴心周到的待遇吗？完全是出于尊重你。我本来想连夜见你，唉，我被一些重要的国家事务缠住脱不开身。相信我，大街上乞丐的心境都比内阁大臣的宁静……”

“位高心不宁？”

“就是这样。”西吉奥库说，“有时候我们甚至不睡觉。不过还是别用我们的问题让你心烦。我告诉你我昨晚的计划吧，嗯？等你完成了这里的工作，我们就会在夜色的掩护下飞快地把你送回圣地。你的邻居们都不会发觉；一切就好像你从没离开过一样——我向你保证，这件事只有我们这个圈子的三个人知道。不过这并不是说国家会忘记你。哦，不会的。对于你这样的人，政府有许多表达感激的方式。对你来说，最重要的就是把你的事做好，帮我们抓住罪犯，尼娅薇拉。”

“我不太明白你在要求我做什么。”乌鸦魔法师承认。

“我们四处寻找尼娅薇拉，找遍了全国各地，却没有发现她的蛛丝马迹。我们想让你运用占卜和预言的力量，或者别的，运用你所有的巫术之力，告诉我们两件事情。尼娅薇拉还活着吗，还是已经死了？如果她已经死了，尸体被埋在了哪里？如果还活着，她藏在哪里？”

“不好意思，”乌鸦魔法师说，“你的人好像没有听懂我的意思。我以为我说清楚了，但其实没有。我告诉他们，我的任务是捕捉危害心灵或身体的精灵，他们的任务才是捕捉罪犯。”

“别把警察当傻瓜。他们知道别人什么时候是认真的，什么时候是开玩笑的。他们知道，话语既有表面的意思，也有深层的含义。一个警察，想要收受贿赂的时候不会明说，来贿赂我吧；他会说，今天可真冷啊。虽然今天热得要死。你得接着说，为什么不收下这点钱去喝杯茶呢？所以，尽管你没有直接答应，警察也知道你说的‘不行’，其实是一种‘可以’。你看，他们觉得你了解他们了解的东西：隔墙有耳。你是一个非常谨慎的人，乌鸦魔法师先生，一个聪明的人。急躁是失败之母。不过，谨慎是好事，太过谨慎也会招来危险。相信我，我的朋友，不管你跟我说什么，都不会传出这几面墙。没有人会知道，是你或者其他巫医帮助我们抓住尼娅薇拉。”

“部长先生，”乌鸦魔法师喊道，“我们再来一遍：我的力量是维护那些支配身体和灵魂的法则的，你的力量是维护那些管理政府和社会的法律。我不会寻找破坏社会法律的人，我找的是那些摧毁生命法则的东西。我跟疾病做斗争，你跟罪犯做斗争。”

西吉奥库觉得自己的指望全都落空，怒气一点一点往上蹿，但他极力忍住了，没有对眼前这个放肆的家伙大喊大叫：

“乌鸦魔法师先生，或许你是这个世界上最伟大的巫师，但你不能凌驾于法律之上。法律规定，每个公民，无论是巫师还是神父还是别的，都必须帮助国家抓捕罪犯。如果他看到有人犯罪，却隐而不报，那么他也是在犯罪。”

“我跟你说的是事实。我没有你想象中的那种能力。”乌鸦魔法师说，他提高了嗓门，暗含着挑衅。

西吉奥库突然站了起来,在屋里踱来踱去,时不时紧张地拉扯自己的耳朵,好像不敢相信,他这样一个统治者政府里位高权重、暂时掌管国家大小事务的内阁大臣,居然会半夜坐在自己的办公室里跟一个巫师谈论如何运用巫术。他让自己冷静下来,重新坐下,想要再试一次。

"好吧,我们就承认,可能的确有误解吧。那又怎么样？我们忘掉过去。木已成舟。没必要为打翻的牛奶哭泣,老话是这么说的吗？为了弄清楚状况,我得问你一两个问题。你并不是不肯帮助政府,对吗?"

"对。"

"好,我也是这么想的。你本身就是一种需要对付的力量,但你也知道如何运用这种力量。现在,看着你的镜子,告诉我你在里面看到了什么。"

"我没带着我的镜子。"乌鸦魔法师说。

"那你到底来这儿干吗?"西吉奥库爆发了,不再掩饰自己的愤怒,"为了浪费我的时间,还是什么？我命令过,你得带着你的镜子。我的命令又大声又清楚。"

乌鸦魔法师本来想提醒这位部长,他是被逼着来到这里的,不过他忍住了。毕竟,尼娅薇拉还命悬一线。如果部长每天都派人去圣地,尼娅薇拉将会一直处在危险之中。所以,他没有公然地反抗,而是采取了另外的策略。

"不是他们的错,"乌鸦魔法师说,"他们让我带着镜子,但我说我可以使用手边的任何镜子。大部分时候,使用患者本人的镜子的确要好一些,更有效一些,因为这样的镜子可以增加很多优势,更能捕捉主人的影子。"

"那就好。"西吉奥库说,不知为何,他稍微平静了一点,"我的公寓有很多房间,每个房间里面都有一面镜子。我们工作到很晚,累得回不了家的时候,就会在这里过夜。我们的公寓其实就是办公室的延续。说到这里,哦,请原谅我这个糟糕的主人。你想喝点什么吗? 啤酒? 威士忌? 红酒? 你想喝什么都有!"

"不用了,谢谢。我不喝酒。酒精不是我的救世主。"

西吉奥库笑着走进了另一个屋子。回来的时候,他还在笑,手里拿着一面镜子。

"酒精不是你的救世主?"西吉奥库一边问一边递过镜子。接着,说到手上的事情,他又变得异常严肃,"我想让你看着这面镜子。好好看着它,直到看到尼娅薇拉。如果你找到她,我保证你想要什么就有什么:钱,公司股份,白人区的农场,埃尔代里斯一两栋大楼——随便你选。好吗? 记住,如果我再升一级,我保证让你当上政府首席巫医。好好考虑一下。放心吧,我会报答你今天做的好事。"

他说话的时候,好像是话先说出口,思绪才跟上。虽然刚才,他说起话来更像是思绪已经厌倦了追随话语,他全部愿望只有一个:找到尼娅薇拉的巢穴。一个人的语气里,居然可以如此混杂着乞求、贿赂、威胁、恐惧还有野心。

对乌鸦魔法师来说,西吉奥库显然已经急不可待,什么事都干得出来,所以他决定不跟他作对。他必须尽一切努力,打消西吉奥库及其下属再去圣地的主意。

"把镜子给我。"他说,"但我必须建议你:我以前从没做过这样的事。所以如果结果出人意料,你也别吃惊。"

"你试试,看看在镜子里能看到什么。不断的尝试才是通向成功的大门。"

即便是手里拿着镜子,乌鸦魔法师也没太想好接下来要怎么表演,除了一个想法:他要保护尼娅薇拉。他站起身,开始在办公室里走来走去,一副沉思的模样。西吉奥库继续坐着,但眼睛紧紧盯着巫师的一举一动。现在巫师又坐了下来,清了清喉咙。

“我想让你把所有灯都关掉,就留一盏,好让我看着镜子。”乌鸦魔法师说。话还没说完,西吉奥库就跳了起来,赶紧关掉所有的灯,剩下一盏照亮桌子。

“坐在桌子的另一边,面对着我。”乌鸦魔法师说。

乌鸦魔法师把镜子举在桌子上方。

“仔细听好了。现在轮到我问你几个问题。”

“你想问什么都可以。没有人会因为提问而获罪。”

西吉奥库看到镜子开始在乌鸦魔法师的手中晃动起来。

“怎么了?”他问。

“你没看到吗?”

“看到什么?”

“其实我也不知道。不过我们来看看吧。我说,我有些问题要问你的时候,你是怎么说的?”

“我说,没有人会因为提问而获罪。”

虽然乌鸦魔法师用两只手把它摁倒在桌子上,镜子还是剧烈晃动起来。

“你说,没有人因为提问而获罪,你是什么意思?”

“就连小孩子都知道我在说什么。”西吉奥库埋怨乌鸦魔法师轻视他的理解力。

“镜子可不是小孩子。它想知道。”

“好吧。好吧。我说的是,没有人会因为提问而被押上法庭。你不会因为一个人提几个问题,就把他关进监狱。”

镜子又有了反应,它无法控制地晃动起来,乌鸦魔法师费了很大力气才阻止它朝西吉奥库飞去。

“它为什么会这样晃动？我说了什么让它这样生气？”西吉奥库害怕地说。

“部长先生，你得审视你的心。你十分确定，从来没有人因为提问而被告发被定罪吗？即便是在阿布瑞里亚？”

西吉奥库开始仔细地想这个问题。他有点害怕这个巫师和这面镜子了。

“好吧，有时候，我们的确会因为人们提问而抓人，但只限于那些确立真相，或者破坏统治规则或关于国家管理的问题。”

镜子不动了。“镜子不再晃动了。”乌鸦魔法师一边抹去额头上的汗，一边说，“我告诉过你要仔细听我的问题。你必须如实回答，你也看到了，镜子可不是好糊弄的。这面镜子是你的吗？”

“是的。”

“只有你用过它吗？”

“为什么这么问？”

“我跟你说过什么？镜子虽然再普通不过，但它却是最不可思议的工具。镜子可以捕捉我们自己的影子。从镜子前闪过的影子是不会消失的。所有的痕迹都将保留下来，我们的容貌，我们的心灵，我们的所作所为对我们自身的影响。唯一的问题是，影子会混杂在一起，让别人看不清楚。这面镜子也是如此，如果别人碰过的话。此外，部长先生，可能有些影子是你不想让别人看到的。所以我才问你，除了你，还有没有人用过它。不过，如果你不介意我看到他们的脸，对我来说，就都一样了。我是非常谨慎的。”

西吉奥库想起那些女人的脸，尤其是别人的老婆们，在他的卧室跟他做过爱的女人们。其中有一个最后成了统治者的长期床伴。统治者对床伴的占有欲可是非常强的，他不想知道任何人碰过她们,不管是在他之前还是之后。统治者曾经赶走过多少个男人,把他们流放到国外,让他们到远方工作,只为了有机会接近他们的妻子。曾经有一个出色的商人,因为跟统治者最喜欢的床伴约会并且四处吹嘘而掉了脑袋。西吉奥库不想再惹什么麻烦,一把抓过镜子。

“我给你换一面镜子吧。”他说。

西吉奥库又冲进另一个房间,找到一面只有自己用过的镜子,拿给了乌鸦魔法师。

“现在你非常肯定这面镜子只有你用过了?”

“我不能百分百地肯定。不过,我们试试吧。”

“你知道你自己的影子已经保存在镜子里了吧?”

“我去哪里才能找到一面以前没有用过的镜子啊? 就用你手里这一面吧,后果就留给我承担好了。”

“你知道如果你撒谎或者没有如实回答问题,可能会影响到搜寻结果吗?”

“我会回答你所有问题,不过,记住,我不是来这里测谎的。如果需要我提醒的话,来这里寻找尼娅薇拉的是你,而不是我。”

“我只是想让你知道镜子是如何工作的,这样你才能正式决定,我们是否要继续下去。一切都取决于你。”

“我们继续。”西吉奥库有点不耐烦地回答。

“跪下,闭上眼睛,就像祈祷那样。集中精力,想象尼娅薇拉的样子。无论如何,绝不能让你的思绪之眼离开她的影像,或者让其他思绪来干扰你。”

西吉奥库努力照做,不过他的思绪一直从一个东西跳到另一个东西。他很庆幸刚才让自己的两个手下在外面等候室待着。要是他们进来发现他在昏暗的灯光下跪在一个巫师面前会怎么说?

他跳起来，飞快地锁好门，甚至把话筒拿开，确保没有电话打进来，即便是统治者的电话，也不能干扰他。他回到一个乞求者的姿势。即便如此，他的脑海里也没有形成任何清晰的女人影像，只有模糊的、不连贯的轮廓，不过他一直在努力。有时候，他会偷偷瞥一眼乌鸦魔法师，看到巫师的眼睛盯着镜子时，他才感觉好一些。现在，乌鸦魔法师的声音穿透了房间里的静默，仿佛是为了回应镜子里出现的一切。西吉奥库想要亲眼看看镜子，却又不敢，这个肃穆的场景让他有些敬畏。

“有个影子来了。这里。它停下来了。它在走动。还在走。现在没了；又回来了。它是一个女人的身形，不是很清楚，不过，哦，对，是个女人。一个年轻女人。她像一只羚羊一样在树林里奔跑。她的影子跟树木混在一起。那里，那里，她穿过一条小河，走进一个山洞，就好像《爱丽丝历险记》一样。黑暗。光明。她从洞里出来了。我在树林里又看到她——不，不是，在人群之中。她消失在人群之中……”

“拦住她。请拦住她。”西吉奥库喊道，“或者跟着她。跟着她，弄清楚她要去哪里，或者她要见谁，或者跟谁说话，所有一切，别让她走出你的视线……”

“嘘！另一个影子出现了，罩在画面之上。它很大，很模糊。好了。现在又清楚了。那是一个强大而自信的男人的影子。他看上去像是一个大臣，政府的大臣。他穿的衣服好像是……我们就停在这里吧。我不想看到更多了。”乌鸦魔法师说，他的眼睛不再看着镜子。

“你为什么不看着镜子？”西吉奥库睁开眼睛问。

“你确定你想让我看下去吗？”

“你看到了什么？那是谁的影子？是马乔卡利吗？是他在跟

踪那个女人？他们说话了吗，打招呼了吗，看到彼此了吗？告诉我，告诉我你看到的一切……”

“那是你的影子。”

“别把我的影子扯进来。”西吉奥库沮丧地说，“回到镜子里，看能不能再找回那个女人的影子。使劲儿看。集中精力在她身上。”

不管尝试多少次，乌鸦魔法师都说看到的是同一个场景：女人的影子总是会奔跑在树林里，穿越小河，然后消失在人群之中，而且就在那个时刻，西吉奥库的影子就会罩住人群。

“哇！你的影子太有力量……”乌鸦魔法师说，仿佛在称赞西吉奥库。

“力量？你是说力量吗？”西吉奥库说，他开始对自己的影子感兴趣了。

“是的。其他影子好像都害怕它。”

“害怕？先把尼娅薇拉放一边，多看看我的影子。它看上去什么样？它穿什么样的衣服？”

“你在吐痰。它穿得像统治者那样……它走起路来步态很像……”

“等等。停下。看看，不，不，先让我想清楚……先让我好好想想……”西吉奥库说，声音里透着惊慌。

西吉奥库在颤抖。这一切意味着什么？陛下发生什么不测了吗……还是这只是一个预兆？难道西吉奥库的命运是变成……？

他迫切地想要知道。可是，在不透露出自己半点心思的前提下，要怎么才能让乌鸦魔法师预测他的未来呢？他闭上眼睛，试着想象另一种未来，可是无论他多努力，他的思绪总是回到那个画面，他穿着一套类似统治者的西装。同样的步态？他看到自己走着,视察列队欢迎他的军队……乌鸦魔法师说过,镜子可以捕捉……突然,一切都静止了。难道这面镜子捕捉到了他最隐秘的权力表演吗?

这些天,统治者远在美国,西吉奥库会把自己锁在办公室或者公寓里,穿得跟统治者一样,甚至学他那样坐在升降椅里。他这个角色扮演的小游戏只有自己知道,乌鸦魔法师又怎么会发现的?

即便他心存疑虑和嘲讽不屑,这一切都证明了,乌鸦魔法师的确拥有超自然的能力。他迫切地想要知道自己身影的命运,不可抑制地渴望更多征兆。但他不能也不会把自己的想法说出来。突然,他说,"如果"。每次他想说什么,他只能咕哝着说,"如果"。很快,他就喊出一连串的"如果"。乌鸦魔法师惊讶地看着他。西吉奥库跌倒在地上,开始爬了起来。他的耳朵垂了下去,鼻子和眼睛冲着乌鸦魔法师向上翻,好像在求救一样。就在这时候,乌鸦魔法师把镜子递给他,让他使劲看着自己,把注意力集中在一件事情上,集中在唯一关心的事情之上。

"听着。我能帮你用话语表达你的思想。但我还要再说一遍,你必须如实回答我的问题;否则这面镜子就会揭穿你所有谎言。"

"如果,如果,如果。"西吉奥库一边喊着,仿佛在说,好,好,好,一边使劲儿点头。

"把镜子还给我。我们开始。你梦想过占有统治者的位子吗?"他有时凝视镜子,有时看着这位部长的脸。

西吉奥库听得很清楚,却觉得很难回答。最后,他点了点头。

"不行,说出来。"乌鸦魔法师坚持,"你梦想过得到这个国家最高的位子?"

"是的,我想过。"他紧紧咬着牙说。

自从西吉奥库一鼓作气，开口说话后，话语就像湍急的河流一样从他嘴里倾泻而下：

“没有一个部长没有幻想过有一天能当上统治者。我们渴望权力，有什么权力能超越至高无上的统治者呢？你轻轻举起拂尘或者权杖，人们就得跪在你面前。你打个喷嚏，所有人都不敢喘气。你掌管着通向这个国家所有财富的钥匙。一个字，只需要一个字，中央银行的金库就对你敞开。如果国库空了，没关系。只要你说一个字，无数张布里币就印了出来。哦，想象一下吧：当你说，擦擦你的鼻子，无数的纸巾就会放到无数的鼻子前面。你对你的大臣们说，暂停一下，所有人就会照做。全停下来，他们也会照做，毫无疑问。想象一下，当你看中了哪个大臣或者野心勃勃的议员的老婆，他们还会觉得很荣幸，如果你跟她们上床了，他们还会欢喜得不得了。权力。我每时每刻都梦想着那种权力，无论是醒着还是在睡梦中。再说了，为什么不呢？事实就是，今天我是这个国家的实际掌权者，幕后力量，也就是说，要是统治者今天病了死了……”

还没说完，他就想起来，提及、想象、幻想、思考或谈论统治者的死，都是叛国重罪，会被判死刑的。想到自己刚才说的，以及它们对他的未来意味着什么，他吓得脸都抽搐了。

乌鸦魔法师注意到了一切，却又假装精神恍惚，完全没有注意到他刚才说了什么。西吉奥库偷偷地瞥了一眼乌鸦魔法师，想看看他是否听到他最后那几句话。当看到乌鸦魔法师还弯着腰看着镜子，他也不能确定了。他等着魔法师本人开口说话，或者转过头来，但魔法师依旧精神恍惚，被镜子迷住了的样子。现在。西吉奥库起身，坐回到椅子上面。

“乌鸦魔法师！乌鸦魔法师！”西吉奥库喊着，仿佛在叫醒一个沉睡的人。

乌鸦魔法师猛地醒了过来。

“嘘。别说话。那个女人的影子回来了,我试着跟着她。她在这儿。在一个集市里面。在教堂。在清真寺。在寺庙。停在那里。女人,停住。”他喊道,双手牢牢举着镜子:“啊,影子消失了,又被你的影子罩住了。对不起。”他说,他不再看着镜子,而是直直地盯着西吉奥库:“现在好了,你刚才在说什么?我问了你一个问题,还在等你的回答,还是,你不想回答我?”

“你是说,你没听到我刚才说的?”

“你说了什么?”

“没有,没有。”西吉奥库好像是在自言自语,不敢相信刚才发生在他身上的一切。

“等等。”乌鸦魔法师盯着西吉奥库说:“你怎么这么忧郁?祝贺你,部长先生。”

“为什么祝贺?”

“你这么快就忘记了吗?你现在可以随意地说出自己的想法了。你的失语症已经治好了。”

西吉奥库觉得心头一块石头落了地,但他还是觉得烦恼。“当我开始流利说话的时候,我都说了些什么?”他问乌鸦魔法师。这样他就能知道魔法师究竟听到了哪些。如果魔法师复述他那些叛国之言,他就会以此控告他。然而,乌鸦魔法师识破了这个陷阱,并且避开了它:

“那个女人的影子突然出现,我分心了。我以为她会停下来,这样我就可以仔细研究她,你知道,找出她的联系人和上下线。不过,现在看来,你刚才说了什么,或者可能没有回答我的问题,也没什么要紧的。重要的是,你已经被治好了。可是,现在我们走进了死胡同:你的影子总是罩住一切。”

“不,肯定不止你眼前的这些。”西吉奥库大声说。

“真的吗?”

西吉奥库站起身,又开始在屋子里踱来踱去,陷入了沉思。他要怎么才能确定,这个魔法师没有听到他那些大逆不道的话?他要怎么才能确定,那面镜子没有保留下他叛国的痕迹?他想直截了当地问乌鸦魔法师有没有听到他说的。但这样一来,他就不得不再说一次,相当于他要说两次叛国的话。万一乌鸦魔法师刚才真的没听见呢?这样不就反而让他知道了吗?他想到一个主意,停下了脚步。

他把房间里的灯全都打开,回到座位上,看着乌鸦魔法师。

“我亲爱的魔法师,”西吉奥库平静地说,“我知道你已经尽力了。你的确治好了我,我要谢谢你……”

乌鸦魔法师高兴极了。他很快就能再见到尼娅薇拉了。他有好多话要对她说。

“我能拿回那面镜子吗?”西吉奥库继续说。

乌鸦魔法师愉快地把镜子还给他。西吉奥库立即把它扔到地上,使劲踩了起来,他的两只耳朵有节奏地扇动着。他停下的时候,镜子已经被踩成小碎片了,他像河马一样喘粗气,他的鼻子大汗淋漓。现在镜子已经碎了,就算是捕捉到他叛国的罪行,即便是最厉害的巫师也看不到了,西吉奥库放松地坐在椅子里,看着一脸困惑的乌鸦魔法师。现在,他的语气就像是在跟好朋友说着最平常的事:

“既然已经这样了,镜子也没有了,我们说回到你吧。乌鸦魔法师先生,我已经亲眼看到,你并非浪得虚名。你有魔法,实际上,你的魔法比你以为的还要厉害。它应该被用来服务于国家。设想一下,你跟政府合作,跟警方合作,可以找到罪犯、反抗势力的藏身之处,以及敌人所在的位置。只要看着镜子就可以!你和我必须联手,确保尼娅薇拉这个罪犯落入法网。明白了吧,除非到那个时候,我是不会放你走的。在统治者回来之前,我们必须抓到尼娅薇拉。”

乌鸦魔法师觉得自己的心猛地一沉,但他努力不让声音或举止透露半分惊慌。他不能跟这位部长作对,也不能求他放了自己。他甚至开始用一种积极的态度看待自己的困境。他越是待在监狱里,西吉奥库就越不会去注意圣地——尼娅薇拉的藏身之地。西吉奥库或许会踩碎一千面镜子,但无论他拿来什么镜子,都只会听到同样的故事:尼娅薇拉消失在人群之中。她只会消失在人群之中,而西吉奥库的影子会罩在他们上面。

西吉奥库的影子?突然,他有了一个主意。

“种瓜得瓜,种豆得豆。”乌鸦魔法师说,“你踩碎镜子,是为了否认自己的镜像。给我一面镜子,从来没有留过你的影子的。”

21

我们该怎么办?把乌鸦魔法师关起来之后,恩卓亚和卡西加问自己。他们没有遵守诺言,没能把他还给那个女巫。他们要怎么对她解释这个事件的最新转折。他们认为,女人的巫术远远要比男人的更有效更致命。

他们决定安排一下,让乌鸦魔法师给她打个电话。这样或许能够安抚她,也能表明恩卓亚和卡西加不是跟西吉奥库一伙儿的。他们可以偷听他俩的对话,没准还能知道这个女人打算怎么对付他们。

所以，第二天早上，他们递给魔法师一个手机，说要帮他一个忙，让他给他的同伴解释一下这里所发生的一切。他们甚至还说他们会出去，给他俩一点私人空间。

乌鸦魔法师才不信他们会这么善良，他嗅到了陷阱的味道，但他觉得，跟尼娅薇拉联系一下，总好过没有。至少可以让她知道，他还活着。

“把我带走的人，就是自己做主安排这次电话的人，他们非常贴心地让我单独与你说话，告诉你一切还好。”乌鸦魔法师说。他和尼娅薇拉习惯了谨慎地说话。她的反应让乌鸦魔法师知道，她已经领悟到了他的主要意思。

“我很高兴你在帮政府办事，但我不高兴的是，他们又留了你一晚上。那些把你带走的人必须把你送回我这里。如果你回来的时候，少了一根毫毛，他们就要承受我所有怒火。我的怒火可要比地狱里最灼热的地方还要灼热。阿布瑞里亚将会因为前所未有的麻烦而战栗。让他们别忘了那个碎得稀烂的葫芦瓢。”

很快，几个清洁工就出现在牢房里。一开始，魔法师没有太在意他们，但很快，他就无法忽视他们那奇怪的行为：他们仔细地检查地板，把所有的渣滓都收拾起来，放进一个小小的塑料袋里。

“你们想干什么？”他冒险地问。

“你是谁？我们接到命令，为了安全，要把你头上掉下来的所有毛发都收集起来。”

乌鸦魔法师有点想笑，却笑不出来。

22

西吉奥库没有小瞧乌鸦魔法师的要求——找一面从来没有留

过他的影子的镜子,因为他是那么想赶在统治者归来之前抓到尼娅薇拉。起初,他觉得这是一件很简单的事情,只需要从阿布瑞里亚的某个工厂定制一面新镜子就可以了。但是本地生产的镜子很可能被本地人的影子污染了。只有从国外才能找到一面纯洁的镜子。

西吉奥库不想把所有的鸡蛋都放在一个篮子里,他分别从日本、意大利、瑞典、法国、德国、英国和美国都订了镜子。

可是,他刚解决了这个问题,恩卓亚和卡西加就走进他的办公室,让他的人生变得复杂无比。

23

作为国家忠实的公仆,以及西吉奥库忠实的下属,恩卓亚和卡西加觉得有责任让西吉奥库知道在电话里收集到的情报,却又不想透露是如何得到的。他们主要想传达的是西吉奥库所作所为的严重性。

“我们有责任让你知道任何威胁到国家安全的事情。”卡西加开口说道,“现在我们担心,阿布瑞里亚正面临着说不清的怒火。”

“阿布瑞里亚可能会因为目前还不清楚的麻烦而战栗。”恩卓亚补充说。

“什么样的麻烦?”

“难以想象的。”卡西加说。

“是什么造成的? 是谁造成的?”西吉奥库想起自己今晚的轻率之举。

“乌鸦魔法师。”恩卓亚说。

“因为囚禁了他。”卡西加说。

“他可能会少一些毛发。”恩卓亚提醒道。

“或者指甲。”卡西加补充说。

“或者摔倒扭伤脚踝。”恩卓亚说。

“他可能还会因为吃了我们给囚犯准备的饭菜而肚子疼。”卡西加说。

“他还可能因为被打而留下伤痕。”

“牢房里像石头一样硬的床可能会硌疼了他的骨头。”卡西加说。

“他可能会消失，就好像国家的敌人那样在阿布瑞里亚消失。”恩卓亚说。

“这样的话，我们这些跟他的消失有关的人，就都会消失在地球上。”

“像恐龙那样。”恩卓亚强调说。

“闭嘴！”西吉奥库冲着他的下属大喊，“走开，你们这些可怜虫。你们以为乌鸦魔法师是上帝的双胞胎兄弟吗？”

24

争权夺利的时候，恩卓亚和卡西加是西吉奥库最忠心的手下，他们在这件事情上的争吵就好像他肚子里的某个器官突然疼了起来一样。他想起自己踩碎的那面镜子。那个时候，这两个人并没有在房间内，他们为什么会跑到他面前来说这些零零碎碎的东西？难道是魔法师说的，通过巫术，把他们谈话的内容告诉了他们？难道这就是他的社交工具和身体器官毁灭的开始？他完全被吓住了。

午夜辗转反侧的时候，西吉奥库听到一个声音在说，乌鸦魔法师会把你撕成碎片。语气里净是嘲弄。他打了个冷战,猛地坐起来,擦掉额头上的汗。他再也不能这样下去了。他必须控制住自己。然后,他想到一个主意。那个巫师的性命在我的手里,等他下了地狱,就没法找我报仇了。对,现在是这样:不是你死就是我死。我必须摆脱这个巫师,不过要等他帮我抓到尼娅薇拉之后。这样颇具讽刺意味的事,让他那恶毒的阴暗心理又高兴了起来——乌鸦魔法师抓到了尼娅薇拉,也就相当于给自己买了一张下地狱的车票。想到以后没有乌鸦魔法师的威胁,西吉奥库又感到一种宁静。

有了这个主意,他觉得,他的大脑变得清晰起来。第二天一早,他就去了办公室,等待关于统治者归期的最新消息。有一段时间,他不希望代表团回国,因为那意味着马乔卡利的胜利。但现在,有了塔基里卡的供词,以及乌鸦魔法师终有一天会无可避免地走向地狱,他没有了不安,甚至开始期待他们的归来。他没看见传真,所以直接打开了电脑。他还没读完电子邮件,电话铃就响了起来。

是塔基里卡。他为什么这么早就打电话?有什么好事?他们互相问候了几句,又说了打电话的原因。西吉奥库打开一封电邮,开始安静地读了起来。什么?这是什么意思?他把听筒放下,大声地说,完全忘了塔基里卡还在电话那头。邮件里说得很清楚。所有为统治者准备的欢迎仪式都要暂停。统治者身体不舒服。

发信人是马乔卡利。西吉奥库有点反胃。统治者要死了吗?万一统治者指定马乔卡利为继任者怎么办?这种可能性太可怕了,他都不敢去想。在内心深处,西吉奥库已经开始计划夺权了。

他想他最好还是读完整封信再说,他得仔细领会一下隐藏在字里行间的意思。这下,他瞠目结舌。因为,在邮件的正文里,有乌鸦魔法师的大名。他不敢相信自己的眼睛。

西吉奥库要把乌鸦魔法师请来，给他一份外交护照，帮他办一张维萨卡，把他送上下一班飞往纽约的航班。

他整个人都瘫软了。他的下属，卡西加和恩卓亚，早就提醒过他，会有难以想象的麻烦发生。他想起自己原先打定的那个主意，往后靠在椅背上，盯着天花板，一边揪着自己的耳垂，一边陷入了沉思。

第三部分

1

回到家后,塔基里卡看上去就像是一个病人,刚治好一种病,又得了另外一种更致命的病。他有一种无法抑制的渴望,想要鞭打自己的妻子。每天晚上他做梦都想,早晨醒来也想,一整天都不停找茬,想要闹事。可是,温吉尼娅的言行举止都没有什么可以让他发难的地方。

塔基里卡惊奇地发现,温吉尼娅把他的生意打理得很好。她的文件和记录都保留得很好。如果说有什么变化的话,那就是在她的管理下,公司业务还有所增长,吸引了很多新客户,拿到很多新订单。总而言之,她取得了这么多成绩,仿佛这辈子一直是个商业女性。但这种毫无瑕疵的表现并没有让塔基里卡高兴,反而加深了他对她的怀疑。这个全新的温吉尼娅是从哪里冒出来的?为了抓住她的小辫子,他用尽了办法,时不时装作随意地问她几个问题,但她都能简单而清楚地答上来。

“好了，现在你可以回厨房做事了。”他连句谢谢也没有说过。

她把家里打理得也很好。进进出出，他看不出有什么异常。塔基里卡觉得这一切都是表象；温吉尼娅的潜力，还有作为妻子的忠实，都只是一种虚伪。在他生病之前，她不就是呈现出这样的画面吗？一个从不问这问那的人？一张忠诚而安静的脸？但是，就是这样一个人，在他面前一副模范妻子的样子，却还能有时间和精力去结交那些无耻的舞者？而且在他们这么多年夫妻情深、生儿育女的期间，一次都没有提到过她们。如果有，对这种传统和宗教表演，她也只表达过蔑视。那么，她又是如何认识这些女人，还跟她们熟悉到被人在公共场合抓拍的程度？她是从什么时候跟她们搞在一起的？她都是在什么时间什么地方跟她们见面的？白天还是夜里？

这些疑问萦绕在塔基里卡的心头，让他本就无可抑制的冲动再添几分，他想要让自己的拳头像雨点一样落在温吉尼娅的背上。而让他克制自己的不过是西吉奥库“不能打老婆”的临时禁令。没有了宣泄嗜血渴望的途径，塔基里卡变得越来越沮丧，大多数时候，他都是阴郁而沉默的。他不想谈论自己在狱中的遭遇，生怕会助长自己对妻子的怒气，带来被严禁的后果。他只能在无言之中寻觅安全。

他残忍而无情的沉默让温吉尼娅倍感受伤。他不给她机会，与他分享她付出的努力、遭受的磨难，还有跟恶魔双人组卡尼欧若和西吉奥库斗争取得的小小胜利。她渴望对他倾诉，她是如何四处找他，在警方辖区、医院、太平间，如何获得乌鸦魔法师还有素未谋面的神秘女舞者的帮助。他这副完全拒绝沟通的模样，让她沮丧不已，甚至超过了那依旧无法释怀的愤怒——她被释放回家之后，不小心看到他那份没写完的新闻稿，原来他打算公开谴责她，与她断绝关系。

当温吉尼娅接到警方的电话,得知塔基里卡已经被释放的时候,她感到纯粹的快乐,并不是因为她的愤怒已经消退,而是觉得他们终于有机会可以修复他们的生活。她以为,看到她把生意打理得这么好,他会很高兴,毕竟她没有经验。她以为,至少,钱会说话。然而,可观的银行存款也无法让这个人打开心门。她做这一切都是为了取悦他,最后却发现,根本没法卸去他心上的负担。为什么?为什么他这么沉默无语?

一天早晨,她给他做了特别的早点,煎饼、鸡蛋还有香肠。塔基里卡连看都没有看她一眼,伸手去接托盘,却没有接住,托盘掉在地上一团糟。温吉尼娅再也忍不住了:

“我怎么惹你了,提图斯?我做了什么让你这样生气?你一开口就是一些没头没脑的问题。他们在监狱里对你怎么了?他们是怎么让你变成一个哑巴的?”

塔基里卡想说的太多了,但只要开口说一个字,他就会把温吉尼娅打得半死。想到与西吉奥库的约定,他使尽浑身力气控制自己,没有打她。他冲出房间,跑到车库,坐进车里,往办公室开去。他怒火中烧,因为他从来没有听过温吉尼娅如此厚颜无耻地说话。她的爆发,最终还是暴露了她的真面目。这个温吉尼娅,才是与女舞者们秘密见面的人。哦,是的,终于!他觉得,如果今天不打她一顿,他的身体就会炸成碎片。他必须跟西吉奥库通话。他拨通了电话。

“你怎么这么早给我打电话啊,提图斯?”西吉奥库快活地问。

“我想要你的允许。现在。”

“允许什么?”

“我没心情跟你瞎扯!”

“你在说什么?”

“我必须打我的老婆。否则愤怒会把我噎死。”

“为什么? 你发现别的男人在搞她?”

“不。不是那个。请允许我。”

“提图斯! 你到底在说什么?”

“你跟我说的,要先问过你,才能打老婆。”

“哦,是的,当然了。”西吉奥库含糊地说。接着他想起那些照片,还有它们在招供中扮演的角色。“你们是因为那些照片吵架吗?”西吉奥库警觉地问。

“不是,可是……”

“那就想都别想,提图斯。随她去。要么更好的是,上了她,而不要把国家安全搞得一团糟。你这是要暴露她跟破坏分子的关系吗;耐心一点,我的兄弟。别冲动做出什么让自己后悔的事情。最好是等统治者还有国家的敌人马乔卡利回来。幸运的是,你不用等太久了……”

“他们什么时候回来?”

“随时。我在等美国的消息。所以我才这么早就在这里;你打进电话的时候我刚把电脑打开。哦,是的,屏幕上有些东西……等等……什么? 这是什么意思?”

塔基里卡最后只听到这几句话。他一直把听筒搁在耳边,说,喂? 喂。他不知道是有人中断了他们的通话,还是部长突然决定不跟他说了? 他挂上电话,又拨了一遍又一遍,但是始终占线。塔基里卡不知道怎么办了。

他决定去火星咖啡馆,喝杯咖啡冷静一下,并且捋捋思路。在门口,他买了一份《埃尔代里斯时报》。他坐在角落里,一边等着自己点的咖啡、鸡蛋和培根,一边看报纸。他盯着报纸头版,苦涩的记忆涌上心头。西吉奥库怎么敢不等他说完就终止谈话？他怎么敢不倾听我的痛苦就粗鲁地挂断电话？这羞辱太过强烈，他觉得一阵眩晕；他的眼里满是泪水。

我已经沦落到这个地步了吗？我是怎么走到今天这一步的：让别人来命令我，在我自己的家里，能做什么，不能做什么？乞求别人允许我管教我自己的老婆？他不需要提到她跟那些舞者的关系，因为那会涉及国家安全的调查，但是揍她，是他的男性特权，他可不打算把这权利拱手让人。为什么他以前没想到这些？

他没有等他的早点端上来，就疯了一样开车回家。一进屋，他的拳头就握紧了。

人们说，阿布瑞里亚的所有女人，包括尼娅薇拉在内，都能听到温吉尼娅的惨叫。

2

在把他送上飞往美国的航班之前，卡西加和恩卓亚把乌鸦魔法师送回圣地，让他换上干净的衣服，并且跟他的同伴道别。他们小心翼翼地跟她强调，他们上次来，是因为要把魔法师送去美国，但他们不能透露这一点，因为他们曾经发誓保密。纽约需要他，他们对她说，运用魔法增强阿布瑞里亚谈判者的力量，打动世界银行总裁们的心，让他们给通天塔发放贷款。但尼娅薇拉不会被他们的夸夸其谈愚弄，她真的担心卡梅特。人们光天化日之下被警察掳走、用刑、然后被扔在荒野任鬣狗吞食的故事，她听得太多了。就算卡西加和恩卓亚给她打电话，说一切都好，她也无法安心，她提醒他们，无论乌鸦魔法师发生了什么，她都会让他俩负责。

几天后，卡西加和恩卓亚来圣地见她，递给她一个珠宝盒。她打开的时候,他们站在她身边,脸上满是自得的笑容。看到里面的东西,她差点崩溃了,但她还是强撑着不动声色。

“你们为什么要给我一盒头发?”她问,心里做好了最坏的打算。

“它们是乌鸦魔法师的。”卡西加解释。

尼娅薇拉突然想起自己对他们的恐吓,她有点想笑。但这可不是什么好笑的事情。他们为什么现在要把他的头发给她,还装在一个盒子里面?这么做究竟意味着什么?只是随便开个玩笑?难道卡梅特已经死了?

在接到卡梅特的电话,说他已经安全抵达纽约之后,她才感觉好受一些。他听上去很匆忙,但还是保证说以后还会打来电话。在没有接到下一个电话的时候,她又开始担心起来。被迫的分离,让她有时间回忆。她和卡梅特对事情的看法并不总是一致,尤其是在意识形态和切实的政治主张方面。卡梅特对组织及其相关原则的怀疑,与她的信仰是相悖的——她认为,组织是唯一的希望,可以让人们获得有意义的改变。少一点苦闷,多一点组织!她属于某个组织,而卡梅特没有。然而,除了这一点,他们被一种共同的信念团结在一起,那就是人性和为人民服务的信念。他们只是方式不同。总而言之,他们之间是最牢固的关系。

她深深地想念他,还有他们的交谈。弹吉他的时候,她常常回忆起那些时光,但这些天,她甚至不敢拨动琴弦。她还能做些什么?很久以前上中学,还有后来上大学的时候,尼娅薇拉断断续续地写过日记。现在她又开始写了。这让她感觉好受一些,就好像在对离去的爱诉说一般。一天晚上,她试着写一些政治见解:

“我认为,黑人被白人压迫;女性被男性、农民被地主、工人被资本主义压迫。从而得出,黑种女性工人和农民是最受压迫的人群。因为肤色,她像世界上所有黑人一样被压迫;因为性别,她像世界上所有女性一样被压迫;因为阶级,她像世界上所有工人和农民一样被剥削被压迫。她不得不背着三座大山。那些想要为自己国家乃至世界的人民抗争的人,必须为了自己国家工人阶级的团结和权利抗争;反抗源自于种族、肤色和信仰的各种歧视;她们必须与各种性别造成的不平等相抗争,为女性争取在家庭、家族、国家乃至世界的权利……"

不,这些不是她心里真正想说的。我到底是在给谁写这些东西?她一边问自己,一边把它撕成碎片。

她越是思念卡梅特,担心他的安危,就越是让自己投入到组织和治疗当中去。参与到别人的痛苦中,是她应对自身苦痛的最好办法,因为她可以觉得那些苦痛并没有什么特别的,别人也会有。

有一天早上,一个女人来找她。那个女人蒙着一条面纱。穆斯林,尼娅薇拉这样想着,把她带到人们称之为告解室的房间里。她试着观察这个女人的脸,但是蒙着面纱的脸怎么看得到呢?即便如此,她也能看到那个女人的眼睛里满含着悲伤。

"女士,是什么让你来到乌鸦魔法师的圣地?"尼娅薇拉问她。

那个女人想要回答,可是却忍不住哭了起来,泪水顺着她的脸颊淌下。尼娅薇拉耐心地等待,给她时间恢复。接着,那个女人摘掉遮住脑袋和脸庞的方巾。温吉尼娅?尼娅薇拉差点忘了自己现在是乌鸦魔法师,她低呼了一声这个名字就赶紧停住。面纱后的这张脸肿胀得太厉害,眼睛都差点睁不开。震惊不已的尼娅薇拉,没有再追问来访原因,也没有寒暄,更没有提起她上次来这里求她帮忙找失踪的丈夫。她会给温吉尼娅吐露心声的权利,想说多少都可以。尼娅薇拉知道,有些多次到访的人,每次都会装作自己是第一次来。可是,温吉尼娅似乎太过悲伤,根本没法说话。

“出什么事了,女士？是野兽袭击了你,还是什么?”尼娅薇拉终于打破了久久的沉默。

“这头野兽是有名字的。它叫作丈夫。无论白天还是黑夜,毫无缘由的争吵,没有止境的打闹。婚姻是一座监牢,人生的监牢,有了孩子的夫妻更是如此。就连我们的宗教都认可这种女性的监牢。”

“我们如今生活的时代与过去不同了。”尼娅薇拉说,“今天,只要你想,就可以随意走出这个监牢。即便是在过去,女人也可以回到父母身边,或者选择独自生活。甚至还有女人同女人结婚的。”

“我为什么要走出、离开一个我们共同建造的家庭?”温吉尼娅问。

“我不是让你去破坏自己的家庭。”

“没有家庭可以去破坏了。他已经用实际行动做到了!”

“他做了什么?”尼娅薇拉问,“他想从你这里得到什么？性?”

温吉尼娅沉默了,仿佛不知道从哪里或者如何说起。她是否应该隐瞒那些更加耻辱的细节呢?

“如果你想得到我的帮助,就必须告诉我一切。”尼娅薇拉仿佛读懂了客人的心思,“哪怕是他想要强奸你。强奸就是强奸,不管是被朋友还是被丈夫。”

温吉尼娅觉得如释重负,开始讲述她的故事。她说了自己的名字,并提醒魔法师,之前她已经来过两次了。她的需求都得到了满足,所以她才来这第三次。她大方地讲述了塔基里卡回家后发生的一切。

“我还是不明白为什么他对我那么生气,也不知道他想从我这里得到什么。”

“女士，”尼娅薇拉温柔地说，“你的丈夫，以为他天生就有权利殴打、管教自己的老婆。不幸的是，这样想的并不是只有他一个。针对女性的暴力困扰着许多家庭——富人、穷人、白人、黑人、信教的、不信教的。妻子会默默地吞下许多耻辱，而不是奋起反抗，她会变成一个‘神圣的我’。‘神圣的我’很快会变成‘神圣的奴隶’，过完‘神圣的一生’。你已经跟我讲述了你的故事，我也听到了。现在，你为什么来这里呢？为了倾诉，还是拿一点草药治疗你的伤口？”

“只要这个我称之为丈夫的男人还活着，我心上的伤口就永远不会痊愈。”

“你想要什么？”

“我想要他死。死了，埋了。给我一点可以放在他食物里的毒药。给我可以送他下地狱的毒药。或者，更好的是，在你的镜子里抓住他的影子，把他刺死。”

她的激烈让尼娅薇拉惊呆了。尼娅薇拉从来没想过，温吉尼娅的心里会藏着这么多的恶意。

“我只会给那些缠着好人的恶魔下毒。”

“还有什么比他的拳头更邪恶的？”

“你是想结束他的生命还是他的暴力？”

“只有死亡才能结束他的暴力：他死或者我死。”

“先让他看到他有多邪恶呢？”

“塔基里卡从来看不到自己的错误。他可以看到女人眼里的尘埃，却看不到自己眼里的土。”

“即便是让一些智者去劝说他？”

“那只会激怒他，等他们走后，他会加倍施暴。”

“把他押上法庭呢？”

“阿布瑞里亚的法庭？你见过几位女性法官和官员？不管怎样，在阿布瑞里亚，正义都会被扼杀在价高者的口袋里。你觉得我能比他出的价高吗？不，我没法用贿赂去给正义‘做按摩’。”

“用贿赂给正义做按摩？”尼娅薇拉大声重复这句话，但在心里，她却在思考要做些什么应对温吉尼娅的困境。她是绝对不会给她毒药的，也不会扼杀她的希望，因为这是一切疗愈的基础。想不出什么行动或话语，尼娅薇拉的思绪飘忽不定，她开始更多地琢磨面前的这个女人。在某些方面，这个女人一直令尼娅薇拉刮目相看。如果她现在的情形不是那么痛苦那么可怜，尼娅薇拉可能会忍不住大笑起来，至少是在心里，因为温吉尼娅的变化。

这还是以前那个提到身体和性事就装作一本正经的女人吗？这还是那个对阿布瑞里亚政治装聋作哑的女人吗？尼娅薇拉这样问自己。她想起她俩在埃尔代里斯现代建筑和房地产公司共度的那些时光，她们有过的那么多的争论和分歧。对温吉尼娅来说，阿布瑞里亚没有什么问题。可是刚才，关于统治者治下阿布瑞里亚的正义，或者家庭内部暴力和性别不平等的问题，她难道不是发表了最有洞察力的见解吗？她甚至看懂了宗教还有其对女性承受的暴力的掩盖与粉饰。认识到自己被错误地对待，是通往政治自我教育的第一步，尼娅薇拉总结道。

就这样，她脑子里翻转着这些想法，突然，她有了一个主意。这不是什么新想法——以前她就想过，甚至考虑过把它带到组织的领导层讨论，或许可以被采纳为组织的原则，不过她还没有那么做。为什么不先在温吉尼娅身上试一试呢？

“现在就回家吧。”她轻声对温吉尼娅说，“把这件事留给乌鸦魔法师。他得先跟智者们商量一下，那些明晓合理正义、穿魔法袍的智者们。至于你，带着我的话回家吧。要知道，最有效的魔法源自于心灵。女性必须深深地挖掘自身,才能下定决心,再也不允许自己被丈夫或男友殴打。到那个时候,打老婆这种事就不会再有了。家庭应该在'对话才是通往关爱和理解的大门'的格言之上运转。藏在心里的想法解决不了任何问题。面对男性的暴力,女性的沉默只会助长更多暴力。如果在智者团召唤他之后,他的拳头还是落在你身上,再回来找我。不过,我要先问一个刚才就应该问你的问题。你已经下定决心永远不要再被打了吗?"

"是的。"

"那么,回家去吧。正义的长者们已经在路上了。"

"我希望他们不会让我的丈夫知道我来过这里。"

"这你不用担心。如果一个疗愈者毫不顾及从圣地的安宁和静默中汲取的东西,那么他也就没有什么价值了。"

3

静默吞噬了塔基里卡的家,这静默,比最黑的夜里最茂密的树丛还要静。他们最小的孩子加西鲁和加西古亚在寄宿学校里。用人们只有白天在家;到了晚上,就只剩下他们夫妻俩。塔基里卡下班后经常不想回家,他会先去酒吧喝酒。

一天晚上,他觉得酒已经喝够了,也麻痹不了自己的孤独感,于是决定去火星咖啡馆喝一杯咖啡。

自从开始打老婆,塔基里卡觉得好多了,但是,只要想到那些跳舞的女人们,还有在他被囚禁的时候,温吉尼娅的新活法,他就会突然涌起一股愤怒。讽刺的是,这种时不时涌起的愤怒,还有纠缠于温吉尼娅的所作所为,恰恰可以让他不去想自己被囚禁时所发生的一切。想到自己双腿之间晃荡着一桶屎的样子,他怎么能受得了啊？那可不是什么雅观的场面，即便是对他来说。而一心盯着温吉尼娅的肮脏却会让他感觉自己更加纯洁。

唯一让他产生巨大满足感的记忆就是，乌鸦魔法师现在在警方的手里，这样一来，自己就是安全的了。

对于乌鸦魔法师的最新命运，塔基里卡一无所知。就算是有人对他说，乌鸦魔法师应统治者的要求，现在到了美国，他也是绝对不会相信的。他愿意知道的就只是，西吉奥库已经命令那个巫师，解除了施加在他身上的咒语，并且作废了它所有长期或短期的效用。

他期待着统治者的归来。西吉奥库跟他保证过，他可以夺回通天塔主席的所有权力，包括被卡尼欧若非法占有的那些。他真的拥有了一位新朋友，西吉奥库。不管什么时候，只要跟马乔卡利相关的记忆强行钻到他脑子里，他就会飞快地赶走它们。但有时候它们挥之不去，他就会停下来，思考一下当前的局势，然后问自己，等马乔卡利回来的时候，我该怎么做？

不过，这个问题可不会让他夜里无法成眠。塔基里卡最引以为豪的就是，为了生存，自己能够灵活应对所有事情。他会顺应这个世界，而不是跟它作对。他跟前任朋友及恩人的关系，将取决于在权力争夺游戏中，马乔卡利和西吉奥库的强弱。如果马乔卡利更强，那么塔基里卡就会把自己所知道的、西吉奥库已经预谋的一切都告诉马乔卡利。如果西吉奥库更强，他就会继续站在这一边，把过去忘得一干二净。就在他穿过大街，走向火星咖啡馆的时候，他脑子里全是如何在宝座背后两大势力之间周旋，全然忘了家里又一个孤独的夜晚在等着他。

他觉得有人从一旁挤他，但很快他就打消了这个念头，他想，走在拥挤的大街上就是这样不方便。埃尔代里斯吸引了很多郊区的乌合之众，他一边对自己说，一边稍稍有点心烦。但当他往前挤的时候，还是觉得有人在挤他，他扭过头，只看见有几个人戴着面具，面具上两道吓人的口子里露着眼睛。即使在那个时候，他也没有想到这一切跟自己有关。他以前读到过也听说过很多被击中头部①的受害者的故事。难道他也要目睹这种大白天的抢劫事件吗？

然而，不等他明白这是怎么回事，他就觉得自己被举了起来，扔进一辆早在一边等着的货车后座，接着货车立即驶离了。整件事发生得太快，根本没有路人注意到那辆货车附近发生的事有什么异常。在黑漆漆的货车里，塔基里卡觉得自己的左右胳膊都被钳制，两边坐的是抓他的人。他想要挣脱他们，却根本动不了，他们抓得太紧了。他的第一反应是，这些人肯定是小偷。

“我身上没有多少钱。你们要把我带到哪里去？”他问，却没有听到回答。

他觉得自己最好保持安静，等到了地方——不管他们要把他带到哪里，一下了车，他就要逃跑。然而，货车一停下，抓他的人立刻就蒙住了他的眼睛，把他带进一间屋子，推着他坐到椅子上。他们把蒙眼布摘下的时候，塔基里卡发现自己被一群戴着面具的人围住，他的脑门上挤满了豆大的汗珠。你们是谁？他又问了一遍，声音在颤抖。

他们摘掉面具。什么！女人？震惊、泄气、羞耻全都涌上他的心头。他，一个男人，居然被几个女人强掳了过来？接着是轻蔑和挑衅。九个女人绝对制不住他，他想，他飞快地冲到门边。门被锁上了。

---

① 原文为Sheng语与斯瓦希里语的混合用法。

“回到椅子上,等着仪式。”其中一个女人对他说,但是塔基里卡根本听不进去。

“把门打开,要不然我就会叫你知道男人的厉害。”他一边对她们说,一边用鞋子去踢门。

塔基里卡甚至不知道谁先碰的他,也不知道是来自哪个方向,等他再回过神来,他发现自己趴在地上,三个女人坐在他身上;一个坐在脖子上,一个在腰上,还有一个在脚那里。

“你叫什么名字?”坐在他双脚上的女人问他。

愤怒卡在他的喉咙里。他,一个大男人,怎么会被几个女人摔在地上?

“问你话呢。你叫什么名字?”坐在他脖子上的那个问道。

“塔基里卡。”他的嘴被压得撇向一边,在三个女人的重量下,他被压得气喘吁吁。

“还有呢?”中间那个女人问。

“提图斯。”

“我们只想确认没有抓错人。”

“从我身上下来。”他发出嘶嘶的响声,“你们想要什么? 赎金?”他一边说,一边想把她们晃下来,却没能成功。

“我们介绍下自己吧。我们不是杀手,也不是劫匪。你点一下身上有多少钱,因为我们不想以后听到你说这里的哪个人拿了你一个子儿。”

“不需要。我身上有一千布里币,你们可以全拿走。”

“我们不要你的钱。”旁边的一个女人对他说。其他人都笑了起来。

“那么,你们想要什么? 女人肯定不会强奸男人?”

“看看他脑袋里都想些什么?”一个女人说,“强奸就是强行侵犯别人的身体。它是一种暴力。如果这就是你想要的,我们当然可以……”

“不,不,我是说,如果你们想要性,我们可以做一笔交易。定个时间、地点,还有……”

“他真以为自己是个男人呢。”另一个女人说道,“九个女人都归他?”

“你们到底是谁?”

“现代女性创立的正义新秩序。你现在正在人民的法庭之上。”

“我拒绝承认你们的权威。”塔基里卡的回答里多了一点轻蔑。

“别担心你自己。到天亮的时候你就会承认了。”

“从我身上下来。”他又说了一次,好像在乞求一般,他对自己有点恼怒。

“还没那么快。我们想让你好好感受一下我们的重量。”

“这都是因为什么?”

“正义。我们是目光如炬的正义。我们飘在空中,我们的耳朵随时听到女人的哭喊。现在,我们的耳朵听见你不分昼夜地殴打你的妻子。”

塔基里卡气得说不出话来。这些贱女人怎么敢管他的事?

“听我说,这世界上没有什么能教我怎么管我的家。”

“你说得可能很对,但是,男人、女人和孩子组成一个家庭,如果有一根柱子弱了,家庭就弱了,如果家庭弱了,国家就弱了。所以,家事就是国事,反之亦然。”

“我用不着你们说教。我的妻子不是我们的妻子,她是我的。”

“你说的是‘我的妻子’,我可没听你说,‘我的奴隶’。”

“听着,传统是站在我这一边的;家里穿裤子的是男人。”

“你说到传统。记住,过去,虐待妻子的丈夫们可是要接受由女性组成的委员会的审判的。”

“就连《圣经》里都说,女人是男人的肋骨。”塔基里卡说。

“我们为什么不拽出他一根肋骨,好让他给我们展示下,肋骨是怎么变成女人的呢?”另一个女人插嘴说。

这时候,从旁边房间里走出一个身材高大的女人,挥舞一把闪亮的弯刀。“你们为什么要让这个男人给你们这么多麻烦?我来让你们看看怎么搞定他。把他的裤子脱下来。我们把他的小鸡鸡切掉吧。”

这个女人看上去、听上去都很认真,塔基里卡吓得快尿出来了,不由自主地发出一声呻吟。万一这些女人真的是疯了呢?被一种想要摧毁男人的女性恶魔附体?他还是顺着她们所谓的法庭程序走比较安全。他可以占住她们的注意力,然后伺机逃跑。

“请从我身上下来;我们可以谈谈。没有任何一个法庭会只根据原告的说法判案,尤其是在原告缺席的情况下。”

“我们给他个机会为自己辩护。”

她们允许他再次坐下,但是警告他别再反抗,否则……

“听我说。”他用一种装出来的尊敬的语气说,“我不知道你们是什么人。我甚至不知道是谁控告我打老婆。温吉尼娅和我是世界上最幸福的夫妻之一。我不赞同家庭暴力。我们是一个信仰基督教的家庭,我们是一个中产家庭。打老婆是穷鬼干的事,你们知道的,对现代一无所知的人们。我怀疑,这些说我打老婆的传言,都是我那些邻居搞出来的。有些邻居看到我老婆的脸是肿的,还有一些伤痕,那是因为她滑倒摔在水泥地面上。你们都是女人,都知道你们女人有时候是多么笨拙。我真的看不起那些邻居,除了掺和别人的家事就没别的可干的了。”

“只有两个人知道到底发生了什么。你和你的妻子。你说是她不小心摔倒在水泥地面上。所以,我们现在问你:你想让我们把她找来这里吗?”

塔基里卡吓了一跳。这是他最不希望看到的事情,传唤他的妻子。不过,他相信,温吉尼娅绝不会跟这些古怪的陌生人说自己的家事。他所了解的那个温吉尼娅,是让他重获自由的关键。他确定,她会站在自己的男人这一边。

“是的,叫她来。”他虚张声势地说。

“告诉我们去哪里找,跟我们形容一下她的长相。”一个女人说。她这么说,是为了显示,她们没有跟温吉尼娅勾结,“我们只知道你。”

一个小时左右之后,温吉尼娅就出现在房间里了。女人们让她跟她的丈夫面对面坐着。其中一个女人主持,其他的都是陪审团。温吉尼娅用披巾裹住脑袋。她的眼睛里流露出恐惧,不敢与丈夫对视。塔基里卡给她一个假笑,背后藏着的却是严厉的表情。

“告诉她们真相,我没碰过你。”不等“法官”开口,塔基里卡赶紧说,“你的脸难道不是因为你摔在水泥地上肿起来的吗?”

“法官”让她说出她所知道的真相。房间里的沉默让人心急。温吉尼娅瞥了一眼塔基里卡,又看了看女人们,目光躲到一边。

“我摔倒在水泥地上。”她的声音微不可闻。

女人们目瞪口呆。塔基里卡得意扬扬。

“你们亲耳听到了。”他傲慢地说。

“关于这件可悲的事情,没有什么需要说的了。”法官说。

塔基里卡希望自己能立刻报复这些女人。在门口的时候,他抱着他的妻子,在她耳边悄悄说:“你做得很好。比起今晚我将给你的‘招待’,上一次还有其他任何一次,都是苍白无力的。”

温吉尼娅颤抖起来。他太过分了。当着这些女人的面,他都敢这样恐吓她,回到家他还有什么不敢做的?如果她马上要被打死,至少要有些目击者。她迅速地挣脱他,转过身来。

“对不起。”她对法官说,“刚才我对你们撒了谎,对我自己,也对我的丈夫,撒了谎。这个男人,只要脾气一上来,就会对我拳打脚踢。即使是在工作或者在酒吧里,跟别人有冲突,他也会发泄在我身上。我丈夫的心,跟水泥地面一样坚硬。”

在这个刚刚忤逆了他男性权威的女人面前,塔基里卡又失去了控制。他跳到她身上,又想要打她,但是那些女人动作比他快多了。还没等他下手,她们就制住了他。然而,就在她们把他从妻子身边拽开的时候,他还是作势要打她。

“你等着我把你弄回家!你等着!”他冲着她大喊,叫嚣着。

“可是,谁说了你可以回家?”手拿弯刀的女人,一边朝他冲过来,一边恶狠狠地挥舞弯刀。塔基里卡往后跳了一步,以为这些女人准备杀了他,因为他正好给了她们理由。

法官让他们都坐下,他们都照做了,包括塔基里卡,他从内心里感激法官让那个拿刀的女人住手。

“你,”法官指着塔基里卡说,“你在我们眼前的所作所为印证了我们听到的。但这个法庭不会随意给你判刑,我们会给你一个机会为自己辩护。你为什么要殴打你的妻子?”

“别说她是我的妻子。”塔基里卡气喘吁吁又充满沮丧地说,毕竟他现在没法教训她,“这个女人就是个伪君子。最近警方拘留了我,她就趁机雇了一些跳舞的妓女还有流氓,供她寻欢作乐。”

温吉尼娅根本不懂塔基里卡在说些什么,她不敢相信地摇着头。但是,提到跳舞的女人们,让她想起那些迫使政府承认关押了塔基里卡的女人们。

“是谁跟你说,你被抓走之后,我什么也没做的?还说我跟女舞者们寻欢作乐?有些人真的不知感恩。前一段时间,我被警方逮捕,这个男人什么也没做。我甚至还看到一份新闻稿,他打算公开谴责我。可是,当他被抓走,被秘密关押的时候,我找遍了所有警察局、医院还有报社,想查清他那些所谓的朋友们到底对他做了些什么。但当他从‘坟墓’里出来,他没有问过一句他不在的时候家里怎么样了,而是四处打听八卦。不管那些酒鬼朋友跟他说什么,他都信以为真,然后往死里打我。”

“她问了你一个问题。”法官转向塔基里卡,“是谁在造她的谣?告诉我们,我们可以把他带来这里做证。”

塔基里卡想起,因为目前正在进行的一些调查,西吉奥库禁止他说起那些照片或者那些跳舞的女人。他没有回应。

“你还有什么要说的吗?”法官问温吉尼娅。

“我只是想在你们面前说,我绝不会再接受任何殴打。”

“别扯谎了,女人。我从没用这双手碰过你,虽然真正的男人应该这样做。”塔基里卡喊道,他站起身,握紧拳头。

女人们把他摁回到椅子上。

“你在我们眼前的所作所为反对了你的说法。”法官告诉塔基里卡,“我们有足够的证据让陪审团得出公正的裁决。温吉尼娅将被送回她的住处。”法官不容置疑地说。

看着温吉尼娅被带出房间,塔基里卡真想对温吉尼娅大喊:请别把我留在这里,跟这些疯女人在一起!但他没有。他,一个大男人,怎么可能乞求自己的妻子,一个女人,把他从另外一些女人的手里救出去呢?

法官的眼睛紧紧盯着塔基里卡。

“你被判处,接受与你施加在妻子身上的同等的殴打。”

“不过,如果你再次出现在我们面前,就别想带着你的小鸡鸡离开。”拿弯刀的女人一边说,一边炫耀自己的武器。即便在那些女人不停揍他的时候,他的眼睛还是盯着那把刀。他的疼痛是麻木的;他的眼神是空洞的。

4

等塔基里卡终于发现自己躺在家门外的时候,他根本不敢相信。她们放了他?他在金山住宅区真的安全吗?他的第一反应是冲进屋去,抓住温吉尼娅,打断她的腿和手。但是,他最后听到的几句话却是再清楚不过的:“记住,你要是再打老婆,你就会知道女性恶魔的厉害。”所以,这些女人究竟是什么人,他先前想的是对的。想到她们会突然从周围的玉米地里冒出来,让他遭受报应,他就开始颤抖,他被一种混杂着解脱、羞耻、愤怒和无助的感觉打倒了。

塔基里卡没有打开门,而是靠在门边,开始抽泣。泪水顺着他的面颊淌下,滴在门廊上。他的泪水像雨一样,越下越大,越下越急,很快就像决了堤的激流一般,变成门廊外的两道沟渠。不过,他并没有注意到,因为他最后还是打开了门,并且很快从里面锁上了。

5

女性魔鬼们上演的这出戏,可不是什么让塔基里卡愿意四处张扬的事情。他能想象到人们会嘲弄地说:这就是那个被女人打了的男人。所以,他把自己锁在屋子里,通过电话办公。

温吉尼娅也不希望别人问起她满是伤痕的脸,所以跟他一样,她也不出门。

这样一来,他们发现他们俩不管白天还是黑夜都待在同一个房子里,却避不相见。他们甚至努力不让对方看到自己伤痕累累的脸,塔基里卡戴一顶宽檐帽,温吉尼娅则用一块布裹住自己的脑袋。

温吉尼娅本来以为塔基里卡肯定会报复她,她越来越忧虑。但是,几天过后,却没有发生任何暴力事件。不过,在那沉默和故意的冷漠之下,他是不是在预谋什么更加险恶的事情呢?又过了好几天,温吉尼娅忍不住琢磨:那些女人到底对他做了些什么?她们把他的"男子气概"切掉了吗?

她常常偷偷跟着他,暗中打量他,想在他从浴室或者洗手间出来的时候看到他赤裸的样子。有一两次,在她以为他肯定在换睡衣的时候,她故意推开他卧室的门,却发现他穿得严严实实。她赶紧关上门,装作是因为习惯不小心推门一样。

塔基里卡也开始忐忑不安,想到那些没有得到满意答复的问题,他又感到迷惑不解。

有些问题是因为他的自负,被女人掳走、压制、审判,颠覆了他对世界的全部了解。那时候,他希望自己能够一举歼灭她们,但她们难道不是来自阴间的物种吗?无论如何,是谁跟她们说了他和温吉尼娅的事？毕竟，打老婆这种事，在阿布瑞里亚是非常常见的，根本不会引起别人的注意。一个家庭能够看上去安宁平静，并不是因为男人不打老婆，而是这对夫妻不将此事外传。

让他不解同时又不安的是，他知道，那些女人的指责里没有一句是假话，他不得不思考自己的所作所为。为什么他事先没有跟温吉尼娅确认西吉奥库所说的一切呢？

他也无法否认温吉尼娅说的，在她被拘捕的时候，他没有为她做什么。现在，他感到羞耻，因为他没有像个男人一样保护自己的女人。

可是，她为什么又说她找遍了所有地方，为了找他呢？这是真的吗？他想知道更多，但他要怎么在不失面子的情况下打破沉默呢？于是，他也开始偷偷跟着她，常常偷看她，想看看她的态度有没有一丝软化。

这两个人开始转圈圈一样，经常发现彼此在房子里的同一个地方，却都在寻找一个突破口，从而满足自己的好奇心。一天下午，他们在门廊相遇了。他们惊奇地发现：从门廊外的墙边开始，多了两条沟。什么样的雨会弄出这样的沟来？他们异口同声地问。可他们不记得最近下过雨。他们分别沿着一条沟，顺着往前走，穿过了玉米地，一直通向山谷。然后呢？他们发现了第二个惊奇。

在泥泞、潮湿的山谷里，多了一个水塘。他们盯着对方看。他俩都把一个手指头伸进水塘里，尝了尝里面的液体。是咸的，像眼泪一样。他们俩都不相信自己的舌头。为了确认，他们又把手指伸进水塘里，然后放进对方的嘴里。水塘里的水依旧是咸的。他们咯咯咯地笑了起来。他们又把手指伸进水塘里，想要抢先放进对方嘴里。不过，他们仿佛读懂了对方的心思。温吉尼娅冲进了玉米地,塔基里卡跟在后面,他们嬉闹起来。

很快,他们觉得累了。突然,他们感到久违的年轻时的温暖:好一会儿,他们面对面站着,看着彼此,沉浸在这一切当中。他们心里都明了,却没有开口。不过,就是在这旷野里,在这玉米叶子下,他们感觉很好,非常好,脸上和心上的伤痛似乎都被一声高过一声的甜蜜抚慰了。

6

塔基里卡和温吉尼娅都没想到,悲伤的眼泪过后,会是那么快乐的呼喊。然后,接下来温吉尼娅口中发出的呼喊,既不是快乐也不是悲伤,有好一会儿,她根本说不出话来。塔基里卡也看到了她指着的东西。那个画面也让他紧张至极:湖面上空,一群鸟儿定格成飞翔的姿势。离岸边几码远的水面上,一条狗对着鸟儿狂吠,突然在他们眼皮底下定住了。

塔基里卡和温吉尼娅拔腿就跑,直到跑到家,也没敢回头看一眼。山谷的地面曾经剧烈震动,仿佛地底塌陷了一般。是什么把水引到那里去了?又是什么让那些动物都静止不动?

第二天,他们又回到那里,指望一切都会消失。然而并没有,除了鸟儿,还有蜜蜂、蝴蝶也被定住了。水面上的鸭子,小鸡,包括一直想要爬到母鸡身上的公鸡,都一动不动。还有两只羚羊,一只悬在空中,一只正准备跳起来。

他们不再尝试解开这个谜。加西鲁和加西古亚放假回家时,塔基里卡和温吉尼娅不让他们接近山谷,甚至不让他们谈论它,还编故事吓唬他们,说有魔鬼会把小孩引到山谷的水塘里,然后吃了他们。但是加西鲁和加西古亚又跟朋友们说了这些故事。最后,这些故事传到了那些家长的耳朵里,他们也不让自己的孩子接近那个地方了。

家长们也添油加醋地到处传播:那个水塘变成一个湖,所有碰到它或者从它上空经过的活物都会变成石头。还有人说,就连望一下那个方向,或者看着它,也会让人变成石头。所以,人们走路的时候,都把脸扭过去,不看那个方向。后来,大家都对那个湖缄口不言了。

可是,塔基里卡和温吉尼娅都很喜欢那个湖,就好像飞蛾喜欢火焰一样。他们找到一个可以远远眺望的地方,尤其是在夜晚,因为光线落在那些静止不动的东西上面时,光线强弱和角度不同,它们的颜色也会发生相应的变化,如梦似幻。

塔基里卡和温吉尼娅把这个画面称为:静止博物馆。

7

坐在老地方,望向静止博物馆的时候,塔基里卡突然问温吉尼娅,她是怎么成为女人们庆祝之舞的座上宾的?他警告她不要撒谎,因为他亲眼看过那些照片。她以为他说的是媒体拍的照片,虽然她从没看到过。她没有提自己去找过乌鸦魔法师,而是说了自己在到处找都找不到他之后,终于决定去卡尼欧若办公室的正式揭幕式上找西吉奥库,在那里,那些她从未见过的女舞者们逼他承认拘捕了塔基里卡了。不过,她以前从未见过她们,这并不要紧,他应该知道的是,要不是那些女舞者,他可能早就没命了。

轮到塔基里卡了,他也省去了在狱中碰到乌鸦魔法师,还有自己是如何用一桶屎控制住了整个监狱,又是如何背叛了他的朋友和恩人马乔卡利,才获得了自由。他只说了自己是如何反抗那些抓捕他的人,并威胁他们要把他们虐待他的罪行上报给统治者。然后那些警官才告诉他,抓捕他的真正原因是,他的妻子跟那些女性颠覆分子牵扯不清。为了证明这一点,他们还给他看了温吉尼娅坐在舞者面前的照片。

温吉尼娅脸上的震惊,让塔基里卡相信,她对那些照片一无所知。她不否认当时有些手拿照相机的人在现场,但她以为那些都是报社的人。而且,为什么报社要把她和舞者们拍下来,却故意抹掉卡尼欧若和西吉奥库的身影,毕竟他俩才是庆典现场的主要权贵?

“这些照片背后肯定藏着别的企图。”温吉尼娅使劲摇头说。

她的话让塔基里卡陷入了沉默。所以,西吉奥库才不想让他跟温吉尼娅说起这些照片?所以,西吉奥库才不让他打她?现在他回想起,上次他请西吉奥库允许他打温吉尼娅的时候,西吉奥库是怎样挂断他的电话。他的怒气,最终让他弄明白了这背后的故事。

“我得去找西吉奥库部长,我会让他知道,以后别想要我玩。”他最后说。

他还不知道要怎么报复。他甚至想过请专业杀手解决西吉奥库,但他不知道要去哪里找。此外,这样做风险很大,也需要很多时间去安排;他想立刻报复他。拿不定主意的塔基里卡,越发觉得西吉奥库的欺骗像火一样烧心。他为什么要撒谎?为了让他合作,对付……

突然,塔基里卡知道自己要怎么做了:他将拒绝与西吉奥库一起对付马乔卡利。

他去了办公室,给西吉奥库打电话。

8

听着塔基里卡在电话那头的呼吸，西吉奥库就知道，一定出了什么大乱子。“出什么事了？”他问。

“出什么事了？”西吉奥库又问了一遍。

塔基里卡正要宣布自己不会再在马乔卡利的事情上合作，却突然想起，他已经在那份虚假的口供上签字了。很明显，西吉奥库抓住了他的蛋，随时准备往死里捏，逼他顺从。难道就没有办法走出这个噩梦吗？

“你居然没种说，你和卡尼欧若才是这场戏里的大明星？”他尽力让自己的语气里充满怨恨和轻蔑。

一开始，西吉奥库并不知道塔基里卡在说什么。

“你打了你的老婆？”西吉奥库没有理会他的嘲讽，直接问道。

塔基里卡犹豫了，他不知道西吉奥库是怎么知道他家里发生的事情。难道西吉奥库在他家附近安插了眼线吗？或者，西吉奥库跟温吉尼娅还有那些羞辱了他的女人是一伙的？这或许可以解释，为什么他们那么关心温吉尼娅的安全。说到这里，只有西吉奥库和那些女人，要求过他不要打老婆。

“像个男人，跟我单挑，别派女人来为你干活。我已经给你下了战书。接受挑战，骗子懦夫部长先生。”

“女人？什么女人？”西吉奥库问。

“你当然不知道她们了。你当然没有派她们来绑架我了。西吉奥库，你可真是不可思议啊。我已经抓你个现行了，你能做的就只有抵赖再抵赖了吗？”

“*请你冷静一点。*”西吉奥库用英语说道。他已经完全糊涂了,真的不知道塔基里卡在说些什么,“你听我说。我一点都不知道你在说些什么。千真万确。你和我现在是一条船上的,记得吗?我已经特别交代过警方别再去骚扰你。所以,如果有人去你家里或者工作的地方找你麻烦,他就是在违背我的命令,会受到相应的处罚。你对于这个政府来说是一位非常重要的人物,塔基里卡先生。所以,简短地告诉我,或者仔细地说:发生了什么事,让你怀疑我说的话?”

西吉奥库成功地安抚了塔基里卡。现在,他对西吉奥库讲述了发生的一切,不过他对真实“版本”做了修改。他把他对妻子无情而残忍的殴打简化成只在脸上打了一拳,还把袭击他的女人人数从十个改成了二十五个,把那把弯刀说成了九支枪。

西吉奥库觉得想笑,却忍不住开始琢磨这些女人到底是谁。她们甚至还有胆量自己召开人民法庭?还有武装?

“塔基里卡先生,我不需要提醒你,我早就说过,不让你打你的妻子。现在你看到后果了。一个全新的局面出现了,但我们应该尽力去处理。现在,我要求你,假装什么事也没发生过,继续过你的日子。政府会秘密调查这件事情,不查个水落石出,我们决不罢休。我向你保证,调查将会有专人主导。如果男人失去了管教妻子的权利,这个世界会变成什么样啊?我还要对你提个要求。请不要让温吉尼娅知道你已经跟我说过这件事。别让任何人知道你曾经落入那些女人之手。我们可不想让这种事传遍全国。在情况恢复正常之前,我还是建议你暂停打老婆这件事。”

“谢谢你,西吉奥库先生。”塔基里卡说,他诧异于自己的口气里居然没有了诅咒和威胁,反而是满满的感激,“都说女人天性复杂。她们真的是非常情绪化。即便是我的妻子,我都觉得我再也无法信任她了。从现在开始,我会像你的法国朋友笛卡尔那样。

实话跟你说,我都开始怀疑我看到的一切是否是真相了。现实和幻想全都混合在一起。”

“拜托,塔基里卡先生。”西吉奥库发出一声哀叹,他多么希望自己没跟这个做生意的白痴提起过那个法国人,“你真的必须忘掉这个法国人了。我跟你说过,他已经死了许多年了。这是事实。”

塔基里卡感谢了西吉奥库的谨慎。他尤其喜欢西吉奥库的承诺:调查将由专人主导。

因此,在放下电话之后,塔基里卡觉得好多了,现在他走起路来又神气活现了,像被那些女人、西吉奥库和卡尼欧若剥光他的尊严之前一样。好运气又回来了,塔基里卡高兴地想唱歌。

9

塔基里卡被释放,卡尼欧若并不开心,更别提这件事没有跟他这个调查委员会主席商量过。塔基里卡与西吉奥库的联手,他更是不快,因为这否定了他作为通天塔代理主席对部长的全力支持。他之所以能够毫不汗颜地继续积攒个人财富,关键就在于他占住了主席之位。如果商人们今时今日都能仅在信任和希望的基础之上就给他大钱,等到统治者带着贷款回来,真正开始建设通天塔的时候,他得到的将是巨大无边的财富。把塔基里卡从监狱里放出来,就等于是在美味的汤里放下一粒老鼠屎。若非如此,卡尼欧若的大事小情都将进行得十分顺利,他相信自己在生命和财富方面都会是安全的。

他想,甚至有一天,尼娅薇拉也会回到他身边,因为他拥有了护身的魔法,还有令人信服的金钱的力量。跟统治者的绝大多数信徒一样，卡尼欧若也坚信，金钱可以买到所有事物所有人，当然了，尼娅薇拉绝不会是第一个，也不会是最后一个，为了现金而改变政治理念的人。

唯一对金钱没有兴趣的人是简·坎约里。她帮他打理所有账户事宜，却没有要求过任何回报，除了偶尔请她吃顿羽衣甘蓝和烤牛肉。在钱的事情上，她就是一个纯真的海报女郎。起初，这让卡尼欧若困惑不已，接着他就想明白了。她天天跟成堆的钱打交道，已经对它的价值漠不关心了，就好像一个厨师对着整天闻着的佳肴毫无胃口一样。卡尼欧若当然巴不得这样了。

就这样，在简·坎约里的免费服务，还有乌鸦魔法师的免费护身魔法之下，卡尼欧若觉得自己高枕无忧，甚至开始幻想在危机四伏的阿布瑞里亚政局之中大展身手了。

他不知道在乌鸦魔法师的事情上西吉奥库进行到什么程度了，也不知道西吉奥库是把巫师请了过来，还是连夜乔装打扮去了圣地。那对他来说都不重要。他已经做完了自己那部分。剩下的就交给西吉奥库了。而他，卡尼欧若，不会过多地卷到巫师和巫术当中去，因为他觉得，跟巫师之间，亲近到能够获得护身魔法就够了，走得太近就不对了，毕竟谁也不知道哪天就会翻脸。

在统治者归来之前，卡尼欧若的主要任务是，完成排队狂热调查委员会的工作，并写完调查报告。塔基里卡的供词为他的报告提供了基础，而且它也符合西吉奥库的一系列计划，所以他并不担心这个任务。

但是塔基里卡被释放这件事始终折磨着他。塔基里卡可能会恢复主席职位，并夺走所有相关的权力。所以，即便他不停地收到鼓囊囊的信封，并且在忠心耿耿的简·坎约里的帮助下，安全而明智地存进各个账户，他也总是忙着琢磨，怎么才能给塔基里卡设几个圈套让他钻一钻。

电话铃响起的时候，他正沉浸在各个"剧本"当中。是西吉奥库，可是，他为什么这么早打来电话？

"女人？什么女人？她们打了塔基里卡？"卡尼欧若问，他忍不住大笑起来，笑得说不出话来，"她们坐在他身上？她们想要干吗？"

当西吉奥库让他调查这伙女人的时候，西吉奥库的大笑就变成了哀号。

10

很快，阿布瑞里亚的女性武装起来反对丈夫的传言就传遍了全国每个角落。而这些传言都来自于卡尼欧若的调查。虽然他接到指令，要秘密调查，但他还是觉得，这个丑闻正是他所需要的，用来剥光塔基里卡所有尊严和男子气概。他先是向一两个人暗示，有几个女人袭击了塔基里卡，让他脱掉裤子，打了他的屁股。传言从这里开始发酵。然而，让卡尼欧若失望的是，没有人猜到塔基里卡的名字——在这些女人打老公、而不是男人打老婆的耸人听闻的故事里，男人叫什么名字就没那么重要了。

卡尼欧若搬起的石头差点砸了自己的脚，因为随后他就收到了紧急指示，继续调查，阻止这些传言四处传播。一场全国范围内的性别大战，给现有的家庭价值观造成了巨大的威胁。

那些女人到底是谁？人民法庭的这些女人、女舞者，还有"人民之声运动"组织之间有什么关联？接着，他想到那些为自己办公室揭幕庆典表演的女舞者们。

庆典之后，他以为她们会来找他，让他为她们买一队公交车，但她们没有。他有点失望,因为他本来还想告诉她们一些事情。他想起女舞者们是如何插手温吉尼娅的事情。她们的目的是什么？在这里面,温吉尼娅又是什么角色？

他是否应该把她传唤到他的办公室来？可是,不管是把她叫来,还是亲自去见她,温吉尼娅肯定说的都是老一套,跟对她丈夫说的一样。那么,他应该再次传唤塔基里卡吗？他肯定也会重复温吉尼娅说的。说到底,他们俩为什么要配合他？此外,西吉奥库已经非常清楚地告诉过他,必须谨慎,不得贸然招惹塔基里卡。毕竟,西吉奥库选择的是卡尼欧若来主导这次调查,而不是警方,说明他想要秘密行事,而且,在写成官方报告之前,他希望卡尼欧若先递给他过目。这也不是什么新鲜事。西吉奥库经常是这样自私自利的。不过,卡尼欧若依然坚信温吉尼娅对他的调查来说至关重要。他还是得从她下手。

他把精力集中在那伙儿虐待塔基里卡的女人身上。她们是在他去火星咖啡馆的路上把他劫走的。她们把他塞进一辆早已等候的货车里面,蒙上他的眼睛,把他带到一个不知名的地方。这一切都是在光天化日之下进行的。突然,卡尼欧若灵光一现。他满意地吹了一声口哨。他会沿着女人们的足印追下去,即便那意味着违背西吉奥库别去找塔基里卡麻烦的命令。

11

从夫妻之间恢复“邦交”的那一天开始,温吉尼娅就开始祈祷,希望他们的生活能有一个新的开始。倒不是说她相信他们的关系能回到应有的样子,而是她明白,沟通才是疗愈之路的第一步。

对于生活,她没有要求太多。一个敬畏上帝的信教家庭;一个不沾政治和政府事务的丈夫;受过高等教育有稳定工作的孩子;一套房子、一个农场和两辆车。当年,塔基里卡和她还是小学老师时,这曾经是他们的梦想。

作为一个有执业资格的教师,温吉尼娅曾经是两个人里更有话语权的那个。塔基里卡只是一个代课老师,只有女教师歇产假的时候才会轮到他上班。那时候,他们已经结婚了,打算给他们的第一个孩子,女儿,起名叫尼娅薇拉,但随即他们又否定了,因为尼娅薇拉是"工作"的意思,他们不想早早判定孩子以后就是个劳工的命,即便是名字这种符号性的东西。后来,他们叫她恩格恩多,希望她的人生旅途比他们这种当老师,靠可怜的工资过活的顺利一些。

那还是在殖民地时期,直到独立之后,银行贷款方面的种族歧视减轻,越来越多的商机降临在阿布瑞里亚黑人面前,他们的生活才有了改变。塔基里卡开始做点小生意,卖家具和日常用品。他不是木匠,却能言善辩。他先是拿到订单,然后找来几个木匠,很快,他就拥有了一家大商店,有一个车间,还有几个全职的木匠。后来,他们买下一个农场,温吉尼娅就放弃了教职,全心全意地打理家事和农场。她经常会想起那些日子,那时候他们会因为生活的每一个好的转折而欣喜不已:提图斯·塔基里卡这个名字的寓意也很好地实现了。然而,他们越来越富有,感情却越来越差,在许多方面都不和谐,甚至升级成了家暴。

如果最近因为奇迹而产生的亲密感能够蔓延到家里的其他方面就好了,温吉尼娅叹息道。想到这里,她开始唱起她最爱的旋律:

黑暗过去之后是光明

照耀万物
我的心在耐心等待
等着爱主导我的人生

她正在屋外的地里,摘嫩玉米做晚餐。她一路唱着歌回到院子。

太阳下山后,天色已晚,一切都很宁静。突然,有几个人冲出来,一把抓住她,塞进一辆车,迅速开走了。整件事情发生得太快,她根本没有时间喊叫。她甚至没有意识到自己把用来装玉米的麻袋都扔下了。

12

她发现自己坐在两个散发着酒臭味的男人中间。车后面黑漆漆的,她都不知道车里有几个人。跟塔基里卡一样,一开始她也以为这只是普通的劫持,为的是索要赎金。不过,要是她的丈夫不肯支付赎金呢?又或者这一切根本就是他为了复仇而谋划的呢?

配偶间的谋杀,在阿布瑞里亚也是常事了:丈夫们会安排杀死妻子,然后掉几滴鳄鱼的眼泪,信誓旦旦说在追查凶手;妻子们会在家里烧死丈夫,自己也弄点烧伤的痕迹,证明自己是死里逃生。难道塔基里卡也决定雇凶杀死她吗?或许这一切只是一个梦,一个噩梦,等她醒来时,一切都会恢复正常?但这不是梦,想到可能会被强奸,温吉尼娅就吓出一身冷汗。你们要把我带到哪里去?她的声音在颤抖。

"塔基里卡夫人,"坐在副驾驶位置上的卡尼欧若说,"我叫约翰·卡尼欧若。我想,这不是我们的第一次会面。不过,我怕你忘了,还是让我来提醒你吧。我是你丈夫在通天塔项目上的副手。

你还光临了我办公室的揭幕庆典。我还是排队狂热调查委员会的主席。是统治者亲自任命的。不过,更重要的是,我还是统治者青年团的首领。我跟你说这些,是想让你知道并且理解,你的性命现在在我的手里,取决于你是否跟我说实话。只有你才能决定,你是要回家,给孩子们做晚餐,还是去红河喂鳄鱼。"

"年轻人,你为什么要这样对我呢?我有什么地方惹过你吗?还是我的丈夫比你强太多,你拿我撒气?你应该为自己感到羞耻。"

"你的丈夫?他也高兴不了多久了。我还没腾出时间对付他。不过,今天,或者说今天晚上,我们说的可不是你丈夫。事实上,你可以说,他跟我是一条船上的。我想让你跟我们说说那些女人的事,那些恐吓男人的女人。那些舞者和陪审员:你是怎么认识她们的?"

"我不认识她们。"温吉尼娅毫不犹豫地说,尽管,卡尼欧若说的,他跟塔基里卡是一伙儿的,让她觉得很受伤。她的丈夫怎么可以跟敌人联手,就为了对付她?

"好吧。你已经决定了自己的命运。整个阿布瑞里亚,没有一个人知道你今晚在哪里。司机,接着开。你也听到了。这个女人选择去喂红河里的鳄鱼。"

汽车加速前行。大约一个小时之后,车停了下来,三个男人强行把她带下车来。他们在一片树林里面,虽然有月光,可还是有点黑。男人们拽着她穿过一片空地,朝河的方向走去。卡尼欧若和司机跟在后面。在月光下,她清楚地看到河岸边,好几条鳄鱼从芦苇丛里探出丑陋的头来。她这么坚忍的一个人,她这样一个很少大声说话的人,现在声嘶力竭地号叫着,她以为自己的头就要被扯下来了。但是,回应她的只有回声。"没人听得到的。"卡尼欧若在她身后一两步远的地方说，“你知道这条河吗？它之所以叫红河，是因为这些鳄鱼非常喜爱鲜血，那些想要反对统治者的蠢货的血。你的丈夫是不是蠢到跟你承诺，会让你当阿布瑞里亚夫人？塔基里卡想要颠覆这个政府？他在骗你。他甚至不敢把一块石头扔过河，如果他知道河里有鳄鱼的话。就好像你现在看到的这些。它们现在可是饿极了，因为，跟你说实话吧，自从统治者去了美国，它们就断了平常吃的人肉了。”

温吉尼娅不知道，究竟是这一番话，还是他的语气，又或者两者都有，让她从未如此确信过一件事情：卡尼欧若不是在吓唬她；他真的做得出来；他甚至巴不得把她扔给鳄鱼。她要怎么逃脱这个疯子的魔掌？恐惧攫住了她。必死无疑，反而让她看清眼前的困境。如果她要从这帮刽子手手中救出自己，她最好能快速地想出点什么，什么都行，给自己争取点时间。她停止了号叫，迅速地做了个祷告，请求上帝让她冷静下来。她打定主意，乌鸦魔法师可以救她。

“我有点迷糊了。你问的是两拨女人，舞者，还有陪审员。”

“对，你说得对。”

“事实上，我真的不知道那些舞者是谁。我去揭幕庆典，是为了见西吉奥库部长。我是在你办公室外面的院子里看到她们的。我以为她们在那里是为了庆典。”

“对，是我请她们来的。”卡尼欧若说，仿佛不愿意多想她们是怎么背叛他的，“那些打你丈夫的女人们呢？”

“关于她们，你想知道什么？”温吉尼娅冷静地问，仿佛已经准备好配合他。

“她们是谁？住在哪里？你跟她们是什么关系？”

“我不认识她们。”

“你在开玩笑吧。”

“她们不是真的。”她突然说。

“她们不是真的,这是什么意思?”

“她们只是影子。是虚拟的。她们只存在于乌鸦魔法师的镜子里面。”

13

塔基里卡不明白,他的妻子为什么会在外面待到那么晚还不回家,尤其是现在,他们分明在努力,共同找回以前的生活。家里的用人们告诉他,他们看到她去玉米地了,但没有看到她回来。她的车一直在车库里停着,说明她可能没有走远。但是,都半夜了,她还是不见踪影。塔基里卡忍不住想:或许她被困在眼泪之湖,变成了静止博物馆的一部分?他跳下床,出去找她。

他站在离湖几码远的地方。月光落在湖面上,反射出银光。他的目光落在鸟儿、猫、狗、羚羊、蝴蝶,所有静止的东西上面,却没有看到任何人影,他松了一口气。他决定回屋去。走到院门口的时候,他的心狂跳起来。一个装满了嫩玉米的麻布袋躺在地上,草坪上还散落着一些玉米穗。

她为什么要摘下玉米又扔在这里?难道是被野兽袭击然后拖走了?可是这里没有挣扎的痕迹。又或者她只是某起犯罪事件的受害者?这些日子以来,罪犯十分猖獗,肆意入室抢劫,不管门口是有电丝网、高高的顶上插满碎玻璃的石墙、看家猎狗,还是最新的电子监控装备,没有什么房子是真正安全的。

然而,他又想到最近跟西吉奥库部长的一次谈话。或许又是西吉奥库的人下手?可是,西吉奥库不是刚刚保证过,所有关于这些女人的调查,都是无声而隐秘进行的吗?他们没说要审问温吉尼娅,更没说会拘留她。如果他们真这么做了,这次他会说,不准碰我的妻子。

自从他们又开始交流,塔基里卡对温吉尼娅的感觉又回来了。实际上,他非常感激她,是她的努力,逼得政府不得不承认关押了他。但他的感激里面又夹杂着恐惧,他害怕人民法庭的那些女人,还有指着他小鸡鸡的那把弯刀。

他很早就起床,给他的新朋友西吉奥库打去电话,却没有人接听。他看了看表,才发现,现在还不到七点,部长可能还没去上班。塔基里卡决定去自己的办公室,在那里再打电话,他希望等他到那里的时候,就快八点了,那时候,西吉奥库也该上班了。走到门口,他觉得那个麻布袋在盯着他,他想,我要怎么跟那些女人解释温吉尼娅的失踪?

刚想到这里,他就看见温吉尼娅朝他走来。一看到她,他就知道,她经历了一个艰难而危险的夜晚。

“你怎么了?”他关切地问。温吉尼娅直觉感受到他的语气里没有丝毫的虚伪。

她当场就瘫倒在地,仿佛整个世界的重量都压在她身上。塔基里卡把她扶起来,带她进屋,放到床上。温吉尼娅坐在床沿,没有说一个字。塔基里卡以为她在生他的气,就开始解释起来:

“我不知道你去哪儿了,更别提发生什么事了。不过,无论怎么样,看到你回来,看到你还活着,我都很开心。我没怎么睡。刚才我正准备去办公室,想想要怎么找你,要从哪里着手。我已经给西吉奥库部长打过电话了,但没人接电话。”

“跟西吉奥库没关系。”温吉尼娅说,“都是卡尼欧若干的好事。”

“约翰·卡尼欧若？”塔基里卡问，恨不得把他撕成碎片。卡尼欧若太过分了，居然管到他头上来了。不仅霸占了他的职位，还打着没有遵守传唤的旗号逮捕了他，还对他用了刑。现在，这个卡尼欧若居然敢碰他的妻子。“这一切必须结束了。我们两个不能被关进同一个牛栏里。”他苦涩地说，眼里居然泛起了泪水。

“别把时间浪费在他这种人身上。别管他。他没有打我，也没有强奸我。我设法摆脱了他们的圈套。”

温吉尼娅对他讲述了一切，从被门口掳走，到差点被扔进红河喂鳄鱼。

塔基里卡听到卡尼欧若问的那些问题，就立即知道，卡尼欧若是在西吉奥库的授意之下行事。他感到羞耻，因为正是他本人，才有了这场所谓的对那些女人的调查。现在，他觉得，他应该对这次事件负责。他沉默着，没有说出任何可能会暴露自己在这当中扮演的角色的话来。他很庆幸，之前没有跟温吉尼娅说过他跟西吉奥库在电话里的交谈。但是，他依旧很难克制住内心的愤怒和沮丧。为什么西吉奥库要把一个本该属于警方的任务交给卡尼欧若？

“你是怎么逃脱的？”他问。

“乌鸦魔法师！在危难时刻，我想到了他！”温吉尼娅说，但她也没有说出，她已经告诉卡尼欧若，她曾经去圣地请求帮助。她还是不想让塔基里卡知道之前她去找过乌鸦魔法师。

她讲完之后，塔基里卡狂笑起来。他笑得两边肋骨都疼了。

“你就那么直接跟他们说，那些女人是不存在的，她们只是虚构的影像，只是影子？然后他们还信了你？卡尼欧若的脑子里都是糨糊吧！”塔基里卡说，他想到那些女人是如何坐在他身上；她们是多么的重；她们是多么趾高气扬，有一个甚至还挥舞着弯刀；

最后,她们又是如何狠揍了他一顿。他又一次大笑起来。

“你为什么笑成这样?受伤的鸟儿顾不了那么许多。”

“哦,我等不及看他们去圣地审问乌鸦魔法师了。”塔基里卡一边笑一边试着解释,“他们找不到他的。”

“找不到他?”温吉尼娅赶紧问,她觉得很内疚,生怕自己跟卡尼欧若说的一切会让乌鸦魔法师惹上麻烦。

“乌鸦魔法师在监狱里面,由重兵把守。”

“在监狱里?你怎么知道?”

“因为我亲眼见到了他。我跟他在同一个牢房里。我把他留在了那里,在西吉奥库的监管之下。”

温吉尼娅再也没说什么。

塔基里卡还是笑个不停。卡尼欧若,他的敌人,被温吉尼娅一个女人,骗过去了吗?他太佩服自己的妻子了。在去办公室的路上,他幸灾乐祸地嘲笑着卡尼欧若那受伤的男子气概。

温吉尼娅则惊呆了:乌鸦魔法师怎么会在同一时间出现在两个地方?他怎么能既在监狱,又在圣地,答应派几个智慧的长者去制止塔基里卡?在这场交易中,乌鸦魔法师的确完成了自己那部分。现在,该是她完成她那部分了。她换上传统的皮裙还有褐色的上衣。

14

“你说什么?”第二天,卡尼欧若给西吉奥库打电话汇报红河岸边发生的一切时,西吉奥库咆哮而出。

“就是刚才我说的那些。她们不是真实的女人。她们只是从镜子里走出来的影子——只是镜像。这就是为什么,你有时候能看到她们,有时候又看不到。就好像我办公室揭幕庆典上的那些女舞者一样。后来,我再也没有看到或听说过她们。”

“这是温吉尼娅告诉你的?那些影子——谁制造出来的?”

“乌鸦魔法师。用他的镜子。类似于全息摄影之类的。他们所谓的虚拟现实。”

“等等。那些打男人的女人,自称人民法庭的女人……你是说,是乌鸦魔法师派她们,作为全息摄影,或者虚拟现实,去打塔基里卡?”西吉奥库带着一丝讽刺地问,“这是她告诉你的?”

“是的。”

“你知道吗,塔基里卡打老婆,是在他被警方释放之后,而不是之前?不是吗?”

“对。”

“你也知道,是在他打老婆之后,他才被打?”

“对,被那些女人,当然了。用拳头、鞭子还有巴掌。”卡尼欧若笑着说,仿佛亲眼见到了一样,“真是厉害的魔法。”

“这可不是什么好笑的事情。”

“我知道。所以我才需要一个分队的便衣警察,突袭圣地,逮捕乌鸦魔法师,还有那些为他工作的人,或者去那里要他治病的人。警方会把那个地方烧掉。巫术非常憎恶火焰。我们要赶紧行动,出其不意的,在他的魔法反应过来之前。”

“稳住。别那么快。一次只做一件事。”

“是,部长。”

“温吉尼娅:她告诉你她亲自去了圣地?”

“是的,所以我相信她。她的语气没有撒谎。她承认她亲自去那里请求帮助。她的坦白非常重要,因为,尽管我们这个阶级中的许多人,就像你和我,可能会在夜里去见巫师,但绝不会承认,无论你怎么夜以继日地用刑。”

他们停顿了片刻，仿佛各自在沉思刚才所说的一切。两个人都想到了各自与乌鸦魔法师的会面。卡尼欧若隐瞒了自己曾去拜访乌鸦魔法师的事实，而西吉奥库也在琢磨，这个卡尼欧若难道知道我在办公室见过乌鸦魔法师？是谁告诉他的？

“听着。我们不是在说什么穷人富人，这个阶级那个阶级。我们又不是共产党。我想知道的是：温吉尼娅告诉你，她跟乌鸦魔法师当面交谈了？”

“对。”

“你很确定——*我是说*，她说了她亲眼看到了他？”

“是的。”

“约翰，你受过高等教育，上过大学？”

卡尼欧若没有听出这个问题中的讽刺意味，反而把它当作一种称赞。

“是的。后来我当了大学讲师。”卡尼欧若骄傲地说，想要显摆自己的学历。

“所以你也知道有一句老话说的是，女人的话只有仔细琢磨过才能相信？”

“我知道，所以我才没有立即向你汇报。我想回顾她说的话，看看是否有什么漏洞。我没发现什么。我觉得我以前告诉过你，我有一种预感，这个乌鸦魔法师就是这个国家发生的一系列怪事的幕后主使。如果要我实话实说，得罪魔鬼的话，那个人有独特的本事。我根本不明白，在我第一次跟你说到他的时候，你为什么不把他抓来审问。如果你这么做了，我们现在肯定能知道更多东西。部长先生，请赋予我我所需要的权力，我会让他们看看，怎么把乌鸦魔法师变成听话的小羔羊。”

“要是我告诉你,温吉尼娅的故事根本不可能是真的呢?乌鸦魔法师不可能牵涉其中,他根本不在那里。”

卡尼欧若觉得被轻视被侮辱。西吉奥库在耍他玩儿。他很愤怒,但他把怒气撒在温吉尼娅身上。

“等我抓到那个女人……”

“不准碰她。”西吉奥库对他说,“我让你去调查那些殴打塔基里卡的女人的身份。而你却掳走了他的妻子。卡尼欧若,不需要我提醒你,你也该知道,这是我们第二次抓住这个女人,而且全都是因为你的错。塔基里卡已经给我打电话了,对他妻子所遭遇的一切,他的愤怒也合情合理。即便是我,也为自己蹩脚的理由而感到难为情。我不想再激怒塔基里卡。在很多事情上,我都需要他的合作。”

听到塔基里卡现在在西吉奥库的计划中占有如此重要的地位,卡尼欧若并不开心。为什么这个部长跟个变色龙一样变来变去。我这么忠心,他是打算丢弃我吗?卡尼欧若气得冒烟,他不知道要怎么表达他对西吉奥库、塔基里卡,尤其是温吉尼娅的愤怒。

他回想起,那天晚上,在月光下的红河岸边,温吉尼娅用最神圣的东西发誓,她说的都是事实,她告诉他,她去见了乌鸦魔法师。他还记得自己为了试探她,特意让她描述圣地,而她说的那些细节都是他所知道的。

“乌鸦魔法师:他在哪里?”卡尼欧若问,“他死了,还是……”

“你问得太多了。”西吉奥库顶了回去。卡尼欧若说到他想如何处理乌鸦魔法师时的语气,让他不太高兴,“接受我的建议,放弃这种习惯。等你冷静了,就别再相信什么镜子什么幻象了。我想要那些女人,而不是她们的影子。”西吉奥库说完就挂断了电话。

15

西吉奥库挂掉电话，是因为他就快忍不住大笑起来。他承认，乌鸦魔法师的确有超凡的魔力。但是说到，这个巫师制造出活生生的影子，掳走大活人，送上法庭审判，掌掴拳捶，让人伤痕累累——这就有点难以消化了。难道这个巫师在美国制造出许多自己的影子，然后穿越大西洋，送回阿布瑞里亚？他怎么可能同时既在纽约跟统治者一起，又在埃尔代里斯跟温吉尼娅在一起？而那个卡尼欧若居然还会相信这些？突然，一个念头闪过，他止住了大笑，或许乌鸦魔法师根本就没有登上飞往美国的航班。不过，他很快就打消了这个念头，因为他想起来，是卡西加和恩卓亚把他送到机场，护送他登上阿布瑞里亚航班，看着飞机起飞的。

然后，他突然想到，他从来没有收到确认巫师已经抵达美国的消息。西吉奥库决定给美国那边打电话，消除温吉尼娅的话引起的疑虑。

同时，西吉奥库也想更多了解统治者的现状。谁能预料到，如果他的病情恶化，阿布瑞里亚会发生什么？会点燃一场政变吗？想到患病、死亡、继任，他觉得心神不安。甚至有这种想法，都算是叛国。他又想到他先前的恐惧，乌鸦魔法师没准已经知道西吉奥库想爬到权力顶端的秘密愿望。这个巫师会在统治者的耳边说什么吗？要是把统治者哄高兴了，这个巫师就会变成统治者的私人医生。这个巫师真的是一个威胁。最好是有人跟他说点什么，这样他就能尽早地知道那边的具体情况。

他给纽约方面打去电话。虽然他非常讨厌听到敌人的声音，但他别无选择，只能要求与马乔卡利通话，因为是他给他发的邮件,说统治者想见乌鸦魔法师。

他不敢相信自己听到的。马乔卡利在要什么花招吗?可能在骗他?不会的。马乔卡利的语气里混杂着悲伤、愤怒,甚至还有疲劳,除非这一切都是装出来的。他确认乌鸦魔法师的确到了美国,也跟尊贵的陛下见过一次。但是,接着他就消失了。他们昨天才发现他不见了,谁也不能肯定地说他是什么时候消失的,甚至不知道他是否还在美国。

巫师离奇失踪,这个消息萦绕在西吉奥库的心头。乌鸦魔法师回国了吗?或许只回了一会儿?难道温吉尼娅说的面对面跟他交谈过,都是真的?如果说他真有能力制造活生生的影子,这又意味着什么?既然乌鸦魔法师知道了统治者的病情严重程度,万一他制造一支影子军队,接管这个国家怎么办?哦,他居然忘了问统治者的病情!难道是那个看不见的巫师在扰乱他的心智吗?

他感到震惊,是的,但很快就意识到自己得采取行动。他记得,早在乌鸦魔法师去美国之前,他,西吉奥库,就计划除掉这个巫师。统治者突然又出乎意料地召唤这个巫师,打乱了他的计划。不过现在,巫师的行踪让人迷惑不解……

突然,他又高兴起来。上帝是爱我的,这我知道,他喃喃自语。现在是时候送乌鸦魔法师下地狱了,带着他那套巫师用的装备,尤其是那些可能已经或者能够捕捉西吉奥库野心的镜子。如果他现在下手,没有人会知道具体在什么地方、什么时候乌鸦魔法师洞见过他的命运,因为除了温吉尼娅,没有其他人知道乌鸦魔法师已经回到圣地了。

或者,他应该跟巫师结盟?一支效忠于西吉奥库的影子军队?不,那会意味着把太多权力交给一个靠不住的巫师。不,西吉奥库会秘密地把他抓住带到自己的办公室。在办公室里,他会威逼利诱,让他制造出尼娅薇拉的影像,然后把他扔到红河去喂鳄鱼。他没有用自己忠心的下属卡西加和恩卓亚去做这件脏事,因为这两个人很怕乌鸦魔法师,他会不合常规地调用卡尼欧若的青年团。

他又给卡尼欧若打去电话,装出一副之前通话被打断的样子。

"刚才断线了,我还没说完呢。"西吉奥库说,"你知道我们的电话系统是什么鬼样子。我希望有一天,我们的电话可以跟日本和美国的那样流畅高效。断线之前我说的你都听到了吗?我说乌鸦魔法师那时候和现在根本都不在那里。但后来我又想了想你说的,以下是我的思路。我们假设一下,温吉尼娅说的都是真的,她的确看到并跟乌鸦魔法师交谈。你去找一帮可靠可信的年轻人。把乌鸦魔法师带来见我。把他活着带过来。但是,圣地的其他人,不管是客户还是员工,都带到红河去。鳄鱼们都饿病了。"

带一帮恶棍突袭圣地,卡尼欧若并不喜欢这个主意。也正因为如此,之前他才要求西吉奥库给他一队警察,听他派遣。这样他就可以躲在幕后,或者干脆离得远远的,才能避开巫师的诅咒。

"为什么不……警察……为什么不给我一队警察呢,配上大猎枪——你知道的,就那种可以把大象崩成碎片的?"

"你不明白吗?我们不想弄得全世界都知道我们在做什么;政府跟此事无关。全都是非官方的。所以,让你的青年团准备好。我相信他们有些人是有武器的。不过要记住一件事:我想要活的乌鸦魔法师。"

对于与乌鸦魔法师的最后一次会面,西吉奥库想要的东西很多:尼娅薇拉的行踪,统治者的病情,以及结盟的可能性。不过,还有许多问题是他想不通的:乌鸦魔法师是在什么时候又是如何逃离美国的?原因是什么?或者他在纽约就被杀死,现在这个只是个冒牌货?

16

这一段时间以来,尼娅薇拉没有一天不想念卡梅特,但那天早晨醒来的时候,她是如此渴望他,为了安抚自己的失落,她换上了传统服装,还是他们从山中隐居回到埃尔代里斯的那天晚上她穿的那一身。她沉浸在他们归来的回忆之中,这是她寻找内心安宁的方式。她拿过吉他,随便拨弄琴弦。传统服装和吉他这种现代乐器的结合,刺激了她的想象力。她把它挂回墙上,觉得好受了一点。

那天早晨,尼娅薇拉看到一个女人,同样穿着传统衣裙,走进门来。多巧啊,她想。为什么这么多人觉得来圣地的时候就得穿传统服装?

尼娅薇拉认出来,那是温吉尼娅!她怎么来了?她想。她的丈夫还会打她?还有,她为什么要穿成这样?之前几次,她都只是穿件简单的裙子,用肯加围住头和肩膀。

“今天你想跟乌鸦魔法师说点什么呢?”尼娅薇拉问。

“听我说,”温吉尼娅说,“我们出去外面谈吧,在能看到我们自己和周遭一切的地方。”

“别害怕!乌鸦魔法师有很多只眼睛!”

“你还记得我前几天来过吗?”

“我这里太多人来来去去。不过,我可以看看镜子。”尼娅薇拉说。

她不知道温吉尼娅想要干什么。她从没见过她这副模样:说话焦虑又独断。她的丈夫在找她?温吉尼娅的眼睛盯住尼娅薇拉的脸,好像在分辨是否可以信任地说出自己来圣地的原因。

“别麻烦了。我就是那个之前来要求结束丈夫暴力行为的人。”

“他还没有停止吗?”

“停止了,至少目前如此。”

“所以他接受了我派出的长者?”

“这就是我来找你的原因。”

“别害怕。把你心里想的都说出来。”

“这件事有点紧急。我不想在这里说,万一他们已经在来这里的路上了呢。”

“谁?”

温吉尼娅回头看了看,然后身子向前倾。

“卡尼欧若和他的同伙。”温吉尼娅的语气好像在说,看,我就说了,有什么尽管放马过来吧。

恐惧向尼娅薇拉袭来,不过她没有表露出惊慌,万一这是个陷阱呢。

“卡尼欧若?他是谁?”尼娅薇拉问道,仿佛这个名字无关紧要,“我们去外面说吧,如果能让你自在一些。”

尼娅薇拉走到里屋,让员工们警觉一点。接着她跟温吉尼娅一起走到院子里。两个女人穿着打扮非常相似。她们沉默地向门口走去,仿佛在送客一样。突然,温吉尼娅停下来,直直地盯着尼娅薇拉。尼娅薇拉彻底惊呆了。

“尼娅薇拉,”温吉尼娅喊出她的名字,“我们不要耍花招了。我不想在圣地里面说出你的真实姓名。”

“你是什么时候发现的?”尼娅薇拉语气如常地问。

“每次我来这里,再回家的时候就有一种感觉,我认识你。不过,今天早上,当我的丈夫告诉我,他把乌鸦魔法师留在监狱里,依旧在西吉奥库的手里的时候,我突然就明白了,是你在扮演乌鸦魔法师的角色。我觉得我必须来一趟,告诉你你现在面临的危险。我让你出来说,是因为他们说的,隔墙有耳。不过,我也是想观察你的步态,你的神情,来确认我的怀疑。”

她们一边走,温吉尼娅一边跟尼娅薇拉讲述了她第二次被卡尼欧若和他的同伙掳走的事情。她毫不犹豫地跟尼娅薇拉诉说了她是如何自救的。

尼娅薇拉觉得既欣喜又沮丧。她苦涩地问自己,到底是什么,让她曾经爱上卡尼欧若?

“我只是来告诉你,我让你陷入了危险,因为,即便是你的同伴现在还在监狱里,卡尼欧若和他的人也可能会来这里,搞清楚给我出主意的那个魔法师到底是谁。我没法告诉你接下来该怎么做;你必须自己做决定。我现在得走了。不过,在走之前,我想让你知道,我非常感激你为我做的一切,它甚至危及你的生命。同时,我并不赞同你的政治理念。不过,如果有什么我能帮你的……”

尼娅薇拉沉默地站着,艰难地忍着眼泪。她震惊于温吉尼娅的宽宏大量:她经历了一个残酷无眠的夜晚,还特意前来提醒自己。她已经从黑暗走向了光明:尼娅薇拉亲眼见证了一个全新的、更加自信的温吉尼娅是如何诞生的。

温吉尼娅说了再见,开始往前走。跟前几次一样,她把车放在离圣地挺远的一条马路旁边。尼娅薇拉追上她,说:“请你不要以为我没有说话是因为我在生你的气。我很感激你做的一切:冒险来这里提醒我。我很感动,你没有把对我的怀疑告诉别人。别太担心昨晚发生在红河的事情。我知道怎么照顾自己,不过我会记得你愿意帮我。我们定好暗语吧。”

她们讨论了一些名字,如果她们之间不得不沟通的话,可能会用得到。这一次,温吉尼娅不再是被动地接受他人的意见,而是全情地投入和参与。

"我们用鸽子这个名字吧。"温吉尼娅最后说。

"很好。"尼娅薇拉赞同地说,"鸽子是和平和拯救的信使。"

"我必须问你一个问题。"温吉尼娅大胆地说,"如果你不想回答,我也不会介意。"

"请说。"

"另外那个乌鸦魔法师,他还在监狱里吗?"

"没有。塔基里卡在的时候,他也在。现在,他在美国。"

温吉尼娅难以置信地张着嘴:

"在美国?"

"统治者病了,要求见乌鸦魔法师。"

17

温吉尼娅脸上难以置信的神情,又让她想起她早就有的怀疑:所谓的病情,是抓捕乌鸦魔法师的诡计吗?尼娅薇拉踌躇不定地站在门边,望着朋友消失在远处,心里涌起一支歌。她曾经听村里的女孩们唱过一次。对她来说,那是一首安静的催眠曲。她走进屋里,又拿出自己的吉他。她坐在走廊上,仿佛奇迹一般地,琴弦也在回应她的手指。她弹着吉他,轻轻哼唱,她的目光飘向远方:

你发誓永远不会离开
现在你却消失不见
留我独自在此
求你留下

再待一晚

她想着他，乌鸦魔法师，在美国，在独裁者的手中，她不再确定是否还能再见到他。

恩古吉·瓦·提安哥
文集

乌鸦魔法师

·下·

[肯尼亚]恩古吉·瓦·提安哥 著
洪萃晖 徐海幈 译

人民文学出版社

第四部

男性魔鬼

第一部分

1

声誉卓著的哈佛教授丁·弗里克在一篇论文中记录了统治者的病情。教授向医学会如期提交了论文的摘要，他希望能在欧美医学会的年会上宣读这篇文章。可是，他所描述的病症听上去太难以置信了，医学会不允许他在会议上宣读这篇论文。教授没有死心，他又将文章寄给了英国的一家著名期刊《本性与教养》。读完论文后，原先对这篇文章还抱有兴趣的编辑们也都改变了主意，他们说由于这篇论文所论及的这种疾病涉及友好国家的国家元首，因此几乎可以肯定地说发表论文会让英国和阿布瑞里亚两国的关系变得紧张起来，紧张到会对两国在科学技术方面的合作造成妨害。另一家期刊也退稿了，他们还推荐作者投稿给一家名声不太好的科幻小说出版社！

教授在日记中记述了自己当初如何想到撰写这篇论文的事情，后来我在无意中得到了一本他的日记，接下来我就要充分借用这本日记中的内容对我参考的其他文献资料进行补充。

2

似乎统治者的身体像气球一样膨胀了起来,他的整个身体都正在不停地膨胀着,不存在比例失调的问题。

最先给统治者检查身体的威尔弗雷德·卡博卡医生立即请马乔卡利来见证自己治疗这位病人的过程,马乔卡利又把其他部长也都叫来了,就连警卫也被叫来了。大家站在统治者的四周,目瞪口呆地看着这一幕离奇的景象。统治者看起来马上就要炸裂了,而且已经没有了说话的力气。

部长们退出房间,去商量应该如何对付统治者的这场怪病,以及这场病引发的好多问题。他们应该把他放在哪儿呢?

3

最终大家决定统治者得坐在地板上,睡也得睡在地板上。他应该穿什么呢?随着肥大症的继续发展,他的衣服不断地在开线,让他看起来一副衣衫褴褛的模样。他们用床单裹住了统治者。可是,又该拿他无休无止的膨胀怎么办呢?怎样才能控制住这种状况,怎样才能延缓这种状况?

威尔弗雷德·卡博卡医生一直在根据自己掌握的知识和经验千方百计地试图遏制住病情的进一步恶化,到这时他已经无计可施了。

应当送统治者去医院吗?他们一遍又一遍地争执着。那样的话,如何才能不让消息传出去?最后他们批准卡博卡医生求助专家，但是这位专家必须愿意在统治者的套房里开展工作。威尔弗雷德·卡博卡医生同专攻肥胖症等疾病的纽约专家克莱门特·C.克拉克维尔医生取得了联系，等亲眼看到那个身体正在明显变大时，克拉克维尔又给丁·弗里克教授打去了求助的电话。

4

哈佛医学院的丁·弗里克在日记中写道："克拉克维尔医生以前是我的学生，很多时候一碰到棘手的病例他就找我给他出主意，就这样我得知了这种疾病。他对这个病例的描述激起了我的好奇心，于是我抛下手头所有的事情，前往纽约。在别人的带领下我通过了警卫那一关，直接来到了统治者的套房，也就是第五大道贵宾酒店最上面的三层楼。到了地方后我立即向克拉克维尔医生与卡博卡医生打听了情况，他们全然不信地摇着头，跟我说根据初步检查的情况来看，除了身体不停膨胀以外，统治者似乎很正常。这更加说明了情况的严重程度。我进了统治者的房间，我要问一些只有在见了病人之后才会问的问题。

"病人被安排坐在地板上，背对着墙。我摸了摸他的额头，量了他的体温，还听了一下心跳。一切正常，虽然他看上去因为疲倦有点喘，可是他的眼睛，那两只眼睛啊，我还从来没有在成年人的眼睛里看到过那种眼神。那双眼睛看起来那么恐惧、无助，就像是被意想不到的和不熟悉的东西吓坏了的孩子才有的眼睛。

"统治者——他的随从们一直这样称呼他——似乎已经没有力气开口说话了，好在他还读得懂放在他眼前的东西，然后用点头表示是，用摇头表示不是。可是，就连这些用肢体表示的是和不是都不多见，而且他的动作相当突然。"

丁·弗里克还讲述了他如何要求拿到血液样本,以便查明病人有没有出现甲状腺机能亢进、肾炎综合征、多囊性肾病,以及血液中的皮质醇引发的某种形式的柯兴综合征(垂体嗜碱细胞增殖)等疾病的症状,或者科学已知的跟肥胖症有关的任何机能失调问题。他还担心统治者的病有可能是类固醇诱发的肥胖症,尽管威尔弗雷德·卡博卡向他保证说统治者从来没有服用过任何类固醇药物,后者以前只是对伟哥这种药物没个够。

接下来弗里克还讲述了自己试图从一大堆部长和警卫那里了解到统治者的病史。“对于这个问题没有人能说出所以然。每当我问他们一个问题,例如‘什么时候发病的?’或者‘你最早是什么时候注意到发病的苗头的?’,他们就朝统治者看过去,然后再互相看看,说自己不知道。非洲人,或者说是泛泛而论的黑人,都很奇怪。”

写到这里教授离开正题,对非洲人的性格进行了一番论述。日记中充斥着“不容易看懂的面孔”“一张面具般的面孔”和“部长们无法直视我的眼睛,他们那副鬼鬼祟祟的样子表明他们是在撒谎”这样的句子。弗里克还询问了统治者的私人医生,在他的笔下后者同那些部长没有什么差异,虽然能主动介绍一点情况,可还是一副不情愿的样子,而且只有在背过其他人的情况下才会开口。

在日记中受到称赞的只有外交部长马乔卡利先生,他说着一口没有口音的英语,举止坦坦荡荡。他应该是在西方接受的教育。“真是难得一见的精英,十分优异。很有可能是哈佛或者另一所常春藤高校培养出来的。”

弗里克教授写道:“他们都不抱希望了,所以我想最好还是等着化验结果出来吧。

“结果表明统治者的身体机能一切正常。想想我得有多么震惊！怎么可能呢？怎么会出现这种身体的自发性膨胀呢？他的肚子绷得就像鼓一样，我只要轻轻一敲，他的嘴里就会冒出一声响声。嗤——嗤——嗤，是'考瓦''括沃'，或者'埚涡'吗？我带着克拉克维尔医生和卡博卡医生去外面讨论了一会儿。统治者在说'考瓦''括沃'或者'埚涡'的时候究竟是什么意思？卡博卡医生的反应很奇怪——他这位医生是来治疗统治者的身体的，可不是来解读他在说什么的；最好还是去问那些部长吧，他们都是政客，政客们可都是出了名的能说会道。

"我找到了部长们，结果所有人都把目光转向了马乔卡利。"

5

马乔卡利心头一紧。由他负责处理这么一个语无伦次的身体就已经够棘手了，现在他还得应对这些非难的目光——是你安排了此次行程，现在让我们摆脱这种窘境。受过高等教育，在阿布瑞里亚大学拿到了经济学学士学位，在密歇根大学拿到了政治学硕士学位，又在瑞典的乌普萨拉大学获得了权力心理学博士学位，他怎么会让自己深陷于这样的一个烂摊子之中？

他要争取一些时间。在和众人碰头的时候他说自己得再去面见统治者，从后者的嘴里套出更多的话，这样或许就能帮他解释清楚那三个词语的含义。一旦掌握到更多的信息，他会立即召集众人再次进行磋商。

马乔卡利丝毫没有意识到自己有多么大胆鲁莽，他径直走进了统治者的房间，只说了句"您好！"统治者的目光茫然地从马乔卡利的身上滑了过去，仿佛根本没有看见他，也没有听到他的问候。马乔卡利又退了出去。刚一走出统治者的房间他便一头扎进了自己的房间，锁上门，跪了下来，祈祷能有神来插手此事。

突然他听到有人在敲他的门。他从地上蹦了起来，犹豫了片刻才把门打开了。门外是统治者的一名警卫。统治者的病情恶化了？还是……还是……不只是恶化？

"我想单独和您谈一谈，"阿里盖盖·盖瑟利说，他就是被大家称为"阿盖"的警官。

马乔卡利示意来访者先坐下。"什么事？"他问道。

"我真的不知道该从何讲起，但是我首先想恳请您别把我这样的下属不当回事……您知道大象与荆棘的故事吗？"

"请省掉那些民间故事的智慧吧。"马乔卡利说，他挤出了笑容，装作一副开玩笑的模样，其实他已经心急如焚了，他的心里悄悄地浮现出另一个念头——难道是西吉奥库执掌大权了？

"还是让我跟您讲讲这个故事吧。大象感到脚里扎进了一个尖尖的东西，他把那个东西拔了出来，结果发现是一根小刺，他顿时火冒三丈。一个那么小的东西怎么会阻挡得了我这样的庞然大物？他又将小刺扎进了自己的脚掌，迈开了脚步，怀着挑战的心情狠狠地跺着地。后来由于脚上感染，大象死掉了。老话说得好，'切莫小看小东西。'千真万确！我的上帝啊！我对您还有一个请求，不要轻视报信的人，无论此人多么卑微，也不要不把别人送来的消息当回事，无论这个消息多么奇怪。"

"说吧，无论你上这儿来是想说些什么。"马乔卡利说。

"我认识一个人，他能治这种病。"

"比弗里克教授更厉害的医生？"

"唔，这个人不是普通意义上的医生。他是一位巫师。"

"巫师？"

"唔，一位占卜师。"

“占卜师？巫师？在纽约？”

“在阿布瑞里亚。他叫‘乌鸦魔法师’。”

6

后来讲起在那次至关重要的美国之行期间发生的事情时阿盖就会说:“千真万确！我的上帝啊！统治者第一次发病时我就明白这不是普通的病。我还知道只有一个人能彻底制服这种病。可我不想主动跳出来把我知道的情况说出来。谁会相信我的话——西方的硕士们没办成的,乌鸦魔法师能办成？所以我就没有报告这个情况,以便各位部长有机会看一看他们请来的西方大夫们有些什么能耐。部长们都比我受的教育多,可是你们都很清楚,对不对,过多的教育会让人无视身边的事情。

“当我听说统治者开始出现幻觉,说一些谁都听不懂的话的时候,我就跟自己说没错。我要么把情况说出来,要么永远闭口不提此事。在我看来显然白人才是病根。您知道当黑人自己独创了一个新颖的点子时白人有多么痛恨吗？还有什么点子能比咱们的统治者对‘通天塔’的构想更新颖？这些白人！无论他们在哪里,无论他们是什么人,他们全都散发着种族主义的恶臭。就这样我打定了主意,只是有一件事情我一直理不出思路,这就是我该怎样跟众位部长说,怎样才能说服他们接受我在这个问题上的观点。

“我想到了三种方式:把我的想法同时告诉所有部长;只告诉马乔卡利,因为他已经成了部长们的头儿;或者一张字条,偷偷地把字条捎给统治者。千真万确！我的上帝啊！我打算跟统治者谈一谈,让他知道我就是曾经在伊甸园酒店门外碰到神灵,无所畏惧地在漆黑的深夜里追着他们在埃尔代里斯大草原上跑了一路的那个人。

“嗯,我觉得当他们所有人凑在一起的时候把这些话讲出来并不明智,有这些白人医生在场,部长们基本上肯定会把这个提议当成迷信,他们会装得好像自己根本不相信这些事情似的。可是我又不知道怎样才能找到和统治者单独相处的机会。所以,尽管有些犹豫,我还是决定把这个想法透露给马乔卡利。也可以说我之所以最终决定这么做是因为我听到他对所有人说他要试着去和统治者谈一谈,于是我跟上了他,在统治者的房门外等着他。

“他的神情告诉我他没有成功,这就让我有了胆量跟在他的身后。当我说出‘乌鸦魔法师’这几个字的时候,我看到怀疑和信念在这个男人的心里做着斗争。你怎么知道他有治病的能力?他问我。我给他讲了在伊甸园酒店碰到乞丐的那天晚上发生的事情,当然了,我没有把所有的情况都讲给他。我没有告诉他乌鸦魔法师的法力保佑我升了官,让我这个普普通通的小警察捞到统治者身边的要职,成了出访美国代表团里的一员。随即我就看到他想要打消自己的疑虑,可是他还是对我说他不能独自做出决定,他必须把这件事情告诉给统治者,如果报告不成的话,他就得同诸位部长商议一下。

“我以为马乔卡利会立即站起来,去找统治者,可是他似乎有些心不在焉。想想看,这位部长要求我陪他一起前往,我该有多么惊讶。千真万确!我的上帝啊!这个请求太出乎意料了,不过我还是把它看成是一种荣誉。想想看,政府里最有资历的部长请我陪他一起去面见统治者!等我们到了那里后,我向统治者敬了一个礼,部长鞠了一躬。开始马乔卡利没有开口,也没有提笔写点什么,他只是指着我,显然他不想亲口禀告有关巫术的消息。好吧,我掏出自己的笔,在纸上写下了我的名字,好让统治者想起是我,阿盖,或者像他有一次开玩笑地称呼我的那样,‘斗败神灵的人’。接着我就把之前讲给部长的事情写在了纸上,也就是我认识一位能治好他的巫师。统治者的眼睛里突然闪现出光芒,我看出来他并不反感我的提议。他看着部长,点了点头,仿佛是在说他完全同意这个提议。

“马乔卡利的脸也灿烂了起来,出了房间后他用一只胳膊搂住我的肩膀,就好像我们俩是铁哥们一样。他跟我说巫术一事只能你知我知,倘若纽约的媒体知道统治者将派阿布瑞里亚的巫师上纽约来,他们就会蜂拥赶来,在酒店外面安营扎寨了。这个新方案甚至不能让丁·弗里克教授和克莱门特·克拉克维尔医生知道。至于其他诸位部长,等巫师到达纽约后他自会把计划告知他们。

“在他给西吉奥库发邮件,告诉国务部长统治者叫他将乌鸦魔法师派到美国纽约的时候我就待在他的旁边。等到西吉奥库回复了邮件,在邮件中讲清了魔法师的行程安排后,马乔卡利告诉我到时候就由他和我去国际机场迎接巫师。

“嗯,我原本以为那么快就收到了阿布瑞里亚方面的回信,马乔卡利接下来就该欢天喜地地等着巫师的到来了。结果他看上去并不开心,他有心事。

“他坦诚地告诉我:‘我最担心的就是巫师到达机场的时候会穿着一身生皮,脖子上挂着尖尖的兽骨项链,手里抓着一个臭烘烘、油乎乎的葫芦和几片绿叶,手腕上戴着护身符,两只脚光着,脚腕上套着脚镯。这里的人对农作物的进口非常敏感,他们唯恐危险的病毒被带进来。要是海关关员拦住他怎么办?要是移民局误以为他的药粉是毒品,然后巫师就会让外界知道自己上这里来是统治者的要求,那又该怎么办?那样一来统治者就跟拉丁美洲的那位元首落得同样的下场，那位元首可是以贩卖毒品的罪名被终身囚禁在美国监狱里了啊！'马乔卡利担心由于巫师的到来会爆发一场丑闻，他真希望自己当初能在邮件里写明巫师应该穿上得体的服装，把他的职业行头都装在外交邮袋里运过来！

"唔，听了部长的话和担忧我情不自禁地笑了起来。

"'乌鸦魔法师是一位现代派的巫师，他穿的是西装。此外，占卜的时候他只会用到镜子。'我对他说。

"千真万确！我的上帝啊！听着我讲述乌鸦魔法师的外貌和他的占卜镜子的时候，马乔卡利大张着嘴巴，眼球都要胀出来了。"

7

马乔卡利不太相信巫术和占卜，可是对于一只已经飞得筋疲力尽的鸟来说，哪里近，就只能落在哪里了，对他来说现在乌鸦魔法师就是最近的那根树枝。只要统治者的身体状况能有所改善，他马乔卡利信或不信就都无关紧要了。现在最令他感到困扰的，就是怎样才能保证巫师来纽约的消息仅限于能够出谋划策的几位部长和警卫们知道。作为外交部长，马乔卡利有责任为自己的祖国塑造一个受外界喜爱的形象，他可不希望现在统治者和阿布瑞里亚沦为全世界的笑料，尤其是在通往联合国的必经之路的美国。他能够想见，到时候无论走到哪里，自己都会听到人们的窃笑——你们的统治者和他的巫师相处得怎么样？

当看到身着一套黑色西装，手里拎着一个公文包，就同纽约的任何一个商务人士一模一样的乌鸦魔法师的时候，马乔卡利总算松了一口气。

前往酒店的一路上他们没聊几句，一回到酒店马乔卡利就直接上了统治者所在的楼层，他没有让新来的客人登记。不能记录下巫师的到来。

“你有什么需要？”巫师刚被带进自己的房间马乔卡利就问道，“洗个澡，换身衣服，然后咱们就去见统治者。还是你想先吃点东西？”

乌鸦魔法师没有吭声，他打量着部长，然后又看了看阿盖，似乎他分不清这两个人的身份。

“是你俩中间的某一位负责告诉我为什么统治者要见我吗？”

“对不起，先生们，”阿盖立即用斯瓦希里语说道，他感觉到气氛紧张了起来，莫名其妙地想在称呼上拉平乌鸦魔法师和部长的地位，“咱们还没有做英语里说的互相介绍，或者按照斯瓦希里语所说的那样，让人们认识彼此。这位就是外交部长，马乔卡利先生及博士。”

“先生们”这句话激怒了马乔卡利，他恶狠狠地瞪了一眼阿盖，仿佛是在提醒后者在场的几个人中间只有他——外交部长——才可以被称作“先生”。

“西吉奥库部长难道没有告诉你是什么事情吗？”马乔卡利问道。

“他只说是统治者派人请我。”

马乔卡利没有详细解释统治者的病情，他只告诉魔法师尽管使出令自己声名远扬的法力，治愈国家元首，第二天一大早他就可以返回阿布瑞里亚。仅此而已。

“我还有点倒不过时差来，”乌鸦魔法师不容分辩地对马乔卡利说，“让我先歇息一下，好让头脑清醒一下。”

倒不过时差？一个巫师对时差有什么了解？马乔卡利没有说

出心中的疑问,他只是又强调了一遍时间的紧迫。

阿盖也再一次感觉到了两位先生之间的剑拔弩张,他赶紧凑在马乔卡利的耳边说了几句。就随他去吧。咱们可不能把他给惹恼了。

看到巫师的做派马乔卡利很不开心,对于阿盖的胆怯和谦恭他也同样不高兴,可是他知道自己束手无策,只能答应巫师的要求。万一巫师失败了,他可不希望听到有人对于这件事情说,他也要负一定的责任。

"那么咱们明天再碰头吧。"马乔卡利说。

8

这天晚上,马乔卡利将全体部长召集到自己的房间里,统治者的传记官卢米纳斯·卡拉姆-姆布亚博士也想参加会议,但是他被拦在了门外,因为他不是内阁部长。不过,会议破例允许威尔弗雷德·卡博卡博士和警卫们参加,这完全是因为会议需要回顾一遍他们在这个问题上各自的见解。

卡拉姆-姆布亚不是一个太受欢迎的人。他少言寡语,没有多少朋友,他手中的那杆笔大得令人畏惧,没有人清楚地知道他究竟在那本同样巨大的记事本里写了些什么。对于他侍奉在王权左右的事实,所有人都多少有些害怕,大家都尽量躲着他。以往传记官总是忙着事无巨细地记录下统治者的一举一动,根本不需要别人的陪伴。自从统治者患上怪病以来,他就一遍又一遍地记录着同样一件事情。今日,统治者仍旧抱病,一言不发。今日,统治者仍旧卧病在床,一言不发。今日,同上。这段时间以来传记官一直不知道该拿自己的双手如何是好,现在又被排挤在这场会议之外他就更加感到不安了。他回到自己的房间,开始将代表团抵达美国以来自己所做的笔记按顺序整理出来,以便让自己的记录翻阅起来没有那么费劲。

马乔卡利不太清楚应当如何向众人宣布消息,他能够肯定的是开门见山才是最好的方法。不过在公布消息的时候他还是很谨慎,以免伤了诸位部长的自尊。他没有直接告诉大家巫师已经来到纽约的消息,而是简要地解释了一番他们是怎样想到安排巫师前来纽约,统治者本人又是怎样首肯这一安排的。说完他停住了,他想看一看这番话产生了怎样的效果。令他感到惊讶的是竟然没有人窃笑,有几个人甚至还承认自己也听说过这位乌鸦魔法师的大名,而且也作过同样的考虑,只是为了让科学派有机会试一试,他们才没有把自己的想法说出来。就连威尔弗雷德·卡博卡博士也没有表示出丝毫的疑虑。

"那么,他什么时候能赶到纽约?"所有人都想知道答案。

马乔卡利宣布了消息。所有人都目瞪口呆地互相看来看去,随即他们就从震惊中恢复过来,好奇心占了上风。他长什么样?年轻,还是年迈?他的穿着打扮是什么样的?热烈地讨论了一阵之后所有人都一致认为在见到巫师的时候不应该表现出急切想要见到他的样子,而是应该朝他那个方向瞟上一眼,以免让他以为自己同诸位部长平起平坐。他们还决定不把白人医生的事情告诉巫师,也不把巫师的事情告诉弗里克和克拉克维尔两位医生。如果统治者的身体康复了,来自哈佛的科学派抢占功劳又有什么要紧呢?

9

第二天大清早，马乔卡利就去拜访了乌鸦魔法师。巫师正在镜子前捣鼓着领带，他示意马乔卡利坐一下，他自己继续笨手笨脚地打着领带。部长仍旧站在那里，打量着巫师。

“睡得还好吧？”马乔卡利想从日常聊天开始他们的谈话。

同乌鸦魔法师见面的次数越多，马乔卡利就越发对这位巫师感到怀疑。这么年轻的一个人，怎么会对治病的事情那么精通？

“有人告诉我，你通过镜子进行诊断和治疗？”

“这取决于疾病和镜子本身。镜子可厚可薄，可凸可凹，每一种疾病都需要相应的镜子应对它提出的挑战。要想看明白镜子里显现的图像，我得花一些工夫。此外，凡是跟病人接触过的人，我都要同他谈一谈。比如，你和每一位部长……”

要是西吉奥库雇了这个人构陷马乔卡利和其他部长阴谋加害统治者，那该怎么办？

“您也明白，这件事情绝不能传出去。这件事情应当被控制在这里的少数几个人中间，不是吗？”

“部长先生，我的座右铭是‘斩草除根，疾病一去不返’。要想让我去除病根，我就必须同所有我认为有必要的人谈一谈。”

“好吧。你或许可以见到所有的部长、警卫，还有他的医生。”

“他有多少位医生？”

“就一个威尔弗雷德·卡博卡医生。他的私人医生。他寸步不离他的左右。”

“只有这么一位医生给他看过病？没有其他的医生了？”

“没有了。”

“那我就没什么问题了。”

“这样最好。把时间浪费在跟那么多的人谈话上实在是毫无意义。时间很要紧。问一问你的镜子,然后……”

“就坐下一班飞机打道回府,”乌鸦魔法师帮着部长说完了他想说的话,“相信我,部长先生,如果没有必要的话,我毫无兴趣在美国多待一分钟,我更喜欢灌木丛和它的治疗能力。我治疗的快慢取决于跟病人有所交往的人是否能把自己知道的全都说出来。”

“政府要员会对你撒谎吗?”马乔卡利愤愤地说。

“此刻您告诉我的是实话吗?”乌鸦魔法师立即回嘴道,与此同时他仍旧笨手笨脚地摆弄着自己的领带。

“别耍我,卡古古巫师①,”马乔卡利火冒三丈地用斯瓦希里语说,“我干吗要对你撒谎? 我可没打算从你身上捞到什么。我又不是病人。”

“打断一下,请您过来一下。”乌鸦魔法师一边说,一边伸出一根手指召唤着部长。

看到巫师向他下达命令马乔卡利很不开心,为了赶紧解决这件事情他只能强忍住心中的怨恨,听从巫师的吩咐。

“请看着镜子。”乌鸦魔法师对马乔卡利做着指示,一边退到了一旁,给马乔卡利腾出了地方。

按照乌鸦魔法师的吩咐,马乔卡利看着握在自己右手手心里的镜子。

“看到什么了?”魔法师问马乔卡利。

“镜子里的自己,”马乔卡利说,“还有你站在那里盯着自己

① 卡古古是非洲多个国家的常见地名,在此处代表非洲。

的手。”

“把注意力集中在你自己的映像上。认认真真地看着它。”

“然后呢?”

“倘若你使劲地看着自己,你就会看到我现在能看到的东西。我要再问一遍。统治者就只有卡博卡这一位医生吗?”

“我也要再答复你一遍——我干吗要对你撒谎?”

“继续看着镜子,”乌鸦魔法师说,“你看到什么了? 看到一个白色的东西了吗,就像是白人的那种白色? 两个白色的人影?”

无论多么使劲,马乔卡利仍然只能看到自己的脸。哪里有巫师说的白色人影啊?

“没有。纯粹是在装神弄鬼。”说完他就把目光挪到了别处。

乌鸦魔法师仍旧专心致志地盯着自己的手掌,仿佛他的手掌是一把带手柄的小镜子。

“那儿,他们就在那儿。”巫师激动地说。

马乔卡利立即把目光转回到镜子上,心急火燎地盯着。他什么也看不到。

“有两个戴着听诊器的人。一个人走起路来就是一副纽约人的样子。充满自信地走在大街上。另一位呢? 他来自哪里呢?”乌鸦魔法师一边说,一边将目光死死地盯在马乔卡利的身上。

马乔卡利的嘴唇哆嗦了起来。他怎么会知道弗里克与克拉克维尔,怎么会知道这两个人来自不同的地方? 马乔卡利忘了前一天晚上他叫阿盖陪着乌鸦魔法师。他看着魔法师,两个人都将对方打量了片刻。

“哦,那两个人,”马乔卡利开口了,他不想让魔法师发现他还在撒谎,“这么说很奇怪,可是我真的从来没有把他们当作是医生。我还以为你不想见到丁·弗里克教授和克莱门特·克拉克维尔呢。我听说过白人的科学和黑人的巫术水火不容,这两种东西就如同黑夜和白昼一样。你真的确定你想同他们也谈一谈?”

乌鸦魔法师示意两个人应该坐下来,继续聊一聊。

“部长先生。在我说想同每一个跟病人接触过的人谈一谈的时候,我是认真的。”乌鸦魔法师解释说。

“那你希望我如何介绍你?”

“实话实说。”

“就说你是一位巫师?”

“告诉他们我是一名治疗术士。一名非洲的治疗术士。告诉他们我能将不好的东西困住,拯救好的东西。”

“好的。就把这件事情交给我吧,”马乔卡利说,“你想首先同谁谈话?”

“您!”

“你想知道些什么?”

“这一切是怎么发生的。”

10

如果说由于没能让统治者成功地进行国事访问,马乔卡利的事业就此走上了歧途的话,在代表团抵达美国后他的事业就更加恶化了下去。为了补救自己的失败,他请求自己的美国朋友们说服美国总统接受阿布瑞里亚统治者的拜访,哪怕只有一刻钟都行,可是显然美国总统的日程排得非常满。

至于副总统、国务卿,直至国会议员,他得到的答复都是一样的。经过一番激烈的游说后,他终于为统治者争取到一次同美国总统一起参加早餐祷告会的机会。

听到自己将同美国总统一道参加早餐祷告会的消息后，统治者非常开心，唯一令他感到遗憾的是代表团里没有牧师，他们无法安排牧师在早餐会上为阿布瑞里亚做一番祷告。统治者包机前往华盛顿，他与随行人员在华盛顿与阿布瑞里亚驻美国大使和大使代表尤尼丝·伊麦克尤雷特·蒙兹博士见了面，蒙兹博士和统治者说话的时候就好像自己是真正的大使一样。他们一行坐着一队豪华轿车，从华盛顿直接前往举行早餐会的地方。

运气一向如此，正当马乔卡利感到自己又振作了起来的时候，车队来到了早餐会的会场，可是迎接他们的却是扛着标语牌，一遍又一遍高喊着口号的示威者，他们全都在谴责阿布瑞里亚的这位独裁者和他的通天塔计划。这群疯子竟敢自称是阿布瑞里亚民主和人权的朋友，他们是什么人？马乔卡利痛苦地寻思着。透过豪华轿车的车窗他偷偷地打量着人群，他认出了一个示威者，没准甚至是游行的主谋，梅特鲁教授，曾经的阿布瑞里亚大学历史学教授，曾因在有关阿布瑞里亚独立的文章中没有提及统治者是一名捍卫自由的斗士被关入阿布瑞里亚警戒系数最高的监狱，劳改了十年半之后被释放了。统治者把整整六个月的自由生活还给了这位教授，可是他都没有对统治者表示一下感谢。看着傲慢的大胡子教授大摇大摆地走在外国的土地上，出卖着自己的祖国和统治者，破坏着即将开始的早餐会带给他的好心情，马乔卡利心中的怒火愈演愈烈。

令他感到宽慰的是统治者没有向他询问游行示威的事情，然而霉运还是尾随着他。他们刚一进入接待区，统治者就意识到同他一样为一盘早饭支付了数千美元的还有成千上万的人，他恶狠狠地看着马乔卡利，仿佛是在问这究竟是怎么一回事？我是不是无法同总统握手，同他坐在一起？

马乔卡利原本以为统治者一直很清楚这种早餐会就是为美国总统的慈善活动筹集捐款而已,显然这中间产生了误会。早餐祷告会变成了一场灾难,马乔卡利在统治者心中的形象遭到了进一步的重创。

马乔卡利没有放弃。他费尽心力地安抚着自己受伤的自尊心,为统治者参加《世界名人和预言家》和《会面世界巨头》之类的电视节目努力了一番,这些节目深受外国政客们的喜爱,通过这些节目他们有机会直接向美国人民解释自己的所作所为,同时也是在向全球观众发表自己的见解。然而,这些节目的制片人都对统治者没有兴趣。

唯一的机会就只有在联合国大会上进行讲话。可是,要想找到一个双方都方便的日子又成了问题,统治者只想在确保能得到通天塔项目的贷款后再对令人敬畏的联合国代表们作讲话。

这段日子里马乔卡利一直麻烦缠身,无论他做什么似乎都无法吹散笼罩在他与统治者之间的乌云。似乎没有一件事情对他有利。

一天,统治者邀请全体代表在他专用的餐室共进午餐,已经有很长一段时间统治者没有和大家一起吃饭了。他们强烈地感觉到了一种欢庆的气氛,餐桌上还摆放着鲜花和香槟。出什么事了?马乔卡利自问道,其他几位部长也都生出了同样的疑问。看到统治者那么愉快地同他们交谈着,他们才相信一定是碰到喜事了。

统治者把目光转向礼宾官,问他世界银行董事长应该坐在哪里,部长们心中的猜测终于得到了证实。当然喽,董事长是以世界银行信使的身份前来赴宴,既然如此,或许他就应当站在门口,或者跪在那里,甚至匍匐在地上,不然你们觉得呢?部长们全都哈哈大笑了起来。自从埃尔代里斯出现妇女们导演的闹剧以来,他们就再也不曾看到统治者有过如此天马行空的奇思妙想了。所有人都能看到统治者与马乔卡利之间的那把座椅空着,这充分说明统治者对世界银行董事长真的要来赴宴的事情没有丝毫的怀疑。除非是赶来报告有关他们期盼已久的通天塔项目贷款的喜讯,否则这样的高层人物决无可能亲自登门。

就在这时,警卫宣布世界银行的一位信使就等在门外。让他进来吧,统治者说道。大家将目光转向了门口,他们看到一名男子手里拿着一个信封。还没等来人说出一句话,他们便集体断定无论这个人是什么身份,他肯定不是银行的头号人物。没准彻底搞错了。尽管他们已经告知酒店前台和保安,只要是世界银行的人就一律放进来,但酒店方面很有可能放错了人。这名男子没有让他们的猜疑持续太长的时间。他来自曼哈顿的全球快递公司,他送来的信倒的确来自世界银行。请你们谁签收一下。

统治者冲着马乔卡利点了点头。马乔卡利将信递给了统治者,正要接过信的统治者意识到自己的两只手满怀热望地哆嗦个不停。为了不让任何人看到这一幕,他叫马乔卡利打开信,大声地读起了信,好让在座的每个人都能听到信中的内容。归根结底最重要的不是信使,而是这封信。

"这下你明白了吧,直到那时统治者和我们所有人都还以为能听到好消息,"部长马乔卡利对乌鸦魔法师说,"只瞟了一眼信,我就感到心一下凉了。"

信只有大约十行字。对通天塔项目进行了一番审核之后,世界银行认为该项目不会有任何经济效益。如阿布瑞里亚政府宣称的那样,该项目可以创造就业岗位,然而这种观点只不过是在重演已经过时的凯恩斯主义经济理论。无论是传统的,还是新型的凯恩斯主义,在现代全球经济体系中都没有容身之地。根据目前的项目报告,世界银行无法为该项目发放贷款。如果还想争取到这笔贷款,阿布瑞里亚就应该准备一套更完善的论证。钱不是问题,只是世界银行不能把钱扔进一个真的可以说是不着边际的项目里。阿布瑞里亚有七天的时间为世界银行提交更充分的事实和论证,以便让世界银行重新考虑为通天塔项目发放贷款的事情。

房间里的每一个人都愣住了。他们不知道该把目光投向哪里——向下,向上,远处,两旁,还是别的什么地方!他们只知道自己就是不想看着统治者的脸。

对马乔卡利来说情况更为糟糕,直到现在,就在他给乌鸦魔法师讲述那天的事情时,这位部长仍能感觉到在读完信之后房间里的那股寒意。他的嘴唇哆嗦了起来,他感到浑身麻木了。他应该把信递给统治者吗?他应该认为至少世界银行还没有彻底关上大门吗?阴森森的沉默似乎令每一秒都变得更加凝重了。统治者伸出手,仿佛他想亲自读一读这封信。马乔卡利把信递了过去,随即就坐了下去。

统治者站起身,他想讲话了。他完全没有意识到手中的信在颤抖。所有人都纹丝不动地坐在座位上,心里猜测着统治者会说些什么。统治者张开了嘴巴,可是一个字也没有说出来。他站在那里,徒劳地努力着。怎么了?统治者失语了?恐惧袭上所有人的心头——这是统治者,他张着嘴巴,试图说点什么,可是他吐出的只有热气和支气管呼哧呼哧的喘息声。就在几秒钟后真正恐怖的事情发生了。

突然,统治者的面颊和肚子鼓了起来。不,不只是面颊和肚皮,是整个身体。他们惊愕地互相打量着。他们还从来没有看到过这样的事情。统治者挥舞着两只手,示意众人他需要笔和纸,可是他已经无法抓稳笔了,每一秒他的手指都变得越来越粗。传记官想把自己那支粗大的笔交给统治者,统治者却挥着手叫他走开。接着,统治者又示意聚餐结束。

直到在讲述那天发生的事情时,马乔卡利的心还是狂烈地跳动着,仿佛那一幕又完完整整地重新出现在他的眼前。

"让我把你刚才讲的总结一下吧,"乌鸦魔法师说,"世界银行拒绝批准通天塔项目的贷款申请。统治者的身体开始膨胀,失去了说话的能力。"

"差不多就是这样的,只是被你这么一总结,好像这件事情没有多复杂似的。"马乔卡利说。

"我在设法搞清楚这件事情的来龙去脉。你们查验过统治者的食物是否被投毒了吗?"乌鸦魔法师问道。

"我们也有过类似的想法,"马乔卡利回答道,"可是当时我们还没有点菜。餐桌上只有尚未打开的香槟。而且从那时起……嗯,剩下的情况你也知道了。"

"这种情况已经有多长时间了?"

"我们忘了数日子了。或许几个星期吧,不过这纯属猜测。或许我可以问问他的传记官,他一直在记录他的一言一行。"

"不用了。至少现在还不需要。你说从那时起他就再也没有说过一句话?"

"弗里克宣称自己听到他想要说出'考瓦''括沃',或者'埚涡'。你最好还是问问丁·弗里克,不过我想这是他的幻觉。要是根据我描述的情形你已经断定不需要同丁·弗里克或者克莱门特·克拉克维尔见面的话,我可以亲自去问问他。或者叫威尔弗雷德·卡博卡医生去见见他们,设法打听到原话,甚至可以把他们的回答录下来给你听。"

"我需要你去办这些事情,"乌鸦魔法师说,他没有理会马乔卡利的暗示和提议,“两件事。给我找一面挂在墙上的大镜子,大得能让两三个人宽宽松松地同时照到镜子。镜子必须挂在面朝患者的卧室或者座位的那面墙上。”

“那面墙上就挂着一面镜子。”

“再去把丁·弗里克请来。”

11

听到马乔卡利召见自己的时候弗里克大吃一惊,他问道:“谁?一位医生?”马乔卡利只告诉他此人算是某方面的专家,或者说是通灵人,连连追问之下他才承认自己说的是一个巫医。

“什么?纽约的一个巫师?”感到震惊的弗里克问道。

“我打量着马乔卡利,我想确定地知道自己神志正常,”在日记中他写道,“我发现他的那双大眼睛在乞求我不要拒绝他的召见。所以我没有像自己打算的那样掷地有声地说一声‘不’,我反而安慰他说不用担心。那个人是专治心灵的医生,我是专治身体的医生,我们应该能组成一支梦之队。我只想让他冷静下来,虽然我的好奇心也冒了出来。我期待着同这个人的会面,他似乎对这位受过西方教育,位高权重的部长产生了一定的影响力。当我即将进入这个人的房间时,我突然想到我们将会以怎样的方式交谈呢。用手比画吗?

“想想看,当我看到了一位英语说得就好像他在哈佛接受过教育的巫医时,我有多么惊讶!我对他说:你的英语说得太棒了。你在哪里学的英语,竟然学得这么好?他说:在树梢大学学的。我从未听说过这所大学,也没看到过有文章提到过它。他问我:你呢?你的英语说得太棒了。你在哪里读的书?这两个问题,还有他的那副腔调令我有些恼火，他难道看不出来我是白人吗？他指望我还能说什么？我简略地说：当然是哈佛。接着我又问他：那么你们国家的大学教育中会教授魔法和巫术喽？他回答道：噢，没错，巫术的技艺与科学是树梢大学教育的核心。我们有分别负责魔法传授和研究的院系。你们没有吗？当然没有，我说。我们有医学系、精神病学系和药理学系。

“我立即改变了话题，告诉他能够同他见面，并对出现在他们的领袖身上的怪病，一种奇怪的恶性病，这种自行产生的膨胀现象进行一番探讨深表高兴。太罕见了。以前还从未听说过这种疾病。

“没错，就是这样的，这时我突然意识到我已经为这种怪病命了名。自胀病，即自发性膨胀综合征。

“他专心致志地听着我的讲述，从头至尾没有打断我的话。但是，就在我提到挤压患者的腹部时只能听到他的嘴里冒出‘考瓦’‘括沃’或者‘埚涡’这几个词语的时候，这位所谓的乌鸦魔法师抬起了头。

“他问我：他说的是‘考瓦’‘括沃’或者‘埚涡’吗？一开始我没听出来他说的这几个词有什么不同，他又重复念叨了几遍，他说得很慢，把每个词都读得很清晰，最后我终于听出了这几个词的不同。我不得不承认从他嘴里说出的这几个词才更接近统治者发出的声音。于是我对他说：没错，没错，就是这几个词。可是，那个人为什么对冷战这种已经成为老皇历的事情那么痴迷呢？

“他又问了一遍：只有在你轻轻拍打他的肚皮时他才会说出这个词或者发出这个音吗？是的，我说。你能肯定吗？他问我，我回答说是的。他把这件事情记在了自己的笔记本上。其他医生拍打统治者的肚皮呢？我告诉他只有我这么干过。我问他：还有什么问题吗？一开始他没有回答我，仿佛他都没有听见我的问话。当我正要离去时我突然听到他喊了我一声。他朝我走了过来，直到那时他的一言一行始终没有显露出巫医的迹象，他做事和提问的样子都同现代的任何一位医生没有太大的差异。我丝毫没有看到巫术或者符咒那套东西的存在。

“然而，当他压低声音向我解释他想要我做什么的时候，我说不清他是否在跟我开玩笑。我只想笑。他要我从挂在墙上的一面镜子前走过去。”

12

乌鸦魔法师还从未见到过统治者本人。通过电视和报纸他在脑海中勾勒出了一副统治者的形象，高大、魁梧，但不肥胖。统治者很在意自己的外貌，不过他不是那种会穿疣猴皮、花哨肥大的短袖衬衫或者无领 T 恤的领导人，他总是穿着西服，只是西服上面点缀着狮子皮或者老虎皮。只有他的西服上能带有这样的装饰。当然，他还要戴着那顶著名的皇冠形豹皮帽子，这是显赫的职务和权力的象征。在走进病人的房间时魔法师的脑子里多多少少就装着这样的形象。他知道自己看到的会和想象的有所不同，尤其是对方目前还饱受着病痛的折磨，可是他绝对没有料想到自己会看到眼前的这种景象。

一股恶臭扑面而来，在埃尔代里斯的大街小巷他常常能闻到这样的气味，只不过现在这股气味似乎是从统治者的身体里渗出来的。

统治者的眼睛里充满了恐惧，乌鸦魔法师看不出令统治者感到恐惧的究竟是疾病，还是因为出现了他这样一个不明身份的人。

魔法师决定首先要消除患者心中的疑虑,在整个治疗的过程中病人对治疗术士充满信心是最重要的一步。

“仔细听我说,凡事都有轻重缓急。如果能听到我在说什么,就请您把头点两下。”他对统治者说。

统治者点了两下头。

“很好。如果您能听得到,您肯定就能说话。不要担心。世间就有一种怪病。话语上的恶疾,思维被困在了身体里。您一定见过口吃的人,不是吗?他们的结巴就是心中突然涌现的思绪、算计,或者担忧所造成的。现在我问你:谁能比一国元首的忧虑更多呢?是谁说的,不安藏于头戴王冠者心中?我想让你做的事情很简单。看着墙上的镜子。与您交往密切的人——部长、警卫、医生——会从镜子前走过去。您要做的就是看着镜子里的他们。让您的思绪无拘无束地游走,任其自行产生印象。不要害怕将您的思维转化成语言。眼下最重要的就是让头脑和心灵自己去思考,去感觉。让您的视觉、感觉和思维都无拘无束地漂流着。我会循着您的思维轨迹看一看您究竟被困在了什么地方。我希望您能帮助我。我要让您的思维和感觉恢复说话的能力。我想帮助您打破您对自己的沉默。我只是一个媒介,帮助您传达出自己的思维。”

统治者点了点头,表示了认可。

13

马乔卡利第一个从镜子前走了过去。统治者眯起眼睛,用目光追随着马乔卡利穿过房间,他的额头上的皮肤裂成了一道道清晰的褶皱,直到马乔卡利走出了房间。他轻轻地摇了摇头,要不是乌鸦魔法师没有聚精会神地盯着镜子里的统治者的话,肯定就注意不到他在摇头。乌鸦魔法师察觉到统治者皱巴巴的额头和眯缝的眼睛里的光芒中藏着一股强烈的怒火。

其他各位部长逐一从镜子前走了过去，没有一个人能像外交部长那样让统治者流露出那副神情。轮到警卫和私人医生时，统治者将目光挪开了，仿佛他不希望这些人在这种场合下看到他。

丁·弗里克与克莱门特·克拉克维尔最后才登场。统治者突然往起站了一下，他的努力纯属徒劳，不过他还是设法吐出了一句——如果！

丁·弗里克听到了这句话，他顿时忘记了自己应该从镜子前走过去，一声不吭地离去。他转身看着乌鸦魔法师，大声喊道，就是这个词！他说的就是这个词！[①] 统治者就好像是对丁·弗里克做出了回应，他继续念叨着这个词，甚至徒劳地想扶着镜子站起来。乌鸦魔法师示意弗里克与克拉克维尔出去。

统治者喘着粗气，他一边念着“如果”，一边努力往起站，这耗尽了他的体力。他的目光落在了魔法师的身上，似乎是在逼问魔法师——这是怎么一回事？魔法师做出了回答：不，您没有失语，只是在部长和属下面前您的脑袋里塞满了对他们的蔑视，这些念头令您无所适从，您一个字也说不出来。现在，您看到这两位白人漫不经心地从镜子前走过去，就好像他们根本不知道您也在场，也不知道他们的举动对您产生了怎样的影响，这时您就希望把自己的一些想法交代给他们，可是您被卡住了。口吃的人有时候就是无法逾越第一个字。就像您一样。您被卡在了“如果”这个词上。如果我是白人，他们还会这样对待我吗？或者是，如果我是白人，他们还会像刚才当着我的部长的面那样对待我吗？

---

① 丁·弗里克听到的发音是korwo，在斯瓦希里语中具有“如果”“假如”等含义。

“没错，”统治者说，声音响亮、清晰，“这正是我想对他们说的话。去跟我的部长们说我想让他们都来这里亲耳听一听我想对那些白人说些什么。”

这一下乌鸦魔法师说不出话来了。统治者这么快就恢复了说话的能力，他惊讶得一时不知道该如何作答。他正想告诉统治者他的诊断才刚刚开始，统治者就重申了一遍命令。“赶紧去。去把他们找来。不许耽搁。”他说，那副样子就像是他在对信差而不是治疗术士说话。

乌鸦魔法师退出了房间，把统治者的命令转告给了马乔卡利，后者立即去召集其他人了。刚一回到自己的房间，乌鸦魔法师就意外地看到弗里克和克拉克维尔。他们都想知道发生了什么事情。他成功了吗？

“我只是设法解放了他舌头，仅此而已。现在他至少能说话了，”乌鸦魔法师回答道，他直视着弗里克的眼睛，“他还是极度肥胖，不过膨胀速度比之前稍微慢了一点。”

弗里克的反应完全出乎魔法师预料。

“你这个骗子，”他一边说，一边冲着乌鸦魔法师摇晃着手指，“事是我做的，你却抢了功劳。是我发现了这种病，甚至还给这种病命了名。现在我以科学的名义向你发出挑战，请你参加这场治疗自发性膨胀征的竞赛。可是，我要提醒你一句。患者是我的，这位患者、疾病名称和任何治疗方法的专利权都要归我所有。”

14

“我也不清楚自己要向他发出这样的挑战，”弗里克在自己的日记中写道，“不过我想我肯定不希望他以为自己的疗法——无论是什么方法——能够打败科学。无可否认,通过这种方法他获得了非凡的成就,就在短短几个小时里他解开了一个让我们使出浑身解数都没能解开的难题。如若不是在场亲眼看到,亲耳听到,我绝对不会相信这一切。他抑制住了那个身体继续肥大下去,让统治者又能开口说话了,然而我依然坚信无论他做了什么,他的工作在一定程度上只是将我与克拉克维尔的工作向前推进了一步。私下里和他谈一谈,了解他的疗法的各种细节应该是不错的选择。然而,就像那些天生就能变戏法的人一样,他并不像我们期望的那样下了舞台就会口若悬河地说个没完。不过,他还是没有找到治愈自胀病的方法,我决心要尽我所能解开这个谜,赶在他前面找到这种病的治疗方法。

"首先要做的就是对患者本人,以及我们发现的这种已经被我们命名为自发性膨胀征(自胀)的独特现象进行专利注册。这样一来,那位巫师能琢磨出的任何方法——如果他能琢磨出来的话——都将属于我们公司所拥有的知识产权,对于新成立的公司我们已经将其命名为克莱与丁公司。在为该患者,或者甚至是他的身体注册专利的过程中我们碰到了一个问题,因为"统治者"这个名字太宽泛,它将表示我们对全世界所有统治者的身体都拥有专利权,尽管碰到了这样的问题,我们还是对拥有了发现自胀病的知识产权感到心满意足。

"现在,我要运用在人类基因组、克隆技术和干细胞等领域的最新研究成果,找到这种病的治疗方法。一场科学对巫术的比赛。我与乌鸦魔法师之间的战斗已经朝着光明与黑暗的方向发展着,我感到自己同十字军时代的基督教战士是一脉相承的。"

15

乌鸦魔法师没有立即对弗里克的挑战作出回应,现在他只想休息一下,让统治者有时间同自己的部长们谈一谈,然后他就要继续展开工作了,他知道一场硬仗在等待着自己。他真的需要睡一觉了。刚从埃尔代里斯与世隔绝的牢房里出来,就来到纽约一家酒店的一大群观众面前,而且观众中还包括统治者,这样的变化令他感到震惊,他的脑袋和身体都需要适应一下。小睡片刻就能消除他心中的紧张,无论他的紧张来自何处,放松之后他就能应对更多的压力了。

他躺了下来,直勾勾地盯着天花板,他感到自己失去了重量,随时会睡去。可是,一个个疑问怎么也打消不了。侵袭了统治者的身体的这种疾病没有被他的占卜技能征服。没有查明病因,他该如何开出治病的方子?他感觉这个病似乎是在嘲弄他,他不禁想起了弗里克的挑战。这个弗里克真是胆大包天,竟然以为通过微乎其微的接触他就可以把一个非洲人了解得一清二楚?他听到自己在自言自语,我要接受这个挑战,治好这种病,也把丁·弗里克的病给治好。对于这场较量我该从何着手?

突然,他惊诧地听到了一个声音。尼娅薇拉?声音越来越清晰了:回到从前。起来,走遍每一个十字路口,每一处集市,每一座庙宇,走遍世界各地每一处黑人的住所,你就会找到黑人的力量源泉。在那里你就能找到治愈自胀病的办法。

他想听从声音的召唤,可是他的两条腿几乎迈不动了,身体的其他部位也都几乎不能动弹。他的心想要上路,好吧,他顺从地叹了一口气,可是身体却拦住了去路。那个声音就是不放过他,现在它又为他唱起了歌。

醒来吧，兄弟的心
醒来吧，姐妹的心
如果任凭睡梦主宰你
福气就会与你擦肩而过

这首歌听上去更像是摇篮曲，而不是在召唤他。他原本会陷入沉沉的睡梦中，只是这一次声音披上了尼娅薇拉的外壳，她从空中向他伸出双手。他感到自己完全变轻了，他看到自己升了起来，越升越高，飘浮在空中，尼娅薇拉已经抓不到他了。他抛下了自己的身体，现在他成了一只飞鸟，在空旷的天空里自由自在地飞翔着……

在飞行中他一直保持着清醒，一边笑着，一边回想着自己的旅程，从埃及金字塔到坦桑尼亚的塞伦盖蒂大平原以及已经化为废墟的大津巴布韦古城；从贝宁到巴伊亚，再穿过加勒比海，来到摩天大楼林立的纽约，一路上他随时落下来，采集那片土地上的智慧。这场旅行那么真实，他不由自主地摸了摸自己的嘴唇，令他感到欣慰的是他摸到的不是鸟喙，他的双臂也不是长满羽毛的翅膀，身上的衣服还是他躺下来休息时穿的那身衣服。

我睡了多长时间？他寻思着。就在这时一股熟悉的气味钻进了他的鼻孔，从病人的房间飘来了那股恶臭，在臭气的刺激下他的思绪又回到了让他来到美国的那件差事上。他要去那个房间看一看统治者是否已经把憋在心里的话全都说了出来。他要同他单独见面，问他几个问题。他感到自己又恢复了精力。尽早找到治病的办法或者安全脱身的方法，他就能尽早地重返阿布瑞里亚，回到尼娅薇拉的身边。

他看到从病人的房间里走出来三个人，一个白色皮肤的，一个棕色皮肤的和一个黑色皮肤的，他们的手里拎着一模一样的公文包。白人一边走，一边咒骂着：哦，真该死，咱们已经晚了！晚了？乌鸦魔法师问自己。阿布瑞里亚的统治者已经死了吗？

16

据说在部长们和全体随从走进统治者的病房时，统治者没有以通常的方式跟大家寒暄几句：你们还好吗，你们上哪儿去，谢谢你们来这里，或者谢天谢地，我感觉现在好多了。他开门见山地讲了起来，就好像在继续那场被打断的午餐似的。就连曼哈顿的全球快递公司的信使送来的那封信还握在他的手里，都同那天马乔卡利递给他的时候他握着信的样子一模一样。他继续挥舞着信，仿佛那封信是他的后盾，是他的证据和护身符。

“没错，如果我的皮肤是白色，世界银行的董事们还会像他们在这封信里一样羞辱我吗？”他向部长们问道，后者用一声响亮的怒吼回答道：不！

如果说部长们只是大吃一惊那就过于轻描淡写了，他们或者释然，或者疑惑，一个个的脸上都露出五花八门的神情。统治者说得上气不接下气，仿佛他还没有适应讲话这么艰巨的事情。他的身体丝毫没有显示出缩小的迹象，但是至少看上去也不再处于爆裂的边缘了。所以，无论蕴含着怎样的意义，他的话对全体属下来说都是最悦耳动听的声音。

“对这封信我考虑了很多，我决定我们必须接受挑战，准备一份能够，也必将促使世界银行的主管们改变心意的论证。”

所有人的心中都装着许多没有得到解答的疑问，不过他们还是为统治者爆发出雷鸣般的掌声。统治者告诉众人这一次他不会再把想法写在纸上了,他要亲自上阵,亲口阐述对项目的论证。他要求马乔卡利草拟一封短信,邀请世界银行的负责人于次日前来酒店同他面谈,听一听更多的能够支持为天国进军项目拨款的事实和论证。统治者告诉马乔卡利就把信交给几分钟前还在这里的那个信使。听到“全球快递公司的信使”乌鸦魔法师一时间有些摸不着头脑。

马乔卡利走了出去,回来后他报告说那个信差已经走了,不过他亲手用传真机将短信发了过去,还同对方在电话里聊了聊,现在他自豪地宣布统治者的心愿已经结出了果实,尽管董事们遗憾地表示次日,以及接下来的几天他们都无法成行,不过他们向马乔卡利作了保证,不出七日他们就会派一批代表前来听取意见。马乔卡利挥着手里的传真确认函,庆祝着从银行家们那里争取到的让步。

统治者表示满意。现在,他计划当着诸位部长的面排练一下自己的口头陈述,部长们都喜悦极了,他们毫不掩饰自己对统治者的钦佩。他们拍着巴掌,对自己有幸亲眼目睹这场预演表示着感激之情。

“仔细听着,或许在讲话中我就要用到在联合国大会上的演讲内容。就当你们现在是世界银行的董事,甚至是联合国大会……”他对部长们说。

这个男人深不可测、不知疲倦的头脑一直令部长们感到着迷,现在他们更是尽情地沉浸在即将出现的一场不可思议的表演中。

17

有传言称统治者一口气讲了七夜七天七小时七分七秒，部长们狠劲地鼓着掌，到最后他们都感到自己失去了知觉，昏昏欲睡了。有的人没有意识到自己的嗓子已经嘶哑了，只能发出勉强听得到的声音，继续，继续说，太同意“大能者”的说法了。① 有的人几乎说不出一句囫囵话，只能一个词一个词地往外蹦，到最后就只能发出一些音节。

他们已经累得站不住了，于是他们跪在统治者的面前，最终那个场面活像是一大群人在上帝的面前做着祷告。很快他们又发现虽然跪在地上，可是身子已经直不起来了，于是有些人就像佛教徒那样盘腿坐在了地上，其他人选择了另一种祈祷的姿势，伏在地上，前额及地，然后再缓慢地抬起头。有几个连头都抬不起来的人则装作自己一直在行礼，脑袋和两只手都贴着地板，屁股撅在半空中。到最后，每个人都尝试着一切能让他们的腿、脖子、胳膊，甚至嘴巴歇息一下的姿势。传记官平躺在地上，奋力地记录着统治者说出的一字一句，最终他把脑袋枕在翻开的笔记本上，想尽方法在另一页纸上为这部生命之书做着潦草的笔记。到了第七日的第七个钟头，靠着墙支撑着自己的警卫们还没有倒下去，这时候还能站立不倒的人已经没有几个了，在没有倒下去的人中马乔卡利坚持的时间最长，只是他也感到膝盖就要软下去了。他想走过去，请求统治者允许他坐下来，他表现得比以往更加谨慎，以免触怒统治者。可是他发现自己已经东倒西歪地跪在了地上，嘴里呻吟着是

① 大能者，部长们对统治者用了对上帝的称呼。

的、尊敬的阁下、阿门之类的话，就好像他在和统治者做着一场问答仪式。

18

据说世界银行的三位信使——白色、棕色和黑色的——在第七天的一点钟来到统治者的房间，结果他们刚好撞见了那一幕。在目睹到统治者背靠着墙坐在地毯上，部长们用各式各样的姿势做着祷告这样的恐怖情景时，他们没有过多地流露出惊讶的神色，甚至在看着那些人，看到他们憔悴的面孔上显露出极度的痛苦时他们也没有表现出过分的惊讶，他们以为这是某种土著宗教仪式。

这三个人是银行派来的特使，职业素养让他们十分清楚金钱面前不分宗教、种族、肤色和性别，金钱是所有货币的根源，是新世界秩序唯一永恒不变的法律。同时他们也培养出了对文化多样性的敏感，在这种情况下他们唯一担心的就是自己或许干扰了对方的活动，他们唯恐由于自己闯入了正在进行中的宗教仪式伤害了对方的神经。一位特使朝四下里打量了一番，想找人表示自己的歉意。

对三位来访者来说幸运的是，他们恰好在统治者收住嘴的时候走进了房间，仿佛几个星期以来一直憋在他心里的话全都说尽了，他在等待着心中再次涌起一股新的冲动。看到了三位信使他连屁股都没有抬一下，只是大声嚷嚷着，*欢迎，欢迎*。听到“欢迎”，姿势各异的部长们都拼命拖着身子为客人和自己找着椅子，他们都在心里感谢着银行官员终于打断了长达七天的疲惫、饥渴和无休无眠。

统治者没有耽搁时间，他叫财政部长和国库监理对通天塔项目在阿布瑞里亚、非洲，以及全世界的经济发展中将会起到的作用做了一番简要的评述，对世界银行在那封否决信中提出的所有问题作出回答。可是，没等喉咙发干的财政部长清一下嗓子，开始进行陈述，统治者就抢过了话头，志得意满地开始新一轮宣讲了。

银行特使愈加感到焦躁了，他们不住地看着自己的表，不过他们仍旧对干扰了一场宗教仪式感到愧疚，出于礼貌他们打算等到合适的机会再开口。一个钟头之后银行派来的信使互相看了看，又看了看部长们，他们想知道能否有人向统治者打一声招呼，让他们有机会通报他们带来的消息。似乎没有一位部长打算承担起这个责任。

三位银行官员中职位最高的那个人毅然决定处理正事了。阁下，打扰您了，他说。他的努力毫无结果。他又试了几次，每一次都吃力地压低声音，保持着客气的腔调，到了最后他也不得不拼命扯大了嗓门：总统先生，阁下！总统先生，我们给您带来了一封急信，我们时间紧迫，我们还和其他人有约。

“急信”这种说法奏效了，统治者闭上了嘴巴。他看着三位官员手里的公文包。那几个公文包里一定装着世界银行与阿布瑞里亚的合同。一看到公文包，部长们也焕发了活力。希望复活了。统治者雄辩的论述一定打动了这几位官员。部长们全都鼓起了掌，看上去就像慢动作一样，根本看不出他们鼓掌是因为滔滔不绝的讲话被打断令他们感到如释重负，还是他们在期待听到装在三个公文包里的喜讯。

“我们被派来是由于您告知我们您希望向银行方面提供一些新的信息，供银行方面考虑。但是在我们考虑这些信息之前，我们拿到了两份有关您的国家目前局势的报告，对于这两份报告银行产生了一些疑问。

“第一份报告有关你们国家的妇女。我们听说阿布瑞里亚女人开始殴打男人。在我们看来这种行为是在妇女解放的问题上发展得太死板,太过火了。用女性暴力对抗男性暴力并不是解决家庭暴力的办法,这样只会对家庭价值观造成严重的威胁,而正如当今社会对家庭价值观的理解一样,它是社会稳定的根基。

“第二份报告有关排队问题。我相信您告诉过我们您已经制止住了大规模的排队现象,但是我们听说目前有人骑着摩托车四处宣传你希望大家重新开始排队,在一些地方人们已经开始积极地响应这一号召了。总统先生,您对这两种说法有什么要说的吗?”

“你在说什么?”统治者问道,他已经把摩托车警察的事情忘得一干二净了,事实上听到对方比自己更了解他的国家令他有些恼火,“我确信有关排队的鬼话是恐怖主义持不同政见运动搞出来的东西。我不明白的是你宣称的眼下那些男人,真正的男人,竟然允许自己被女人殴打。这些女人难道想变成丈夫,把男人变成妻子吗?”他不想把这件事情当回事。

“问题就在于此,总统先生。在您的国家一切都颠倒了。你们的女人在挑战万事万物的自然秩序,她们甚至建立了所谓的人民法庭;而人们排起的长队又在挑战社会秩序。我们用不着提醒您一个显而易见的事实:一旦人民大众掌握了法律,您的手里就只有大混乱了。极端民主。肢解民主。我相信曾经的希腊,在雅典城邦做过这样的试验,可结果呢?希腊文明因此覆灭了。总统先生,回阿布瑞里亚去吧。让你的后院恢复秩序,然后再给我们发来备忘录,把你希望我们考虑的任何新情况告知我们。银行方面会进行全面审核……请您原谅,我们还另外有约。”银行官员一边说,一边瞄了一眼自己的手表。他走出了房间,走出去的时候还小声自言自语着,“哦,真该死,咱们已经晚了……”另两位官员也牢牢地抓着锃亮的公文包,紧随其后地离去了。

统治者目瞪口呆,银行代表竟然听都不听一下他对经济问题的见解和理念,尤其是他对通天塔项目的构想。

他的嘴巴大张着,脖子塌了下去,脑袋斜靠在墙上。他沉默地尖叫着。

“哦,不,不要再这样了。”马乔卡利小声说,同样的情形他还得再看一遍。突然他想到了乌鸦魔法师,他心急如焚地环顾了一圈,可是在所有在场的人中间怎么也看不到魔法师的身影。他走到门口,阿盖站在那里。

“说话的病又发作了,”他轻声说道,“乌鸦魔法师上哪儿去了?”

19

正要走进统治者的单人医院时,乌鸦魔法师心想这些人肯定是世界银行的代表,他们肯定是刚刚听完了统治者为贷款一事重新做的论证。可是,马乔卡利不是说他们七天后才来吗?难道他一直在昏昏大睡?我一定是累坏了。他转过身,使劲地打量着渐渐走远的那三个人。他们看上去有些眼熟,可是他敢发誓自己绝对没有见过这几个人。他们的相貌,他们的穿着打扮,他们走路时的样子都有些眼熟,究竟是什么会让他产生这样的感觉?他无法相信自己心中突然冒出的念头。在变成一只鸟飞在空中的过程中他看到过一些人,眼前的这三个人就跟那些人的言行举止一模一样——他还在睡梦中吗?

他听说过,甚至读到过梦游者的故事。梦游者甚至能在睡梦中去市场买一些东西,然后回家,睡回到床上去,醒过来后他们也不知道那些东西怎么会出现在自己的房间里。他读到过一件真人真事,一名男子杀死了自己的妻子,在法庭上他宣称事情发生的时候他从头至尾一直在梦游。他,乌鸦魔法师,在梦游吗?

乌鸦魔法师决定查明真相。他没有进入统治者的房间,而是回到自己的房间,一把抓起自己的公文包。包里装着笔、纸,所有写字的工具。他坐上电梯,下到了一楼。

他左看看,右看看,终于看到了世界银行的那三个人。他注意到了两个乞丐,一个男的,一个女的,他们朝着每一个路过的人伸着手:我是退伍老兵,那个男人说。我很饿。您能给我几个零钱吗?那三个人这么快地消失到哪里去了?他真不应该去拿自己的公文包。

突然他又看到那三个人钻进了一辆奶油色的豪华轿车。他试图拦住一辆黄色的计程车,可是司机们全都加速甩掉了他,其中一辆在路的尽头停了下来,一对白人夫妇上了车。幸运的是,一个黑人计程车司机救了他。跟上那辆豪华轿车,乌鸦魔法师对司机说。

20

后来只要有一个听众表示怀疑,想要把这个故事当作是胡言乱语,阿盖就会说:“千真万确!我的上帝啊!我是在讲故事,不是在贩卖谣言。”作为证据,他还会提醒听众当时他也在场,“我很累,太累了,可是马乔卡利提出的问题又把我吓得恢复了活力。乌鸦魔法师真的上哪儿去了?最后一次见到他是什么时候?

“这下我想起来了,就在那几天里,就在我们所有人如痴如醉地听统治者阐述自己如何理解这个被充满幸福和悲哀的经济体系所统治的世界期间，我一次都没有看到过乌鸦魔法师。我压根就没想起过乌鸦魔法师这个人，这说明统治者的声音具有一种令人着迷的力量。就跟其他所有人一样，我都忘了是魔法师解放了统治者的嘴巴。

“我离开病房，去他的房间找他。他不在那里。我去了楼下的前台。他们也没有见到过我描述的这样一个人。我又回了他的房间。连个影子都看不到。他去哪里了？他出了什么事？我又去了马乔卡利那里。

“一切就跟我离开的时候一样。统治者的嘴巴仍旧大张着，就像是嘴巴在讲话的时候被冻住了。部长们的脸全都被疲倦和缺乏睡眠搞得很憔悴，脑袋全都耷拉到一边，不过他们仍旧坐在座位上，活像是一具具尸体。他们中间只有马乔卡利还配得上自己的大名‘凶眼’——他似乎对眼前的事情还保持着警觉，尽管平日你很难看出这一点，因为他的那双巨大的眼睛总是那么大，从不闭上，就连睡觉的时候也是如此。我们这些警察都被训练得能够吃苦耐劳，所以看到我们中间绝大多数人都还醒着，坚守着岗位——保卫统治者和我们的国家——我没有感到惊讶。

“马乔卡利轻轻地招了招手，冲我示意了一下，我明白他希望我俩去外面碰头。我告诉他乌鸦魔法师消失得无影无踪，他没有说话，一声不吭，直勾勾地盯着前方，然后缓缓地扯了扯右耳上方的头发，仿佛他灵魂出窍，把身体丢下了。我的脑子里突然冒出一堆问题：统治者是不是已经因为心脏病发作死去了？这样的话马乔卡利这副样子就不难理解了。能让人起死回生的乌鸦魔法师上哪儿去了？

21

乌鸦魔法师坐在后座上,他长长地出了一口气,那间病房里的臭气没有跟着他一起钻进计程车。他也可以趁机好好地看一眼真正的纽约,自从来到这里以来他一直没有时间来酒店外面逛逛街。

他想着第五大道 VIP 酒店,随即他又全神贯注地比较起了他看到的纽约一角和他在阿布瑞里亚看到的其他景象,这样的比较总算让他不再继续沉浸在对现实和幻觉的思考中。

碰到一个红灯的时候,司机看到那辆豪华轿车停在了前面一个街区。你要找的人停下了,司机说。正在静心思索的他回过了神。那三个人下了车,过了马路,他们的车疾驰而去了。乌鸦魔法师叫司机停下车,付了车钱,然后就迅速地从车里钻了出来。那三个人走进了一幢气派的摩天大楼。乌鸦魔法师穿过全球大道,仿佛他本来就要去那个地方似的。包裹在那些玻璃和水泥里的权力令他着迷。主宰地球上所有国家的经济和货币政策的法律法规都是从这幢大楼里颁布的——无论这个银行会唱出怎样的调子,世界各国的领导人都会随着它的歌声起舞;只要它打一个喷嚏,全世界都会抱怨说自己的偏头疼又发作了。他应该怎么办?进去,直面那三个人?假装他是来索要他们三个人阐释自己在新世界共同体发展过程中起到的作用的著述?他朝他们走了过去,心中仍然犹豫不决,最终他还是从一条带着"此路不通"标志的小巷子走了过去。

他感到有些头晕,他无法相信自己的眼睛。他是飞鸟的时候就看到过这一幕。这个路标预兆着什么吗?他琢磨起这个路标的含义,自顾自地笑了笑之后他决定返回酒店。现在他对统治者的病情比之前要专注多了。

回到第五大道酒店，乌鸦魔法师走过前台，径直走向了电梯。无论怎么使劲地摁着按钮，电梯最高只到达四楼。前台的接待员给他做了解释。再往上都是私人专用的楼层，只能用专用的通行卡上去。魔法师没有通行卡。

接待员问魔法师姓什么，她可以在登记簿上查一下。正打算含含糊糊地说出卡梅特·瓦·卡雷麦雷这个名字的时候魔法师突然想起自己的护照上写的是另外一个名字，阿布迪·麦冈伽，这都是因为西吉奥库出于对安全问题的考虑，而且他不记得自己在前台登记过。接待员主动提出给套房打一个电话，可是电话没有人接。她对魔法师说她也无能为力了，不过她表示他可以在接待区等一等，也许跟他同行的人会把电话打过来，或者溜达下楼。

乌鸦魔法师坐在那里，等待着。为什么所有的事情都变得那么复杂？

22

乌鸦魔法师无所事事地待在那里，他不知道该做些什么。他买了一份报纸，可是他读不进去报纸上的报道。他扫视着周围的每一个人，希望能瞥见代表团里的某个人。一个显然怀着孩子的女人从一辆计程车上下来，进了酒店，他的目光尾随着她，直到她彻底消失。突然他莫名其妙地想象起了尼娅薇拉即将成为母亲的模样。他一直渴望拥有一个家庭，这个家庭应该建立在丈夫、妻子和孩子互相爱慕并尊敬的基础上。

这时候他想要见到尼娅薇拉的渴望变得无边无际，他已经离开她太久了。他想起就连马乔卡利也说过他只需要在这里待一天,完成治疗任务的第二天他就能回家了。没准统治者已经康复了,身体已经好起来了,没准此刻他还在讲话。无论如何,显然这里不再需要他的工作了。他必须回阿布瑞里亚了。好在他还拿着自己的护照和机票。

可是,他不想一声招呼也不打就走掉。他又去了前台,要了一张纸,他要留一张便条给马乔卡利。就在俯下身写字的时候他的眼前突然出现了一连串模模糊糊的景象。最先出现的是一个膨胀的大能者,紧接着大能者自动变形成了一个孕妇,然后又变成了世界银行的那三个人。现在他看到了弗里克和代表们依次从病房里的那面大镜子前走了过去。他又想起统治者恶狠狠地盯着马乔卡利的神情,目光中的凶狠仍旧历历在目。乌鸦魔法师的身体紧张得有些刺痛,他对马乔卡利生出一股强烈的同情。他很清楚那样的眼神,以及统治者的摇头都意味着什么,他也清楚如果把这一切写下来,没有人——马乔卡利也不例外——会相信他。尽管如此,反正他对任何人都没有恶意,他觉得自己有责任提醒马乔卡利当心他要面对的危险,只是他不会说得那么明白。

他在纸上写道:我没有通行证。你要小心一点。国家怀孕了,至于他会生出什么,谁也不知道。

他看了一眼字条,把字条叠了起来,写上马乔卡利的名字,然后就把字条交给了前台的接待员。

他招了招手,拦住了一辆黄色的计程车,直接去了机场。只要是回阿布瑞里亚的飞机,任何一班都行,他满心期待着与尼娅薇拉的重聚。

23

与此同时马乔卡利在自己的房间,他沮丧极了,疲劳、挫败和犹豫已经压垮了他。他该拿旧病复发的统治者怎么办?乌鸦魔法师神秘地消失了,而且消失得无影无踪。这个魔法师怎敢同政府当局作对?

"政府当局"这几个词使他想起了世界银行的那几个官员说过的话:在国内有人号召恢复排队。他想起就在埃尔代里斯女人们干下那些令人不齿的事情之前,统治者同内阁授予了五个警察以骑警的身份。直到现在他们还没有取消他们的行动。出了什么事呢?

电话铃响了,马乔卡利抓起电话。我只是碰碰运气,已经七天没有人接电话了,前台接待员说。马乔卡利正要告诉对方不要管闲事,刹那间他改变了主意。就连愤怒都可以让人打起精神,可是现在他的怒气有些短缺。是西吉奥库部长从阿布瑞里亚打来的电话!没有寒暄。西吉奥库只想知道乌鸦魔法师是否已经抵达美国。马乔卡利告诉对方到了,魔法师已经到了,只是现在他们不知道他在哪里。西吉奥库立即说我只想确认一下,然后就放下了听筒,他没有解释自己为什么要确认魔法师的情况。

为什么这么晚才关心乌鸦魔法师是否到达美国?为什么是现在,就在这个人消失后?如果说之前马乔卡利还不敢肯定西吉奥库同乌鸦魔法师的神秘消失有关系的话,那么这通电话也打消了他的怀疑。他注意到西吉奥库没有再问起其他事情——贷款的进展、他们回国的日期,甚至没有打听一下统治者的状况。没有,危险近在眼前,他可不打算把这些疑虑埋藏在心底。

马乔卡利走出自己的房间,他没有注意到阿盖站在门外。他回到了统治者的病房,看到其他人还像他离开的时候那样绝望虚脱地摆着千奇百怪的造型,七天滔滔不绝的讲话让所有人都精疲力竭了。马乔卡利吃力地走到了统治者跟前,统治者坐在那里,大张着嘴巴,脑袋耷拉在一侧。一尊没有生命的神。马乔卡利觉得有责任把自己对阿布瑞里亚目前局势的怀疑报告给统治者,无论统治者是否听得明白。他把嘴凑到统治者的左耳边,轻声地说了起来。非洲、亚洲和南美洲有不少政府都在该国统治者不在国内的时候被推翻了。再度出现的对排队的呼声完全是在为酝酿中的政变做准备。

这些话立竿见影地对统治者起了作用:他顿时就挺直了身子。你干吗还要躺在地上,不去收拾行李?咱们得走了。说完他扭头看着马乔卡利,仿佛是在吩咐后者要确保所有人都做好动身的准备,并处理好一切事宜,他们要回到阿布瑞里亚,对排队问题和殴打丈夫带来的威胁进行反击。

24

后来在讲述那次出访的时候阿盖会说:“可悲,太可悲了,看上去他们好像全都把乌鸦魔法师给忘了。可是我没有——噢,没有,我没有。千真万确!我的上帝啊!我想尽办法想要见到统治者,告诉他乌鸦魔法师神秘消失的事情,可是要想找到单独向他汇报的机会太难了,基本上他一直被一群马屁精包围着,他们每个人都想让统治者知道只有自己才知道如何满足统治者的需要。

“有一次我设法逮到了一个和统治者独处的机会,可是当我提起乌鸦魔法师的话题时,我看到他似乎不知道我在说什么。他以为我在跟他说巫术、魔法和国内的消息。他对我说，你说出了一定的真相，那些排队的家伙和殴打男人的女人肯定受了狡诈的巫师们的蛊惑。只是这些排队的人和打男人的人并不知道自己在和谁打交道；我要给他们一点他们永远也忘不了的教训。他试图在自己的肚子上挠一挠，好像是想挠痒痒，可是他的手摸不到肚子。他扭头看着我，叫我暂时忘掉巫术的事情，跟别人一样去收拾行李，我们就要离开美国了。无人察觉的奇迹等待着我们，他说，他在嘴上挤出一个神秘的笑容，在我看来他似乎在隐瞒什么秘密，他费力地克制着自己，以免自己因为心里想的事情而得意地笑起来。那是一个压制着怒火的笑容，老实说，我也看不出来究竟是什么让他的怒气比以前更大了——他的身体的自动膨胀，世界银行，报告上所说的排队热卷土重来，还是女人殴打男人的事情？千真万确！我的上帝啊！我一点也不喜欢那种扭曲的笑容。他所说的等待着我们的无人察觉的奇迹是什么？可是没过多久我就陷入了动身前的一团乱麻中。”

25

他们怎么才能把统治者挪出房间？他们怎么才能让他通过一道道的门？送他去机场呢？一堆堆来自阿布瑞里亚国库的钱支付给了一家公司、酒店和航空公司，偿付了协助解决方案和对“离开酒店”行动保密的封口费。

如释重负的马乔卡利在前台停留了一下，他想确保万无一失。就在这时接待员递给他一张叠得整整齐齐的纸。“这张便条在您的信箱里已经放了不止七天了。”接待员说。马乔卡利想问接待员他怎么会知道这件事情，随即他又决定不问了。“离开酒店”行动的成功令他感到开心,一个爱管闲事的接待员唠叨上几句,他何必因此生一肚子气呢？这都是老皇历了,他告诉自己。他没有看一眼字条就打算把字条丢进垃圾箱,转念他又改变了主意,把字条塞进了夹克衫的内袋里,脚步匆匆地走向了等在门外的豪华轿车,往机场赶去了。

他们安排了两架飞机,一架专门为统治者改装了座椅的大型喷气式客机,乘坐这架飞机的有统治者、全体警卫、私人医生、传记官,以及一两位部长;访问团的其他人员将乘坐另一架小一点的飞机。

后来阿盖说过:“结果,将统治者送上飞机真的成了一场无人察觉到的奇迹。又是推,又是挤,又是发火,又是吹捧的！千真万确！我的上帝啊！看到我们那么吃力地努力着,一边担心得要死,我就问自己,要是乌鸦魔法师在这里,我们还会陷在这样的乱麻中吗？我确信他应该能找到更轻松的方法把那个身体装上飞机。老实说,我一直不死心。所以在饱受折磨的时候我一直不停地回头看,巴望着能看到他从停机坪那一头跑过来,来帮帮我们。

“将要登上飞机的时候我还试图跟马乔卡利谈一谈乌鸦魔法师下落不明的事情。我给他看了我随身带着的一份报纸,在那份报纸上似乎有一半的报道涉及逮捕、枪杀或者监禁黑人男性的事情。对移民的敌意可不是什么陌生的事情。他难道不认为我们应该请美国当局打听一下魔法师的下落吗？马乔卡利毫不动容。就让他烂在美国的大牢里吧,他冲我嘟哝了一句,他爱说自己再也不会跟巫师之流和他们失踪的事情扯上关系了。可是我呢,我从未停止过对魔法师的担心和惦记。千真万确！我的上帝啊！”

26

钻进统治者、威尔弗雷德·卡博卡医生、卢米纳斯·卡拉姆-姆布亚博士、阿盖和其他警卫搭乘的飞机时马乔卡利感到很憋闷，直到飞机升空后他才恢复了平静。他脱掉夹克衫，把夹克衫叠了两叠，然后把衣服放在了身旁的空座位上。现在他终于有时间从恰当的角度思考一下这些问题了。在任职外交部长的这些年里他从未碰到过如此多灾多难的任务，他也不清楚究竟哪一桩事情含有更多的复杂因素——是统治者的特殊病情，还是世界银行的拖延。

由于统治者的病情他已经不可能采取任何措施为自己和统治者争取更多的有利条件，包括在联合国大会上的讲话，但是他认为这种状况就跟通天塔计划暂时被搁浅，直到世界银行发放贷款是一样的，继续谈判的大门并没有砰的一声被对方关死，从这个事实中他看到了一线希望。返回阿布瑞里亚会为他争取到时间，让他在无须一直提心吊胆地想着统治者有可能在异国他乡爆炸的情况下继续完善通天塔的计划。

在统治者在酒店里对部长们进行马拉松式讲话的过程中，马乔卡利从一堆乱七八糟的废话中听出了统治者为通天塔计划提出了更多的论据。一回到埃尔代里斯，他就要召集一批商界和学术界的一流经济专家，对统治者的论述进行一番润色，用一个更好的方案令世界银行对他们刮目相看。他或许还要聘请美国和欧洲的专家，以增强阿布瑞里亚专家队伍的实力。他心里想着这些事情，手伸进夹克衫的口袋里去掏手绢，结果他摸到了酒店前台交给他的那张纸条。这会儿他的情绪很不错，他不想因为这种鸡毛蒜皮的小事情就破坏了自己的心情，于是他把那张纸在手心里揉成了一团。正要扔掉纸团的时候他突然想到一个问题：是谁给他留下了这张手写的字条？会是蒙兹吗？尤尼丝·伊麦克尤雷特·蒙兹，阿布瑞里亚驻华盛顿大使的代表？

马乔卡利一直对统治者同女人打交道的方式感到惊讶，尤其是这个女人，后来摇身一变，成了一条对统治者忠心耿耿的哈巴狗！

访问团刚到美国的时候尤尼丝·蒙兹就与统治者在后者的房间里单独会谈了几次，有几次他们两个人一谈就是一整夜。自从统治者发病以来，他们就再也没有见过面了。马乔卡利同其他各位部长都认为最好还是不要让任何女人看到统治者目前的这种状况。尤尼丝·伊麦克尤雷特·蒙兹不断地打去电话，要求和统治者通话，逼得马乔卡利编造出各式各样的说法，告诉她统治者公务缠身，忙于处理国际外交中的各种微妙事务。最后他还会告诉她统治者说他会亲自给她回电话的，即便听到这样的回复她还是威胁说自己要亲自去酒店。倘若日后统治者与蒙兹发现马乔卡利并没有将她留下的字条交给他，那将如何是好？

马乔卡利立即展开了字条：情报就是力量。

这四行字毫无意义。他把纸片翻了过来，想看看背面有没有更多的留言。什么也没有，于是他又把那四行字读了一遍。我没有通行证。你要小心一点。国家怀孕了，至于他会生出什么，谁也不知道。签名是“魔法师”。当然是乌鸦魔法师了。没有通行证！所以他出去了，结果发现自己无法回到统治者的套房！马乔卡利自己也承认魔法师的失踪责任在于他这位部长。仔细读着魔法师神秘的留言，他不禁问自己为什么魔法师只把字条留给他一个人，或者说是留给作为资深内阁部长，有机会把字条呈递给统治者的他。他真希望其他几位部长也都在这架飞机上,这样他就能征求一下他们对此事的看法。倘若他对字条上的内容秘而不宣,突然乌鸦魔法师又冒了出来,还宣称自己给他留下了治病的方子,那又该如何是好?这或许正是他的政敌西吉奥库给他设下的圈套,通过巫师来实施他的邪恶计划。他必须巧妙地向统治者道出自己的心事。他要揣度好统治者的心情,也许甚至要向他提起排队热死灰复燃这件事情,并且再表达一次自己对潜在的政变危险的担心。这样一来统治者就不得不把注意力放在西吉奥库的背叛上,而不是他们灾难性的出访美国这件事情上。

马乔卡利走到统治者所在的专区。机械师没能设计出容得下统治者的座椅或者床,结果统治者只得到了一块地板。

“对于你的通天塔,你有什么建议?”统治者问道,他根本不容马乔卡利解释自己为什么要来见威严的他。

“世界银行没有把门关死,”马乔卡利回答道,“咱们需要的就是找个时间,让我们把您讲给我们的一切条理清晰地写进一份读起来不太费力的备忘录里。我在想等咱们一回到阿布瑞里亚,在您的祝福和指导下,我就立即从商业界、埃尔代里斯大学和国外的几所大学抽调人手,组建一个工作组,这个工作组的唯一任务就是将您的观点和构想落在纸上。然后咱们就把这份备忘录发给世界银行。备忘录附录。”

“备忘录附录。”统治者重复了一遍,显然他对这几个字在舌头上滑过的感觉很满意。马乔卡利感到自己似乎已经得到了赞扬。

“*这就是我们最后要说的话*,咱们还要告诉他们这个。”马乔卡利一副扬扬自得的腔调。

“背水一战,”统治者补充道,“一到家就动手吧。”

“您的话对我来说就是金科玉律。”马乔卡利毕恭毕敬地说。

“就说,决一死战!”统治者又补充道。

“决一死战!”马乔卡利紧跟着说了一遍,“这才是您的真名实姓。”

“可是世界银行的董事们表现得就好像他们从来没有听说过这个名字似的。”统治者说。

马乔卡利终于看到了机会,他可以把魔法师的留言拿出来了。随着漫不经心的一句“此外”,他问统治者是否还记得帮他解放了说话能力的那名男子。可是,从统治者的回答和神情中一点也看不出他对马乔卡利提到的那个人,对话语憋在嗓子眼里的那段时间有印象,更不用说他知道有人为他治过病。就好像说不出话来的那段难熬的日子根本没有存在过。马乔卡利只得再问了一遍,这一次他确保提到了“乌鸦魔法师”这个名字。

“一个巫师?”统治者打断了他,“你们这些人为什么不停地用巫师的问题纠缠我?哪怕是在美国。还有一天一个警卫也跟我提到了巫术的事情。现在你又来了。你们觉得国内排队和殴打丈夫的问题都是巫术造成的吗?别担心。等着瞧吧!咱们就要去处理这些事情了。”

后来,当周围的一切开始崩溃的时候马乔卡利会一遍又一遍地问自己当初为什么不听从内心,不要管那张字条的事情,一看到统治者记不得任何关于乌鸦魔法师的事情时就赶紧回到自己的座位上去。然而,过多的担忧会给人带来不幸,一想到自己的政敌有可能在策划针对他的阴谋,他就彻底忽视了自己更敏锐的直觉,把字条交给了统治者。统治者读了那四行字,他也像马乔卡利之前那样,把字条翻到了背面。终于,他抬起了眼睛。

“这是谁写的?”他用冰冷、平静的语调问道。

“乌鸦魔法师。”马乔卡利说。

统治者朝后靠了过去,闭上眼睛,仿佛在努力回想着一个已经遗忘的梦,或者是一段久远的往事。

“我不知道自己是不是在做梦,当我合上双眼的时候我似乎看到,或者说听到有人对这个名字做出了应答。就好像他和我在交谈,其实更应该说是他在对我说话。不会。这怎么可能?”

“全能的大人,您不是在做梦,”马乔卡利急忙说,他一心想要把统治者埋在心里的怒气引到乌鸦魔法师的身上,“您现在认为自己看到过的那个人的确存在过。”

马乔卡利提醒统治者他的语言曾经卡在喉咙里,丁·弗里克与克莱门特·克拉克维尔两位教授没能找到令人满意的治疗方法,经过一番努力,乌鸦魔法师让他恢复了说话的能力。

“他被派来解决这个……呃……这个……我是指……您的膨胀问题,可是现在……”

“现在他在哪里?”统治者打断了马乔卡利。

“我不知道。或许已经回去找那些把他派到美国去的人。”马乔卡利说,他竭力地撇清自己和乌鸦魔法师的关系。

“谁把他派来的?”统治者问道。他的眼睛仍旧闭着。

“是西吉奥库。”

“西吉奥库?我交给他的任务不是让他在阿布瑞里亚忙得不可开交吗?他怎么会知道要给我派去一个巫师?他怎么知道我得了病?”

马乔卡利有些犹豫。统治者睁开了眼睛,死死地盯着马乔卡利。

“我怎么隐隐约约记得你亲自来问过我乌鸦魔法师的事情?问我他能不能来美国?”

“其实那不是我的点子。凡是跟巫术和占卜沾边的事情,我都努力保持……”

“那是谁的点子?”统治者厉声问道。

“阿盖。阿里盖盖·盖瑟利。”

“哪个盖瑟利?”

“就是曾经跟神灵搏斗到天快亮的那个人。”

“我还以为他只是追着神灵跑,没有同他们搏斗过。”

“没错,他追着他们跑过了大草原。那个警察有点古怪。”

“你是什么时候把阿盖任命为你的助理部长的?”

“全能的大人啊,您非常清楚我不会,甚至想都不敢想自己能有这个胆子……!”

“所以当别人都忙着收拾行李的时候他却跑来跟我说什么乌鸦巫师的事情?”

“大人啊,我都不知道阿盖去找过您。我跟你说过什么?那个警察……”马乔卡利指望着阿盖的话题以及他奇怪的举动能够取代那张字条的事情,可是他的希望很快就落空了。

“把字条仔仔细细地读一读。”统治者一边说,一边把那张纸给他递了过来。

统治者是在挖苦他吗?马卡乔利不禁自问道,或者只是想哄得他走到统治者的权杖能触及的地方?他完全不能说不,然后一走了之。马乔卡利上前两步,伸手拿到了字条,随即又本能地退了回去,表现得好像是想找到一个亮一点的地方看清字条。

无论读得多么认真,多么频繁地把字条翻来倒去,他怎么也读不出更多的意思。他抬起眼睛,吃惊地看到统治者的眼睛里闪现出一种炽烈的光芒,霎时间他感到自己恐惧得要死。

“全能的大人,我必须坦白,来面见您之前我已经读过这些留言了,我也想看一看有没有言外之意。我看不出乌鸦魔法师究竟想说什么,所以我才把字条呈递给您。"

"再读读,告诉我你觉得这个留言的含义对你来说哪里不是一目了然的。"

马乔卡利假装默不作声地读着字条,其实字条上的一字一句他全都已经背下来了。

"我没叫你默读,"统治者说,"像个男人一样读得大声点,坚定点。把'国家'换成'统治者',就像我就是国家一样。"

马乔卡利清了清嗓子,读起了字条:"我没有通行证。你要小心一点。统治者……"就像发现自己到了悬崖边的人一样他猛地收住了口。

"继续。读啊,"统治者不耐烦地说,"读完,然后告诉我有什么不明白的?"

"统治者怀孕了,至于他会生出什么,谁也不知道。"

"哪里不明白?告诉我!"全能的大人火气越来越大。

马乔卡利突然看明白了留言的所有意图和言外之意,他赶紧说:"哦,不。我发誓,倘若……那个人……"

"马乔卡利,"统治者又打断了他,仿佛他不在乎马乔卡利要赌咒发誓些什么。马乔卡利惶惶不安地觉察到统治者的声音出现了一丝改变,听上去有些不连贯,更多的不是冷漠,而是一种哭腔,"你是一个受过很多教育的人——不是吗,马库斯?"

"是的,神圣全能的大人。"

"你懂得世界历史。"

"不能这么说,不过,是的,我不能说自己一无所知。"

"在你读过的所有书里,看到过怀孕的统治者吗?"

"怀孕的统治者?没有!除非他是女人……绝对没有。"

“你就看不出来他想说什么吗？这个自发性膨胀征就算是怀孕。”

统治者哈哈大笑了起来，马乔卡利不知道自己是否应该跟着笑起来，好表现得自己听懂了统治者的玩笑话，无论统治者究竟是什么意思。有时候沉默是金，然而此刻情况不同，马乔卡利想抓住机会讨得统治者的欢心，让笑声继续下去，他大着胆子说：

“祝贺您！您正在创造历史。我安排乌鸦魔法师前来美国真是做对了。我甚至亲自去机场迎接了他。我想我们应该召开一场新闻发布会，向全世界宣布这个消息。”

接着出现的沉默打消了他的热情，他立即意识到自己犯下了一个大错。他一步一步慢慢地朝后退去，一边退一边绞尽脑汁琢磨着补救的办法。

“你？你！就连你也这样？”统治者怒不可遏地冲马乔卡利摆着手指，说，“就是说你跟那个巫师串通一气？就因为我现在腿脚不利索，你就敢侮辱我，而且还当着我的面。你管我叫女人？”

统治者想要站起来，将马乔卡利训斥一番，可是他爬不起来。他想要抓起自己的权杖，朝马乔卡利的大眼睛砸过去，可是他够不到权杖。马乔卡利看到统治者无法用权杖打到他，他便不再后退了，但是他仍旧盯着地上的权杖。保护自己不挨打并不意味着懦弱，而是谨慎。他决定用嘴巴保护自己。

“我仅仅是在祝贺您这么快就看穿了这个自称是乌鸦魔法师的家伙使的花招。我之所以说安排他来到美国真是做对了是因为如果他没有来让您看穿他，他或许能活得很长久，用造谣诽谤您怀孕的谎话蒙骗成千上万的人。”

“所以你就开心地反复念叨着这件事，你这个臭烘烘的王八蛋。你这个垃圾。真是男人里的劣等品。不要让我再看到你！”

统治者一边说,一边挥着手赶走了马乔卡利。实际上,还没等统治者喊叫出他的名字,马乔卡利就已经冲回到自己的座位上。

“等等!”统治者又冲他喊道,“给我回来。把字条给我！莫非你还打算拿给别人看不成?”

马乔卡利忘了自己还攥着字条。他又回到统治者跟前,战战兢兢地把字条递了过去。往自己的座位上退回去的时候马乔卡利急切地望着统治者——统治者一把抓起字条,把字条塞进了自己的嘴里,嚼了起来,最终把字条咽了下去,自始至终他一直瞪着马乔卡利。

“我决不能从任何人的嘴里听到此事。”

第二部分

1

飞机降落的声响宣布统治者结束了著名的访美活动，回到了祖国，这声响比雷鸣更要响亮。人们都说只有统治者大人才能在不闪电、不下雨的情况下制造出雷声，不过人们又说这种说法也不完全正确，因为统治者是在夜幕的掩护下回了国，活像是一个窃贼。以往每次在他出访结束、返回祖国的时候，在机场列队迎接他的外交官、部长和舞蹈演员这一次都没有出现。看到他在电视上也没有现身，人们都很有把握地说没错，一定是出了岔子，每次从国外回来后统治者总是要在电视上亮相，而且还是直播。很多天过去了，仍旧没有出现任何有关他回国的照片和电视图像，人们开始窃窃私语起来——他的尸体从美国运回来了吗？

即便在情报部长大本·曼波发布了一份声明，宣布统治者在总统府静心思考国家未来后，谣言仍旧没有减弱的趋势。总之，这份声明只是给愈演愈烈的谣言又添了一把柴。

统治者待在总统府里,外人难以接近,对于这一点许多部长也感到很不解,更没有多少人知道他就像小孩子一样整日啜泣个不停,尽管他的眼眶里一滴泪也没有。谁都不知道统治者一门心思只想着如何报复乌鸦魔法师。以往他的眼泪能装满好几只鼓,这次情况不同,他流不出一滴眼泪,这就更加令他感到沮丧,他也啜泣得更厉害了。得不到满足的复仇心流不出一滴泪,这种状况令他疲惫不堪,不希望任何人打扰他。

得到允许同他见了面的就只有三军将领,他想在见到西吉奥库和其他部长之前听一听他们的汇报。武官们汇报完毕后他要求他们就待在总统府指挥部里,其实他只想盯着他们,因为他唯恐军方发动政变。统治者过着与世隔绝的日子,军队保卫着他,但是乌鸦魔法师的留言依然能悄悄地钻进他的心里——统治者怀孕了——他听得到这些话,他的反应就像是真的有人趴在他的耳边嘀咕那些话一样。有传言称有一次他一把揪住一名刚好在他附近的将领,他问对方,你竟敢说“统治者怀孕了”?那名军官喊叫了起来,哦,不,不,我一个字也没有说。统治者意识到自己搞错了,于是说自己只是在开玩笑——我想试试看你是不是一直保持着警觉。尽管如此,他还是警告对方决不能把这件事情告诉给任何人,甚至不能让自己想起这件事情。那名军官说,您在说什么?我什么都不记得啊。这个显然是发自内心的回答令统治者更加不安了,倘若这个人能如此轻易地忘掉刚刚发生的事情,他又该如何确保这个人不会同样轻易地忘掉他刚刚对他作过的警告——决不能把这件事情告诉给任何人?可是他又不想问对方不记得什么事情了,他可不希望这名军官再重复一遍统治者怀孕了这句话。他的脑子里乱哄哄的,他不知道该怎么办,碰到这样的情形他就总是不流一滴泪地啜泣一阵子,心中的沮丧和怨恨愈演愈烈。他的肩膀也随之上下起伏着，身体颤抖着，这时候不只是总统府，就连整个国家都在颤抖，有些人还误以为哪里不是地震，就是火山喷发了。

这个混账的乌鸦魔法师怎敢管他叫女人？他一遍又一遍地问着自己。他是在暗示我的权力在削弱吗？所以西方的领导人都不接待我？他们看不起我或许是因为近来的流血事件不像我刚刚上台的那段时间那么多了，那时候我毫不留情地杀掉了大批的阿布瑞里亚共产分子。我该怎么做才能让他们知道我还跟以前一样呢？他自问道。考虑到自己在世界银行心目中的形象，暂时他还得主动停止流血事件的上演。沮丧更加令他感到无助，他觉得自己被西方世界的朋友们抛弃了，又受到了国内人民的鄙视，这种状况已经发展到了一个巫师都敢当着他的面管他叫作女人的地步。不只是巫师，就连女人们……

他没有继续想下去，一想到这里他突然回想起埃尔代里斯的女人当着世界各国外交官的面上演了可耻的一幕，她们的劣迹留给外界的印象，重新燃起的怒火让他的脑袋沸腾了起来。正是那可耻的一幕致使目前人们不畏惧他，也不尊敬他。尼娅薇拉出现在了他的脑海中。她被抓住了吗？他自问道。他又想起近来一连串丈夫惨遭殴打的事件。我难道没有吩咐西吉奥库全面调查女人的问题，以及她们在持不同政见政治活动中起到的作用吗？他决定召见西吉奥库，他自己选择的隐居生活就这样宣告结束了。国务部长西吉奥库的心中涌起一股骄傲，自从统治者从美国回来后他是首位受邀同统治者谈话的内阁部长。

统治者没有浪费时间同国务部长寒暄，他开门见山地谈起了要害问题。动身前往美国之前我交代给你几项任务：抓捕尼娅薇拉、摧毁“人民之声运动”的骨干力量、调查排队热问题。我在美国期间接到报告称现如今女人统治着阿布瑞里亚的家庭，还胆大包天地组建了人民法庭,在光天化日之下殴打男人。对于这些事情你有什么要说的吗?

2

如果说西吉奥库被统治者现在的身材和外形吓坏了的话,那他的神情和举动也都没有表露出他的惊恐。在统治者的警卫中间他有几个耳目,在部长中间也有一些支持者。即使在一国之主叫他省去开场的颂词,直入主题时他似乎也没有过多地表现出不安。

他说自己不知道该从哪里谈起,也不知道该怎么说,因为他要禀报的事情太多了;此外,尽管尚未彻底摧毁"人民之声运动"的中坚力量,但是他几乎在各行各业中都安插了卧底的特工人员,他已经设法遏制住了这场非法运动。最重要的是,他已经能够查明并确认国内各种坏事背后的主使。说完他停了下来,等着看一看这番报告效果如何。统治者扬了扬眉毛,问他:是谁?西吉奥库的脸绷紧了,两颊因为几乎压制不住的愤慨鼓了起来。

"一想到我的舌头不得不再说一次他的名字我就感到愤恨,我该怎么把这个名字说出口呢?"

"是谁?"统治者问道,他不耐烦地提高了嗓门。西吉奥库称心如意了,好像他只是迫于统治者的命令而已。

"外交部长。"他悲伤地压低声音说出了这个显然辜负了统治者信任的叛徒。

"马乔卡利?"

"正是您刚刚提到的这个名字的主人。"西吉奥库说,他又一次表现出一副极不情愿说出这个名字的样子。

"马乔卡利?"统治者又问了一次。

“是的。”

沉默。西吉奥库趁机飞快地瞟了一眼统治者,他想知道后者在想什么,可是他只看到那张毫无变化的脸抽搐了一下,那是一种恐惧痛苦时不自觉的反应。再加上接下来的问题——你是怎么知道的? ——这些反应促使西吉奥库没有开口作答,只是打开自己的公文包,从里面取出两份厚厚的打印稿。《卡尼欧若就排队热的源头及其同反政府活动可能存在的联系的报告》和《对叛国行为的秘密报告》。他夸张地将两份报告放在了桌子上,在提到他认定的那个叛徒时他的双颊仍旧气鼓鼓的。

“一切都写在里面了,”他指着两份打印稿说,“我最好还是退下,让您自己读一读吧。”他知道统治者没有多少耐心读长篇大论的报告,他肯定会叫他概括地讲一遍。结果他惊讶地看到统治者伸长胳膊,去抓两份打印稿。他慌忙走上前去把报告递给统治者,差一点就绊倒了。统治者接过一本报告,飞快地翻了一遍,然后就把报告放下了。另一本也是一样。

“你确定自己的指控都是真的?”统治者说。

“我当着您——世间全能的神——还有天上的主的面发誓,撰写着两份报告的人绝对都是忠心不贰、非常可靠的人,”西吉奥库一边说,一边扯了扯自己的右耳垂,表示肯定,“银行都能把钥匙交给他们保管。”他又补充道。

“他们是谁?”

“约翰·卡尼欧若,通天塔计划的代理主席,以及排队热统治者特派调查委员会的主席。第二份报告是以利亚·恩卓亚与彼得·卡海伽执笔的,他们两位都是有着一流智商的警官。”

“你愿意当着被告的面将指控复述一遍吗?”统治者死死地盯着西吉奥库。

“我不害怕叛徒。”西吉奥库说，这一次他把两只耳垂都扯了扯。

统治者派人去叫马乔卡利。

“我不想让马乔卡利知道这几份报告的存在，你明白吗？”

“万能的大人，我明白。绝密报告。只有您和我知道。”

“趁着叛徒还没来，把报告里提到的重要发现给我简单地说一说。”

西吉奥库并不想亲自出马对质马乔卡利，但是他又急于趁机给统治者的耳朵里灌满迷魂药，确保统治者完全站在他西吉奥库的立场看问题。

“咬人后背的虫子都在人自己穿的衣服上，”一看到马乔卡利统治者就几乎赤裸裸地挖苦道，“你听过这个谚语吗？”

“哦，听过。这是人尽皆知的斯瓦希里谚语。那些诋毁你的人是你最亲密的朋友。①”

“那你知道为什么斯瓦希里语里会出现这样的谚语吗？”

“呃……”马乔卡利刚一开口就停住了，他不知道统治者究竟想问什么。

“坐在那把椅子上，看着你的同伴，”统治者对他说，“这样你很快就能知道这句谚语的真正含义了。你，西吉奥库，把你要说的有关马乔卡利的事情都当着他的面说出来，我就是要让你知道我并非完全相信背着别人说的那些话。”

西吉奥库根据提图斯·塔基里卡的供词中最主要的内容把叛国通敌的事情讲了一遍，只是他一次也没有提到消息来源。他指出近来出现的排队热现象的幕后主使就是自己的这位劲敌，后者

① 原文为斯瓦希里语。

还组建了一张情报网，一切情报都要直接汇报给后者。

“这个阴谋是在火星咖啡馆的一次秘密碰头会上酝酿出来的，就是在马乔卡利陪同您出访美国之前。”最后他说道。

一开始马乔卡利还指望着统治者会识破这么明显的捏造构陷，将其视作一派胡言，置之不理，可是当他看到统治者充满了恨意的目光时，他扑通一声跪在了地上，开始指天发誓，说自己同排队热事件没有半点关系，他绝对没有半点夺权的念头，关于敌对统治者的情报网的指控纯粹出于西吉奥库对他的妒忌和仇恨。

“塔基里卡是我的证人！”马乔卡利绝望地辩解着，他坚信身为埃尔代里斯现代建筑及房地产公司执行总裁和通天塔计划委员会主席，并且还是他的好朋友的塔基里卡会毫无保留地支持他。

“那咱们就把他叫来吧。”西吉奥库欣然说道。他那副爽快的样子令马乔卡利感到不安，不过他仍旧坚信自己的朋友塔基里卡是不会辜负他的。

“我当然会派人把他找来，”统治者说，“但是现在已经太晚了。我的手下会确保明天早上要做的第一件事情就是让塔基里卡出现在这里。不过，我不希望你们俩干扰证人，所以你们今晚都要在这里过夜。你们不介意在总统府合住一个房间吧，对不对？”

3

西吉奥库与马乔卡利被反锁在一间屋子里，房间的四壁上挂满了统治者先前的敌人的骸骨。过了一会灯就熄灭了，他们陷入了一团漆黑中。这个房间冰冷、阴森，不过恐惧已经让他们麻痹了，他们不知道自己是不是已经被判了死刑，是不是自己的骨架注定要成为这满墙可怕的装饰物的一部分。他们俩都一言不发地缩在自己的角落里，任由思绪折磨着自己，想象着死人的幽灵就在周围。马乔卡利首先觉察到在黑暗中出现了一个模模糊糊的轮廓，他朝半空中伸出了手，一把揪住了一个东西，他确信自己抓住了一个幽灵。西吉奥库感到有人掐了自己一把，他以为是幽灵干的，于是他伸出两只手，挡住了伸过来的那只手，同时也揪住了一个东西，这令他更加相信自己最担心的事情要发生了。到了第二天清晨，他们两个人都长出了一口气，自己还活着，而且毫发无损。马乔卡利和西吉奥库都开始祈祷塔基里卡能被找到，除了他们都希望他的证词能够支持自己的说法以外，他们也都不希望再和对方在阴曹地府的使者们的陪伴下共度一夜。

4

第二天一大早警察就把塔基里卡从他在金山区的公馆里匆匆带进了总统府，将他领进了一间挂着白色帘子的房间。他们没有告诉塔基里卡为什么统治者要召见他，无论塔基里卡做了怎样的猜测，他最不希望出现的就是在自己来到这里后还不到几分钟的时间就看到马乔卡利和西吉奥库走进来。他不知道该作出怎样的反应，也不知道应该先向谁打招呼，于是他没有专门针对谁，只说了一句早上好。

两位部长都没有作出回应，他们都躲开了他的目光。塔基里卡立即就猜出来了，他的供词现在极其危险。他琢磨起自己应该怎么解释这件事情。事实上他根本找不到出路，除了无法完整地回忆起全部的供词，他也不知道两位部长中究竟哪一位在统治者面前更得宠。他打定主意在回答最初的几个问题时尽量把话说得含糊一些，最好先搞清楚目前的状况再说。

帘子被拉开了,塔基里卡看到眼前出现了一个巨型怪兽一样的人。他想拔腿就跑,可是他看到马乔卡利与西吉奥库面对这样奇异的景象岿然不动,他也就有了勇气,稳稳地坐了回去。他心想统治者肯定是在美国吃了太多的牛排,这时他已经认出坐在那里充当法官的貌似是万能的统治者。

坐在被告席上的是马乔卡利与西吉奥库,他们两个人面对面地坐在那里,作为旁观者,塔基里卡看不出究竟谁是公诉人,谁是被告,两位部长的脸都一样严肃。塔基里卡坐在他们的正中间,面对着法官。统治者、马乔卡利与西吉奥库在心里都等待着塔基里卡的发言,就好像他是一位宣示神谕的祭司。

马乔卡利坚信证人的发言会帮他澄清所有不实的罪名,西吉奥库也同样确信发言会证实这些指控。

只有统治者不担心证言是否支持这些指控,他另有打算,而且他考虑的事情更为急迫。

他读过了西吉奥库给他的两份报告,引起他的注意,甚至令他感到痴迷的是塔基里卡已经从通天塔项目里捞到了钱。这个意外的发现令他备受打击,也就是说人们已经开始从通天塔项目赚到了钱,只是所有人都对他只字不提此事吗?我就在这里,卑躬屈膝地游走在世界各地,忍受着世界银行的羞辱,而这些人却在背着我发财?他们已经攒了多少钱?还有谁也参与了这个阴谋?这些才是他现在急需找到答案的问题,不过他很清楚自己必须谨慎一点,以免惊吓到塔基里卡,还没把同伙的姓名交代出来就缩回到自己的保护壳里。

就这样,塔基里卡不仅被夹在马乔卡利与西吉奥库的指控与抗辩的游戏中间,他还引起了统治者的怀疑和怨恨。他觉察到了紧张的气氛,也知道这种紧张应该和他的供述有关,同马乔卡利与西吉奥库一样，他也希望统治者问起这件事情。两位部长对统治者出其不意的做事风格很熟悉，然而就连他们两个人也都被法官嘴里冒出来的第一个问题惊呆了。

“你给我们带来了些什么?”统治者几乎可以说是和颜悦色地向塔基里卡问道。

塔基里卡结结结巴巴地开了口：“万能的大人，他们一大早就来找我，我没来得及，哦，准备……”突然他收住了嘴。

统治者意识到塔基里卡为什么停了下来，他急忙安抚起后者：“不用担心自己空手而来。日后再把你的礼物送来就行了。现在我要问你的是：当着我这几位参谋的面你有什么要对我说的吗?”

“说什么?”塔基里卡一头雾水地问道，他觉得统治者对待他的态度就像是他想主动来交代什么消息似的。

“只要是令你感到良心不安的事情，什么都行。任何困扰你的事情，”统治者说，他试图让塔基里卡更从容地坦白交代出钱的事情，“你的心里有没有压着什么担子想在我面前卸下来?”

这个问题令塔基里卡感到一阵惶恐。他一直憧憬着能有机会同统治者本人谈一谈，可是现在他却说不出话来。或许是统治者充满关切的语调让他放松了警惕，令他想起老早以前听到的一个声明：劳苦担重担的人都到我这里来，我要使你们得安息。[1] 真是这样的吗？或者只是一个圈套？我要把藏在心底的话说出来，就这样将自己置于更糟糕的境地吗？凡劳苦担重担的人都到我这里来，我要使你们得安息。这句话听起来多么诱人啊！他得到了解救！从哪里讲起呢？他回想了一遍最近发生的事情——从通天塔

---

① 出自《新约·马太福音》。

项目主席的身份遭到削弱，一直到惨遭女人殴打经受的各种羞辱——他想搞清楚匍匐在上帝的面前他应该先卸下哪一个重担。他想起了自己在三个人高马大的女人的重压下躺在冰冷的水泥地板上的一幕，已经恢复了体力的他又感到了被殴打时的疼痛。他想到了自己的妻子温吉尼娅被篡夺他的大权的那个人——卡尼欧若——拖到了黑漆漆的森林里，而且那个人就因为他拒绝按照他的吩咐，没有在他面前现身，就将他抓了起来。卡尼欧若怎敢用自己肮脏的手碰他的妻子？这似乎比其他任何一件事情对他的男性自尊心造成的打击都更严重。他想到卡尼欧若其实一直在代替西吉奥库行事，此刻给他造成这种奇耻大辱的人就坐在他的面前，耻辱带给他的愤慨几乎令他窒息了。终于，他不知不觉地张开了嘴巴，开始卸下自己的重担。

“直到现在我都不明白，”塔基里卡就好像之前已经喃喃自语了好半天了，“西吉奥库和人民法庭的那些女人之间的关系。”

“人民法庭？”全能的大人朝西尔弗·西吉奥库那里瞟了一眼。

“全能的大人，”西吉奥库警觉地说，“之前我没有机会向您简要地阐明一切。我想塔基里卡指的是那些涉嫌殴打男人的妇女。”

“她们就是从我开始下手的。我问自己：为什么偏偏是我？”塔基里卡自怨自艾地说。

西吉奥库一时间感到有些摸不着头脑，事情的发展方向令他感到有些担忧。马乔卡利感到轻松一些了，谈话渐渐偏离了对叛国罪的指控。听到他的好朋友挨了女人的拳脚时他甚至想笑起来，不过他还是忍住了。

仿佛是猜透了马乔卡利的心思，统治者说道：“这可不是什么好笑的事情。”接着他又加重了语气，“这件事情很严肃。”他在心里回响着埃尔代里斯发生的可耻的闹剧，尤其是妇女们呼吁释放拉结。这些记忆莫名其妙地令统治者对塔基里卡产生了一丝亲近感，他们都一样受到了女人的羞辱。“接着说，提图斯。”他对塔基里卡说。

塔基里卡听出来统治者的声音里夹杂着一些对他的同情，这令他有了足够的勇气和力量，他要把自己的遭遇一五一十地讲出来。他说那些女人绑架了他，指控他实施家庭暴力，然后就宣判对他施以杖刑，用棍棒把他打了一顿。这首悲伤的歌谣唱到尾声的时候，他感到心中漾溢起了喜悦和感激之情，自己的不幸终于找到了充满同情心的听众。愿神圣的大人万寿无疆，他在心里唱道。

“那么西吉奥库又是怎么掺和到这件事情里的？”统治者问。

“*没有关系。没有半点关系！*”西吉奥库说，他的耳朵来来回回地被甩得噼啪作响。

“我没有问你。”统治者对西吉奥库说。

“我不明白的就在于此：为什么西吉奥库不准我打我自己的老婆？或者这么说吧，西吉奥库命令我不要打我的老婆。可是，我——我一心想要维护我作为男人所拥有的特权——就对她动了手。差不多一个星期后，这些女人就找上了门。惩罚了我之后，她们还警告我不准打老婆，这就跟起先西吉奥库跟我说的话一字不差。”说完他又用英语补充了一句，“*多么巧的巧合啊！*”

“那些不是真的女人，”西吉奥库绝望地嚷嚷了起来，他已经克制不住自己了，“他们都是乌鸦魔法师制造的幻影。”

塔基里卡朝门口看了看，仿佛他担心魔法师会出现在那里。马乔卡利与统治者也都做出了同样的反应，只是后者随即就装出一副听差了的样子，把目光转向了西吉奥库，死死地盯着这位国务部长。所有人都一言不发地沉默了几秒钟。

“我说的可是真实存在的女人。”塔基里卡斩钉截铁地打破了沉默。

“那些女人什么时候把你给打了?”马乔卡利同情地问塔基里卡。

“就是统治者在美国的时候。”塔基里卡想要把日期说死。

“可是,那时候乌鸦魔法师也在美国。”马乔卡利说,他忘了塔基里卡并不知道这回事。

统治者、西吉奥库和塔基里卡同时把目光投向了马乔卡利,他们三个人各有各的心思:马乔卡利提到了乌鸦魔法师,这又唤醒了巫师的留言给统治者造成的痛苦;西吉奥库很清楚马乔卡利想要让众人继续把焦点放在这个对他不利的事情上;塔基里卡还是头一次听说乌鸦魔法师去了美国,他心想这两位部长究竟在搞什么鬼?西吉奥库宣称打他的那些女人完全是幻影,马乔卡利则宣称乌鸦魔法师不知怎的从监狱里逃了出去,然后又去了美国。

“我根本不清楚乌鸦魔法师在不在美国。我只知道我把他扔在了大牢里。”塔基里卡说。

“你也进监狱了?”统治者问道。头一天晚上他把两份报告都读完了,报告里可没有提到这件事情,“你为什么会进监狱?”

“全能的大人,我正想跟您简要地汇报一下这件事情和其他一些事情。塔基里卡其实没有被逮捕——只是保护性的拘留。或者,你说呢,提图斯?”西吉奥库问道,他指望着塔基里卡能证实他的说法。

“不,不是的,”塔基里卡提出了抗议,“我真的被监禁了。我被关进了真正的牢房里。可是,全能的大人,被打入大牢还不是最糟糕的……”塔基里卡打住了,仿佛是受不了继续回想之前遭到的不公正待遇。

“往下说,塔基里卡,”统治者鼓励道,“你有发言权。你说比进监狱更糟糕的事情是什么?因为没有揭发违法犯罪的行为而良心不安?”他希望在他的引导下塔基里卡能把钱的事情说出来。

“不,这个都没有那么糟。”

“还有什么事情能比对重要信息知情不报或者将不正当行为藏在心里更糟糕呢?”

“跟那个巫师待在同一间牢房里。乌鸦魔法师。”

“这都是怎么一回事?”统治者问西吉奥库。

“等报告完尼娅薇拉的事情我就把这件事情全都解释给您。”西吉奥库说,他绝望地用目光乞求着统治者的宽恕和理解。

“西吉奥库,告诉我:你把乌鸦魔法师关进监狱是在他去美国之前还是之后?”马乔卡利一脸天真地问道,实际上他还在继续煽动着紧张的气氛,“乌鸦魔法师不可能同时出现在两个地方。要是塔基里卡遭到殴打的时候他在美国,那么他是如何制造并放出那些幻影的?”

“你当然清楚了,”西吉奥库冲马乔卡利吼道,“别装了。就是你叫我把乌鸦魔法师送到美国去。我把有关这件事情的传真和电子邮件全都保留着。统治者染病在身,这是你在一封信里说的。”

“我把你们叫到这儿来不是为了听你们得意扬扬地跟我嚷嚷魔法师的事情,”统治者冲着马乔卡利与西吉奥库摆了摆手指,“你们两个就不能像通天塔项目的主席那样好好说话吗?”说完他冲着塔基里卡赞许地点了点头。

塔基里卡仍然感到喜不自禁。如果继续这样发展下去的话,通过这场煎熬没准他能完全摆脱这两位部长的控制。

“谢谢您。”他对统治者说。

“提图斯，”统治者对塔基里卡直呼其名，一想到钱的问题他就继续努力地软化着他，“这下你看到了吧，我有着什么样的部长啊？”

“唉，您只能将就了。在野地里生孩子就只能在野地里喂奶。”塔基里卡说。

“你在说什么？”统治者冲塔基里卡吼道，“生孩子，你是什么意思？”

只有马乔卡利清楚统治者为什么突然大发雷霆，但他的眼神或者举止都没有显露出他明白其中的蹊跷。他与西吉奥库转头看着塔基里卡，仿佛是为了火上浇油，他们两个人一声不吭，但是他们的目光都在说：没错，你说这个是什么意思？

塔基里卡立即说：“只是一句谚语。”他不知道统治者为什么突然和他翻了脸，“真抱歉。”

“你感到抱歉？”

“原谅我吧。”

“原谅你什么？就是因为你回答了我的问题。谜语和谚语都是自己在家打发夜晚的乐子而已。”

“是的，陛下。”

“你给我听着。据可靠消息称排队的事情最先就是从你的办公室外面起的头。”统治者说，他把怀孕和巫师的话题换成了排队和钱的问题。

塔基里卡根本不知道统治者为什么对这个话题如此敏感，他一心只想着弥补那句谚语造成的错误，于是他急忙开始阐述自己对乌鸦魔法师掀起排队热的猜想。听到塔基里卡的话，西吉奥库恶狠狠地瞪了塔基里卡一眼，他已经清楚无误地吩咐过塔基里卡不要把乌鸦魔法师说成是排队热的始作俑者，这种解释有可能会帮助马乔卡利开脱责任。马乔卡利对塔基里卡投去了感激的目光。塔基里卡看到了西吉奥库在怨恨地看着自己，他知道溪水里一只青蛙的目光是拦不住牛在小溪里饮水的。他不仅没有收住口，反而坐直了身子，讲述起乌鸦魔法师以求职者的形象来到他的办公室……

“你为什么对这个巫师这么痴迷？”统治者打断了他，“把究竟是谁制造了排队问题的事情省去吧，直接说说那些自荐信的信封。”

塔基里卡顿时恍然大悟，他终于知道统治者一直在说什么了。真的是因为这个他才被召进总统府？回答那些钱的问题，那些他还没有动过，甚至还没有存进银行的钱？那些钱受到了诅咒，就算在总统府里它仍旧纠缠着他。

“信封？我正要谈到这个问题。您明白的，排队问题和那些信封有着联系。”他毫不犹豫地说道。

他讲了自己如何得知被任命为通天塔项目的主席，紧接着希望日后能够承包工程的人又如何在他的办公室外排起了长队，他们如何把自荐的信封交给了他，那天到最后他又如何装了整整三个麻袋，每个麻袋至少有五尺长，二尺宽，里面装的全都是钱。

“整整三麻袋钱？每袋都有五尺多长，两尺多宽？就一天的工夫？”统治者问。

塔基里卡不知道自己是怎么想到这个点子的，也不知道是从哪里得到的灵感，或许统治者急于知道答案的目光启发了他，他突然就想到了一个报复卡尼欧若的点子。他发现自己开心地在钱的问题上开始大做文章了。

现在他继续说了下去；“甚至都不到一天的工夫。就下午的几个钟头而已。”

“一个下午？几个钟头？”统治者逼问道。

“没错，就个把小时。”

“三大袋，每袋五尺多长，二尺多宽，装满了钱？”

“不光是装满了钱。我还不得不用手，甚至是脚又往里压进去一堆支票，直到每个口袋都塞得像一麻袋谷子一样瓷实，一样重。可是，唉，就在我以为自己终于跨过了贫穷的山谷，来到了永恒富裕的国度，我就病倒了。”

原本模模糊糊的复仇的念头越来越清晰，现在已经自动形成了一套清晰的方案。到目前为止他只提到了“钱”，他的听众们都把钱理解成了阿布瑞里亚的布里币。现在，在他的计划中布里币变成了美元，他只需要找个机会把“美元”两个字抛出来，确保对他的听众造成最大的冲击力。塔基里卡停了一下，微微地垂下了头，做出一副沮丧的样子，他的腔调也透露出同样的情绪：

“可是，等我痊愈后我再也没有收到过一个夹带着美元——还全都是百元面额大钞——的信封了。”

“美元？他们用美元贿赂你？”统治者继续问道。

“嗯，他们都想打动我。有些人公开说他们知道阿布瑞里亚的布里币一钱不值，每隔一天价值都会出现变动，就像变色龙改变身体的颜色一样。有些人还用斯瓦希里语说布里币不值钱，而且他们希望我们能培养起牢固的友情，他们觉得只有用全球通用的货币——价值恒定不变的货币——才能实现这一点，美元就是这样的货币。”

“他们说布里币不值钱？”统治者重复了一遍。他想骂几句脏话，突然他又改变了主意，“为什么后来再没有收到美元了？”他问道。

“全能的大人，康复后我发现我的职权已经彻底被我的副手约翰·卡尼欧若抢走了。”

“你的副手,他也收到了自荐的信封?”统治者问。

“我不太肯定。我想最适合回答这个问题的人应该是西尔弗·西吉奥库部长。卡尼欧若是为他效力的。他们是非常要好的朋友。”

“我发誓,我对此事一无所知。”西吉奥库说。他觉察到塔基里卡话里有话,其中隐含的意思令他感到极度的不安。

“说下去,塔基里卡先生,”统治者说,他没有理会突然插话的西吉奥库,“请你继续说下去。”

“我对这件事情知道得也不多,不过我听说人们已经转移到他家去排队了,直到现在卡尼欧若还在继续接待没完没了的承包商。我听说还有一些人已经拜访了他两三次了,每次都带去新的更厚实的自荐信信封。帮人们怀揣希望的美元。”塔基里卡说。

“每天三大口袋美元。”统治者慢慢地重复道。

“一天至少两三次。”塔基里卡说。

“那就是每天至少六到九袋美元。西吉奥库,你的卡尼欧若以通天塔项目副主席的身份接管工作已经几个月了?”

西吉奥库没有作答,他站起身,再一次否认了自己同那些信封有干系。他一再发誓说这还是他头一回听说这种骗局,为了强调自己没有说谎他还不停地扯着自己耳垂。

“不过我会展开调查。我会对这件事情一查到底。我明天就组建调查小组。”西吉奥库说,他的脖子上青筋暴起。

“不,不用等到明天,现在就得有人给我解释清楚这件事。我这就派人去把卡尼欧若找来。”统治者说。

“没错,没错,”西吉奥库起劲地说,“就让他来揭露这些人赤裸裸的谎言和他们阴险狡诈的朋友吧。”显然他指的是塔基里卡和马乔卡利。

统治者在电话上吩咐下属立即将卡尼欧若带到他的面前,无论卡尼欧若现在身在何处,哪怕必须派出一架直升机把他空运到总统府都没问题。

西吉奥库欣喜地看到形势出现这样的转机。如果说他西吉奥库能对什么人的忠心有把握的话,那这个人就是约翰·卡尼欧若。他已经给这个青年团团员帮了那么多的忙,把他从一个技校的普通讲师提拔成了这个国家一个有权有势的大人物。卡尼欧若无论如何都不可能在没有知会他一声,也没有得到他的批准的情况下就收受了那么多的贿金。他默不作声地寻思着,塔基里卡的谎话会被戳穿的,到了那个时候这个出卖友谊的家伙该寻求谁的帮助呢?一想到塔基里卡夹着尾巴匆匆忙忙溜走的样子他就在心里得意扬扬地笑了起来,就在这时他突然听到塔基里卡说:

"正是这位卡尼欧若带领着一帮暴徒绑架了我的妻子,还把她打了一顿。"

"为什么?他俩之间有什么嫌隙吗?"统治者问道。

"没有!没有!"塔基里卡申辩道,接着他又讲起了自己的事情。

讲到温吉尼娅如何受到羞辱的时候,羞耻的记忆让他的声音突然改变了,等到他讲完自己的故事后房间里出现了几秒钟令人尴尬的沉默。所有人情不自禁地被他的声音里透出的真诚打动了。统治者打破了沉默,他斜睨着西吉奥库。

"是我叫卡尼欧若调查人民法庭的女人。可是卡尼欧若做得过了头。我只是想帮一帮塔基里卡。他和我谈过,他也同意接受调查。总之,是塔基里卡催我采取强硬措施,找到殴打他的女人的。"西吉奥库说。

“塔基里卡,果真如此?”统治者问道。

“是的,有关我同意接受调查的部分没有错。”

“谢谢你,提图斯,”西吉奥库用英语说,“你是一个好人,只是身边围满了虚情假意的朋友。”

“住嘴,西吉奥库,”统治者说,“我没有叫你对别人的性格说三道四。”

卡尼欧若要来汇报对排队热的调查情况,他会欣喜地看到统治者对马乔卡利的信任减弱了,甚至还会继续加上一把力。马乔卡利很不希望看到这一幕。

“西吉奥库的这位朋友约翰·卡尼欧若是不是之前对温吉尼娅提出了虚假指控,害得她被捕入狱,遭到了非法拘押的那个人?”马乔卡利装出一副毫不知情的样子。

看到对手古怪的举动西吉奥库再也克制不住自己了。

“卡尼欧若是我的朋友,但是你,马乔卡利,在圣玛利亚也有很多奇奇怪怪的朋友。如果不是这样,那么在动身前往美国之前你去圣玛利亚是去跟谁道别呢?或者,你打算说你没有偷偷地去过圣玛利亚?”他说。

马乔卡利毫无防备,他不清楚自己的头号敌人对他这次去圣玛利亚的事情究竟了解多少,他决定将此事彻底交代清楚,但是他要对其中的一些细节润色一下。

“没错,就像我会去埃尔代里斯的很多地方一样,我确实去过圣玛利亚。我不知道埃尔代里斯的某些地方是不能去的。”

“去倒是能去,可是上那儿去的时候你为什么要隐瞒身份?”

“听着。我上那儿去是去见我的朋友塔基里卡。我们在大庭广众之下在火星咖啡馆见了面。这就是你说的隐瞒身份吗?”

“你为什么要坐计程车,而没坐你那辆配了专职司机的梅赛德斯-奔驰?”西吉奥库质问道。

“当然所有人都知道在高峰期开车穿过埃尔代里斯有多困难。可能推个板车都比开车快。”

“计程车是不是绕道了?”

“计程车司机比任何人都更熟悉小巷子。”

“不正是在火星咖啡馆的碰头会上你叫塔基里卡在你外出的时候充当你在阿布瑞里亚的耳目吗?”

“不要歪曲我的原话,”马乔卡利激动地说,“我对塔基里卡说的是,在我不在国内的时候他应当盯着一切有关通天塔计划的事情。换句话说就是,我去见他,不只是因为他是我的朋友,还因为他是统治者任命的通天塔项目的主席。严格说来,作为主席他原本应当成为出访美国的代表团的一员,我去那里是给他解释为什么他没有入选代表团。当时我还不知道有人正在背着我密谋阻挠他有效地履行自己的职责,我不知道他那位尚未走马上任的副手,也就是你的朋友卡尼欧若会把统治者给予他的一切给抢走。”说完他用一根指头指了指西吉奥库,然后又转向了塔基里卡,“是不是这样,提图斯?”他的语气中充满了关切。

“您说出了一部分真相。”塔基里卡说,他没有流露出多少热情,对于没有入选代表团的事情他仍旧耿耿于怀。

看到部长们,尤其是眼前这两位部长龃架一向都是统治者最开心的事情,通过这种激烈的争吵他能了解到一两桩对他隐瞒不报的秘密。不过,现在他可不希望他们的口角跑了题,把焦点从一袋袋的钱上转移走,他知道那些美元——可不是布里币——现在岌岌可危。一天就有三袋……六袋……九袋美元?有可能比这更多。

“西吉奥库先生,我问过你卡尼欧若出任通天塔项目副主席的职务已经几个月了。你还没有回答我。”统治者说。

没等西吉奥库开口就有人宣布卡尼欧若已经到了，正在门外等着。

“现在咱们可以听一听当事人自己是怎么说了。”统治者说。

5

卡尼欧若充满自信大步流星地走进了房间，他的右手里拎着一个公文包。在他看来无论出于何种理由，无论是好事，还是坏事，凭着自己的本事被召进国务院都是一种至高的荣誉。不过，看了一眼西吉奥库他就知道情况不妙。随即他又看到统治者正指着他，统治者和统治者的手都大得令他吃了一惊，但是他没有让自己的情绪流露出来，也没有让自己的情绪受到干扰。

“我们想从通天塔项目副主席的嘴里听到完完整整的汇报。”统治者对卡尼欧若说，还挥了挥手示意他坐在西吉奥库的旁边。

统治者叫塔基里卡挪到马乔卡利旁边的座位上。两对人面对面，这种安排让他能一眼看到所有人。

“全能的大人，我有很多事情要向您禀报，只是我不知道该从哪里讲起，该怎么讲起。”卡尼欧若一边说，一边打开了自己的公文包，招摇地从里面掏出一份又一份文件，将文件摊在了自己脚前的地板上。

“何不从带着钱去拜访你的人开始呢？”统治者命令道。

卡尼欧若看起来一点也不慌乱。统治者提出的问题和话音里的敌意都证实了他的观察，西吉奥库陷入了困境，在这场危机中他的朋友帮不上他的忙了。现在他只能靠自己了。

他不慌不忙地将带来的文件和收据按顺序摆放好，然后坐直了身子，开始了自己的辩解。

他首先承认在获悉得到了以通天塔项目副主席的身份为统治者和国家效力这样独一无二的荣誉后，阿布瑞里亚的商业界就开始登门拜访他，给他送上了他们所说的“名片”，当然这些名片就是装满了钞票的信封。这的确都是事实。一开始他也不知道该怎么处理这些信封，与朋友及恩人西尔弗·西吉奥库部长商量了一番后他们都同意他保留两成半的钱，将其余的钱，也就是七成半存入西吉奥库的各种账户里。

西吉奥库无法相信自己的耳朵。

他说起了英语：“*什么？你疯了吗？*”他一跃而起，其实他也不知道自己该怎么办。于是他站在那里，火冒三丈地扯着自己的耳垂，恳求统治者出手相助。“大人，您看不出来吗？我的敌人跟这个人合谋败坏我的名声和人品。我发誓我跟这送上门的信封没有半点瓜葛。卡尼欧若，斯瓦希里语说得果然没错，驴子表示感谢的方式就是踢人一脚。*没错，多谢你踢我一脚。*”

“我的朋友，”卡尼欧若客客气气地说，“我的生命就跟您和阿布瑞里亚的每一个人是一样的，二者之间唯一的区别就在于我的这条命完全献给了统治者，我绝对不会在他面前撒谎。相信我，那样的话我的身体也会揭发我的。”

“这个人撒谎撒得真是恬不知耻。”西吉奥库极度沮丧地喊了起来。

“年轻人，你要知道你现在说的可不是儿戏。你有证据证明你的话吗？”统治者说。

“全能的大人，我不明白为什么西吉奥库要否认自己知道这些信封的存在和信封里面装的是什么。我可以向您保证西吉奥库和我都没有向那些商人索要礼物。”说完他又用英语加重了语气，

“这些绝对跟贿赂和腐败扯不上关系。”

“没错。不过,跟这些东西扯不上关系的人是我。”西吉奥库说。

“的确如此,”卡尼欧若,“不过,那只是因为这些事情都是由我经办的。”

“证据在哪儿?”统治者插了进来,“我要的是证据,不是没完没了的吵嘴。”

“我可以上前一步说话吗?”卡尼欧若表现得就像是律师请求凑近法官席一样。

没等统治者做出答复他就拿着一大捆注销的支票向统治者递了过去。支票上显示几个月来每一天他都在给西尔弗·西吉奥库支付支票,每一张支票上都盖着看上去有效的银行印章,印章表明这些支票可以被兑换成现金,或者存入西吉奥库的账户。

卡尼欧若没有交代他在银行的朋友简·坎约里用西吉奥库的名字开了一个假账户,方便他处理应该能收到的存款。他也没有交代坎约里还给了他一张记在西吉奥库名下的银行卡,让他可以把钱从西吉奥库的账户里提出来,再转存到自己的账户里。一切都照章办事。卡尼欧若是一个高手,在伪造西吉奥库的签名时他在书法上的造诣帮上了忙。

“如果我们的大人发起的互助项目需要我拿到的那两成半的钱,我会随时把那笔钱拿出来的。”说完卡尼欧若又回到了西吉奥库旁边的座位上。

西吉奥库有生以来第一次感到哑口无言。他大张着嘴巴,无法否认,无法抗议,也无法证明自己的清白。他的脑子飞快地运转着,他想知道自己究竟如何得罪了卡尼欧若,什么时候得罪了他,可是他怎么也想不清楚,他能想起的就只有自己曾经对这个人那么慷慨。

“全能的大人,这个人并不像表面上看起来的那么简单,”西吉奥库终于拖着哭腔开了口,“求求您,我乞求您允许我彻查此事,找到藏匿在黑暗中的真相。”

“有更方便简单的办法证实这一点,”统治者说,“我要调出你的银行记录看一看。”

统治者下了命令,不出几分钟的时间他就拿到了他向国家工商银行索要的资料。银行的记录完全证明了卡尼欧若的话。

西吉奥库感到极度的灰心无助,他无法戳破卡尼欧若的谎言。他直勾勾地盯着前方,几乎要哭出来了。

统治者强压住怒火。有人通过通天塔计划捞到了那么多钱,那可是他的项目,可是到目前为止一个子儿都没有落入他的口袋里。西吉奥库已经有了数百万的银行存款,就连一个小小的青年团团员的卡尼欧若也是如此。

突然他又想起塔基里卡之前说过的话。事实存在于细节中。他立即拿起注销的支票和银行记录,仔仔细细地又查看了一遍。

西吉奥库虔诚地祈祷着统治者能发现其中的出入,无论多小,只要是能消除卡尼欧若对他的诋毁就行。

“让我问你,”统治者冲卡尼欧若挥着支票,“我只看到阿布瑞里亚币的记录。”

“是的,阁下,”卡尼欧若说,“全都是布里币。”

“美元上哪儿去了?”统治者问道。

“美元?”卡尼欧若一头雾水。

“没错,美元。百元大钞。一个下午就有三口袋,每袋都是五尺长,两尺宽。就跟在你之前塔基里卡收到的一样。莫非拜访你的人就不会小看布里币?他们难道没有说,布里币……一钱不值?”

“逮着你了,蠢货!”西吉奥库欣喜地自言自语着,“这个狡诈的家伙总算被逮了个正着。”

塔基里卡也很开心,他知道自己的诡计让卡尼欧若陷入了无法脱身的境地。

卡尼欧若恍然大悟:那些商人一直在给塔基里卡送美元吗?他们为什么对他不是这样?原来塔基里卡不是他想象的那种傻瓜。不过他立即站了起来,看上去丝毫没有乱了方寸。他对统治者回答道:

“有一部分人想用美元支付,可是西吉奥库和我拒绝了他们的提议。接受外国货币的话,我们就会违反中央银行的规定——只能出于个人需要兑换外币。况且我也不擅长处理这种事情。从我个人角度而言,我喜欢有记录的东西,哪怕有人说我在犯罪,我也拿得出记录为自己辩护,我希望别人能根据我的记录对我进行评判。一听到他们中间的一些人一开口就是一副看不起布里币的口气,我就很生气,有一个人甚至说布里币一钱不值。我可不是那种听到别人对自己国家的货币说三道四自己只会袖手旁观的人。我的朋友和恩人西吉奥库对他们缺乏爱国心的表现甚至比我更恼火。简而言之,我们拒绝接受美元贿金。”

“大人,”西吉奥库插了进来,“我恳请您相信我没有跟这个无赖说过这些有关布里币和美元的话。”

统治者对西吉奥库的话几乎无动于衷,他还在专心致志地想着那三麻袋美元的事情,对他来说一袋美元就比阿布瑞里亚全国的布里币加起来都值钱。他也认为自己国家的货币一钱不值,布里币的价值就像变色龙一样变个不停。现在他对塔基里卡有了新的认识:眼前就有一个知道如何凭空变出美元的聪明脑袋。在他看来卡尼欧若与西吉奥库都太愚蠢了,他们竟然仍旧坚称自己收到的是布里币。

“塔基里卡先生,”他将目光转向了塔基里卡,“卡尼欧若已经告诉了我们他是怎么处理他拿到的那些布里币的。那么你又是怎么处理你那三麻袋美元的?”

所有人的目光都转向了塔基里卡。

6

“我在跟你说话,塔基里卡,”统治者重申道,“你的听力有问题吗?你是怎么处理你那三麻袋美元的?你跟谁瓜分了那些钱?”说出这句话的时候他瞟了一眼马乔卡利。

塔基里卡心想局面又变得对我不利了。我干吗要说自己收到的是美元啊?

现在改变口径已经太晚了,他只能顺着谎话说下去,无论最后会出现怎样的结果。他在心里发了誓,从现在开始他只会做自己最熟悉的事情——把真相扭曲成十足的谎言。

“我把那三袋美元留给了乌鸦魔法师”。塔基里卡说。

统治者郁闷地笑了笑,西吉奥库觉得自己的命又保住了,卡尼欧若的鼻子抽搐了起来。马乔卡利充满同情地看着自己的朋友,他难道编不出更好的理由吗?

“什么?”统治者问。

“我把钱全都留给乌鸦魔法师了。”

“我不明白。你欠了他的钱?”

“这是他给我看病的费用。”塔基里卡讲起了自己的失语症,“恢复了说话的能力后我太开心了,我根本不担心费用的问题。

当时把钱都给了他对我来说算不了什么大事,我是怎么搞到第一笔钱的,我就会继续搞到更多的钱。”

“魔法师又是怎么处理那笔钱的?”统治者、马乔卡利和西吉奥库异口同声地问道。

“三大袋美元!哇!”卡尼欧若也没有落下。

“我俩被关进一间牢房的时候,他告诉我他把钱埋掉了。”塔基里卡说。

所有人都哈哈大笑了起来,就好像他们一致认为塔基里卡已经把谎话扯得太离谱了。

“毫无疑问,他没有告诉你他把钱栽在了哪里。”西吉奥库挖苦道。

“事实上,”塔基里卡的回答令所有人都大吃了一惊,“他跟我说了。”

所有人随即互相看了看,然后又把目光转向了塔基里卡。他们都没有把心里的疑问说出来。

“他把钱就埋在圣卢西亚远处的大草原上。”

“当然喽,你从没有去找过那笔钱。”卡尼欧若说。

“没有,”塔基里卡毫不迟疑地说,“我觉得巫师在跟我撒谎。坦白地说,我也不想再碰那笔钱了,永远都不想了,那笔钱受到了诅咒。也就是说,就让它一直埋着吧,即便他告诉我的是实话。如果那笔钱不存在的话,那也一样顺其自然呗。只有乌鸦魔法师能告诉我们那些美元的下落。”

统治者似乎没有听到塔基里卡的辩解,他一门心思惦记着一件事情:他发现这些人全都染指过这笔钱。银行记录显示西吉奥库已经往口袋里揣了数百万,现在大量的证据都摆在了面前,他却还忙着抵赖。还有塔基里卡和他那些幼稚的谎话。塔基里卡在保护他的同伙马乔利卡,没准还有其他一些人。只有卡尼欧若一个人一直老老实实、坦坦荡荡。其他人都在想什么? 都以为我是傻瓜? 我要让他们瞧瞧现在这位统治者还留了几手。

“咱们现在还不着急分辨谁说的是实话,谁说的是谎话,”统治者对众人说道,他看了看西吉奥库,又看了看马乔卡利,“我想叫你们两位给我派来三个最可靠的警官,哪怕是青年团团员都行,只要是同乌鸦魔法师有过接触,敢于面对他的人就行。”

“彼得·卡海伽和以利亚·恩卓亚,他们不像我认识的某些人那样满口谎话,最重要的是,他们知道如何把嘴巴闭紧。”西吉奥库立即说。

“我推荐阿盖。”马乔卡利说。

“没错,还有阿盖。”西吉奥库附和道。

“塔基里卡,我想让你知道相比于其他事情,更令我痛恨的事情就是听到别人跟我撒谎。最好还是就像卡尼欧若那样跟我实话实说吧,与其求助于谎言,不如乞求我能宽恕你。不过,我还是要再给你一次拯救自己的机会。这是你的第二次机会,也是最后一次机会。你已经说了你不想再染指那笔被埋掉的财富,那么你就把埋钱的地点告诉卡海伽、恩卓亚和阿盖吧,他们会去把钱挖出来的。你要监督挖掘工作,以确保警官们不会隐瞒什么。不过,我先得提醒你一声! 倘若找不到那些美元,那你就跳进坑里,叫别人把你埋掉。你听明白了吗? 可别拿我不当一回事。”

对于有关美元的谎话塔基里卡后悔极了,他的膝盖已经发软了。他站起身,跌跌撞撞地走向门口。一个已经被打倒的人,他确信得到这个差事就等于自己被判了死刑。

7

就连马乔卡利、西吉奥库与卡尼欧若都觉得自己目睹了一场死刑判决。塔基里卡没有活路了,他们也都庆幸自己保住了一条小命。卡尼欧若为自己的撒谎水平感到高兴,他觉得这多亏了自己这颗聪明的脑袋,这个脑袋真是和塔基里卡的太不一样了。那个人就是一个榆木疙瘩,他的谎话简直就是清清楚楚地告诉大家自己就是谎言。

马乔卡利与西吉奥库也想着同样的事情。他们都清楚卡尼欧若也在撒谎,可是他编的借口至少还能说得过去。

然而,恐惧减弱了他们的欣喜,他们都担心到了这一天结束的时候被送上绞架的会是自己。塔基里卡在武装警察的陪伴下离去后他们三个人都陷入了沉默,各自忙着琢磨如何才能牺牲其他两个人,保全自己的性命。

这一次又是统治者打破了沉默。

"西吉奥库先生,"他喊道,"你也知道的,对不对?合格的牧羊人只要看一眼就能认出鬣狗,哪怕鬣狗披着羊皮。"

"是的,全能的大人,"西吉奥库立即回答道,他以为统治者接下来就要戳破卡尼欧若的谎言了,"愿统治者为他那与生俱来的大智慧受到颂扬。"他又补了一句。

"这样的智慧完全来自上帝。"卡尼欧若发表了自己的见解。

"同时也来自他的努力,"西吉奥库说,他太痛恨卡尼欧若跟他一起唱颂歌的企图了,"他掌握了一切书本上的知识。"

"他是真正的知识传播者,老师中的老师,天下头号老师。统治者才是全世界的知识源泉。"卡尼欧若说。

"够了!"统治者假装对他们的溢美之词感到恼怒,"当面赞美对方可不太好,这会令对方感到难为情的。"

"全能的大人,我也一样感到难为情。噢,您真该听一听背着您的时候我是怎么说的,在那种时候我才能无拘无束地颂扬您。"西吉奥库说。

不甘落后的马乔卡利说:"无论身处何方,我也在无时无刻地颂扬您。"

"我深知没有哪一项事业能比随时随地地颂扬您更重要,因为您为我们做了那么多,而且还要继续为我们做下去。有一天,我无意中听到自己的心在说,如果上帝和统治者肩并肩地站在一起,他们的帽子同时被风吹掉了,那我肯定先去捡统治者的帽子,听着听着我就不自觉地大声说了起来:哈利路亚,愿我的主人永远受到颂扬,阿门。"卡尼欧若说。

"我要禁止人们把我当作上帝一样崇拜。"统治者装出一副斩钉截铁的腔调。

"那样您就让所有人都得犯法了,因为这项法律可是人们无法遵守的。"西吉奥库说。

"很高兴你能提到这一点,西吉奥库先生。你也知道,有些人就是打定主意要违犯我的法律,我也决意要彻底制服这些人。你就是一位合格的牧羊人,西吉奥库先生,趁着塔基里卡还没有回来报告他在外面的工作进展,你何不跟我们说说在让那个叫尼娅薇拉的女人接受审判的事情上你都做了些什么?"统治者说。

西吉奥库原本指望着对于排队热的源头和叛国问题的详细报告震惊了统治者,他的注意力已经不在尼娅薇拉的事情上了。

"哦,那个女人啊?"他清了清嗓子,"她马上就要落入我们的掌心里了。在出其不意地对她实施抓捕之前我还要等一等。"

“等什么?”

“等镜子和解读镜子的人。”

“解读镜子的人?”

“没错,解读镜子的人。就把他称作‘解镜人’吧。我从日本、意大利、瑞典、法国、德国、英国和美国订购了一批镜子,”西吉奥库怀着满腔热情地说道,就好像统治者十分了解他的计划似的,“都是最适合处理手头这件事的镜子,因为他们还没有被我自己的影子污染过。”

“西吉奥库,你没事吧?”统治者用英语问,“我是说你的脑子。”

“我没事。我感觉好极了。解镜人正是连接镜子和尼娅薇拉的人。”

“那么他是谁呢,这位解镜人?”

“乌鸦魔法师。”

“乌鸦魔法师?”统治者问道。

“那个人在镜子里察看上一会,然后就看到了我们的肉眼看不到的东西。”

听到这番话统治者皱起了眉头,那副样子就像是一个确信脚下的路十分平坦的人突然踩到了一根刺似的。听到西吉奥库热情洋溢地讲着魔法师的能力,他感到有些心慌,不过他还是拼命掩藏起了自己的不安,向后靠在了椅背上,合起了眼睛。刹那间他觉得自己又回到了纽约的酒店房间,就像在梦中一样,他似乎看到了一个人影叫他仔仔细细地看着墙上的一面镜子。

西吉奥库不知道自己的话给统治者造成了这么沉重的打击,他觉得汇报对尼娅薇拉的追捕工作能够让统治者暂时忘了他仍旧没有抓到她的事实。他继续激动地唠叨着魔法师的法力。

“我相信这个人开了天眼,能看穿别人的心思。”西吉奥库继续说着。

“你是在哪里找到这个巫师的?”统治者问道,他的眼睛仍旧闭着。

“就在这儿啊。在阿布瑞里亚,在埃尔代里斯。”

“什么时候?”统治者挺直了身子,睁开了眼睛,死死地盯着西吉奥库。

“就在他去美国之前。我从一些人那里听说他很有天赋,那些人宣称他能像看书一样看镜子。”西吉奥库说。

“让我提醒您一下,告诉您这件事的人正是我。”卡尼欧若想要抢功,西吉奥库没有理会他。

“对这个女人实施抓捕前的准备工作进行得一直很顺利,直到您在美国患病的消息传到我们这里。当听说您那里需要乌鸦魔法师后,我就说抓捕尼娅薇拉只能等到乌鸦魔法师回来再继续了。现在问题就出现了:镜子即将被运抵阿布瑞里亚,可是解镜人却不见了踪影。”

西吉奥库的话令统治者不禁想到如果这个巫师真的能看到肉眼看不到的东西,那么他对这个国家,不,是对统治者怀孕的事情都知道些什么?他为什么要把自己的想法透露给马乔卡利,而不是……他甚至无法继续想下去,被比作女人的说法突然再一次令他感到不寒而栗。这位巫师必须被灭口。

“他在哪里?乌鸦魔法师在哪里?”统治者愤怒地问道。

“我不知道他在哪里。自从去了美国之后……也许马乔卡利想要……”西吉奥库试图把巫师失踪这个包袱甩给马乔卡利。

“他不在美国了。”马乔卡利冷冰冰地说道,他是在说自己不想掺和这件事情。

“不在阿布瑞里亚。不在美国。巫师到底在哪里？”统治者追问道，“他肯定得在地球上的某个角落吧？”

这个话题突然令统治者感到精疲力竭，仿佛他的思绪被更重要的事情带走了。他直勾勾地盯着前方，心里只想着塔基里卡能给他带回来什么，倘若后者两手空空地回来他又该拿他怎么办。

马乔卡利一直认为西吉奥库同乌鸦魔法师脱不了干系，现在看到统治者派出一队警察去挖美元，他不怀好意地欣喜了起来。统治者越是对乌鸦魔法师恼火，一旦西吉奥库同魔法师的阴谋被戳破，他对这位部长也就越是愤恨。

“至于巫师究竟在哪里，这个问题并不重要。全能的大人，您已经派出三名警察去挖那笔被埋掉的财富，您的这个决定来自于深不可测的智慧和远见，就算找不到美元，这一举措还是能够让此人及其同伙的谎言得以暴露。”马乔卡利说。

“哪个人？什么谎言？是你的朋友塔基里卡，还是乌鸦魔法师的谎言？”卡尼欧若不怀好意地问道。

“你从什么时候起开始捍卫真理了？”西吉奥库说。

一场幼稚的较量开始了，每个人都争取以自己的发言结束口角。据说他们就这样争吵了七天七夜，到最后谁都说不出话了，声音小得让别人根本听不见自己在说什么。他们只能通过对方的脖子和前额上暴起的青筋，以及嘴唇机械性地一开一合依稀看出对方还在说话，

统治者始终还是以前的那副样子，对他们三个人唇枪舌剑的争斗一无所知。他的脑袋撑在右手上，即便时不时地看一眼自己的手表脑袋也没有离开右手，他在等待有人从大草原回来告诉他寻找被埋掉的美元有了结果。

8

后来阿盖对听众说:“千真万确！我的上帝啊,我们也期望着听到来自大草原的声音。”他想方设法地说服着大家,好让他们说出他想听到的话。

看到听众们终于在他的讲述面前投降了,受到鼓励的阿盖就会讲起他、卡海伽、恩卓亚和塔基里卡开车去了圣玛利亚警察局,在那里他们又换了一辆不显眼的车。他们告诉当地警察局局长万得弗·邓波他们要去大草原地区去诱捕尼娅薇拉,如果警局方面接到报告称有陌生人在荒郊野外四处溜达,邓波及其下属不用干涉。

以统治者的信使的身份开始一场冒险之旅,这项任务的前景令阿盖感到激动,可是他的几个同伴都很害怕,尤其是塔基里卡。这个人总是一副垂头丧气的模样,跟卡海伽和恩卓亚也不太说话。事实上,他们三个人都在通过阿盖传话,他怀疑他们三个人并不是头一回碰到彼此。

他们开着车在大草原上走了很远一段路,在一片金合欢跟前停下了车,继续步行往草原深处走去。塔基里卡在前面带路,其他人扛着锄头、铁锹和丁字镐鱼贯跟在后面。

阿盖就如同在透露惊天的秘闻一样压低声音告诉热情的听众:“我们看上去活像是一队淘金者,塔基里卡是带队的人。”

阿盖一行去挖美元,可是他们的心思几乎全都在乌鸦魔法师的身上,这位巫师一直令阿盖感到惊奇。全阿布瑞里亚能有几个人会把自己的劳动所得埋起来,而且还要把埋钱这件事情和埋钱的地点告诉别人？阿盖还有点关心乌鸦魔法师的下落,他在美国,还是阿布瑞里亚？

恩卓亚与卡海伽对整件事情都感到心烦，他们都希望自己跟这件事情毫无关系。自从得知乌鸦魔法师一去不返，他们就开始对另一位乌鸦魔法师对他们的威胁念念不忘，无疑她会叫他们俩为他的失踪负责。每一天他们都在担心自己会遭到报复。现在这个差事就是她在陷害他们吗？

塔基里卡意识到这是一个圈套。凭什么会有人把钱埋起来？要是有人已经把钱挖出来，拿走了呢？要是这件事情从头至尾就是巫师开的一个玩笑呢？他怎么能空着两只手去见统治者呢？显而易见，无论他怎么理解这件事情，乌鸦魔法师都让他陷入了一个可怕的境地。

他没有明确的目标。按照他的说法，他们要在无尽的灌木丛里找到一丛灌木丛。乌鸦魔法师没有具体说埋钱的地方有什么特征，他只告诉他就在距离圣卢西亚不远处的大草原上的一丛灌木丛那里。他们应该从哪里开始挖呢？

后来阿盖说过："千真万确！我的上帝啊！我也不清楚我们在大草原上待了多久，我们就像蚂蚁一样不停地在地上挖着坑。自始至终没有人从圣卢西亚或者其他地方赶来质问我们，或者用各种方式为难我们。日复一日的工作让我们疲惫不堪，日日夜夜都在找啊找，挖啊挖，没完没了。我壮着胆子对其他几个人说，听我说：就连上帝在创造天国和人间的时候也都在第七天休息了一下，可我们已经干了不止七天了。我们这么卖力地想要证明什么？只有塔基里卡对我的话提出了异议，我们说他在反对休息，因为他没有干活，只是在一片片灌木丛之间溜达来溜达去。听到我们这么说，他便拿起了镐头，气势汹汹地挖了起来，他想让我们看一看爷们是怎样使力气的。我们站在一边，看着他像一个疯子似的不停地挖着,到最后他栽进了一个坑里,我们不得不把他拽了出来。我跟你们说啊,到了那个时候我们全都疲惫得栽倒在领队的身旁,倒头就睡着了。”

他们一连睡了好几天。醒过来的时候他们一睁开眼睛就看到大草原上四处散布着数不清的蚁丘,就像是一堆堆土堆似的。卡海伽与恩卓亚都建议塔基里卡给总统府打一个电话,让统治者知道他们找不到那几袋美元。塔基里卡对这个提议表示了强烈的反对,他执拗地说:“咱们必须继续挖下去,直到把钱找出来为止。”恩卓亚与卡海伽也同样执拗地认为挖坑的事情应该交给考古学家、探矿人和挖掘贵重金属的人。凡是他们看到的地方已经全都挖开了,结果只是白忙活一场。再继续下去的话很快他们就不会再扛起镐头,而是要去抢银行了。

塔基里卡恳求他们再坚持一天,可是他们已经太虚弱了,也看不到一点希望。在这场争执中阿盖表现得不偏不倚,他没有干涉他们,只是告诉他们他已经听够了没完没了的争吵,无论他们最终作出什么样的决定他都会服从的,现在他只想找一个地方自己一个人待着。他站起身,朝着灌木丛的深处走去了。

卡海伽与恩卓亚跟上了阿盖,这样他们才不会违背互相盯梢的规定。塔基里卡追在他们身后,一边跑,一边苦苦哀求他们不要逃避自己的职责,至少别把他一个人扔在大草原上。这倒不是说他还有不少没使完的劲。

后来在讲到这里的时候阿盖就要停下来,夸张地问听众:你们觉得我为什么要强调我们精疲力尽这一点?还没等有人应答,他就主动作出了回答:

“我不知道究竟是什么,或许是灌木丛让我想起了我追踪乌鸦魔法师的那个夜晚,那时候他乔装成一个——没准是两个——

乞丐，我从伊甸园酒店一路追到了圣卢西亚。那天晚上我觉得自己被一股强劲的力量驱使着，即使已经很累了，可我就是停不下来。挖坑的那天夜晚也是如此，千真万确！我的上帝啊！我感到一股我不知道的力量在推着我。那一刻我差点就被地上一溜隆起的东西给绊倒了。结果我站住了。在我面前是一溜裂成两半的石头地垄，石块之间的空隙上覆盖着杂草和其他野生植物。

“突然我的五脏六腑冒出来一种有趣的感觉，千真万确！我的上帝啊，我朝四下里打量了一下，突然我就想起追赶乌鸦魔法师的那天晚上我到过这片灌木丛，也在这溜地垄上被绊倒了，就这样我跟丢了他，或者说他俩，无所谓了。后来我才明白当时在那里摔倒并不是一起意外，那是魔法师干的。可是我又问自己现在出现这样的巧合，这意味着什么？乌鸦魔法师把财宝埋在了这里，让阴曹地府的力量守卫着这笔财宝吗？

“我在岩石上坐了下来，卡海伽、恩卓亚与塔基里卡也学着我的样子坐了下来，他们全都默不作声，老实告诉你们，当时说一句话都令人无法承受，都成了负担。我们全都沉浸在自己的思绪中，没错，与此同时我听到自己在对同伴们说，乌鸦魔法师有很多鬼把戏。有一次我追着他跑过大草原，我相信他引着我路过了一个地方，就像这里……我以为他们肯定会喜欢听这个故事，结果似乎谁都对我说的不感兴趣。在那段与世隔绝的日子里，我们全都一直在跟魔鬼搏斗着，他纠缠着身心和灵魂全都已经耗尽的我们，让我们开始幻想自己在白天都见到了明亮的星星……”

塔基里卡觉得自己看到了什么东西。他面前的三丛灌木的叶片不是普普通通的树叶，而是……不，他无法相信自己的眼睛，他使劲地冲着其他人喊叫起来。他找不到合适的词语告诉他们自己究竟看到了什么，他就一个劲地用手比画着，用沙哑的嗓子小声说着，看，请看一眼吧，告诉我这不会再是乌鸦魔法师要的花招了吧。告诉我这些究竟是不是灌木丛里长出的美元？

“我们谁都无法相信自己听到的。我们互相看了看，心里都想着同样的问题：树上长出了钱？塔基里卡疯了吧。结果仔细一看，我们也都觉得那些树叶的确像美元。可是我们还是有些将信将疑，直到塔基里卡从自己的口袋里掏出钱，两只手哆嗦着凑到灌木丛跟前，用手里的钱比了比灌木丛上的叶片后，我们才打消了心中的怀疑。千真万确，我的上帝啊，我们坐在那里，一眼看过去我们根本看不出两者有什么区别，如果非要说有的话，也就是长在灌木丛上的东西似乎比塔基里卡口袋里的钱更光滑，更绿，而且还没那么皱。一些叶子上还有小小的窟窿，另外一些叶子的边缘有些破损，我们的领队塔基里卡解释说这都是蠕虫和其他昆虫干的，它们这些东西都不懂得美元的价值。”

塔基里卡在灌木丛前跪了下来，就像一个被关在死囚室里，眼看着行刑将近，大势已去的时候突然获得了减刑的犯人一样欣喜若狂地抽泣着。

我们得救了！他喊叫着，其他三个人都异口同声地念叨着“阿门”。

9

卡尼欧若、马乔卡利与西吉奥库到最后就像是凝固了似的坐在那里，只是嘴巴还在不停地争执着。统治者仍旧时不时地看一眼自己的手表，根本忘记了他们三个人的存在。据说由于那一幕太古怪了，最终警方和军队的头头脑脑全都来到大厅，想看一看究竟出了什么事情。看到统治者非常清醒，他们又退了出去，还自顾自地嘀咕着,政客们就是喜欢讲话,不是吗,他们居然能一声不吭地进行商谈,这实在是令人称奇。他们自言自语着,跟我们这些只会动腿的人可真是不一样啊。他们决定还是不打断统治者与几位部长,就让他们继续聊下去吧,聊到他们自己不想聊的时候。

电话响了起来,统治者抓起了听筒。

"什么?你说什么?"统治者问道。他的脸阴沉了下来,两只手抖个不停,全身都连带着战栗起来。整个总统府,整个国家,举国上下都感觉到了一场地震,人们又想起了统治者刚从美国回来时的那场大地震了。统治者不知道自己的战栗造成了怎样的影响,他继续对着听筒说道:

"怎么可能?……你在糊弄我吧?"他用英语问道,"他们三个?……好的,好的,等一下……"

他想用手捂住话筒,可是他做不到,于是他将话筒扣在自己那个巨型的肚皮上,把目光转向了马乔卡利、西吉奥库与卡尼欧若。他就像是第一次见到他们似的看着他们三个人,心里自问道,这三个爱管闲事的家伙在这里干什么?突然他记起正是他们几个人的辩论和争吵才让他一直保持着清醒:

"走吧,"他对他们说,"改天我再处理你们的问题。"

三个人站起身,拔脚就走,突然统治者又命令他们站在原地,认真听着。他永远都不想听到他们三个中的任何一个人把自己待在总统府期间听到、看到的事情说出去,悄悄地透露给别人也不行,所以他要他们起誓:绝不向外人透露我在总统府里耳闻目睹到的任何事情。他能在多大程度上宽恕他们将取决于他们对誓言的忠诚度。接着他又叫警察将他们三个人分别关押在总统府的三个地方。

还没等三个人走出房间统治者就又冲着话筒说了起来:"你

还在吗？……很好，现在跟我讲吧，这一切你确定吗？你们四个都确定吗？……”

10

统治者命令陆军司令派出三辆装甲车尽快赶往大草原，将长出美元的树和长出美元树的珍贵泥土一并带回来。回程时他们要保持乌龟爬行一样的速度，避免发生任何意外。此时统治者的心里五味杂陈：一想到近来受到的羞辱他就感到心痛，现在他再也不需要依靠世界银行了。如果有机会怀着最强烈的不屑盯着世界银行董事们的眼睛，叫他们滚，他得有多开心啊。再也用不着给那些粗鲁的蠢货写备忘录了。他只需要尽情享受新找到的财富就行了。愿那些能生钱的树永远常青！等待着属下从大草原回到总统府令他焦躁不安，不过他也庆幸自己提醒了装甲车往回走的时候不要太着急，以免泥土撒在半路上。

看到载有各种武器的车队缓缓地驶入埃尔代里斯，担心出现了政变的老百姓纷纷躲进家里，闭门不出。经过整整七天焦急的等待，听到车队在总统府的土地上滚滚驶来，统治者多么开心啊！由于目前的身体状况，他当然无法出去迎接车队，不过他派了警方和军方的负责人亲眼看着那笔意外之财没有经过常规检查就被直接送到了他的面前。

11

直到今天也很难说清楚接下来发生的事情，就连阿盖这样天生就能说会道的人也没有透露多少情况，人们都说这是因为他、塔基里卡、恩卓亚与卡海伽已经发过誓要保密了,如果多嘴,他们的舌头就会被割掉。其实,当大伙团团围住他,大方地请他喝酒,苦苦恳求他解释一下后来的事情时,阿盖还是会告诉人们在他身边围成一个圈,这样他就可以悄悄地透露上一两桩事情。一向说到做到的阿盖的确会压低声音把那段往事讲出来,只是他的声音小得让有些听众都听不清他在说什么,即便这样他们还是克制着自己,没有打断他,免得他又改变主意,讲到一半就不讲了。只有在停下来信誓旦旦地说上一句"千真万确!我的上帝啊",阿盖才会提高音量。每当提到魔法和贪欲的事情时,如果讲的内容太离奇,他就总是这样掷地有声地插上一句。

"他们叫我们每个人都站在用剑麻包裹的礼物后面,在统治者的监视下逐一打开包裹。卡海伽第一个打开了自己的那一份。他花了好一阵子才打开包裹,他的手控制不住地哆嗦着。这主要还不是因为害怕或者疲惫。卡海伽就像我一样确定一旦统治者看到我们带回来的东西,出于感谢他肯定会给我们加薪,要不就给我们加官晋爵。"

说到这里阿盖把声音压得更低了,一些听众沮丧得以为他的嗓子哑了,起身就要离去,反正他讲的事情早晚也会传到他们的耳朵里。

"大家伙,接下来的事情让我怎么说呢?若不是我当时在场,亲眼见到了一切,我自己也不会相信的。"

阿盖先是压低声音,接着又大喊一声,"千真万确!我的上帝啊!"这一声那么突然,完全出乎所有人的意料,听众全都大吃一惊,就连正要离去的人也都一动不动地站住了,这样一来所有人又相信了与其去听二手消息,不如还是听一听当事人自己是怎么说的。"后来呢?"他们问他,阿盖慢条斯理地摇着头,就好像他仍旧不相信自己亲眼看到，亲耳听到的那一切。

“你们是说在卡海伽打开他的那一包东西之后？”他向人们问道，以确保他没有误解他们的问题。

“是的，是的。”听众异口同声地答道。

“卡海伽的下巴掉了。”说完阿盖又停顿了一下，他要让那个场景深深地烙印在大伙的脑海中。

“怎么了？怎么了？”

“瘟疫。它们长着白蚁的身子，红蚁的脑袋与颚骨。我该怎么描述它们呢？它们大得就像蝗虫一样。我都不知道它们究竟是不是白蚁，或许我搞错了。蚂蚁可有两千多种呢，那些可能是其中的某一种，要不就是变种。我只把它们叫做‘害虫’，白害虫。”

“你在说什么啊？”人们不禁感到奇怪，讲故事的这个人是不是把啤酒喝得太多了，“灌木丛上所有的叶片和根都被那些害虫吃掉了，只剩下光秃秃的小树枝。”

卡海伽与恩卓亚同时喊叫了起来，这是什么东西？

按照阿盖的讲述，当时卡海伽一个箭步冲了过去，在土里翻着，他想看一看叶子是不是被埋在了土里，结果他只翻出更多的白蚁。在大快朵颐了七天的金钱叶子后白蚁一个个肥得就像大个的蠕虫或者毛毛虫一样。同其他人一样，阿盖也说不清楚哪一样更令人咋舌，究竟是形似白蚁的虫子居然长到了那么大，还是害虫把钱全都吃光了。

统治者一言不发，只是指着下一个包裹和守卫包裹的人。

轮到恩卓亚了。同样也是白蚁吃光了所有的叶子和树皮，只留下一丛光秃秃的树枝。这下轮到阿盖了。

“白蚁没有把我的那丛吃得那么光，它们当着我们的面继续吞食着剩下的叶片。我立即把害虫都掸掉了，它们落在了地上，留下破破烂烂的钱在树枝上晃悠着,好像是在嘲弄我。现在我终于可以说是乌鸦魔法师的法力保护了我,从统治者的目光判断,如果没有那些残余的叶子的话,我们几个根本不会活到今天。千真万确！我的上帝啊,我相信是他的法力让我们得以在统治者的怒火下死里逃生,那些叶子还绿得足以表明它们曾经就像真正的美钞一样带着更深一些的绿色。"

已经吓蒙了的塔基里卡一直纹丝不动地站在那里,这时他冲了过去,想要把碎片重新拼在一起,挂回到树枝上。他的举动终于让统治者开口了。

站住！他喝道。

统治者直勾勾地看着眼前的一幕,他在考虑应该怎么处置我们这些罪大恶极的罪人。他气恼得愣住了,心里想着怎样才能尽可能地把怒火发泄出来。

塔基里卡感到全身所有关节都没有了一丝力气,恩卓亚与卡海伽也是如此,他们都断定魔法师的副手当初说过的报复就要降临到他们身上了。

卡海伽决定摆脱罪责。

"当时我们俩都建议立即把叶子摘下来,"他指了指塔基里卡,"可是这个人表示不同意,他执意让我们连带着土将灌木丛连根拔起来。全能的大人,这可是众所周知的事情啊,这些害虫就是在大草原上筑巢的啊。"

"要是我们把钱摘下来,把枝干和根留在草原上,就不会招致这么惨重的损失了。"恩卓亚说。

"噢,全能的大人,当心这个人。他太坏了,他满脑子都是危险的诡计。"卡海伽有一点激动地补了一句。

"有一次他用一桶粪便把一警局的人给挟持了。"恩卓亚附和道。

“此话当真?”统治者问塔基里卡。

塔基里卡没有立即开口,他不确定统治者问的是那桶大便,还是他将财宝连根拔起的事情。

“我不知道这两个人在指责我什么。我只是在执行您的命令。”塔基里卡说。

“我的命令?只用一桶粪便挟持了整整一个警局?”

“哦,不,不是这个,”塔基里卡说,他终于把一切理出了头绪,“全能的大人,有些事情很难一下子说得清。”

“我没叫你解释任何事情。我是叫你说清楚有关警察局的说法是不是真的。这不正是政变的第一步吗?”

“推翻您的政变?绝对不会。那我还不如先杀了我自己,去见我的先人算了。”

“我会叫你变成先人的。变成鬼魂,倘若你不给我解释清楚的话。”

塔基里卡心想这两个警察肯定对我恨之入骨,我很清楚自己是不会活着离开这里了。但是他没有坐以待毙,他想起了那句老话,就连即将被屠宰的畜生都会试着踹一脚把它带到屠宰厂的人。灰心丧气的他振作起了精神。

“全能的大人,正如有一天我告诉您的那样,这完全是西吉奥库的失误。他毫无理由地就逮捕了我,接着又试图让我皈依一个信仰圣托马斯和笛卡尔的教派,后者是前者在法国的一个信徒。我拒绝了,他就把我关了起来,到了半夜,也就是巫师们做法的时间,他把乌鸦魔法师也关进了同一间牢房。全能的大人啊,除了抓住一线逃生的机会,我还能怎么办?相信我,阁下,这位乌鸦魔法师可不是一个那么容易被打败的人,他无所不能。他曾经是我的灾星,紧追着我不放。就是他制造了排队热。就是他让我患上了那种奇怪的失语症。这一切为了什么?于是我就去找他给我治病。就像以前的撒旦那样,他先是引诱了我的妻子。他打着让一切恢复正常的幌子,哄着我那个容易上当受骗的娘们把几袋子钱交了出去。可是他拿着那几袋子钱怎么办了?他把钱栽在了大草原上,然后又趁着夜色的掩护来了我的牢房,告诉我去哪里找钱。现在,亲眼看到这些害虫干的好事,我不禁想知道这些东西到底是不是白蚁。我真希望当初能听一听阿盖的话,那时候他想告诉我们有一天晚上他追着乌鸦魔法师穿过那片草原的事情。要是我们认真听了他的话,或许我们就能意识到乌鸦魔法师已经对那一片地带施了法。我们就会知道即便看上去很美妙,实际上一点也不妙。"

"这就对了。塔基里卡说得很好。"阿盖说,塔基里卡含蓄地赞扬了他,还对当初他想讲却没有讲下去的那场著名的追踪事件表示了认可,这令他感到开心。

阿盖热衷于讲述那天夜里他追逐两个乞丐的故事,两个乞丐在跳过草原上一块裂开的岩石后合二为一,变成了一个人。他清楚统治者知道追踪草原神灵的事情,但是统治者始终没有从当事人嘴里听说过这件事情。如果统治者现在能听一听他的讲述,那他该有多么幸福啊?他的机会来了。阿盖清了清嗓子,准备开讲了。

"千真万确!我的上帝啊,"阿盖开了口,"一股我不知道从哪里冒出来的力量驱使着我,可是等我赶到那段地垄的时候,那股力量变弱了,突然就消失了。就在那一刻我想起之前的那天晚上乌鸦魔法师一分为二,变成了两个法力强大的神灵。全能的殿下,千真万确!我的上帝啊!如果您能读一读《圣经》,您就会明白神灵就是……”

“没错,毫无疑问,乌鸦魔法师属于神灵。”卡海伽打断了阿盖,他有些嫉妒后者竟然成了主角。

“危险的幽灵。所以我们才提醒西吉奥库不要把那位巫师关起来。”恩卓亚接着说道。

“他不仅没有留意我们的警告,还命我们把他跟塔基里卡关在同一间牢房里。”卡海伽继续说道。

“那就是说你们两个人亲眼见过巫师喽?”统治者问,仿佛他已经不记得这几位警官之所以入选外出寻找美元的队伍正是因为他们之前都同魔法师有过接触。在卡海伽看来似乎他们已经成功地转移了统治者的注意力,他终于不再只盯着金钱树和白蚁了,不过卡海伽根本不在意这一点。

“其实,把他从圣地里请来的人正是我和我在这里的同伴。”

“倒是西吉奥库派我们去的。”恩卓亚补充道。

“为了让巫师帮我们找到尼娅薇拉。”

“他错就错在不管三七二十一就把他关了起来,而不是对他好言相劝一番。”恩卓亚说。

“请您听我说,我们很坚决地告诉他这种跟魔法师作对的行为肯定会给国家带来伤害,”卡海伽说,“可是他对我们说乌鸦魔法师又不是神。”恩卓亚十分不满。

“他把我们从魔法师的身边打发走了,还说如果需要我们在巫术方面的建议的话,他会叫我们的。”恩卓亚继续说着。

“所以,当我们听说您的病……”

“我们一下子就明白了是乌鸦魔法师……”

“跟这个有关……”

“我们开心地送他去了机场,让他搭乘前往美国的飞机……”

“可是,等我们听说他已经回到了阿布瑞里亚,却没有人见到他,我们就害怕极了……”

“现在一切都清楚了,全能的大人,”塔基里卡突然插了进来,他不甘心被忽视,“这些白蚁都是乌鸦魔法师搞的鬼。没错,是乌鸦魔法师把这些害虫派来的。全能的大人,您见过这么大的白蚁吗?”

“你是说他派它们来的吗?”阿盖反问道,“他有能力把自己变成一只白蚁,然后变成无数只。正如在被卡海伽打断之前我所说的那样,那天晚上我追着乌鸦魔法师从伊甸园酒店一直到了大草原……全能的大人,我应该从头讲起吗?”

阿盖突然收住了嘴,他想看一看自己有没有引起统治者的注意。这时不只是统治者,所有人的目光都投向了地板。一些白蚁在地毯上爬来爬去,一些爬上了墙,还有一些已经翻过了通往其他房间的门槛。

这些白蚁是从哪儿冒出来的?统治者皱起了眉头,塔基里卡、卡海伽、恩卓亚与阿盖他们的蹙眉意味着什么,他们怀着同样的恐惧互相瞟了一眼。他应该把他们统统打入大牢吗?他会解除他们在警局的职务吗?或者他只报复塔基里卡一个人?每一个人都在心里做好了最坏的打算,等着统治者大发雷霆。

谁都没有猜中统治者的反应,就连边都没有擦到。出乎他们意料的首先是统治者的语调,他的那副口气就像长辈在给子女讲述着自己的亲身经历一样。他平静地告诉他们不要为已经发生的事情担心,还说考虑到他们面对的那个奸诈狡猾的对手,他们已经尽力了,不用担心这个狡猾的家伙会骗过统治者。他叫他们继续坐着,耐心一点,他想要几位部长同他们一起听着他——他们的统治者——宣布将要对这个危险分子采取的措施。

他又嘱咐他们提都不要再提美元树和白蚁的事情了。这些都是国家机密。

“听到我说的了吗?”统治者将阿盖、卡海伽与恩卓亚逐一打量了一番,“哪怕是做梦都不能梦见能长出真美元或者其他币种的植物,否则我就叫你们的梦变成噩梦。”

接下来呢?他们自问道,统治者出人意料的反应令他们感到迷惑。

“我现在就派人把部长们叫来……”统治者说。正打算给下属下命令的时候他突然想起马乔卡利、西吉奥库与卡尼欧若还被分别关在不同的房间里抄写誓言。等着那笔财宝从大草原运来的时候,他已经把他们三个人全都忘到九霄云外了。

统治者派三名警官去把他们三个人带来。这下大厅里就只剩下他和塔基里卡了。

12

马乔卡利、卡尼欧若与西吉奥库刚一被带到自己的面前统治者就开了口:“我在脑子里把很多事情都回想了一遍,我终于知道这个国家真正的敌人究竟是谁了。不过,为了让我能够同这个敌人进行一场真正的较量,有几件事情我得实话实说了。西吉奥库?”

“全能的大人?”

“把你召到这里来的时候我是怎么跟你说的?我说在美国期间我得知有人在国内打着我的旗号散布排队有好处的言论。我还听说女人依照什么人民法庭的裁判殴打她们的男人。到目前为止你对这些事情都只字未提。你告诉我你往全国各地派了秘密警察

M5的人。那么,除了塔基里卡,还有谁被这个妇女人民法庭审判过,殴打过?”

西吉奥库不清楚统治者是否掌握了他不知道的情况,他不知道眼下怎么说才是最周全的选择,应该回答有,还是没有。他想回避这个问题。

“全能的大人,如果您读过那两份报告的话……”

“报告根本没有提到这些事情。”统治者冷冰冰地说。

“我们全能的大人啊,有很多涉及安全的问题只能让您跟我知道。”说着话西吉奥库又使劲地扯了扯自己的耳垂,“现在在场的有些人靠不住,我们不能把秘密透露给他们。”他朝卡尼欧若瞟了一眼。

“例如谁呢?”

“就让我直说吧。就像卡尼欧若。”

“你不是那么信任他,还向我推荐他担任排队热起源调查委员会的主席吗?”

“没错,全能的大人,可是……”

“你不是那么信任他,还命他调查人民法庭的事情吗?”

“没错,全能的大人,可是……”

“你不是那么信任他的报告,还问我有没有读过报告吗?”

“没错,不,可是……”

“可是什么?”统治者讥讽道,他将目光转向了其他几个人,“我想对目前由国务部长西尔弗·西吉奥库领导的安全保卫司(安保司)进行扩充,在机构内部设置一个分支机构,或者叫特别行动组,专门负责青年及妇女事务。全世界很多政府的垮台都是由于管理松懈,任由学生、青年和妇女在没有合理监管的情况下信口开河地胡说八道。我现在创建的这个特别行动组只有一项职责，就是监控这几种人群的活动。约翰·卡尼欧若，站起来。你已经证明了我能放心地让你去组织管理青年人，你对女人也能强硬得起来，哪怕是对达官贵人的夫人也不例外。这个命令即日生效，现在你就是'依照国家原则对青年及妇女调查委员会'的负责人。你的主要任务就是继续调查排队热的问题，一旦出现苗头，立即将其扑灭，此外你还要调查并消除针对男人的家庭暴力问题。助理高级警督卡海伽将协助你组建起一套有效的监视系统。"

虽然有些不太相信，卡尼欧若还是满心欢喜地蹦跶了起来。卡海伽不知道自己应该照着卡尼欧若的样子兴高采烈地跳起来，还是冒险继续坐在座椅上，不过这样一来他就显得好像毫不感激统治者的安排。有那么一两秒钟的时间卡海伽不知道自己究竟听到了什么。他被称为"助理高级警督"，可是直到昨天他还只是一个普普通通的警官，现在竟成了高级警督，只是前面加上了助理两个字。他应该让统治者再清楚地说一遍这个光荣的头衔吗？统治者接下来说的话终于打消了他的疑虑：

"我希望造反的青年和妇女就像蚂蚁一样被碾碎，我不知道这对于助理高级警督彼得·卡海伽来说会不会太困难了？"

卡海伽激动极了。另一位魔法师没有复仇，眼下他还算安全，他由衷地感到了喜悦。他站起身，就像庆祝胜利一样绕着房间跑了一圈。统治者示意卡尼欧若与卡海伽回到座位上去，他告诉他们总统府不是运动场，他们应当记住自己是在阿布瑞里亚，要是想当赛跑运动员的话，他们就应该移民去肯尼亚或者埃塞俄比亚。

"请允许我说句话。"叛徒的擢升刺痛了西吉奥库，"您问我有关那些队伍和排队热的问题。自从您下令禁止人们排队之后，排队现象就一直没有再出现过。我确信排队问题实际上已经不存在了。而且，我还告诉人们一旦发现阿布瑞里亚的任何一个地方出现死灰复燃的迹象就排着队来向我报告情况。”他希望对排队热的进一步调查不会被交给统治者提议组建的特别行动组。

“那么,如果我再听到排队热卷土重来的消息,那就是说我听到的就是谎话喽?”统治者问。

“哦,不是谎话,只是误报而已,”西吉奥库说,“我敢说不管是谁,如果他这样对你说,那此人肯定没有掌握所有的事实,他应该先跟我核实一下。有些人为了升官,什么都说得出来。”他一边说,一边朝卡尼欧若瞟了一眼,他觉得后者又撒了谎。

统治者仍旧对世界银行在他面前摆架子的事情耿耿于怀,在他看来他们显得比他更了解他的国家,所以他不介意听到西吉奥库向他作出这样保证,只是现在他对世界银行催促他赶紧回国的动机更加感到怀疑了。

“在控制排队热的工作上你干得很不错,不过这并不意味着我们就应该放松警惕。英语里是怎么说的?”统治者说,“自由是心里保持警惕的代价。”①

“谢谢您,全能的大人,感谢您信任我的能力。”西吉奥库说,他很清楚统治者把这句英文谚语说得颠三倒四。

“没错,西吉奥库。我还要再考验你一次。我想叫你想出一个清偿债务的方案,以偿还到目前为止你从通天塔计划里捞到的钱。还有一件事情,去美国之前我吩咐你找遍全国,想尽办法把那个叫尼娅薇拉的女人找出来。现在我已经回来几个礼拜了,还是没有人来告诉我她已经被关押起来了。如果你以为我会给你解除这个差事,那你最好再想一想。不要忙着嫉妒别人的能力,先去把

---

① 原文为“自由的代价就是永远保持警惕”(The price of liberty is eternal vigilance),统治者说成了“The price of internal vigilance is freedom”。

那个女人给我带来。那样我就会让你的日子好过一点。助理高级警督会协助你的。就这么说定了。如果你把那个女人带来了,我甚至可以把你欠我的钱都一笔勾销。"统治者冷冰冰地说。

西吉奥库心想统治者可真是运用胡萝卜加大棒政策的高手,不过他已经很庆幸了,自己没有被罢免掉国务部长的职务,恩卓亚也仍旧对他忠心耿耿。只是一想到卡尼欧若得到了提拔,还成了一个特别行动小组的头儿,他就感到恼火。他能够想见到以后他们只会不停地争斗下去。

"全能的大人,我想明确一下管辖问题。卡尼欧若应当向谁报告工作?"

"卡尼欧若的行动组隶属于你的部门,所以大部分时间他都要向你报告,在我认为的合适的时候就向我报告。清楚了吗?"

"清楚了,阁下。"西吉奥库说,不过他还是看得出自己的手被捆住了。

"之前我是怎么跟你们说的?"说完统治者又自己作答道,"我知道谁才是国家的真正的敌人。"他停顿了一下,逐一打量了他们的脸,最终目光落在了马乔卡利的脸上,"我要告诉他,"他一边说,一边像是指认凶犯一样冲马乔卡利摆着手指,"无论他在哪里,他或许以为自己很狡猾,其实……"

愤怒让统治者一时说不出话来,仿佛他经受过的一切痛苦、困难和羞辱都一股脑地涌上了他的心头。

马乔卡利不清楚统治者想要说什么。一开始,看到卡尼欧若爬了上去他感到很开心,这就意味着西吉奥库实质上被降级了。而现在,那根摇晃的手指又指向了他……?

"有什么问题吗?"统治者问道,他在争取时间,好让自己平静下来。

卡尼欧若站了起来。他志得意满地看了一眼西吉奥库，又看了一眼马乔卡利，最后将目光落在了塔基里卡的身上。塔基里卡不知道等待着自己的是什么，看着他那副畏缩的模样卡尼欧若更开心了。他趁机请求统治者让他成为通天塔计划的正主席。

“我谨代表我自己和其他所有人说话……”

“代表你自己就行了……”西吉奥库与马乔卡利异口同声地驳斥道。

“好吧。就代表我自己，以及每一个懂得爱国主义含义的人，我要再说一遍我曾经说过的话。全能的大人，您会记得我曾说过如果飓风同时把上帝和您的帽子从你们的头上吹落了，那我会首先去捡您的帽子。我知道您警告过我们不要把您和上帝相提并论，可是，我的主人啊，我就是情不自禁地想这样做。非常感谢您，阁下！我有一个小小的请求。我可以说吗？”

“上帝都说了，‘你们祈求，就给你们。’”①

“通天塔计划副主席该怎么办呢？”

“他还是要向主席报告。”

“正主席是谁呢？”卡尼欧若问道，他几乎有十足的把握统治者会叫他出任正主席一职。

“多谢你提到这个问题，我差点把这件事情给忘了。请允许我向你介绍中央银行行长。”统治者说。

所有人都把目光投向了门口，想看一看新上任的银行行长。他们没有看到一个人从门外走进来。

“提图斯·塔基里卡，我的新一任中央银行行长，以及通天塔计划的终身主席，请你站起来，让大家好好地认识一下你。”

---

① 出自《新约·马太福音》。

所有人都无法相信自己的耳朵。就连塔基里卡也先是回头张望了一眼,仿佛在场的还有一个人跟他同名同姓。意识到统治者说的就是他,他立即毕恭毕敬、感激涕零地跪倒在地上,他的高升将产生的影响令其他人都感到惶恐。

“神圣而全能的大人,我真不知道该如何感谢您。您就是为我们这些凡人带来公义,在绝望的地方撒播希望,甚至能让人起死回生的神。叫我如何报答您的大慈大悲？我要重申一遍我的誓言:从今往后,您的敌人就是我的敌人。”塔基里卡说。

卡尼欧若找到了机会,他要表现出在得到高升时他比塔基里卡更知道感激统治者。他站起身,一个箭步蹿到了大厅中央。

“打倒统治者的敌人!”他高声喊道。

“打倒全能的大人的所有敌人!”西吉奥库喊道,他可不愿落在卡尼欧若后面。

“打倒最全能的统治者的每一个敌人!”不甘心被排挤出赞美诗合唱班的马乔卡利也附和道。

这几个人或许在一遍遍地将誓言抄写了七天七夜后已经疲惫不堪了,但是此刻他们的对手又为他们注入了新的活力,他们全都站在那里,竭力地用声音压倒对方,大声嚷嚷着自己有多么痛恨统治者的敌人。他们本来会继续下去,因为每个人都唯恐最后一句话的机会被别人抢走了。但是统治者冲他们大喝了一声,“打倒你们所有人!”听到这句话他们瞬间就闭住了嘴,朝各自的座位退了回去。

卡尼欧若、西吉奥库与马乔卡利没有继续往前多走一步,他们都突然停下脚步,恐惧得僵在了那里,一个个都瞪大了眼睛盯着出现在眼前的一幕。塔基里卡、阿盖、卡海伽与恩卓亚也转过身,想看一看是什么东西能让他们三个人全都愣住了。

后来阿盖对听众说："千真万确！我的上帝啊！就连统治者似乎也受到了震动。如果你看到白蚁就在你的眼前在地板上筑起一座座蚁丘、一堵堵墙壁，你难道不会感到震撼吗？统治者就像我一样清楚这就是乌鸦魔法师在作法……"

白蚁在房间里成倍地增加着，多到了令人恶心的地步，看着这一幕统治者再也无法对乌鸦魔法师的力量视而不见了，这股力量已经对老百姓眼中无所不能的他构成了威胁。这个巫师一直在羞辱他，管他叫女人，甚至宣称他怀孕了，还点燃了排队的热潮，还怂恿妻子们起身反抗自己的丈夫，而现在，无穷的白蚁在他的府邸堆起一座座土丘！不能再让这个人逍遥自在地在这个国家四处流窜了。也不能让他拥有统治者没有的力量！他要逮捕他，奉承他，许给他各种各样的诺言，就这样软化他，直到他交代出自己的秘密：怎样培育出发财树，怎样用镜子占卜。将魔法师的法力吸收到自己的身上后，他就要把他打入地牢，叫他作茧自缚。现在，统治者打算让自己成为头号巫师。

怀着满腔的怒火和期待，统治者命令卡尼欧若、西吉奥库与马乔卡利站起来：

"不管你们谁有耳屎，都掏干净，把我要说的话给我听清楚喽。马乔卡利，把乌鸦魔法师给我带来。由高级警督阿里盖盖·盖瑟利协助你，可别给我带来一个缠着裹尸布的魔法师，要给我活着带回来，但是要给他戴上镣铐。你们三个：从今天起我就要看到结果。我要看一看谁会第一个完成任务！"

卡尼欧若、西吉奥库同马乔卡利对这场看谁能先拔头筹的三方竞赛都很认真，虽然显得没有那么紧张，预期的结果也没有那么刺激，但是他们那股认真的劲头几乎就跟他们在比赛抄写誓言时一模一样。对于这场竞赛统治者什么也没有说，但是他们三个人都觉得胜利者将会得到一份激动人心的奖品,失败的代价将是致命的。

统治者打发走了其他人,只留下刚刚任命的中央银行总裁。他对自己的这个决定很满意,自从出访世界银行以及灾难性的出访美国,最终空手而归以来,他终于又完全控制住了局面。

"现在,提图斯总裁……"他露出了笑容,欣然等待着塔基里卡能敞开心扉给他提供建议。

13

一天,一个骑着摩托车的男人来到了埃尔代里斯警察总局,他要求立即见到警察局局长。他长发披肩,胡子到了膝盖,身上的衣服更像是一堆破布头,他的那辆摩托车经过风吹日晒,上面的油漆早就不见了,不过凑近看一看,你还是能想象得出当初应该是红色的。

要不是他亮出了自己的警徽,谁都不会相信他是一名警察,警察局局长在他身上不会多花哪怕一分钟的时间。面对大家的困惑,他说自己就是之前被派往全国各地向人们宣讲排队有好处的五名骑警中的一位。这是什么时候的事情?有人问他,他也记不清究竟是多久以前的事情了,也记不得自己已经出来了多长时间,他只知道上级嘱咐他没有完成任务就不要回来。当被问及其他四名骑警去了哪里的时候,这位长胡子的骑警说他也不知道他们去了哪里,如果他们还没有回来的话,那么显然他赢得了这场比赛。什么比赛?警察局局长问他。当然是延长排队的比赛啊。长胡子骑警似乎被这个听上去毫无意义的问题激怒了,毕竟他还有更重要的消息等着汇报:在中部地区,中小学的小孩子们追随着大学生的脚步,也开始排起了队,他们之所以排队不是为了食堂里的饭食,而是要求获得更多的书、更多的教师,和能够让他们了解自己的祖国以及这个国家同世界的关系的教育。这是以前排的,还是新排的队伍?他说,坦白说新队伍和老队伍之间没有什么明显的区别,所有的队伍都看不到头,也望不到尾。警察局局长立即赶去向西吉奥库报告这个消息,后者随即就向统治者作了报告。一开始统治者愤愤地皱起了眉头,那副神情仿佛是在说,你跟我说的都是什么鬼话?突然他想起纽约的世界银行告诉过他在他的国家人们在全国各地宣扬着排队的价值,他认为正是这件事情让他的出访突然宣告结束了,甚至有可能害得他失去了通天塔计划的贷款,现在他终于意识到进行这种煽动活动的正是他的警卫。他命人枪毙了长胡子骑警,又命令情报部长大本·曼波在广播里宣布这个消息,以警告军队和警队中的其他不法分子。

长胡子骑警原本会被处决,但是他告诉行刑队他们不应该就这样杀死统治者的信使,他们应该先读一读他出于安全考虑缝在自己外套内侧的字条。果然,警察找到了字条,展开字条后他们看到抬头处写着"统治者的信使",下面的一行字是"致我在中部地区的信使",接着就是对长胡子骑警下达的指示,走遍该地区扩散排队的福音。信上还说统治者就喜欢响应这一号召的人,最重要的是,在信的结尾处还有统治者清晰可辨的亲笔签名。警察局局长将这件事情报告给了西吉奥库,后者想起的确写过这些话,于是他将字条交给了统治者。看到信上署着自己的名字,统治者便撤销了之前的命令,并说应该告诉这名骑警统治者希望宽恕他。他应该离开这里,把头发剪短,开始不带薪水地无限期休假。长胡子骑警苦苦哀求着,他说自己一直尽忠职守地贯彻着统治者的精神,执行着统治者的命令。在他的哀求下,统治者又同自己的参谋们商议了一番,最终统治者向他保证经过几个月必要的休息后他就可以恢复原职,并以公路专家的身份接受卡尼欧若的领导,以防将来有必要对中部地区的学生实施监控。

14

卡尼欧若无法相信自己的运气竟然这么好。以前他不知道该从哪里开始搜查,也不知道该怎样着手。现在呢?他极度痛恨大学生,他们的激进主义从他身边夺走了一位贤良的妻子。如果尼娅薇拉没有掺和学生政治活动,现在她或许就在他的呵护下过着踏踏实实的日子。他思忖着这个疯狂的骑警带来的消息。流产的大寿庆典上冒出的那些蛇就是这些学生策划的,近来出现的排队热潮也绝对是他们在搞鬼。卡尼欧若想起就连统治者都说过学生和青年人会导致很多政府的垮台。他突然想到了一个办法,一个简单却行之有效的办法。镇压大学生,各种理由的排队都要停止。他该怎么做呢?学生都被洗脑了。清空他们满脑子愚蠢的念头,向他们灌输支持国家的积极正确的思想。可是,要想实现这一点政府该怎么做?

卡尼欧若又想起根据最近的报告,学生要求首先在课堂上学到有关祖国的知识。统治者不就是祖国吗?卡尼欧若立即抓起笔和纸,草拟了一份有关新的全国性课程的备忘录。阿布瑞里亚的每一个人都知道统治者就是最高教育家,头号教师,所以从小学到大学的所有的教学机构都只能教授最高教育家的思想,必须给学生提供统治者的数学、统治者的科学(生物、物理和化学)、统治者的哲学,以及统治者的历史学,这种做法绝对照顾到了学生们想先了解一下祖国的这个要求。同时学生们也想学到祖国同世界的其他地区有着怎样的关系,这个要求也不难满足。他们会学到统治者已经出访过,以及有意出访的各个国家的地理和人口状况。至于要读的书,这也很简单。既然已经承认统治者是头号作家这个事实,全国各地出版的所有图书都必须冠以原著作者统治者的大名,凡是想要写书并出版的人都只能以统治者的名义写作并出版,统治者只允许自己的名字出现在经过仔细检查,得到"遵纪守法青年团"分队许可的书籍上。新编定的《圣经》、律法,甚至佛祖的智慧之书,或者学校学生读的其他任何宗教内容都必须附有统治者撰写的前言和概述。这样的教育体系必定会培养出具有统一知识架构的学生,而所谓统一的知识正来源于同一个源头,即统治者,或者被灌输了他的思想的人。

卡尼欧若组建了一个由历史、文学、政治学、法律、哲学和科学专业的大学教授组成的顾问委员会,这些人都是"全能青年团"的成员,听从他的指挥。他交给这群顾问一份备忘录,要求他们带着批判的眼光读一读这份备忘录,提出自己的意见和必要的修改。教授们给他的反馈只有溢美之词:这份文件写得太好了,里面写了他们见过的最好的课程。教授们坐了下来,商量怎样才能最有效地推行这套教育方案,最后他们一致认为最好的选择就是把这个想法兜售给大学生和中学生。一旦这些学生接受了这一套——顾问委员会认为这一点确定无疑,因为这份备忘录满足了学生们的所有要求——卡尼欧若就可以将这个方案提交给统治者,到那时这个方案就要变成政府正式颁布的教育政策。教授们为备忘录拟定了一个沉甸甸,但是令人难忘的标题:有关培养青年及妇女遵照国家原则及统治者哲学思想的新教育提议的卡尼欧若备忘录。

其中一位教授,一位对"附和学"无所不知的专家想出了一个办法,在各地区举办讲座,让学生和公众对新课程有所了解。第一期讲座将在埃尔代里斯举办,按照卡尼欧若的提议讲座将由他主持,他想看一看统治者是否会亲自宣布讲座开始。

卡尼欧若的内心激荡着一股喜悦。他清楚统治者不会来参加讲座,不过他也不介意自己的名字和统治者的名字相提并论。统治者发来一封短信,一两句祝贺就足够了。

15

没有人能比遭到打劫的窃贼更容易动怒,这句古话放在国务部长西尔弗·西吉奥库的身上再合适不过了。多年来他榨取了数百万贿金,他一直不觉得这样做有什么不妥,现在统治者命他偿还他连一个子儿都没见过的钱,他却感到了心痛和委屈。他居然对卡尼欧若通过通天塔项目巧取豪夺的事情一无所知,更令他感到恼火的是当初还是他亲手将这个青年团团员送上了显赫的位置。人怎么就那么不可靠呢?他一遍又一遍地问着自己。卡尼欧若怎么会对自己的恩人如此忘恩负义?他想报复卡尼欧若,可是他不知道怎样才能给这个人造成重创,叫他受一番折磨。统治者承诺一旦他俘获尼娅薇拉,就会免除他的债务,这是他在黑暗中看到的唯一一线光亮。可是迄今为止这个女人一直把自己的行踪藏得很好,这太令他沮丧了。

一天,痛苦不堪的西吉奥库收到一张通知单,通知单上写着海关那里有一个包裹等着他去取。他派人将包裹取了回来。是他向伦敦订购的一面镜子,紧接着东京、罗马、斯德哥尔摩、巴黎、柏林和华盛顿的镜子也运到了。

看到这个好兆头西吉奥库欢喜地甩起了耳朵,幻想起自己抓住了尼娅薇拉,把她拖到统治者的面前,夸张地宣布道:您的敌人来了——您想让我怎么处理她？统治者会怎么说？你干得很好，你这位忠诚可靠的部长，你欠我的钱一笔勾销，从现在起你可以随意处置那些对你不义的人，尤其是错误地指控你在通天塔计划的投标过程中渔利的人。一丝忧虑让他的白日梦变得模糊了：镜子已经来了，解读镜子的人在哪里？乌鸦魔法师在哪里？

统治者将抓捕乌鸦魔法师的差事分派给了马乔卡利，西吉奥库对这个安排感到不满，乌鸦魔法师已经一点一滴地了解到了他的野心，或许还会将他的野心透露给他的头号劲敌。他真希望这项任务落在自己的身上，虽然他对如何处理魔法师仍旧犹豫不决。他希望魔法师已经死了，然而魔法师又是他找到尼娅薇拉的唯一希望。马乔卡利打算怎么做？针对乌鸦魔法师的抓捕工作他已经做了什么？西吉奥库知道马乔卡利不会向他走漏风声，不仅不会让西吉奥库了解自己的动向，他很有可能还要误导他。西吉奥库打定主意要先找到乌鸦魔法师。这场较量开始了。

西吉奥库组建起一支监控队伍，这支队伍要监视马乔卡利与卡海伽的一举一动，并向他报告，他要充分利用他们掌握到的一切情报。他又叫恩卓亚找来一位画家，粗略地画出了乌鸦魔法师的肖像。这幅画像将用在通缉令上，通缉令还特别注明了赏金和联系电话。出于保密的需要，这位画家只能根据西吉奥库及其助手恩卓亚对魔法师的描述绘制肖像，但是西吉奥库不希望外人知道他会在半夜三更的时候在自己的办公室里接待巫师，于是他告诉恩卓亚不必参考他的意见了。

恩卓亚也不想协助画家描绘魔法师的面孔，他唯恐自己会遭到另一位魔法师的报复。结果，他描述出了国务部长的脸，画家惊讶地看到出现在速写本上的是一张神似西吉奥库的面孔。为了掩饰这一点，画家给肖像画上了长头发和一把胡子。看到画像西吉奥库大吃一惊,居然是长着一头黑色长发的耶稣基督,而那张脸却是他的脸。恩卓亚又出了一个主意。这张通缉令应该给乌鸦魔法师本人提供一笔奖金,要想得到奖金他就必须前来自首。通缉令的标题写作“乌鸦魔法师:悬赏通缉”,在末尾还要写上一个电话号码,只有恩卓亚与西吉奥库能接听的电话。这样一来,当人们看到通缉令的时候,他们就会以为画像是提供奖金的人,乌鸦魔法师只需要现身,领取奖金就可以了。

西吉奥库不想一味地等着乌鸦魔法师把尼娅薇拉交出来。为何要把自己手里的所有鸡蛋统统放在一个巫师的篮子里?他必须想出其他办法找到她。此外,他也不想让对手们知道他也在悄悄地追捕魔法师。他要给他们放出烟幕弹,假装自己一心忙着搜寻尼娅薇拉。要想找到她,还有什么办法能比把她的新照片贴满阿布瑞里亚全国各地更有效?这时另一个问题又冒了出来:卡尼欧若刚开始为他卖命的时候给他看过一些尼娅薇拉的照片,他把那些照片弄到哪里去了?

他靠回到椅背上,心里绝望地嘀咕着一切都出了岔子。他想起了卡尼欧若编的有关他的谎话,还有塔基里卡拒绝否认了自己做过的交代。他的怒火和沮丧愈演愈烈,终于他朝前探出身子,攥紧的右手狠狠地砸在了桌子上。他停下手,抱着双臂撑在桌面上,脑门枕在手臂上。这个女人究竟在哪里?每当他觉得自己想到了好办法,终于能找到她了,一些事情就会冒出来,让她又消失在了他的视野中。他怎么连她的照片也弄丢了呢?他试图让自己平静下来,为自己的霉运伤感毫无意义,他告诉自己。最好还是动手找一找她的照片。就在这时,仿佛他的眼睛都在怜悯他,他突然看到桌子上的一沓纸下面压着一份文件,他将文件抽了出来。

西吉奥库欣喜地蹦了起来。正是卡尼欧若交给他的那份文件,文件里带着尼娅薇拉的照片。为了找一张最适合登在通缉令上的照片,他将每一张照片仔仔细细地看了一遍。唯一的问题就在于很多照片上都有卡尼欧若的身影。他与卡尼欧若毕竟做过夫妻,这些照片都是他们相互表白爱意和新婚燕尔的时候拍下的。

随即西吉奥库咯咯地笑出了声。他选中了一张尼娅薇拉与卡尼欧若在照相馆里相拥在一起的照片。他命人将照片放大,翻印了一千张。

就在寻找尼娅薇拉的同时,他找到了挫败叛徒卡尼欧若的办法。

16

马乔卡利被正式委以抓捕魔法师的重任,他急于抢在其他几个竞争对手完成任务之前完成这项任务。自从对美国灾难性的出访以来他一直感到自己手中的大权渐渐式微了,要想恢复自己原先的地位就只能依靠世界银行给通天塔项目拨款了。可是没有丝毫迹象显示世界银行会在近期内发放这笔款项。为了多少恢复一些自己对权力中心的影响,抓捕魔法师的工作就成了头等大事。他想不出该如何着手寻找乌鸦魔法师,就连这位巫师是否已经回到国内他都没有把握。他也考虑过发布通缉令,但是在阿盖的说服下他放弃了这个念头。

后来阿盖告诉大家:“千真万确!我的上帝啊。我对他说人类的手根本无法画出乌鸦魔法师的肖像。你们问问自己:乌鸦魔法师是谁?他是男人,还是女人?通过我的亲身经历,我知道他具有变形的能力,能把自己变成男人、女人,或者任何东西。他就是一股旋风。他就是一道闪电。他就是一场大雷雨。他是太阳,是雨。他是月亮，是星星。你怎么可能画出空气、呼吸、灵魂的模样？乌鸦魔法师就是为万事万物赋予生命的东西，你怎么可能画出这种东西的模样？我对他说：给我一些时间，给我充分的自由，我会找到他的。”

马乔卡利同意阿盖的说法，他将搜寻乌鸦魔法师的任务交给了阿盖。他免除了阿盖的日常工作，但是无论走到哪里，阿盖都要定期向他汇报情况。

就在两个人即将分别的时候，外交部长给了高级警督一部手机和一辆红色的摩托车。

17

阿盖不愿意使用武力，他更倾向用言语解决问题。他要用自己的三寸不烂之舌为自己找到出路，同时也让他的听众解放自己的舌头。大部分时间里他都在步行，他也搭过平板车和驴车，骑过自行车，坐过中巴车、拖拉机、大巴车和火车，只要有人聚集的地方他都走遍了。他在市场中央、酒吧、教堂里停下脚步，告诉人们：我在寻找为万事万物赋予生命，包括说话能力的那个人。

他这番隐晦的话语会在听众中间激起争论。没错，这个人是什么东西？

渐渐地人们的辩论和激烈的争吵就消失了，取而代之的是有关这个人的身份的传说、逸事和回忆。阿盖得到了大家的承认，很快人们就忘记了之前大家争执得有多么激烈，他们听着这位吟游诗人给他们讲述有关乌鸦魔法师的神奇故事。通过阿盖的讲述，现实与奇迹相互催生着。他甚至讲到了统治者，还隐约提到了能长出钱的那些植物。人们听完他的讲述后再转述给别人，转述的时候还要即兴润色一番。很快，一连串的故事就变成了众所周知的传说。经过没完没了的演变没过多久阿盖的故事就传遍了整个阿布瑞里亚，故事变成了谣言：统治者怀上了孩子，他还有一个秘密花园，花园里种着能结出美元的植物。所以从美国回来后统治者一直躲着所有人？所以统治者不停地给各种互助项目捐款，还告诉大家这些钱都是他和他的朋友从自己的口袋里掏出来的？

在步行的途中，有一天阿盖看到一根电线杆上贴着一张寻人启事，启事上印着的肖像似乎是乌鸦魔法师的。比肖像更令他感到惊愕的是上面写的名字。肖像不是照片，更像是警方用的罪犯速写。他想起自己同马乔卡利的谈话，当时他提醒这位外交部长人类的手无法画出乌鸦魔法师的肖像，因为他是很多东西：男人、女人、孩子、某个人头上的帽子、鸟、闪电、旋风！这张画像看上去就像耶稣和西吉奥库的集合体，而且寻人启事还为乌鸦魔法师提供了一笔赏金。

这是马乔卡利的大作吗？阿盖气愤地自问道。是马乔卡利吗？委派他寻找乌鸦魔法师的马乔卡利？他就这么言而无信吗？我转身没几分钟他就把乌鸦魔法师的画像贴遍了全国。

阿盖拨通了马乔卡利的电话。外交部长不承认自己批准了这种做法，他也想知道这件事情究竟是谁干的。

“查清楚是谁干的。不过，办这件事情的时候不要忘了抓捕乌鸦魔法师这件正事。还有一件事情。现在有很多谣传称统治者怀孕了，把这些谣言的始作俑者的底细也查清楚。”马乔卡利说。

阿盖并不知道自己已经莫名其妙地成了谣言的始作俑者。我会查清楚的，他向马乔卡利保证道。阿盖又上路了，上路之前他记下了寻人启事上的电话号码。阿盖在整个警局和情报网里有很多朋友，其中一些人欠他一个人情，在乌鸦魔法师和他的法力出名之前他早就向他们透露了乌鸦魔法师的事情。很快他就查清楚了寻人启事始作俑者的底细,不过他不太在意这个消息。这一切只是有人犯傻罢了,他告诉自己。乌鸦魔法师是不会被收买的,也不会上了别人的圈套,把自己拱手交出去。他打定主意不让自己陷入西吉奥库与马乔卡利权力争斗的游戏中。他不打算理会西吉奥库的计划,他只想继续寻找能为万事万物赋予生命的那个人。

"千真万确!我的上帝啊!信念和希望武装了我。我也不知道是怎么回事,如果一个劲听的话,我就会听到某个地方有一个声音在说:这个人就在这里。"

18

卡尼欧若一直想在报纸上看到自己的照片,媒体令他感到灰心和气愤,即使被提拔成了青年团高级团员,接着又出任了通天塔计划副主席,仍旧没有一家报纸对他流露出兴趣,所有的报纸都不曾刊登过他的照片。现在,在第一场讲座上看到两名记者正在安装照相机,他高兴极了。

为期一天的有关《有关培养青年及妇女遵照国家原则及统治者哲学思想的新教育提议的卡尼欧若备忘录》的讲座是将在全国各地举行的系列讲座的第一场,它的成功与否将决定很多事情。讲座被安排在埃尔代里斯的统治者大厅里举行,按照计划应该在上午十点开始。听众少得可怜,就连卡尼欧若的青年团团员们都懒得露面,他们以为这场讲座是专门为那些还没有把附和当作行为规范的人开设的。到了十一点,会场内就只剩下几位主讲人——一位附和学史教授、一位附和哲学及心理学教授、一位附和政治学教授、一位文艺附和学教授、一位附和科学教授,以及讲座的主持人卡尼欧若。他们坐在讲台上,等着有人走进来。到最后,听众就只有那两名记者。“咱们似乎活在非洲时间里。”卡尼欧若试着跟记者开起了玩笑。①

直到两点,期望中的学生还是没有出现,两位记者变得不耐烦了,他们问卡尼欧若,统治者几点会来?噢,所以他们才来得这么早?卡尼欧若在心里嘀咕着。他向报社暗示过统治者有可能会主持讲座的开幕式,十分清楚统治者目前状况的他其实甚至懒得向统治者提起这件事情。卡尼欧若告诉两位记者统治者不会来了,但是他发来了一封短信。记者问卡尼欧若能否给他们一份短信的复印件,这样他们就能走了。记者的态度促使卡尼欧若决定即便没有听众也要召开此次讲座,日头不等人,就连国王也不例外——他引用了一句谚语——况且他还不是国王。他建议焦躁的记者将照相机镜头对准讲台,不要对着空荡荡的听众席。他还主动表示愿意接受采访,只是要等到散会后。

卡尼欧若说在讲座结束前他会宣读总统府向讲座发来的贺信,就这样开始了讲座。他说自己还有几句话要讲。全国出现的排队热主要是由大学生掀起并推动的,不幸的是,他们树立的坏榜样得到了不少人的效仿……

没等继续说下去他就看到长长一队年轻人朝讲堂走来,他兴奋得赶紧改变了自己的话锋。

“当然,这并不意味着一直以来出现在各个地方的所有队伍都排错了,都是不道德的,”他一边说,一边示意记者将照相机对

---

① “非洲时间”是一个文化概念,指非洲和加勒比海地区的人民对时间持有的比较悠闲、散漫的态度,在一定程度上这是一个带有贬抑的概念,尤其是同严格恪守时间的西方生活方式相对。有时候这个概念也被称为“黑人时间”或“加勒比海时间”。

准走来的人群,“头脑聪明的人知道自己为什么要排队,也知道自己排的队在朝着哪个方向前进,就像正要走进讲堂的这些优秀的年轻人,由这样的人秩序井然地排起的队……让我们去门口迎接他们吧。”

急于让自己的照片出现在社论对页版上的卡尼欧若太激动了,在走下讲台,走向大门口去迎接年轻人的半道上差点被绊倒了。

突然,他发现自己已经被年轻人团团围住,他们挥舞着通缉令,通缉令上印着他同尼娅薇拉手挽着手的照片。青年们高喊着:他在这儿!他在这儿!眼前的混乱令教授们感到迷惑,等看到通缉令时他们纷纷从窗户跳了出去,嘴里还嚷嚷着他们受到误导才会参加恐怖分子组织的讲座。两位记者忙着摁快门,记录着非凡的一幕:学生们捆住卡尼欧若的手,一路拽着他,有的人在后面推着,有的人大摇大摆地走在两旁,通缉令被高高地挥舞在半空中。学生们将卡尼欧若带到了最近的警察局。

卡尼欧若将自己的身份告诉了警察,警察都不相信他说的话。别再扯谎了,他们指着通缉令上的照片说道,接着又改用斯瓦希里语说:不就是你拉着那个女恐怖分子尼娅薇拉的手吗?卡尼欧若也承认照片上的人的确是他,令他气恼的是他们连一句解释都听不进去,不停地用笑声打断他,尤其是在他叫他们给总统府打电话,证实他的身份的时候。终于,警察们提出给国务部长西吉奥库打电话,这位囚犯看上去惊恐极了,央求他们与统治者联系,这下子警察们对他的怀疑就更重了。

警察们最终还是给国务部长打去了电话,请示应该拿这名罪犯怎么办,西吉奥库和其他有权处理此事的领导都没有接电话。卡尼欧若在警察局被关押了一整夜。

他的照片，双手被绳子捆住的照片出现在两家主流报纸的头版上，在他的照片旁边配发着那张通缉令的照片。两条新闻的标题都是“学生将尼娅薇拉的同伙缉拿归案”。

令人啼笑皆非的是，正是这张照片和报道让卡尼欧若没有继续在牢房里待下去。一看到报纸助理高级警督卡海伽就拨通了总统府的电话，问对方他的上司为何会被捕，他应该怎么做。统治者下令立即释放卡尼欧若。

被问及通缉令的事情时，西吉奥库宣称自己没想加害卡尼欧若，他的兴趣只在于抓住尼娅薇拉，不幸的是他只有一张这个女人的照片，就是她拉着卡尼欧若的手的那一张。统治者还是头一次听说卡尼欧若同尼娅薇拉的关系，用他的话说就是，事情并非像看到的那样简单，我要将此事一查到底！不过，他还是命人将卡尼欧若的照片从通缉令上撤了下来。

卡尼欧若总是告诉别人自己是被双目失明的祖母抚养长大的，在他还是婴儿的时候他的父母就双双离世了。其实在他小时候过世的是他的祖母，看到他被人拖着走在大街上的照片后年迈的父母就从乡下的小村子赶到了首都。被捕事件发生的几天后报纸上就出现了卡尼欧若的父母在埃尔代里斯的大街小巷寻找他的照片。卡尼欧若遭到了进一步的诋毁。

尽管从监狱里被放了出来，但是照片第一次出现在报纸上就令自己蒙受奇耻大辱，对于这个事实卡尼欧若始终耿耿于怀。

19

经过这场煎熬，卡尼欧若将西吉奥库、学生和报纸视为与他作对的大联盟，他更加打定主意要对这些人进行报复。他先是放出受他指挥的暴徒,无论在哪里,一见到学生便将学生痛打一顿。这种做法酿成了一起全国性的丑闻,但是他并没有就此罢休。为了打击西吉奥库,他决定试一试亲自出手逮捕尼娅薇拉,让西吉奥库没有机会赢得这场竞赛。要想抓到尼娅薇拉,他首先就要抓到乌鸦魔法师,他一如既往地坚信魔法师与尼娅薇拉两个人有着某种关系。此外,他还能从魔法师那里搞到有关参加人民法庭的那些妇女的情报。

卡尼欧若设计了一份寻人启事,启事上最显眼的就是根据他多次同魔法师见面的记忆绘制的一幅模模糊糊的画像。在启事的底部他请求巫师通过电话同他取得联系,就目前波及全国的丈夫挨打事件回答几个问题。

他吩咐卡海伽严密监视西吉奥库与马乔卡利,窃取他们各自对抓捕尼娅薇拉与魔法师的计划。他还委派卡海伽负责销毁西吉奥库的所有通缉令,在各处换上他设计的寻人启事。他给了卡海伽一辆黑色的摩托车,好让他随意选择高速路或者乡间小道。卡海伽决定减轻压在自己肩上的重担,他要偷偷地跟着阿盖,充分利用阿盖找到的一切情报。

西吉奥库发动了反击。他扒掉了卡尼欧若的寻人启事,重新贴上了自己的通缉令。一场海报大战开始了。西吉奥库给了恩卓亚一辆金色的摩托车,命他专门监督海报大战的情况,恩卓亚认为对于执行新职责的最有效的办法就是偷偷地跟着卡海伽。

20

叫很多学生伤筋动骨地吃了苦头之后,再加上又相信自己有能力在海报大战,以及同两位部长的竞赛中获得胜利,卡尼欧若现在把注意力转向了媒体。只是他还没有找到惩罚记者的好办法。

机会自动送上了门。中巴车和大巴车开始了罢工,以抗议新颁布的法令。按照这项法令,乘客在登上一切公共交通工具之前不得排队。似乎乘客一直无视队伍不能超过五人的规定,还在继续排着长队。新法令要求人们要推推搡搡地挤上车。罢工使得全国几乎陷入了瘫痪,尤其是几个大城市,到最后工厂企业的老板们都开始抱怨说自己的生意被毁了。这种局面促使政府对法令进行了修正,既允许推推搡搡,也允许排队上车。在这里乘客排着长队,在那里乘客你争我抢地往中巴、大巴和火车上挤。最重要的是本来就希望出现混乱的政府减少了新客车营业执照的发放量。这个计划也波及了原先殖民政府建造的铁路交通系统,铁路遭到了破坏。混乱占了上风,人民自发维持秩序的一切努力都被统治者的政府视为对当局的挑衅行为。

在罢工的高潮阶段,有条件的人将计程车当作了日常交通手段,卡尼欧若听说扛着照相机等物品——当然还有他们的笔和笔记本——的记者在机场的地面交通终点站排起了长队,他甚至懒得查清楚这些人究竟是什么人,他们在机场究竟在干什么。他立即派出暴徒,也就是他控制的爱国公民,对记者们发动了突然袭击。突然遭遇到暴徒们冷酷狂暴的袭击,记者们立即四散逃走了。

卡尼欧若尽情享受着自己从记者和媒体那里赢得的胜利,他感到心中喷发出一股喜悦。

21

之前世界各国各地的媒体就纷纷赶来报道流传甚广的统治者怀孕的消息,现在他们又在报道中指出有组织的暴徒对前来核实这一传言的人民群众发动了攻击。报道不仅没有熄灭外界的好奇心,有关忠于职守的记者在统治者机场四散逃窜的新闻报道和电视画面吸引来了越来越多的媒体:传言肯定属实,外界都这样认为。毕竟统治者彻底从公众视线中消失了。情报部长大本·曼波对外界的断言提出了谴责,他的举动加剧了谣言的进一步扩散。不断有大批记者蜂拥而来,所有的酒店都住满了,记者们就在大草原的一座座土丘之间搭起了帐篷。土丘又多又大,一些眼尖的人不禁感到疑惑,什么样的蚂蚁能堆起这样的土丘?于是他们又开始报道阿布瑞里亚的这种奇异景象。报道又吸引来了游客。到目前为止,除了以性爱为名的海滩和动植物,庞大古怪的蚁丘和一起超乎寻常的怀孕事件成了新的旅游热点。统治者为旅游业的急剧增长做出了贡献,他本人却对这种状况感到怒不可遏:对于他的身体状况在美国期间他们还设法保守住了这个秘密,反倒是在阿布瑞里亚,在他的话就等于法律的地方这件事情却变成了全世界的话柄。他的男性雄风遭到了沉重的打击,对于魔法师的留言带给他的痛苦他当然要怪罪于马乔卡利。

正在气头上的时候他接到了美国大使加布里埃尔·杰姆斯通的电话,对方要求他接待一下美国总统的特派代表。一切开始好转了。或许这位特派代表是代表美国这个超级大国前来为他在美国遭受的待遇表示歉意。他考虑过拒绝同特使见面,以表达自己对访美期间发生的事情感到不满,最终他还是觉得这样做并不明智。没有什么可轻视的,对方的道歉应该很动听。

22

大使加布里埃尔·杰姆斯通陪同着特派代表一起来了。全能的统治者在埃尔代里斯的总统府接见了对方,一起参加会晤的还有包括马乔卡利与西吉奥库在内的几位部长、刚被任命的中央银行总裁提图斯·塔基里卡、传记官卢米纳斯·卡拉姆-姆布亚。另外还有两名从统治者的特别行动小组里选拔出来的摄影师,按照指示他们要拍下来宾进入总统府和离去时的照片。至于其他照片,例如统治者接待来宾的照片,都要用没有装胶卷的相机拍摄。

看到统治者膨胀起来的身体,到访的客人并没有流露出惊讶的神色,特使开门见山地谈起了正事。华盛顿方面以及其他主要工业化民主国家的中央政府派他来转达他们对阿布瑞里亚国内发生的事情的关心,尤其是对国际媒体成员无缘无故的袭击。他们还对这个国家反复出现的排队热表示了关心,尤其是排队问题的反对者和支持者之间的小规模冲突。他们担心阿布瑞里亚的法制体系面临着全面崩溃的危险,对阿布瑞里亚人民来说最可怕的莫过于国家落入为非作歹之人的手中,成为恐怖分子的庇护所。

从特使的嘴里听到"排队问题"这几个字,统治者感到自己遭到了训斥,对方是在指责他无法控制住自己的臣民。他讥讽地大笑了起来,打断了特使。他说阿布瑞里亚政府已经为外国新闻媒体遭遇到的不便道过歉了,他也对市民发出了严厉的警告,提醒他们不得再让西方记者遭遇到哪怕丝毫的不便。不过,现在需要换位思考一下。彰显秩序、组织和纪律的排队是彻头彻尾的西方观念,他们不应当忘记现在他们是在阿布瑞里亚,在非洲,这里的人民更多地受着情感,而不是理性的指引,因此对阿布瑞里亚人来说争抢是"自然而然的事情"。"您的大使应该告诉过您我们的人热情好客、心胸宽广,就是脑子里没有塞满各种概念,所以我们热爱跳舞,喜欢开门迎客。可是,客人要按照主人定下的待客之道行事。所以,身在阿布瑞里亚,就得像阿布瑞里亚人那样办事。"统治者说。

统治者继续向客人保证说对于未经批准的队伍他们用不着担心,也不必怀疑他制止这种现象的能力。说完他便停下了,派人叫来了军队和警局的负责人,他想让他们为客人粗略地讲一遍在他的要求下他们已经采取了一定的措施,给了未经批准的队伍,尤其是妇女队伍一些令他们终身难忘的教训。事实上统治者并没有给武装部队领导人发言的机会,他自顾自地继续说着。他提醒大使和特使应当记得他在出任阿布瑞里亚总统之初的所作所为,美国似乎已经忘记了在冷战初期正是他镇压了阿布瑞里亚的共产分子叛乱。

"你们听到我笑了,或许你们想知道我为什么发笑。一个超级大国竟然如此健忘真是让我感到有些不解。"他继续说道。

想当初在短短七天的时间里他就除掉了七千七百个市民,这些人在各大城市举行抗议活动,要求政府进行社会改革,他们的行为对国家的稳定造成了威胁。想起往事自豪感在统治者的心中油然而生,他告诉自己要抓住机会,向对方表明他没有忘记如何运用铁腕策略对付唱反调的人,从而同老朋友重修旧好,赢得他们的信任。

他不慌不忙地说:"以前我怎样对付共产分子,现在我就能用同样的手段对付恐怖分子!"说完他将目光转向了军队和警局的负责人。

"没错,我们在等待着这群散兵游勇的到来,最早是一名摩托骑警向我们报告说他们已经接近首都了。接下来我们就要用装甲车和新式武器将他们包围住。那些武器还是以前你们出售给我们的,有些年头了,不过对付手无寸铁的平民还是绰绰有余的。"军队领导人说。

“一场全国性的大屠杀。要在电视上播出。直播。”警方负责人怀着明显的自豪补充道。

“你们已经听到了当事人自己是怎么说的了。”说完统治者将目光转向了特使与杰姆斯通大使，“一切尽在掌控中，用不着害怕会对你们和我们的利益造成威胁的那些人，炮火在等待着他们。”他接着说道。

特使清了清嗓子，说：“您其实已经提到了我们的总统希望我能与您进行协商的一个问题。西方和文明世界永远对您在挫败邪恶帝国的斗争中发挥的作用心存感激，现在我们要开始着手新的使命，建造一种世界秩序。所以现在我要拜访我们的每一位朋友，告诉他们与世界保持一致的步调。传道者说过，凡事都有定期。[①]奴隶制一度也没有什么问题。它完成了任务，当它无法继续创造资本的时候，它便萎缩了，自然而然地消亡了。殖民主义也没有什么问题，它传播了共享资源和市场的工业文化，但是现如今再想复兴殖民主义就大错特错了。冷战一度主宰着我们对国内和国际关系的任何一个计划。可是冷战已经结束了，我们现在正处在冷战后的时代，我们的考虑受着法律和全球化需要的影响。一言以蔽之，资本的历史就是对自由的寻找。自由在扩张，现在它有了登上全世界这个大舞台的机会，它需要一个民主空间让它迈开脚步，这是它自己的必然需求。所以，我来这里是来敦促您开始考虑一下将您的国家转变成民主社会。天知道！或许在您的祝福下，您的某些部长甚至有意组建反对党。”

“不，不，”部长们急忙异口同声地说道，“在阿布瑞里亚我们知道只有‘一个真理，一个党，一个国家，一位领导人，一位

---

① 出自《旧约·传道书》。

上帝’。”

“你们的观点和我们的其实大同小异，让我向您阐明我们的立场吧。我们不可能在旧的冷战政治体系下建立新的全球经济。我们想说的是，多个政党，一个目标——一个自由稳定的世界，在这样的世界里货币可以跨越国界自由流通，这样的世界里不存在过时的民族国家被引入歧途的民族主义所建造的樊篱。我们的目标就是开放全世界的资源和能源。你们这些国家和国民都将从中受益。”特使解释说。

当着部长们的面受到一番说教令统治者感到愤怒，他把他们叫来是想让他们亲耳听一听一位特使向他道歉。他们不仅没有听到“对不起”，反而听到他被训斥了一番，对方还吆五喝六地给他下了命令。他强忍着心头的怒火，他不知道自己同华盛顿、伦敦、柏林和巴黎的关系怎么会变得这么糟糕，糟糕到逼得他们专门派了一位特使来当着他的内阁部长们的面对他进行一番苛责。在冷战的那些年月里，他们常常盛情称赞他能快刀斩乱麻地让成千上万的同胞永远闭上嘴巴。现在呢？就算他向他们保证自己准备像从前那样再一次为他们卖命，他们却只是给他上了一堂关于克制和新的全球秩序的课！尽管受了伤，他依然保持着自己的尊严。他必须向自己的部长们表明他不惧怕这位特使，哪怕他是西方世界派来的。

“特使先生，我想让您知道我们的国家是一个独立的国家，我们不允许自己一直受到西方的命令。我们已经对殖民主义说再见了，让它留在污秽的二十世纪的历史里了。我想提醒您我们是在非洲，我们也有我们自己的非洲式统治方式。适合美国和欧洲的民主制度并不一定就适合非洲。我国有一句老话，人不会按照邻居的需要盖房子。正如你们美国人说的那样，我们不想‘跟别人比阔’。”

“我们是您的朋友，坦诚布公的交谈能加深友谊。”特使回答道。

“那就让咱们求同存异吧。”说完统治者用有些不耐烦的口气问对方他来阿布瑞里亚是不是只是想说这些的。

特使说实际上他还带来了一条口信，只是恐怕这条口信只能让统治者一个人听。他一边说，一边不安地瞟了一眼诸位部长。

统治者原本指望着对方能当着部长们的面向他表达歉意，特使刚一来就向他道歉的话就能够减轻他在美国期间当众受到的羞辱。不过，现在他还是露出了喜悦的神色，部长们终于可以看到他和美国还是那么亲密，以至于全世界最有权力的总统派来的特使要单独给他转达一条口信。

部长们退出了房间。特使没有浪费时间说客套话：

“正如几分钟前我说的那样，朋友之所以是朋友就是因为他们能对彼此畅所欲言。所以我的总统才会派我来这里，因为他和西方各国的领导人都对有关您的身体状况的报道感到担心——您也知道，呃，有些想法很难用语言表达出来。阁下，我相信您也知道我想说什么：促使世界各国媒体纷纷拥向你们国家的谣传。我们也听说了您考虑建造，或者说培育一种能繁殖出美元和其他西方货币的造币植物。我相信您清楚任何未经授权的印制及发行美元的行为不仅触犯了国际法，而且会破坏我们美国经济和全球经济的稳定，西方社会是不会容忍这种情况的。当然了，我们根本不相信有这回事，这些谣传也不值得我向您求证它们是否属实。不过，还是有几件事情我们不太清楚。您曾公开表示要建造一种当代的巴别塔，您将这个计划称作‘通天塔’。您在西方社会的朋友想问您一个问题：全能的阁下，您可曾考虑过慢慢来？我的意思是，比如歇息一阵子，度个假之类的？我想你们的祖先曾经说过老人要把智慧的火炬交给年轻人。您有一批年轻的部长，他们爱您，又跟您有着一样的远见卓识。他们在我们面前也是这么说的。我们不禁想问您——总统叫我务必告诉您这只是朋友们对您的建议——您为何不让自己轻松一下，将总统的职位让给这些年轻人中的某一位，这样他们就能让您从日常的压力中解脱出来？你们的祖先道出了年岁和智慧的核心问题。您可以成为一位政坛长老，将您从自己长期从政经历中的建议和意见提供给其他人。"

假如这位特使是阿布瑞里亚人，他必定当即就会看到行刑队出现在他的面前。统治者太明白他们想对他说什么了：他已经太老了，没有能力治理国家了。只是他们的立场令他感到不解，他们的建议听上去显然是自相矛盾的谜语。他们警告他不要滥用武力，几分钟后又说他已经没有能力行使权力了！他们怎么能先是叫他不要派兵镇压自己的人民，接着又说他已经老得干不动这些事情了？他真想把他们赶出去。他拼命保持着镇静，他想知道在他们的心目中他的继承人会是哪一位部长。

特使以为统治者被软化了，正在认真考虑他的提议，于是他抓紧时间让提议变得更加吸引人。

"谢谢您，即使只为了您能对我的建议加以考虑。阁下，您充满智慧，西方社会向您保证您会带着全部财产退休，您的家人和朋友都会毫发无损。我们甚至还会让您的财富得到成倍的增加。此外，我们还保证您的继任者会颁布一条法律，以确保您永远不会因为在任职国家元首期间参与的任何行动受到审判。当然了，如果您觉得自己有必要移居到其他国家，也会有人为您安排好一切的。"

"我得向您说一声谢谢，因为您说出了真相。我们这些当统治者的都很自负，我们从来意识不到年纪在敲门，接着就舒舒服服地栖居在了我们身上。”他拖着疲惫的声音继续说道，“不过，相信我，我也常常考虑卸下领导国家的重担，这样我就有时间和我的孙儿们共享天伦之乐了。问题就在于我不知道究竟应该把大权交给我身边的哪一位年轻人，好让他指引着这个国家朝着正确的方向继续前进。”

听到统治者的回答特使很欣喜，他随意地用马乔卡利的名字当作了例子。

“在您上一次出访华盛顿期间他给我们留下了深刻的印象。他年轻，似乎脑子也很够用。他热爱您的哲学思想。他不动声色，考虑问题很理性，我们这些西方人同他打交道肯定没问题。不过，这只是您的朋友自己的观点，挑选和培养继任者的事情当然完全取决于您。”

统治者的脸上保持着平静，心里却只想把自己的权杖朝客人砸过去。他的病，他的身体的膨胀会不会是这些人搞的鬼？没准他们在他的饭里下了什么药，很有可能就在华盛顿的那场祷告早餐上，他们这么做就是为了用男人怀孕的罪名暗中削弱他的地位。

“我的座右铭是‘是朋友就该直言相告’。”说完统治者轻轻地笑了一下，“不过，我相信你不会指望现在我就能给你一个答复。我肯定要考虑一段时间。请你向你的总统转达我对他的祝福和感谢，告诉他尽可以相信我依然老当益壮，精神矍铄。”

特使与杰姆斯通大使告辞了，他们觉得自己成功地完成了任务，直言不讳地转达了西方社会对统治者的警告、威胁和希望。他们也很欣赏统治者的反应，后者甚至还表现出了一丝幽默。

统治者可不这么想。一时间他怀念起了冷战时期，那时候他将各方势力玩弄于股掌间。现如今呢？世界上只剩下一个超级大国，它只知道让别人向他献媚，从来不知道如何讨好别人。不然，莫不成是他误解了特使的意图？

这天夜里统治者回想着白天的谈话，某些巧合突然令他感到有些蹊跷，尤其是特使提到怀孕和年龄的问题，尽管他还在其间穿插了非洲谚语。完全是巧合吗？美国人、马乔卡利，还有乌鸦魔法师，他们联手了？他苦笑了起来。这里是阿布瑞里亚，不是美国，我才会笑到最后，他用英语说道。他知道阿布瑞里亚只有一位统治者，他的名字叫作“阿布瑞里亚统治者”。在他登上了权力宝座的过程中美国或许帮助过他，但是现在已经不是二十世纪了，现在他要自己当家做主，他再也不会让美国人来告诉他应该什么时候退位了。

想明白了一切，他终于平静下来了。

他要叫西方选中的继任者马乔卡利立即将乌鸦魔法师活着带到他的面前。他还从来不曾如此强烈地想要占有这位魔法师的法力。

第三部分

1

没有人知道他是否回到了阿布瑞里亚，还从来没有一件事情能像他从美国逃走一样激起这么多的争论。可是，乌鸦魔法师真的逃走了，或者只是消失了？就连阿盖也说不清楚，说到他们去了纽约机场，却看不到乌鸦魔法师的人影时，他就会停下来，回味起当时的痛苦和悲哀。他的悲伤很有感染力，听众们立即安静了下来，互相打量着，仿佛是在问怎样才能让他打起精神。他们会给他买一两瓶啤酒，伙计，润润嗓子吧，然后催促他继续讲下去，再多讲点吧。听过故事的人回家后，为了打发夜晚的时光就会讲起一个酒鬼宣称乌鸦魔法师失踪的时候自己就在美国的故事，接下来他们就讲述起了他们自己有关魔法师的传说。就这样，阿盖的每一位听众都讲出了新的故事，而且每个人都固执地宣称自己的版本才是最权威的。有的人还用自己心目中最神圣的东西发誓说自己确信乌鸦魔法师被美国移民局羁押了，因为他没有合法的签证。

他们错把他送上了飞往秘鲁的飞机，秘鲁当局不允许他入境，理由当然是因为他没有签证，结果他们又把他送上了开往新西兰的飞机，在那里他的运气也同样差，就这样一个国家接着一个国家，不停地飞来飞去，下了飞机，又上了另一架飞机，就这样他的阅历越来越丰富，尽管他不能踏上任何一个国家的土地，到最后他还是走遍了世界各地，从莫桑比克到蒙古，从哈萨克斯坦到喀麦隆，从坦桑尼亚到塔斯马尼亚，从夏威夷到香港，从印度到冰岛，从肯尼亚到朝鲜，一个没有家的人，一个世界公民。另一些人说事情不是这样的，乌鸦魔法师从一个国家辗转到另一个国家的说法根本不是事实，他们断言美国移民局只是把他关了起来，因为他没有证件表明自己的身份和来源地，直到今天他还被当作恐怖分子嫌疑犯关在监狱里，要不然就是在纽约的街头被黑社会杀害了，因为他拒绝把发财树的秘密告诉他们。

没错，乌鸦魔法师的确还在美国，还有一些人会这样说，但他不在监狱里，除非你把中小学和大学算成监狱。他被招进了一所巫术学校，目前他正在努力争取有关古代和现代巫术的比较巫术学博士学位。其实还有什么能吸引他回到这里呢？一个道路崎岖、抢劫横生、致命病毒肆虐、医院缺乏药品、四处蔓延又毫无缓解迹象的失业问题、每天都充满不安全因素的生活、随处可见酗酒现象的阿布瑞里亚？没错，领导人扼杀了希望的阿布瑞里亚？他就应该待在美国，掌握那些能够发明出传真机、互联网、电子邮件和夜视技术的巫术，能够创造出培育人类器官，甚至能完整复制动物或人类的实验室的巫术，能够发明出驱使自己走向战争和其他世界的神奇物品的巫术，掌握能让美元统治世界的巫术！有些人会说“阿门”，哪怕这句话有时会引起更多的争执：你为什么要说阿门？你在阿门什么？

有关乌鸦魔法师在美国的不同说法为了占上风争得不可开交，不过所有的说法都有一个共同点，它们都在试图解释为什么就是找不到乌鸦魔法师，尽管有关他的海报贴遍了全国各地。各种版本的故事都提出了同一个问题——在阿布瑞里亚这个人能藏到哪里去，以至于躲过了统治者无处不在的耳目和爪牙？

好吧，好吧，一些人会喊叫起来，咱们还是不要七手八脚地乱掺和了。咱们就听着吧，一个接一个的故事听下去，不过咱们也要对讲故事的人劝一句，盐多饭难咽啊。

这些传言究竟有没有真实的成分？之所以存在这种疑问就是因为大多数人的消息来源都是阿盖本人。即使各种说法千差万别，阿盖总是会信誓旦旦地说所有说法都是真的，他还辩解说正如大洋的水来自于不同山川孕育出的河流，人们可以谈论小溪、河流、大海和大洋，但是每个人其实谈论的都是水，关于乌鸦魔法师的不同说法也是这个道理。

阿盖的解释又唤醒了听众对答案的热情，促使他们又追问了起来：究竟出了什么事情？他们会这样问，大伙的目光全都集中在了阿盖的身上。

2

从美国回到阿布瑞里亚的时候乌鸦魔法师卡梅特原本打算直接回家，跟尼娅薇拉守在一起。他太想家了，他感觉自己已经离开家很多年了。可是他不由自主地想到早在动身前往美国之前自己的生活就已经变成了噩梦。他被抓了起来，同塔基里卡关进同一个牢房，然后又被放了出来，被人送上了开往美国的飞机，在美国他没能再见到统治者的随行人员。在纽约他亲眼见到、亲身经历了以前他做梦都没有想到过的事情。他问自己，既然我已经回来了，我有能力找回自己原先的生活，不再被拖回到统治者他们那伙人的烂摊子里吗？西吉奥库们、马乔卡利们不会再来打扰我了吗？他只想和尼娅薇拉在一起，继续为疾苦的百姓治病。心里想着这些事情卡梅特坐上了一辆从机场开往埃尔代里斯市中心的公共汽车，下车后他又换乘了一辆开往圣卢西亚的中巴车。

车上有人在议论统治者访问美国的事情，卡梅特不禁想到倘若告诉他们统治者得了一种自发性膨胀的病，他们会有怎样的反应？倘若我告诉他们我刚从美国回来，我就在华盛顿广场和纽约大学附近的曼哈顿的第五和第六大道之间的 VIP 酒店跟统治者和他的随从分开了，他们又会怎样？

一大早他就回到了圣卢西亚。之前他一心想着和尼娅薇拉相守在一起的美好未来，到了即将团聚的时刻他却不知道在见到她的时候自己会有什么样的反应，他也不知道圣地的情况如何。他应该飞奔过去一把将她搂在怀里吗？还是藏在篱笆背后，悄悄地从她身后走过去，用手捂住她的眼睛？

只剩下大约两百码就要到家了，他突然停下了脚步，揉了揉眼睛。没有看错吗？他又看了过去。我走错了方向？即便双目失明，他也摸得到回家的路。他加快脚步走了过去，可是走得越近，他就越是感到胳膊和腿都没有了力气。他突然一动不动地站定了。

那里曾经矗立着他和尼娅薇拉一起建造的家，他的家，他的圣地，现在却只有一堆被烧焦的黑乎乎的烂砖头。

3

几码外站着一只猫，那双绿幽幽的眼睛盯着卡梅特。卡梅特疲惫地走在废墟上，捡起一样又一样东西，接着又任由它们从他的手里滑落掉。我该去哪里找她？他问着自己，一边坐了下来，考虑着自己接下来应该做些什么。如果火灾不是一起意外事故呢？

他可以向邻居们打听究竟出了什么事，只是最近的邻居距离他们也都有些远。同他们接触的时候他还必须小心一点，以免他的身份以及他对这件事情的关心令他们产生怀疑。

卡梅特找到的邻居们都表现出一种不安的样子。他向他们打了招呼，也得到友好的回应，可是只要一提起乌鸦魔法师的圣地时，他们的神情和举止就变了，友善的眼睛里出现了恐惧的神色。我不知道你在说什么，他们一边说，一边慌慌张张地就走掉了，或者立即又忙起了手头的事情，要不就当着他的面砰的一声关上了门。

他碰到了一位老人，老人的肩头扛着一根棍子，棍子的一端吊着一个包裹。他同样先是礼貌地向老人打了招呼，接着就问起了被焚毁的圣地。老人拔腿就跑，嘴里还嚷嚷着，仿佛想让全世界都知道他在逃命：我的脚后跟都冒烟了；你可是亲眼看到了我跑得快得让脚后跟都冒起了烟！换作以前幸福的日子，卡梅特应该会哈哈大笑起来。

卡梅特坐在一堆土丘上，用两只手蒙着脸，似乎是想克制住眼泪。他沮丧极了。在美国的时候他给她打了电话，电话已经停机了，在阿布瑞里亚这不算什么新鲜事，他也就没有多想。现在，他真希望当初自己能和尼娅薇拉用一下那部手机。

突然,他感到有人来到了他的身旁。他睁开眼睛,惊讶地看到那位老人站在眼前。他没有听到他的脚步声。

“你干吗问我那座房子的事情?”老人问他。

“我只是想知道出了什么事情。”卡梅特回答道。

“为什么? 你难道看不出来那座房子被烧掉了吗?”

“谁烧的?”

“你相信上帝吗?”老人问道。

卡梅特想说粗话,随即他又忍住了。

“是的,我相信。”

“你相信他就是主,是天上和人间的统治者吗?”

“我对宗教没有多少兴趣,不过您说得没错。”

“赞美主!”老人提高了嗓门,仿佛他想让路过的人都听到他的话。

“这是一场事故,还是有人故意放的火?”卡梅特恼怒地问道。

“事故? 赞美主!”老人又念叨了一遍。

“有伤亡吗?”卡梅特觉得老人一定是疯了。

老人没有回答他的问题,只是微微地俯下身子,看着卡梅特的眼睛,轻声说了起来。

“你刚才不是说你相信上帝,天上的主吗?”

“怎么了? 上面有多少位上帝?”卡梅特不耐烦地反问道。

“问得好。只有一位上帝,但是有很多主。你想过吗?”

“求求你了,不要再跟我猜谜语了。你想说什么就直说吧。”

“我只是想让你知道天上的上帝公正又智慧。”

“所以?”

“他做事的方法很神秘。”

“那又怎样?”卡梅特绝望地问。

“赞美主,感谢住在我们头顶之上的全能者(上帝),”老人嘴里咕哝着离去了,“赞美上帝!”他大喊了一声,随即就消失了。

4

这个人想要告诉他什么?主可能在天上,也可能在凡间。烧毁圣地的人多少跟统治者有些关系。赞美主。没有人受伤,也没有人死亡:为了这个赞美主。这种理解令卡梅特感到一丝安慰。尼娅薇拉肯定还活着。可是她在哪里?她有没有受伤?她住院了,还是被捕了?怎样才能找到她?该从哪里找起?如果尼娅薇拉已经被捕了,报纸上就应该出现有关此事的报道。他仔仔细细地翻了一遍《埃尔代里斯时报》,没有什么结果:近期的报纸都没有提到尼娅薇拉、“人民之声运动”和纵火事件。他又装成是《埃尔代里斯时报》的记者去了警察总局,声称自己是去了解近来全国各地的抓捕行动和灾祸事故,仍旧是徒劳一场。他又去了医院,依然什么也没有打听到。

一天接着一天,一个星期接着一个星期,他不停地寻找着尼娅薇拉。他越来越瘦,已经变得不像刚从美国回来时的那个他了。在寻找的过程中他也没有听到坏消息,有时候他十分确信尼娅薇拉还活着,自由自在地活着,有时候他又不禁问自己她会不会是被西吉奥库手下的秘密警察关押了起来。以前每次为西吉奥库占卜的时候,他总是会看到尼娅薇拉出现在人群中,于是他开始专往人群里钻,只要是有人聚在一起做好事,他就要过去看一看她是否也在其中。

他走遍了全国各地的天主教、新教、东正教的教堂,伊斯兰教的清真寺,印度教和锡克教的圣地,犹太教的会堂,在供奉神明的地方也都没有见到尼娅薇拉的身影。

在四处寻访的路上他看到了长长的队伍,移动得那么缓慢,却毫不动摇的队伍,他不知道这是新出现的队伍,还是以前的队伍还在继续。不管是新是老,这个问题对他都无关紧要,他只看得到也许栖居着尼娅薇拉灵魂的人群。他在一条条队伍中寻找了起来。他没有走进队伍,只是在队伍的旁边跑着。他把脸转来转去,因为有时队伍在他的左边,有时在他的右边。每一天,每一个地方,队伍一直在成倍地增加着,这样的寻找令他的脖子不堪重负。

有一次他看到了一条长队,这条队伍似乎比他之前见到的任何一条队伍都排得更整齐,队伍的目标通过一首歌清晰地表达了出来:

人民曾经能说话
人们曾经能说话
把声音还给我
人民曾经能说话
把你从我这里抢走的声音还给我

这一幕每一天都在改变。他看到越来越多的人唱着这首有关人民之声的歌,朝着埃尔代里斯进发着。他依然执着地搜寻着,就像摩托骑警那样尾随过大部分队伍,到最后只看到这些队伍没有头,也没有尾。

一个念头凭空冒了出来:要是尼娅薇拉离开了他,已经找到了另一个人,或许就是他们的队伍中一位年轻的同志,他该怎么办?他想起了后来死于致命病毒的玛格丽特·瓦里娅拉离开他时的情景。是不是他的身上有什么东西促使他最心爱的人远离他?他尽力了,他怎么也想象不出尼娅薇拉会不辞而别。话又说回来,难道当初他就想象到了瓦里娅拉这么一个不起眼的女人会去给大酒店的游客卖身?

瓦里娅拉的形象令卡梅特乱了阵脚,他开始在全国各地如雨后春笋一样冒出来的酒吧里寻找了起来。酒吧里卖着各种牌子的啤酒和烈酒,喝醉酒的人都说自己选择的牌子才是上等货,有人说,就有人反驳,打架斗殴时有发生。他滴酒不沾,最多只喝一瓶汽水,就那样尴尬地站在一旁,或者坐在角落里。

渐渐地他也时不时地体会一下同酒徒们混在一起的感觉。一开始一天他只允许自己喝一杯,日复一日,他的酒量越来越大。啤酒成了他的圣地。醒来后他仍旧是一副恍恍惚惚的模样,眼看着现实就要将自己吞噬掉的时候他就立即冲进自己的圣地,求得酒精的解救。酒精从来没有让他失望过,总是能抑制住他心中的忧虑。

他的钱用尽了,他不再寻找尼娅薇拉了,每天他都在忙着寻找更便宜,但是更浓烈的酒。想起尼娅薇拉,甚至是乌鸦魔法师的时候,他都以为这两个人都是他在很久以前的一场梦里见到的,那时候他还在一个遥远的国家。现如今他结交到了新朋友,像他一样的酒鬼,没有钱的时候他就会向朋友们讨要上一两小杯。

酒吧的客人不停地讲着故事,开着粗俗的玩笑。一天,在一个酒吧里卡梅特看到一个人在给满酒吧的人读一本书,《十字架上的魔鬼》①。一喝光酒杯里的酒,这个人就停下来,宣布他的鸟喙需要润一下。等周围的人重新倒满他的酒杯后他才会继续念下去。看到这个人成功地搞到了免费的酒,卡梅特也摇身一变,成了一个说书人。他告诉人们有一次他在一座垃圾堆上抛下了自己的

① 《十字架上的魔鬼》是本书作者于1980年出版的小说,用吉库尤语写成。

肉体,像鸟一样飞到了半空中,垃圾清洁工正要把他的躯体埋掉的时候他又回到了自己的躯体。他的故事只打动了一个酒鬼,那个人一直独自缩在角落里,仿佛在躲避什么。之前他几乎没有说过话,现在他突然提高了声音:你说什么?

听到这个人开口其他醉汉都大吃了一惊,他们交头接耳地问道:巴兰的驴子终于又开口说话了?① 卡梅特心想自己终于引起某个听众的兴趣了,于是他把这个故事重新讲了一遍。那个酒鬼被人们叫做“拐杖先生”,因为他总是招摇地带着一根有十字形手柄的拐杖。他走了过来,直勾勾地盯着卡梅特,他的眼睛里流露出类似于恐惧的目光。他摇了摇头,又走回到自己的座位上,嘴里念叨着,不,不可能,他没有像另一个那样背着包裹。他也没有犄角。尽管如此,一直待在那个酒吧的他还是去了别处,后来又从一个酒吧换到另一个酒吧,每到一处就告诉好奇的人,在一个座位上坐得太久,屁股都坐腻了。

还有一次,卡梅特告诉同样一群客人自己变成了一只鸟,飞遍了整个非洲和加勒比海大大小小的岛屿。这种故事对他的听众来说太过分了,他们告诉他带上他赤裸裸的谎话,去别处糊弄容易上当受骗的人去吧。不知道为什么他讲的故事,要不就是他的讲述方式始终没有能力带着听众遨游他们从未踏足过的地方,在他们的眼前展示出他们从未见过的奇观,让他们暂时忘却充满不幸的日常生活,所以他们没有给他添过几杯酒。虽然不甘心,他还是放弃了。没有多少酒倒进杯子里,有时候他就早早地离开酒吧,回到他现在的家,已经被夷为平地的圣地。在圣地里醒来的时候他会看到一只猫依偎在他的身上,就是他最初来到这堆焦炭废墟时碰

---

① 出自《旧约·民数记》,巴兰是一位先知,他有一头会说话的驴子。

到的那只猫。就像那天一样,猫“喵”地叫上一声便走掉了,他不禁自问是不是应该跟上它,只是他从来没有这样做过。

一天夜里,卡梅特从自己最喜欢的酒吧里走出来,看到墙上的一张海报时他突然站住了。海报上的画像多少有些像他,至少是身体和头脑被酒精控制之前的他。不,那不是他的脸,不是以前的那张脸,也不是现在的这张脸,他从来没有留过那么长的头发,胡子也让他看起来像是一个黑人耶稣。他凑了过去,摸着海报,那张脸现在又略微有些像西吉奥库了。海报上的文字写道:乌鸦魔法师。悬赏找人。他揉了揉眼睛,又打量起海报。上面还写着一个电话号码。为什么要悬赏?为了什么事情?赏金是给他的,还是给把他交出去的人?他完全不知道自己该做什么,尤其是接下来的日子里他又看到了一些内容同之前的海报相抵触的新海报。

一天下午他去了自己经常光顾的“卖给我死亡”酒吧,他已经酩酊大醉了,可是他还是想再喝上一杯。突然他看到一辆没有人的红色摩托车靠在墙上,在那面墙上就贴着一张有着西吉奥库面孔的长胡子耶稣基督的海报。海报没有令他分心,事实上他已经不再为海报大战感到不安了。

他看着酒客们簇拥在一个说书人的周围,这个人讲的故事和他讲故事的方式都能极大地激发起听众的想象力,有些人甚至忘记了自己来酒吧是来喝酒的。他羡慕这样的人,即使喝醉了也还在羡慕他们。故事的高潮到了,讲故事的人突然压低声音,向听众暗示他知道一些有关总统怀孕的事情。人们打起了口哨,随即又变得鸦雀无声,等着继续听下去。怀孕的总统?

“千真万确!我的上帝啊!”讲故事的人提高了嗓门。

5

卡梅特看不清那个人的脸,但是那句"千真万确！我的上帝啊"一下子把他的瞌睡和倦意全都赶跑了。上一次听到这句话是什么时候？在哪里？

"就连白人医生也被这种奇怪的事情搞得不知所措,"那个人继续讲着故事,"乌鸦魔法师呢？噢,没有,他没有慌。他们读那封信的时候我就在飞机上,我全都听到了。信上写着:总统先生,您怀孕了,谁都不知道您怀的是什么。"

卡梅特心想这个人是谁？竟然重复得出我的留言。他为什么要曲解我的话？他为什么要把我的话变成谎言？他觉得不能再让这个故事贩子继续歪曲他的留言了。他感到自己就像一位作家,别人高抬他的作品只是为了将作品从形式到内容完完整整地歪曲一遍。他已经喝醉了,但是他觉得有必要维护一下自己的留言。

"不!"他听到自己用斯瓦希里语喊道,"信上不是这样写的!"他看到了一群错愕的听众。

人们扭头看着卡梅特,在这个酒吧或者其他酒吧里看到过他的人都没有理会他,他们以为他只是那个一直试图抢先透露结局的醉鬼。反倒是讲故事的人对他的插嘴流露出了兴趣,又感到有些茫然。无论在哪里,没有人会质疑他的故事,这回他讲的跟以前一样啊。这个提出质疑的人是谁？"不！不是这样的。马乔卡利是我的证人。我在那里把字条留给他了,就在前台,没错,是,我的意思是酒店前台——唔,他们管那个酒店叫什么？VIP。纽约,没错,纽约的要人酒店,还有那么多的黄色计程车和黑色的垃圾袋。为什么是黄色的？为什么是黑色的？别问我。得啦,我刚才说到哪里了？我的信是写给一个人的，只是写给那一个人的，马乔卡利，外人部长，我是说‘外交’。我只想告诉他一件事情。‘你要小心一点。’为什么？现在我要再说一遍。‘这个国家怀孕了，至于他会生出什么，谁也不知道。’就这些。我可不能再为我说的这几句话跟别人斗嘴了。我要走了……”

卡梅特摇摇晃晃地朝门口走去，还没走到地方几个听众就脱口而出：这个醉汉说出了真相。这个国家有些不对劲。随即他们突然闭住了嘴巴，他们全都被出现在眼前的一幕吸引住了。之前讲故事的那个人惊恐地哆嗦着，跑着追了上去。他想要撵上醉汉。

“乌鸦魔法师，”讲故事的人喊了起来，“你不记得我了吗？我是阿里盖盖·盖瑟利啊，也叫阿盖。”

奇怪的事情还没有结束。一个刚刚来到酒吧的人高声喊道：“乌鸦魔法师！我是以利亚·恩卓亚，送您去机场的那个人，还记得吗？”

卡梅特丝毫没有显出认识他们的样子。

酒吧外传来了摩托车的咆哮声，没过几秒钟骑车的人就站在了门口，上气不接下气地说：“乌鸦魔法师，我是彼得·卡海伽。您还记得我，是吧？”

卡梅特甚至没有张一下嘴。

阿盖、恩卓亚与卡海伽三个人异口同声地说：总统府正在找您。

被称为“乌鸦魔法师”的卡梅特·瓦·卡雷麦雷似乎没有听到他们三个人的话，他继续摇摇晃晃地朝门口走去。三个警察跟在他的身后，酒吧里的客人又跟在了他们三个人的身后。卡梅特走出了酒吧，沿着马路踉踉跄跄地朝前走着，突然他停下了脚步，朝着路边的草地吐了起来。他倒在地上，躺在了自己的呕吐物里，几乎转瞬间就打起了呼噜。

一直跟在乌鸦魔法师身后的阿盖、恩卓亚与卡海伽突然激烈地争执了起来,每个人都宣称最先逮捕魔法师的人是自己,自己才有权将魔法师押送回去,交给将这项差事派给自己的上司。躲在安全的地方看着他们几个人的酒吧客人后来说他们三个人吵得越来越厉害,到最后他们都掏出了枪,要不是最终各让了一步,他们肯定就要向对方开枪了。他们决定绕过西吉奥库、马乔卡利与卡尼欧若,直接带着乌鸦魔法师去总统府,面见统治者,他们都同意由于阿盖的资历最深——他是高级警督,另外两个人是助理高级警督——所以应该由阿盖给总统府打电话,提醒统治者悬赏的猎物已经捕获了。等到了总统府,他们再用手机给各自的上司打电话,告诉他们一切就要成定局了。这样一来他们三个人的上司就都不可能赶在对手之前知道消息,交出魔法师的功劳也就会记在他们三位警察的名下。

乌鸦魔法师什么都没有听到。他没有丝毫清醒的迹象,直到被绑在阿盖的摩托车后座上他还在呼呼大睡。恩卓亚开道,卡海伽殿后,三位骑警欢欣鼓舞地向着总统府疾驰而去。

6

刚才究竟出了什么事——被落在酒吧里的人七嘴八舌地争论了起来,每个人都竭力地向别人推销自己的观点。只有一个人不是这样,他躲在门背后,手里紧紧地攥着一根十字柄的拐杖,仿佛是为了保护自己。他的思绪完全被门外突如其来的那一幕吸引住了。他就是拐杖先生,自从先前听到卡梅特告诉大家自己曾经飘到了半空中,身体安睡在垃圾堆上之后,他就换了一个又一个酒吧。今天,他一直在躲避的这个幻影终于又找到了他。惊恐袭上了他的心头,一看到摩托车消失在了远处,他便悄无声息地离开了酒吧,手里依然紧紧地攥着他的拐杖。他不太相信自己竟然这么走运。一走到马路上他就朝相反的方向狂奔了起来。

拐杖先生一口气跑了七天七夜,就这样一刻不停地跑到了目的地,基督战士在圣卢西亚的指挥部。精疲力竭的他一头栽倒在几名基督战士的脚下,花了一会时间战士们才搞明白他究竟想告诉他们什么。

“几年前在大草原地区的一处垃圾场有三个垃圾清洁工遭到了撒旦的伏击,我就是其中的一个人。你们还记得我吗?自那以后发生了很多事情。为了保护自己不受到恶魔的伤害,我们三个人采取了不同的措施。有一个人加入了你们的组织,就像你们一直做的那样用《圣经》和十字架,还有天父说的话武装了自己。另外一个人,就是司机,他去全能者的青年团寻求保护去了,他们有枪,有鞭子,还有统治者的命令。我做了一件蠢事。我一直躲在人们扎堆买醉的地方,我想如果恶魔突然加害于我,我还能用我的拐杖保护自己。还能说什么呢?头一回看到他,听到他自吹自擂是在我以前经常喝酒的地方,当时我就说,你再也不会见到我了,因为从今往后我要不停地换地方,绝不在一个地方喝第二次酒。唉,我错了,我输给了酒精,我不知道撒旦一个酒吧接着一个酒吧地跟着我,不管我躲到哪里,他都能找到我。终于他还是赶上了我。唉,跟你们说吧,我这是侥幸逃了出来。要不是这根十字头的拐棍,他肯定就看见我了,这会儿我也就不会在这里向你们证实我亲眼看到了当初在大草原的垃圾场上消失在我们面前的撒旦。我上这儿来是想说我的想法已经转变了。在过去的这些年里我一直愚蠢地靠着大口大口地灌下酒精寻找安慰。现在我需要耶稣的支持。我想成为一名基督战士。”

基督战士们对眼前这个人没有把握，他们派人叫来了灵魂清道夫，看到自己的老工友灵魂清道夫欣喜若狂。他们拥抱在了一起，这感人的一幕向其他人证实了他们之前听到的那番话：新来的这个人是基督派来的信使，他要带领他们找到撒旦的藏身之处。他们接纳了他，让他成了他们中间的一分子，还给他取了教名，灵魂拐杖。

“现在他在哪里？之前他上哪儿去了？在哪儿能找到他？”洗礼结束后基督战士们向他问道。

“你们绝对不会相信的，”灵魂拐杖说，“三个骑着红色、黑色和金色摩托车的地狱骑士带着他去了总统府，去见统治者去了。”

“他以为自己可以藏在那里？”一名基督战士问道。

他们要盯着通往总统府的每一条道路，以便他一现身他们就能立即抓住他，无疑他还会引诱统治者误入歧途，就像当年迫使统治者效仿基督骑着毛驴前往万圣大教堂那样。但是，他们必须谨慎一些，以免引起对他们不利的好奇，最终导致计划流产。他们一如既往地保持着坚定的信念：逮捕撒旦，拽着他走过埃尔代里斯的大街小巷，最终让他接受审判。

7

对于他们所说的“卖给我死亡”的酒吧里发生的事情阿盖的描述略有不同。根据他的讲述，乌鸦魔法师当时没有喝醉，他只是被出现在大地上的一切罪恶弄得不知所措，他吐在路边的草地上就是他在用自己的方式表示这片土地需要得到清洗。此外，阿盖对这件事情讲得很粗略，很多细节他都无法解释清楚。一些扫兴的人永远意识不到自己听的故事有多么美妙,他们只想知道乌鸦魔法师在一个供应劣等酒的廉价小酒馆里干什么,在这些人的追问下,阿盖会给出一个令人费解的回答:还记得耶稣吗?穆罕默德?他们都栖身在穷人中间。

包括阿盖在内的三位骑警先在万圣大教堂的墓地停留了一会,然后才赶到总统府。到了地方后三个人分别用手机给各自的上司打了电话,同时告诉自己的上司魔法师已经被他们控制住了。关于这些事情阿盖交代得就比较清楚可信。

到了之前商量好的时间,阿盖立即拨通了马乔卡利的电话,将这个新闻告诉了他。在给听众讲述的时候阿盖还特别强调了外交部长听上去有多么欣喜,他还从来没有听到过他流露出这么强烈的喜悦。

“千真万确!我的上帝啊!我非常了解部长,对他的脾气几乎了如指掌。在美国的时候他和我就在一起,记得吧?他和我经常一起吃饭,就是他和我一起去美国国际机场接到了乌鸦魔法师。所以,当我告诉你们在听到我成功地完成了他交代给我的任务后他出奇地开心,你们最好还是相信我的话。想想吧,就连我告诉他恩卓亚和卡海伽很不地道地宣称他们也有功,不劳而获的时候,马乔卡利似乎也没有因为自己的对手西吉奥库和卡尼欧若也要瓜分荣誉而感到心烦。”

按照阿盖的讲述,马乔卡利最关心的是统治者的心愿是否得到了满足。他对阿盖说,我已经履行了我对大人的职责。他还告诉阿盖统治者已经召见他了,他再三向阿盖保证他永远不会忘记高级警督阿里盖盖·盖瑟利的勤恳与忠诚。

阿盖继续讲了下去。他们来到总统府,被人领进了一个房间,他们把乌鸦魔法师留在了那里。当时魔法师仍然烂醉如泥,继续打着呼噜。将俘虏安置妥当后，他们被人带着去见统治者。到了地方他们看到马乔卡利、西吉奥库、卡尼欧若与塔基里卡已经在那里了，就像统治者向两位部长与卡尼欧若分派任务的那天一样。令阿盖感到有些好笑的是，迎接三位英雄警察的时候现场气氛被一场较量弄得很紧张。每一位上司只向自己手下的警察打了招呼，对他的英勇行为大家赞扬，仿佛是这位警察单枪匹马俘获了乌鸦魔法师。接着他们才和另外两位警察握了握手，向他们表示了感谢，尤其是感谢他们的协助。

统治者兴致勃勃，他立即将卡海伽与恩卓亚提拔为高级警督。阿盖被提拔为助理警监。统治者叫他们回家去，因为他们得好好休息一下，但是次日上午他们就应该来总统府报到，从现在起他们就直接向统治者汇报工作。朝门外走去的时候三位英雄警察完全沉浸在自己的世界里。

"我也不知道为什么，可是当我走到门口的时候我就是转过头看了看，我看到马乔卡利慢悠悠地冲我招了招手，他在用一种亲切的方式向我告别。千真万确！我的上帝啊，我不得不说我还从来没有见过他的那双大眼睛那么有神采，可是那时候我没想尽力看懂他的眼神，我本来就已经很开心了，一想到我的工作——尽管我走了很多地方，没完没了地讲着故事——给每一个人都带来了一点快乐，我就更加开心了。当然了，新的官职也令我开心。此外，就像是英语里说的'锦上添花'，从此我就要去总统府报到了，而且只听命于统治者一个人。"

8

第二天清晨醒来后卡梅特以为自己在酒店里，房间看上去太奢华了。他以为自己在做梦,梦醒后他会看到自己还是在已经变成焦土的圣地废墟上,那只猫仍旧依偎在他的身旁。炸裂似的头痛让他确信自己已经完全清醒了。他坐在床角,手托着下巴。他怎么会在这里?

他模模糊糊地想起有一个人在给大家讲当初他给马乔卡利留下的那张字条,但是完全是在胡说八道,他甚至想起自己朝那个人走了过去,想要纠正他的说法。突然出现了什么事情令他那么恼火?“千真万确!我的上帝啊”这句话又一次让他隐约想起了一个警察,他说不清那个警察为什么会出现在酒吧里。他还想起了摩托车,还有像是恩卓亚与卡海伽的两张面孔。他们跟那个警察有什么关系,他们三个怎么会去同一个酒吧?

卡梅特站起身,他想打开窗户,看一看窗外,看一看自己究竟在哪里。墙上的窗户太小了,也太高了,他够不到,他终于意识到自己在牢房里。他感到灰心丧气,自己竟然失去了找到尼娅薇拉这个最初目标,向酒精投降了。他对自己厌恶极了。

两名士兵进了牢房,丢给他一堆抹布和一块肥皂,叫他清理一下自己,做好准备。准备干什么?他才刚刚把板结在脸上的呕吐物擦干净,两个士兵就叫他陪着他们一起出去,就好像他是一个自由人似的。他不会蠢到试图制造一场逃跑的闹剧。他们穿过一道道走廊和门厅,从一个个警察和士兵的面前走了过去。

卡梅特惊讶地看到自己被带进一个房间,面前的两个人是统治者与塔基里卡!他注意到统治者仍旧遭受着自发性身体膨胀病的折磨:所以他们才将他绑架到这里,再为统治者治治病?寻人启事就是干这个的?果真如此的话,塔基里卡怎么会在这里?多亏了酒精的恩惠,卡梅特之前几乎没有读过报纸,也没有听过广播,他不知道塔基里卡现在成了中央银行总裁。他心想塔基里卡真是一个谜:在他见到过的塔基里卡无数张面孔之间有着什么样的联系?身为尼娅薇拉的老板的塔基里卡;在埃尔代里斯现代建筑及房地产公司门外假装测试他的文化水平,将他羞辱了一番的塔基里卡;登门问诊,希望他能帮他治好失语症的塔基里卡;塔基里卡和他的粪桶;现在,塔基里卡又坐在了威严的统治者身旁?

突然一阵恐惧向他袭来。尼娅薇拉被捕了?这样的话塔基里卡出现在这里就说得通了?

对方请卡梅特坐下,士兵也被打发走了。统治者开口了。他向卡梅特介绍了塔基里卡,塔基里卡就像是见到老朋友一样笑了笑。这两个人乐呵呵的神情让卡梅特确信他们在跟他玩一场猫捉老鼠的游戏,他们的目标是尼娅薇拉。

“我相信你跟我上一次是在纽约见的面。”统治者和蔼地说道。

“跟我是在你动身前往美国的时候。”塔基里卡补充道,他的脸上仍旧挂着笑容。

“你可以帮我们做几件事,”统治者继续用友善的语气说着,“不过请让我先纠正一下自己。在我把提图斯介绍给你的时候,我忘了提他的新头衔。我相信你知道塔基里卡现在是我的新一任中央银行总裁。所以,咱们的聚会就首先从钱的事情谈起吧,不过我应当让咱们这位管钱的大人自己说一说。”

“你还记得我付给你的治病钱吗?就是那三大袋子……”刚想说出美元两个字的时候塔基里卡及时收住了嘴。他付给魔法师的不是美元,他不希望乌鸦魔法师跟他在他究竟用什么货币支付了医疗费的问题上发生争执,“还记得吗?你告诉我你把那几袋东西埋在了大草原上。告诉我们吧:你究竟为什么要把那几个袋东西埋到地里去?”

“你知道的,就像农民把种子种在土里那样?”统治者鼓励道。

“请你告诉我们吧:你希望能长出钱来。是吗?”塔基里卡小心翼翼地说。

“你知道的,就像是钱能生出钱之类的东西?”统治者又在提示他。

谁听说过钱就像麦种一样被埋在了地里,就为了生出更多的钱?统治者和塔基里卡莫不是疯了?他们根本不容他插话,这就更是加重了他的怀疑。似乎无论他们需要知道什么,他们对答案的渴望都已经压倒了他们倾听的能力。统治者仿佛猜透了卡梅特的心思,他急忙补充道:

“进一步讨论细节问题之前,咱们还是先更好地了解一下彼此吧。尽管你跟我在纽约见过面,但是我的部长,已故,我是说可敬的马乔卡利始终没有给咱们机会让咱们有过亲密的交往。我似乎记得当时你穿着一身漂亮整洁的衣服。你的衣服呢?还是你更喜欢穿皱巴巴的衣服,为了配合你的职业?让我先说明一点:如果你把自己知道的所有事情能解释清楚,你是不会两手空空地离开我们的。再等一下。咱们得首先明确一件事情:我们找对了人。所以,现在我要叫你说出自己的名字,就像他们在法庭上那样。你是乌鸦魔法师吗?”

要是他知道他们究竟有什么打算就好了!要是他还记得自己怎么会出现在这里就好了!要是他知道尼娅薇拉的下落就好了!她还活着,还是被关押了起来,还是自由地活着?要是……不知道这些情况,他说的任何一句话都有可能会危及他自己和尼娅薇拉。

“你没听到统治者的问题吗?”塔基里卡装作生气的样子,“统治者在问你话呢:你是乌鸦魔法师吗?”

卡梅特张开了嘴,似乎想要说些什么,突然他呼哧呼哧地喘起了气，仿佛是哮喘病发作了。他的嘴里蹦出了两个清晰的：如果！无论他们问什么，他的反应都是一样的：他摆出说话的样子，先是发出一些嘶嘶的声音，最后只蹦出一个“如果！”

统治者与塔基里卡失望地看了一眼彼此，他们想到了一起。他们都想起了自己发病时的情景，所有医生都被他们的疾病打败了，只有乌鸦魔法师除外。他知道的事情对他们至关重要，现在，就在他们最需要他把自己知道的事情告诉他们的时候，这位治病的医生自己却似乎需要找人给他治治病了。他们沮丧得不知道该做些什么。他们接着又问了几个问题，魔法师的回答还是一样。

“他的话被憋住了。”统治者说。

“咱们该怎么办？怎么才能让他把话从嘴里释放出来？”塔基里卡问道。

“噢！别担心，”统治者恶狠狠地说，“也许我只能把他的嘴巴撬开，亲手把他的喉咙拔出来了。”

统治者又叫来了之前把乌鸦魔法师带来的卫兵，让他们把魔法师又带走了。

9

第二天早上，卡海伽、恩卓亚与阿盖来到总统府报到，他们被带到了全能者的面前。恩卓亚与卡海伽惊讶地看到统治者没有像以前那样跟自己的参谋西吉奥库与马乔卡利在一起，塔基里卡似乎取代了他们的位置，坐在统治者的右手边。塔基里卡怎么会这么快就爬了上去？是魔法，还是法力强大的药物？他们都觉得乌鸦魔法师在让人们的生活变得混乱不堪，他的法力让有些人在权力的阶梯上连升几级，同时又让另外一些人下降了一两级。他们倒不是在为塔基里卡的得道升天感到激动,毕竟以前他们让他吃过苦头。他会报复他们吗?可是眼下他们什么也改变不了,接下来无论发生什么他们都只能无奈地接受了。

恩卓亚与卡海伽的任务是一刻不停地盯着乌鸦魔法师,不分昼夜地看守着他。牢房里一直要有两名警卫同魔法师待在一起,外面还要有一个人把守。他们要充当统治者的耳目。巫师发出的每一个音节,无论是醒着还是在梦中说的,他们都只能转告给统治者一个人,他们自己不得议论,更不能跟外人议论,否则他们就要丢掉舌头了。恩卓亚与卡海伽待在牢房里,阿盖守在门外。

统治者当然没有告诉他们当天早上乌鸦魔法师就在那间牢房里,也没有告诉他们他也患上了失语症,这样三位警察就不会有任何先入为主的想法。

事实上,得知自己得到这样的差事时卡海伽与恩卓亚感到很开心,他们正想同乌鸦魔法师谈一谈,向他赔罪,让他知道他们自己对他没有什么恶意。他们只是带话的人,并不知道自己带的是什么话。他们只是在履行职责而已,如果他碰到麻烦的话,他不应该把怒火发泄到他们的身上。不过,要是他碰上好事情的话,他也不应当忘记他们俩一直陪在他的身旁。

一进入牢房恩卓亚与卡海伽就同乌鸦魔法师聊了起来。他们问他:您还记得我们吗?“如果”两个字和说出这两个字的那张脸让他们想拔腿就跑,之所以没有跑只是因为他们知道一旦跑了,他们付出的代价就是丢了饭碗,如果丢的不是小命的话;况且,从塔基里卡的供述中他们已经见识过这种情形了。尽管已经对这种情况有了了解,“如果”及其隐含的意思还是在他们的心里注入恐惧。他们不禁想到是昨天晚上他们把乌鸦魔法师带到这里之后他才病倒的吗?他们不停地想要撬开他的嘴巴,结果听到的只有

“如果”两个字。他们等待着，一心指望着能再多听到一个讨厌的音节。事实越来越清楚了，什么都不会出现了。他们决定由卡海伽带着“如果”两个字去向统治者报告。

一直把守在牢房外的阿盖走了进来，和恩卓亚一起守着乌鸦魔法师。

看到统治者对自己带来的消息没有流露出惊讶，卡海伽感到有些不解。统治者告诉卡海伽要是魔法师说的只是“如果”两个字，他们就不必费力来向他汇报了。回到牢房后卡海伽自动站在了门外，这样他就不用立即把统治者的口信转述给另外两个人了。阿盖试着跟乌鸦魔法师说话，魔法师仍旧只是用嘶哑的声音念叨“如果”。阿盖从牢房里冲了出来，示意卡海伽回到自己原来的岗位上去，自己急忙赶去了统治者那里。我跟你们中间的某个人说过了，如果他说的只有这两个字，就别来烦我，统治者低声吼道。阿盖回到了牢房，像原先一样把守在牢房外面。只有恩卓亚没有急着去报告这两个字，卡海伽已经将顶头上司的口信告诉了他。

他们三个人没日没夜地等待着，卡海伽与恩卓亚陪着乌鸦魔法师在牢房里面，阿盖待在门外。饭食有人送来，报纸也是如此。《埃尔代里斯时报》让他们与外界保持着联系，他们成天到晚地读着报，等待着魔法师吐出更多的字。

《埃尔代里斯时报》最先报道了有关马乔卡利的新闻。

10

卡海伽与恩卓亚瞪大了眼睛打量着彼此，两个人都心急如焚地琢磨着。这肯定是乌鸦魔法师的杰作，他们不约而同地想到了这一点。他们一起盯着魔法师，就好像能从他的脸上看出些端倪似的。魔法师依然沉浸在另一个世界里,直勾勾地瞪着前方。两位警督互相使了使眼色,卡海伽漫不经心地翻过了报纸,登载了马乔卡利的新闻的那一版正好朝向了乌鸦魔法师,恩卓亚继续鬼鬼祟祟盯着魔法师,看他在读到大字标题——“马乔卡利失踪”——的时候脸上会不会变色。

乌鸦魔法师似乎完全没有意识到周围的一切,脸上什么也没有流露出来。

卡海伽与恩卓亚继续仔仔细细地读起了那篇文章。报道上说马乔卡利是哪一天失踪的?他们再一次盯着乌鸦魔法师的脸看了起来。他们意识到外交部长正是在他们几个人将乌鸦魔法师带到总统府的那一天失踪的,这个事实证实了他们的猜测,魔法师跟外交部长戏剧化的失踪事件有关。其中的奥妙不难发现。马乔卡利不是没有得到抓捕魔法师的差事吗?现在他们两个人都开始庆幸找到乌鸦魔法师的人不是他们俩,这个功劳完全落在了马乔卡利的助手阿盖的身上。所有的不痛快、所有报复的念头都将绕过他们俩,落在了阿盖的身上。恩卓亚尤其感到自豪,他回想起自己当初拒绝向奉命绘制寻人启事的画家交代出乌鸦魔法师的长相,他描述的是西吉奥库的那张脸。现在他极其确信自己不会遭到巫师的伤害了。马乔卡利是乌鸦魔法师的第一个受害者,阿盖会成为下一个。在整个阿布瑞里亚人们都在问自己:一位内阁部长怎么会像山羊或者小孩子那样消失得无影无踪?曾经那么游刃有余地代表统治者周旋在全世界大人物中间的外交部长,他怎么可能就这样突然不见了?整日整夜都被警卫团团围住的一位部长,失踪的时候怎么可能没有目击证人?

卡海伽与恩卓亚继续小声聊着各自的猜测,有时候他们甚至忘了乌鸦魔法师也在旁边,还提高了嗓门。他们用不着太担心,他们觉得既然魔法师说不了话，那他也应该听不见他们的话，理解不了他们在说什么。他们从早到晚地聊着各自掌握的情况和对马乔卡利的猜测，从送来的报纸和送饭的人那里他们也一点一点地了解到了不少消息和传言。

无论是听说的，还是从报纸上读到的消息都没有改变他们的坚定信念：乌鸦魔法师跟马乔卡利的消失脱不了干系。

11

在阿布瑞里亚全国各地人们都试图搞清楚究竟发生了什么事情，与此同时一拨又一拨的传言、有人故意放出的假消息，甚至是一些真相不断地向人们扑面而来。

马乔卡利的司机与警卫都说事发的那一天在外交部长的要求下，他们把他一个人留在了总统府，他派一名卫兵给他们送来了口信，告诉他们晚上他们不必留下来陪着他了，他与统治者还有很多事情需要商定，处理完公务他自己回家就行了。他们说不出捎给他们口信的那名卫兵叫什么名字。人们问道：他们怎么知道口信真的出自外交部长本人？

马乔卡利的妻子说那天晚上自己的丈夫没有回家，第二天晚上也没有回来，她也没有接到他的消息，这种情况很不寻常，以往他总是会通过电话跟家人保持联系。失踪当天早上他没有去上班，也没有给自己的秘书打一个电话。

直到各种相互矛盾的传言流传了七天后政府才发布声明，承认外交部长马乔卡利失踪了。如果有人获悉部长的下落或者掌握了有关他失踪的消息，他应当向就近的警察局报告。有人声称直到很多国家的元首都对这位部长的消失表示了担忧之后政府才发布了一份这样的声明。

又过了一个星期，政府又发布了一份简短的声明，声明上说根据政府目前正在进行的调查"叛国罪行的秘密报告"，马乔卡利被牵涉进一起推翻阿布瑞里亚共和国合法政府的阴谋中。这份声明明显地暗示出这位部长或许已经逃往国外掩盖他耻辱的罪行，甚至有可能在听到政府开展这项调查的风声后便畏罪自杀了。声明呼吁任何考虑为这位部长提供政治避难的国家都应向阿布瑞里亚通告一声，以便阿布瑞里亚政府启动引渡程序，政府还希望这位部长能回来澄清一些问题。这份声明是由情报部长大本·曼波签发的，人们都知道在此之前他一直是马乔卡利的支持者。尽管政府发布了声明，有一些人还是在私下里说失踪的部长就在总统的高墙大院里，他的尸骨用来加固那座人尽皆知的幽灵庙的墙壁了，还说有时候统治者会听到扬扬得意的笑声，他还冲着笑声说，就凭你的学位和伦敦、华盛顿的支持，你就自以为比我更狡猾……狡猾的强盗很可能会栽在毛贼手里——去跟你的朋友们说可别小看我。

12

"千真万确！我的上帝啊！我一个人坐在那里，就在牢房门外，身边没有一个人让我说一说我的感受，我就不停地向自己问着大同小异的问题，即便这样也很难熬。不停地跟自己的脑子较着劲，身边没有一个人帮着他解答他满脑子的'为什么''怎么会这样'，或者帮着他分清楚什么是事实，什么是幻想。想想看，这对一个人意味着什么？想想看，整日整夜地冥思苦想会是怎样一种感觉！"

阿盖不断地在脑海中回忆着乌鸦魔法师写给马乔卡利的那两

行留言,他越发对其中的一句话着迷了,“小心一点”。阿盖想起那天在酒吧里的时候醉醺醺的乌鸦魔法师迷迷糊糊地说的那番话:我的信是写给一个人的,只是写给那一个人的,马乔卡利,外人部长,我是说“外交”。我只想告诉他一件事情……你要小心一点。

后来在向别人讲述往事的时候阿盖会突然大喊一声:“千真万确!我的上帝啊,乌鸦魔法师已经预见到了一切!”

魔法师究竟预见到了什么?回想的次数越多,阿盖就愈发不愿接受这种说法:造成外交部长失踪的人是乌鸦魔法师。一个难以置信的念头渐渐地侵入了他的心里,这个念头试探性地将矛头指向了统治者。阿盖认为统治者、上帝与乌鸦魔法师这三个独立存在的个体其实分别代表着在一定程度上对人类有益的原则,在马乔卡利失踪之前他一直觉得自己对这三者的想法没有什么说不通的地方。现在,有生以来第一次他对自己的信念产生了严重的怀疑。他原本希望有人陪在他的身边,现在他不再这样想了,他怎么可能把这些想法告诉别人?他告诉自己,我宁愿跟自己的怀疑斗争下去,把答案埋藏在心里。况且,也许这根本就是马乔卡利的死对头,国务部长西吉奥库搞的鬼。

“奇怪的是,我的脑子里被无穷无尽的问题搞得一团混沌,可是我一直清楚地回想着马乔卡利举起手,冲我挥了挥手,仿佛是在向我道别。下一个消失的会是谁?只有乌鸦魔法师才知道答案,可是除了‘如果’他什么也不说。”

阿盖找到答案的希望就在于乌鸦魔法师能否找回自己的声音。

13

西吉奥库不知道巫师患上了失语症，他急切地等待着有人来告诉他巫师究竟说了些什么。死对头失踪的消息没有令他欣喜，实际上听到消息时他震惊极了。他想起上一次他们一起待在总统府的情景，等三名警察离去后，他首先告退了，统治者与马乔卡利、塔基里卡和卡尼欧若留了下来。现在他不禁想知道他走后究竟发生了什么事情？塔基里卡与卡尼欧若跟外交部长的消失多少有些关系吗？

无论他多想问一问他们，最终他都放弃了这个念头。如果马乔卡利被杀害了，被派去动手的是塔基里卡与卡尼欧若吗？西吉奥库开始为自己感到担忧了。如果乌鸦魔法师将占卜到的他的野心告诉给统治者，那他该怎么办？想得越多，他似乎也就愈加危险了。他应该逃到国外去吗？还是去西方各国驻埃尔代里斯的大使馆，请求政治避难？可是，他又该怎么解释自己面临的危险？

就这样，他越来越急切地想知道乌鸦魔法师究竟说了些什么。他打算向以前的下属恩卓亚与卡海伽打听情况，从他们那里收买情报，可是他们两个人一直待在总统府。

正当沉溺在这些焦虑中的时候他突然受到总统府的召见，这是外交部长失踪案上报之后他第一次得到的邀请，他做好了最坏的打算。结果他只需要奉命写一份《叛国罪行报告》的摘要，对原先的报告动动手脚，将马乔卡利和排队热的形成联系在一起——这正是外交部长涉嫌推翻统治者合法政府的一部分计划，听到这些西吉奥库终于松了一口气。

后来，根据西吉奥库撰写的报告摘要政府撰写了那份暗示马乔卡利在谋划一场政变的声明。西吉奥库告诉自己:就是说正是这份有关叛国罪的报告害得马乔卡利惹上了麻烦?他感到有些歉疚,他清楚报告中的很多证据和引言都来自塔基里卡在严刑拷打之下胡编乱造的供述。突然他又意识到这份报告或许不仅有助于塔基里卡加强对中央银行的控制,有可能还让他那个更加令人眼红的位置也得到了巩固,让他能继续一直守在统治者耳边。一想到这一点,释然和愧疚就消失了,他的心里只剩下愤慨。塔基里卡在统治者身边想说什么,就说什么,怎样才能防止他悄悄地对统治者说西吉奥库的坏话呢?西吉奥库可是折磨过他。他先前的门徒卡尼欧若都能与他反目,曾经被他囚禁过的塔基里卡怎么就不可能?最好还是做好准备,迎接即将到来的怒火吧!统治者对自己的妻子都能干出那种事情,毫不留情地将她在金牢房里一关就是那么多年,他们这些下属再怎么效忠于他都不可能让他有所收敛。

在这段日子里西吉奥库的情绪大起大落,不过大多数时间里他一直很消沉,因为乌鸦魔法师、塔基里卡与卡尼欧若三个人和统治者走得那么近。在这三个人里,最令他感到恐惧的就是魔法师,只有他一个人知道西吉奥库藏在心里的抱负。

14

卡尼欧若也在等待着乌鸦魔法师的消息。回想起巫师被带到总统府的那天晚上,他突然意识到很多事情都模糊不清。马乔卡利刚好在乌鸦魔法师被找到的那天消失了,多么奇妙的巧合啊?如果这两件事情之间有关联,那么它们有着怎样的关联?他回想起那天在西吉奥库离去后他也很不情愿地被打发走了,这意味着马乔卡利与塔基里卡都留了下来尽情享受着巨大的荣誉。现在他不禁想知道在他走掉之后发生了什么事情。马乔卡利消失是塔基里卡动的手脚吗？这位新总裁奉命解决掉了外交部长？想到这里，卡尼欧若既恐惧，又羡慕。如果塔基里卡得到了这份差事，那他真的就跟统治者太亲近了，这就意味着日后他会更有权势。卡尼欧若担心自己因为对塔基里卡及其家人造成的伤害而遭到报复，他对自己感到恼火，当初他竟然就没有预见到通天塔计划的主席日后很有可能会成为统治者的亲信门神。

卡尼欧若试图找到办法，与塔基里卡重修旧好，可是他的努力只是一场徒劳。接下来几个星期里，唯一令他感到安慰的是他负责的排队热调查委员会发现的情况被政府拿去解释外交部长的失踪。但是，或许正是塔基里卡的假口供让塔基里卡爬到了控制阿布瑞里亚货币发行工作的所有人的头上，想到这一点他的心又沉了下去。他完全能够凭着自己的头脑打败塔基里卡，为自己攫取到更多的权力，只要他能赶在对手西吉奥库之前逮捕尼娅薇拉，一举扫灭所有队伍，不管是以前出现的，还是新冒出来的。为了他将那些种族分子，那些好管闲事的外国记者教训了一两次，统治者已经向他表示过祝贺了，只是统治者是在私下里向他道贺的。要是他能把尼娅薇拉带到统治者面前，统治者绝对会公开给予他更热烈的赞扬。

只有乌鸦魔法师能带着他找到尼娅薇拉，正是由于这一点他才急于听到魔法师的声音。在他看来，情报其实就是力量。所以现在他很少休息了，以免自己漏掉哪怕一丁点有关总统府动向的线索。他试图跟曾经的助手卡海伽取得联系，他的努力毫无意义，后者一直待在总统府里，没有统治者的邀请或批准，他根本进不去。

一天，正在洗澡的时候卡尼欧若突然从浴缸里跳了出来，赤身裸体地绕着房间跑了起来,像阿基米德那样拼命地高喊着"我知道了!"他可以每个星期镇压一批队伍,这样就有资格要求进入总统府报告每个星期的工作进展了。每个星期统治者都会听到他的报告,他也就有机会见到卡海伽,从他那里收买到他急需的情报了。他相信自己能够打听到乌鸦魔法师在尼娅薇拉的问题上都透露了些什么。"我知道了!"他又大喊了一声。

15

统治者也越来越感到不安了。关于总统府里的那个俘虏统治者有着很多考虑,其中大多数都相互抵触,这些欲望令他左右问难。他希望这个人死掉,又希望他继续活着。他想让他活着,这样他就能说出如何让钱长出来的秘密;他想让他死掉,这样他就再也无法向第二个人透露这个秘密,也不可能告诉别人他已经把这个秘密透露给了统治者。他想让他活着,这样他就能帮他抓到尼娅薇拉和"人民之声运动"的负责人;他想让他死掉,因为直到现在他还没有把自己知道的秘密吐出来。他想让他活着,治好他——统治者——身体膨胀的病;他想让他死掉,因为他向外人宣布统治者怀孕了,而且令他感到窝火的是,被称为世界媒体的害虫全被吸引了来。不过,更令统治者窝火的是对两股欲望权衡之下,他发现让魔法师活着的欲望竟然超过了见到一具死尸的欲望。这个俘虏知道得太多了,如果加以适当的约束,他就能让统治者获益无穷。这个念头令他气恼,这等于承认了乌鸦魔法师拥有他这位全能者所没有的力量,在阿布瑞里亚这是不可能的。在这个国家,他已经逐渐相信了那些高唱赞歌的人所说的话,对于万事万物他才是绝对的头号人物。怎样才能让乌鸦魔法师说出憋在心里的那些秘密？统治者痛苦地反复想着这个问题，所以他才会让塔基里卡一直待在他的身边。他不想和任何一位部长讨论这件事情，他不希望他们中间有人掌握了树上长钱的秘密。塔基里卡就不一样了。

统治者并非一直对塔基里卡情有独钟。在世界银行是否会发放贷款还悬而未决的时候，他将塔基里卡任命为通天塔项目的主席只是一种权宜之计。直到发现这个人是一个骗子，比他的任何一位参谋都更精通于骗术，他才对他有了好感。塔基里卡说出了身为通天塔项目的主席他常常要求潜在的承包商用美元向他行贿的事情，正是这一点给统治者留下了深刻的印象，促使他断定自己必定能同这个人合作。能够让别人为了还没到手的工作就求着他，硬往他手里塞绿油油的美钞，这样的人在竞赛中早就遥遥领先于对手了。

相比之下卡尼欧若与西吉奥库就要逊色很多，他们两个人都让人用阿布瑞里亚布里币酬谢他们。赚取财富和幸福的手段真是天壤之别！这表明一切需要在合法的外衣下篡改规则和违法犯罪才能完成的重任都尽可以交给塔基里卡。

更令统治者惊讶的是塔基里卡的谨慎，在卡尼欧若的反衬下这一点表现得非常清楚。卡尼欧若心急火燎地将自己如何获得不正当收入的计划告诉了西吉奥库，而塔基里卡几乎对马乔卡利只字未提，即使在遭到酷刑折磨的情况下他也没有把这个秘密说出来。统治者就需要这种真正忠诚于他的人守在自己身边。

事情按照自己的规律发展着，撬开魔法师的嘴巴，让他把自己知道的事情说出来变得更加紧迫了。原本偶然出现，又毫无疑义的队伍现在已经有了组织性。学生和青年们——其中大部分人都没有工作——开始在议院大楼、法院、广播电台和电视台，以及充当统治者喉舌的那些媒体的大门外聚集起来，时常与警察发生冲突。而且这种情况不止出现在埃尔代里斯！新闻报道显示队伍正在以前所未见的态势向全国各地的中心城镇蔓延着。

无独有偶,世界各地,尤其是伦敦和华盛顿方面对阿布瑞里亚外交部长失踪事件的质疑也形成了强劲的势头。即使在阿布瑞里亚政府发布声明,暗示马乔卡利谋划政变之后,一拨又一波的质疑依然没完没了地向阿布瑞里亚扑来。绝不能容忍这样的情形继续下去:所谓的怀孕让他成了笑柄,造反者又在四处制造混乱,来自国外的压力也日渐加重。他不出现在公众视野中只是进一步加剧着这股压力和外界的质疑。

统治者下令召回派驻华盛顿的大使代表,命她以"国家官方女接待人"的身份出现在接待宾客及其他需要他亮相的礼仪场合,命令即刻生效。他们想知道他为什么不出现在公众面前,他就要让他们闭上自己的嘴巴。

大使代表接受了委任,在给国内的确认邮件里她署上了"尤尼克·伊麦克尤雷特·麦肯兹,博士,国家官方女接待人"的名字,她再一次为了配合自己的高升改了名。

广播电台向外界宣布了这项任命和国家官方女接待人接受任命的消息,之后其他各种媒体也作了报道,结果这些消息只激起了更多的传言,人们说怀孕致使统治者身体虚弱,所以他无法出现在公众面前。只有乌鸦魔法师能告诉他们如何让树长出钱,掌握了这种知识统治者就用不着那么依赖世界银行了。除此以外,也只有乌鸦魔法师能立即遏制住统治者怀孕的谣言。统治者要逼着魔法师当着公众的面供认出是他给马乔卡利的信引发了有关他怀有身孕的传言,而这些传言正是马乔卡利策划的政变的一部分。这个解决办法只存在一个小小的麻烦,还是那两个字——"如果",这两个字堵住了魔法师的嘴巴。必须找到一个治得好乌鸦魔法师的魔法师。

统治者指着塔基里卡，严肃地对他说："总裁，你是一个足智多谋的人。你曾患过这种病，还把病给治好了。只拿一桶粪便当武器就能占领整个警局的人肯定能找到我需要的巫师。总裁，就看你的了！"

16

升职已经几个星期了，塔基里卡仍旧无法相信自己现在成了阿布瑞里亚中央银行的总裁。对于接受自己的新身份他有些谨慎，这没有什么错，毕竟自从那个决定性的傍晚乌鸦魔法师突然出现在他的生命中以来，他的命运就一直摇摆不定。那一天，乌鸦魔法师来到埃尔代里斯现代建筑及房地产公司找工作，当时塔基里卡显然根本不需要新的人手。

很多次塔基里卡都发现他在向镜子里的自己敬礼——你好，总裁，你真的是他吗？听到"总裁"这两个字他激动极了，他不禁想起了很久以前人们是怎么称呼殖民地阿布瑞里亚的执政官的——总督。一开始这只是他为了肯定自己闹着玩的游戏，后来这种行为就成了每日的惯例，他发现他同镜子里的自己聊得越来越起劲了，尤其是那些他从来不曾向任何一个人提起的事情。刷牙或者扎领带的时候他就会冲着镜子里的那个他说：您好，总裁，咱们今天应该做什么？离开家之前：拜拜，总裁。到了晚上：我回来了，总裁。您今天在办公室过得怎么样？任何一句这样的问候都会促使他同镜子里的自己聊上一阵子。

当统治者委托他找来一位能为乌鸦魔法师驱魔的巫师，好赶走封住魔法师的声音的魔鬼时，他又站在了镜子面前，冲着自己的影子说起了话。

“我该从哪里着手？我该去街上，拦住别人说，打扰了，我是中央银行的新总裁。请你告诉我在哪里能找到巫师。这有点难为情，你不觉得吗？中央银行的总裁在埃尔代里斯的街头四处向人打听巫医。”

很多阿布瑞里亚人都不相信人会自然死亡，除了老年人。他们认为所有过早出现的死亡都是由巫术造成的。如果塔基里卡在大庭广众之下寻找巫医，不会有人认为他是死神的代理人，他应该对别人遭遇的不幸负责吧？例如对马乔卡利负责？突然他想象着阿布瑞里亚所有的死亡都被怪罪在他的头上，他为自己的愚蠢感到害怕。他绝望地盯着镜子，不自觉地喊叫了起来：“总裁，我该怎么办？咱们怎么才能治好乌鸦魔法师的病，又不给自己招来危险？”

“什么危险？”刚刚走进浴室的温吉尼娅问道，“你在对着镜子说什么？你又忘了以前的事情？”

17

自从塔基里卡被那伙妇女抓走，温吉尼娅又被卡尼欧若和他的青年团抓走以来，他们夫妻俩的关系就有所改善了。他们的社交生活也变了，每个星期他们都要在七星级酒店举办鸡尾酒会和晚宴。聚会上星光闪耀，自己和权力如此接近，温吉尼娅被这一切迷住了，政治谈话和流言蜚语不再像以往那样令她感到反感了。对于往日的生活，唯一让她能够一如既往坚持下去的就是去教堂做礼拜。她去的还是那座教堂，万圣大教堂，她发现自从丈夫升了官之后教友们对自己的态度就跟从前不一样了。她和孩子拥有了靠近祭坛的前排专座,不时有男男女女停下脚步,跟他们打声招呼,和他们握一握手,甚至只是简单地问上一个有关宗教的问题,征求她的意见,这样的人突然多了很多。

温吉尼娅觉得现在事情都顺当了,自己终于能安心地享受生活了。就在这时她惶恐地看到丈夫又开始对着镜子说话了。她想起了上一次塔基里卡突然患上了失语症的情形和发病的原因。他又要发作了?上一次发作是他被任命为通天塔项目的主席之后,现在升任中央银行总裁后他又要说不了话了?这一次与上一次的不同就只是他没有再挠自己的脸而已。败坏马乔卡利名声的那份政府声明里提到了塔基里卡的名字,还有上一次他与马乔卡利在火星咖啡馆见面的事情。丈夫就是被这个困扰住了?温吉尼娅不敢肯定,在祷告的时候她向上帝祈求着,不管是什么魔鬼纠缠着她的丈夫,都请上帝驱走丈夫身上的魔鬼。在家里她开始悄悄地尾随着丈夫,她告诉自己不会再出什么意外了。

一天早上,温吉尼娅听到丈夫又清楚地说出了乌鸦魔法师的名字。塔基里卡一门心思想着让他喊叫起来的事情上,没有注意到妻子出现在了他的身旁。温吉尼娅要直截了当地问一问她:有什么危险?乌鸦魔法师怎么了?

这一天刚好是星期天。一开始妻子的声音把塔基里卡吓了一大跳,他使劲挤出了一点笑容,可还是没有掩饰住他的焦虑。看到原来是妻子他似乎松了一口气。以往在白天里他们总是忙着各自的事情,不能随心所欲地跟对方见面,不过塔基里卡总是会开心地向妻子夸耀着自己,尤其是统治者有多么信任他,卡尼欧若和西吉奥库之类的死对头现在都在如何拼命地巴结他。他会告诉她现在我才是他的亲信,他喜欢听到妻子提醒他不要像她认识的某些人一样被权力冲昏了头。听到这些话他就哈哈大笑起来,他们俩都清楚她说的“某些人”指的就是卡尼欧若。尽管如此,他还是不会把总统府里发生的事情一五一十地全讲给她。能长出钞票的树、马乔卡利失踪那天晚上的事情,甚至是乌鸦魔法师被捕的事情他都没有说。当统治者的参谋不是一件轻松的差事,温吉尼娅,国家机密把我搞得太累了,他感慨道。温吉尼娅说:别焦虑了,鱼与熊掌不可兼得。对于你的工作来说这些不都是家常便饭吗。听到这番话塔基里卡立即露出了欣喜的神色。

现在,温吉尼娅的问话突然让他想起当初正是她在他患上白种病的时候带着他去见了乌鸦魔法师。他相信她还能再找到一位巫师。女人的直觉就是强一些。

“我需要巫师和巫医。”塔基里卡立开门见山地告诉妻子。

“什么?”温吉尼娅不自觉地惊呼道,她的注意力不自觉地被吸引了过去。他在开玩笑吗,还是他的脑子又糊涂了?

“我想让你给我把能找到的法力最强的巫师和巫医找来。”塔基里卡又说了一遍。

“巫师?”

“哪怕一个也行。多找几个更好,我能从中选出最好的一个。”塔基里卡说。

“你说什么? 你怎么突然想找巫师了?”温吉尼娅意识到丈夫没有开玩笑,“你打算给谁下咒?”

塔基里卡叫妻子坐下来,把乌鸦魔法师被捕和患病的事情原原本本地告诉了她。他解释说,统治者还有几个问题只有乌鸦魔法师能回答得出来,找到一位能给治疗术士治好病的治疗术士的重任就落在了他的身上。

“我怎么知道巫师的事情? 我上哪儿去找他们?”温吉尼娅根本没有把丈夫的话当回事。

“温吉尼娅，你是一个很有本事的女人。你能像以前一样给我找来一个巫师，这个我绝对有把握。”塔基里卡哀求道。

温吉尼娅想要提醒丈夫当初是尼娅薇拉带她去找乌鸦魔法师的，转念一想她还是忍住了。

作为总裁夫人，自己又是一位成功的女商人，她不希望尼娅薇拉、乌鸦魔法师和那座已经被烧掉的圣地再出现在自己的生活中了。

的确，刚听到有人纵火的消息时，温吉尼娅感到很绝望，不知道尼娅薇拉是死是活就更令她感到难过了。她觉得在这件事情上自己难辞其咎，愧疚沉沉地压在她的心头。要想找个人聊聊天，她肯定就得告诉对方她知道乌鸦魔法师的一个化身究竟是什么人。她整日里想着尼娅薇拉烧焦的遗骸，不过最终她还是设法把这些念头压了下去。

现在，温吉尼娅又想起尼娅薇拉帮过她很多次，她惊讶地发现自己又产生了刚刚听说圣地被烧毁时的那种感觉。她怎么能告诉塔基里卡带她找到乌鸦魔法师，也是唯一知道怎么去圣地的尼娅薇拉已经化成了一堆灰烬？她怎么能告诉他自己对巫师、巫婆、占卜师和治疗术士的事情一无所知？她不想伤他的心，她只能尽量婉转一点了。

“好吧，我会留意的。”她听上去对他充满了同情。

“求求你，一定要努力——我相信就连很多跟你一样经常去教堂做礼拜的人到了夜里也会去找巫师，”塔基里卡继续哀求着，“祈祷上帝能为你指引方向。”

温吉尼娅强忍着才没有笑出来，她突然意识到在提到寻找巫师的时候她应该寻求上帝的指引时塔基里卡是很严肃的。一个人开着车去万圣大教堂的路上她才痛痛快快地笑了起来，丈夫实在是太荒唐了,再怎么说她也是一个信仰基督教的中产阶级女性啊。一个受人尊敬的虔诚的人,中央银行总裁及通天塔项目主席的夫人,现在又是塔基里卡名下所有企业的总经理,包括大名鼎鼎的埃尔代里斯现代建筑及房地产公司,她怎么可能在星期天去教堂问一起做礼拜的教友:您能告诉我在哪里能找到占卜师吗?或者,信基督的姊妹们,请你们给我讲一讲你们看过的巫医?不。就让塔基里卡和统治者自己去找巫医吧。

在距离教堂大门只有几码远的地方温吉尼娅碰到了马里萨与马里库,他们告诉她自己一直在等她。温吉尼娅以为他们只是像其他人那样等着跟她握握手,向她作一番自我介绍。可是,马里萨与马里库想从她这里得到什么呢?他们向来是一副悠然自得的样子,就好像他们完全生活在自己的世界里似的。

"我们只想在您进去之前拦住您。"马里萨立即说。

"没错,礼拜结束后就太难接近您了。总是有那么多人围着您。"马里库说。

"而且您这样的重要人物总是忙得……"马里萨说。

"礼拜结束后,您或许就开着车直接走了。"马里库说。

"什么事啊?就不能等到做完礼拜?"温吉尼娅不耐烦地说,时间不等人,她还想赶上礼拜式的开场呢。在礼拜或者任何演出开场后才赶到,有些人就会觉得自己损失了什么,温吉尼娅就是这种人。

"只是一条口信。"马里萨说。

"不过这件事可以等到做完礼拜。"马里库说。

"谁的口信?"温吉尼娅问道。她感到了好奇。

"鸽子。"马里萨与马里库一起说道。

"鸽子?"温吉尼娅蹙起了眉头。

马里萨与马里库没有直接回答她，夫妻俩就像两个小孩子参加聚会一样唱起了歌，跳起了舞。

鸽子派我完成使命，吽
她需要一张大嘴，吽
好让自己咽下种子，吽
现在它努力往下咽，吽
种子卡在了嗓子里，吽

教会的信众都知道马里萨与马里库做事的风格一向滑稽，可是现在他们也太出格了。他们不停地跳来跳去，就在距离教堂大门口只有几码远的地方。温吉尼娅无地自容地飞快扫视了一圈，唯恐看到路过的人投来不以为然的目光。

“咱们还是等到礼拜结束再见面吧，”她飞快地说道，“咱们就在那儿见面，我停车的地方，”她指了指自己停在路边的那辆梅塞德斯-奔驰，“要是你们先到了地方，请等一会儿我。”说完她便急匆匆地走进了教堂。

18

在仪式进行的过程中温吉尼娅想起了“鸽子”是谁，她的身体突然哆嗦得令她几乎听不明白祭坛上的不倦的卡诺格里主教在讲什么。主，感谢您，耶稣，感谢您，她听到自己在默默地祈祷着。尼娅薇拉还活着！她的负罪感终于减轻了，她意识到她一直在骗自己，一直假装自己完全将有关尼娅薇拉的所有念头都压了下去。她在哪里？尼娅薇拉怎么会和马里萨和马里库夫妻俩这么熟，竟然会托付他们向温吉尼娅转告这样的消息？

温吉尼娅想起了这对夫妻宣布自己战胜了撒旦之后引起的许多传言。有些喜欢嚼舌根的人声称马里萨与马里库或许去过乌鸦魔法师的圣地,他们从那里搞到了一种魔药,这种药让他们重新燃起了对彼此的爱,让他们的激情都赶得上年轻时的那股热乎劲了。可是随即在温吉尼娅的心里焦虑就取代了最初的释然和好奇。鸽子的口信是什么?尼娅薇拉想从她这里得到什么?

她想自首吗?刚刚被任命的国家官方女接待人——她叫什么来着?尤尼克·伊麦克尤雷特·麦肯兹——她不是一度也在支持错误的政治信仰吗?在她自首后统治者就饶恕了她,甚至还给了她一份工作。没准尼娅薇拉也听说了麦肯兹得到任命的消息,她看到了曙光,愿意跪在统治者的脚下了。或许她想让我带她去见统治者。

可是,她跟尼娅薇拉有联系,这会给她带来什么结果?身为中央银行总裁的夫人,她应当大胆地同国家公敌取得联系吗?等礼拜做完,她可以躲开像往常那样上前祝福她或者寻求她的帮助的人群,直接去停车的地方,开车走掉就行了。这样做就等于清楚无误地告诉尼娅薇拉她不想再同她扯上关系了。最终她还是决定自己应该先听一听口信的内容,然后再作决定。毕竟,说不定她弄错了鸽子的身份和意图。

礼拜刚一结束温吉尼娅就走出了教堂,匆忙赶去了停车的地方。马里萨与马里库已经等在那里了。她叫他们上车,把车开到了远处才停了下来。谨慎是最重要的事情。马里萨开门见山,她被派来给温吉尼娅讲一个故事。

从前有一个人,他给了鸽子一个窝,还给了她一些蓖麻籽让她吃。鸽子听说这个人住一个在普通人的肉眼看不到他的地方。鸽子很饿,她希望温吉尼娅能尽量打听到这个人目前的情况,他在哪里,他怎么样,就这一类的消息。温吉尼娅还要尽力找到机会告诉这个人鸽子窝被火烧了,但是鸽子安然无恙,现在她和其他鸟呼吸着一样的空气。讲到最后马里萨最后告诉温吉尼娅,如果她有蓖麻籽想交给鸽子,她可以在任何一个礼拜天带着蓖麻籽去万圣大教堂,马里萨保证会让鸽子拿到蓖麻籽。

故事讲完后,没等温吉尼娅做答,马里萨就扯了扯马里库的袖子,他们俩便钻出了轿车,蹦蹦跳跳地走远了。他们一边跳,一边高声地唱着:

鸽子派我完成使命,吽
她需要一张大嘴,吽……

开车走在路上的时候温吉尼娅一直琢磨着鸽子的口信。尼娅薇拉想知道乌鸦魔法师的情况。

一个多星期的时间里温吉尼娅一直惦记着尼娅薇拉给她捎来的口信。尼娅薇拉出现的可真是时候,她与塔基里卡的生活才刚刚好转起来!尼娅薇拉想叫她从她丈夫那里搜集情报,她怎能干出这么不光明正大的事情?塔基里卡现在可是一位备受敬重的政府要员。尼娅薇拉却是受人痛斥的国家公敌。她怎能和丈夫的敌人勾结在一起?

两股背道而驰的力量撕扯着她。她想起最后一次见到尼娅薇拉时的情景,那时候她的心里充满了对她的感激之情,她告诉尼娅薇拉只要有需要,她随时可以给她打电话。诺言就是一种契约,她不能违背诺言。随即她又想到没有人有义务信守会对自己和身边的人造成极大危害的诺言。

她顺着这个思路想了下去,甚至想要找到尼娅薇拉的下落,为了丈夫的利益,把她交出去。转念一想,她的运气可真不错。丈夫刚刚托她找一位能给乌鸦魔法师治病的治疗术士,还有谁能比另一位乌鸦魔法师更能胜任这项工作?她要帮一把尼娅薇拉,尼娅薇拉也会帮上她的忙。然后她就把她交出去,更确切地说是让塔基里卡亲自动手,这样一来塔基里卡就会继续升官,甚至有可能会接替统治者。她的丈夫必定会永远对她心怀感激。

第二天清晨,塔基里卡心急火燎地赶到了总统府,他和统治者商量了一番。就在这一周的星期天温吉尼娅心急火燎地赶去了万圣大教堂,去和马里萨与马里库见面。

19

总统府通过情报部长大本·曼波放出消息,所有的媒体都作了报道。统治者构建出一套哲学思想,这套哲学思想能够治愈因为现代化而承受巨大压力的人们。政府的印刷厂甚至往社会上投放了一批小册子:大非洲人:未来幸福序论,统治者著。书中讲到统治者在静修冥想期间豁然开朗,除了其他一些事情,他还明白了对于阿布瑞里亚的未来而言,真正的威胁就在于为了追求令人紧张的现代化生活人们抛弃了自己的传统。

因此,根据《大非洲人》一书的教诲,小孩子和青年们,甚至包括大学生,都必须寻求并听从成年人的意见,如果他们没能做到这一点,就必须对他们处以杖刑——打他们的光屁股;妇女必须接受割礼;走路的时候女人要走在丈夫的后面,同丈夫保持着几步的距离,始终对丈夫毕恭毕敬;在一夫多妻的家庭里面家庭成员不得排队;挨打的时候,妇女们不应该惨叫,而应当为殴打她们的人唱起赞歌,甚至还要组织节庆活动,庆祝妻子挨打,从而向男人表示致敬。最重要的是,所有阿布瑞里亚人都应当记住自始至终统治者都是头号丈夫,所以他责无旁贷地要树立起榜样,他对这个国家怎么做,阿布瑞里亚的男人们就要在自己的家里怎么做。政府要将这本小册子通过教堂、清真寺、神庙和学校免费分发下去,电视台和广播电台按照要求每天都要节选出书中的某一段,将其作为每日思想进行突出报道。政府大力鼓励中小学的教师们向学生灌输先前的美德,无条件服从的美德。在谈论非洲现代化进程的问题时他们不能使用"先前"这个词,他们谈论的应该是古往今来非洲的现代化过程,对于在非洲重返亘古不变的真正的历史根源过程中涌现出的重要人物,人们要将这些人视作非洲现代化进程中的圣人先哲。

在《大非洲人》一书出版的当天,统治者颁布了一项特别法令,法令规定传统的非洲治疗术士不再被称为巫师、占卜者或者巫医。今后,他们将被称为非洲精神病学家,简称为"非精学家",他们也可以自称为"医生"。统治者计划建立"统治者认证非精学家专科学校"。

紧接着这些引人注目的声明,这个星期里最戏剧化的声明出现了,这项声明成了阿布瑞里亚全国各地家家户户闲扯时的焦点话题,引发了大量的猜测。统治者宣布凡是想成为新专科学校创始医生的人都必须前往总统府接受一场全国性考试。学校创始医生中间的佼佼者将跻身统治者的咨询委员会,就如何更好地确保人民品行端正,即确保人民支持统治者的思想的问题献言献策。这场考试将根据"先到先考"的原则进行。

20

在阿布瑞里亚这还是闻所未闻的事情:巫术和魔法专家带着

自己的行头跋山涉水赶往总统府，去参加他们这一行开天辟地头一场全国技能考试。参加考试的人数令人咋舌，其中一些人还是教堂的常客，谁都不曾怀疑过这些对信仰如此狂热的人也曾在暗地里干过巫术魔法之类的事情。还有一些参加考试的人其实对巫术和魔法一无所知，尽管如此他们还是赶来了，他们一心指望着自己能莫名其妙地通过考试，在统治者的咨询委员会里谋到一个职位，以此作为日后加官晋爵的踏板。有些人连夜赶到了总统府，在既定的考试之日的一大早就已经排起了一条队伍，距离总统府大门还有一段路的人都能看得到这条队伍。

一直保持着警觉，希望逮到机会抓住撒旦的基督战士们站在远处望着队伍，那条声势浩大的长队令他们感到迷惑。被参加考试的人搞得一头雾水的并不只有他们，毕竟对这场针对巫术和魔法的全国技能考试知根知底的就只有两个人，统治者与塔基里卡。

21

一名助考官从总统府出来，领着排在最前面的巫师或巫医进入候考室，恩卓亚、卡海伽与阿盖三个人当时谁把守在考场门外，就由谁将这位考生送进考场。

考试很简单。每一位考生都要试着对一位患有失语症的病人进行治疗，这种病致使患者的语言被憋在了他的喉咙里。所有考生都不知道这位患者的姓名和其他详细情况，没有人知道这位病人就是乌鸦魔法师。

22

卡梅特听到恩卓亚与卡海伽悄悄地聊着一批非精学家代表马上就要到总统府了,通过两位警察的谈话他得知那些人是全非洲在精神疾病方面首屈一指的专家,他不知道其实他们是来看他的。

许多巫师都接受了一模一样的预考:耍一点杂技,有的人甚至吹起了号角或者口哨,好惊扰起附在病人身上的恶灵,接着再大着胆子问上一个问题,卡梅特的回答永远都是两个字——如果。考生一个个灰头土脸地退出了考场,一边走,一边自言自语嘀咕着从来没有碰到一个人像这样完全被恶灵控制住了。有的考生试图掩饰自己的失败,他们说自己要去寻找更强效的药物,还说自己肯定还会回来,不过他们的语气并不坚定,也听不出有多少热情。

渐渐地卡梅特对自己的表演感到满意了。病人对自己的症状一言不发,就算头脑最敏锐的医生也很难对这种病症作出诊断。打发走一个又一个巫师或巫医后,他突然碰到了一个令他极其恐惧的非精学家。

这位外科高手一进来就先是详细解释了一番自己的经历,仿佛是在向考场内的两位考官表明自己的资质。

"我跟你们说,已经不止一两次我从病人的肚子或者关节里——比如说膝盖——取出深埋在里面的铁片了,"他向恩卓亚与卡海伽透露道,"我给很多人做过手术,十个人里面有七个能挺过来,还活得很好。还不赖吧? 我手底下很麻利。"他一边说,一边伸手从自己的背包里掏出了手术器具,小心翼翼地把工具摊在了地上。

卡梅特数了数他的工具:锤头、镊子、小锯子、剃须刀片、针、刀、剪刀,还有大大小小形状不一的钉子。他不知道究竟哪一样更可怕,是这一堆排列得整整齐齐的外科手术工具,还是这位外科高手在讲述自己以往成功的从医经历时那种不动感情的腔调。

卡梅特决定把主动权夺回来。他站起身,朝外科医生走了过去,大吼了起来:如果!如果!还把口水朝着正在清点工具的死神喷了过去。那位外科高手以为卡梅特打算用邪魔侵染他和他的工具,他立即开始收拾自己的行头,想把工具再装进背包里。太晚了。他的小工具上已经沾上了唾沫,变得滑溜溜的。他的脸上也挂着一滴。医生没有在那里等着被喷上更多的口水,他不由自主地发出了一声尖叫,将剩下的工具统统丢进了背包里,一个箭步冲出了考场。两条软塌塌的腿能跑得多快就有多快,带着他径直朝总统府的大门口跑去,一路上他还高声哀叹着,想让全世界都知道他的工具中了唾液的巫蛊。他呜咽着说:"我刚刚被下了咒。"狂乱中他觉得死神已经找上了门。"我要死掉了"很快就变成了"我已经奄奄一息了"。等来到排在大门外的队伍时,他的喊叫已经变成了"我死了"。其他人问他究竟出了什么事,他只是继续胡言乱语了一通妖术和自己必死无疑的话。

听明白了他究竟在说什么后,其余的考生也都仓皇地逃走了,先是跟在外科医生的身后大喊大叫地追问着,渐渐地就四散逃走了。

巫师们逃走的消息立即传到了统治者的耳朵里,他怒不可遏。他命令警卫去把考生追回来,将他们鞭打一顿,然后叫他们完成考试。这些懦弱的家伙竟敢让非洲精神病学蒙羞?

仿佛巫师和巫医们全都蒸发了似的,只有一名考生因为腿脚不便没能逃走。由于左腿比右腿短一截,他只能一瘸一拐地慢慢走着。他冲其他人嚷嚷着:噢,我的巫师兄弟姐妹们,不要丢下我!

求求你们了,不要丢下我!巫术的事情上咱们都是一样的啊!

噢,我们可不会丢下你的。警卫们一边说,一边扑向了瘸腿巫师。只是出于对巫术的恐惧,他们才没有将他暴打一顿,拿他泄愤。

23

统治者命人将瘸子带到考场,要不就用赶牲口的粗皮鞭打得他说出那些搞巫术的兄弟姐妹们都去了哪里。得知这位巫师是一个女人,他说是男是女不重要,只要她能通过考试,她就不会挨鞭子了。

瘸巫婆——他们给这位腿脚不便的巫师起的名字——长着一张令人恶心的面孔。她的一只眼睛往外渗着液体,不说话的时候她的嘴唇不住地抽搐着,跟她说话的时候对方只想看着别处。她整个人又是一副滑稽的模样。她没有占卜用的小玩意,只有一根拐棍和一个难看的包裹。她的头发蓬乱得让抓住她的人热烈地议论了一番,他们觉得她那一头拉斯塔法里教徒的脏辫梳得过于地道了。①

从外科高手的手底下侥幸逃生的卡梅特仍旧惊魂未定,接下来无论进来的是什么人,他都拉着脸,摆出一副警惕的样子。当瘸巫婆被领进来的时候,他一下蹦了起来,一直缩到了角落里,准备喷出致命的唾液。他暗自发誓:我可不会背对着这个巫婆。她的那根拐棍太可疑了。卡梅特与瘸巫婆轻蔑地互相瞪了几秒钟,仿

---

① 为了强调苦修,拉斯塔法里教徒(以及印度苦行僧)都会梳一种拧结起来的硬邦邦的辫子,辫子无法解开,沾满污垢,故称为“脏辫”。

佛他们想比试一下谁会先眨眼睛。

尽管保持着警觉,卡梅特还是没有预料到巫婆接下来的举动,或者应该说是他搞不明白对方在做什么。巫婆突然用拐棍碰到了他的喉结,他想要吐出几个“如果”,可是恐惧之下他又把话憋了回去。他想挪开脖子,可是每一次她都更加用力地压住了他的喉结,就好像是在警告他:可别跟我耍花招。到最后他不再挣扎了。他在心里嘀咕着我得小心行事,否则必死无疑。

“我的拐杖从来不说谎。魔鬼就藏在那里,拐杖指在哪里,魔鬼就在哪里。傻子和聪明人——是谁看不见?说话的能力是知识的源头。说不了话?愚蠢的开端。可是,魔鬼是怎么钻到那里去的?这个地方散发着酒精的恶臭。”

恩卓亚与卡海伽慌乱地互相瞟了一眼。“告诉我,你在哪里找到了这个人?”巫婆执拗地喊叫着。两位看守又互相看了一眼,他们不知道自己是否应该交代出他们是在一个酒吧里找到的这个人。他们甚至不知道除了跟考试要求有关的问题之外,他们是否有权回答她提出的其他问题。他们压低声音商量了一会,最终决定恩卓亚必须去征求上面的意见。按照两人看守的规定,恩卓亚刚一走,阿盖就走进了考场。这种情况给恩卓亚造成了一些困扰。回来后他意识到由于两人看守的规定他不能再进去了,于是他代替阿盖守在了门外。

“我刚才是怎么问你的?”巫婆拖着声音恶狠狠地冲卡海伽吼道。绝望之下卡海伽打开房门,二话没说就把恩卓亚拽了进去,他自己守到了门外。得到了允许后,恩卓亚承认了他们是在一个很大的啤酒馆里找到的这个人,当时他喝得醉醺醺的,但是自从那之后他就再也没有沾过一滴酒,甚至看都没有再看一眼酒了。刚进考场的阿盖不知道之前发生了什么,他气恼地看到恩卓亚企图把

逮捕这名犯人的功劳据为己有。他要澄清事实。他问都没有问一声同伴,便突然插起了话:

“千真万确!我的上帝啊!在啤酒馆里发现他的人是我,所以,如果你对他和酒有什么问题的话,尽管问我,如果你想证实我的话究竟是否属实,千真万确!我的上帝啊,那就去问……我是指……如果乌鸦……”

阿盖想说出病人的身份,突然他意识到自己失口了。他夸张地咳嗽了起来,试图掩饰自己的失误。巫婆愤怒地打断了他的表演:

“住口,否则你就会得上他的病。恶魔一天祸害一个人就够了。我的拐棍已经算出了病根在哪里,它要告诉我所有的……”

阿盖停止了咳嗽,他很庆幸自己听从了巫婆的命令,巫婆终于将注意力转向了病人。“你,仔细听好了。”她一边说,一边用拐杖戳着病人的喉咙,“我要跟藏在你的喉咙里的魔鬼说说话。”卡梅特逼着自己专注地盯着巫婆的眼睛,他觉得自己看到了,或者说是幻想出了她在给他使眼色。那双淌着水的眼睛和抽搐的嘴唇令他的目光躲开了,不过他还是继续听着她的声音。

身体是灵魂的圣殿
注意饮食
贪婪让死神垂涎生命
烟草囚禁生机;酒精禁锢思维
平衡得善果……

她继续说完了他们的教义,卡梅特几乎惊讶又怀疑地愣住了。

“现在,我要命你身体里的魔鬼通过你跟我说话,”瘸巫婆说道,“说话,魔鬼!”

“如果!”卡梅特试探性地吼了一声,就像是在挑战她,逼她消除他的怀疑。

仿佛接受了挑战似的,瘸巫婆应声答道:“是你……”

“我……”卡梅特收住了嘴。

“是谁……”瘸巫婆说。

“大草原上……”卡梅特又停了下来。

“跳舞……”巫婆回答道。

“赤身裸体……”卡梅特想要激怒她。

“在月光下,像巫婆那样……”她说道,仿佛在暗示他没能激怒她。

“那就带着我离开这个‘如果’的牢房……噢……如果……如果……只要……”卡梅特说。就如同他受到了瘸巫婆的诱惑一样,躲在他身体里的魔鬼也受到了引诱,开始乞求他将自己释放出来。

瘸巫婆将目光投向阿盖与恩卓亚,两位警察已经被目睹到的奇迹迷住了。瘸巫婆做到了其他巫师都没有做到的事情,他们用尽了长矛、刀子、针、刀片和口头上的威胁,可是除了“如果”两个字,他们全都没能从病人的嘴里再逼出一个字,瘸巫婆却设法向栖身在病人喉咙里的卑鄙的魔鬼灌输进了上帝的恐惧。现在他们都急着想要听到瘸巫婆接下来会说些什么。“如果我从他的嘴里问出更多的话,你们就必须把他送到我的圣地去,在那里我的药物才会起效。在你们方便的时候,随时都可以去。”

与恩卓亚在角落里商量了一番之后阿盖就离开了房间,卡海伽又进来了。回来后阿盖没有守在门外,他直接走了进来。

“我们得到命令,现在就上你的圣地去,”阿盖对瘸巫婆说,“你必须立即彻底治好他。然后我们再把你和他一起带回来。”

卡梅特无法相信自己的耳朵,现在他对巫婆的怀疑消失得一干二净。他告诉自己,尼娅薇拉创造了奇迹,他拼命地忍着喜悦、感激和钦佩的泪水。

24

瘸巫婆拒绝乘坐路虎越野车。

“哦,那咱们走不了太远?”三个警察异口同声地问道。

“不太远,”她说,“就在那里。”她指着天边说。

“就是天地交接的地方?”恩卓亚问。

“没错。”瘸巫婆说。

“可从这到那里有好长一段路啊。”卡海伽说。

“回家的路绝对不会太长。接触到这片土地我才会有法力。”说着话她用拐杖捅了捅地面,“我决不允许任何东西挡在我和大地母亲之间。你们何不先走一步?要是赶在我前面到了那里,等着我就行了。”

“哦,不。”三个警察又异口同声地说。

“我们得到命令,任何时候都不能让视线离开你。”阿盖说。

“要是不走路的话,怎么才把你从这里送过去呢?”恩卓亚问道。

“平板车。驴车。只要是活物踩在地上拉的就行。”

“你想让我们坐人和驴子拉的车?”三个警察异口同声地问道。

“现如今在这个时间很难找到驴车和平板车。”恩卓亚说。

听到恩卓亚的话,瘸巫婆只是指了指自己写在衣服上的字:自己决定。跟我有什么关系?恩卓亚似乎在问自己,不过他没有在意瘸巫婆的傲慢。

阿盖看着瘸巫婆和“囚犯”，卡海伽与恩卓亚钻进路虎，开车去找人力车和驴车去了。没走多远他们就看到了一辆驴车和一辆手推车，两辆车上都满载着货物，他们决定把两辆车都雇下来。

瘸巫婆提出自己与卡梅特坐人力车，恩卓亚、卡海伽与阿盖坐驴车，路虎跟在后面，汽油尾气对魔法精灵很糟糕。人力车、驴车和路虎组成的车队缓缓地爬行着，害得其他车辆也放慢了速度。其他车上的司机不耐烦地冲着他们摁喇叭，绝望地看着他们像蜗牛一样慢条斯理地爬着。就在他们的头顶上，直升机在空中监视着一队队抗议青年拥进国会大楼的院子里，吵吵闹闹地制造着骚乱。

就在这时，一辆梅塞德斯-奔驰朝他们迎面开来，车上的司机吆喝着叫驴车停下来。整个车队随之停住了脚步。是卡尼欧若。随即形势就变得一团混乱。瘸巫婆立即吩咐人力车司机继续赶路，车夫就像是长了翅膀一样飞奔了起来。追赶人力车的时候驴车将卡海伽、恩卓亚与阿盖全都甩到了车底下。路虎刚好接住了卡海伽，恩卓亚征用了一辆自行车，阿盖跟在队伍的后面一边跑，一边喊着叫恩卓亚用自行车捎上他。人力车有条件左躲右闪地穿行在车流中，梅塞德斯-奔驰在狭窄的两车道马路上很难跟上它。驴车又挡在路虎的前面。路两旁的行人都感到好奇：一辆梅塞德斯-奔驰追赶一辆手推车，还冲着后者摁喇叭；一辆驴车一边还排着粪便，一边冲着梅塞德斯-奔驰嘶鸣着；一辆路虎又冲着驴车鸣着喇叭；一个骑自行车的人又冲着路虎摁车铃，还有一个警察一边跑，一边用斯瓦希里语喊叫着，“赛玛玛！”①这究竟是怎么一回事

① “Simama”（音为“赛玛玛”），在斯瓦希里语中表示“站住”。

啊？人们也猜不出最后那个警察是叫什么人站住，还是在呼唤一个名叫"赛玛玛"的人。阿盖最先在这场追逐赛中受了伤。他踩到了驴粪上，脚下一打滑就栽倒了，后来路上的行人都说那一跤摔得非常狠。

飞速前进的人力车穿过了铁轨，等它刚一过去红色的栅栏就降了下来，拦住了梅塞德斯-奔驰。"赶紧跑到马里萨和马里库家去，别多问了，咱们晚点再聊。"瘸巫婆对乌鸦魔法师说。

手推车还在继续狂命飞奔的时候乌鸦魔法师就跳下了车，拔腿便跑。梅塞德斯-奔驰终于穿过了铁轨，卡尼欧若看到人力车就在远处。

追上去，他对自己的司机说。

25

后来有人说当时那头驴就一直站在路中间，挡住了其他车辆的去路，直到瘸巫婆与乌鸦魔法师安全逃脱。还有传言称当时的情况不是这样的，其实圣玛利亚的驴全都上了马路排起了长队，它们不停地拉屎撒尿，路面变得滑溜得让车辆几乎无法挪动，追赶那两个人的警察全都摔倒了，地上到处都趴着警察，最后他们又胡乱地抢了一些自行车。

"真的吗?"大追逐发生后的第二天晚上温吉尼娅向丈夫问道。

"让谣言贩子去传闲话吧，"塔基里卡气恼地说。瘸巫婆与乌鸦魔法师逃掉的消息令他很不开心，他已经制定好的货币政策涉及了外币的制造，也就是自然培育出美元，要实现这一点就必须先让乌鸦魔法师满足统治者的心愿。他担心魔法师逃走也许会让他难以保住中央银行总裁的职位。

温吉尼娅有点丧气:乌鸦魔法师逃走的消息只是谣言?

“他逃走的事情有一点有真实的成分,”塔基里卡说,“只是帮助他的是瘸巫师,不是驴子,不管是一头还是一群。”

“瘸什么?”

“那群巫师里的一个。这个巫师的左腿比右腿短一截,她的绰号就是这么得来的。”说完塔基里卡停顿了一下,“温吉尼娅,你建议我们公开招募巫师、法师参加在总统府举办的全国技能考试,这一招太高明了。要不是那个瘸巫师,这个办法几乎就要见效了。”

“男的?”

“不!是女的,她和魔法师都不见了!”

“怎么会呢?我的意思是,他们怎么逃得了呢?”

“我只能告诉你卡尼欧若在统治者面前指责警卫们玩忽职守,还斩钉截铁地说他们根本不够格穿上那身衷心拥护统治者的人才配穿的警服。你也知道,嗓门大的才是骗子,面对他你很难分出哪些是事实,那些是编造的。”

“卡尼欧若怎么也卷进来了?”温吉尼娅问道。这时她真的有些迷惑了。

尽管已经很疲惫了,塔基里卡还是努力给妻子简要地讲了一遍事情的来龙去脉。

瘸巫婆逃脱的消息令温吉尼娅开心,在她最需要帮助的时候很有可能正是尼娅薇拉和其他一些女人帮了她。她也对自己感到满意,她竟然抵挡住了出卖尼娅薇拉的诱惑。更令她喜悦的是自己能够和曾经被她视作坏人的那些人团结起来,尽管她不认同他们的政治观念,但是她现在已经知道那些人有着高尚、慷慨的心灵。相比于凶残邪恶的卡尼欧若之流,她当然更愿意与他们为伍。她独自想出了最能向尼娅薇拉表示谢意的方法,现在她得意极了。

她将自己所做的事情回想了一遍。趁着同丈夫一起吃饭、躺在一起闲聊的时候她掌握到了有关乌鸦魔法师的身体状况和下落的所有情报,然后她把情况告诉了马里萨。

她告诉了马里萨乌鸦魔法师在一个酒吧里被俘获了,被拖到总统府之后他就患上了失语症。她对马里萨说在她看来似乎只有男性才容易患上这种病。她还告诉了她全国巫术技能考试的事情,考试内容就是给魔法师治病。温吉尼娅没有向马里萨暗示过一次应该怎么处理这些消息,她当然清楚马里萨会一字一句地把她的话全都转告给尼娅薇拉。不过她没有预见到逃跑的这一幕,她原本只想让尼娅薇拉同乌鸦魔法师取得联系。似乎她的计谋成功得完全超乎了她最离谱的想象。

一想到卡尼欧若也莫名其妙地掺和进这件事情里她就感到气愤,在这一点上她与丈夫的想法完全一致。

“你能相信这回事吗?这件事跟他八竿子打不着,而且他也没能逮到逃跑的手推车,可是统治者还是派他去捉拿逃犯。”

“那个人!我真不知道怎样才能制止住他,让他不再靠着作恶牟利。”温吉尼娅说,“那三个警察呢?他们对自己的行为是怎么解释的?”

“阿盖、卡海伽和恩卓亚加入了失业大军。”塔基里卡说。

这个消息令温吉尼娅感到苦恼。“统治者怎么能把一直忠心伺候他的人赶走呢?”

“统治者绝对不会出错,”塔基里卡有些迟疑地说道,“我相信他不会没有充足的理由就把那几个警官打发走的。”

26

“千真万确！我的上帝啊，等回到总统府的时候我们发现卡尼欧若已经用他的谎言把总统府搞得乌烟瘴气。他甚至声称他看到我们被游客团团围住，游客们摁着相机，拍到了警察坐在驴车上的照片。那一幕会让别人以为统治者破产了，给自己的警察只配得起驴车了。

“他们立即解除了我们的职务，把我们赶出了政府住房。路人对流浪狗，哪怕流浪狗抢了他们的东西，都比他们对我们这些忠心耿耿为他们卖命的人更好。

“我不了解他们俩的情况，我自己反正没有地皮，没有房子，名下也没有任何产业。说到有什么选择，我们才意识到除了抓人、对别人刑讯逼供、把人带上法庭之外，我们就没有别的技能了。我们明白得太晚了。唯一有可能的工作就是在全国各地突然冒出来的大量私人保安公司里找一份差事。少数一些人通过给国际货币基金组织当掮客发了大财，这些有钱人的房子都变成了奢华的监狱。想想看，两位前警督和一位前助理警监落魄得去给别人当门卫，一手牵着小猎犬的绳子，另一只手拎着只能砸烂莓子的木棒，这多么耻辱啊！还不如只让我们背上弓箭呢！

“我们坐在那天那个铁道口附近的马路边，问自己为什么命运要这样打击我们。我们现在要上哪儿去？好运气为什么要在我们最需要它的时候抛弃了我们？这个瘸巫婆究竟是什么人？”卡海伽哀叹着。

瘸巫师与乌鸦魔法师根本就是一个人，疲惫不堪的阿盖严肃地告诉恩卓亚与卡海伽。他们三个人争执了起来，恩卓亚与卡海伽坚持认为瘸巫师与乌鸦魔法师不一样,他们是两个人。阿盖拼命解释说有时候魔法师以女人的样子现身,有时候又以男人的样子露面,瘸巫师就是魔法师的另外一副面孔,他们抓到的那个人只是魔法师的影子。他告诉他们那天夜里在大草原上他追赶两个人形的幽灵,跳进岩石裂缝的是两个幽灵——"你们还记得那块石头和那片灌木丛吗,就是在那里咱们看到了长着美元形叶子的植物"——结果他们变成了一个人……

阿盖刚一提起美元一样的叶子,卡海伽就厉声打断了他,将他们俩的目光都吸引了过去。"我说,咱们还是去找乌鸦魔法师吧,先别管他是瘸巫师,还是女人,或者是影子了。"他激动地说道。

"凭什么?就在统治者对咱们干出了这种事情后?"阿盖惊讶地听到自己的语调充满了讽刺的意味。

"没错,好心没好报。"恩卓亚说。

"得啦,你自己不是说过了吗?还记得咱们在大草原上没日没夜地挖的那些坑吗?咱们自己费了半天劲,给自己捞到什么了吗?咱们甚至都不知道他们怎么处理了那些植物。现在呢?凭着几句无耻的谎言就把咱们给打发了!不行。咱们要去找乌鸦魔法师,没错,这一次咱们是为了自己去找他。明白吗?咱们就把丢了饭碗的不幸告诉他,求他把树上长钱的秘密告诉给咱们。咱们不需要知道造美元的那种,对咱们来说能造出布里币的树已经够用了。"卡海伽说,他看到其他两个人一致点起了头。

分开前他们商定好要互相协作。他们分头去不同的方向,不管谁先打听到乌鸦魔法师的下落,他都要立即把消息告诉给其他两个人,三个人都在场的情况下才让乌鸦魔法师说出如何让树长出钱的秘密。

后来在给别人讲述这件事情时阿盖会说:"千真万确!我的

上帝啊！从那天起我们都穿上了平民百姓的衣服，加入了成千上万人组成的失业大军，那些人从步兵到精英空军部队的人无所不有。我们三个人以前是为了国家四处找人，现在开始为自己的生计四处寻找乌鸦魔法师。不过对我来说——千真万确！我的上帝啊！——诱惑我去寻找魔法师的动力并不是长钱的植物，而是因为我太渴望知道所有事情背后的秘密了。

“有一天，我听说有人在万圣大教堂附近看到过乌鸦魔法师，我找到了恩卓亚和卡海伽，把这个消息告诉了他们。他们好像是抢先赶到了大教堂。难道他们忘记了我们的协议吗？好吧，我也赶到了那里，我以为自己会惊讶地看到整座教堂……不过，那一天你们肯定也在那里吧？”

第五部

造反魔鬼

第一部分

1

考虑到全国目前的状况,瘸巫婆与乌鸦魔法师仍然在逃的消息令统治者感到自己就像一头被逼到绝境,又没有了牙齿的困兽。他在总统府里监控着一切,每个钟头都会接到来自四面八方的报告,从混乱的报告中可以看出全国各地都陷入了一团混乱。原本出于不同的理由在各地排起的队伍现在一股脑地聚集到了国会大楼和法院一带。人越来越多,统治者感到自己已经没有多少选择的余地了。

自从卡尼欧若手下那伙爱国分子在机场打了外国记者,激起外国大使馆抗议之后,统治者就命令警察、民兵,甚至是卡尼欧若手下的小伙子们小心一点,尤其是在外国人的镜头前。要是他们十分想弄碎几个脑壳的话,他们应该去乡下或者小镇子。他叫他们自我克制一点,他们却无视他的要求,将几个怂恿别人去参加所谓的人民代表大会的煽动分子打断了骨头。不过,叫他们去乡下或者小镇子并不是因为他对他们感到恼火,他只是希望他们的举动不会表现得好像他害怕在国会和法院的院子举行的和平集会。他的心里涌动着想要杀人的怒火,但是他仍旧不愿意向自己的本能屈服,向那些持不同政见的人放出他的杀手。他希望到最后人民会厌倦了没完没了的演说,饥饿难耐地回家去。

现实不是这样的。很多人都带了食物,小餐馆的老板和小摊贩还给大家送来点心,有的中巴车还给大家捎来了乡亲们送给大家的饭食。集会的人群越来越有力量,越来越有信心和勇气。最初警方还试图拿走临时搭建的讲坛上的喇叭,人们高声抗议着,威胁说要闹事,警察就这样被逼走了。

没过多久,人群形成了一种模式。宗教领袖带领集会群众做祷告,大多数时候都是在祈祷上帝战胜撒旦,阿布瑞里亚重新恢复和平与繁荣。祷告完紧接着又是赞美诗,然后由神职人员进行布道,内容完全忠实于《圣经》。布道结束后想发言的人可以畅所欲言。统治者当然不会觉得这种情景有趣,只是世界银行拨款的前景遏制着他。

连日来,围绕着马乔卡利失踪出现的谜团成了所有人都在议论的话题。如果就连外交大臣,同时也是一个蜚声世界的人物都能彻底消失,而且没有一个人对这件事情负责,那么在阿布瑞里亚共和国谁敢说自己是安全的?"我们需要真相!我们需要真相!"开始反复出现在人们的呼喊声中了。有人甚至说如果有关外交部长失踪的真相还不被公布出来,他们就要向总统府进发,去总统府找他。就让他们把嗓子往哑了喊,胆敢上这儿来的人可是要大祸临头了,统治者咬牙切齿地说。他本想派卡尼欧若手下的暴徒煽动人们前来总统府示威,转念一想他又觉得这样做并不明智,他可不希望那样一场游行示威的画面又铺天盖地地出现在世界各地的电视屏幕上。就这样,双方都在等待着对方率先采取行动,双方僵持在那里,互相用警觉的目光盯着对方,只用言语试探着彼此。

就在这种情况下美国大使与法国大使二度造访了总统府。加布里埃尔·杰姆斯通像往常一样一副公事公办的样子,一来就直入主题。他不介意让统治者知道他的立场同主要的几个西方民主国家保持一致,所以让·皮埃尔·萨特会同他一起来总统府。可别把他跟那位同名同姓的存在主义哲学家搞混喽,杰姆斯通打趣道,萨特先生也点了点头。① 西方社会已经给阿布瑞里亚的未来投入了很多,自然也对有可能会损害其利益的情况十分担忧。统治者必须找到和平平息国内动乱的办法。

统治者愤怒地提高了嗓门,他受够了西方的傲慢,受够了这些教他在自己的国家里应该怎么做的说教,他从来不会放肆地告诉美国总统该怎么处理上一次在华盛顿参加早餐祷告会时他亲眼看到的那些激烈的游行示威,他受够了别人的摆布。他们叫他找到办法,平息所谓的危机,可是当他威胁说要动用自己的人民理解的语言时,他们却叫不要这样做。他对杰姆斯通大使说,是你们自己说鱼与熊掌不可兼得。以前,当他动用武力让数千人闭上嘴巴的时候,他得到了西方社会的认可和祝福,那时候西方社会跟他喋喋不休地胡扯过使用和平手段的话吗?为什么现在就要说这种话?

"阁下,您说得很在理。"杰姆斯通大使说,"环境变了,我们相信还有其他的解决之道。给你的人民一些甜头,让他们开心起来。你们不是有一句谚语吗,给猴子扔花生,就能分散它注意力,让你能趁机偷走它的孩子。"

---

① 存在主义哲学家萨特全名为"让·保罗·萨特",除了中间名,姓名与本文中的法国大使完全一样。

“您建议我给这些猴子扔什么样的花生?”统治者挖苦道。

“比方说,去跟他们谈一谈……”

“对他们说什么?”

“谈一谈失踪的部长马乔卡利。他们现在都在议论他的事情。”

“关于他说什么?说我知道他在哪儿?”

“这取决于您自己。不过我可以告诉您世界各地的情报部门都告诉我们您的部长不像您似乎在声明中暗示的那样,他没有向任何方面寻求避难。”

法国大使也点了点头,表示同意。

“对于一个已经被指控为阴谋推翻政府的部长,你们为什么关心他的命运?”

“阁下,我们没有看到证据证明这一点。”

“所以你们就不相信我的政府发布的官方报告?”

“阁下,我们为什么应该相信呢?这份报告是他的政敌西吉奥库拼凑出来的啊。”

“你们怎么知道报告是他写的?”

“阁下,我们有渠道打听到消息。”杰姆斯通说。

统治者没有忘记自己在纽约受到的羞辱,在他自己的情报机构理清头绪之前世界银行的特使早就告诉他有传言称在他的国家人们又排起了更有组织的新队伍。现在,这位大使又跑来向他吹嘘他的消息有多么灵通,就连别人的国家机密都知道!

“也就是说,你们暗中监视你们朋友喽?”统治者冷冰冰地说。

据说他们的谈话突然就结束了,统治者告诉杰姆斯通下一次有话对他说的时候,最好拿起电话,或者给他写封信,甚至派法国大使来就行了。这就是您要说的?杰姆斯通问道。他站了起来,没等统治者作答就走了出去,法国大使也紧随其后走掉了。

白人大国的傲慢,统治者压低声音咕哝了一声。他们为什么这么着急让我把自己的身体状况暴露在民众面前?

不知何故,法国大使的沉默开始令他感到烦恼。在冷战时代,西方各国中间法国总是一马当先地以武力干涉非洲事务,经常向他保证一旦出现针对他的暴动法国就会派兵援助他。美国和英国的走狗失踪了,法国的心里又有了一个候选人?会是谁呢?

他想起了杰姆斯通心急火燎地说萨特先生跟哲学没有关系。最近他也听到过有关法国、哲学,还有阿布瑞里亚政府的一些说法,是从哪里听说的呢?他问自己。突然他想起了当时的情景,他立即召见了中央银行总裁塔基里卡。

“告诉我,之前就在这个房间里,你跟我提到的哲学家是哪一个?”

“哲学家?我?”塔基里卡有点吃惊,他还以为统治者召见他是想询问瘸巫婆与乌鸦魔法师的惊人逃亡,要不就是民众占领国会和法院大院的事情。

“是一个法国人?”统治者想刺激一下他的记忆。

“噢,不是我说的,我发誓。”塔基里卡就像是面对指控在为自己辩护似的,“是西吉奥库,他曾试图给我讲这个人的事情,可是我明确地告诉他我不想跟这个对怀疑充满狂热的疯子扯上半点关系。”

“我想知道的就是这个。他是什么人?他叫什么名字?”

“哦,笛·卡尔,或者笛卡尔。”

“你确定,非常确定他不叫萨特?让·皮埃尔·萨特?”

“非常确定。这个名字绝对是笛卡尔。或许还有‘托马斯’,我不知道。显然法国人就喜欢神,他们总是会谈到他。西吉奥库跟我说他第一次听到这位神和他的怀疑宗教就是在法国大使家，在专门为他举办的一场晚宴上。”

“为他举办？为什么？”

“因为在他还没当上部长之前很早的时候他就已经显示出了他对法国技术的信任，他选择了巴黎，而不是伦敦，去加长他的耳朵。”

统治者沉默了一会，仿佛是在继续思考一个刚刚冒出来的念头。

“他自己一个人去的吗？也许还是偷偷去的？”

“这个我就不知道了。”

“谢谢你，提图斯。现在你可以回去工作了。”统治者的语调几乎透出一股慈祥。

没过多久统治者开始接到报告，报告称一些军官接到了西方大使馆举办的鸡尾酒会和宴会的邀请。刚和大使们发生了不愉快，这些消息又接踵而至，统治者忍无可忍了，他必须想一个办法，让这些在阿布瑞里亚的西方人瞧一瞧他是一个地地道道的男人。他再也顾不上通天塔项目的贷款了，他要屠杀他自己的臣民，那些傲慢的混蛋根本不能拿他怎么样。

统治者发出了最后通牒，随即就命令武装部队驱散人民代表大会。

电视上出现了装甲车的画面，装甲车在埃尔代里斯的大街小巷不停地走来走去，车上架着杀人的长炮筒，这样的画面令统治者感到自己多了几分男人的气概。媒体围着一条条队伍的景象令他兴奋极了，他指着电视机屏幕，轻轻地自言自语着，就让他们见见血吧，就让他们瞧一瞧大权还在我的手里。

就在这时他的手指不听使唤了，手突然垂落到身体一侧。爬上这个职位以来他还是第一次感到了恐惧。就在电视屏幕上,坦克没有从异己分子的身上轧过去,军队里的小伙子们和平民青年互相击着掌,全世界都能看到这一幕,他太尴尬了,他的统治已经到了日落西山的时候了。可是,这一切是谁导演的?

涉及自己的生死问题时统治者一点都不天真,也不愚蠢。他想到了杰姆斯通大使的来访和他们那场激烈的谈话。

他仔仔细细地回想着杰姆斯通说的话,想着想着大使对他提出的要求凸显了出来。大使要求他给造反分子一些甜头,他决定就这么做。考虑到自己目前的身体状况,他要通过情报部长之口对造反分子说几句话。

一直希望自己当军人的大本·曼波终于看到一个可以让他梦想成真的天赐良机了。他没有站在讲台上讲话,而是爬到了一辆装甲车的车顶上。在将统治者的话转告给大家之前他先发布了一项声明,他说自己是在代表阿布瑞里亚国三军总司令做这个讲话。

他宣布针对我们热爱的外交部长马乔卡利失踪的事实和细节将会成立一个调查委员会,他还暗示统治者甚至在考虑寻求伦敦的苏格兰场,以及华盛顿的联邦调查局的帮助,以此表明他同他的政府在这位已故的部长的问题上没有什么可隐瞒的。“已故”两个字刚一说出口大本·曼波就意识到自己失言了,他决定不纠正自己的错误,以免引起更多的注意。他继续说了下去。

人们无法相信自己的耳朵:统治者怎能将一位多年来一直充当他的左膀右臂的部长就这样停了职?警方突袭了国务部长的办公室,收走了他的所有文件,以供进一步的调查,西吉奥库部长本人也已经被逮捕,此人被认为应对马乔卡利的失踪负有责任。听到这些消息,人们充满怀疑地打起了口哨。曼波还在讲话中暗示早在马乔卡利选择去伦敦做眼睛扩大手术,西吉奥库去了巴黎接受耳朵增长手术的时候,他们两个人就开始了竞争。曼波还即兴发挥说这两位部长分别代表英国人和法国人不停地打着仗。众所周知,英国和法国这两个国家一直为了得到欧洲的控制权打得不可开交,这种事情可以回溯到拿破仑与纳尔逊那个年代。所以他——曼波——不愿追随他们两位的脚步,没有被他们引入歧途,最终去了德国做舌头调整手术,现在他就在用这条舌头代表三军总司令发言。说完这些他又拿起了自己预先准备好的稿子,含沙射影地说西吉奥库卷入了一个危险的阴谋集团,该集团在散布有关政府的怀疑论。可是,为什么呢?事实胜于雄辩。

从国务部长的办公室里搜到的物品中有一套西装,这套西装和统治者专用的西装多少有些相似,上面也缀着小块的狮子皮,按照法律的规定只有统治者的衣服上才能带有这种装饰。西吉奥库甚至还仿制了一把统治者在主持内阁会议期间坐的那把椅子。不过,大本·曼波还是规劝人们不要急于在调查委员会的工作完成之前下结论。

这并不意味着人们就应当闭住嘴巴,凡是对这片土地心爱的儿子失踪一事或者西吉奥库的宗教小团体有所了解的人都将得到机会,向政府的调查委员会亲口报告情况,或者提供书面证词。

现在,曼波以阿布瑞里亚三军总司令的名义命令所有装甲车从街上撤走。他还说,既然政府已经对他们最关心的事情作出了答复,集会的群众就应该平静地散去了。

装甲车撤到了小巷子里,人们依然没有散去。他们的歌声与祷告越来越响亮,时不时地还有人会大喊一声:把我们的声音还给我们。

2

统治者的统治所依赖的两根支柱——武装部队和西方社会——都已经与他相当疏远了,他得想办法巩固和他们的关系,为了实现这一点他要向他们显示出他对权力的掌控并不完全依赖于他们的存在。军队不愿意支持他,在不求助他们的情况下驱散公然挑衅的群众,还有什么办法能比这个更清楚地显示出他不依赖于他们?可是,除了军队和警察,他还能靠什么人驱散群众?

统治者知道自己再也不能指望内阁部长们了。他已经接到了一些报告,报告上称有几位部长就像军官们一样有可能听命于可耻的西吉奥库,近来有人看到他们在拉拢西方的大使们。杰姆斯通说过他很清楚统治者的内阁究竟出了什么事,他的话令统治者不仅怀疑自己手下的部长里已经有人被收买成了线人。为了挫败这些人,他决定不再召开内阁会议了。现在马乔卡利与西吉奥库都不在了,他这才意识到以往碰到危机的时候他有多么依赖他们。他倒不是在想念他们,实际上他已经让塔基里卡与卡尼欧若接替了他们的位置,他相信这两个人只会顺着他的心思说话。他还时不时地对他们挑拨离间一番,经常将他们分开召见。有些事情他希望只有卡尼欧若和他知道,还有一些事情他又只想和塔基里卡分享。他也清楚这两个人都是骗子。尽管他们互相嫌恶,但是他必须预防有朝一日他们勾结起来反对他。他亲昵地称他们是“我的特别顾问”,现在他就要求助这两位特别顾问帮他找到最妥当的办法驱散人群。卡尼欧若先站了出来。

卡尼欧若有两个提议。如果出于某种考虑统治者实在不愿意动用军队的话,那么他就应该对西方各国要求他有所克制的呼吁装聋作哑,允许卡尼欧若手下的小伙子们摧毁嚣张的集会,就当是给那些人一个教训。或者他加强力量继续追捕乌鸦魔法师,在酷刑和死亡的威胁下魔法师就不得不使出自己的法力,治好排队热潮中疯狂的人群,清除掉人们脑子里所有不道德的念头。他,卡尼欧若,已经为魔法师布下了天罗地网,尽管目前还没有捉到猎物,但是他确定在他们的搜索下乌鸦魔法师与瘸巫婆躲不了多长时间了。说完他就哈哈大笑了起来。

塔基里卡也建议争取乌鸦魔法师的合作,不过他强调应该无限制地制造布里币,将制造出来的布里币分成两部分。

一部人要用来购买外国货币,再将外币存入瑞士银行,增加账户里原有的储蓄。统治者也可以拿这笔钱在海外那些避税天堂购置房地产。作为中央银行总裁,塔基里卡当然会确保新制造出的货币畅通无阻地流通起来。此外,他提出还是应该开办一批新银行,梅瓦塞里卡有限责任公司①。

另一部分布里币就被用来以尽可能有效、公开、和平的方式驱散人群。统治者只需要向公众宣布一个日子,届时钱就会像从天而降的神的恩赐一样落在等在那里的人群。在指定的时间,四架直升机将首先向人群的中心抛下布里币,然后逐渐向东、西、南、北四个方向扩散。忙于争抢钞票的异己分子就会自动朝四面八方散去。

建立洗钱银行的计划听起来就是天才之作,统治者情不自禁地想到如果乌鸦魔法师被迫说出树上长出美元的秘密,那这笔横财也会按照已经经过布里币检验过的方法轻轻松松地在国内和国际上流通起来。梅瓦塞里卡银行的主意听上去太美妙了,统治者

---

① 梅瓦塞里卡(Mwathirika),在斯瓦希里语中表示“受害者”。

坚持叫塔基里卡的夫人温吉尼娅出任名义上的创始人及总裁，统治者的几个儿子担任银行董事。塔基里卡的其他建议也同样绝妙，全都能够在无须流血的情况下实现统治者需要的结果。

真是一个令我称心如意的骗子，统治者喃喃自语着，他完全被塔基里卡简单漂亮的方案迷住了，他庆幸自己当初任命他为中央银行总裁。

“还有，提图斯，有一把椅子和一些衣服，我想是从西吉奥库的办公室里找到的。现在你明白了吧，我都让什么样的部长围在我的身边啊？让这种人继承我屁股下的这把椅子？我信不过——我是说，给我严加保管这些叛变的证据，直到我想好该拿西吉奥库和他的同谋怎么办。”

从这番话里塔基里卡听出来统治者在军队面前的尴尬境地，统治者再一次对他表示出的信任给他壮了胆，他盛气凌人地提出了一条覆盖面更大的建议。

“谢谢您给予我的信任，我发誓决不出卖您。如果您允许我说的话，我要说您或许需要总统府里有新的耳目，好发现有些人有什么样的打算，还有能悄悄监视军队负责人的眼睛，一种监视军队的超级眼。”

“我想你在军队事务上的经验至多也就是用屎尿占领了一个警局而已，”统治者冷冰冰地说道，他痛恨塔基里卡话里有话地暗示他对军队的担忧，“管好钱的那摊事。”

塔基里卡心想自己真是走错了一步，为了补救他赶紧问道：“我何时可以启动我的财政计划？”

“我会考虑这个问题的。”统治者说。

统治者相信贪婪和利己主义主宰着世界，对于他的这个信条来说塔基里卡的计划充满了吸引力。不过，暂时占据上风的还是卡尼欧若的计划。

随后出现的其他一些事情突然让塔基里卡的计划从单纯美好的幻想变成了实际而迫切的现实。

3

塔基里卡一向总是很早就去了中央银行,赶在不断有人打进来电话之前处理完一些工作。自从成为银行总裁后他的生活改变了很多,晚睡早起就是一个新养成的习惯。他要看本国报纸,接着再看外国报纸,主要是商业版的内容,然后在网上查阅一下国际股票市场的最新交易结果和汇率变化。充分纵览一遍全球货币市场的情况,就这样开始了新的一天。

这一天,还没等塔基里卡坐下来,电话铃就响了起来。接还是不接呢?他自忖着。如果不接,回头发现是总统府打来的,那该如何是好?统治者打电话从来不分时间。塔基里卡抓起电话,是《埃尔代里斯时报》的人打来的。

“我们试过给总统府打电话,可是接不通,所以我们就想到给您打电话。”记者对他说。

塔基里卡没当上部长,不过他并不介意外人想当然地以为,甚至认定比起那些部长,统治者更信任他。如果这一次出对了牌,没准……谁知道呢?有时候他就会这样对温吉尼娅说。

“你想得不算离谱。”塔基里卡说,他的声音里透着一丝骄傲。

“实际上我们给您打电话是因为您有着通天塔计划主席的身份。”对方说。

塔基里卡感到全身都激动得有些发痒了。贷款来了?通天塔计划就是最大,也是最取之不竭的财源,而且从这里搞到的钱还不需要偷偷摸摸地种树和建立洗钱机构。

“你们找对人了。我能为你们做什么?”他急忙说道。

“对今天的头条新闻说几句。”

“今天的报纸?”塔基里卡问道。

“是的,您对这条消息作何感想。”对方说。

“我还没有读过呢。五分钟后再打来,好吗?或者,不如你读给我听?”

“世界银行拒绝向通天塔计划提供贷款。”

“对不起。”塔基里卡咕哝了一声。

“世界银行认为通天塔计划不是一个切实可行的项目。该计划是自由企业过度发展的实例。”

塔基里卡的手哆嗦了起来,他没有等记者继续读完。

“无可奉告。请你再试着给总统府去电话吧。”他的声音在战栗。

塔基里卡放下听筒,抓起了《埃尔代里斯时报》。新闻里不只提到了通天塔计划的贷款问题,世界银行以及为其制定政策的全球财政部甚至暂停发放原先已经批准通过的贷款项目。更糟糕的是,这笔钱要被冻结,直到阿布瑞里亚政府施行经济和政治改革,并采取切实有效的措施遏制住目前的通货膨胀和腐败现象。

塔基里卡不知道自己应该为失去贷款痛哭,还是欢喜地笑起来——现在他提出的货币政策变得比以前更有用了。

电话铃又响了起来。

塔基里卡径直去了总统府。

4

统治者的庇护所里摊了一地的报纸，显然统治者不在这里。塔基里卡抬起头看了看天花板，这一看他的下巴都要掉了。他无法相信自己的眼睛。统治者的两条腿吊在半空中，脑袋贴着天花板，整个身体轻轻地晃荡着。

“别光大张着嘴巴愣在那儿，把我弄下去。”统治者对他说。

塔基里卡感到膝盖一阵发软，他拼命挺着，才没有让自己昏过去。

“我应该去叫卫兵来帮忙吗？”

“当然不行，你这个蠢货。让我下去。”

塔基里卡够不到那两只晃来晃去的脚，连脚尖都摸不到。统治者的身体比之前更不听自己的控制了，似乎已经轻得超乎了想象，只是因为天花板的存在他才没有飘走。塔基里卡站到椅子上，抓住了统治者的脚，可是无论他抓住多少次，每一次统治者还是会像气球一样飞上去。

“现在我该怎么办？”塔基里卡问。

“所以我才把你叫来了。”统治者从天花板上俯视着下面。

塔基里卡心想统治者说的应该是他飘在半空中的身体。

“没错，这件事情的确太神奇了。”塔基里卡茫然又充满同情地说。

“世界银行里肯定有股势力在跟我作对。”统治者说。

塔基里卡心想，不，原来统治者说的是那条新闻，我还差点就要跟他建议用链子把他拴在地上呢。塔基里卡在椅子上坐了下来，脑袋枕在椅背上，最好还是听着看着就行了。

世界银行的新闻给统治者造成了沉重的打击，尤其是银行方面甚至不觉得出于对他的尊敬，应该先通过外交渠道或者派特使来告诉他这个消息，而是直接把消息通报给了纽约的媒体。

“看看你周围吧。看看那些报纸吧。看看所有的头版新闻吧。这个疯狂的世界还能找得出一个人没有读这条新闻吗？外交礼仪上哪儿去了？想想看吧，会有多少敌人肯定开心极了，他们都以为，是自己的瞎搅和让咱们的通天塔计划搁浅了！”

“种族主义。”塔基里卡尽可能地在语气中加入了恨意。

“这正是我要说的，”统治者说，“不过，咱们要叫世界银行看看咱们可不是昨天才出生的小孩子。你觉得呢，提图斯？”

“您说得在理，全能的大人。咱们要反击。”塔基里卡说，他注意到统治者管他叫“提图斯”，仿佛他们是最亲密的好朋友。

“所以我才叫你管钱。没错，反击。说得好。你也知道这一切的背后都是杰姆斯通在搞鬼。这种针对我的彻头彻尾的仇恨都来源于他。”

“种族主义。”塔基里卡又说了一遍。

“你说得在理，你一向如此。”统治者也把自己的话又说了一遍，然后他就开始诉苦说自己感到腹痛，叫塔基里卡把他的私人医生找来。

塔基里卡走到电话跟前，令他感到安慰的是很快就要有人来跟他一道应付他正在目睹的这个奇观了。

5

听到卡博卡医生的一声“你好”，坐在椅子上的塔基里卡只是用手指了指天花板。医生不明白塔基里卡的手势，他以为塔基里卡可能精神有些失常,所以把他召进了总统府。统治者呢？卡博卡医生问道。“你没瞧见统治者已经克服了重力吗?”塔基里卡不耐烦地说。

卡博卡医生抬头看去,紧接着塔基里卡就发现自己俯身看着卧倒在地上的医生,一边还用手绢给他扇着风,试图唤醒他。

“看起来医生自己也需要找一个医生了!”天花板上传来一个声音。

清醒过来后卡博卡医生说:“天太热了。好啦,塔基里卡,请你出去吧。”

“不,塔基里卡是我的特别顾问。包括所有事情。尽管当着他的面给我诊治吧。”统治者说。

统治者对医生非常坦诚。他解释说读到有关世界银行的消息后他火冒三丈,结果身体就膨胀得比以前更厉害了。他给特别顾问打了电话,因为他想找人聊聊天,他以为这样就会减轻他心里的怒气。在等待塔基里卡的时候他又读了几条新闻,结果他感到心里的怒火几乎要令他窒息了,就在那时他感到自己失控地飘了起来。他不知道具体是什么时候开始感到肚子疼的,不过绝对是他已经飘到了空中以后才出现的。一开始疼得还能忍住,现在已经无法忍受了。

几个木工临时搭建了一个讲台一样的东西,卡博卡与塔基里卡终于把统治者拽了下来,用绳子把他拴住,准备对他进行身体检查。

木工们的活做得很好,现在看上去统治者就像是真的坐在政府要人的高脚椅上,他的声音如同上帝从天上发出的声音一样传到了坐在他脚边的那些人的耳朵里。那些人永远成了国家的木工,只有在统治者乐意的时候,他们才能离开总统府。

卡博卡医生爬上了高台,看了看统治者的扁桃体,又给他量了一下体温和血压。似乎一切正常。他摸了摸统治者的腹部,突然想起流传在全国各地的传言都说统治者有可能出了某种状况,他觉得最好还是告诉统治者这种病需要一批医生。卡博卡医生提醒统治者离开美国的时候他们决定邀请克莱门特·克拉克维尔医生与丁·弗里克教授来阿布瑞里亚对他的身体状况作进一步的检查,他说现在正是时候,针对身体继续膨胀、身体变轻和腹痛这些新出现的并发症咨询他们两位的意见。

6

“什么?他的腿吊在半空中?”温吉尼娅问塔基里卡。

统治者悬挂在空中,站在地上只能看到他的鞋底,这个场景让温吉尼娅笑得肋骨都疼了。

现在是事发的当天,已经到了大半夜了。塔基里卡一向不会给温吉尼娅讲太多总统府里的事情,今天的事情他实在没法憋在心里。不过他还是谨慎地叫温吉尼娅发誓要保守住这个秘密。

“你觉得这会是乌鸦魔法师干的吗?或者是瘸巫婆?”温吉尼娅轻声问道。

“有了魔法师,什么事情都不能排除。”

“要是总统府没有天花板和屋顶呢?”她响亮地惊叹了一声。

“他就会在通天塔计划实现之前先上了天国。”塔基里卡回答道。只有温吉尼娅一个人发现这句话充满了讽刺,她又哈哈大笑了起来。

再见到马里萨与马里库的时候,温吉尼娅将马里萨拉到一旁,叫她也发誓绝不告诉别人,然后才小声讲了统治者的事情。马里萨当然又讲给了马里库,马里库并不觉得把这件事情告诉鸽子有什么大碍,鸽子也不觉得有什么大碍,如果把事情告诉……

一个接着一个,到最后消息传到了人民代表大会那里,这就意味着很快阿布瑞里亚的所有人都会谈论起这件事情。

7

在给克拉克维尔与弗里克的信中卡博卡医生写道:“他的自胀病的肥大程度已经超乎了我们最大胆的想象。”他敦促他们立即前来阿布瑞里亚,当然要不惜一切代价,阿布瑞里亚政府会去接他们的。卡博卡首先想到了乌鸦魔法师留下的那张字条上全国流传的统治者怀了孕的谣言,他在信中接着又补充了一句,接下来绝对有必要作一次超声波扫描。

在自己的日记中弗里克写下了读到这封信时自己有多么惊诧,尤其是信中还提到了产前收缩和超声波扫描。同时他也看到了机会,对这一现象所作的研究或许能给长期以来围绕着童贞受孕产生的神学争论提供科学依据。他还看到了其中的商业价值,创办了克莱门特与丁制片公司,公司已经申请并得到了统治者的保证,在确保统治者获得一定版权的前提下,公司将拥有涉及自胀病的一切电影和录像的全球独家生产及发行权。

丁·弗里克与克莱门特·克拉克维尔成了卡博卡与统治者唯一的希望。只要他们能让统治者的整个身体不再跟他作对,他们干什么都行!

8

卡尼欧若打听到了乌鸦魔法师的消息,准备亲自向统治者报告这个好消息,就在这时他得知他的大人遭受了身体膨胀病新一轮的折磨,现在已经飘到了半空中。他心想乌鸦魔法师肯定就是这件事情的幕后黑手,唯恐自己成为下一个目标,他决定在了解到更多的情况之前暂时先不把自己打听到的消息说出去。为了安全,他搬到了坎约里的家里。永远对他忠心耿耿的坎约里什么也没有问,甚至在卡尼欧若叫她用锁链将他的腿拴在床柱上,把门从外面反锁上的时候也没有多问一句。卡尼欧若一整天一直待在公寓里,只要风吹得窗户晃悠起来,他就立即用两只手抱住床柱。离开家的时候坎约里给他留下了一盘饭和一罐水,可是叫坎约里把他拴住的时候他忘了自己还有其他的需要。晚上坎约里解开他的时候,他立即一言不发地从她身旁冲了出去,在厕所里待了好一阵子。他担心自己弄出的声响传到待在客厅里的坎约里的耳朵里,羞臊之下他又搬回了自己的住处。他得找到更好的预防措施,以防魔法师对他进行突然袭击。

一连几天无论去哪里他都开着车,即便是最近的地方也不例外,这样乌鸦魔法师就不可能用风把他吹到天上去了。散上一小会步他也要穿上用铁鞋底加固的靴子,可是拖着铁靴子走路太吃力了,走了一阵子他又想到了一个更简单的办法,给外套里塞上几片杠铃片。过了几天,除了开始便秘,他的身上没有出现更奇怪的现象,他又有勇气恢复正常生活了。他掌握的消息太重要了,不能只让自己知道,况且他也不会放过任何一个能够博得统治者青睐的机会。

开着自己那辆梅塞德斯-奔驰穿过大街小巷，疾驰向总统府的一路上卡尼欧若回想着所有的事情，想着想着他突然茅塞顿开，在所有人中间，只有他跟乌鸦魔法师交手后保全了性命，只是擦破了点皮而已。这个念头增强了他的自信心。

卡尼欧若相信统治者飘在半空中的说法是真的，可是听到统治者的声音从上方传来的一刹那他还是惊恐地朝后退了两三步。抬起头，看到统治者坐在高台上那把靠背似乎都碰到天花板的椅子上，他想到了末日审判。他扑通一声跪倒在地上，两只手紧紧地握在胸前，活像是毕恭毕敬地跪在上帝派来的天使面前。他呻吟了起来，噢，上帝，噢，我的上帝。突然他又唱起了赞美诗：更近我主……更近……更近您……

“卡尼欧若，我没有吩咐过你和其他人不准再将我跟上帝相提并论吗？”统治者从上方呵斥着他。

“二者有什么区别？”卡尼欧若问道，他的腔调中明显地透着真诚，统治者都被逗乐了。

“你想从主那里得到什么？”统治者笑呵呵地问卡尼欧若，他略带着揶揄的语气令卡尼欧若平静了下来。卡尼欧若的心终于不再上下扑腾了。

“我知道乌鸦魔法师躲到哪里去了。”他大声说道，心里的负担终于在主的面前卸下了。

统治者没有说话，仿佛是没有听卡尼欧若的话。卡尼欧若以为统治者等着听到更详细的汇报，便开始在脑子里梳理了起来，事实证明他根本没有必要这么做。当统治者终于接受了卡尼欧若的消息后，反而是他开始觉得在他最需要的时候主为他派来了一位天使。共患难的仆人才是真仆人。

“什么？”统治者问。

卡尼欧若告诉统治者自从两个邪恶的巫师逃跑后,他就用尽了自己全部的诡计抓捕他们,可是就连他也不得不承认在这件事情上他得到了先前部署在整个圣玛利亚和圣卢西亚的手下的帮助。

"一接到消息我就告诉自己,卡尼欧若,你可不能只让自己知道这件事情,哪怕一秒钟都不行,所以我就上这儿来了。"说话的时候他依然跪在地上。

"干得好,"统治者一边说,一边抬起了右手,做了一个祈福的手势,"回家去吧,继续保持你的正直,现在我知道了任何时候我都可以指望你了。不过,从现在起把一切有关乌鸦魔法师的事情都交给我吧。我永远都不会忘记你的忠心。"

卡尼欧若急匆匆地走向了自己的车,没有朝左边看一看,也没有朝右边看一眼。此刻他就像一片羽毛一样轻盈,尽管他的外套里还塞着杠铃片。他甚至说不清楚自己是什么时候以怎样的方式钻进了自己的车里,就连自己又是什么时候以怎样的方式回到了自己的住处也说不清楚。

这天晚上,他把家里的所有灯都打开了。他几乎一夜未眠,统治者用仿佛从天国飘来的声音说话的情景反反复复闪现在他的脑海中,唯一破坏了那幅美景的就是看上去充满世俗味的天花板和更世俗的墙壁,当然喽,还有那个膨胀起来的统治者,尽管被绳子捆住了,他的身体还是像微风中的气球一样轻轻地摇摆着。清晰可见的绳子和高台也同样糟蹋了神在天上的景致。

突然卡尼欧若觉得自己似乎长出了翅膀,马上就要飞了起来,就像统治者一样飘到空中去了。作为学习过艺术的人,有生以来的第一次他看到艺术在人类的生命中,至少是在他的生命中能够明确起到的一个作用,比他在伪造西吉奥库的签名以及为通缉令绘制乌鸦魔法师画像，艺术的这种功能要更加有用。

他要将他选中的上帝置于一个看得见、摸得到的天国里，就在这时他想到自己终于知道了跟他同名的施洗者约翰说的那句话是什么意思了：我又看见一个新天新地[①]。阿门。至于统治者，卡尼欧若刚一走他便给圣玛利亚警察局的负责人万得弗·邓波打去了电话，向他作了指示：乌鸦魔法师大限已到，我要在这里见到他。立即去办！抓活的！

9

从人力车上下来后卡梅特就按照尼娅薇拉的叮嘱去了马里萨与马里库家。赶到地方的时候太阳已经要落山了，马里库正在院子里，卡梅特长长的影子落在马里库的身上。马里库面无表情地冲马里萨嚷嚷着，看起来好像大风把一个陌生人吹到了咱们的院子里。马里萨大声回答道，怎么了？你干吗不把他领进来？马里库没有对卡梅特说一句话，只是走进了屋，卡梅特跟了进去。马里萨指了指一把椅子，她和她的丈夫仍旧没有对客人说一句话。饿着肚子没法谈话，马里萨与马里库都同意这种说法，几分钟后热茶和面包就摆在了客人的面前。

卡梅特不知道该对夫妻俩说什么，他不清楚尼娅薇拉跟他们讲了多少有关他的事情和他目前的处境。两位主人根本无视他的存在，他们就像不知道他在旁边似的继续自顾自地聊着天，有些话题显然还涉及了他。

一只脑门上带着一块白斑的猫出现在了门口，它朝客人的四

---

① 参见《新约·启示录》。

周扫视了一圈便径直朝这走了过来，依偎在客人身旁，咕噜咕噜地叫个不停。卡梅特的心口冒出一种奇怪的感觉。这正是他在烧焦的圣地废墟上见过的那只猫。他想告诉夫妻俩他认识这只猫，转念一想又觉得有些不妥，于是他轻轻地抚弄着猫，掩饰着自己的尴尬。

“我们这位流浪的英雄终于回来了。”马里库说。

“他很难交朋友。”马里萨说。

“没错，他喜欢这位客人……”马里库继续说着。

“好像他们是老朋友似的。”马里萨说。

他们两个人从一个话题跳到另一个话题，不停地聊着。卡梅特继续轻轻地抚弄着猫，一边努力地留意着夫妻俩的对话中透露出来的信息。

马里萨与马里库又聊起了他们义务在万圣大教堂帮忙的事情。

“如果咱们能喂鸽子，那咱们肯定也能为无家可归的乞丐这么做吧？就像这一位。”马里萨对马里库说。

“没错，地下室很舒服，流浪汉都知道自己待的地方是圣地，在那里他们必须和别人分享一切，学着心平气和地过日子。”

卡梅特意识到这番奇怪的谈话就是冲着他说的，他们会照顾他的。

就这样他住进了万圣大教堂的地下室。头几天只有一只猫陪伴着他，它一出去就是一整天，直到晚上才回来，依偎在他的身旁。清晨和傍晚，马里萨与马里库都要给他送来吃的，看一看一切是否安然无恙。偶尔有几次夫妻俩中的一位会自己一个人上教堂来，碰到这种时候马里萨或者马里库就会带着一副心不在焉的神情大声地向他透露一些消息。

“教堂里有很多事情要做。今天早上我得擦一擦长椅，不过晚上我还得再来。我的鸟呢？它们有自己的语言。我说一只鸽子给我捎来一个口信，它说人们应该勇敢一些，还说从来没有一个夜晚会长得到了黎明还不结束！真想不到，大伙儿竟然不相信我的话。”

还有一次：“噢，真不知道国会和法院大院外面的那台大戏该怎么收场。全国各地成千上万的人都赶到了那里！他们干吗还要继续用统治者怀孕的事情纠缠他啊？男人是能种地，可他们就是不能生孩子，他们难道不知道吗？”

有时候他又不得不强忍着，不然看着他们古怪的举动他真要笑出来了。大部分时间里他都在思念瘸巫婆，她聪明的头脑和优美的身体都那么独一无二。不管何时想起她，她的瘸腿和扭曲的脸还是能蒙住他，他总是欣喜地庆幸她会那么机智勇敢，一想到这些他的精神就越发振作起来。他的心里火烧火燎，他渴望抚摸尼娅薇拉，聆听她说话，看着她大笑，哪怕只要有她在身边也好。然而，除了幸福的自言自语，他还经常想到她现在面临的危险，这个念头令他感到恐惧、悲伤、焦虑。

一天夜里，又有两个流浪汉住进了地下室。迄今为止那只猫是他唯一的伙伴，现在能多几个伙伴可真不错。第二天清晨醒来的时候他看到新来的两个流浪汉鬼鬼祟祟地打量着他，他感到肚子里泛起一股冷气。是恩卓亚与卡海伽。两个警察成功地追着他来到了这里，他再也逃不掉了。卡梅特认为对自己来说最好的防守策略和进攻策略都是沉默。

“别担心，”恩卓亚急忙对他说，“我们知道你就是乌鸦魔法师，我们不会把这件事情告诉任何人。就连这个男人和女人也不告诉。就让他们继续当你是流浪汉好了。我俩现在也是无家可归的人了,不过我俩还是会继续假装你跟我俩是一样的人。”

卡梅特知道他们被开除了,实际上他俩没完没了的闲谈为他补上了一些空白,他终于知道这个国家究竟发生了什么事。

可是,他们的真正目的呢?乌鸦魔法师不禁又自忖着。没有让他等多久两个警察就说这些话只想告诉魔法师一个人,他们一边说一边开始往他的跟前凑了过来。

猫“喵”地叫唤了一声,然后就离开了地下室,它的离去似乎为接下来的一幕发了一个信号。卡海伽蹲在卡梅特的左耳边,恩卓亚在右边,他们把声音压得更低了。

乌鸦魔法师感到不解,这两个人急切地说着,可是他们说的毫无道理。他没有听错吗?他埋在大草原的钱长出来三棵能结出美元的植物,后来又被一大堆怪模怪样的白蚁给吃掉了,据说这些白蚁还是他派到总统府去的。

“派出白蚁这件事你做得很对,统治者这个人一点都不知道感激。”他们对他说。

他们变得有些讨厌了。他往回挪一步,他们就跟着他一起挪一步,他转个身,他们也一样转个身,两个人各贴在他的一只耳朵边。

一个星期天的清晨,教徒们在大教堂里喧闹着,头顶上传来的赞歌和祷告声不和谐地同卡梅特耳边的低语声交织在一起。

突然,上面传来一声更加刺耳的声响:喇叭筒的声音。

“我们听得出那个大喇叭的声音,”卡海伽说,“求求您了,把秘密告诉我们吧。”他急切地哀求着。

“只要您说上几个字,我们全家人就有救了。”恩卓亚说。

“求求您,告诉我们让钱长出来的秘密吧。”两个人异口同声地催促着他。

终于,终于明白了。所有人——统治者、塔基里卡,还有眼前这两个人——就是想得到树上生钱的秘密?不过,比起这件事,更令他担心的是他们说的喇叭筒。

就在这时那只猫又叫唤了起来,这一次它叫了两声。它早就回到卡梅特的身边了。这时卡梅特才看到马里萨与马里库在地下室的另一头冲他招着手,示意他跟他们走。

卡梅特突然有了主意。以前很多次他都靠着口舌化险为夷。他的口舌。可是现在他却把自己困在一言不发的沉默中。没有了声音,他是谁呢?

“别来烦我。”乌鸦魔法师突然开了口。他只想让恩卓亚与卡海伽离他的耳朵远一点,也是为了防止他们继续跟着他。

两个警察一脸惊诧地朝后退了一步,突然他们恍然大悟,乌鸦魔法师开口说话了,他们立即冲回到他的身边,把自己的耳朵贴在了魔法师的嘴巴上。魔法师没有让他们俩失望。

“让钱生钱这很不合乎常理,”魔法师恼怒地说,“唯有银行知道钱生钱的秘密。他们把这个秘密隐藏在账簿和电脑屏幕里。现在我要去聆听上帝的话了。”他斩钉截铁地说道,说完便迈开了脚步。

恩卓亚与卡海伽喜不自禁。所以塔基里卡才要开设梅瓦塞里卡有限责任公司?

“喂!”恩卓亚嚷嚷着,他与卡海伽跑着追了上去。

“我们还跟你的助手作过保证,还记得吗?”说着话卡海伽从口袋里掏出了一个小塑料袋,“我俩太高兴了,差点把这事儿给忘了。”

“你掉的头发。”恩卓亚说道。他与卡海伽朝着地下室出口走去了。

10

在那段日子里去教堂的人明显增多了，这主要是因为许多宗教场所都在宣扬和祈祷驱逐撒旦，后者逐渐成了一切对国家不利的因素的象征。一些宗教领袖坚定地维护着自由集会的权利，他们成了新的民主浪潮中的英雄。

没有哪个宗教场所能像万圣大教堂一样吸引来那么多坚定的信徒。东正教徒与非东正教徒，基督教徒与非基督教徒，所有人都朝着那里走去。时至今日，人们依旧对万圣大教堂在当时之所以备受人们欢迎的缘由争执不下。

有的人说是因为马里萨与马里库每星期都要在那里给大伙讲一讲自己奇怪的欲念和自己同撒旦的战斗，他们指出很多人最初去教堂是为了听这对夫妻战胜诱惑的故事，后来就加入了教会，即便这对夫妻不再把心里话告诉他们了。

还有一些人断言马里萨与马里库还没开始忏悔的时候万圣大教堂早已经声名远扬了，它最初的兴起可以追溯到卡诺格里主教驱除了魔鬼的那个星期日，魔鬼还是被效仿基督骑着驴去教堂的统治者带进教堂的。

还有一些人坚持认为人们不应在卡诺格里主教的人格魅力之外找原因。主教名扬天下，人们都知道他能在大白天说出别人只会在夜里悄声念叨的忧虑，有些人甚至相信他可以和上帝交谈。许多人去那里只是为了聆听他对《圣经》的解释。在人们最喜爱听的布道中就包括登山宝训①，他用有些颤抖的声音高喊着“穷人

① 参见《新约·马太福音》。

必承受土地”,四面八方都能清楚地听到信徒一起发出的叹息。

据说统治者不喜欢卡诺格里主教的直率,所以当一天晚上几个恶棍冲进主教家里,对主教大打出手时,阿布瑞里亚的每一个人都觉得总统府应该对这件事情负有责任。那几个恶棍还警告主教最好还是把嘴巴给闭上。

卡诺格里主教没有闭嘴,他反而恳求前来聆听布道的会众为袭击他的人祈祷,这样他们或许就能脱离黑暗,走向光明。卡诺格里主教的教堂永远为他们敞开。人们对他的这个宣言表示怀疑,又有些茫然。原谅对我们做过恶的人是一回事,欢迎他们进入这座教堂则另当别论。

渐渐地大教堂还吸引来了在国会和法院外面参加人民代表大会的群众和媒体。报纸上开始出现了卡诺格里的布道,虽然内容有所删减。

在一个星期天主教正在祷告,突然人们听到教堂外传来了大喇叭的声音,喇叭里在宣读一项奇怪的要求。一开始参加礼拜的人没有理会大喇叭的干扰,他们继续跪在那里,闭着眼睛祷告着。大喇叭重复了要求,主教急忙说了几句,结束了布道,人们这才睁开了眼睛。挤在窗户边和待在门外的人最先嘶喊了起来。大教堂被武装警察包围了。警察中的神枪手已经爬上了树,他们的枪口对准了教堂。行动指挥官万得弗·邓波本人站在一辆装甲车上,通过大喇叭命令所有人进教堂去,试图逃跑的人都将被就地击毙。所有参加礼拜的人都要待在教堂里,直到卡诺格里主教交出逃犯——乌鸦魔法师。

卡诺格里主教请求信徒们保持秩序和平静,他确信这是一场误会,只要他同负责的军官谈一谈,误会自然就消除了。主教并不知道警察在说什么。乌鸦魔法师是谁?他为什么要待在这座教堂里？万得弗·邓波告诉卡诺格里主教他没有心情听这些托词，教堂必须交出那个巫师，否则就得自食其果了。

主教回到祭坛，他问会众他们中间是否有一位巫师。原本满脸肃穆的会众哈哈大笑了起来，主教说如果会众中间真的有巫师，就请巫师们反省一下自己犯下的错，为自己的所作所为表示忏悔。凡是能够真心诚意悔悟的人就不再是巫师了；如果在走进教堂之前他们还是巫师，从今往后他们就再也不是巫师了，他们在基督中得到了重生。

主教就是这样对万得弗·邓波说的：教堂是上帝的住所，教堂之外的地方归世俗权力管辖。卡诺格里主教与指挥官万得弗·邓波都寸步不让，人们都担心继续僵持下去就会演变成一场流血事件。指挥官和统治者通了电话，当他下达最后通牒的时候，所有人都清楚他得到了总统府的支持。万圣大教堂有一个小时的时间交出那名巫师，一个小时过后警察就要攻入这处圣所了。

马里萨与马里库站了起来，人们立即变得鸦雀无声。他们问自己是否可以同主教单独谈一谈，大家都以为马里萨与马里库想要再讲一个他们同撒旦斗争的新故事。我以为他们和撒旦的战斗已经结束了，人群中有人小声说道。就连主教也请夫妻俩先把自己亲身经历的故事留在心里，等到危机结束后再讲给大家。同时，所有人，请你们闭上眼睛好吗？让我们请求仁慈的主以和平的方式结束这种局面。

人们听到祷告声中响起了一声猫叫声。睁开眼睛他们看到在教堂深处的祭坛旁边有一扇门，一个男人从那扇门里走了出来，他的身后跟着一只猫。男人和猫在站着主教的祭坛旁边站住了。马里萨与马里库互相看了看对方：咱们不是叫他待在密室里吗，他干吗要跑出来？他为什么就不能把所有的事情都交给咱们呢？

“我就是他们说的乌鸦魔法师，我不希望有人因为我而受伤。就像其他无家可归的人一样，我在你们的地下室里找到了庇护。为此我要对你们所有人表示感谢。我和平地来到这里，现在我也要让自己和平地离开这里。”

所有人都看着这个男人从过道里走了过去，走出了教堂，猫一直跟在他的身后。指挥官邓波亲自给这个人铐上了手铐。

11

几百位信徒中间就有灵魂清道夫与灵魂拐杖，他们没有在大厅找到座位，便一直守在门外。在教堂外他们从头到尾目睹到了这场戏剧化的事件。他们两个人现在已经是对撒旦作战的老兵了，他们知道这个男人就是当初在市里的垃圾场在他们的眼前出现了一次，后来又一个酒吧接着一个酒吧地尾随着灵魂拐杖的那个人。魔鬼再一次从他们的眼前逃脱了。不过他们没有失去信心，他们同其他基督战士一起突然唱起了蔑视魔鬼的歌，继续发誓要毁灭撒旦。他们一起狠狠地跺着脚，他们脚下的大地都颤抖了起来，这令他们更加喜悦了，仿佛他们已经看到敌人在他们团结一心的猛烈攻击下痛苦地在地上打着滚。

突然灵魂拐杖看到两只绿幽幽的眼睛从教堂院子外的篱笆背后盯着他，他立即想起就在警察给撒旦的肉身戴上手铐的时候紧紧地跟着撒旦走过过道的那只猫神秘地消失了。这就是上天的启示。撒旦任凭警察抓住了他认为的人皮幻影，其实他一直藏在那只猫的身子里。灵魂拐杖在歌中加入了新的唱词，提醒其他人注意那双盯着他们的眼睛。

弄明白灵魂拐杖的意思后，人们分流到两侧，对撒旦形成合围之势。猫似乎看透了他们的心思，它从藏身的地方跳了出来，溜走了。意志始终坚定如一的基督战士们追在后面，高声叫喊着，抓住他！抓住那个胆小鬼！

12

后来在提起那个星期天的时候阿盖就会说："千真万确！我的上帝啊！"一想起当时的那一幕他就摇起了头，"当时我刚赶到万圣大教堂的院子。万得弗·邓波似乎为自己的成功高兴坏了，可我却自言自语着，你这个蠢货，你以为你能抓得住乌鸦魔法师？另一个他还是自由的。

"可是，当他们把他塞到路虎的后座上扬长而去后，我的心里突然冒起了火。作为一个忠实履行职责的国家公仆，我却丢了饭碗，现在根本无从得知他们要把他带到哪里去。我已经不再是局内人了，我说不清当时我对这个事实有多么愤恨。就在几个星期前我还站在总统府里，每天都目睹着国家是怎么运作的，现在我却站在万圣大教堂的高墙外，无权无势。

"看着基督徒们投入地唱着歌，我真想知道他们才刚刚侥幸躲过了一个血腥的礼拜天，这会儿却那么痴迷于撒旦，怎么会这样呢？人们对刚才那一幕的愤慨呢？等看到手舞足蹈的年轻人跟在一只猫后面飞奔着，我的困惑就变成了惊讶。围观这场"民歌大会"的人们似乎一样吃惊，接着他们就渐渐地散去了。

"就在这个时候我看到了以前的同事，恩卓亚和卡海伽，他们也走掉了。显然他们也跟其他人一样都是来看热闹的。见到他们我很高兴，我急忙朝他俩走了过去。我告诉他们刚一打听到乌鸦魔法师就在大教堂一带的消息，我就像分开那天我们约定好的那样去找他俩了，结果别人告诉我他们已经去教堂了。我看到他俩飞快地朝对方瞟了一眼，然后跟我说其实他们已经在流浪汉的庇护所里跟魔法师谈过了，可是他什么秘密也没有透露。你们现在打算怎么办？我问他们。我得承认其实我希望他们叫我跟他们一起聊一聊那天发生的不寻常的事情。他们咕哝着说一切都很可疑，说完就找了个借口走掉了，他们说他们还有其他事情。他们的举动令我觉得有些奇怪，好像他们向我隐瞒了什么事情似的，我当时就想或许……他们出卖了乌鸦魔法师，把他的下落透露给了他的敌人？

“一连几天我从一个地方走到另一个地方，我就是想看看自己能不能凑巧碰到瘸巫婆，也就是魔法师的另一个化身。为什么？其实我也不知道为什么；反正不光是为了如何培植出钱的秘密。还有别的什么事情驱使着我。我觉得自己的心里形成了一个念头，我想要是无意中碰到另一个样子的乌鸦魔法师，他或许会告诉我一些事情，那样我就能听清楚心里的那个念头了……”

13

尼娅薇拉一心扑在了人民代表大会的活动上，代表大会是“人民之声运动”结出的果实，突然乌鸦魔法师向万圣大教堂外的国家机器主动投降的消息传来了。她感到仿佛自己的脑袋被狠狠地砸了一棍子。自从他们两个人逃脱后她始终没有找到一个安全的机会能让他们见上一面，不过只要一想到他在教堂的地下室，还有马里萨与马里库在照顾他，他们早晚都会见面的。可是现在呢？他放弃了希望，还是有别的原因？后来她从马里萨那里听说就连温吉尼娅也不知道他被带到哪里去了，她感到情况更糟糕了。他们已经像解决马乔卡利那样让他消失了？

她与参加运动的其他骨干分子商量了一番，想要对这件事情作出适当的回应，可是一时谁都想不出来有什么好办法能挫败统治者的胜利。绝望之下尼娅薇拉又像往常那样在工作中寻求慰藉，更专注地埋头于人民代表大会日常琐碎的工作。可是，这一切为了什么？引起排队的不是这场运动，它只不过将自己的理念塞进了自发形成的游行示威队伍中，给了人们一个向国会进发的统一目标，让人民为了找回属于自己的声音团结在了一起。没有一个清晰现实的目标，他们能让代表大会维持下去吗？如果魔法师的再度被俘预示着对代表大会更猛烈、更坚决的攻击已经开始了，那该怎么办？

他们合计出了一个只能解决眼前问题的办法，这也是他们对魔法师再度被俘所做的回应。

“人民之声运动”将在自我革新的一天达到高潮，在那一天人们将要求独裁者自动下台，否则就等着被人民赶下台，他们要继续履行他们的誓言，努力指引这个国家沿着一条不同的道路前进。他们将选定一个日子，将其命名为“国家重生日”或者“自新日”。除了亲口宣布这个日子，他们还要散发大量的传单让更多的人知道这个日子。他们还将呼吁在全国举行为期一天的大罢工，举办各种节庆活动，以纪念和庆祝这一天。他们希望这将是一场喜庆的革命。

14

就连将乌鸦魔法师带进总统府统治者办公室的警察也跪倒在地上，不由自主地在胸口画起了十字，随即就朝门口退去了。俘虏没有照着他们的样子做,但是上一次与统治者见面的经历也没能让他做好心理准备,接受眼前的这一幕。

为了营造出太阳、月亮和星星高悬天空的效果,天花板被刷成了白色、蓝色和灰色。墙壁和盖在统治者肚子上的帆布都刷成了绿色、黄色和橙色,帆布向四周延伸至墙壁,向下触及地毯,和墙壁一起被逼真地渲染成了起伏不平的大地。一段楼梯从地毯盘旋向上,最终消失在了一团迷雾中,迷雾也同样裹住了坐在上面的那个人的脑袋。照亮楼梯的几盏灯和一台隐藏的烟雾机造出来的雾气将统治者变成了一位从天上俯视着下面,对罪恶的人间进行审判的公义的神。

统治者为自己给所有来见他的人造成的幻觉感到欣喜。卡尼欧若的骗术不仅帮他逮住了魔法师,而且还把他的耻辱和劣势变成了权力和荣耀的象征。这就是从事艺术工作的一个好榜样。统治者嘉奖了艺术家,允许他旁观自己对俘虏的审讯。我需要你的意见,统治者对卡尼欧若说,后者看上去对自己的幻觉深信不疑,现在他站在梯子下面,左手握着一把巨大的钥匙,右手握住一把干草叉,守卫着天国和地狱的大门。神用安抚的腔调解释说既然现在魔法师已经找回了自己的声音,他就应该去国会和法院院子里的人民代表那里,在他们的面前承认自己将排队魔鬼安插在人民群众中间。统治者甚至提出了证据——乌鸦魔法师就为了让人们开始排队,所以才在前一天伪装成求职者的模样去了塔基里卡的公司。他还必须告诉大家按照已经过世的马乔卡利的吩咐他去了美国,去杀害统治者。巫术没能得手,魔法师就同现在已故的外交部长捏造出这个毫无根据的谣言,声称统治者怀孕了。魔法师必须赶走排队魔鬼,清除掉反抗政府的群众心里的邪念,再给他们灌输进健康的思想。如果人们能和平散去,统治者就放他一条生路,一个完全得到政府批准的巫师，统治者的终身私人非精医生，并且成为统治者的顾问，在建设国家思想、抓捕尼娅薇拉之流的逃犯，以及其他一些统治者只会私下里跟他谈论的问题上提供意见。“我让你仔细考虑上一个晚上。”统治者和蔼地主动提议道。

第二天，面对统治者的逼问，乌鸦魔法师说自己的法力不会撒谎。

这不是你想不想的问题，这一次统治者的语气就变得咄咄逼人了。为了得到自己想从魔法师那里得到的东西，他什么都干得出。

卡尼欧若插了进来：“这就是英语里所说的‘最后通牒’。”

“没错，最后通牒。”统治者重复了一遍。

乌鸦魔法师心想，天下所有的独裁者都把自己的强大建立在别人的恐惧之上。他们喜欢看到自己的臣民战栗，绝望地乞求他们的慈悲和宽恕。要是独裁者想要杀了你，无论怎样他都会把你给杀了，无论他乌鸦魔法师说什么。魔法师告诉自己，就连被送到屠宰场的畜生也会起身反抗。

僵局——同样的问题，同样的回答——持续了一阵子，卡尼欧若不断地说着风凉话，加剧着紧张的气氛，令魔法师更加灰心，为统治者的怒火扇着风。

独裁者给魔法师最后一次机会，命他说出一个能够接受的回答，为了证明自己一定会让魔法师听命于他，他还威胁要将魔法师丢到他的那座骷髅庙里去。

到了第三天的拂晓，魔法师做好了打算。与其不见天日地死在骷髅庙里，还不如当众死在活人的面前。

“明天我什么时候在人民代表大会面前亮相？”乌鸦魔法师问。

15

尼娅薇拉与运动的其他骨干分子一直竖着耳朵听着全国广播电台播发的最新消息,他们想看一看对于他们呼吁举行一场全国罢工和有关国家重生日的提议政府会做出怎样的反应。这个广播电台是独裁者的喉舌,不过收听它的播音并非一直没有收获。以往,通过密切关注政府自己的消息来源,他们了解到了很多事情,也做出了相应的反应,有时候还会使独裁者相信总统府里有人向他们通风报信。

可是,这一次他们根本猜不透独裁者的想法和计划。他们拼命地支棱着耳朵,想要弄明白广播上到底在说什么。广播上先是提到了统治者的生日,提醒人们这才是国家真正值得庆祝的日子。广播还提醒全国人民统治者本人尚未确定最合适的日期,人民应该继续保持关注。他们不会等太久的。

什么?尼娅薇拉与运动的其他骨干分子问道。他们打量着彼此,谁都不相信广播上刚才说的话,几乎就像是他们没有听清那几句话。政府的庆典要放在"人民之声运动"选定,并且已经向人民宣传过的国家自新日那一天举行了。原本应该让人民代表大会达到高潮的日子就这样变成了这一年政府为统治者祝寿的日子,成了对当年催生出通天塔计划的那场大寿庆典的缅怀。他们呼吁为了纪念国家自新日而举行的为期一天的全国大罢工也没有力量对政府造成威胁了,因为政府宣布这一天被定为公共节日。现在,"人民之声运动"如何才能破坏政府的计划,挽救国家自新日?

刚刚从遭受的打击中有些恢复他们又听到了另一个震惊的消息。广播上宣布乌鸦魔法师将在那一天向人民代表大会作一次公开忏悔。

他们商量更改国家自新日的日期,可是他们已经向外界公布过了,如果改期,不就表示独裁者胜利了吗?不就等于是在鼓励他对代表大会进行进一步的精神,甚至是肉体打击?不,激愤的情绪平息后他们打定了主意,日期不变,他们要让自己的表现胜过独裁者自己的演出。可是,他们又该拿乌鸦魔法师怎么办?

16

后来阿盖会说:“听到广播上说乌鸦魔法师要对人民代表大会讲话,我的脑袋一下就晕了,乌鸦魔法师再一次令我感到惊愕。就在那天他还戴着手铐被他们拖走了,现在又成了这样!更叫人灰心丧气的是政府鼓励所有公民都加入人民代表大会。不是昨天警察才用暴力驱散了排队的人群吗?不是那天统治者本人还威胁要用装甲车摧毁人民代表大会吗?现在他却命令手下的警察逮捕一切干扰代表大会的人。我感到有些担忧,尤其是听到空中飘荡着那么多相互矛盾的说法……”

亲身经历过那段日子的人还会记得谣言大战一天天变得有多么激烈。代表大会是政府策划的一场表演,还是真正的人民代表大会?正反双方分别通过被称为“灌木丛电讯报”的人民自己的嘴巴和被戏称为“独裁者代言人”的国家广播电台向外界宣传着自己的观点。代言人提到独裁者的生日,电讯报就会说独裁者分娩的日子;代言人宣称捏造男人怀孕谎言的人已经答应在人民代表大会面前做一次忏悔,电讯报就反击说统治者已经同意当着全体代表的面承认自己怀孕的事情。

到了这个时候就连先前还对是否参加代表大会犹豫不定的人

也都改变了主意，他们必须去看一看，听一听，想要在代言人和电讯报相互抵触的言论中找出真相只能靠自己了。就在这时代言人又发布了一条惊人的消息，在向代表大会讲话的当天乌鸦魔法师还将使用镜子揭示尼娅薇拉的下落。

“唔，千真万确！我的上帝啊！我看到自己也走向了那里，唔，还能是哪儿？当然是人民代表大会啊。”

17

乌鸦魔法师有可能使用占卜镜子的消息传到了西吉奥库的耳朵里，当时他正被软禁在自己的家中。他心急火燎地请求统治者听一听他的陈情，当天晚上他就被带到了统治者的面前。

担任国务部长的那些日子里，西吉奥库常常跪在统治者面前，只是那时候他主要是为了谄媚统治者，而不是发自内心的需要。现在，房间里挂着一轮月亮和星空照耀的天空，看着自己无论如何也想象不到的这幅景象，他为自己犯下的罪行跪倒在地，两行眼泪顺颊而下。统治者温柔地对他说，西吉奥库，站起来吧，把你的心事告诉我。

西吉奥库仍旧跪在地上，他向他的统治者陛下说起了他西吉奥库曾经向外国订购的镜子。那些镜子还没有被任何一个长期居住在阿布瑞里亚境内的人污染过，还都是洁净无瑕的镜子。为了得到最好的结果，这当然指的是尼娅薇拉的下落，统治者应当叫巫师就用这些镜子。统治者似乎有些不解，不过西吉奥库对这些镜子来源地的了解倒是令他大为赞叹，日本的浅草、意大利的威尼斯听起来的确像是外国的地名，这说明跪在那里苦苦哀求他的那个人说的都是实话。

“谢谢你,西吉奥库,即便在软禁在家的情况下你依然表现出自己仍旧没有丢掉自己对主人的职责,我永远都不会忘记你的这份忠诚。你还有什么想对我说的吗?”

“没别的了。您愿意听听我说的,这已经赐予了我我最渴盼的东西。即使今天就要死去,那我也会平静地走进坟墓,因为我知道您明白我尽忠职守地采取了一切必要措施,以确保尼娅薇拉被戴上手铐,正如您曾吩咐我的那样。神圣的阁下,我是一个罪人……”

“我知道。”统治者说,他似乎想要叫对方闭上嘴巴。

其实并非如此。就像乌鸦魔法师的其他很多对手一样,统治者一直希望自己能拥有这个巫师掌握的所有知识和法力,同时又不会受到魔法师的刺激和为难,甚至是威胁。统治者一直痴迷地琢磨着如何才能实现这个目标。他可以在乌鸦魔法师做完忏悔后立即将他绑架,秘密地把他送进总统府。应该等到自己的病被他治好,得到种植美元的秘密后,或者等到霸占了他的全部法力后就让他消失,或者就把他关押在总统府,需要的时候随时都可以用一用他,只有统治者才知道内情。无论做出怎样的选择,总统府里都会永远有一个幽灵帮他出谋划策。还有谁能比一个极度渴望得到宽恕的罪人更适合被派去执行绑架的任务?一个就像……就像……西吉奥库的人?为什么不呢?

“每一个人都是罪人,”统治者对这位曾经的国务部长说,“不过,罪人必须通过实际行动证明自己有资格得到救赎。西吉奥库,你希望得到救赎吗?”

西吉奥库欣喜若狂,一时间说不出话来。他一个劲地点着头,揪着自己的耳垂。

“我还没有听到你的回答。”统治者说。

“是的，我的主人。就用我的镜子吧，您有了一个为了您愿意肝脑涂地的奴才。”

统治者向西吉奥库保证自己会采用那些镜子，但是西吉奥库还必须通过另一项任务证明自己的忠心。任务很简单，对他的考验就是看他对这项任务完成得如何。

“你绑架过人吗？”统治者问西吉奥库。

“没有亲自动过手。倒是让我的手下……”

“我没叫你自己动手。动动你的脑子。出谋划策！”

信号就是一架直升机在人们的头顶上开始大把大把地撒钱。时机很重要。人们一开始手忙脚乱地争抢从天而降的钞票，西吉奥库率领的队伍便要立即对魔法师动手。但是，到了夜里西吉奥库才能独自把战利品交给他。

属下一再令统治者失望，现在他只能亲自出马解决一切问题了。为了贯彻这个新政策，他要在总统府的避风港里亲自指挥生日庆典当天的整出好戏，只有他知道所有的台词，演员们掌握的只有自己的那几句台词。所以，他没有告诉西吉奥库那些钱是为了迷惑人们刚印制的，也没有说他已经吩咐卡尼欧若派人在暗中盯着魔法师。塔基里卡知道钱的事情，这正是他的财政计划的一部分，但是对其他计划的细节一无所知。至于卡尼欧若，统治者也绝对不会把绑架魔法师和直升机从天上撒钱的事情告诉他。

西吉奥库又回到了软禁在家的生活中，奉命执行这项秘密任务令他精神大振。过不了多久他就又能得宠了。可是，他还是情不自禁地想到统治者不知道用什么法子竟然把他以前经常想到的点子给窃取了。

18

这天早上弗里克、克拉克维尔、两名摄像师、一名电工、一名音响师与克莱门特与丁公司的制片人来到了埃尔代里斯。自童年时起电工就听说了很多极其黑暗的非洲的故事，尽管他在电视上看到了展现钢筋水泥新兴城市的画面，他仍旧以为这片大陆就像夜晚一样黑暗，所以他给自己买了一副夜视镜。威尔弗雷德·卡博卡医生坐着由专职司机驾驶的轿车去了机场迎接他们，卡博卡没有将客人直接送到酒店，而是径直去了总统府。每个钟头情况都在恶化，他向客人解释说。

弗里克一行立即开始了工作，仿佛对他们来说人飘浮在空中是司空见惯的景象。对于自己无法理解的事情，例如统治者的办公室怎么变成了模拟天国，他们以为这都是非洲统治者特有的一些怪癖。不过，他们还是要求将造雾机关掉。

在克拉克维尔与卡博卡的协助下，弗里克做了一些常规的初步检查，结果得出了和卡博卡医生一样的结论：没有异常。目前与在纽约期间相比，唯一显著的差异并非膨胀，尽管现在那个身体已经胀大了十倍，真正的差异在于身体变轻了。弗里克感到不解，他说稍后要给哈佛那边打几个电话，同物理学家们探讨一下这种现象。也可以给他们发电子邮件，带来了手提电脑的克拉克维尔提议道。他们的反应提醒了卡博卡，他将弗里克拉到一旁，问他是否带来了超声波扫描仪。哎呀！弗里克说，他忘了带扫描仪了，不要紧，简单的血检足以帮他们确定膨胀是否突然变异成了怀孕。

摄像师与电工都忙着检查插孔和电源、灯光强度和效果，他们要看一看为了营造出必要的气氛他们还需要作些什么补充。弗里克提醒他们这不是故事片,是有关科学工作的纪录片,他们必须确保只对患者提供充足的照明。

患者贴着天花板,把摄像机架设在视平线高度的话就存在几个问题,于是国家终身木工们造出了几架带有小平台的梯子。一台位置固定的摄像机负责对患者连续拍摄不间断的画面,过后医生在检验采集到的数据时就会用到这台摄像机拍摄到的画面。另一位摄像师负责对总统府和患者的房间依次进行远景拍摄;如果有必要做手术的话,他的主要任务就成了对统治者和这场手术进行近景拍摄。

初步检查完成后他们坐了下来,观察着患者。真是一幅叹为观止的景象,尽管身体成了这样,患者还是继续通过电视关注着外面的动静,指挥政府作出反应。

卡博卡觉察到了弗里克的好奇,经过统治者的批准,他为客人们另外架起了一台电视。

19

不管是结伴而来,还是单独一个人,人们都为自己找到了空间和视野最理想的位置。

基督战士分成了三组,每一组都肩负着一项单独的任务。第一组在灵魂拐杖的带领下负责继续寻找那只猫,自从在万圣大教堂门外逃走后人们就再也没有见到过它了。

第二组在灵魂清道夫的带领下对进出总统府的各条道路进行监视,撒旦两次从他们手里逃脱,最后都钻进了总统府。每一次他们都不清楚他又是怎么从那里出来的。

第三组加入代表大会,高唱反抗的歌曲,他们的计划就是悄悄地跟在魔鬼身后，趁着他还没有进入别人或者其他活物的体内将他抓住。

三支队伍通过寻呼机和手机协调工作，这样一来，无论撒旦打算以怎样的方式逃走，也不管他要从哪里逃走，全体基督战士都能及时赶到地方，堵住他的去路。

媒体的工作人员都觉得会爆发革命，他们已经在几条街道架设起了摄像机，他们认为在这些地方会出现骚乱，人们会被石头砸到，房屋会被烧毁。埃尔代里斯的贫民窟还从来没有见过这么多电视摄像机对他们的命运这么感兴趣。

统治者沉浸在扬扬自得的情绪中，他已经成功地将所谓的“国家自新日”变成了全国性的贺寿庆典。通过宣布这一天成为公共节日，有关举行全国大罢工的呼吁变得没有那么讨厌了。就连一家向来对统治者没有多少热情的报纸都撰文称统治者是一位高明的政治家。

塔基里卡之前已经确保四架分别带着“东”“西”“南”和“北”字样的直升机装满了布里钞票，这一天他早早地去了现场，将每一处仔仔细细地打量了一番，以免回头有人请他发表见解。但是，在和来自不同方面的武装部队负责人打过招呼，向他们表达了对他们的祝福后，他就退到了人群的边缘。他知道从天而降的布里币会让人们四处乱窜，从而造成危险，他甚至已经告诉温吉尼娅和孩子不要参加这一天的活动。

西吉奥库将逃跑用的车停在了代表大会的外围。他戴着墨镜坐在驾驶座上，用帽子遮住耳朵，手里拿着一部手机，他就用这部手机和总统府与他雇来的暴徒保持着联络。携带武器的暴徒们此刻就坐在距离讲台不远的一处有利位置，他们的任务只有一个：一接到信号就抓走乌鸦魔法师，将他带到西吉奥库等在现场的轿车那里,接下来的事情就都由西吉奥库接管了。西吉奥库待在车里,一直凝视着窗外的天空,唯恐自己错过钞票从天而降的美妙信号。

统治者要求卡尼欧若为魔法师组建一支护卫队,在卡尼欧若看来统治者就是在暗中批准他在魔法师做完忏悔后就把他送到地狱去——否则统治者为什么要把怎么去代表大会说得那么清楚,却对怎么回来的事情只字不提?他纠集了一伙人,在乌鸦魔法师走向讲台的时候这伙人要陪在魔法师的两侧。按照商量好的计划到时候一辆不惹眼的警车将把乌鸦魔法师送到距离人群集结处只有几码远的地方,他自己穿过人群走完剩下的一段路,完全是一副没有受到胁迫的样子。事实上,他们当然会让他知道自己被潜在的杀手包围了,好让他打消逃跑的念头。卡尼欧若没有告诉任何人到最后他要除掉乌鸦魔法师,他手下的青年团只知道忏悔结束后他们要把魔法师押送到卡尼欧若跟前,逼着他坐进那辆梅塞德斯-奔驰,到时候卡尼欧若自然会告诉他们接下来应该怎么做。卡尼欧若自己鬼鬼祟祟地潜行到讲台附近,那里距离讲台近得足以让他看清、听清一切。为了放松情绪,他一直轻轻地拍着口袋里的枪,仿佛那支枪是一个能抵御得住对手所有邪魔花招的护身符。

尼娅薇拉与同志们也守在讲台附近,做好了随时采取行动的准备。针对可能出现的各种情况他们准备了几套不同的方案。

此外还有来自政府的执法人员——军队,他们包围了现场,其中绝大多数人都对攻击乌鸦魔法师的阴谋毫不知情。全副武装的他们等待着指挥官的一声令下,但是他们不会轻举妄动,以免激怒人群。

宗教领袖们做着祷告,请求上帝保佑这一天平安无事地结束,他们说这一天应当标志着在全国开始了一种宽容开放的新生活,所有人都应当无所畏惧地用不同的声音颂扬和赞美上帝。合众为一，一位宗教领袖不停地用拉丁文吟诵着。

来自大学的年轻人在队伍中奔跑着，一个接一个发言的青年提醒人们去思考为什么必须建立代表大会。它就是所有人在一个共同愿望的团结下形成的利益联盟，这个愿望就是找回他们在国家事务中的发言权，找回属于他们的声音。身为这项事业的一分子，表达自己的见解时没有人会受到阻挠，就连持有异议的人也不例外。这是国家自新的日子，是恢复个体与集体声音的日子。

看着我的眼睛，看哪
我不惧怕死亡
我在争取
你从我这里夺走的声音

后来阿盖告诉人们之前接连几个星期人们一直唱着这首歌，但是在那一天他们的歌声格外炽烈。

“千真万确！我的上帝啊，”阿盖信誓旦旦地强调自己说的都是真的，他还说，“一切都不确定。人们还对那个日子的名称争执不下：统治者诞辰节、国家自新日，还是统治者分娩日？不过有一件事是确定的：所有人都想听一听乌鸦魔法师会对男性怀孕的谜团作何解释。”

20

这一天的下午，乌鸦魔法师被大本·曼波早早地带到了代表大会现场。他的左右两侧都有武装警察，身后还跟着另外几个武装警察，那几个警察扛着五个包裹。他们的四周围满了媒体记者，为了拍到魔法师记者们你推我挤地争抢着更好的位置。人们都在小声嘀咕:乌鸦魔法师。好奇的人群随即就安静了下来。

“千真万确!我的上帝啊!没有一个人窃笑,所有人连咳嗽都不敢,就连小孩子也不例外,”后来在讲述那一刻的时候阿盖就会这样说,“我一早就赶到了那里,就是想试试看我能不能引起他的注意,哪怕一刹那也好,我要询问他有关那个东西的问题,万事万物背后的那个东西,我的生命已经到了这个关键时刻,现在我对语言的理解有了不同的角度。仔细审视语言能够揭示出生命的秘密。很多问题都激起了我的好奇心:是什么赋予了魔法师那么强大的法力和洞察力?是他的魔药,还是人类的意识无法感知到的什么东西?是一种能够传递给其他人的知识吗?千真万确!我的上帝啊!我觉得如果能跟他谈一谈,或许我的生命就有了意义。可是,等他来到现场,看到他们看守他的阵势,还有媒体追逐着他的样子,我意识到自己根本没法靠近他。不过,我还是竖起耳朵,我要听清楚从他的嘴里说出来的每一个字。当时我还想起了他在酒吧里说过的话:不,不!不!事情不是这样的!那么,事情是怎样的?我问着自己。

“我看到情报部长大本·曼波爬上了讲台,推着乌鸦魔法师向前走去,仿佛是要把他引到座位上去。大本·曼波让人觉得很滑稽,直到这会儿他还走着正步,就好像在率领部队参加检阅似的。这个人真该去参军,我意识到自己在心里琢磨起了这个问题。警察和媒体的人都坐在群众前面,所有人都面向讲台。我也悄悄地朝讲台凑了过去,一直挪到了别人不再让我继续往前挪的地方。我真的不想漏掉一个字,一个举动……”

充当庆典专家的学生们给了情报部长充足的时间讲话,面对一部分群体表示反对的口哨声他们解释说这是人民代表大会,如同其他公民一样,情报部长也有发言权和宣传个人观点的权利。

大本·曼波郁闷地看到只有学生允许他讲下去,不过他也知道眼下不是辩论和挑衅的时机和场合。大本·曼波首先表示自己是上面派来的信使,所以他在以统治者——国父及三军总司令——的名义讲话。接着又对统治者允许在神圣的国会和法院大院召开人民代表大会表示感谢,他尤其要代表聚集在这里的所有人提前感谢统治者能接受他们在全能者诞辰这一天赶来向他表达爱和崇拜……

“你是说他生孩子的日子?”有人大喊了一声,接着就反反复复地喊着,“是谁让他怀上的?”

“请允许我说完,”大本坚持着,“接下来就要说到怀孕的事情了,你们就要从乌鸦魔法师的嘴里听到这件事情的来龙去脉。此外,他还要揭发出国家的所有敌人。”

“国家的敌人就是人民的朋友。”又有一些人反驳道。

“我上这儿来不是为了高谈阔论的,也不是为了听别人的高谈阔论,”大本·曼波喊叫了起来,“我上这儿来是为了传达统治者的问候和祝福,是来要求你们给乌鸦魔法师一个机会,让他做一次充分的忏悔,让他把自己想说的全都说出来,请你们不要打断他,不要向他大声起哄,也不要只是因为他是一个巫师就拿石头砸死他。在农村地区巫师们被塞进蜂巢或者滚下山坡,直到被蜇死、摔死的时代已经过去了。”大本·曼波感到敌意越来越重,他从话筒前闪开,示意乌鸦魔法师到讲台上去。

乌鸦魔法师缓慢从容地站起身,他问庆典的负责人自己能否开口讲话,在得到了负责人的同意后他走上讲台,站在了话筒前面。

21

卡梅特不知道该对集会的人群怎么说,也不知道该说些什么。他再一次想到要是能和尼娅薇拉谈一谈就好了,可是注定没有这样的机会了,现在他只能靠自己。一个天生孤独的人。他不喜欢在公开场合讲话,而且眼前有这么多全神贯注望着他的人。当初他用乌鸦魔法师的身份当做伪装,那纯粹是一个玩笑,现在人们都期待这个身份是真实存在的。上这里来他几乎没有选择的余地,现在他不得不开口讲话了,就好像他是心甘情愿来到这里的!他痛恨谎言和撒谎,哪怕是出于个人的目的,而现在却有人期望他为了别人的利益在大庭广众之下撒谎。他一直希望自己的生命根植于真相,即便是当占卜师的时候,他也在尽力避免说出假话,而现在在这里,他能否活命却依赖于一场虚假的忏悔!

他鼓起勇气让自己相信他宁愿死在人们的面前,也不愿像马乔卡利那样消失。

"你们都看到了,我是在武装警卫的包围下走到这里来的,他们要确保我不会走错路。所以我首先就说一说我有多么感谢我的这些向导和警卫。"

人群中发出了笑声,他终于感到有些自在了。

"他们要我讲一讲统治者怀孕、尼娅薇拉的藏身之处、马乔卡利的失踪和排队的问题。我只能说出真相。按照他们对我的指示,接着我还必须驱走附在你们身上,迫使你们去排队,组织起来的魔鬼。我必须清洗你们造反的灵魂。"

又有一些人笑了起来。还有一些人感到了不安。乌鸦魔法师开始做起了忏悔,人群立即鸦雀无声了。

卡梅特感到自己的舌头放松了下来。

22

通过电视密切关注着现场进展的统治者屏住呼吸,幸灾乐祸地期待着一场低声下气地坦白罪行的忏悔。他对自己太满意了,以至于情不自禁地咯咯笑了几声。

弗里克、克拉克维尔与卡博卡一边看着他们自己的那台电视,一边时不时地打量一眼他们的病人,草草地记下自己的观察,以供日后查看。与此同时,第一台摄像机记录着统治者的一举一动和身体的运动。第二台摄像机也忙着拍摄中景和特写镜头,甚至拍摄了一些切换镜头,其中几个镜头是从统治者的背后拍摄到的统治者看着屏幕上站在集会人群面前的乌鸦魔法师。

突然他们听到统治者发出了一声痛苦不堪的刺耳的喊叫,飘在空中的身体痛苦地翻滚着。他呻吟了起来。弗里克与克拉克维尔赶紧爬上了天国的梯子去查看情况,他们何曾见到过这样的神秘分娩?除了耶稣的降生,莫非他们碰上了另一场神秘的分娩?

23

"首先我要承认社会上现统治者怀孕的谣言我的确起到了作用,"乌鸦魔法师说道,"可是,为什么要把怀孕说得好像是恶性肿瘤呢?怀孕就是孕育着一颗将会形成某种东西的种子而已。问题只在于孕育的是生命,还是死亡?然而,我被派到这里来不是为了赞美怀孕的伦理学和哲学,我来这里是为了解释我如何误导你们接受了错误的观点。

“这一切的出现全都是因为我在纽约一家酒店的大堂里等人的时候突然想到的一个比喻,当时我试图弄清楚我在一次飞行中目睹到的奇观究竟具有怎样的含义,那次飞行我以鸟的外形飞遍了非洲和每一处居住着黑人的土地。”

魔法师讲起了自己那场为了寻找黑人力量的源头所作的穿越时空的旅行,他还讲了一个相当长的寓言,人类向一位瞎眼的神拱手交出了对自己生命的控制权,这位神名叫“金钱与市场”,接着他又提到独立的非洲如何突然变成了别人的附庸。说完他停顿了一下,他想看看这番话的效果。全场悄无声息。

“非洲为什么能任由欧洲整车整车地将数百万非洲人从这片大陆带到四面八方去?欧洲怎么就能对一个面积十倍于它的大陆发号施令?为什么积贫积弱的非洲仍旧继续任由自己的财富去满足非洲之外的那些人的需要,然后再追在别人屁股后面伸着两只手请求借贷从自己这里流失出去的那些财富?我们最优秀的领导人竟然是懂得如何乞求对方把当初自己白送给对方的东西再分给自己一点点的人,而当初他们拱手让出那些财富的时候对方付出的代价只是让他们变成了一个蹩脚的工具。我们怎么就落到了这一步,非洲的未来在哪里?我哭了。

“我明白了一点:大约在十七世纪的时候欧洲用它的邪恶使非洲的一些人怀了孕,这些人产下了奴隶种植园里的奴隶监工,这些监工后来又摇身一变,成了殖民地种植园里的殖民地监工,多年后这些殖民地监工又摇身一变,成了后殖民地种植园里的新殖民主义领航员。现在他们又要变成全球种植园里的现代监工和领航员了吗?然而,非洲已经孕育出了自己的孩子,它让我们的人民唱起了这首歌,‘即使你杀死我们的男人,我们女人仍然会怀上新命运的希望’。因此,不要为了那些出卖了我们的遗产的人绝望地哭泣，我们要骄傲地为奋力挽救我们的遗产的那些人所实现的成就绽放笑容。

“所以我告诉自己：正如今天孕育自昨天的子宫，今天也孕育着明天。

“阿布瑞里亚孕育着什么样的明天？团结一心的明天，还是互相屠戮的分裂？是哭泣，还是欢笑？我们的明天取决于我们今天的所作所为。我们的命运就掌握在我们自己的手中。

“在给马乔卡利的留言中写下‘你要小心一点。国家怀孕了，至于他会生出什么，谁也不知道’的时候我肯定就在琢磨这个念头。我把字条留给了马乔卡利是因为当时他是咱们国家在国外的眼睛。

“可是我忘了在阿布瑞里亚，‘国家’和‘统治者’就是同义词。所以今天我才会在这些带着武器的朋友的陪伴下来到这里，来告诉你们对于统治者怀孕的谣言的产生我都干了什么。”

集会人群刚一领悟到魔法师这番话的意思，女人们就号叫了起来，男人们打起了口哨，高喊着：“再说一些！他什么时候能把孩子生下来？”

24

统治者的疼痛减轻了，他又看起了电视，恰好看到了人们欢呼的景象。之前他无法继续观看魔法师的忏悔，看到人们的笑声、叫魔法师多说一些的叫喊声时他的精神没有振作多少。他这个无能为力的导演眼睁睁地看着自己的演员正在甩开剧本，自由发挥了起来。

他给大本·曼波打去电话，叫他告诉乌鸦魔法师不要再胡扯怀孕的事情,开始说查找尼娅薇拉的事情。就在这时疼痛又发作了,他不得不放弃了继续同情报部长谈下去的打算。他的收缩太剧烈、太痛苦了,不过只要疼痛还能忍受,他就会贪婪地看着电视里正在上演的那一幕。

大本·曼波对集会的人群说这个男人宣称自己以鸟的样子四处旅行,还在镜子里看到肉体凡胎的眼睛看不到的东西,既然人们已经听到了这个满口谎话的流氓所作的忏悔,他们就不应当再继续散布男人怀孕的谣言了。

“我的同胞,我们要给他一个机会,让他在威严的自由公民代表大会的面前证明他的能力,让他利用自己的镜子揭发出国家的敌人。乌鸦魔法师,尼娅薇拉在哪里?镜子就在那边。让我看一看尼娅薇拉在哪里!完成这个任务后,接下来你就要驱除面前这群人身上的排队魔鬼,还有女人身上的暴力对抗男人的魔鬼。然后你就自由了。失败的代价?行刑队就会出现在这些人的面前。”

片刻间人们就完全明白了大本·曼波的意思。人群中有人不服气地站了起来,你怎么敢指责我们有魔鬼附体?其他人也气势汹汹地嚷嚷了起来,你就是说我们的思想需要被净化?我们为什么不给这位部长的屁股上狠狠地来几下,赶走他身上的傲慢魔鬼?有人提议道,一边还气势汹汹地走上前,打算将口头的威胁变成实际行动。

局面原本会变得不堪入目,但是庆典专家们又出手干预了,他们要求人们停止一切愚蠢的行为,因为大本·曼波很有可能会刺激得他们自动给武装部队一个驱散代表大会的理由。就让咱们继续听乌鸦魔法师说什么,如果他真的是一名巫师,那他肯定就有巫术的解决办法。

就连只是零星听到大本·曼波讲话的统治者也对这位部长的冒失感到气恼。他的傲慢和招摇会让统治者无法得到想要的结果。尽管腹痛难忍,统治者还是给情报部长打去了电话,叫他不要再自由发挥了,他必须收回那些有关乌鸦魔法师必须自己争取自由的话。情报部长难道忘记了这位巫师应该是自愿去参加大会的吗?究竟是什么让他有胆量用行刑队来威胁魔法师?他最好宣布撤销自己的威胁,立即宣布。

反悔对大本·曼波来说只是小事一桩。

"我想提醒你们所有人,乌鸦魔法师来这里是出于他自己的意愿。他自愿利用自己看镜子的能力找到尼娅薇拉的下落。"说完他又补充道,"我想向他表示歉意。提到行刑队的时候我只是在跟他开玩笑。这只是一种修辞而已,就像沙班·罗伯茨①对语言的修饰一样。乌鸦魔法师,我以阿布瑞里亚自由共和国三军总司令的名义起誓,现在我要求你用镜子完成你的任务,把阿布瑞里亚国的头号公敌尼娅薇拉给我们交出来。"

25

就在这一切继续下去的时候,卡尼欧若已经开始考虑自己的下一步行动了。看到乌鸦魔法师在警察的护送下进入现场他有些感到自己被出卖了。统治者不是把护送乌鸦魔法师走上讲台的任务交给他和他的青年团了吗?仔细琢磨了一会儿他意识到无论怎样这种安排都没有改变他认定的统治者交代给他的真正职责。红

---

① 沙班·本·罗伯茨,又被称为沙班·罗伯茨(1909—1962),坦桑尼亚诗人、作家及散文家,支持保护坦桑尼亚的诗歌传统。他被称为坦桑尼亚最伟大的斯瓦希里思想家之一,"斯瓦希里的桂冠诗人",又被称为"斯瓦希里语之父"。

河里的鳄鱼在等待着乌鸦魔法师。

突然，陶醉中的卡尼欧若听到情报部长大本·曼波要求乌鸦魔法师说出尼娅薇拉的藏身之处。他感到肚子里纠结了起来，每次在谈话中或者在报纸杂志上听到、看到她的名字，他就总是会产生这样的感觉。他再也无法否认这一点了，他嫉妒巫师。他看到过这个男人在塔基里卡的办公室附近的马路边和尼娅薇拉聊天的情景，塔基里卡在供词中提到过当所有的话都卡在了喉咙里的时候，正是尼娅薇拉带他去了魔法师那里。她跟这个男人肯定很亲密。卡尼欧若偷偷摸摸地溜到了讲台跟前，现在他也想听清楚从乌鸦魔法师的嘴里说出来的每一个字，每一句话。要是乌鸦魔法师揭发出了尼娅薇拉的下落，卡尼欧若就会把处决乌鸦魔法师的差事交给手下的那伙人，他要亲自去找尼娅薇拉。自作主张与尼娅薇拉团聚的美好幻想在他的心里从未改变过，此刻他依然没有丢掉这个疯狂的念头：他要抓住她，恳求统治者饶恕她的罪行。这样一来她就会心怀感激和懊悔地为自己的丈夫唱起赞歌。*荣耀，荣耀归于卡尼欧若*，他自顾自地轻声唱了起来。乐观的念头令他喜形于色，正在这时他手下最无所畏惧的青年团里有一个人蹲在他的身后哆嗦了起来。

“这个人不是人，”他小声对卡尼欧若说，“听我说。我以前是垃圾清洁工，我们一共三个人，我是司机。那个人死过的，我们还把他给埋掉了，结果他当着我们的面又活了过来，我们跑过了那块空地，他追了我们一路。后来我们被一群基督战士给救下了，有一个人当即就加入了他们，另外一个人躲到酒吧去了，我参加了青年团。那个人是人形的撒旦。”

听到这些话卡尼欧若没有感到恐惧，但是这些话印证了他自己的经历，他曾在伊甸园酒店的不远处亲眼看到乌鸦魔法师从公共厕所消失得无影无踪。他意识到倘若这个人向青年团里的其他人谈起这些事情,就会给他们灌输进恐惧,那样一来卡尼欧若所有周密的计划就都要化为乌有了。

“你跟别人说起过这件事吗?”卡尼欧若问道。

“没有。”那个人说。

“别回去!就跟我待在这里,”卡尼欧若对他说,“别再抖了。”他一边说,一边冲自己口袋里的手枪指了指。

26

一直盯着天空,等着直升机发信号的西吉奥库突然听到大本·曼波叫警察把一些包裹搬到讲台上去。他靠在车身上,将手里的双筒望远镜对准了那些包裹。他认出了包在外面的纸,他立即意识到那是他向国外订购的镜子。他的心喜悦地跳了起来:这就是说统治者的确把他的请求听进去了?他为了找到最好的玻璃制造商所花费的心血都没有白费,他的镜子就要在擒获尼娅薇拉的过程中发挥作用了。本来他希望承担大本·曼波的任务,不过跟他通过镜子能捞到的好处相比,大本·曼波的那个位置根本不值一提。他心想,历史真是充满了讽刺,现在他的生活能否恢复正常就取决于他计划绑架的那位巫师能否让镜子成功地发挥作用!西吉奥库急切地等待着结果,他甚至忘记了自己应该趴得低一些。为了更清楚地看到这一幕,他已经爬到了车顶上。

警察拆开包裹,向人群展示着包在里面的东西,大本·曼波逐一公布了镜子的来源地,等他宣读完警察就将镜子摆在乌鸦魔法师的脚下。前国务部长已经喜不自胜了。

突然他意识到在被展示给人群的时候这些镜子就会捕捉到那

些阿布瑞里亚人的影子。情报部长曼波根本不知道从国外进口镜子的意义在哪里,甚至都不知道这些镜子为什么被包裹得这么严实。他回到驾驶座上,拨通了总统府的电话。电话没有人接。

西吉奥库的手臂交叠在方向盘上,头搭在手臂上,这位曾经的国务部长哭了起来。他的身体上下起伏着,车也随之颤动着,直到喇叭声响起来他才回过了神,他意识到自己失手压在了汽车喇叭上。

27

统治者继续呻吟着,值得注意的是他还在时不时地瞟上一眼电视屏幕。外面那台大戏有很多关键性的环节,比如直升机开始从上空撒钱,向其他人发出信号,而这些事情全都等着他下达指令。收缩的阵痛显然干扰了他的注意力。

这时突然出现了一个奇怪的声响。弗里克立即爬上了天国的梯子,他从上面冲着克拉克维尔与卡博卡示意了一下。卡尼欧若刷成了大地色的帆布开始撕裂了,将那个身体捆在椅子上的带子也要绷断了。

三位医生都有些恐惧,他们下了楼梯,开始商量对策。

"身体又开始上升了,"弗里克说,他显然感到了气馁,"这意味着什么?"

"它打败了一切科学逻辑。"克拉克维尔说。

"问题是,咱们怎么才能在它塞满整个房间之前控制住膨胀的趋势?"弗里克看着卡博卡说道。

"在纽约的时候巫师是怎么控制住膨胀的?"克拉克维尔问道。

“乌鸦魔法师？我不知道他做了什么，也不知道他是怎么做的。”卡博卡实话实说。

“应该把他从人民代表大会上叫回来。”弗里克提议道。

“召回乌鸦魔法师的命令只能从统治者的嘴里下达。”卡博卡说。他们都清楚统治者现在根本无法下达任何命令。

28

警察从包裹里取出镜子，将镜子堆在他面前，乌鸦魔法师平静地观看着这出闹剧，心里却惶恐不安。时间不多了，他还是没有想出让自己从这场混乱中全身而退的办法。他怎么才能当着这么多人的面摆弄镜子，让大家信以为真？他几乎就是在向大家展示自己的死亡，不过他也同样深信统治者不会当着国内和外国媒体的面对他干出任何不利的事情。这样的缓刑将他的死亡只不过推后了几个钟头而已。如果身处同样的境地，尼娅薇拉会怎么做？她的确面临过这样的情形！她以瘸巫婆的身份大胆地向阿布瑞里亚这头野兽的腹部发起了攻击！

乌鸦魔法师感到心里又充满了勇气。为何他们看不到这片土地的缺点，直到缺点出现在西方人的眼睛里？不，他不会再继续外国镜子的把戏了。藏在他心里的真相，藏在人民眼睛里的真相，这些才是他唯一能用的镜子。“按照要求我应该使用这些从国外进口的镜子让国家的敌人无处遁形。”乌鸦魔法师开口了。

他叫警察借给他一根警棍。他拿起第一面镜子，大声地说出了这面镜子的原产国，然后就动手砸烂了镜子。他拿起了第二面，第三面镜子。他有条不紊地砸烂了所有的进口镜子，面对他的反抗，人们开始有节奏地鼓起了掌。

“真正的占卜就是揭示出隐藏的东西，既然这样我就想和你们说一说藏在我心里的秘密。我认识尼娅薇拉。我爱她，我永远都不会出卖她，即使我必须踏上不归之地。我知道，尼娅薇拉将在那里同我相守在一起，因为她会找到已经支离破碎的我，让我变成一个完整的人。她以前就这么做过，将破碎的我修复一新，她还会再这么做的。”说完他停顿了一下，歇了一口气。

聪明人，也就是一些怀疑论者开始嘀咕了起来。想把她从藏身之处赶出来，嗯？但是，就连这些人也都被魔法师的语调打动了，现在他在轻声呼唤着，仿佛在冲着近在咫尺的某个人说话。

“尼娅薇拉，我全心全意地拥抱你，人民是我的证人，他们将见证到真理永远不会死亡，它的光辉永远不会黯淡。完整的才是圣洁的。”

乌鸦魔法师感到一股轻柔的微风将花香吹进了他的鼻孔，他太熟悉这种气味了，只是已经很久没有闻到过了。他感到身上涌起一股新的力量，这力量来源于他的信念，他坚信自己说的话在集会的人群中激起了共鸣，人民在回应他，他的话也传到了尼娅薇拉的耳朵里，无论她在哪里，她一定就在人民中间。他感到心里舒坦多了，因为这些话来自最本质的他，为了说出这些话他能够慷慨赴死。

“尼娅薇拉就是你。尼娅薇拉就是你和我，还有其他人，”乌鸦魔法师毫不畏惧地继续说了下去，“如果你知道你就是尼娅薇拉的话，就请你站起来，好让正在寻找你，把你叫作国家敌人的那些人看一看你。尼娅薇拉，给我们指条出路吧。”

一个女人站了起来。我是尼娅薇拉，她说。所有人的目光刚转向她，一个男人又站了起来，说，我是尼娅薇拉。紧接着，男男女女一个接着一个地站了起来，到最后所有参加集会的人民代表都说自己就是尼娅薇拉。

情报部长大本·曼波和他的护卫队仍旧坐在那里。原本就站着的警察和军官们发现自己的处境有些尴尬,他们不知道自己是否应该坐下,以免也被当成是尼娅薇拉。最终他们还是继续站着,有那么几分钟看上去军队和警察站在了人民这一边。

摄像师不知道应该把镜头对准谁。在政府的特工眼中,尼娅薇拉无处不在。一个女人唱了起来:我们有多少部族?其他人回答说两个,生产者和寄生虫。

歌声变得更响亮了:

来吧,来吧,弱者和强者
让我们建造一个美丽的国度
带上你的知识和你的心

全体代表跳起了舞,一伙人朝着讲台跳了过去。还没等大本·曼波做出反应,甚至想明白是怎么回事的时候,乌鸦魔法师的四周就竖起了一堵保护他的墙。

卡梅特感到身旁出现了一个舞动的人,他知道那就是尼娅薇拉。

他们的目光交会在一起。他们手挽着手,和着歌声跳了一分钟左右,这对舞伴同其他舞动的人交融在一起,可是乌鸦魔法师与瘸巫婆仍旧感到他们在只有他们两个人的世界中,团结一心的阿布瑞里亚人民守护着他们的小世界。

身体继续触目惊心地膨胀下去的统治者从电视上看着这一切,他百思不得其解:我承受着地狱般的痛苦,他们怎敢兴高采烈地又唱又跳?是时候用钱驱散他们了。他拼尽最后一点力气,又作了一次远程指挥。他勉强给一名飞行员下达了指示,告诉对方开始从空中往下投钱,就在这时又一阵剧痛涌遍了他的全身。他丢掉了移动电话。地板咔嗒咔嗒地响着,现在他的身体已经快要占满整个房间了,逼得几位医生和摄像师紧紧地贴在了墙上。

尼娅薇拉听到空中呜呜地响起了直升机的轰鸣声,她抬起头,看到直升机向下抛洒树叶,人们叫嚷了起来。纸片轻轻地飘着,就像是悬浮在半空中一样。还没等她推开人群挤到话筒前,告诉人们都是假钞,独裁者的诡计就已经腐化了人们的灵魂,诱惑着他们分崩离析。尼娅薇拉突然有了不好的预感。她回头看了一眼,视线碰到了卡尼欧若。后者的眼睛里冒着火,她从来没有看到过这么强烈的恨意和妒火。

卡尼欧若拼命推搡着人群,照直朝讲台挤了过去。尼娅薇拉朝四下里飞快地扫了一眼,想要找到一条退路。她看到两队人分别从两个方向挤在人群中,朝着乌鸦魔法师这里会合过来。

卡尼欧若举起了枪。尼娅薇拉还以为卡尼欧若的枪对准的是她。不对！枪口瞄准的是乌鸦魔法师,还没等她高喊一声提醒魔法师注意,卡尼欧若就开了一枪。尼娅薇拉喊不出声,她一头扑在已经倒在地上的乌鸦魔法师身上,就像是要护住他,不让他再受到更多的伤害。她看到卡尼欧若又把枪对准了她这里。我们完蛋了,她轻声地自言自语着。

就在这时有人扑到了卡尼欧若的身上,将他扭倒在地上。枪朝着空中开了火,附近的人惊恐地尖叫起来。卡尼欧若和对手在地上打着滚,那个男人试图把枪夺过来,卡尼欧若凶狠地挣扎着。尼娅薇拉心想自己以前在哪里见到过那个男人的面孔,可是她没有时间仔细回忆了。

突然,一声雷响撕裂了天空。人们感到大地震动了。卡尼欧若和对手立即停住了手。卡尼欧若唯恐丢了性命,他扔了枪,跑掉了。以英勇闻名的青年团跑在他的前面，一些人撞在同样也抱头鼠窜的其他人身上，他们绝望地嚷嚷着，天哪，咱们被抓了个现行。

看到没有人护着自己，曾经的垃圾车司机也拔腿就跑。他一边跑，一边自言自语地悲叹着，是撒旦。直到在一幢已经焚毁的大楼跟前幸运地碰到了一群基督战士他才回头看了一眼，他立即向基督臣服了。现在他也有了一个新名字，灵魂飞行员。

在人民代表大会现场，卡尼欧若的对手追着他跑了出去，开枪打中了他的腿。卡尼欧若倒了下去，尽管伤口很疼，他还是挣扎着一瘸一拐地跑掉了。

又是一声炸雷，接着又响了六声，声响一次高过一次。天上落下炸弹了！有人喊叫了起来，整个会场一片混乱，到处都是痛苦的叫喊声和一双双四处逃窜的脚。

守在代表大会现场毫不知情的警察和军人都以为总统府发生了政变，他们等着上司能说上一句话，后者也在等着自己的上司放出话来，上司的上司们都等着总司令下达命令。命令始终没有下达。指挥系统的某个环节似乎断裂了。迷茫和惶恐之下他们开始胡乱开枪了。恐惧的人群跑来跑去，一边跑，一边指着空中说，世界末日到了。

就在七声雷响震惊了所有人之后总统府一带渐渐出现了一团蘑菇云。

之前一瞥见空中出现了直升机，西吉奥库便叫手下的暴徒动手绑架乌鸦魔法师。这会儿他又想找一张纸，要证明他对革命的支持。他将自己对革命表示的忠心贴在了挡风玻璃上。好奇地盯着那股吞噬一切的烟，就连直升机都被它吞掉了。尽管已经是革命的支持者了，他还是不希望被夹在革命人群和现行政权拥护者的争端中。在政变中，人不为己天诛地灭。

每一个有车的人都试图逃离首都,逃到乡下去。公路上堵车堵得触目惊心,焦躁不安的喇叭响个不停。臭烘烘的浓烟降低了能见度,无论是开着车,还是走路的人都对这股浓烟感到头疼。尼娅薇拉用自己的身体掩护住了乌鸦魔法师的身体,她感到热乎乎的血渗了出来。求求你,卡梅特,求求你,不要让我失望,她哀求着他。

29

弗里克一伙人沿着总统府街跑着,跑在最后面的卡博卡大声给他们指引着方向,叫他们不要放弃希望,他告诉他们距离美国避难所只有几分钟的路程了。

杰姆斯通大使已经作了指示,任何一个躲避革命暴行的白人都无须接受盘查,直接进入美国大使馆。跑在前面的几个人没有受到任何阻拦就进去了,威尔弗雷德·卡博卡最后一个赶到了地方,他只看到大门在他的眼前合上了。他以为卫兵不明白是怎么回事,于是他狠狠地砸着门,喊叫着,我们是一起的！他们是我的同事,你们知道的！卫兵们不知道。

从大使馆里飞出的一颗子弹击中了威尔弗雷德·卡博卡医生,他倒了下去,震惊得甚至呻吟不出来。他设法让自己站了起来,用右手捂着左胸,试图把血堵住。在臭气熏天的黑暗中他朝公路走去,想找人将他送到医院去。没有一个人愿意停下车。卡博卡医生,阿布瑞里亚独裁者的私人医生,就这样在统治者公路旁因为流血过多死掉了。

30

次日，人们又鼓起了勇气，回到了国会大楼和法院的院子，也就是人民代表大会的会场里。会场里四处横陈着肿胀的尸体，很难说得清恶臭味究竟是腐烂的尸体发出的，还是来自前一天从总统府冒出来的黑色浓雾。那团烟雾已经在天上弥漫开，遮蔽住了太阳、月亮和星星，将整个国家陷入了黑暗中。直到后来太阳、月亮和星星都穿透了黑暗，阿布瑞里亚全国似乎仍旧被包裹在令人作呕的污染物中。

第二部分

1

政府没有发布针对雷声、烟雾和大屠杀的官方声明,人们说也许统治者已经死了,军队接管了政府,这种说法的真实性似乎得到了证实,因为人们看到政府只作出了一种反应:武装车辆不时地在首都和几个大城市的街上巡视着。政府开始在傍晚六点实施宵禁,禁令执行得不算严格,没有人因为无视禁令而遭到逮捕。

可是,为什么军队没有直接执掌大权?有人提出这场失败的政变是军衔在少尉以下的低级军官领导的,他们就像其他人一样对自己的收入感到不满。政变虽然失败了,但是一颗子弹打中了统治者,他现在藏了起来,好争取时间把伤养好。还有人说,不对,他只是在打心理战术。你们忘了那一次吗,那还是不久前的事情,他放出谣言说他患上了喉癌,最后他结束隐居,重新出现在众人面前只是为了嘲笑那些过早庆祝他死掉的人。这一类的事情干得还少吗?每一种说法都经过了人们反反复复的分析、改造、重新解释，但是始终没有确凿的事实能让大家推断出总统府里究竟发生了什么事情。有人宣称在第一声或者第二声爆炸声过后，看到七八个白人男人从总统府里跑了出来，一个黑人在后面追着，远处还有一伙黑人青年追着这个黑人，当白人赶到美国大使馆的时候，大使馆的大门打开了，白人都进去了，那个黑人被留在了门外，他冲他们摆着手，谴责他们炸掉了总统府。那个黑人挨了一枪，跟在他身后的青年们逃离了现场。后来再也没有人见到过那个黑人，实际上也没有再看见过那七八个白人。可是这些人就是不向别人透露自己的消息来源。

臭得令人无法容忍的浓烟越来越清楚地显示出阿布瑞里亚出现了一场环境灾难，人们的沮丧、愤怒和恐惧也随之愈演愈烈。在全国各地每一个地区的每一个村庄，人们都在要求政府说出真相，甚至又开始讨论重新举行示威游行的事情。宗教领袖号召人们每天都要祷告，工人们呼吁举行一场全国大罢工。多党制的民主体制成了民心所向。没过多久就有消息传出，统治者之所以不会当众亮相就是因为他害怕多党先生。

世界银行发布了声明，宣布目前缺乏领导人的状况和近期发生的神秘事件令投资者对这个国家的政治稳定产生了严重的怀疑。

情报部长大本·曼波宣布了一个消息：统治者已经确定了日期，他要向国会和全国发表讲话，讲话将通过广播和电视进行直播。报社也得到通知，按照要求他们要策划专版报道，因为届时统治者将宣布自己要给全国人民送上一份特别的礼物。

大本·曼波发布的公告只是成功地激起了民愤：传说中统治者的怪病呢？从美国回来后他就一直没有公开亮过相，为什么？是什么原因促使统治者做出了这个貌似不太可能的慷慨承诺？还有一种绝不可能的可能性:他打算退位吗?

2

国会里挤满了人。内阁、国会议员,甚至是各国大使都比既定的时间提前了几个小时赶到了这里。兴致高昂的媒体都希望从中收获一些能够解开阿布瑞里亚之谜——七声炸雷和异乎寻常的烟雾——的消息。统治者访美期间拒绝采访他的美国电视台现在苦苦哀求能对他作一次独家专访。凡是有广播或者电视的人都抱着自己的广播或电视不撒手,周围还围满了没有广播或电视的人。

总统府发言人用一把木槌狠狠地敲了敲桌子,人们热切期盼的会议就要开始了。

"千真万确!我的上帝啊,我一直在想他究竟是怎么去国会的。他坐的是什么样的马车?他是怎么进入国会大楼的,因为我没听说大楼的门被扩大了。他就像以前被塞上那架喷气式飞机一样被人推进了大门?他要说什么?他会提到乌鸦魔法师的结局吗?对于他怀孕的事情他要怎么说?一个问题接着一个问题……"阿盖说。

有些工人为下午请了假,一些人直接旷工了,谁都不想新闻从自己的眼前溜走。阿盖知道一家茶馆有电视,他一大早就赶去了茶馆,结果看到早就有人坐在那里了,他找了一个能看清电视屏幕的位置坐了下来。所有人都围在电视机跟前,就像蜜蜂围着蜂巢一样,一片嘈杂。看到统治者出来了,大家全都安静了下来。

3

统治者进入了国会大楼,从红地毯上走了过来。他的左侧是一位衣着华丽,戴着钻石头冠的女人。统治者的妻子拉结被拉出来供大家参观?

阿盖几乎无法相信自己的眼睛。电视上出现的统治者大人跟他上一次在总统府里见到的那一位大人几乎就是两个人,现在的这位大人又瘦又高。他身着一套黑色西装,扣眼上插着一朵胸花,胸袋里塞着一条白色手帕。他的左手握着一根棒子和一柄拂尘,以往的豹皮补丁也在。他的脑袋只有拳头那么大,可是两只眼睛圆鼓鼓的,活像是马乔卡利整形后的眼睛。阿盖没有听到自己高声喊道:不,不,那不是他! 他一遍又一遍地喊叫着,其他人都看着他,以为他是一个疯子,有人不耐烦地吼道,闭嘴! 你怎么知道?他们根本容不得他多做解释。面对人们的态度他做出了回应,他膨胀的身体呢? 听到他的话大伙儿都哈哈大笑了起来,他刚想开口说看他的舌头,看那条舌头,大伙儿就用恶毒的目光制止住了他。不过,还是有人注意到在没有说话的时候统治者偶尔会不自觉地把舌头伸进伸出,但是绝大多数人都没有意识到这种情况有些蹊跷,他们以为这是由于他已经很长时间没有在公众场合用过他的舌头了。阿盖坚持说那条舌头分了杈,这时围在他四周的人都开始说:烟尘啊! ——瞧,烟尘把这个人的脑子弄成什么样了!没准不止他一个人碰到了这种事儿?

统治者开腔了,他说自己希望借此机会向人们介绍他身边的女士,因为在授予她现在的职务时他还过着隐居的日子,因此没有机会当着全国人民的面亲自宣布对她的任命,好在一切都还来得及,现在他开心地告诉全国人民这就是尤尼克·伊麦克尤雷特·麦肯兹博士,国家官方女接待人。

观众们震惊了,毕竟自从被任命以来她还没有公开亮过相。等观众们回过神,统治者已经开足马力讲了起来。他要求人们无论此刻在哪里,国会、家里、单位或者路上,都请起立,默哀一分钟,以纪念最近在国会大楼和法院的院子死去的那些人。他说这些死难者都是国家里的一些坏分子害死的,这些人一心想要混淆人们的视听,这是他们推翻政府这个大阴谋的第一步。我只对他们提一个问题:他们不知道我们已经在二十世纪挫败了共产主义吗?共产主义而今已经像渡渡鸟一样灭绝了。所谓的"人民之声运动"之所以敦促、煽动暴民去排队并非是因为这场运动真正关心人们的真正需要和不满,实际上运动只想拿民众当作实现自己邪恶计划的工具。运动甚至还请了巫师们用非常恶劣的法术来混淆天真无知的老百姓的视听。这场运动在利用真正的不满,他要率先承认国家面临着一些经济问题,可是全世界都面临着同样的问题,因为这些问题都和目前全球经历的经济衰退有关,而这场经济衰退是由石油输出国组织自私自利的政策造成的石油危机带来的。

现在再让我回到近来发生的事情上,也就是我们都关心的雷声和烟雾的问题,他又对全神贯注的国会议员和好奇的全国民众说道。

正是这个自封的"人民之声运动",给总统府投下了炸弹,幸运的是在专家的协助下统治者在炸弹对国家造成惨重伤害之前就引爆了炸弹。当作恶者意识到这一点后,他们又向空中释放了催泪瓦斯,以惊吓民众,激起革命。排队和煽动人民的意义,以及投放炸弹的时间都已经搞清楚了,但是出于安全考虑他不能就这些问题公布更多的情况了，因为这些事情还在调查中。

他停顿了一下，事实上他没有选择，国会议员给了他经久不息的掌声，掌声完全没有结束的意思，没有一位国会议员和部长打算第一个停下来。

令一直耐着性子听统治者唠叨的各国大使先是感到迷惑，后来又有些窘迫的是，统治者滔滔不绝地讲了一个小时七分钟后才示意国会议员坐下来，因为他还有很多话要跟大家讲。他继续说道，至于受到“人民之声运动”误导的跟随者，没错，这些人杀害了无辜平民，后者的唯一罪过就是为他们的统治者祝寿了。对于这些不法分子他只想说一句话：他的警卫会抓到他们，将他们绳之以法。

统治者承认他想纠正几个错误，这样“人民之声运动”就再也找不到理由欺骗全国人民。他告诉国会通天塔计划是马乔卡利想出来的，这个计划荒唐得难以置信，计划体现出邪恶的奸诈，他——统治者——当初之所以对这个计划表示支持只是为了识破这个人的真实意图。好啦，不幸的是马乔卡利现在不在这里，无法交代当时他究竟在想什么，所以我们也无从得知他的企图，继续猜测也毫无意义。统治者压低声音说他要悲伤地告诉大家目前政府还无法查明已故的马库斯是怎样送了命，也不知道他死在了哪里，甚至不清楚他的死因。尽管如此，统治者从国外聘请的私家侦探已经向他报告这是一起自消事件，也就是自发性消失事件。就像这个计划就如同其始作俑者一样也走上自发性消失的道路吧。

接着，统治者说自己要对他怀孕的谣言作出回应。

4

统治者对所有前往国会和法院大院为他庆贺生日的人表示感谢,他将这个日子更名为国家自新日,因为根据古老的非洲习俗,循环往复的诞生与重生都要得到众所周知的死亡仪式的庆祝。他也知道有一些人还在说他的生日,也就是国家自新日就是他分娩的日子。

“好吧,他们没有说错。事实上,同胞们,我怀孕了。没错,我怀孕了,”统治者冲着惊讶的国会议员们说道,“阿布瑞里亚的每一个小孩子都知道我就是国家,国家就是我,这就意味着这位大人,这个国家,这个民族就如同创造完美之神的三位一体,一分为三的神秘现象一样。”因此,当统治者开口讲话时,全民族就在讲话,当他打喷嚏时,全民族就在打喷嚏。由于国家与国家首脑完全一样,由此可以说他的生日就是民族的生日,他分娩的日子就是民族分娩的日子。“你们想看一看这个孩子的照片吗?”

就在这时,卡尼欧若拄着拐杖一蹦一跳地进入了国会大楼,他的身后还跟着四个人,那四个人抬着一块巨大的板子,板子被白布包裹了起来。他们将板子放在了统治者的面前。

统治者说,现在我要请官方女接待人上前向大家展示我带给世界的礼物。尤尼克·伊麦克尤雷特·麦肯兹博士走到了板子跟前,掀起了白布,露出了统治者抱着一个婴儿的画像,隐约有些像是阿布瑞里亚在他慈父般的怀抱里。画面下方用阿布瑞里亚的国家颜色大大地写着题词:民主宝宝。看哪,民主宝宝,统治者喊道。

统治者装模作样地宣布多党民主制在阿布瑞里亚问世了,所有人都大吃了一惊。他接着又说新的阿布瑞里亚社会体系只会让所有现代民主国家隐含的东西变得清晰可见,从根本上来讲那些国家里的多个政党都是彼此的不同形式而已。他将成为所有政党名义上的主席,这就意味着在接下来的全国大选中所有政党当然要选他作为总统候选人。他的胜利将会是所有政党的胜利,尤为重要的是对阿布瑞里亚来说,这场胜利属于智慧、久经考验的领导人。

作为新时代开端的标志,他颁布了一道命令,统治者党即刻更名为统治党。

“以防我们亲爱的朋友们会担心我们也许在我们自己的自由主义措施上走得太远,”统治者一边说,一边朝西方各国大使那一排瞟了一眼,他想着重指出在他领导下的这么多政党中无论哪个党上了台,阿布瑞里亚始终都会是西方盟友的朋友和可靠的伙伴。我要同你们携手抗击全世界的共产主义,现在我们将并肩建造指导下的自由开放的新世界体系,他说道。所以他的新社会体系将去除秘密投票,设立排队制度,根据这种制度投票人要公开站在他选择的候选人的身后。指导下的民主制度。开放的民主制度。民主宝宝诞生了。

各国使节终于给予了他热烈的掌声,他受到了鼓励。

“如果这一次旁听的观众中有人想提问或者发表意见,就尽管开口吧。”

这在阿布瑞里亚国会的短暂历史上还是史无前例的事情:允许旁听席上的人插话。大多数人都认为这只是修辞上的需要,只有一个干瘪的老头站了起来,他的声音细弱颤抖,却又足以让所有人听到。

“感谢您,永远仁慈善良的大人。我要向您表示感谢,因为很久之前有一次我试图和您说话,当时主持庆典的部长命令警察不要给我话筒,还把我从讲台上赶了下去。我冲您喊叫着,想让您听到我。您听到了我的喊声。我知道您听到了我,所以您才把他赶开了。所以我要向您表示感谢,感谢您那时候听到了我的喊声,还要感谢您现在给我机会让我恢复被已故的马乔卡利败坏的名声。我要跟您一起说,打倒国家机密。"

阿盖突然想起了在政府首次向公众透露通天塔计划的典礼上就是这个老头试图发言。领导人要怎么处理这件事情?就在这时官方女接待人麦肯兹博士附在统治者耳边说了几句,统治者随即叫警卫将老人带到总统府去,稍后他们俩要在总统府里见面,从容地交换一下意见。阿盖心想,统治者可真是一个故弄玄虚的高手,他很清楚在处理这个老人的问题上警卫得到了怎样的指示。每一种观点都有价值,统治者说。民主宝宝的统治已经开始了。

现在,针对透露国家机密的要求他有几件事情要告诉全国人民。他要赦免所有的政治犯,包括被软禁的犯人。他之所以要这么做是因为有些犯人已经坦白了罪行,并表示悔过。例如,西吉奥库就已经写下了忏悔书,供认自己曾披着怀疑教的外衣,怀着同政府作对的恶意与一个名叫笛卡尔的法国狂热信徒取得了联系。只有思想罪犯人,其中绝大多数都是"人民之声运动"的追随者,永远不会被统治者释放。这些人都是些死不悔改的人。统治者给国会提出了一个难题,要求他们提交一份全面的反腐败议案,在他看来最严重的腐败莫过于思想上的腐败。

国会议员们又打算站起来为统治者鼓掌,但是统治者挥着手打消了他们的念头,因为接下来他就要揭露政府高层中的腐败问题了。新的阿布瑞里亚经受不起隐瞒丑闻带来的恶果。它必须向自己和全世界表明它已经准备好了要让所有见不得人的秘密都暴露在光天化日之下。他还要讲一讲经济混乱和有人蓄意破坏经济的问题。经过“我们训练有素的空中警察”坚持不懈的追踪，一架直升机在埃尔代里斯附近的山坡上撞毁了。直升机上装满了假钞，飞行员至今尚未被找到。关于这件事情他不能透露多少消息，因为此事还在调查中。

警方正在努力调查直升机、假钞和最近发生的一连串银行抢劫案件之间的联系。这些劫案本身就很匪夷所思，因为劫匪似乎对钞票的兴趣不像他们对印钞纸的那么大。他们常常打开存放纸币的保险箱或者侵入电脑，走的时候保险箱里的钱或珠宝都原封未动。嗯，两个这样的怪盗在梅瓦塞里卡银行被逮住了，当时他们正在往保险箱里装入假钞。从这两名俘虏的嘴里警方得知劫案背后的主使打算通过无节制地供应货币和行贿的方法制造经济混乱，从而使民主宝宝流产腹中。统治者想要用响亮清晰的声音告诉人民在他主持的政府里，在他的国家里绝对没有这种腐败行为的容身之处，无论他们是警卫队伍中的高官还是政府里级别最高的部长。把破坏分子带上来，他吼道。

两个戴着枷锁的男人被拽进了会场里，他们都扛着一大袋刚刚印制的钞票。

阿盖感到自己的眼珠子都要蹦出来了。出现在人们面前的是卡海伽与恩卓亚。“这就是罪人。”统治者压低嗓子厉声说道，他用手中的棒子指着两名罪犯。卡海伽与恩卓亚瑟瑟哆嗦着，身上的锁链哐啷哐啷地响个不停，“更糟糕的是，这两个人还是我的最高警卫！他们最近刚刚被开除了，因为他们任由自己在工作中听从巫术的指引。接下来他们还要干什么呢？他们转而开始抢银行。破坏经济。让我告诉这片土地上的所有腐败分子：出来吧，趁着还来得及的时候认罪、悔过吧。这两个人现在就要被关押起来，相信我，等到我了结了他们的时候，他们就已经把我需要知道的，有关对新生儿民主宝宝不怀好意的那些人的事情全都交代出来了。”

5

阿盖没有等到大会结束,他在第二天出版的报纸上读完了统治者剩余的讲话。统治者宣布了负责培养民主宝宝的部长的名单。两位女性被任命为国会议员,担任妇女儿童事务助理部长。统治者还承诺将依靠自己的两个智囊促进民主宝宝的需要,其中一个就是先前的中央银行总裁塔基里卡,现在他又成了国会议员及财政部长;另一位是曾经的青年团领导人约翰·卡尼欧若,现在他是国防、青年及文化部长。报道中引述了统治者对一篇文章的赞扬,文章是卡尼欧若以前撰写的,是一系列大获成功的青年讲座的成果,在文章中他指出必须调动年轻人同内部敌人进行斗争,以补充警卫部队的工作,他还谈到应当利用文化来彻底清除掉年轻人脑子里的反叛思想。第一次读到这篇文章的时候,统治者对卡尼欧若的独创性感到赞叹不已,在宣布对他的新任命,委派他负责监督青年、文化和军队一体化的工作时统治者就用到了“思想的独创性”这样的措辞。

为新生儿的诞生付出努力的英雄群体也包括已故的威尔弗雷德·卡博卡医生,为了保卫民族的健康他被人开枪打死了,现在被追授了忠诚奉献金质勋章。

报纸还刊登了一篇比较短的文章,“大本成了恺撒:兼具帝国时代的伦敦和古罗马光荣的部长”。他在所谓的人民代表大会上展现出的英勇气概为自己赢得了荣誉军人的身份,这项命令的生效日期追溯到了大会召开的几个月前。文章中引述了大本·曼波部长无耻的惊叹,我的梦想实现了。为了让自己永远记住这个日子,他给自己的名字前加上了一个前缀,现在他名叫尤利乌斯·恺撒·大本·曼波,情报部长及阿布瑞里亚自由共和国武装部队荣誉军人。

在新闻标题“艺术家精通兵法”下方的方框里刊登了一张卡尼欧若的照片。多亏有了他,阿布瑞里亚终于消除了化名瘸巫婆的尼娅薇拉及其同伙乌鸦魔法师造成的威胁。尽管还有待确认,但是政府相信他们的尸首已经在某个地方腐烂了。在同这些邪恶势力搏斗的过程中卡尼欧若的左腿吃了一颗子弹,凭着自己的勇气他让国家避免了更多的动荡。他被授予了勋章,成了一名战争英雄。当被问到他在哪里学到的战略战术时,卡尼欧若告诉记者这是一种本能,不过他也承认自己仔仔细细地研读过卡尔·冯·克劳塞维茨所著的《战争论》和孙子的《孙子兵法》。

阿盖感到浑身上下没有了气力:就是说乌鸦魔法师已经死了?

6

统治者惊喜地看到一切进展得竟然那么顺利,他不禁自问为什么以前一直那么害怕听到有人提到“多党制民主”这个词。他断定马乔卡利和西吉奥库以前给他没出过什么好点子,直到把这两个人除掉后他同世界,同阿布瑞里亚,同自己的关系都大为改善。事实上统治者所著的《政治理论》已经预见到了这种景象。这本书实际上是已故的马乔卡利的作品,现在署上了统治者的大名,前言中还提到整套理论都是统治者在远离公众视野的那段日子里构建出来的。根据这套理论,在任何一个国家最重要的并不在于有多少政党,而在于代表着国家的大脑、心脏和手脚的那个人具有怎样的性格。为了确保国家的稳定和大权的稳固,一位统治者可以采用的统治手段不存在道德上的界限,从编造谎言到取人性命,从胡萝卜到大棒,可以无所不用。但是,如果他能够通过牺牲真相,而非牺牲生命,篡改法律,而非违反法律,用没完没了的计谋封住直言者的嘴巴,而不是用铁丝网和滚烫的蜡油撕裂他们的办法保证国家稳定,如果他能够用一个弥天大谎收买到和平,而非在街上一字摊开大批的装甲车,后一种情况常常给他提供宣传的口实,他不就赢得了最美妙的胜利吗。这套理论也要求一位统治者应该做一些朋友和敌人都预料不到的事情,无论是好事,还是坏事,这样才能出奇制胜。第三条原则就是被他称为"给而不予"的原则。拿走十个,态度坚决地表明一个都不还给对方,在受到压力的情况下大发慈悲地还回去一个,结果就是全体鼓掌,战胜了敌人,得到了朋友的祝贺。迄今为止他一直遵循着这几条原则,他也收获了令人惊叹的成果。

最开心的是,西方各国,包括原先拒绝接待他进行国事访问的那些国家都对他的表现表示了赞同。他们祝贺他迈出了大胆勇敢的步伐,社论文章甚至将他称为民主预言家,说他在务实主义和意识形态之间找到了平衡,他的反对者的秘密因此得到了曝光。

只有加布里埃尔·杰姆斯通似乎还不热心于同他的政府沟通。他说阿布瑞里亚的领导人向右迈出了一步,但是仅此而已:只有一步。从非洲的视角的确是前进了一大步,但是这一步存在严重的危害,他不能昧着良心建议西方各国接纳这场改革,除非统治者对担任所有政党首脑的问题上作出清楚的解释。

这一次统治者没有低估杰姆斯通,他立即做出了回应,当然他没有直接提到大使本人。在针对介绍民主宝宝时所作的那场讲话发布的一份官方说明中,他说自己不会介入各政党的日常工作,他要将这些工作都交给各党自己的领导人。他只担任赢得大选的政党的领导人,获选政党自己的领导人将自动出任副总统。这样一来,在出现意外事件时,继承人的问题就得到了解决。面对这份说明,加布里埃尔·杰姆斯通终于谨慎地认可了统治者的改革。一扇扇大门随之就敞开了。

全球财政部和世界银行发表了一份联合声明,祝贺统治者放弃——事实上他们采用的措辞是“抛弃”——像“通天塔”这样无用的计划,提前接受了两个机构将在给他们的贷款附加的一切条件,将技术专家、战争英雄和货真价实的商人引入了内阁。最重要的是它们同意和新政府商谈将原先冻结的贷款解冻,并提供一揽子资助等事宜。卡尼欧若与塔基里卡还受邀前往华盛顿商议民主主义阿布瑞里亚的国防和经济政策需要。

一切都如统治者憧憬的那样顺利地进行着。多亏了他的决策和思想体系才出现了这样的局面,不过他也要感谢卡尼欧若起到的作用。

7

统治者生日的几天后,卡尼欧若带着一个令人费解的请求来见统治者。他希望得到宽恕。为什么?卡尼欧若坦白说自己杀死了瘸巫婆和诡计多端的魔法师,他还说瘸巫婆不是别人,正是尼娅薇拉。卡尼欧若的忠诚令统治者大为感动,他一把抱住了他。此后,接连几个星期卡尼欧若没有出现过一点闪失,当统治者决定宣布多党制民主国家诞生的时候,卡尼欧若已经成了统治者最贴心的心腹。民主宝宝的画像和为画像揭幕时的表演这些高招正是卡尼欧若琢磨出来的。

对卡尼欧若在代表大会上的英雄行为可能带来的影响思索了一番之后，统治者比之前更得意了。除了消除了一个威胁以外，从很多方面而言尼娅薇拉死了都要比她活着对他更有益。他要大力宣传她的下场，以警告那些敢于僭越男性权利的自以为是的女人。

对于除掉乌鸦魔法师这件事情他一开始有些矛盾，毕竟巫师还是有用的。他最先提出的有关统治者怀孕的言论，到头来却让统治者转败为胜。话又说回来，这个过程实在是太遭罪了！

8

直到现在，在自己的住处，在餐桌旁，在床上，一回想起爆炸那天，那个钟头里发生的事情，统治者依然会瑟瑟发抖。他原本打算利用国会大楼和法院的院子外上演的那出好戏挫败所谓的人民代表大会的企图。他一心想要在这场已经成为他与乌鸦魔法师之间的意志之战中取得胜利，尽管他忍受着剧痛，他还是觉得自己胜利了。从某种角度而言，乌鸦魔法师屈服了，统治者决定等到魔法师把自己的神秘力量传给他后便立即将他打发到另一个世界去。就在这时他感到自己的身体急剧膨胀了起来，收缩也加剧了：他挣扎着批准了一架直升机起飞，投放布里币，突然电话从他的手里滑落了。令人无法忍受的疼痛彻底控制住了他，他的身体就要爆炸了。在陷入一片空白之前他感到仿佛自己的魂魄即将从七窍迸裂出去。渐渐恢复意识后他发现自己深陷在污秽的黑暗中，那是他自己强烈的腐败喷发出的烟雾，黑暗污浊的烟雾还在缓缓地从屋顶往外渗着。

他唯一受的伤就是得到了一条分杈的舌头，除此以外，尽管精疲力尽，他还是感到自己那么高大强壮。他躺在那里，一心想着他对全世界的黑暗所做的贡献。

他昏昏沉沉地躺了二十八个小时，到最后躲藏起来的将军们都站了出来，一个个坚决宣称自己之前一直忙着调查爆炸的源头。他知道他们都在撒谎，不过这并不要紧，他们的解释后来都被糅合进了统治者和将军们同恐怖炸弹作斗争的英雄事迹。

然而，他决不会忘记他们的反应。后来，在同自己最信任的顾问之一塔基里卡商谈的时候，他提醒塔基里卡他曾提议过，希望统治者配备一只监视军队的超级眼。

现在他问这位顾问："你指的是什么？"

"一只盯着其他所有眼睛的眼睛。"塔基里卡回答道，仿佛他已经对这件事情做过了全面的考虑。他接着又说："监视三军总司令的眼睛。这个人同军队保持着良好的关系，但是实际上在检查他们的合同、行为和动向。"

"你想到了什么人选吗？"

塔基里亚一直希望自己同核心权力集团结成联盟，他向统治者推荐了自己的朋友万得弗·邓波。

"那个训练其他军官同神魔作战的军官？"

"是的，阿盖，不幸的是后来他臣服于巫师，丢了饭碗。不过，万得弗·邓波的表现也非常不俗！"

结果，邓波立即从派出所所长被提拔为常驻总统府的统治者首席联络官。

他们讨论过尼娅薇拉与乌鸦魔法师消失的事情。塔基里卡看着自己的大拇指，他意识到自从第一次去他在埃尔代里斯现代建筑及房地产公司的办公室，假装去求职的那时起就一直尾随着他的巫师几乎就在转瞬之间再也不会给他的生命投下阴影了。他一直在祸害塔基里卡，哪怕只是收回他曾经给予他的护身法力，现在这个力量已经不复存在了。

“您征服了乌鸦魔法师。您战胜了咱们的敌人。”塔基里卡对统治者说，感激的泪水险些就流了出来，那是他出于个人理由对统治者的感谢。

统治者将塔基里卡的话考虑了七天七夜，塔基里卡说得和他心中模模糊糊的一些念头不谋而合，突然他恍然大悟，他从未像现在这么清楚地想明白为什么一切进展得那么顺利。

在自动爆炸的那天他不仅征服了乌鸦魔法师的肉体，同时还将他神秘的力量吸入了自己的体内。没有了魔法师与瘸巫婆挡在前面，他现在就是超级巫师，他能够主宰阿布瑞里亚、西方各国、全球财政部、世界银行、民主制度、生者和死者——所有的一切。现在他就是全阿布瑞里亚的头号巫师。

9

可是他再也没有什么可征服了，他哀叹道。再也没有对手让他去战胜了。将两位钟爱的部长——卡尼欧若与塔基里卡——派往美国，去同全球财政部、世界银行和美国政府进行磋商后，统治者又回到了自己在总统府的私人寝室，肆无忌惮地恸哭了起来。他为自己的两难处境痛苦不已。即使官方女接待人努力安抚他，他也没有得到丝毫的安慰。缺少有资格接受挑战的敌手令他火冒三丈。

一天夜里，悲伤之下他想起自己一直希望看到，却始终没有看到的眼泪。他一直试图打垮他的妻子拉结，但是她一直在负隅顽抗，到现在都没有乞求他大发慈悲饶恕她。一想到一个女人公然不服从他的命令，而且还没有受到惩罚，因为没有了挑战而闷闷不乐的统治者突然转悲为怒，他给一直把守在拉结那座七亩种植园大门口的卫兵打去了电话，和卫兵闲聊了一会，从卫兵那里他得知了已经流传了几个月的谣言。据说半夜三更当人们应该在床上打起呼噜的时候，有人看到拉结在院子里或者房子里走来走去，手里还提着一盏灯，也许是一个灯笼，就像鬼魂一样。在一个深夜，他冲着忠诚的传记官喊道，咱们上种植园去。他希望这一刻被记录下来，成为他的最终定稿的传记的核心部分。

对于那天晚上在卢米纳斯·卡拉姆-姆布亚的陪同下统治者去看拉结的时候发生了什么事情人们争执不下。哪里都找不到掌管着大门钥匙守在房子入口处的卫兵。有人说统治者从墙壁和大门之间的缝隙里挤了进去，考虑到他现在苗条的身材，这一点不难做到。剩下的一段路他一直趴在地上匍匐着，他要趁着拉结还没有擦干眼泪的时候将她逮个正着。终于他爬到了房子跟前，他透过窗户往里窥探着，拉结仍旧穿着他们为了他嗜好少女吵了一架那天晚上穿的衣服。拉结觉得自己看到一个长脖子、小脑袋，舌头还开了叉的东西，她把灯笼朝那个东西扔了过去，蜡油全都淌了出来，房子着起了火，看到这种景象统治者与卢米纳斯·卡拉姆-姆布亚立即沿着来时的路跑掉了。

又有一些说法宣称不对，事情根本不是那样的。卫兵的确失踪了，当统治者到了房子跟前的时候拉结已经来到门口，她对他说我知道是你，她没有哭，反而当着他的面哈哈大笑了起来，由于已经好久没有笑过了，她笑得肋骨都颤抖了起来，最后在身体里碎裂了。拉结裂成了一堆干巴巴的白骨，灯笼掉在骨头上，着起了火，从成了祭品的拉结身上蹿出的火苗点燃了整座房子，火势一直蔓延到种植园。一团火球从火堆中分离了出来，追着狂奔而去的统治者和他那位尽忠职守的传记官，一直将他们追到了总统府的大门外。

火球没完没了地追赶着他们，一想到那一幕统治者就无法入眠，为了入睡，他叫忠诚的传记官卢米纳斯·卡拉姆-姆布亚给他朗读一段他正在撰写的传记。传记官说传记尚未完成，他还在继续写，统治者说那就从他记下的大量笔记中找一段读给他听。每天晚上传记官都要读上一章，这令统治者又会想起了曾经经历过的挑战、战斗和生理，一种奇怪的感觉，几乎就像是他把自己的一辈子又重新活了一两次。有些段落他希望传记官一遍又一遍地反复读下去，他常常告诉传记官应该删减掉或者增补上哪些内容。一天夜里他叫卢米纳斯·卡拉姆-姆布亚读一遍记述他最近大获全胜的那一段，传记官如实地念出了雷鸣般的爆炸就像偷偷发射的导弹一样从他的七窍里射了出来，一个接着一个地炸响了。他还详详细细地记下了第二声雷鸣般的爆炸将外国医生都炸上了天，而他卢米纳斯·卡拉姆-姆布亚则勇敢地坚持着，直到他也像一个人肉导弹一样被第五次或者第六次雷鸣般的爆炸炸上了天，所以他没有详细记录下第七次爆炸，但是……统治者没有听下去，他在思考别的事情。他突然意识到忠诚的传记官知道得太多了，如果说他能把发生的事情都那么坦率、那么清晰、那么活灵活现地记录下来，一份和统治者及其将军同炸弹爆炸英勇斗争的说法完全背道而驰的记录，那么在不经意中他又会怎样记述拉结和种植园失火的事情？这个人毫无想象力，没有能力粉饰现实。我怎么找了这么一个蠢货呢？

不管怎样，人们再也没有见到过卢米纳斯·卡拉姆-姆布亚，后来有传言称这个人被他自己那杆巨型的笔和那个笔记本给压死了。

有些人说传记官的自发性消失是官方女接待人引起的。尽管他们两个人都抛弃了共产主义,在革命期间他们之间的战争给两个人都留下了无法愈合的伤口。在浓烟灾难过后,统治者叫尤尼克·伊麦克尤雷特·麦肯兹将办公室迁入总统府,她回复说只要卢米纳斯·卡拉姆-姆布亚还经常出入总统府,她就绝不会把办公室搬进去。值得注意的是,就在传记官消失后不久尤尼克·伊麦克尤雷特·麦肯兹博士,国家官方女接待人就将办公室迁入了总统府,统治者聘请了伦敦的一位名叫莫顿·斯坦利[①]的白人保皇主义者通过统治者的眼睛为统治者撰写一部未经删减的、独立的、客观的传记,统治者和负责处理这些事情的下属将为他提供大量的材料。

统治者想要为自己新获得的力量找到合格的对手,彻底除掉拉结或许没能让统治者称心如意,不过他还是把这件事情视作自己的胜利,尤其是他看到自己的几个孩子没有提出异议,妇女们也没有愤怒地进行示威,他就更得意了。

当塔基里卡与卡尼欧若两位部长从美国带回了明确的结果时,他迎来了大获全胜的圆满时刻。

国防部长及战争英雄约翰·卡尼欧若签署了一份贷款协议,这笔贷款会让阿布瑞里亚有能力从西方购买武器,财政部长及商业英雄提图斯·塔基里卡同几家石油企业和矿业公司签订了几份在阿布瑞里亚北部沿海地区开采石油和天然气、勘探金子、钻石和其他贵金属的协议。

不过,在这个胜利的故事中最突出的部分还是鉴于统治者用民主宝宝取代了通天塔项目,全球财政部与世界银行便双双同意

---

① 此处借用了威尔士记者及非洲探险家亨利·莫顿·斯坦利爵士(1841—1904)的名字,实际上此人并非生活在本书设定的时代里。

发放先前冻结的款项。

“你们干得太棒了。”统治者对两位部长说。

“这是您的力量,我的大人。”塔基里卡欢呼道。

“您的荣耀。”卡尼欧若说。

“民主宝宝万岁。”他们异口同声地说道,不过这纯属意外,毕竟他们两个人都希望最后一句奉承话能由自己说出来。

10

一天晚上,卡尼欧若正在看色情影片,突然他接到门卫打来的电话,门口有一位客人。谁会这么不合时宜地来拜访他?

来人是简·坎约里。卡尼欧若飞快地瞟了一眼电影,一个女人骑在男主角的身上,拉着他的手捂在她的乳房上,卡尼欧若意识到已经有好一阵子没有对着大活人发泄欲火了。坎约里从来不需要过多的挑逗。这倒不是说一看到坎约里他就欲火难耐,现如今形势已经跟实施通天塔计划和洗钱的那会儿不一样了,等今晚在床上快活一场后他就要宣布结束他们的关系。

卡尼欧若瞟了一眼坎约里拖在身后的大行李箱,他想应该是她送来的礼物。其实她有必要这么做吗?不顾自己,把一切都献给他?她的慷慨会让分手不太容易,不过这也无法阻止他告诉她这将是他们在一起的最后一夜。

坎约里一直把箱子拖进了卧室,听到她说第二天早上他得派一名司机去把她剩下的行李送回家,卡尼欧若预感到情况不妙。

“这是什么意思?”他站在卧室门口说。

“就在客厅里,”坎约里说,“咱们应该像两个像样的生意人那样谈一谈。我不喜欢人们一说生意就只想到做生意的男人,好像女人就做不了生意似的。”

他们在客厅的长靠背椅上坐了下来。“你想干什么?”卡尼欧若问道。

“我渐渐地意识到你不是那种拘泥于教会教条的人,不会拘泥于他们那种浮华的婚礼仪式。”

“有人跟你说我在筹备婚礼?”

“约翰,我知道你很腼腆,是那种很难把真正的心思说出来的男人。所以我要帮你一把。噢,约翰,你知道我做了什么吗?我应该嫁给他吗?我问自己,这个问题的答案就深深地藏在你心里。我在两张纸上写下了‘应该’和‘不应该’,我把纸放在一个碗里,摇了摇碗,闭上眼睛,然后就拿起一张纸。应该!多么美好的一天啊!整整一个星期我每天都会这么做,每一次都重新拿两张纸。我不能违背命运之手的安排。我心想最好还是立即就搬进来,这样第二天一早我们就能像命运所作的裁决那样在市政府举行一场世俗的婚礼。”

“你疯了吗?出去。”卡尼欧若用斯瓦希里语喊道,“滚!”他威胁说自己要报警了。

“等等!你把你跟我一起干的那些事情全都忘了吗?天造地设的一对?”

“你在说什么?”卡尼欧若从坎约里的跟前挪开了。

“约翰,亲爱的,”坎约里柔声细气地说着,一边朝他凑了过来,“你真叫我失望。国防部长的位子把你变成了一头大男子主义的黑猪了?我还以为你是一个思想解放的阿布瑞里亚男人。让我告诉你真相吧。就在你把你的秘密和那些钱统统交给我的时候我的心就飞向了你,所以,为你做了这么多,可是我从来没有向你要过一分钱,当你的红颜知己就是对我的奖励。”

“多少钱才能让你死了这条心?”

“钱?你可真能侮辱你的妻子!”

“我的妻子?等我死了再说!”卡尼欧若立即说道,他站了起来,“或者等你死了!”他冲坎约里摆了摆手指。

“就你,一个打老婆的人?”坎约里挤出恐惧的眼神,“我发过誓要是有男人对我动一根指头,哪怕只是小指,我也要把压在心底的秘密全都喊出来,喊得让声音一直传到总统府去。”

“你在威胁我?你难道不知道我现在就能弄死你,没有人会知道你出了什么事,也不会有人在乎的?”

“噢,亲爱的,我让几个人等在离这个宅子不远处的路边,到时候他们会说我也得了叫马乔卡利送了性命的那种病吗?卢米纳斯·卡拉姆-姆布亚?拉结?你的人管那种病叫什么?哦,没错,自消病。告诉我真相吧:马乔卡利的自消三事件你也有份吧?我记得你跟我说过他曾试图阻挠你往上爬,拒绝说出为通天塔计划绘制的最早那批画都是你绘制的草图。顺便跟你说一声,这件事情我已经核实过了,我发现那些都是马乔卡利叫你的学生画的。”

“闭嘴,臭娘们!”

“哦,就是说你以为女人的名字叫做沉默喽?我可不叫这个名字。不过我也不太爱说话。比方说,只有我的律师和另外几个人知道我回家了。明天你要怎么跟他们说?她出现了,她又消失了。”

“你没有证据。”卡尼欧若说,他感到心沉了下去。

“上帝给了我一种愚蠢的爱好,纸张、文件,凡是手写的东西都令我痴迷,就连你常常在上面练习签名的纸片也不例外……咱们还是不要说出那些名字吧。这些纸片我都放在银行的保险箱里。”

卡尼欧若的膝盖已经瘫软了,他一屁股坐在了沙发上。在身为“卡尼欧若部长”的短短一段时间里他见识到了统治者可以贪婪到怎样的地步。没有一份国防合同统治者不想从中捞上一笔的,就连最小的合同他也从不放过。卡尼欧若不是一个苛刻的人,就在这段时间里他发现所有的大军火商都在行贿,他们的贿金都被算进了确保自己的公司能与政府顺利签订合同的经营成本中。所以,统治者也成了军火交易中的全球腐败链上的一环。头脑机灵的卡尼欧若对这种状况毫无异议。

但是,这不意味着统治者就会容得下别人对他的欺骗。令卡尼欧若最为恐惧的并不是坎约里提到的他从通天塔计划大发横财的事情,他最害怕的是她提到了那些签名。除了西吉奥库的签名,为了让坎约里见识一下他的书法,他还亲手试过统治者的签名。坎约里把他捏在了手心里。他以为自己一直在玩弄她,原来是她一直在玩弄他!

“顺便问一下,亲爱的简,还有谁知道那些纸片的事情吗?”卡尼欧若试图换一种策略。

“有两个家伙知道一旦我出了什么事,比如说发生了自消事件,他们就会去那个保险箱找原因的。”

“简,我亲爱的简,你可真是深藏不露。这两个家伙……他们是谁?”

“他们的名字?就请允许你的妻子保守住这个秘密吧。”

“为了这些纸你究竟想要多少钱?”卡尼欧若问道,他知道自己的计策失败了。

“现在可是咱们的大婚前夕,咱们应该聊一聊‘风骚的戴安娜’,就像迈克尔·杰克逊唱的那样,而不是肮脏的金钱。事实就是,凡是你那两只手碰过的东西,没有一样我没有妥妥当当地收藏起来。有时候一想到自己的愚蠢我都想笑出来,有一次我把你铐在我的床上,就连那副脚镣到现在还在我的手里。你怎么能给爱情的纪念品开价呢?"

"你希望咱俩什么时候结婚?"卡尼欧若突然问道,他屈服了。

"跟你实话实说吧,我早就嫁给你了。现在就只剩交换戒指,明天一大早去市政府那里在文件上签个字就行了。要不咱们再请一位牧师上那儿去?"

"牧师就不必了,"卡尼欧若急忙说,"不过我要问你一个问题。一旦咱们结了婚,我的意思是,咱们在市政府那里把文件给签了,你就会把一切都告诉我吗?知道那些文件的人叫什么、文件放在哪个银行里、咱们怎么才能把文件拿回来,这样就能安全地保存在咱们自己的家里了。"

"夫妻之间还有什么可隐瞒的?我相信你也会告诉我你所有的财产,咱们还会把财产一分为二,要不就共同拥有一切。"

"*你休想逃脱惩罚*。"卡尼欧若脱口而出了一句英语。

"*为什么受惩罚*?"坎约里说,她似乎一脸的迷惑,"就为嫁给你?"

"你给我仔细听着,给我听明白喽。你不是我的妻子。我的心属于另一个人。"

"你看到我背后还有一个女人?"坎约里装出生气的样子,"咱们应该在结婚的同时申请离婚,分割财产。一位部长的妻子必须一直按照她已经习惯的生活方式过日子。我就直说了吧,另一个女人就是尼娅薇拉吧!在她死亡的事情上撒谎,你当然有你的解释。噢,*我的战争英雄*。因为杀死一个手无寸铁的女人,你被授予,实际上你也接受了一枚奖章。你的初恋?噢,我知道的。你在口头上杀死了她,就像你对你的父母那样。记得你以前总是跟我说你是一个孤儿,是祖母把你拉扯大的?有一次,就在学生把你拖到了警察局后,上了报纸找你的那个男人和女人算怎么回事?我才不相信你说的那一套。后来我去了你们的村子,我就是想确定我的公公婆婆还活着,而且还活得很健康。他们只知道我是简!要是听到他们心爱的儿子为了一个跟政府作对的女人,就跟曾经照顾过他们的那个女人离了婚,他们肯定会很失望的——噢,没错,我一直在照顾他们。"

"不要把我的父母搅和进来。"卡尼欧若勃然大怒。

"哦,我能理解你为什么要在口头上弄死他们。可是,告诉我,你为什么也在口头上把尼娅薇拉给杀了?这样你们就能平平安安地幽会,不会引起别人的怀疑了?"

"我没说我还跟那些恐怖分子保持着联系。"卡尼欧若急忙说道,一想到她这番话的言外之意他就感到惶恐。

他该怎么解释清楚一位国防部长同恐怖分子偷偷碰面?统治者会叫他把尼娅薇拉交出来吗?他究竟上哪才能找到她?如果她已经死了呢?从哪个无名无姓的坟墓里把她的尸体找出来?突然间他感到束手无策了,他真想号啕大哭一场。他,约翰·卡尼欧若,骗过了所有人,包括统治者,现在却被一个女骗子给骗了?无论怎么琢磨,他就是想不出一个能让自己全身而退的办法。

"杨柳为我哭泣。"①卡尼欧若说,他其实也不知道自己该说什么了。

"路易斯·阿姆斯特朗!"坎约里说,"就是说你很喜欢爵士乐喽?就连那种像青蛙叫似的嗓子你都喜欢?我喜欢蓝调,不过你

---

① 《杨柳为我哭泣》是安·罗奈尔于 1932 作词作曲的一首歌曲,被誉为爵士乐的典范,美国爵士乐大师路易斯·阿姆斯特朗(1901—1971)曾经为这首歌录制过唱片。

是不会想跟鲁斯·布朗[①]一起唱歌的，'那辆火车再也不会停在这里了。'我希望你的心和我的心能永远待在咱们的火车将一直停靠的那一站。"

天哪！这就是我一直觉得很迟钝的那个女人？他，卡尼欧若，甚至想不起来自己是从哪里听到阿姆斯特朗这句歌词的，怎么听到，什么时候听到的他都想不起来。

"听我说。你何不回家去，明天咱们再谈这件事，先好好地睡上一觉？"

"可我现在就在家里呀。还是说你希望咱们现在就睡觉，放松上一个晚上，明天一早再谈？"她不怀好意地问道，一边把身子朝卡尼欧若凑了过来，淘气地捏了捏他的鼻子，"一整夜都对着我的耳朵唱'风骚的戴安娜'，噢，我劲头十足的战士！'"

第二天，卡尼欧若与坎约里在市政府完婚了，几乎就是重复了一遍他与尼娅薇拉的过程。

11

得知卡尼欧若悄无声息地结了婚，塔基里卡怀疑事情没有这么简单，低调可不是卡尼欧若的风格，知道了简·坎约里曾经在一家银行上过班之后塔基里卡的疑心就更重了。所有的银行现在不是都归他管吗？

他决定展开调查。

调查进行得很轻松，尤其是当塔基里卡拿到银行记录的副本，看到能证明每一笔交易都涉及西吉奥库和卡尼欧若的签名都来自

① 鲁斯·布朗(1928—2006)，美国歌手、作曲家及女演员，被誉为"蓝调女皇"。

简·坎约里的时候，一切就更加清晰了，接下来就只需要一点常识简单地推断就行了。带着刚刚掌握到的新情况和银行记录塔基里卡直接去见了统治者，他坚信一旦统治者明白卡尼欧若才是唯一一个从通天塔计划中渔利的人，他就会解除他国防部长的职务。这一下，再也没有什么能帮卡尼欧若躲过统治者的怒火了。

统治者接过文件，仔仔细细地翻看着。看着看着他就摇起了头，显然他不相信这么一个人能成功地把他们所有人都给耍了。突然，塔基里卡吃惊地看到统治者哈哈大笑了起来。

“多厉害的骗子啊！”

“没错，一流的骗子。”塔基里卡立即附和道。

“这样一个骗子会把国防部长当成什么样啊？”

“非常危险，大人。”塔基里卡附和道。

统治者派人把卡尼欧若叫来了。

统治者瞟了一眼塔基里卡，然后又看了看桌子上的文件，卡尼欧若知道自己已经走投无路了。他没有慌，在他的眼中这正是报复坎约里的大好机会，至少要给她身上好好地泼一泼脏水。这样一来，即便她要揭发他伪造统治者签名的事情，统治者也不会听信她的话。面对通过通天塔计划捞钱，还栽赃给别人的指控，卡尼欧若看上去似乎巴不得有机会能把这些事情详详细细地倾诉出来。他不知道自己出了什么问题，会把一个女人的话当真。“被一个后来成了国家公敌的女人蒙蔽过一次后，我应该得到教训，可是我又被坎约里用谎言编织的一张网给网住了。”但是他不会过于自责，就连参孙，一位战争英雄，也曾被大利拉哄得跟她睡了觉。[①]

“永远全能的大人，我的大利拉实际上就是我的第二任妻子，

① 参见《旧约·士师记》，参孙受到大利拉的迷惑，暴露了自己力量来源的秘密。

简·坎约里。”卡尼欧若说。他声称想出这个大骗局和实施计划的人都是坎约里。

“这么了解她,你为何还要娶她?”塔基里卡说,他唯恐统治者会上卡尼欧若的当。

“你想知道真相?”卡尼欧若反问道,“她威胁我说要把所有的事情都揭发出来,还要把罪名安在我身上。*彻头彻尾的诬陷。*”

“你的意思是,她是一个比你还厉害的骗子?”统治者露出了一丝微笑。

卡尼欧若心想自己舌头上的功夫和栽赃给坎约里的策略奏效了,于是他继续编起了更多的细节。

“尽管她现在是我的妻子,我也不能在全能的大人面前撒谎:我的妻子坎约里很危险。她极其擅长用数字编谎。她连魔鬼都能蒙得住。”

统治者摆出一副严肃的样子,其他人都急切地在一旁看着热闹。“卡尼欧若,你坐错了位子。国防部长需要可靠的人,不需要骗子,至少不需要一个会误导总司令的骗子。这个位子需要一个我完全信赖的人,一个能凭着恐吓战术让敌军投降,但是又没有胆子做任何对主子不利的事情的人,一个可以为我撒谎,但是不会对我撒谎的人,一个已经表明他宁愿在大草原上给自己挖坟墓,也不会拒绝我的要求的人,一个就像塔基里卡这样的人,在民主宝宝的时代,我需要这样的一个人率领我的军队。塔基里卡,现在你就是我的新一任国防部长了。”

塔基里卡心想,今天我要开一瓶香槟,就连不喝酒的温吉尼娅也得喝上一杯。

“现在再来说说你吧,”统治者看着卡尼欧若说道,一想到一个男人被一个女人的骗术给骗了,他就几乎要忍不住笑出来了,

“你从通天塔计划中窃取的钱，连同利息，我想拿走百分之五十，这笔钱统统打进统治者烟雾惨剧基金里。我再给你一次机会。你的这种狡猾最适合处理青年和钱的问题了，现在你是我的新一任财政及青年部长。至于你的夫人，简·坎约里，我想立即将她从国家工商银行调出来，把她安置在中央银行的某个重要位置上——我想让她当我的新一任中央银行审计官。不过，我得提醒你，我这是在给你和卡尼欧若夫人的脖子上套上松松的绞索。不许再撒谎了！否则就让我也使出骗术吧，”统治者说，他仿佛在显示自己很满意这次新的人事安排，以及在金融机构安排了一位新的女技术专家，“真正的骗子都以现实主义为指导。”

这句话就出自统治者的《政治理论》一书，在书中马乔卡利写道骗子在估计形势方面常常比道德理想主义者更现实。

两位部长互相打量了一眼，似乎他们都不确定在民主宝宝时代的第一场内阁大洗牌中谁获利更多，不过他们都知道就如同过去一个时代里马乔卡利与西吉奥库之间的斗争一样，他们之间的斗争才刚刚开始。

12

跟尤利乌斯·恺撒·大本·曼波的新闻比，这场大洗牌顿时黯然失色了。情报部长及武装部队荣誉军人大本·曼波被送上了军事法庭，对阴谋反对国家的指控进行答辩。

有传言称这位部长得到指示，要在统治者对国会讲话的时候给旁听席的重要位置上安排一些老头和老太太的，这样一来，当统治者叫人们对他的讲话发表意见的时候，这几个经过调教的听众就会站起来祝福民主宝宝，可是当时最先站起来的那个老头却说了一通难听的话。尤尼克·伊麦克尤雷特·麦肯兹博士大为震怒,她不由自主地趴在统治者的耳边说自己真后悔曾经跟曼波有过一段风流韵事,那还是她结束流放,重新在政坛上得到恩宠后不久开始在情报部上班时候的事情。她的话刺痛了统治者,一反常规地安排曼波以荣誉军人的身份进入军队正是他报复他的策略。

不过,在审讯中只提到曼波同已故的马乔卡利的交往:马乔卡利曾经拯救过曼波,他把曼波送到了德国接受手术,矫正了掉出来的舌头,曼波这才没有落下永久性的身体残疾。大本·曼波一直支持马乔卡利。所以,已故的马乔卡利曾经预先安排好,在最初向外界展示通天塔计划的时候嘲弄统治者的那个老头不知怎的又在统治者宣布抛弃疯狂的通天塔计划的讲话期间出现在旁听席上,这真是天大的巧合!

就连"尤利乌斯·恺撒"这个名字也存在问题。谁不知道尤利乌斯·恺撒是当时罗马帝国声名赫赫的军事将领,正是他要当皇帝的野心破坏了共和国的大业?在生命还没有进展到罗马这一章的时候曼波部长早就自称"大本"了,这不就是在大英帝国的太阳永远不落的时代掌控整个帝国时间的那口大名鼎鼎的钟吗?法庭上还出示了称曼波兼具了帝国时代的伦敦和古罗马光荣的那期报纸,将其当作此人无限觊觎权力的重要显示。有人发现他还把一份报纸装在镜框里,挂在了墙上。在所谓的人民代表大会上向人民讲话的时候,他吹嘘说自己的声音就是三军总司令的声音,最能说明问题的是,他还喜欢站在装甲车的车顶上讲话。

他还削弱了那些进口镜子的法力。他先把那些进口的镜子让公众过目一遍,这样就确保镜子照到了无关紧要的影子,致使魔法师无法找到尼娅薇拉的下落。事实上,根据西吉奥库的证词,显然曼波与乌鸦魔法师事先已经约定一个信号,因为随即巫师就把那些镜子砸烂了。除此以外,乌鸦魔法师一度和已故的马乔卡利保持着频繁的通信往来,整个阴谋现在都不证自明了。主审法官还需要多少证据?军方检察官向军事法庭问道。明摆着的事情没必要再证明了。

这一切令尤利乌斯·恺撒·大本·曼波彻底惊呆了,他的舌头掉得更长了,在法庭上他一句为自己辩护的话都说不出来。他的嘴里只冒出来两个词,“如果”和“战士们”,而且他说得很费劲,两个词之间还有停顿,仿佛这两个词毫不相干。据说刚听到“战士们”从曼波的嘴里冒出的时候,法官还以为尤利乌斯·恺撒命令部队采取行动,他真的站了起来,想立即逃走,意识到自己的失误后他还是继续站着,显得好像是他采取了不同寻常的姿态,站起来宣读判决似的,因为这些事实太严重了,更为恶劣的是被告竟然在用“如果”两个字威胁法庭!

尤利乌斯·恺撒·大本·曼波,武装部队的一名军官,被判有同平民勾结,阴谋推翻符合宪法的政府。不幸的是,他的同伙,马乔卡利、乌鸦魔法师和瘸巫婆都已经身亡了,而且这几个人都不在他的管辖范围,因为他们都不是战士。

为了应对主审法官提出的难题,当天晚些时候一个平民法庭组建了起来,对大本·曼波的审判记录成了指控马乔卡利、瘸巫婆和乌鸦魔法师的仅有的证据。

在阿布瑞里亚的整个司法史上,还从来没有出现过已经过世的人要接受审判并被判处死刑的先例。

据说面对行刑队的时候被蒙住双眼的尤利乌斯·恺撒·大本·曼波在最后一刻又能开口说话了,乌鸦……保护的……如果……可是第一颗子弹就没有让他继续说下去了。

13

在塔基里卡的建议下，统治者宣布焚烧曼波、马乔卡利、尼娅薇拉和乌鸦魔法师这四个该死之人的造像，以确保他们的鬼魂永远不会回来纠缠执政者的日子。叛国者的塑像能有多大，就有多大，部长们、国会议员们和负责护卫的忠诚的青年团团员们争前恐后地焚烧着各自选中的叛国者的塑像，有人甚至将熊熊燃烧的人像扔进了大海。电视摄制队伍一直跟着他们，当天晚些时候电视屏幕上出现了欢庆和胜利的场面。传言和目击者的描述都在说当时发生了一些奇怪的事情！

“千真万确！我的上帝啊！尼娅薇拉和乌鸦魔法师的人像就是烧不着——两个人像喷出一团团火球，追着想要烧掉它们的那些人……”多年后阿盖告诉听众。

第三部分

1

有关死后判决和政府为他们的死亡大肆庆祝的报道最终传到了他们藏身的森林里,带着枪伤,已经昏迷了一段时间的卡梅特在这里逐渐恢复了。

“咱们死了两次。”卡梅特说。

“至少他们还用国葬向咱们表示了敬意。”说完尼娅薇拉笑了几声。

“国家火葬柴堆,”卡梅特说,“他们仿造的地狱之火。”

尼娅薇拉感到庆幸,从卡梅特的语调听得出来他已经康复了。这几个星期太痛苦了,卡梅特差点就没有挺过来。她还记得他们急匆匆地将他送到一处安全的藏身处,“人民之声运动”的一位医生朋友在那里给他止住了血,然后将他转移到了山里。差几英寸子弹就能打在他的心脏上,医生成功地取出了子弹,现代药物和草药双管齐下,终于将他从死亡的边缘拽了回来。自始至终尼娅薇拉一直在照顾他，常常扶着他走几步，只是最近这几天她没有再搀扶他了。他已经能自己站起来了，他们常常去树林散步。

尼娅薇拉常常仔仔细细地给卡梅特讲述着他们侥幸逃生那天的事情，因为受到创伤、失去意识和昏迷多日，他的记忆力出现了很多空白。卡梅特倒下去的时候，尼娅薇拉感到仿佛自己的灵魂随着他一起崩溃了，护住他的身体时仿佛她在向自己的生命作着诀别。看到卡尼欧若用枪对准她的时候她打定主意，即便死，我也要盯着他，直到他屈服。我不会表现出恐惧，不会让他称心如意。刚想到这里她就看到有人从卡尼欧若的手里夺过了枪，卡尼欧若和攻击他的人——“咱们的大救星”——在地上打着滚，搏斗着。现在她怎么也想不起来救星的脸，为此她总是感到很沮丧，卡梅特不停地安慰她说不再继续念叨的时候，那张脸和那个人的名字就会跳出来的，可她还是不停地回忆着。

“把咱们跟曼波和马乔卡利联系在一起，他们的想象力可真是进步了一大截。”卡梅特说。

“或者说是民主宝宝唱的一首布鲁斯。”尼娅薇拉接着说道。

2

他们沿着埃尔代里斯河一直走到了一条瀑布前，卡梅特惊喜地认出有一次自己带着尼娅薇拉来过这里，而现在是她在给他带路。事实上，上一次和这一次来到这里最大的差异就在于尼娅薇拉。那时候她是学生，他是老师，而今他们都是学生，又都是老师。

有一天卡梅特问尼娅薇拉：“你是什么时候学会这些事情

的?”他们仍旧坐在瀑布附近的那棵树下。伤口愈合得又快又好,绷带都能拆掉了。他的左手活动起来的时候自如多了,基本上他感到自己健康强壮了许多,也开心多了。

“你应该使劲地表扬我,我可是一个合格的学生。你觉得我没有注意听讲吗?你要记得,在有人纵火之前我一直是另一位乌鸦魔法师。”尼娅薇拉解释说。

“然后你就变成了瘸巫婆?”

“你想说什么?瘸巫婆的法力比不上乌鸦魔法师的?我要跟你比试一下法力。”

“怎么比?”

“看到那边那棵树上的那只鸟了吗?用你的巫术叫它落到地上来。快点啊,巫师。”

卡梅特吹起了口哨,他试了不同的调子、音高和旋律,吹几下口哨,再喊上几声,发出几声鸟叫。那只鸟似乎朝他瞟了一眼,然后就飞了起来,落到了他们跟前的一棵树上。卡梅特受到了鼓励,他用老办法继续努力了一阵,这一次那只鸟对他的召唤无动于衷。

“你失败了。”尼娅薇拉说。

“没有,没有,”卡梅特抗议道,“它凑了过来。”

“可是你没能让它落到地上来。”

“好吧!该你了。”卡梅特说。

尼娅薇拉在自己的包里翻了翻,从他们的午餐袋里拿出一片面包,咕哝了几句咒语,然后把面包揉碎,丢在了地上。我命令你下来,她大喝一声。那只鸟落到了地上,在草丛里找着面包屑,其他的鸟也跟着飞了下来。

尼娅薇拉得意扬扬地笑了起来。

“你是在说我教给你的魔法只不过是一袋子小把戏?”卡梅特

问道。

“我的意思是学生超过了老师，老师应该姿态优雅地接受失败。”

“可是你也知道成功的学生应该对老师表示自己的感激之情。”卡梅特说。

“你想要怎样的表示？”

“你的大拇指。”

“你是什么意思？”

卡梅特给尼娅薇拉讲了朵纳与独收的故事。①

“你是说剥夺穷人的财产已经有很长的历史了，他们拥有的一丁点都不会被放过？”尼娅薇拉问道。

“不谈政治。我只想要属于我的大拇指。”卡梅特说，他试图用右手将她推倒在地上。

尼娅薇拉挣脱了那只软弱无力的手，跑掉了。卡梅特跑不动，他慢慢走了过去，在矮树丛和灌木丛下面，甚至是树梢上寻找着她。找了一会儿他突然看到她的衣服扔在地上，他喊起了她的名字，没有人回答，他有点害怕了。

就在这时他听到远处传来了口哨声。一看到她的身影，他的心就狂跳了起来。她正在河里洗澡。美丽。光芒四射。优雅。美妙绝伦。他在脑子里玩味着这些词汇，可是没有一个词能充分地描绘出此刻他的眼睛看到的这一幕，芦苇中的她。

---

① 朵纳是印度史诗《摩诃婆罗多》中的伟大导师，也是梵天的化身，精通高级兵法。独收是低种姓尼奢陀国国王的儿子，他想跟随朵纳学艺，可是遭到后者的拒绝，后来他自学成才，告诉别人自己是朵纳的学生。朵纳向独收索要一份谢师礼，独收说要什么都可以。朵纳提出要独收的右手大拇指，独收毫不犹豫地把大拇指砍了下来，交给了朵纳，虽然他很清楚这样会严重削弱他的射箭技艺。

“来拿你的大拇指呀。还是说我的法力吓着你了?”

不到一分钟他就脱光了衣服,也像她一样钻进了河水里。他们其实没有游泳,只是在撩着水花。他们为彼此擦洗着后背——不,不是擦洗,是轻轻地抚弄着。到最后他们发现自己躺在了河边如茵的草地上,一片矮树丛的阴影落在他们的身上。

想到卡梅特的伤,他们只能小心一些。他们的动作很温柔。抚摸着,寻找着,最终他们还是感觉到自己的身体飞了起来,他们忘记了伤口,尽情地浮在一条穿过美丽高原的大河上。河水缓慢平静地流淌着,几乎悄无声息,只有河水轻轻地拍打河岸,在岸边堆起泡沫的声音。接着卡梅特又感到自从上一次他们分开后就一直紧紧黏着在他身体上和灵魂里的颓废仿佛全都被一场新的开始涤荡干净了。他闻得到鲜花的芬芳了。他用感激的目光看着他,可是她却先开了口。

“谢谢你。”她轻声说道。

3

他们躺在河边,这时他们已经穿好了衣服,卡梅特朝右侧翻过身,面向尼娅薇拉,没有铺垫就直接讲起了他从美国返回阿布瑞里亚的事情。

“为什么咱们刚从云端落下来你就要提起这么痛苦的往事?”

“甜蜜让我想起了曾经失去的东西。你瞧,在寻找你的时候我常常为了很多事情流泪,关于那些事情我之前就该问你,可是我没有问。当我觉得越来越不可能再见到你的时候这份遗憾也就越来越强烈。我得到了第二次机会,没有多少人能有机会说出这句话。现在,我再也不想让这一刻从我手里溜走了。”

“你祈求,就给你。”尼娅薇拉说。①

“你不觉得咱们现在应该建造一个新的家吗?”

“重建圣地?”

“我没说盖一座房子。我是说结婚。”

尼娅薇拉在心里认真地考虑起了卡梅特的提议,不过她没有花多长时间,这已经不是她第一次考虑这个问题了。

“你知道吗,卡尼欧若跟我做朋友,甚至在同居的时候,我自始至终一次也没有憧憬过跟他生孩子的事情?可是跟你在一起的时候每一天我都梦想着这件事情,我还常常想象着咱们的孩子会长成什么样子,他们更像你,还是更像我。至今我还怀着这样的梦想,即使在此刻,就在我们坐在这里的时候。从某种角度而言咱们已经结婚了。还有什么样的结合能比灵魂的自由结合更完满?剩下的就只是祝福我们这种结合的仪式,咱们可以等到时间和情势都允许的时候再举办仪式。眼下,咱们还要清除落在这片大地上的腐烂物和污染物,让空气变得干净起来。”

她听上去那么斩钉截铁,卡梅特没有再多说什么。尼娅薇拉心想可能自己的语气有些残酷,她缓和了下来。

“不过,没有什么是免费的。交给你一项任务。每一次你没能识破我的伪装,你就要发誓下一次决不让自己失败,好吗?”

“不得不说我根本认不出瘸巫婆就是你,”他赞叹道,“不过下一次就不一样了。老实说我可看不出你还能超过那次的发挥。”

“想打赌吗?”

“得看赌什么。”

---

① 尼娅薇拉的这句回答是作者仿照《新约·马太福音》而作的,原文为“你们祈求,就给你们”。

“要是你能识破我,结婚戒指就由我来买;要是你失败了,就由你来买。”

“成交。可是你还是没有回答那个问题:什么时候。再给我讲一讲‘人民之声运动’的事情吧。”卡梅特说。

尼娅薇拉吃了一惊,她朝左侧翻过身,朝向了卡梅特。

“你也知道,你用不着只是为了哄我开心就参与政治。即使咱们就像现在这样继续过下去——愿老天保佑——咱们也能拥有梦想中的家。”

“我明白,可是听我把话说完。在咱们待在这里的这段日子里我把咱们相识以来聊过的很多话题都仔仔细细回想了一遍。现在我同意你的说法了,治疗这片土地的任务是不可能靠一个人完成的,如果人们都各行其是,那么无论有多少人,大家同样也完不成这个任务。”

“你想知道些什么?在这些问题上我们的立场是什么?我们对世界的看法跟你在人民代表大会上说的那些话大同小异。在阿布瑞里亚一些人在不劳而获,一些人却几乎劳而无获。前一类人,即使算上他们在国外的同盟,也还是很少的几个人,可是他们就是能骑在后一群人的脖子上,就因为他们把后一群人按照民族分化开了,有时候还按照性别和宗教信仰划分他们。我们的运动就想彻底改变这种状况。我们不问人们来自哪个部族,我们只问他们在两个利益冲突的阵营中会选择哪一个阵营。你不只是在自己的族群里有发言权,你在各种群体中都有发言权。生物特性是命运的安排,政治是选择的结果。不,就连最卑微的生命都不应该受到侵犯,无论哪个地区或者社会的人民遭到屠戮,他们都不会保持沉默。如此多的科学、技术和艺术成果应当让人们的生活变得更富足,而不是让他们遭到屠戮。我们反对让女性承担沉重的传统习俗的做法,让习俗有必要存在甚至是有实际作用的时代都已经结束了,而这些习俗还存在着。时代消亡了,传统的做法还在延续。"尼娅薇拉说。

"其实我问的是,怎样才能加入你们?"

"申请,或者受到邀请。你已经受过一次邀请了。我们认为你的沉默就表示你还没有做好准备,要不就是你不想加入我们。没有一个人是被欺骗或者威逼利诱进组织的,也没有人需要赌咒发誓。现在,你只能申请加入我们了。"

"我明白。你瞧,尽管我不知道运动的内部运作方式、领导人和计划,可我已经看到了成果。在为自发排队的民众赋予目标和指导的过程中这场运动展现出了勇气和献身精神。绝大多数政客都希望主宰人民,可是你们的人想的是与其主宰别人,不如主宰自己。我想和你们一起干。现在我要问:我能和其他人携手战斗吗?"卡梅特斩钉截铁地说道。

"我会把你的请求转达给领导。"

"现在我已经痊愈了,咱们应该做些什么?"卡梅特问。

"回埃尔代里斯去。最能保护咱们的是人民。"尼娅薇拉说。

"没错,既然政府已经宣布咱们死了两次,他们就不会再找咱们了。如果碰巧看到咱们,他们也会以为自己撞到鬼,撒腿就跑了。"卡梅特沉思着。

"或者当即就杀死咱们,然后把咱们给埋掉,"尼娅薇拉忧郁地说,"但是咱们还是得回去。咱们不能把民族的命运交给食人者。"

第六部

胡子魔鬼

1

回到埃尔代里斯的一个星期后，尼娅薇拉去探望了马里萨与马里库。她看到这对老夫妻正在为他们的猫伤心，他们的猫被基督战士钉在了树上。

“那只猫跟宗教有什么关系？”卡梅特恼火地问道。

卡梅特与尼娅薇拉在破败，但是人口稠密的圣卢西亚租了一所房子。无疑他们要重操旧业了，不然他们还得另外找一个谋生的办法。

尼娅薇拉把马里萨与马里库告诉她的事情又讲了一遍：基督战士想叫撒旦感受一下基督感受过的痛苦。

“这个教派把他们的信徒都变成傻瓜了。成年人，应该都已经长大成人了，却要杀死一只猫？”

“实际上猫没有死。三天后回到那里，基督战士看到钉子还在树上，猫却不见了。马里萨与马里库跟我说不知道怎么回事那只猫活了下来，现在又回到他们身边了。显然，基督战士意识到他们钉在树上的猫就是以前跟马里萨和马里库形影不离的那只猫。可是他们没有为自己的行为道歉，他们直接去了万圣大教堂，公然指责老夫妇俩是撒旦的仆人，还宣布就连夫妻俩原先告诉大伙的斗败撒旦的事情都不是胜利，而是失败，所以他们俩对上帝撒谎了。他们逼迫不倦的卡诺格里主教将马里萨和马里库驱逐出教会，因为他们跟撒旦暗中勾结。主教拒绝了，他们便指责他跟魔鬼睡了觉，还说主教曾经放跑过撒旦，第一次是从窗户放出去的，第二次是大门。他们逼他辞职。但是，在温吉尼娅的带领下，教会的民众都站在了主教这一边。在灵魂清道夫、灵魂拐杖和灵魂飞行员这三个圣徒的率领下，基督武士们退出了教会，成立了‘基督战士教会’。”尼娅薇拉说。

“他们怎么会把那三个人当作圣徒？”

“三这个数字是一个信号。撒旦第一次在他们面前出现的时候，他们就有三个人，其中一个清洁工还拿着一根拐棍，拐棍的手柄上有三支小树枝。人们给这三个人加上了圣三位一体的神话。三就变成了一个神圣的数字。这个教会甚至还得到了国际社会的关注，三个圣徒受到邀请，要去参加在美国举行的一场全球基督教右派的集会。他们打算在集会上讲述他们和撒旦作战的事情，正是这件事情为阿布瑞里亚的民主化铺平了道路。结果邀请被取消了，因为基督战士教会没熬过一个星期就分裂成了三派，每一派都宣称自己才是真正的基督战士教会。”

“出什么事了？”

“他们对撒旦的本质这个神学问题产生了争论。显然，就在冒起浓烟的那天这三派见到了不同的撒旦。灵魂清道夫领导的那一派声称撒旦是一个长了七个身子的白种美国人。因为他们一直盯着进出总统府的每一条路，在冒烟的那天他们看到就在引爆炸弹后撒旦急匆匆地离开了总统府，一名黑人男子追着九头蛇一样的撒旦，他们远远地跟着那个黑人男子。后来他们以基督的名义发誓说他们看到九头蛇白人进入了美国大使馆，没过多久大使馆里就响起了枪声，他们看到那名黑人男子倒了下去。幸好耶稣叫他们逃走了。另一派是灵魂飞行员领导的，他们说撒旦绝对是黑人。灵魂飞行员看到在撒旦发起的人民代表大会期间他就站在讲台上，他还听到他吹嘘说自己能随意变化成人，变化成动物，还能穿越时间。灵魂拐杖领导的第三派否认了前两派的说法，他们强调撒旦有着猫一样的能力，他们还提到当初在大教堂里撒旦钻进了一只猫的身体里，糊弄着警察把手铐铐在了一个影子的身上，后来在人民代表大会上讲话的就是那个影子，而撒旦本人却躲在那只猫的身体里在圣地废墟上呼呼大睡。三派各执一词，只有一件事情例外——撒旦的确在市里的一处垃圾场当着他们的面现形了，灵魂拐杖还说当他向酒精投降的时候，就是那个模样的撒旦从一个酒吧到另一个酒吧不停地跟着他。就在卖给我死亡酒吧里他看到三个地狱骑手把撒旦带走了，所以……怎么了？”

“帮我恢复了记忆。”卡梅特忧伤地说。他给尼娅薇拉讲了最初在烧毁的圣地见到那只猫之后他和那只猫的交往，当他还是一个无家可归的酒鬼在废墟过夜的时候它一直陪在他的身旁，前不久他待在教堂地下室的时候它也陪着他。只要那只猫在身边，他就感到不那么孤独了。“不仅如此，的确有时候我会感到自己被看不见的眼睛追逐着，人们都躲着我。你听说过那个传言吗，一个人在被埋进垃圾场之后又死而复生了？”他继续说道。

“听过，还有一阵子有关流浪汉的灵魂都被带走的谣言传得很厉害，可我从来没把这些话当回事。我觉得这就是民间对人饿死和病死的解释。”

“好吧，那个人就是我。圣徒们提到的就是那件事情。就在发生这件事情的那一天你跟我在塔基里卡的公司相遇了。”

“可是，这是真的吗？你真的灵魂出窍了？”

“是的，而且还不是最后一次。有时候我一个人的时候，我就感觉到我离开了自己——我的意思是，离开了我的身体——以鸟的样子飘浮在空中。我真的亲身经历过一次这样的事情。我从来没有告诉过你这件事情,我觉得也许你会以为我精神失常了。”

卡梅特简单地讲了一遍自己飞越非洲、加勒比海地区和南美洲,一直飞回到纽约曼哈顿的事情。

“我试图告诉人民代表大会的绝大部分事情都是我在那场寻找黑人力量源泉的环球旅行期间形成的一些想法。”

他们陷入了沉默。尼娅薇拉不知道自己该如何接受这些事情,卡梅特不知道尼娅薇拉会怎么理解这一切。

“力量源泉?你找到了吗?”

“找到了,就来自我们黑人的团结。”

“我们之间的团结,统治者,塔基里卡?他们也是黑人,咱们全都是黑人。”

“别再讽刺挖苦了。你不能再继续把阶级和阶级斗争套用在所有的事情上了。人种也很重要。”

“我没想讽刺你,”尼娅薇拉急忙说,“为了实现人人平等、社会公正和个体生命圆满,我们就要形成一种跨越民族、地域和大洲的共同体,我并不是说对于这个共同体的形成黑皮肤这个因素不重要。可是,在绝大多数的情况下,诉诸黑色会掩盖立场相反的人群之间的鸿沟。现如今就连反劳动人民的极端黑人右翼分子都宣称他们也是受害者中的一分子。就像你在代表大会上明确表示过的那样,煽动不和、播撒失败的种子的人就出自我们中间。”

“是的,我见过那些人了,他们一半是人,一半是畜生……”卡梅特说。

“你在比喻?”尼娅薇拉问。

“他们是真实的。”卡梅特断然说道,“我是一只鸟的时候看到的那些人是真实的。”

尼娅薇拉无法对卡梅特以鸟的模样完成的漫游无动于衷,她打断了他:“马里萨与马里库告诉我基督战士相信有一个魔鬼就栖居在一只猫的身体上,我听得直想笑,不过我没有笑出来。你知道为什么吗?基督战士让我不禁想到了我的太婆。她不是第一代,就是第二代逃离她们所说的野蛮世界,去了新的基督教传教中心寻求庇护的黑人,不过就她而言,她同时也逃离了强加给她的婚姻。你知道吗,我的太婆,她活到了九十多岁,直到临死前她一直坚信魔鬼和天使都是有血有肉真实存在的人物?他们经常行走在人间?上帝也是真实的,她嘴里的上帝就是一个长着白胡子的老头,银色的长发一直拖到脚上。她解释说就是因为这样,所以才没有人说得出上帝的性别和肤色。可是,当我爱的人,他的判断和见解都值得我信赖的人,这样一个人告诉我他曾经变成了一只鸟,似乎他还十分确信这种事情,我该怎么想?如果说基督战士让我想起了我的太婆,那你就让我想到了加西鲁和加西古亚——你知道的,就是温吉尼娅的孩子。就在塔基里卡患上白种病,温吉尼娅有生以来头一次去公司上班的时候,她经常把孩子也带到公司去,我给他们讲故事,他们都喜欢听食人魔的故事,长着两张嘴的食人魔,一张嘴在后脑勺上,一张嘴在前……”

“就是这样,”卡梅特打断了她,“你说对了。食人魔。”

尼娅薇拉被他的反应吓了一跳,她瞪着他,又被他对这一切的严肃模样震惊了。卡梅特注意到尼娅薇拉不相信他的话。

“尼娅薇拉,不要让我解释。帮我一个忙,”他试图说服她自己没有疯,“明天就去找马里萨和马里库,叫温吉尼娅看一看塔基里卡有没有留长发,或者开始戴起了帽子,或者到了夜里就把脑袋裹起来,或者开始做任何不寻常的事情,无论多琐碎的事情,只要是他以前没有做过的就行。叫他们把这个口信捎给她。到了晚上,等塔基里卡睡着后,她就好好地检查一下他的脸,尤其是后脑勺。”

“什么?”尼娅薇拉一脸的茫然。

“我想知道塔基里卡是不是已经长出了第二张嘴。”

尼娅薇拉实在憋不住了。她哈哈大笑了起来,笑到最后她感到肋骨都要笑断了。卡梅特没有随她一起笑起来。

“你也太当真了。我真不该把那只猫被钉到树上的消息告诉你。”

“不光是塔基里卡,”卡梅特没有理会尼娅薇拉,“我怀疑卡尼欧若和其他追随统治者的人也都一样。”

尼娅薇拉又想笑了,不过这一次她忍住了。她心想,原本平静地回到了埃尔代里斯,现在却变成了一场闹剧。一只猫,一只鸟,现在又冒出来一个食人魔?没准她对卡梅特经历的磨难估计不足,没准中枪和昏迷影响到了他的大脑。

第二天尼娅薇拉早早地起了床,去买了一份《埃尔代里斯时报》,回到家的时候卡梅特已经做好了早饭。他们坐下来,吃着面包、鸡蛋和生菜。她一边吃,一边不断地把报纸上的新闻瞟上几眼。

“噢,看这篇。”她对卡梅特说,说着就把报纸朝坐在餐桌另一头的卡梅特推了过去。

头版上刊登了一张西吉奥库的照片。标题写道前国务部长带领他的忠诚民主党代表宣誓效忠于统治党,并庄严宣布他的党已经做好了准备,要与统治党一起抚育民主宝宝健康成长,他号召所有其他忠诚的党派都效仿他的做法。同一版上还刊登了卡尼欧若和塔基里卡分别以财政部长和国防部长的新身份亮相的照片。

“你仔细看这几张照片了吗?你看出来他们是怎么打扮的吗?”卡梅特问尼娅薇拉,他又把报纸推回给了她。

“我看不出有什么古怪的地方。”她说。

“他们反戴着棒球帽。”

“那又怎么样?”尼娅薇拉迷惑不解地问道。

“我担心的不是他们戴的帽子,而是有可能藏在帽子下面的嘴巴。”

低头看报纸的尼娅薇拉抬起头,打量着卡梅特,她愈发怀疑他精神失常了。

“越奇越怪,越奇越怪。”①她用英语说道。她笑呵呵地看着卡梅特,终于顺从了他,“好吧,我会叫马里萨和马里库去拜访温吉尼娅的。”

2

几个星期后,尼娅薇拉接到消息,马里萨与马里库急着见她。她去了这对老夫妻的家。他们完成任务了?温吉尼娅都说了些什么?尼娅薇拉对之前自己和温吉尼娅的合作方式感到满意,在她最需要帮助的时候,温吉尼娅充当了她在总统府的耳目,她知道温吉尼娅这么做主要是为了感谢救过她的那群女人,但是无论出于怎样的动机,她对尼娅薇拉的支持都表明了她不是一个铁石心肠的人。现在,温吉尼娅成了梅瓦塞里卡银行的总经理,统治者的几个儿子都成了银行董事,她丈夫先是成了财政部长,现在又当上了国防部长,这些职务使得她对“人民之声运动”具有非常宝贵的价值。自从世人以为尼娅薇拉已经身亡之后她们就再也没有联络过

① 此句出自《爱丽丝漫游奇境》,在爱丽丝吃了蛋糕开始疯狂地长高时,她语无伦次说出了这句话。

了,所以现在这条来自温吉尼娅的消息将证实她们之间的关系是否还继续保持着。

“情况不太好。”马里萨说。

“财产和权力会让人心变了。”马里库说。

“跟我说点新鲜的。”尼娅薇拉说。

“我们去了她在金山住宅区的家。”马里萨说。

“因为她已经不像以前那样经常去教堂了。”马里库解释说。

“我们知道这件事对你很重要。”马里萨说。

“前院里停着塔基里卡的梅塞德斯-奔驰,标志着部长专用车的旗子在风中飘扬着。”马里库说。

“看到是我俩,温吉尼娅就从房子里出来了,匆忙把我俩拉到了大门口。”

“根本没有说‘请进’之类的话。”

“也没有用茶或者水欢迎我俩。”

“不像以前喽。”

“似乎现在她嫌弃我们了。”

“我俩倒不是在跟你埋怨什么。”

“噢,没有。如果说有什么的话,那也是我们仍旧对她在基督战士面前护着我们心怀感激。噢,那些年轻人中了什么魔,竟然会抨击他们的妈妈爸爸?”马里萨说。

“我们每天都在为他们祈祷。”

“愿他们看得到主的光明和荣耀。”

“阿门。”夫妻俩异口同声地说道。

“出了什么事?”尼娅薇拉心想他们跑题了,净说些不相干的事情。

“我们就在外面聊了聊,在大门口。”马里库说。

“从她接待我们的样子我们知道情况不太好。”马里萨说。

“没错。还没等她开口,我们就早都感觉到了。”

“我问她:孩子们怎么样啊?”

“她说:加西鲁和加西古亚啊!你管他俩叫孩子?一升上中学他俩就不再是孩子了。他们已经是青年人了。不管怎么说,节假日他们都待在家里。可是,是什么风把你们吹到这里来的?”

“于是我们就跟她说了。”马里萨说。

“说我们有个口信要转告给她,是死去的……”马里库说。

“她都不容我们说完。她说她一点也不想听到死人的口信。世道变了。阿布瑞里亚跟从前不一样了。现在,我们的救世主民主宝宝诞生了。以前没完没了地争权夺利,败坏统治者名声的人,就像已故的马乔卡利和曾经的部长西吉奥库,这些人都已经不在了。统治者计划改善妇女的命运,给她们曾经由男人独占的工作。他已经开始实施这个计划了,现在已经有了女助理部长和女银行总经理。统治者还号召全体公民和民主宝宝保持步调一致……”马里萨停顿了一下,然后就彻底闭上了嘴巴,仿佛她真的不想继续说下去了。

“接着她又说应该告诉死掉的那个人或者她的鬼魂,就说对于她暗示她丈夫的后脑勺上长出了第二张嘴的事情她很气愤。”马里库直截了当地说了。

“还说她的丈夫不是长了两张嘴巴或者其他什么模样的食人魔。”

“塔基里卡戴的帽子是世界银行给他的一份特别礼物,不管怎么说,现如今在西方这是时髦的打扮。就连她,温吉尼娅,现在也经常在头上裹着头巾,就像使徒保罗在给哥林多人写的第一封信和使徒彼得在给全世界的第一封信中对女人所作的要求那样。”

“没错,大伙应该给民主宝宝一次机会,让它长大。”

“谣言和巫师的时代都过去了,一去不返了。”

“就在这时我们听到院子里的那辆车发动了起来。”

“我们之前在院子里看到的那辆梅塞德斯从大门开了出去,喇叭还响个不停。”

“是塔基里卡在跟温吉尼娅说再见。”

“温吉尼娅告诉我们他是回来换衣服的。”

“她接着又说了一句,现如今他日理万机。”

“她正要当着我们的面砰地关上大门的时候……”

“还说她还跟别人有约……”

“加西古亚突然跑来了,还大喊大叫着……”

“他的姐姐加西鲁卡在泪湖里了。”

“温吉尼娅惊恐地尖叫起来,从院子里斜坡上的花园跑了出去,加西古亚跟在她的身后。”

“我们也追了出去。”

“我还从来没见过溪谷里的那种景象”。马里库说。

“一群麂羚以腾空跃起的姿势停在了半空中,从远处望过去它们显得充满生气,而且停住的姿势还不一样。”马里萨解释说。她一边说,一边伸着一根手指指着天空,仿佛直到现在她还能看到那群麂羚,尽管他们现在在自己的家里。

“那些鸟也……凝固在空中的同一处地方,仿佛是被夕阳挂住了似的。”马里库也指着只有他们俩才能看到的那幅景象。

“没错,因为夕阳发射出橘红色的光线,那些动物就被光线给挂在天上了。”

“湖面上还有更多的活物也被困住了,纹丝不动的。”

“一只母鸡和它的小鸡仔。一只公鸡追着另一只母鸡跑。”

“它正伸展了翅膀,要飞到……”

“太不可思议了。鸭子也……”

“瞧啊,那只猫正要往那只老鼠的身上扑……”

“那只长着嘴巴的狗呢?不出声地冲着空中的鸟叫着。”

“还有那两只山羊和那头屁股后头跟着牛犊子的母牛,它们中间就站着他们的女儿加西鲁。”马里萨说。

“凝固在跑步时候的样子了。”

“一个影子。”

“一个人形的轮廓。”

“就像罗得的妻子。”①

“只是加西鲁还没有变成石头。”

“或者说盐柱。”

“我们在湖边找到了温吉尼娅。”

“还有他们的儿子……加西古亚。”

“他们两个人都在为加西鲁哭泣……呼喊着她的小名,加鲁,噢,我们的加鲁。”

“加鲁没有听见,没有回头。”

“他们两个人都不敢碰到湖水。”

“我们说……”

“咱们还是祈祷吧。”马里萨与马里库异口同声地说,他们在自己的房间里跪了下来,唱起了他们在溪谷里吟唱的祷词:

噢,主,悲伤时
不要转过去

① 参见《新约:创世记》罗得的妻子变成盐柱的故事。

落泪时
不要藏起你的脸

所有人的主啊
倾听这哭声吧
父母和孩子的
男孩和女孩的

“就在这时我听到我的肚子里有什么东西动了一下,”仍旧跪在地上的马里萨说,“一个奇怪的念头从我的脑子里冒了出来,我笑了起来。”

“她为何要在落泪的时候大笑?我问道……可是看到了她笑成了那副模样,我也就笑了起来。”马里库说。

回想起自己当时的模样他们再一次开怀大笑了起来。他们站起身,继续笑着,然后坐了下来,还在笑着。费了一番力气他们才停了下来。

“我们互相看了一眼对方,就又笑了起来。”马里萨说。

“我们一路大笑着朝湖边走了过去。其实,实际上……”马里库说。

“不是我们自己想笑,是某种我们不知道的力量在左右着我们。”

“走到湖边时,我们伸出脚在浑浊的泥坑里点了点。”他们异口同声地说。

“我们就那样停住了……”

“瞧那只猫……”

“瞧那只狗……”

“瞧那只公鸡……”

“瞧那头奶牛……”

“我们又笑了起来,笑得眼泪都顺着脸颊流了下来。”马里萨说。

“我也是……都笑出眼泪了。”马里库说。

“温吉尼娅和加西古亚一直吃惊地看着我们……”

“我们也在想他们为什么不笑呢……”

“就在这时我们看到温吉尼娅昏了过去……”

“加西古亚弯下腰去照顾她……”

“我们笑得流出了泪……”

“泪流到了湖里……”

“这一下轮到我俩吃惊了。”他们异口同声地说。

“我们开心和欢笑的眼泪碰到了静止不动的湖水……”马里库继续说着。

“那些一动不动的东西全都动了起来。”马里萨说。

“鹿羚跳到了湖的另一边,然后就不见了。”

“鸟也飞走了。”

“猫又开始追着老鼠跑了。”

“狗吵吵闹闹地冲着鸟叫唤着。”

“牛犊跟着妈妈,哞哞地叫着要奶吃。山羊……”

“好啦,好啦,小妈妈,别害怕呀。”

“加西鲁转过了身。”

“她朝我们这里走了过来。”马里萨说。

“她走在水面上,没有沉下去……”

“就像是走在陆地上……”

“不要丢下我,不要把我丢在这里,她说。”

“她听上去有些糊涂。”

“带我去找尼娅薇拉……”

“她对食人魔的事情一清二楚……”

“有一阵子你经常给她讲食人魔的故事。”

“她抽泣了起来。”

“不要慌，你现在已经没危险了。”

“她一边抽泣着，一边继续跟我们说着话……”

“她说，我不知道，自从妈妈和爸爸成了政府里的大人物，他们在家里，在我们几个孩子跟前都变成了陌生人……所以当我看到他……她停下了脚步，眼睛里露出恐惧的神色。”

“尤其是看到温吉尼娅朝她走过去的时候。”

“温吉尼娅浑身都在哆嗦。”

“终于温吉尼娅将加西鲁搂在了怀里，加西鲁却仍旧紧紧地抓着我，加西古亚试图把妈妈和姐姐都抱住，就好像他要让全家人团聚在一起似的。”

“温吉尼娅对她说，别担心，没事的，没事的，我还是爱你的妈妈……”

“不要带我去见爸爸。我看到他现在的样子了。我躲在房子里，一直等到他离开家我才跑了出去……”

“嘘！温吉尼娅说，她想叫她闭上嘴巴。咱们得聊一聊……”

“我们再三安慰那个姑娘我们会把她的请求转告给讲故事的人。”

“而且我们会一直留意她的。”

“礼拜天她可以上教堂来。”

“上帝永生。上帝主宰一切。”

“他日日夜夜都会看顾她的。”

“我们把他们留在了那里，他们紧紧地抱在一起。”

“我们一路唱着歌。”

“因为笑声征服了眼泪。”

马里萨与马里库旁若无人地唱起了十字架惊人的能力,在十字架上悲哀之后总会出现喜悦,看起来他们已经忘记了尼娅薇拉还在他们的家里。尼娅薇拉站起身,打算告辞,她不知道该如何接受这一切。他们是在给她讲寓言吗?

“什么?你现在就走?不想听完接下来的事情?”马里萨问她。

尼娅薇拉又坐下了。

“我们已经从门前走过去好远了,这时一辆车在我们身旁停了下来。”马里萨又继续说了下去。

“是温吉尼娅。”马里库说。

“上来。至少我应该把你们送到车站去,她对我们说。”

“好吧,上帝行事神秘。”

“他的神迹出现了。”

“因为我俩刚刚还在想我们该怎么回家。”他们异口同声地说。

“她开着车,说谢谢你们,然后又说:我想请你们帮我一个忙。”马里萨说。

“你看到的那一幕不适合在教堂或者其他任何地方当着众人的面说出来。”马里库继续说道。

“我跟她说,我们只忏悔自己的罪,不会说别人的罪。”

“分享喜悦和欢笑可不是罪过。”

“她又对我们说了一声谢谢,然后……”

“她叫我们告诉派我们来找她的人……”

“她没有坏心,只是……她只说了这么多,或者应该说是她没有把想说的话说完。她看上去快要哭了。”

“就像是迷路的人知道自己迷路了,又不知道怎样才能找到路一样。”

“到了车站,她又能说话了。”

“告诉派你们来的那个人,叫她不要再给我送来口信了。噢,这辈子曾经有一段时间我觉得自己听得懂鸽子的语言,无论她的话有多么含糊,我真的以为尽管对着镜子看,模糊不清,可是我还是能看见里面的影子。① 现在我听不懂鸽子的语言了,在镜子里我也看不到自己的脸了。没错,告诉她我们不是食人魔。我们只不过是患上了白种病,治病的时候又出了点问题,而且乌鸦魔法师也已经死了。她难道没有看报纸吗?对她和所有人来说,她还是跟死人待在一起更好些。”

3

在第一次以财政部长的身份前往纽约的时候,在下榻的酒店里塔基里卡碰巧读了一期《亿万富翁》,这是一本有关全世界最富有的人和企业的杂志,出现在杂志里的人几乎全是美国的白人男性,几乎所有的企业都将总部设在美国。他不禁思索起这个国家的命运。美国,先前的殖民地,现在继续在崛起,与此同时原先像美国殖民的英国却下滑到了第三世界的穷困状态。对于他的白种病始终有一个问题困扰着他,现在他的脑子里突然冒出了答案。乌鸦魔法师给他开的方子所针对的是他想成为一个白人的欲望。

① 出自《新约·哥林多前书》,原文为:“我们现在是对着镜子观看,模糊不清;到那时,就要面对面了。我如今所认识的有限,到那时就全认识,如同主认识我一样。”

那时候他想成为白种英国人，而且还是前殖民时代的英国人。实际上，白种美国男性才是真正理想的典范。没错。他原本应该渴望成为一个白种美国男性。可是，唉，现在为时已晚，没法补救了。乌鸦魔法师已经被卡尼欧若开枪打死了，他的人像也被烧掉了。对塔基里卡而言，一切都结束了。再也没有那些"如果"和如果之后的事情等着他了，尤其是现如今他又一步登天，从一个犯人变成了淘金者，变成了银行总裁，又变成了部长，谁知道还有什么在等待着他呢。

一天，在纽约街头的一个街拐角有人递给他一张传单，后来翻看传单的时候他发现传单是一家主营基因工程、克隆技术、器官移植和整形整容的诊所的广告。广告宣称该公司——"基因公司"——在自己的实验室里能够培育出所有的身体部位，训练有素的工作人员能够将任何一个人改造成他想要的任何一种模样，快速、高效，不会产生任何副作用。

把广告看了一遍又一遍之后他哆嗦了起来。症状已经减轻的白种病猛然复发了，猛烈得几乎将他扑倒在地上。

这一次塔基里卡没有掩饰心底的欲望，也没有掩饰他对温吉尼娅的期望。温吉尼娅也觉得如果塔基里卡想变成美国白人，那就随他去吧，但是她，温吉尼娅，还是要维持现状，勉强凑合一份跨种族婚姻。不过，她坚持要得到一份补偿，做整容和隆胸手术，对于这种改变她能够欣然接受。已经成为国防部长的卡尼欧若偷偷地在第四十二街购买色情录影带，与此同时塔基里卡与温吉尼娅悄悄地去了基因诊所。同代表团其他成员一起回国的时候，塔基里卡已经接受了一只白色的右臂，这是他的第一期整形手术，为此他不得不戴上了手套，不过这对他来说没有什么问题。

塔基里卡与温吉尼娅很快又去了纽约，一个星期后温吉尼娅愉快地接受了一张更年轻的面孔和一对更坚挺的乳房,只有一条白色右臂的塔基里卡又多了一条白色的左腿。半白半黑的他一直穿着长裤和长袖衬衫,当然了,右手上还戴着手套。每当有人对他的手套指指点点,他就解释说这是为了纪念自己成为部长后第一次与统治者握手的经历。

悲剧发生了。塔基里卡正准备重返美国继续移植其他的身体部位,完成整形手术,突然他在报纸上看到由于没有营业执照,那家诊所关门了。令他惊恐的是,他还看到那家基因公司已经破产了,目前正在接受警方的调查。为了更快地找到参与这家声名狼藉的整形公司活动的犯罪分子和外国间谍,美国联邦调查局的探员考虑公布诊所顾客的姓名和就诊记录。尽管手术没有完成,而且还损失了一笔钱,塔基里卡却不敢投诉,他就带着白色的左腿和白色的右臂维持着变形的状态。对他来说幸好温吉尼娅对他的窘境很了解,他们都打定主意决不把这个秘密说出去,直到再找到一家有营业执照和足够的基因技术的实验室,继续完成塔基里卡的变形手术。塔基里卡决不能当着外人的面游泳,就算在家里他也得小心行事,以免工人和突然登门的客人看到他光着的腿和胳膊。

他们当然也没有向孩子们透露这些事情。孩子们注意到妈妈的脸看起来年轻了,胸部也挺起来了,有可能还发现他们俩都有点古怪,不过温吉尼娅表现得跟平时没有什么两样。终于,小女儿加西鲁在进卫生间换衣服的时候看到了光着身子的父亲,她以为自己看到了传说中的食人魔,突然间母亲的改变对她有了不同的意义。她几乎无法奔向她,寻求她的保护。也许这些食人魔已经占据了爸爸妈妈的身体,毕竟在故事里食人魔八九不离十会这么干,只不过现在她不是在故事里,她的解决办法就是逃走。她叫上了加西古亚,不要问我为什么。就是在这一次她扎进了泪湖里。

有一天，在教堂里加西鲁悄悄地把自己逃出来的事情告诉了马里萨与马里库，夫妻俩又悄悄地把事情讲给了尼娅薇拉，尼娅薇拉又悄悄地把事情讲给了卡梅特。

“永远的小丑。”尼娅薇拉评论道。

“永远在变形的人。”卡梅特评论道。

4

民主宝宝的阿布瑞里亚是一个充满了讽刺的国家，每天都会出现令人又哭又笑的奇观。有一年，人们接到通知，统治者的官方生日庆典需要他们在生日当天的早上去附近的书店，领取统治者给他们准备的又一份特别礼物，到了下午他们还要在统治者体育馆集合，以庆祝算是民主宝宝周岁的这个日子。可是，为什么？所有人都知道统治者痛恨书店和不愿为他唱赞歌的作家。

好奇驱使卡梅特与尼娅薇拉也去了书店，他们看到书店里码放着一摞摞刚刚印出来的新书，《民主宝宝的出生——统治者与非洲政治家的演变：一部客观的传记》，作者是亨利·莫顿·斯坦利，一个英国白人。书中提到在统治者的任期内无论阿布瑞里亚碰到了什么样的问题，例如拉结的失踪、马库斯·马乔卡利与大本·曼波之流试图发动的政变，所有的问题都被归咎于已故的乌鸦魔法师与瘸巫婆，所以国家才会对已经身亡的巫师再次判处死刑，并烧毁他们的模拟像，这样就能确保即使下了地狱，他们也要比地狱里的其他人受更多的罪。

“咱们的死可是在书里盖棺论定了。要是再听到有人提起乌鸦魔法师这个名字，你绝不能看对方，也不能冲对方做什么表示。”尼娅薇拉评论道。

“瘸巫婆也是一样，也许温吉尼娅想告诉咱们的就是这个。咱们得让这两个名字死掉。”卡梅特说。他们看着彼此，想到乌鸦魔法师和瘸巫婆这两个人物不能再继续存在了，两个人都有些伤感。

5

统治者的生日过后不久，一份传单就传遍了每一个村子和城市。传单上印着一条毒蛇和一个长着两张嘴的食人魔，上面的标语写着“不要让他们扼杀了我们的未来”。这是对民主宝宝第一次公开的大规模挑战。这份传单为统治者政权时期出现的动乱拉开了序幕，一场可耻的闹剧就要上演了。

统治者召见了他最信赖的顾问，国防部长。塔基里卡刚从华盛顿回来，他此次去华盛顿是为了商定一项在阿布瑞里亚进行联合军事演习的协议。商谈的议题还涉及一系列其他的事情，例如，将海岸附近的土地永久性租借给美国，允许美国在那里设立军事基地。谈判结束后塔基里卡感到对方不止将他当作统治者的国防部长，甚至还把他视作了一位独立于任何人的领导人。他甚至还同已经退休的杰姆斯通大使在私下里吃了一顿饭，陪同他们的有包括几位国防承包商在内的商业界领军人物。宴会是秘密举行的，就连塔基里卡的保镖都不知道此事。在交谈的过程中塔基里卡让对方知道了自己曾经与朋友，已故的马乔卡利走得多么近，事实上他曾是后者的门徒。这番话似乎大受华盛顿方面的欢迎，受到鼓励的他又把这些话在伦敦重复了一遍。

“对于这一切你怎么看？”统治者问道。

“是乌鸦魔法师的诅咒。”

“即使他已经躺进了坟墓?”

“是的,魔鬼的报复。”

“可咱们已经把人像烧掉了。”

“肯定是尼娅薇拉身上的魔鬼跟他的合二为一了。”塔基里卡进一步推断道,卡尼欧若独占了消灭乌鸦魔法师的功劳一直令塔基里卡耿耿于怀。

“男魔鬼和女魔鬼联手了,嗯?”统治者问道,“制造了新一波毫无意义的抵抗?”

“女魔鬼全都难以捉摸。”

塔基里卡停顿了一下,他想起这天早上温吉尼娅告诉他她希望免除她梅瓦塞里卡银行总经理一职,她想集中精力打理他们的农场和埃尔代里斯现代建筑及房地产公司。他将温吉尼娅的决定告诉了统治者,胆战心惊地等着统治者对这样不考虑别人感受的忘恩负义的人发一顿火。

“没关系,就让她退休吧,”统治者很快地做出了答复,“简·坎约里应该从中央银行转调到梅瓦塞里卡银行。”

塔基里卡知道现如今兼任官方女接待人和总统府审计官的尤尼克·伊麦克尤雷特·麦肯兹一直在抱怨坎约里频频前往总统府,去报告中央银行里那些见不得人的勾当,何况她还不是银行总裁。温吉尼娅离职,面对各方力量之间的争斗统治者找到了一个平稳的解决办法。

“没错,坎约里对付得了。”塔基里卡立即说道,根本不像是在揣测统治者的心思。

“不过咱们可不能坐以待毙,不能干等着被乌鸦魔法师的诅咒打败,”统治者说,他把话题转向了传单,“否则咱们就任凭女魔鬼对咱们为所欲为,咱们就一声不吭,毫不反击。”他想起了塔基里卡曾经懦弱地任由自己被女人们毒打了一顿,“在阿布瑞里亚的土地上绝不能再出现又一个人民代表大会了。军队总司令都没什么问题。军方各个方面一旦冒出反民主宝宝的情绪,万得弗·邓波就会尽职尽责地提醒我,同时他自己还同军方保持着极其友好的关系。我很感谢你推荐他担任这个职务。”

“谢谢您信任我的判断。”

“但是,在世界银行、全球财政部和整个西方世界的眼中咱们现在是什么位置?”

塔基里卡指出即将开始的联合军事演习是又一个能够证明统治者已经重新获得西方好感的证据,在同包括伦敦在内的欧洲各国首脑接触的过程中他也看到了类似的积极表示。

“多亏了民主宝宝的出生,我们的友谊又回到了正轨上,就连杰姆斯通也在最近出版的回忆录《通天塔:我在一个非洲独裁国家的生活》中说了您的好话。”

塔基里卡知道杰姆斯通与统治者的关系很冷漠,他没有提起自己同杰姆斯通私下聚餐,包括国防承包商在内的企业界领军人物也在场陪同的事情。

“窃取了我的思想他就不感到害臊吗?”统治者对美国大使的无礼和不恭感到气愤。

“咱们应该注册‘通天塔’这个名称,保留它的版权。您还是应该为西方社会接纳了您的观点感到开心。只是,据说好多读者会提前看到逗号、问号、感叹号,甚至句号会在哪里出来,咱们也应该这么做。世界银行和全球财政部显然都寄希望于私有化的国家、民族和政府,他们认为现代社会是由私人资本创造出来的。比如,印度次大陆曾经归不列颠东印度公司所有,印度尼西亚是荷兰东印度公司的,咱们的邻居们都归英属东非公司所有,刚果自由邦完全就是一个人的产业。[①] 公司资本还得到了传教团体的支持。私人资本在那个年代做到的事情现在还可以再做一遍：占有第三世界，以西方世界为范本对其进行改造，而且不留下丝毫的耻辱、瑕疵或者污点。非政府组织会完成传教慈善团体在历史上完成的工作。世界再也不是由过时的二十世纪东方和西方，以及漫无目标的第三方势力所构成的了。这个世界将变成一个公司化的世界，只有被其他国家吞并和吞并其他国家这两种类型的国家。咱们应该主动将阿布瑞里亚转型为第一个完全由私人资本管理的国家，变成第一个自发形成的公司殖民地，一个公殖地，新世界秩序下的第一个。[②] 有了阿布瑞里亚的私有化，再加上有非政府组织帮我们解决社会服务的负担，这个国家就将变成您的不动产。除了管理公殖地军队和警察的佣金以外，您还可以收取地租。公殖的大权将对您在现代社会中的远见卓识给予奖励。您将会开心地看到令人啼笑皆非的事情，加布里埃尔·杰姆斯通窃取了您的知识产权，而您又将公司化西方社会的知识产权据为己有。”塔基里卡说。

“一报还一报。他们偷了咱们的，咱们也要偷他们的，”统治者哈哈大笑了起来，“所以我一直说你是个地地道道的大骗子。”说完他又笑了起来，仿佛他是在赞美塔基里卡，“一个忠心耿耿的大骗子。”他又补了一句。

事实上，统治者对塔基里卡这位参谋很满意。这位国防部长具有一个骗子应该具有的常识和现实主义，所以他的意见基本上都能切中要害，同时他又是一个懦弱的骗子，遭到过女人的殴打，

---

① 刚果自由邦由比利时国王利奥波德二世于公元 1884 年建立，1908 年被比利时政府接管，改成比属刚果。

② “公司殖民地”和“公殖地”是作者自造的词汇。

却从来没有报复过那些女人，所以他又是一个无害的骗子。统治者顺带又想到要不是他生性这么懦弱，他就会变得很危险。

“至于公司主义的事情，我为什么就不能吞并别人，而是等着被别人吞并呢？我可不想成为公司的雇员。”说完统治者为自己开的玩笑大声地笑了起来，“我希望你还没有给华盛顿承诺什么。”

“哦，没有，没有！”警觉的塔基里卡急忙否认道。

“他们在这里只有我这么一个太阳，以后他们还是得像现在这样跟这个太阳打交道。”

“而且西方也不希望它们的太阳落下去。”塔基里卡说。听到塔基里卡的俏皮话，他们两个人都笑了起来。

“不过，眼下你跟我都还有些事情要处理，”统治者说，“咱们必须趁着这些传单和排队的问题还没有造成危害的时候，化解它们带来的影响和威胁。”

“没错，咱们要跟阴曹地府斗一斗。吓一吓尼娅薇拉和乌鸦魔法师的鬼魂，把他们的鬼魂赶走。”塔基里卡说。

6

就在又一场纪念统治者生日及民主宝宝诞辰周年的双重庆典举行之前几天的时候，四个分别来自四个方向，从头到脚披着银色长发和胡子的幽灵来到了埃尔代里斯警察总局，四个人倒在了大门口。惊愕的警察以为他们都死了，他们将四具尸体拖进了警察局。还没考虑好怎样处理这几具尸体，他们就听到那四个人轻声说起了话。警察们只能听出来其中一个人说出了“北”，一个人说了“南”，第三个人说了“东”，最后一个人说了“西”，可是吐出这么几个字似乎对四个幽灵来说也很吃力,他们又倒在了地上,不省人事了。

等四个幽灵终于醒过来后,他们说自己是四位骑警,按照指南针的四个方向被派了出去,去告诉他们排队是美好神圣的事情,排起来的队伍令统治者有多么喜悦。没错,他们就是在宣讲排队的福音,至福的事情:“排队的人有福了,因为他们将得到心存感激的统治者无数的奖赏。”

“没有摩托车的骑警?”一位警官感到怀疑。

“我们的车早就不见了。”

“你们,全身披着头发和胡子的警官?公然违抗已经颁布了很长时间的禁止蓄发的法令?”

“我们没有钱买刀片和剃须膏。”

“那干吗不把头发和胡子遮住?”

“我们早就没有了衣服。”幽灵们小声说道。

不过每一位骑警都还保留着带有警号的肩章,手里也紧紧地攥着自己的摩托车车牌。查阅一下记录,审讯他们的警官就能证实这样的骑警的确存在过。结果他们几个人的档案已经被归入了保密文件,上面标记着“失踪,很可能已故”的字样。

四个骑警似乎相互不认识。自从被派出去执行任务以来他们从未碰过面,但是他们的陈述几乎一模一样。他们讲的故事令人头疼,就连世界最遥远的角落人们都在排队,要求改变。尽管多年来自己独自一人艰难地跋涉着,他们现在仍旧开心地报告说阿布瑞里亚人就要追赶上其他国家的人民了,从北方、南方、东方和西方,不,从最偏远的乡村和城市中心,队伍还在不断地出现,慢慢地朝着首都蔓延着,在歌声中呼吁要消除无依无靠者的一切不幸根源。他们想要干净的大气层,这样人们就能呼吸到新鲜空气,喝到洁净的水，住在干净的环境里，享受干净的生活。他们不要毒蛇和食人魔的统治。他们的歌声最后汇入了世界各地的歌声，成了一首大合唱：不要让他们扼杀了我们的未来。

“这些无可救药的骗子必须受到指控，罪名就是擅离职守和叛国，因为他们煽动人们排队，还要向首都进发。”警察局长说，这四个人在全世界给阿布瑞里亚警察扣上了坏名声，这令他十分生气。

四个骑警给警察局长看了他们小心翼翼地缝在肩章里的信，信上写着统治者传达给人民的消息，还有统治者的签名，警察局长这才想起来早先有传言称中部地区也有这样一个骑警。他告诉自己，这件事需要上面作决定，于是他给总统府发去了一份紧急报告。统治者说，噢，不，这些逃兵这么做是因为他们听说我饶了中部地区的骑警。这个信号发错了，现在我必须让所有人看一看违抗我不准公务员蓄长发，留胡子的命令会落得什么样的下场。这几个骑警应当以叛国罪的罪名被送上特别法庭，绞死他们的时候不用麻绳，就用他们自己的头发和胡子编的绳套。

你觉得如何？统治者扭头看着国防部长和他最信赖的参谋，提图斯·塔基里卡。

参谋被整个传说惊得目瞪口呆。至高无上的神用天然的外衣将四个幽灵从头到脚裹住的奇异景象在他的想象中留下了一个无法磨灭的印记：乍现的一道亮光照亮了隐隐约约的希望。先知和预言家就是以这样的方式获得了新想法？总是能看出隐秘之事的乌鸦魔法师又是怎样做到的？

他感到心里涌起一股力量，他不再畏惧统治者了，至少在那几位幽灵骑警的问题上他毫不畏惧。他甚至不知道脑子里怎么会冒出这些话。

“神的面具，”他终于小声说了出来，“真的，上帝行事神秘。”

“你说什么？”统治者被吓得脑子里一片空白。

“骑士。他们的容貌，从头到脚的头发。天然的面具。至高无上的神派来的信使。长胡子的幽灵。”

“你说的是‘长胡子的幽灵’？”

“显然这几个人不是肉体凡胎，我的大人！”

“立即处决他们！”统治者嘶喊道，他出奇地恼怒。

“处决之前先让他们上国家电视，叫他们告诉全国人民他们是主派来的幽灵，来告诉全国人民不要听信那些吵吵嚷嚷争取新明天的新一代空想家的谎言。您之后就不存在明天。”

统治者心想，多么深邃的见解啊，突然看到有办法智胜那些神谕者，消除一切威胁他的永恒统治的祸害，他感到平静多了。阿布瑞里亚人都极其虔诚，就连扫大街的都组成了自己的教派，还争取到了信徒！所以，一旦听说主派来了骑士，人们肯定会把这几个骑警说的话全都当成是来自上天的命令。倘若他们不听从天国发出的禁令，主的怒火就会通过无情的报复落在他们的身上。

在他之后就不存在明天这句话一直在他的脑子里翻腾着。他就是阿布瑞里亚，所以说怎么可能在他之后还有未来？他回想起在让拉结那双固执的眼睛去见地狱之前自己对她说过的话。没错，我经常告诉她我能让她的未来停下来，永远停在某一刻，他一边自言自语着，一边凝视着越发流露出敬畏和惊愕的塔基里卡。统治者看到，也意识到一个能用一桶粪便就占领了一个警局的人肯定有着不寻常的天赋。他没看错，现在这个人向他说明了智胜神谕者和幽灵的办法了，这也证实了他的判断没有错，他自己就是最大的大巫师。

在完全相信塔基里卡的同时，他在这位参谋献计献策的主动和他充满自信的语调中觉察到了危险。没错,这个洞察力惊人的参谋或许有一天会觉得自己终于有勇气向他的权威发起挑战了。他要先下手为强,趁着来得及的时候正视危险。这个对付政治敌人和朋友的指导原则对他一直很管用。

突然他灵光乍现。正如天国的主终有一天要追究全天下人的责任,他也要追究全阿布瑞里亚人的责任。当初是怎么对拉结说的,现在就要怎么对阿布瑞里亚说;当初怎么对付拉结,现在就怎么对付阿布瑞里亚,这样就能做到先前任何一位统治者都不曾做到的事情:冻结,甚至废止一个国家的未来。他的工具不是别的,正是塔基里卡,他要让塔基里卡再去完成一项使命。

统治者的计划很简单。他要派这位具有献身精神的部长,他十分信赖的参谋去完成最后一项使命,率领军队实施一场大屠杀。要血流成河。大屠杀结束后他就组建一个调查委员会,如果必要的话,委员会将受到美国和欧盟的几位观察员的监督,最后一切责任都将归咎于他的国防部长,接着他就公开将他处决。

思想,语言,行动!

统治者叫塔基里卡就按照他了不起的提议那样,安排骑警上电视。他们应当在电视上说人们必须立即停止明天排队和煽动别人排队的行为,如果人们不把来自祖先的召唤当回事,这些幽灵就会敦促统治者让时间停止下来,到时候全国将被巫术永远困在某一刻,因为在统治者之后就没有明天。接着他又叫塔基里卡以国防部长的身份在最后通牒下达二十四小时后命令武装部队扫灭一切抵抗行为。

听到最不可能完成的一项任务时塔基里卡走了神。凝固时间的想法唤醒了他对泪湖上运动悬停博物馆的记忆。那一幕难道预示着即将到来的事情?预示着有一天他将被选为凝固未来的工具……谁的未来?

他抬起头,看到统治者的眼睛里闪烁着那么炽烈的光芒,他不喜欢他从那种光芒中看到的东西。他假装自己没有经过冷静的思考,完全出于本能地拿起手边的武器,在目前的情况下他的武器就是语言。

"大人,我只是您的国防部长。所有人都知道您才是三军总司令,为了让总参谋长和指挥官们相信我对他们的命令,我需要有您签名的书面委任状,至于释放正等着以叛国罪的罪名被处决的蒙面骑警,安排他们在电视上亮相,我也需要同样的委任状。大人,我需要您的官印增强我的权威感。至于那四个骑警,我想我应当首先将他们带到您这里来,这样一来,当他们上电视讲话的时候,刚刚从您这里得到的温暖就会让他们充满生气。您也知道和您握手有多么重要。"说完塔基里卡就瞟了一眼自己戴着手套的手。

统治者心想,跟胆小鬼打交道的麻烦就在这里,他们没有胆量。跟马乔卡利和西吉奥库这样的人打交道或者决裂要比跟这种犹豫不决的骗子容易多了。他给了塔基里卡必要的权力,一根长得足够让这个胆小怕事,却又聪明绝顶的参谋绞死自己的绳子。

7

遵循着一贯不会出错的自保本能,凭着统治者无奈地以书面形式授予他的大权,塔基里卡派万得弗·邓波从死囚室里将蒙面骑警送到国防部,直接带到他的面前。幸运的是,万得弗·邓波来到死囚室,看到骑警们的头发和胡子都还保留着。没有一个狱警敢下手修剪幽灵的面具,有几名狱警甚至还跪在幽灵的面前,乞求他代表他们在先人面前求求情。

一走进塔基里卡的办公室,四个幽灵就跪了下来,在他们面前出现的是一个同他们脑子里记住的塔基里卡的照片不一样的人。塔基里卡的老朋友和心腹万得弗·邓波也做出了同样的反应。如果不是从警多年得到的训练和经验,他肯定就要昏过去了。

塔基里卡坐在一把加高的椅子上,就是西吉奥库按照统治者在内阁会议上坐的椅子仿制的那一把。他穿着用狮子皮缝制的短袖衬衫和短裤,披着一条拖到脚上的疣猴皮斗篷。他脱掉了一直裹着右手的手套,客人们惊讶地看到他的右臂和左腿都是白色的,左臂和右腿是黑色的。四个骑警以为他是一位神,万得弗·邓波毫不怀疑地大声说道:他就是天选之子,神选中的人。

四个幽灵尽情地沉浸在重新获得的喜悦中,他们感激生活又恢复如初了,为了他们的救世主他们可以赴汤蹈火,万死不辞。他们聚集起全身的力气一字一句地聆听着救世主对他们的期望。去总统府面见统治者的时候他们要把武器藏在头发里。

8

全阿布瑞里亚都从广播和电视上听到了消息。报纸也作了特别报道。所有的报道中都出现了那几个毛茸茸的家伙。“权力的幽灵中介”,一家报纸这样称呼他们。“一场电视政变”,另一家报纸宣布道。没有一家报纸有胆量刊登电视上说过的事情,他们都害怕以邪恶诡计著称的统治者。

四个幽灵平静地说他们被死去的人、活着的人,以及尚未出世的人派来告诉全国人民就在这天早上统治者和官方女接待人尤尼克·伊麦克尤雷特·麦肯兹被祖先召唤回去了,人们不必理会任何有关政变的谣传,阿布瑞里亚同非洲和第三世界的其他国家都不一样,这不是一场政变,这是两例有预谋的自消事件。

事实上,统治者肯定知道自己已经到了回家的时候了,因为就在几个星期前他将所有的权力都让给了阿布瑞里亚的新一任统治者,提图斯·弗拉维乌斯·维斯帕西亚努·怀特海德皇帝①。

9

在塔基里卡看来一切进展得甚至比他用一桶粪便占领一个警局还要顺利,叫统治者吃了几颗枪子他就占领了全国。万得弗·邓波也已经有效地确保了武装部队各股力量的头头脑脑全都效忠于他,因为这份功劳他得到了提拔,成了帝国的耳目喉舌总司令。邓波不禁心存感激地想起了自己亲手调教出的一个警员同神灵作战,被提拔进总统府的那一天。

为了突出显示新旧政府的连续性,皇帝让统治者的内阁又继续维持了一段时间,只是作了一些轻微的调整。卡尼欧若被解职了,更令他耻辱的是他亲眼看着坎约里晋升成中央银行的总裁。西吉奥库重新得到起用,成了公共厕所及清洁部长,恩卓亚与卡海伽现在是皇帝的法定死刑行刑人。

忠诚的反对党都处境尴尬,各党领袖一开始都躲了起来,直到得知武装部队已经坚定地表示支持皇帝,他们才从各自的老窝里爬了出来。为了在新政权下存活下来,捞到好处,他们都竭力地琢磨着对策。他们倾听并仔细分析着皇宫——原先的总统府改了

---

① 这个名字是仿照罗马帝国弗拉维王朝的第一位皇帝提图斯·弗拉维乌斯·维斯帕西亚努斯(公元9—79)的名字得来的。

名——发布的每一项通告。只有不多的几件事情有些古怪，比如皇帝对用死去的语言写成的文学名著和笛卡尔的所有著作下了禁书令，除此以外他的各项声明都没有激起多少怨愤。

就连前统治者的四个儿子库萨拉、莫亚、索伊和鲁耶耶为了让帝国撤销对他们有关毒品和洗钱的指控，也都通过签了名的声明宣布他们知道自己的父亲死于自消事件。

他们同意退伍了，可结果，唉，忘恩负义的四个人出逃欧洲，在欧洲宣称自己才是阿布瑞里亚皇位的合法继承人，并组建了流亡政府，一个人出任皇家总统，一个担任皇家副总统，第三个成了皇家首相，最后一个是皇家副首相，不过人们都知道他们对四个职位是否具有同等的行政权力这个问题各执一词。

在国际上，得到华盛顿方面的承认后紧接着帝国就得到了其他国家的认可。只是在国内方面进展不太顺利。温吉尼娅拒绝成为比阿特丽斯女皇，她说自己已经太老了，玩不了这种皇权游戏了，能够照顾家人和他们的产业她就心满意足了。如果塔基里卡想要任命一位官方女接待人，她也不会提出异议，除非这位女接待人越了界，侵犯了他们的婚床。

塔基里卡向全国作了讲话，宣布民主宝宝的生命结束了，他终于达到了权力的巅峰。他说帝国民主的新时代到来了，下令在当初筹建通天塔的地方建造一座现代的竞技场。

10

就在这个时候乌鸦魔法师的问题又浮出水面了，给喜庆的气氛蒙上了一层阴影。谁能想到一个死人会在皇宫的正中心里冒出头？

事情是这样的:在打扫一间不常用的房间时几个警卫看到了一小捆头发,头发被仔仔细细扎着,装在一个小塑料袋里。这个房间是被俘虏的乌鸦魔法师在向全国代表大会讲话之前最后踏足的房间,警卫们不知道这回事。刚刚当上帝国刽子手的恩卓亚与卡海伽认出这个塑料袋正是他们在万圣大教堂的地下室交给乌鸦魔法师的那个袋子,里面装的头发是他们被突然解职之前收集到的。可是,这袋头发怎么会出现在皇宫里?

这个问题令提图斯·弗拉维乌斯·维斯帕西亚努·怀特海德皇帝忧心如焚,直到征求了胡子幽灵的意见之后他才安心了。几位幽灵想出的答案是红河里的鳄鱼。没有什么法术能逃得过那些庞然大物的肚子,就连死人的法术也逃不脱。可是,怎样才能让那些庞然大物吞下连着活人的头发呢?

一天晚上,卡尼欧若以受人景仰的艺术家的身份受到邀请,前往皇宫参加晚宴,他被骗着吃下了一些肉丸,乌鸦魔法师留下的一部分头发就包在丸子里。恩卓亚与卡海伽连夜带着卡尼欧若去了红河,一想到即将到来的美妙复仇他们就感到幸福。他们不知道其实他们吃的面包里也夹进了巫师的头发,四个蒙面幽灵就在河边等待着他们。他们和统治者一样进了红河鳄鱼的肚子,后来红河被改名为帝国河,为了纪念吞下了死去的乌鸦魔法师造成的所有威胁,那些长满鳞片的爬虫被命名为帝国鳄。

11

卡梅特与尼娅薇拉,以及整个"人民之声运动"怎么也没有料想到阿布瑞里亚发生的这一切,尤其自消事件也出现在了统治者的身上。他熬过了那么荒唐的自发性膨胀、自发性怀孕,当然还有之前每一次杀害他的企图，最后却输给了几个蒙面幽灵。尼娅薇拉原先的老板，曾经折磨过卡梅特的人，现在成功地发动了一场宫廷政变，这件事情至少令人感到咋舌。卡梅特情不自禁地想起塔基里卡在两腿之间夹着一桶大便就逃出了监狱的那一次。

“大便还是大便，即便改了名字它还是大便，”尼娅薇拉评论道，“战线或许变得模糊了，但是一直没有改变过。”

12

一天晚上尼娅薇拉告诉卡梅特第二天会有两个人来找他，带他去见“人民之声运动”的中央委员会，这样他就能用自己的方式亲口说出他想加入运动的心愿。卡梅特一直在期待着他们的到来，听到尼娅薇拉的话他又有些震惊。自从他们从山里回到城市，这还是第一次他要见到他们之外的其他人来到他们的家里，他意识到自己和尼娅薇拉已经过了很久东躲西藏的日子了，报纸和广播成了他接触世界的唯一窗口。陪同他的两个人同他年龄相仿，他们应该有很多可聊的事情，可是他们没有多说什么，任凭卡梅特沉浸在自己的思绪中。卡梅特想起那天在市里的垃圾场他飞出了自己的身体，以鸟的模样开始了一场穿越时空的旅行，这令他的生活变得更像奇迹了，他不禁对人类生活的真实和虚幻之间那根细细的分界线感到了好奇。那一天对他的生活产生了决定性的影响，一路上他一直回想着那天以来的生活。

“咱们到地方了。”为他带路的一个人说，卡梅特从自己的白日梦里惊醒了。

陪他来的两个人把他领进了一间屋子，示意他坐下，然后就去了另一个房间。卡梅特独自一人坐在那里，他的目光在墙上滑动着,扫过了描绘着阿布瑞里亚和非洲反殖民抵抗运动中涌现出的几位男女英雄的海报和画像,官方文献中从未提到过这些人。他的目光又落在了一幅巨大的世界地图上,非洲就在地图的中心。一些纸做的红色箭头指着一座座城市,城市上都圈着黑色记号笔画的圆圈。他凝视着黑色的圆圈,突然他看到在尼罗河三角洲上出现了一个霓虹灯箭头。箭头在地图上挪动了,挪到一个镇子的时候它停了下来,闪烁了起来,仿佛想让卡梅特看清那个地方。这一幕太不真实了。卡梅特站起身,走到了地图跟前,想看清楚这究竟是不是真的。没错,箭头沿着他曾经走过的路线移动着,只有到了他以鸟的身体走过的城镇箭头才会闪烁起来。这意味着什么?

"我们在尽力了解我们的历史。"卡梅特听到一个声音,他立即转过身,在他的面前出现了六个男人和四个女人。其中一个人在对他说话,其他人都在听着,"我们试图找到我们的起源地,了解后来有黑人分布的每一个地方,从生活着西迪人的印度到太平洋的斐济,斐济人宣称他们的起源地在坦桑尼亚的坦噶尼喀。"

"这些一闪一闪的箭头呢?"

"什么箭头?"一个男人问道,他不明白卡梅特在说什么。

卡梅特回头看了看地图,他惊讶地看到霓虹灯箭头已经不见了。

"哦,我指的是这些红箭头。"卡梅特说道,就好像他在说一件无关紧要的事情。

"这些箭头指的都是古代的黑色文明中心,它们就是黑人力量的源头。"对方说道。

他们围成半圆坐了下来。又一次,卡梅特无法相信自己的眼睛了。这些人不就是以前在圣地干活的那些人吗?他没有把自己的想法说出来,以免他的头脑再一次欺骗了他。那个男人说他们还在等主席,还没等他说完——卡梅特是在做梦吗?——尼娅薇拉走了进来。

"'人民之声运动'委员会主席及阿布瑞里亚人民抵抗运动总指挥……"

13

同志们领着卡梅特四处看了看,这场旅行充满了比马里萨讲述的活物悬停在空中的景象更有说服力的魔法,比马里萨与马里库能为人疗伤止痛的笑声更惊人的奇迹。在这场新的冒险中,平凡与熟悉的一切出现了非凡、神奇、美妙,甚至是奇怪的新内容。为他带路的人一直被他当作圣地的工人,现在他们看上去和以前不一样了。尼娅薇拉也不一样了。卡梅特正在透过人民的眼睛重新看着埃尔代里斯的群山。

他们带着他去了种植粮食、小米、高粱、山药、葛根和各种阿布瑞里亚浆果的农场,在其他地方由于浇上了污染物,也就是进口化肥,阿布瑞里亚的土壤已经产不出什么了,在这里他们与大自然保持着合作的关系,不会跟它对着干。森林是他们的学校,他们经常能听到森林想要告诉他们的话:有付出,就有收获,如果你只想收获,不想回报,给予者就会枯竭。花园里种植着药草,它们结出的种子可以再种到其他地方的农场去。治疗大地的工作必须先从一个地方开始。

他们又带着他来到瀑布背面的一座山洞,也许就是他曾经带着尼娅薇拉看过的那个山洞。现在山洞已经成了一处住所,扛着枪的三个男人和两个女人接待了他们。尼娅薇拉就像是看出了卡梅特的心思,她解释说我们在这里做军事训练。一个男人又接着讲了起来。

所谓的国家军队是殖民时代的产物,它被训练得仇恨自己的人民。那些当兵的甚至痛恨他们自己,他们的民族自豪感被剥夺走了。他们接受的训练就是去杀害在为自由而战的民族独立主义者,他们怎么可能同情一个他们正在阻挠其崛起的民族?他们又把这种态度传给了新兵,传给了年轻人。最终,根植于殖民时代的自我仇恨就变成了他们的日常生活。一个女孩说我们的格言很简单:新阿布瑞里亚的新军队,不是枪指挥政权,而是一个能指挥枪的团结政权,为了社会正义保护法律的证券。这些武器是用来保护我们的政治斗争权的工具,而不是政治斗争的替代品。

另一个男人接着说道:你瞧,到目前为止我们已经发动了起义,可是我们始终没能让当权者为谋杀人民的罪行负责。尼娅薇拉开了口:总有一天咱们会让这些武装食人魔再也无法继续四处作恶,制造恐怖,却根本不用承担后果。到了那一天咱们就会在自己的阵地上作战了,咱们的阵地就是人民,他们必须知道,也必须相信我们的目标只有一个,这就是为他们而战,保护他们争取美好生活的权利。

他们带着卡梅特穿过了地下通道,来到了另一个山洞,一个装满了书籍的大房间。统治者和现在的皇帝都痛恨书籍和书里的思想,他们向卡梅特解释道:

“我们相信所有的知识都是我们继承的遗产,同时我们也有责任为这份共有的财产补充更多的财富。有接受的权利,有给予的义务。”

没错,这些话他和尼娅薇拉说过,可是现在这些话在他面前显得那么疏远。也许知识就是通过不同的眼睛审视我们已经知道的事情,提出不同问题的技术。知识就是发现平凡生活中的魔法。

就像将语言谱上乐曲,写成歌曲。他只顾着思索他们说的话,根本没有注意到自己又被带到了一片宽敞的房舍前。这是一家医院,圣地的复制品。

“我们把所有的东西都搬到了这里,”尼娅薇拉又看透了他的心思,“你被打中的那天晚上我们首先就把你送到这里来了。我们就在这里给你做了手术,取出了子弹。我们想让你负责管理这个地方,根据‘恩典七药’原则将它发展成一个培养健康清洁生活的地方。我们在努力想象着当人民团结起来,从这些食人魔的手里夺回权力之后,阿布瑞里亚将拥有一个不一样的未来……为你做手术的巴特尔医生今天不在这里,不过……”

“什么?阿布瑞里亚的亚洲人?”

“没错,并不是阿布瑞里亚的所有亚裔都支持目前的食人魔制度。就像阿布瑞里亚的黑人,有人在同压迫势力合作,有些人则站在人民的这一边艰苦地奋斗着。我们的反殖民斗争也是如此,但是现行政权想要隐瞒这一点,指出人们能够跨越种族和民族的界限团结起来的材料一律被禁止了,这样人民或许就意识不到他们的优势和力量源泉在哪里。”

他们将卡梅特带到了另一个房间。卡梅特感到自己已经热泪盈眶了,他雕刻的每一具非洲神像都在这里。

“你从美国回来之前很早的时候我们就把这些雕像转移了过来,对我们来说它们代表着一个梦。我们希望你能完成这些雕像,甚至补充上黑人和有关民族的其他神祇。”

一场全球神祇的会谈,卡梅特告诉自己,他又想起了自己作为鸟飞在天上时产生的那些想法。

14

一天下午他们走在埃尔代里斯的街头,四面八方拥来的人从他们身旁挤了过去。

“每天都是老一套,”尼娅薇拉评论道,“明知道很难找到工作,人们还是继续拥向首都找工作。”

“这让我想起以前那些日子,我走在街上,一心指望着我的学位证能帮我找到一个饭碗。当时的形势糟透了,我根本不知道还会恶化到什么地步。而现在形势依然如此,我发现自己还在考虑着以前的问题:形势还会变得比现在更糟糕吗?”卡梅特说。

“怎样才能不让形势继续恶化下去?国内有农民和产业工人在搞种植、搞生产,新帝国主义阶级从国外进口最廉价的东西,从内部破坏他们的劳动。正如新一代食人魔骄傲地宣称的那样,咱们生活在一个受着帝国公司主义主宰的公司化世界里。”

他们走过的一条条街道都讲述着以前的老故事。路面变得更加坑坑洼洼了,到处都满是等着清理的垃圾。

“街上这些人的存在也有积极的一面,咱们可以隐藏在他们中间。”卡梅特说。

“咱们为什么不找个地方喝杯咖啡,坐下来好好享受一下这积极的一面?”尼娅薇拉提议道。她想找一个地方说出她与卡梅特之间似乎一直存在的分歧,“去火星咖啡馆看看,怎么样?”

“乔达摩,就是老板,他认不出咱俩?”

“认不出,乔达摩认不出咱们,他的脑子里一直琢磨着火星的事情,要不就是别的星球,”尼娅薇拉试图让语气变得轻松一些,“水星、金星、木星、土星、天王星、冥王星?你觉得他想在哪个星球上安家?"

"实际上不只是乔达摩,"卡梅特说,他的语调可不轻松,"还有卡尼欧若。"

"你不记得他老婆简·坎约里的声明了?他已经失踪了,自消事件,你不记得了?"

"那新皇帝呢?他的生意还没有完蛋。现代建筑公司。你以前的公司?"

他们两个人沿着记忆的人行道走着,重又回到了他们曾经在圣玛利亚碰到的那些一桩桩好事和坏事。尼娅薇拉皱起了眉头,她想起了在阿盖无心的帮助下她侥幸逃过逮捕的那一天,幸亏阿盖深信她就是乌鸦魔法师的另一个分身。现在他们几乎就坐在他们最初相遇时坐过的路边。

"那天无论是什么促使我接近你,绝对得到了上天的保佑。"

"谁能想到你接受面试的地方后来竟然成了排队热的起点?或者说是塔基里卡称帝之路的起点?"

"好吧,可以这样说,早在那个时候他就已经是木材和建筑工程世界的皇帝了。我想知道他们有没有把原先那个'没有空缺'的牌子再竖起来……"卡梅特说了起来。

"'想找工作,明日再来。'"他们异口同声地说道,说完两个人一起哈哈大笑了起来。

他们的笑声,再加上与交往之初那段时光的重聚,他们之间一直存在的分歧在很大程度上化解了。

"好吧,趁着咖啡还没冷下来咱们还是去喝咱们的咖啡去吧。"卡梅特说。

"你已经用隐形电话点好了咖啡?"

他们又汇入了人流中,走过几条街后他们才意识到自己已经走过火星咖啡馆很远了。他们转过身,往回走去,结果他们又错过了咖啡馆,于是他们又转过身朝回走去。这一次他们认认真真地打量着每一幢房子。

“不对,不是因为咱俩走过了。”尼娅薇拉说,“瞧!”

火星咖啡馆所在的那幢楼已经被拆除了,那一片地方被瓦楞铁皮围了起来。旁边立着一个大大的公告牌:“施工中:非洲第一高建筑——真正的通天塔。”

“我在想乔达摩出了什么事?他真的去了你刚才提到的某一个星球?”卡梅特说。

“很有可能他把咖啡馆搬到了城里的其他地方。咱们别管乔达摩和他的咖啡馆了,换一个地方吧。”

“周记精品中餐馆呢?”卡梅特提议道。

“那是个餐馆,不是咖啡馆。”尼娅薇拉说。

在圣玛利亚市场上他们买了一份当天的《埃尔代里斯时报》,走进了一家咖啡馆,找了一个角落的位置坐了下来。咖啡还没有送来,他们各拿起一页报纸,勾下脑袋读了起来。

尼娅薇拉的眼睛看到了又一条有关联合军事演习的消息,她说:“冷战都已经结束那么长时间了,真不知道他们为什么还要搞这些欧美阿联合军演。”

“你打算怎么处理你们的山洞?”卡梅特问道。

“这些军事演习并不意味着他们会搜寻我们在山里的藏身之处。就算他们要找,你也应该记住,在阿布瑞里亚有很多大大小小的山脉,他们要从哪里找起?到哪里才算找完?除非他们铁了心要在每一座丘陵和山岗设立永久性的驻地。”

“我没说他们开展这样的演习专门为了搜寻有可能藏匿着潜在造反分子的地方,我只是说他们会在无意中碰到他们。”卡梅特争辩道。

“就算能碰到,记住,人民提供了最好的藏身之处。对于他们的联合军事演习,我们要和人民用一场联合政治演习回应他们。”

“话是这么说,你们的人还是应当小心一点。”卡梅特说。

“为什么你的口气就像是你完全置身事外似的?”

卡梅特没有立即作答。

“怎么了,卡梅特?最近这段日子,你已经不是那个我认识的卡梅特了。”尼娅薇拉问道。

“我一直在想为什么我至爱的人会远远地躲着我?”

“那时候你还不是运动的成员,我怎么能把运动的秘密透露给你?这样做就能让你尊敬我?要是每个人都这样做,面对配偶或爱人一点也不保持警觉,那会怎样呢?”

“好吧,我还以为是因为你跟另外一个人走得很近……”

“没错,我们是走得很近,那又如何?”尼娅薇拉有点挑衅地问道。

“我感觉你把我撇下了。”卡梅特说。

尼娅薇拉笑了起来:“你吃醋了?”

“有点,是的。”

“只有一点?真叫我失望。”

“不止一点。”

“别再琢磨这些事情了,其实咱们走得很近,咱们一起经历了那么多事情。跟别人是政治关系,那种关系就应该是那样的。你和我的是爱情的结合,这种关系也应该就是这样的。今天咱们的关系更加牢固了,因为在爱情的纽带中咱们又添加上了政治纽带。听着,如果我说看到你在自己那一点点妒火中挣扎着我不感到开心的话,那我就是在骗你。谢谢你。不过,超过了接受限度的妒火对爱情可没什么好处,这样的嫉妒意味着只要你看到我和别的男人说说笑笑或者回家晚了,你就会感到难过,就会开始无聊地猜疑。一点点嫉妒会温暖爱情,太多的话就会伤到爱情。"

"好吧,就让我保持着能温暖爱情的合理嫉妒吧。你知道我一直被你落在后面,我也从不打听没必要知道的事情。试想一下,我落到他们的手里,我知道自己对运动的秘密一清二楚,那样的话我会作何感受?幸好我什么都不知道,所以即便他们威胁说要杀了我,我也还是什么都交代不出来。因为我压根就没有什么可交代的。"

"可是你知道一个大秘密,"尼娅薇拉说,"你知道我,可你始终没有出卖我。"

"嗯,这倒是真的,不过你的事情我并非全都知道。直到你走进那个房间,别人告诉我你是运动领导人之前,我根本不知道你在运动中的位置。你向来只在外面谈论运动和领导工作的事情,即使在那天我还是不可能对你起疑心,无论是暗示,还是手势,你一点都没有向我透露出你也会去参加那场会议。"

"就像我以前跟你讲过的那样,这么做是因为我们不希望你的政治决定只是基于你对我的感情。"

"十足的欺骗——如果我可以这么说的话。"

"你承认你上当了?"

"是的,直到你坐下开始主持会议的那一刻,我还以为自己看到的或许是另一个人。"

"那就是说我赢了。"尼娅薇拉得意扬扬地说。

"赢什么?"

"咱们打的赌啊。还记得咱们那个小小的赌吗?你发誓说第三次自己绝不会上当了。"

“哦,那件事情啊。这一次情况不同,因为你没有像在总统府的瘸巫婆那样乔装改扮。不过,我太高兴自己赌输了。到时候我就去买结婚戒指。”卡梅特说。

“我爱你。”尼娅薇拉轻轻地说。

“我爱你,很爱很爱你。”卡梅特说。

穿过集市后他们决定避开人群。他们沿着统治者公路走着,现在这条路已经改名为帝国公路,没走几步他们就来到了原先计划建造通天塔的地方,现在这里要开始建造帝国竞技场了。

“看见坐在树底下的那个人了吗?他一个人像佛祖那样盘腿坐在那里干什么?”尼娅薇拉说。

“乔达摩。”卡梅特脱口而出。

没错,正是乔达摩坐在树根那里,他像佛祖那样盘着腿,后背直挺挺地靠在树干上。树上挂着从报纸和杂志上剪下来的资料,中间有一张纸片很醒目,那张纸片上面潦草地写着“火星”的字样。

“大概他从火星咖啡馆里也就抢救了这么些东西。”卡梅特嘀咕了一句,他又想起了上一次他和乔达摩聊着《摩诃婆罗多》《罗摩衍那》《薄伽梵歌》、星星和太空的情形。

卡梅特对尼娅薇拉说他们应该继续往前走,就在这时一股清风吹来,似乎风要把他推向那个孤独的人。他改变了主意,他们至少应该略微表示一下支持。

“纳玛斯德,上师!”卡梅特喊道。①

乔达摩以为自己有了追随者,他没有向对方回礼,也没有改变姿势,直接开始向对方宣讲起了好消息:

---

① 纳玛斯德(Namaste),是印度语中问候的意思,伴随问候,还要双手合十。

瞧见了吗,我不是一个人?这棵树,来找我的流浪动物都是我的朋友。就连太阳、风和雨都是我的朋友。你们还记得在《罗摩衍那》中猴神哈努曼在同罗摩告别时说的那些话吗?这些美妙的话语是说给天地万物的统一体的,乔达摩说。他拿起手边的一本书,放声读了起来:亲爱的罗摩,实际上是很久以前我们就跟你是老朋友了,从古代赶来帮助你的伙伴。我们是你的先人。我们是你的祖先,是动物,你是我们在人类中的孩子。至于我们的友谊,我们早就认识你了,罗摩,究竟早到什么时候,我们已经在沉默中遗忘了。

唉,生命的沉默,乔达摩说,他的目光离开了书。他悲叹了起来,人类的梦想没有结束的时候,哦,要是我们能停止仇恨和战争,我们继承的就不只是地球,而是整个宇宙。听一听宇宙在对我们说什么,只有这样世间一切民族才能走到一起,与生命相结合。光明来自太阳。让世间照耀着同样的光。太空是我们的庇护所。我们要反对一切想把死亡送进太空的企图……

卡梅特与尼娅薇拉不知道他们正在看着的这个人,正在对他们说话的这个人是不是因为失去了火星咖啡馆而失去了理智。云黑了下来,似乎雨就要来了。他们决定回圣卢西亚去,为了去坐公交车他们还得再穿过市中心。半路上他们走过了伊甸园酒店、帝国大道、帝国路、帝国大街、帝国会议中心,最后来到了帝国城市广场。建筑工人正忙着将一处又一处地标建筑物的名字改成带有在位皇帝名号的新名称。

帝国城市广场宽敞、开阔,像这样原封未动的地方已经没有几个了。失业的人在找工作的间歇总是会来这里休息一会,打发时间,周围没有警察的时候有些人甚至会在这里过夜。在这个午后,广场还像以往那样熙来攘往,街头艺术家们即兴表演着节目,其中还有一些命运的先知在宣讲冥顽不化的人将受到来自地狱的惩罚。

尼娅薇拉与卡梅特从一群又一群人身边走了过去,最后他们碰到了一群人,他们正围着一个讲故事的人,那个人还拿着一把只有一根弦的小提琴。

“是阿盖,”卡梅特轻声说,“还记得吗,那个警察?”

就在这时阿盖大喊了起来:“千真万确!我的上帝啊,乌鸦魔法师就是这么做的。”

人们听着阿盖唱起了他寻找乌鸦魔法师的故事,他一心想要得到魔法师的祝福:生命的真谛。“不要让任何人对你说谎——乌鸦魔法师永远不会死去。千真万确!我的上帝啊!”

阿盖显得有些癫狂,尼娅薇拉觉得阿盖是装出来的,这样他就能畅所欲言,不会有人来干涉他。雨下了起来,人们鼓起了掌,有人说或许雨能把埃尔代里斯大街小巷里的一些脏东西洗刷掉。

突然阿盖的目光碰到了尼娅薇拉与卡梅特。他收住了歌声,皱起眉头,又摇了摇头,仿佛他以为自己的脑子在欺骗他。他唱起了自己为大名鼎鼎的乌鸦魔法师编的歌曲,变幻无穷的魔法师。

“是他。”尼娅薇拉说,他们继续赶着路。

“谁?”

“从卡尼欧若手里夺过枪的那个人。”

“阿盖,曾经从伊甸园大门口开始追赶咱俩的那个人?”

“还把咱俩从地狱的大门口拽了回来!”

卡梅特与尼娅薇拉手牵手朝家的方向走去,雨水夹杂着泪水在尼娅薇拉的脸颊滑落下来,独弦琴的琴声和那个男人的歌音从身后追了上来,仿佛拉琴的人想要告诉他们他也记得那天晚上他从伊甸园的大门口追赶着他们,错把他们当成了乞丐。合着小提琴的乐声尼娅薇拉弹起了她的吉他，两股乐声在她的心里交织起来。她任由和谐的旋律在自己的脑海中徘徊着，她知道他们或许再也没有机会当面对他说一声“谢谢你，阿盖……谢谢你给了我们这份生命的礼物。”

致　谢

感谢我的编辑埃罗尔·麦克唐纳为这个译本倾注了大量心血;我的文稿代理人歌莉亚给予我的信任和鼓励;我的助理芭芭拉·考德威尔所作的校对和编辑工作;恩耶伽·吉冈伽与恩耶里·吉冈伽、加图瓦·姆布加瓦、塞戈·吉西奥拉和万布伊·吉西奥拉都对早期的草稿提出过深入细致的指证;伊丽莎白·亚历山大为我提供了印度金奈的地图,苏珊·普里斯洛为我看管着前几稿;我在写作和翻译国际中心(加州大学欧文分校)的同事克莱特·阿特金森和克里斯·阿什坎为我提供了一个适合创作的工作环境。感谢每年感恩节都会在纽约河滨路的万布家中聚在一起纪念已故的朱迪·万布博士的朋友们,我为他们读过这部作品的片段。感谢我的兄弟姐妹华莱士·姆旺吉、切利提·万吉库、旺布伊·尼金朱、万吉鲁·基塔卡亚;利马之家的朋友们(肯尼亚文艺复兴委员会的特聘专家和会员);我在肯尼亚、非洲和全世界的战友们(卡莫吉·瓦西拉和万吉鲁·基赫鲁,你们理应得到更多的感谢)鼓舞着我。我尤其要为约翰·拉·罗斯与萨拉·怀特在肯尼亚斗争中发挥的作用向他们致以谢意。对于我的孩子、老提安哥、基蒙亚、恩杜库、姆阔玛、万吉库、恩卓基、比约恩、蒙比和提安哥·K,以及我的外甥女恩吉娜和我的孙子恩古吉,我永远心存感激之情。

感谢杰西塔·瓦贝拉·瑞伯为提安哥与蒙比创造了学习吉库尤语的家庭环境;感谢亨利·恰科夫与罗莎琳德·恰科夫,以及你们的孩子莎伦、罗拉和尤兰达,在我们最需要的时候你们给了我们一个家。感谢帕特·希尔登、蒂姆·赖斯、索尼亚·桑切斯、苏茜·萨鲁、彼得·拿撒勒与玛丽·拿撒勒、巴哈德·泰加尼与雅斯敏·泰加尼、曼锡亚·迪亚瓦拉、卡萨汉·切科伊、科菲·安伊杜霍、豪纳尼-基·特拉斯卡、迦耶德丽·斯皮瓦克、米纳·亚历山大、苏珊·惠勒、伊娃·兰纳和恩古吉·瓦·米里伊一直陪伴着我。还有很多人的名字无法在这里一一提及,但是你们的精神已经融入了这个故事。

我还必须向释放肯尼亚政治犯委员会(1982—1987)的同胞们表示感谢,这个以伦敦为总部的机构在全世界组织了一场反抗肯尼亚独裁者莫伊,争取民主的运动。他们还与总部设在伦敦的反对菲律宾独裁者马科斯、反对智利独裁者皮诺切特,以及反对南非种族隔离独裁统治的其他团体结成了联盟。感谢你们,阿卜杜拉提·阿达拉、尤素福·哈桑、设拉子·杜拉尼、万吉鲁·基霍鲁与万伊里·基霍鲁、尼什·穆索尼,以及万古伊·瓦·哥洛,这部作品中对独裁统治的描写正来源于我们共同经历的那段斗争的岁月。